国家社会科学基金重点项目(项目编号:14AZW001)资助成果

中国现代文学文献整理研究丛书

中国现代文学基础理论与批评著译编纂史稿
（1912—1949）

贺昌盛 ◎著

华中科技大学出版社
http://www.hustp.com
中国·武汉

/ 作者简介 /

贺昌盛

1968年生,湖北十堰人。2002年于武汉大学文学院获文学博士学位,2004年于南京大学中国语言文学博士后流动站出站,现为中南民族大学文学与新闻传播学院教授、博士生导师。主要从事文学基础理论、中国现代文论及文艺学学术史方面的研究,刊发学术论文80余篇,主持国家社会科学基金项目"晚清民初'文学'学科的学术谱系"及国家社会科学基金重点项目"中国现代文学基础理论文献的整理与研究"2项,参与国家社会科学基金及教育部人文社会科学基金项目多项。独著《象征:符号与隐喻》《想象的"互塑"》《晚清民初"文学"学科的学术谱系》《现代性与"国学"思潮》等,译著《华语圈文学史》(藤井省三著),参著《中国西部现代文学史》《中美文学交流史》《中国现代文学思潮史》等,主编《中国现代文学基础理论与批评著译辑要》《文与现实》和"国学思潮丛书"(四卷)等。

内容简介

文献史料的整理研究作为中国传统学术的重要方法，近年来一直在逐步向各学科延伸。事实证明，这种积极有效的方法不仅激发和开拓出很多全新的学术生长点，而且还能促使各专业学科在理论层面上更趋精细与稳固。近年来逐渐成为热潮的"中国现代文学文献/史料学"即是最为有力的例证。

基于文献史料整理，"中国现代文学文献整理研究丛书"首批推出《中国现代文学基础理论与批评著译编纂史稿（1912—1949）》与《中国现代文学基础理论稀见文献选编》《中国现代文学基础理论文献编目》三部著作。

《中国现代文学基础理论与批评著译编纂史稿（1912—1949）》通过对1912—1949年30余年间所产生的几百部相关的理论与批评译述及著作的检视、考证和评判，详细梳理了中国现代文学基础理论演进变化的轨迹，尝试勾勒现代中国文学在理论建设领域所走过的艰难而曲折的发展历程。全书从具体解读代表性的理论著述入手，概要阐述了主要理论著述的核心思想与理论要点，有利于引导读者重新阅读原著及相关著作。

总序

如何构建具有中国自身民族特色的现代文学理论体系，一直是文学研究界持续关注的话题，而要构建和完善这一体系，除了需要积极地汲取文艺理论的最新学术成果，充分发掘和利用已有的文学理论资源，培植理论自身扎根生长的丰沃土壤，更是需要引起学界高度重视的关键问题。文献史料的整理研究作为中国传统学术研究的重要方法，近年来一直在逐步向各个学科延伸，事实证明，这种积极有效的方法不仅激发和开拓了很多全新的学术生长点，而且还能够促使各个学科在理论层面上趋于精细与稳固。近年来逐渐成为热潮的"中国现代文学文献/史料学"即是最为有力的例证。

就中国现代文学学科目前的研究境况而言，虽然在文献研究方面已经取得了较为丰硕的成果，但由于种种原因，既有的研究仍旧处于偏重单一向路、琐碎细微有余而宏观把握不足的状态之中。要走出目前中国现代文学研究的瓶颈，就必然需要将微观发掘与宏观建构密切地结合起来。文学理论在一定程度上一直起着统领中国现代文学学科之各项研究的职能，从宏观的文学基础理论文献的整理与研究入手，无疑是促进中国现代文学研究走向深入的关键步骤。

本项研究的成果包括以资料的搜集整理为目标的《中国现代文学基础理论文献编目》和《中国现代文学基础理论稀见文献选编》，以及对重点文献给予具体解读的《中国现代文学基础理论与批评著译编纂史稿（1912—1949）》三个部分。

现代中国文学理论的基本样态是在晚清时期"古今中西"交汇互生的情境中诞生并演进而来的，追溯其源头，大体可以概括为四种最为基本的向路：一是章太炎的广义"文学"论，可视为现代"人文/文化"研究的源头；二是刘师培的"修辞/文章"论，可归为文学之"语言/修辞"研究的一路；三是王国维的超功利"诗性/审美"说，已被视为中国现代文学审美论的发端；四是梁启超的"文以致用"论，沿袭并改造了传统中国的"文以载道"思想，可以看作是向现代文学社会学研究的转换。新文化运动以后，中国文学的总体面貌虽然与传统形成了迥然的差异，但文学思想上对于人文学、修辞学、审美论和文学社会学等不同重心的趋向与选择，与晚清时代所确立的基本路径并没有发生根本的变化。甚至从某种程度上说，整个现代中国的文学思想也正是由这四种基本的向路共同建构呈现出来的,只不过因其各自形态的或隐或现而常常被忽略与遮蔽而已。从世界范围的文学研究的趋势来看,这四种向路实际上与当下"文化研究""形式理论""审美主义"及"社会批判"等热点文学理论取向,其实有着潜在的呼应。《中国现代文学基础理论文献编目》即是从这种总体的宏观视角出发,对现有的基础理论文献资源给予了全面的筛选与汇总,而《中国现代文学基础理论稀见文献选编》则以具体个案的方式初步展示了四种向路的实际面貌,由此也为"中国现代文学基础理论文献总汇"的拓展性研究奠定了扎实的基础。

传统中国的文学理论是一种相对封闭的知识体系,在"政-学"一体的制度性构架中,文学的地位一直是附属性的,文学理论的价值也一直不为人所重视。但自近代梁启超倡导新小说及王国维引进全新的审美理念开始,在以桐城派为代表的文人学者们所确立起来的"义理、考据、词章"的传统学术结构中,"词章"研究一途重新引起了人们的普遍重视,在"审美"这一新的维度的引领及大学"文学概论"课程的陆续开设等推动下,中国文学开始了自身的理论转型,民国初期的诸多著述就带有明显的过渡色彩。民初文学理论与批评方面的著述多数都历经一种从"去传统化"到译介、从编译到著述的过程,这类著述既显示出了中国学人对于"现代"意识的逐步认同,同时也意味着现代中国文学自觉的理论意识的萌芽,中国文学由此也开始了在理论领域重新建构其知识系统的历程。

在新的观念的指引下,新文学作家也自觉地将文学理论与批评的建设纳入了新文学总体发展的日程之中,以全新的角度与理论视野来展开批评的著述也日趋增多,这一点无疑为现代中国文学在理论范畴的逐步推进奠定了必要的基础。现代中国文学的理论建构是在域外文学理论与中国传统文学资源的双重刺激和影响下逐步发展起来的。在经历了初期的理论转型以后,中国文坛普遍开始将目光转向域外,并且在20世纪20年代前期掀起了广泛的文艺理论译介高潮。这个时期的译介渠道,一是直接译述欧美最新的理论著作,二是转道日本引进各式理论著述。在译介引进的同时,早期的理论家们也开始借鉴不同的理论观点来展开新的文学批评,并且在积极吸纳域外理论的基础上初步构建起富有自身民族特色的新文学理论的雏形,由此也形成了一种"西体中用"式的文学批评模式(用中国传统文学的范例来证明和强化西式理论的合法性)。当然,中国传统的文学观念在这个时期并没有完全消失,它们既在一定程度上延续了中国传统的"大文学"概念,同时也为新的文学理论的知识建构提供了某些必要的资源。

在广泛引进域外文学理论著述的基础上,中国理论家们开始自主建构自身文学理论的独立知识系统,现代中国文学的理论与批评也逐步进入到一个相对成熟的繁荣时期。从整体上看,这个时期的理论形态主要显示为三种类型:一是以欧美文学理论与批评为蓝本重新确立了现代中国文学的基本观念(文学的重新定位)与核心要素（主要理论范畴如想象、情感、思想、形式等）；二是以苏俄新兴文艺思想为蓝本初步建立了唯物史观文学论的理论框架；三是以寻求中外古今文学思想的对话与融合为目的形成了诸多"会通"式的文学理论文本。这三种理论类型基本上奠定了后世中国文学的主要理论模式。自1937年开始，由于抗战的爆发，现代中国的文学版图被划分成了多个不同的区域，加之现实需求及文学审美等多重诉求的影响，中国文学的理论形态也形成了多元并存的格局。但从另一方面来看，也正是因为战争因素的介入，现代中国文学才与人自身的生命体验及身份认同等发生了直接的关联；虽然这个时期的理论建构似乎出现了某种程度的停滞，但实际上，这一新的知识系统其实恰恰得到了切实的现实检验和深化。正因为如此，这一时期的那些被逐步强化起来的观念与范畴（如主题、形式、民族性、倾向性、题材、典型、世界观、创作方法等），才为后来"中国形态"的文艺思想与理论构架的真正确立奠定了根本的基础。多元形态的理论建设过程中，唯物论经典文学理论的译介及其论争是这个时期的一个重要的现象，后来对中国文学理论与批评影响至远的左翼文学理论及其知识构架，就是在这个时期基本确立起来的。同时，由于有了较为充分的理论资源及创作实践上的既有成果，持不同思想倾向的批评家们，也开始对中国新文学自身的基本性质及内在特征进行重新估价与定位。正是这些理论家们的持续努力，为富有中国特色的文学理论的最终成熟奠定了坚实的基础。

　　与传统中国文学相比，现代中国的文学面貌已经发生了根本性的转变，而这种变化首先就是以"文学"自身在思想观念上的彻底革新与理论知识的系统化建构作为突破口才得以实现的。一方面，革新与建构是基于对传统"经学/诗学"思想之有限性的深刻反思；另一方面也得益于在域外文学理论知识的启发之下对中国文学既有的思想理论资源所做出的系统的清理与整合。由此才逐步构建起了全新的现代中国文学的理论系统，即一种以"时间"维度上的文学史研究、"空间"维度上的域外文学研究，以及"科学"维度上的文学理论研究为基本支点的立体的理论知识系统。正是这三个维度的逐层叠加（知识增殖）才最终塑造了现代中国文学的整体理论雏形。《中国现代文学基础理论与批评著译编纂史稿（1912—1949）》所尝试勾勒的即是这一理论形塑的具体轨迹与一般形态。通过对1912—1949年30余年间所产生的几百部相关的理论与批评译述及著作的检视、梳理、考证和评判，来全面描述和展示现代中国文学理论家们的成绩与现代中国文学理论的学术风貌，以此勾勒出现代中国文学理论建设领域所走过的艰难而曲折的发展历程。

　　本丛书的突出特色主要有以下三个方面：其一，本丛书首次对凌乱分散乃至诸多稀见的文学理论文献进行了较为全面的发掘整理，从而使中国现代文学基础理论的文献有了一种清晰完整的面目；其二，本丛书将重点集中放在文学基础理论文献的专门性整理与研究上，以"编目"和"选编"的形式避免了目前文学史料研究方面习惯将创作文本与理论批评文本相互混杂的一般方法的弊端，为文学文献的整理研究探索了一种新的思路；其三，从"编纂史"的角度重新全面清理了中国现代文学理论的知识谱系，使得以往诸多被遮蔽的理论思想能够重新以较为清晰的面貌展示出来，以此也可为建立中国特色的文学理论体系提供必要的参照。文学理论文献的挖掘将在现代中国文学理论体系的建设、传统中国文学思想在现代的延续、域外文学理论在中国的传播与接受及变异等多个领域拓展出新的"问题域"，有利于激发和促进新的学术生长点的发掘、培育与巩固；同时也将在多个层面上促进中国现代文学学科及其不同向度的研究趋于更加精确和完备。本丛书在一定程度上突破了现有的"纯文学"理论的一般格局，对真正实现人文及社会科学领域的跨学科研究奠定了必要的基础，同时也为建立有汉语文学特色的理论系统提供了一定的理论支撑。

　　文学理论文献的搜集、整理与研究并不单纯是一种形式上的知识聚合，本丛书以马克思主义唯物史观与方法论为指导，在合理利用学术前沿的最新科学研究方法的同时，充分汲取中国传统朴学与经典解释学方法的经验；融搜证、校注、辨伪、辑佚、考订等传统学术方法与现代"知识考古学"的"知识还原""现象解释"为一体。力求探索出一条现代文献史料整理与研究的全新途径，以便为其他类型的文献史料整理与研究提供方法论层面上的借鉴。

贺昌盛

2020 年 12 月于福建厦门

目录 Contents

导言 ··· /1

第一编 中国文学的理论转型与现代文学"理论"意识的初萌（1912—1920）

第一章 传统中国文学系统中"理论"研究的一般地位及其知识构成 ······ /7
第二章 大学体制结构的转变与文学学科的初步确立 ·················· /25
第三章 转型时期文学理论著述的总体特点及其内在规律 ·············· /37

第二编 现代中国文学的理论储备——域外文学理论的译介与传统文学理论资源的留存（1921—1925）

第四章 源自欧美的文学理论译介状况及其知识取向 ·················· /47
第五章 日本文学理论著述的译介与影响 ···························· /70
第六章 "西体中用"式的理论与批评 ································ /78
第七章 传统"文学"观念的延续 ··································· /87

第三编　现代中国文学理论体系的确立(1926—1936)

- 第八章　域外文学理论译介方式的转变——从最新理论到知识溯源 …… /95
- 第九章　新文学作家的理论著述 …………………………………… /169
- 第十章　唯物史观的文学理论及其批评 …………………………… /208

第四编　战时中国文学理论的多元形态(1937—1949)

- 第十一章　唯物论经典文学理论的译介及其论争 ………………… /249
- 第十二章　左翼文学理论及其知识构架的基本确立 ……………… /261
- 第十三章　现代中国文学的重新定位 ……………………………… /275
- 第十四章　作为边缘理论形态的现代主义 ………………………… /297

后记 …………………………………………………………………… /310

导　言

　　传统中国的文学理论是一个相对封闭的知识体系,在"政-学"一体的制度性构架中,"文学"的地位一直是附属性的,且文学的"理论"价值也一直不为人所重视。但自近代梁启超倡导新小说及王国维引进全新的审美理念开始,在以桐城派为代表所确立起来的"义理、考据、词章"的传统学术结构中,"词章"研究一途重新引起了人们的普遍重视,在"审美"这一新的维度的引领及大学"文学概论"课程开设(1917)等的推动下,中国文学开始了其自身的理论转型,出现在民初时期的诸多著述就带有明显的过渡色彩,如姚永朴撰写的《文学研究法》(1916)、胡怀琛著的《白话诗文谈》(1921)、胡毓寰所编《中国文学源流》(1924)等;而另外一类著作及译著则在对"文学"的全新定位的基础上开始为现代中国文学带来崭新的理论面貌,包括刘仁航译高山林次郎的《近世美学》(1920)、戴渭清与吕云彪合著的《新文学研究法》(1920)、耿济之译托尔斯泰的《艺术论》(1921)及萧石君译马霞尔著《美学原理》(1922)等。民初文学理论与批评方面的著述多数都历经过一种从"去传统化"到译介、从编译到著述的过程,这类著述既显示出了中国学人对于"现代"意识的逐步认同,同时也意味着现代中国文学自觉的"理论"意识的萌芽,中国文学由此也开始了在理论领域建构其自身全新的知识系统的历程。此外,中国新文学出现之初,多数新文学作家都自觉地将文学理论与批评的建设纳入新文学总体发展的日程之中,以全新的角度与理论视野来展开批评的著述也日趋增多,这一点无疑为现代中国文学在理论范畴的逐步推进奠定了必要的基础。

　　现代中国文学的理论建构同样是在域外文学理论的刺激和影响下逐步发展起来的,一方面,在经历了初期的理论转型以后,中国文坛开始普遍将目光转向域外,并且在20世纪20年代前期掀起了广泛的文艺理论译介高潮。这个时期的译介渠道,一是直接译述欧美最新的理论著作,比如傅东华和金兆梓译潘莱的《诗之研究》(1923)、景昌极和钱堃新译温彻斯特的《文学评论之原理》(1923)、东方杂志社编纂的《文学批评与批评家》(1924)、华林一译哈米顿的《小说法程》(1924)、汤澄波译培里的《小说的研究》(1925)等;二是转道日本引进各式理论著述,其中最为突出的就是樊从予译厨川白村的《文艺思潮论》(1924)、丰子恺译及鲁迅重译的厨川白村的《苦闷的象征》(1925、1926),以及章锡琛译本间久雄的《新文学概论》(1925),厨川白村和本间久雄的著作对于中国现代文学的理论建设有着极为重大的意义与深远的影响。另一方面,早期的理论家们已开始借鉴不同的理论观点来展开新的文学批评,并且在积极吸纳域外理论的基础上初步构建起了富有自身民族特色的新文学理论的雏形,由此也形成了一种"西体中用"式的文学批评模式(用中国传统文学的范例来证明和强化西式理论的合法性),如吕澂的《美学概论》(1923)、胡毓寰编的《中国文学源流》(1924)、王希和的《西洋诗学浅说》(1924)、简贯三的《文学要略》(1925)、张资平的《文艺史概要》(1925)等。当然,中国传统的文学观念在这个时期并没有完全消失,包括章学诚的《文学大纲》(1939再版)、章太炎的《文学论略》(1925)、马宗霍的《文学概论》(1925)、徐敬修的《文学常识》(1925)等,它们既在一定程度上延续了中国传统的"大文学"概念,同时也为新的文学理论的知识建构提供了某些必要的资源。

在广泛引进域外文学理论著述的基础上,中国理论家们开始自主建构自身文学理论的独立知识系统,现代中国文学的理论与批评也逐步进入一个相对成熟和发展的繁荣时期。从整体上看,这个时期的理论形态主要显示为三种类型:一是以欧美文学理论与批评为蓝本,重新确立了现代中国文学的基本观念(文学的重新定位)与核心要素(主要理论范畴如想象、情感、思想、形式等);二是以苏俄新兴文艺思想为蓝本,初步建立了唯物史观文学论的理论框架;三是以寻求中外古今文学思想的对话与融合为目的,形成了诸多"会通"式的文学理论文本。这三种理论类型基本上奠定了后世中国文学的主要理论模式。

这个时期对于域外文学理论的译介方式已经发生了根本性的转变,即从早期的盲目接纳"最新"理论到有选择地引介(集中选择某类理论如文学社会学、文艺心理学等以展示其知识全貌),再到向"知识溯源"的方式转化。新文学作家们在这个时期也同样有不同形态的理论著述,包括郁达夫、田汉、老舍、傅东华、夏丏尊、朱光潜、许钦文、梁实秋、孙俍工、赵景深等,新文学作家的理论批评著述由于有着其自身丰富的创作经验作为实践基础,所以比之其他纯粹的理论著作更具有创造性的理论贡献。值得特别注意的是,这个时期唯物史观的文学理论及其批评的繁盛最为引人注目。在众多翻译者的共同努力下,苏俄文艺理论著述的译介一时成为焦点,大量对中国左翼文艺理论与批评产生过深刻影响的苏俄理论著作被译介到了中国,如画室译昇曙梦的《新俄的无产阶级文学》(1927)、江思译伊可维支的《唯物史观的文学论》(1928)、雪峰译卢那卡尔斯基的《艺术之社会的基础》(1929)、鲁迅译片上伸的《现代新兴文学的诸问题》(1929)、苏汶译波格达诺夫的《新艺术论》(1929)、鲁迅译卢那卡尔斯基的《艺术论》(1929)和蒲力汗诺夫的《艺术论》(1930)、戴望舒译伊可维支的《唯物史观的文学论》(1930)、刘呐鸥译弗理契的《艺术社会学》(1930)等。在此基础上,冯乃超、冯雪峰、潘梓年、顾凤城等人的理论与批评著述对于中国左翼文艺理论知识系统的初步建构做出了重要的贡献。当然,除了主流的文学理论著述和译介以外,梁启超、刘永济、姜亮夫、吴宓、程会昌、钱基博等人的相关理论著述倡导以寻求中西古今文学对话与融通的可能性为目的的理论研究,由此也形成了一种独特的"会通"式的文学理论知识序列,对后世文学理论与批评范型的转换同样不乏深刻的启发。

自 1937 年开始,由于全面抗战及内战的爆发,现代中国的文学版图被划分成了多个不同的区域,加之现实需求及文学审美等多重诉求的影响,中国文学的理论形态也形成了多元并存的格局。但从另一方面来看,也正是因为战争因素的介入,现代中国文学才与人自身的生命体验及身份认同等发生了直接的关联;虽然这个时期的理论建构似乎出现了某种程度的停滞,但实际上,这一新的知识系统其实恰恰得到了切实的现实检验和深化。正因为如此,这一时期那些被逐步强化起来的观念与范畴(如主题、形式、民族性、倾向性、题材、典型、世界观、创作方法等),才为后来"中国形态"的文艺思想与理论构架的真正确立奠定了根本的基础。多元形态的理论建设过程中,唯物论经典文学理论的译介及其论争是这个时期的一个重要的现象,后来对中国文学理论与批评影响至远的左翼文学理论及其知识构架,就是在这个时期基本确立起来的,这其中主要包括以蔡仪、以群、周扬、田仲济及维诺格拉多夫等人的著述为代表所建构起来的左翼文学理论体系。同时,由于有了较为充分的理论资源及创作实践上的既有成果,持不同思想倾向的批评家们,如李何林、瞿秋白、郑学稼、李长之、徐懋庸、何幹之等,也开始对中国新文学自身的基本性质及内在特征进行重新估价与定位。此外,以陈铨、曹葆华、李健吾、梁宗岱、冯文炳、袁可嘉等人的批评著述为代表的一支则对几乎同步发展的域外"现代主义"表示了认可。但就中国新文学发展的实际境况而言,这一类的理论建树在当时只能作为某种边缘性的理论形态而存在,它们所提供的理论资源一直到 20 世纪中后期才逐步发挥出相对独特的效用。

与传统中国文学相比,现代中国的文学面貌已经发生了根本性的转变,而这种变化首先就是以"文学"自身在思想观念上的彻底革新与理论知识的系统化建构作为突破口才得以实现和完成的。一方面,革新与建构是基于对传统"经学/诗学"思想之有限性的深刻反思;另一方面也得益于在域外文学理论知识的启发之下对中国文学既有的思想理论资源所做出的系统的清理与整合。由此才逐步构建起了全新的现代中国文学的理论体系,即一种以"时间"维度上的文学史研究、"空间"维度上的域外(民族国家)文学研究,以及"科学"维度上的文学理论研究为基本支点的立体的理论知识系统。正是这三个维度的逐层叠加(知识增殖)才最终建构起了现代中国文学的整体理论框架。

文学理论著述的编纂并不单纯是一种形式上的知识聚合,其在更为隐蔽的层面上恰恰意味着对于知识本身的某种有意识地接纳/遗弃、彰显/遮蔽、肯定/抵制等二元对抗形态的呈现。当价值判断先行于客观的事实判断之时,其所形成的知识构架本身就会发生变形,而寻找这种知识构成的基本要素及其发生变形的原因与流脉即是知识谱系研究的核心内容。

　　总结现代中国文学在理论建设方面的成就,是一项浩大而繁复的工程,本项研究侧重以有关文学基础理论与批评的专著和译著为考察对象,借助相关知识谱系学的一般理论,通过对具体个案文本的细读、考证与知识序列的分析和比较研究,全面总结和清理中国现代文学在基础理论与批评领域所取得的成就及其发展演进历程。一方面,重点分析不同类型及价值取向的理论著述及译著在其撰写编纂过程中所形成的理论建树、创新思想、价值倾向、知识范型及其核心理论元素,以便为当代及未来中国文学的理论创新与发展提供积极可靠的理论资源;另一方面,通过对 1912—1949 年 30 余年间所产生的几百部相关的理论与批评译述及著作的检视、梳理、考证和评判,来全面描述和展示现代中国文学理论家们的业绩与现代中国文学理论的学术风貌,以此勾勒出现代中国文学在理论建设领域所走过的艰难而曲折的发展历程。本项研究试图从宏观和微观两方面进一步深化和拓展现代中国文学的相关研究,同时将知识谱系学的一般方法具体应用于对中国现代文学理论的具体分析,以期为中国现代文学的相关研究提供有效的范例。

第一编
中国文学的理论转型与现代文学"理论"意识的初萌
（1912—1920）

第一章　传统中国文学系统中"理论"研究的一般地位及其知识构成①

作为独立学术的现代中国"文学"研究,发轫于中国近代审美思想的转换及以现代教育体制为依托的文学学科的逐步确立,其间历经了一个相当复杂的转化过程。西方美学思想对于中国传统审美意识的冲击固然是不可忽视的重要因素,但一切变化都必然是以其内在的转变为根本,中国传统的文学理念与学术意识在吸纳西方"美学知识"与"学科范畴意识"的基础上,最终才确立了具有现代意义的"文学"研究的基本范畴及其独立学科的学术地位。

一、传统"词章"之学的学术定位

传统中国的学术研究有其完全区别于西方学术研究的特定的思想背景与学术谱系,有两千余年历史的"经学"一直是作为中国传统学术的核心而存在的。它从根本上规定了中国学术的特定"知识"范型,并深刻影响着传统中国的政治思想、学术规范、知识形态以及民族文化心理与思维模式。但无论是官学还是私学,在清代中叶以前,其学术本身"政-学"一体的结构模式基本上没有根本性的变化。

从总体上讲,中国传统的学术研究主要有汉学和宋学两大流脉:汉学重疏证,以此形成了后世"语言"诸学科的基础;宋学重达意,从而构成了后世以"伦理"为核心的诸学科的雏形。在整个中国传统学术的框架内,其实并没有现代意义上的作为学科的"文学"的独立学术地位。中国古代的"文学"实际指的是"文章学",包含"文字(音韵)"与"词章"两大部分,鲁迅所称的汉末魏晋时期"文学"的自觉,主要指的还是"文章"的"文体意识"的初步确立,即"以文(章)为学",或者说开始自觉地把"文章(文体)"本身看作是基本的研究对象,而并不是指"文学"作为独立学科的学术意识。此外,中国古代的所谓"诗学"实际上包括了"《诗经》学"与"诗(词)话"两种形态,《诗经》的注疏、考证及释义属于正统"经学"的学术范畴,而"诗(词)话"则

---

① 参贺昌盛:《晚清民初"文学"学科的学术谱系——从"词章"到"美术"再到"文学"》,《学术月刊》2007年第7期。

主要属于"怡情之术",所以常常不被视为正统的学术研究,这种情形与西方的"诗学"范畴有着根本的区别。

一般说来,中国传统学术基本属于"通识"研究,其自身并没有具体的学科划分。古代中国虽然也有所谓"六艺""七略""四部"等之类的说法,却并不是严格意义上的"知识"分类,因此,对于"词章"的研究本身常常只能依附于其他的学术研究,即使在有了初步的"词章"研究的类别意识之后,其研究本身的地位也一直是很低的。宋代的程颐就曾说:"古之学者一,今之学者三,异端不与焉。一曰文章之学,二曰训诂之学,三曰儒者之学。欲趋道,舍儒者之学不可。"他同时又特别强调:"今之学者有三弊:一溺于文章,二牵于训诂,三惑于异端。苟无此三者,则将何归?必趋于道矣。"①这种看法经王阳明和戴震等人的承继,一直到清中叶以前,"词章之学"始终都是尊"实学"为正统的学者所鄙视的范畴。比如戴震就认为:"古今学问之途,其大致有三:或事于理义;或事于制数;或事于文章。事于文章者,等而末者也。"②只不过到清中叶桐城派勃兴,为了协调汉宋之争,"词章"一门才基本上被纳入正统学术之中。姚鼐有云:"余尝论学问之事有三端焉:曰义理也,考证也,文章也。"③曾国藩又进一步分学术为四:"曰义理,曰考据,曰辞章,曰经济。义理者,在孔门为德行之科,今世目为宋学者也。考据者,在孔门为文学之科,今世目为汉学者也。辞章者,在孔门为言语之科,从古艺文及今世制义诗赋皆是也。经济者,在孔门为政事之科,前代典礼、政书,及当世掌故皆是也。"他这里所说的"文学"主要是就"文字"和"音韵"而言,而他所认定的"词章"与"文学"的区别则是:"韩、柳、欧、曾、李、杜、苏、黄,在圣门则言语之科也,所谓词章者也;许、郑、杜、马、顾、秦、姚、王,在圣门则文学之科也。"④

不难看出,"词章"能够被纳入正统的"学术"研究之列,确实有赖于桐城派诸学人的持续努力。但是,"词章"虽然已经可以与考据和义理相并列,却仍旧只是传统"经学"研究的辅助性手段;在真正致力于学术研究的人看来,"词章"即使可以被视为"学术"之一种,却依旧不能作为学术的主流而存在。梁启超在戊戌以前尊康有为之教,即认为:"词章不能谓之学。……若夫骈俪之章,歌曲之作,以娱魂性。偶一为之,毋令溺志。"⑤又说:"所谓'纯文艺'之文,极所轻蔑。高才之士,皆集于'科学的考证'之一途。其向文艺方面讨生活者,皆第二派以下人物,此所以不能张其军也。"⑥刘师培在考察近代中国文学的变迁时也曾指出:"近世之学人,其对于词章也,所持之说有二:一曰鄙词章为小道,视为雕虫小技,薄而不为;一以考证有妨于

---

① 程颢、程颐:《二程遗书·卷十八》,上海:上海古籍出版社,2000年,第235页。
② 戴震:《与方希原书》,《戴震文集》,北京:中华书局,1980年,第143页。
③ 姚鼐:《述庵文抄序》,《惜抱轩文集·卷四》,同治丙寅(1866)省心阁重刊本。
④ 曾国藩:《劝学篇示直隶士子》《圣哲画像记》,《曾国藩全集》,长沙:岳麓书社,1994年,第442、250页。
⑤ 梁启超:《万木草堂小学学记》,《饮冰室合集(第二册)》,北京:中华书局,1936年,第35页。
⑥ 朱维铮校注:《梁启超论清学史二种》,上海:复旦大学出版社,1985年,第84页。

词章,为学日益,则为文日损。是文学之衰,不仅衰于科举之业也,且由于实学之昌明。"①

从学术演进的角度上看,传统中国的"词章"研究并不是依据"历史"(纵向)与"知识"(横向)这类的维度构建起来的,因而从根本上缺乏一种作为独立学科而存在的学术质量与学科基础。但因为其包含了后世"文学"研究的核心内容,"词章"又不能不被视为汉语"文学"研究的历史"正源",所以,我们一方面不得不把"词章"这一混杂着"经学""理学""心学"甚至"佛学(禅宗)"等内涵的"混合体"纳入"文学"研究的视野之中,而另一方面,那类并不纯然属于"词章"本身的核心范畴如"文""辞""体""笔"等也同样成为文学之"理论"的基本支撑。这也许正是造成后世"文学"研究的"学科界限模糊"(常与哲学或历史等学科相交错)与"学科范畴混乱"(文学理论、诗学、美学、文艺学等范畴的混用)的最为根本的内在原因。

随着西学东渐的逐步展开,西方意义上的"文学"之"审美"内涵及学科设置日渐成为现代中国"文学"研究的重心,一种以外在的"知识观照"为基本方式的"文学"研究体式开始取代中国传统"词章"研究的"文体辨析"与"直观感悟"等模式,进而奠定了现代中国之"文学"研究的基本理论框架。这一范型转换的优势在于,一方面它能够使"文学"研究本身获得某种相对清晰的方向感,同时也有利于文学自身理论的体系化发展;但另一方面,它也潜伏了某种几乎无法避免的隐患,即在文学理论自身逐步完善的体系化过程中,文学研究很容易深陷于僵化的知识描述而与充满活力的文学现象相脱节,由此也将使"文学"研究本身最终失去其鲜活的感性生命力。

二、从"词章"到"美术":"文学"之学术特性的初步确立②

钱穆曾说:"文化异,斯学术亦异。中国重和合,西方重分别。民国以来,中国学术界分门别类,务为专家,与中国传统通人通儒之学大相违异。"③晚清学术思想的深刻变化无疑首先来自由"西学"引进所带来的空前的"知识"冲击。有清一代,对于西学的引进大致历经了"西学中源""中体西用"和"废中立西"这样三个大的阶段。所谓"西学中源",主要是为了在"中学"的"知识"结构框架内为"西学"寻找到某种得以立足的合理依据。而所谓"中体西用",按照张之洞的意见,即指中国传统的经史之学仍当被奉为根本之学(本体),而西方的政艺之学则只能致用。但事实

---

① 刘师培:《论近世文学之变迁》,舒芜等编选:《中国近代文论选》,北京:人民文学出版社,1981年,第580页。
② 参贺昌盛:《现代中国"美学"学科的确立——从"词章"到"美术/美学"》,《中国文学批评》2018年第2期。
③ 钱穆:《现代中国学术论衡》,长沙:岳麓书社,1986年,第1页。

证明，强行将一种有着自身科学逻辑与结构配置的"西学"知识体系，分解、重组并纳入另一种非科学结构的知识系统之中，其结果，知识的不断增殖与系统容量有限性之间的矛盾就必然会造成既有结构系统的膨胀、蘗变和最终的瓦解，"中学"的知识配置标准因此也不得不进入以"西学"知识分类系统与学科体系取代"中学"的"废中立西"的全新阶段。这种变化首先意味着学术研究的知识体系本身发生了深刻的裂变，而对于西学整体知识结构的重新认识也成为学术资源配置所必须解决的首要问题。具体到"文学"研究而言，就首先必须对传统学术中的所谓"词章""文学"等基本范畴的内涵与外延做出全新的定性和定位。也正因为如此，晚清民初才出现了王国维、梁启超、蔡元培、鲁迅等人对于"文学审美"的"精神"特性的大力张扬，作为独立范畴的"文学"在其内涵、外延、功能及形式特征等方面的基本学术质量也才真正得到了初步的确立。"文学"也因此从中国传统的"非学术"形态一变而成为"学术"之一种。

虽然从整体上讲，清代学术依旧保留着传统学术的根本框架，但自桐城派起，"义理""考据""词章"开始有了某种相对明确的界限划分，加上《四库全书》对既有古籍的彻底整理，清代学术就实际形成了对中国传统学术的一次较为全面的知识整合。也正是在这样的前提下，"词章"才作为一种独立的学术研究被凸显出来。出于桐城派对于"文章"本身的刻意强调，清代的"词章学"研究尽管仍然沿袭的是传统学术中"文章"与"义理""考据"等混杂共存的通识学术研究模式，但"词章"研究自身独有的感性特征已经重新引起了研究者的兴趣和重视（如姚鼐、章学诚、刘熙载等）。同时，由梁启超等人所发起的"三界革命"也使得"文学"概念本身开始逐步与"文字""音韵"等相脱离。1902年《新民丛报》在介绍《新小说》杂志时，所用标题即为《中国唯一之文学报〈新小说〉》。[①] 梁启超在其《论小说与群治之关系》中也同样举小说为"文学之最上乘"。应当说，这一细微的变化实际已经为晚清学人对于"文学"的本质特性——"美"的范畴的确立奠定了初步的基础。

从中国传统学术的发展历史来看，所谓"美"，从来就不是一个独立的学术概念，王国维就曾叹息说："呜呼！我中国非美术之国也！"[②]"美术之无独立之价值也久矣！此无怪历代诗人，多托于忠君爱国、劝善惩恶之意，以自解免，纯粹美术上之著述，往往受世之迫害而无人为之昭雪者也。此亦我国哲学、美术不发达之一原因也。"[③] 严复对此也有同感，他在翻译孟德斯鸠《法意》一书时所写的按语中就认为："吾国有最乏而宜讲求者，然犹未暇讲求者，则美术是也。夫美术者何？凡可以娱

---

① 新小说报社：《中国唯一之文学报〈新小说〉》，陈平原、夏晓虹编：《二十世纪中国小说理论资料（第一卷）1897—1916》，北京：北京大学出版社，1989年，第41页。
② 王国维：《孔子之美育主义》，佛雏校辑：《王国维哲学美学论文辑佚》，上海：华东师范大学出版社，1993年，第257页。
③ 王国维：《论哲学家与美术家之天职》，傅杰编校：《王国维论学集》，北京：中国社会科学出版社，1997年，第296页。

第一章 传统中国文学系统中"理论"研究的一般地位及其知识构成

官神耳目,而所接在感情,不必关于理者是已。……美术者,统乎乐之属者也。"①

古典形态的中国学术研究为了维护传统"经学"系统中"道"或"理"等核心范畴的地位不受到损害,纯然感性的"美"("文饰""辞藻"等)常常被视为有害的因素而被排斥在学术之外,所以,从这个角度来说,"美"作为一种独立范畴的出现确实打开了一个全新的局面。鲁迅曾指出:"美术为词,中国古所不道,此之所用,译自英之爱忒(art or fine art)。"并解释说:"顾实则美术诚谛,固在发扬真美,以娱人情,比其见利致用,乃不期之成果。""美术云者,即用思理以美化天物之谓。苟合于此,则无间外状若何,咸得谓之美术;如雕塑,绘画,文章,建筑,音乐皆是也。"②鲁迅此文作于 1913 年,事实上,在此之前,鲁迅在 1907 年写就的《科学史教篇》及《摩罗诗力说》中就已经多次提及"美术"一语,鲁迅认为:"由纯文学上言之,则一切美术之本质,皆在使观听之人,为之兴感怡悦。文章为美术之一,质当亦然。"③其所强调的核心即是对"美感经验"的高度重视。可见,至少在清季民初的一段时期里,"美术"一语实际一直是被当作"美学"或"审美"的代名词在广泛使用着的,而认定"美感经验"的呈现应当被看作是"文学"的最为核心的本质特性,以及"文学"当属于"艺术/美术"之一种等看法,在学界也已经达成了某种相对普遍的共识。如刘半农所说:"文学为美术之一。"④吴宓也同样认为:"诗为美术之一,凡美术皆描摹人生者也。……美术皆造成人生之'幻境'(Illusion),而此'幻境'与'实境'(Actuality)迥异。"⑤

现代"审美"意识的真正确立首先应当归功于王国维。王国维对于哲学与文学的研究主要集中在民国前的 1901—1911 年约 10 年间,其《红楼梦评论》一直被视为开启现代中国"审美"意识的典范之作。王国维对"美术"的基本界定是:"美术之务,在描写人生之苦痛与其解脱之道,而使吾侪冯生之徒,于此桎梏之世界中,离此生活之欲之争斗,而得其暂时之平和。此一切美术之目的也。""美术中以诗歌、戏曲、小说为其顶点,以其目的在描写人生故。"⑥王国维曾将"学术"分为三种,"曰科学也,史学也,文学也。"具体而言,"凡记述事物而求其原因、定其理法者,谓之科学;求事物变迁之迹而明其因果者,谓之史学;至出入二者间,而兼有玩物适情之效者,谓之文学"⑦。

另一位将"审美"作为现代学术核心范畴加以确立的是蔡元培。蔡元培在民初所撰写的一系列文章,如《对于教育方针之意见》(1912)、《华法教育会之意趣》

---

① 王栻主编:《严复集(第四册)》,北京:中华书局,1981 年,第 988 页。
② 鲁迅:《拟播布美术意见书》,《鲁迅全集(第八卷)》,北京:人民文学出版社,2005 年,第 50、52、51 页。
③ 鲁迅:《摩罗诗力说》,《鲁迅全集(第一卷)》,北京:人民文学出版社,2005 年,第 73 页。
④ 刘半农:《我之文学改良观》,《新青年》第 3 卷第 3 号,1917 年 5 月。
⑤ 吴宓:《诗学总论》,徐葆耕编选:《会通派如是说——吴宓集》,上海:上海文艺出版社,1998 年,第 225 页。
⑥ 王国维:《红楼梦评论》,傅杰校:《王国维论学集》,北京:中国社会科学出版社,1997 年,第 357、354 页。
⑦ 王国维:《〈国学丛刊〉序》,傅杰编校:《王国维论学集》,北京:中国社会科学出版社,1997 年,第 403 页。

(1916)、《以美育代宗教说》(1917)等,都是在现代"美感经验"的普遍意义上使用"美术"这一概念的。蔡元培认为:"世界各国,为增进文化计,无不以科学与美术并重。""美术本包有文学、音乐、建筑、雕刻、图画等科。""在现象世界,凡人皆有爱恶惊惧喜怒悲乐之情,随离合生死祸福利害之现象而流转。至美术,则即以此等现象为资料,而能使对之者,自美感以外,一无杂念。"①如此等等。直到1920年,他在《美术的起原》一文中才明确指出:"美术有狭义的,广义的。狭义的,是专指建筑、造象(雕刻)、图画与工艺美术(包装饰品等)等。广义的,是于上列各种美术外,又包含文学、音乐、舞蹈等。西洋人著的美术史,用狭义;美学或美术学,用广义。现在所讲的也用广义。"②

以此可见,在晚清民初的近30年间,"美术"作为一个特定的学术范畴,在其内涵与外延上已经初步具备了后世"美学"学科的基本雏形;换言之,"美术"或"美学"已经逐步发展成为一个完全区别于中国传统学术的独立的"属概念",它可以包含诸如文学、音乐、绘画、舞蹈、雕塑、建筑等一系列的"种概念"。而"文学"本身也可以作为另一个有其特定外延的"属概念"把诗歌、小说、戏剧及词、曲、赋、文等更为具体的"种概念"容纳进来,并使其自身逐步发展成为一门具有一般学术意义的独立存在的学科。这一以"文学"为核心范畴的完整的知识系统已经跟中国传统的"词章学"体系有了根本性的区别,其标志就是,在内涵上,"美感经验"成为"文学"特性的核心的本质规定,而在外延上,则重新接续了传统学术有关"词章"研究的"文体"类别。梁启超曾说:"凡一学术之兴,一面须有相当之历史,一面又乘特殊之机运。"③晚清民初所出现的"美术""文学"等特定术语,实际承担的就是一种确立其作为学科的学术意义的功能。

三、民初"文学"的学科定位:通识学术向专精学术的转化

作为独立学术门类的"文学"学科的确立跟近代高等教育体制的逐步改善也有着非常密切的关系。朱希祖曾说:"故建设学校,分立专科,不得不取材于欧美;或取其治学之术以整理吾国之学。"④大学所提供的实际上是一种相对稳定的学术系统与研究平台。从京师大学堂开始,近代大学教育体制的不断革新对于"文学"学科的建立无疑起到了根本性的推动作用,它不仅使"文学"从传统经学"道统"的附

---

① 蔡元培:《在北京大学音乐研究会之演说词》《在中国第一国立美术学校开学式之演说》《对于教育方针之意见》,《蔡元培美学文选》,北京:北京大学出版社,1982年,第82、77、4-5页。
② 蔡元培:《美术的起原》,《蔡元培美学文选》,北京:北京大学出版社,1982年,第86页。
③ 朱维铮校注:《梁启超论清学史二种》,上海:复旦大学出版社,1985年,第24页。
④ 朱希祖:《文学论》,周文玖选编:《朱希祖文存》,上海:上海古籍出版社,2006年,第46页。

属地位中独立出来,而且从根本上改变了传统"词章学"的既有面貌,同时也为后世的"文学"研究确定了初步的学术界限与发展取向。

1898年京师大学堂创办之初,并无具体的科系之分。中国近代教育制度的真正转型应当肇始于清光绪二十八年(1902年)颁布的"壬寅学制"(即《钦定京师大学堂章程》)。这是中国近代第一次以政府名义规定的完整学制,但并未正式颁行。1903年,张之洞会同张百熙、荣庆共同对学堂章程进行了修订,史称"癸卯学制"(即《奏定学堂章程》),该学制被正式颁行并一直沿用至清末。兹将晚清民初自京师大学堂到北京大学时期"文学"学科在设置上的变化分列如下。①

1902年的壬寅学制:普通中学课程设"词章"一科;大学堂科目即分列经学、政治、文学、医科等八门,其中"文学"科含理学、诸子、掌故、词章及外国语言文字。

1903年的癸卯学制:普通中学之"词章"科改为"中国文学";大学分列"文学"科为九科之一,下含中国史、万国史、中国地理、中国文学及英、法、俄、德、日等国别文学,其中中国文学一门的主课又包含了文学研究法、说文、音韵、历代文章流别、周秦传记杂史及先秦诸子等具体科目。

1905年(光绪三十一年),废除科举制度。

1912年5月,京师大学堂正式更名为国立北京大学,合经、文两科为"文科"。

1912年10月,教育部颁布《大学令》,分大学科目为文、理、商等七科。

1913年10月,教育部颁布《大学规程》,列大学文科为哲学、文学、历史学和地理学四门,其中"文学门"包括国文学、梵文学及英、法、德、意等国的语言文学科目。

1919年,北京大学改门设十四系,中国文学系开始单列为系。

1921年11月,北京大学研究所国学门成立,分设文学、史学、哲学、语言及考古五类,"文学"正式成为以独立学科出现的学术研究科目。

虽然在经过了近20年的学科转换之后,"文学"终于名正言顺地确立了自身独立的学术地位,但一直到20世纪20年代初期,这一既成学科的学术研究界限仍然显得十分模糊。作为学科的"中国文学"实际并不只是单指"文学",其最初仅仅是相对于"外国文学"而言的一门学科,所以,准确地讲应当指的是"语文",其包含了习字、文章及文学诸科,由此也使得"文学"在具体的研究中其"词章学"的痕迹依旧非常明显。比如林传甲所讲授的《中国文学史》(1910)基本上还属于传统的纪年体"文章流别论",姚永朴所开设的《文学研究法》(1916)几乎涵盖了音韵、训诂、词章、修辞等所有桐城派国学的内容,黄侃讲授的《文心雕龙》(1914)则明显保留了晚清文选派的余韵,刘师培的《中国中古文学史讲义》(1917)所承接的也仍是阮元的"文言""翰藻"的学脉。而真正立足于文学之"感性审美"本质去观照文学现象本身的,

---

① 参陈宝泉:《中国近代学制变迁史》,北平:文化学社,1927年;蔡香芹:《中国学制史》,上海:世界书局,1933年;梁柱:《蔡元培与北京大学》,北京:北京大学出版社,1996年。

当属集中开设于1920—1921年的周作人的《欧洲文学史》、鲁迅的《中国小说史》、吴梅的《中国戏曲史》及胡适的《国语文学史》。也正是这类以全新面貌出现的文学史系列研究,才逐步从根本上彻底改变了传统"词章学"的学术体系范型,并将新生的"美术"意识真正渗透到了作为现代学术的"文学"研究之中。

民国初年"文学"研究最为突出的成就应当在于"文学"的"时间维度""空间维度"及"科学维度"的确立。"时间维度"的确立主要显示在民初的"文学史"研究及文学的"断代意识"的出现上,这一时期的研究不仅涉及整体的"文学"演进历史的清理,同时还涉及文学各类"文体"的"专门史"的研究,传统"词章学"的个案研究被纳入了"文学思潮"的观念范畴之中,"文学"也因此初步确立了"文学史"学科的合法性。而在文学的"空间维度"上则生出了文学的"异域意识"(划分域外文学或国别文学),其与文学的"历史意识"相互结合,最终形成了各式"域外文学史"及"域外文学个案"的专门研究,它同时也为中国文学自身的研究提供了比较与参照。

与"文学史"研究密切相关的则是关于"文学"本身的基础理论的研究,也即文学研究的"科学维度"的确立,其主要体现在民初文学理论与文学批评日渐科学化的进程上。郭绍虞、罗根泽、王运熙、顾易生等人在其有关"中国文学批评史"的著述中一直都在不断追溯"文学"一词的语义演进史,其实就是在对传统文论进行科学化的辨析和区分。早在1917年蔡元培执掌北大之初,他就具体设想过将"文学概论"首列为通科课程,"略如《文心雕龙》《文史通义》之类"①。虽然其所显示的仍旧是"词章学"的理路,但这里毕竟已经透露出了尝试系统研究文学之基础理论的初步信息。蔡元培的设想最终并没有真正落实,而在南京高等师范学校却由梅光迪首先开设了专门的"文学概论"课程(1921),其所采用的教材则是温彻斯特的《文学评论之原理》。除此以外,高山林次郎的《近世美学》(1920)、托尔斯泰的《艺术论》(1921)、厨川白村的《近代文学十讲》(1921—1922)、马霞尔的《美学原理》(1922)、黑田鹏信的《美学纲要》(1922)等一系列有关的基础理论著述也相继被译介到了国内,这无疑又为民初学人对于文学基础理论的研究打开了更加开阔的视野。

事实上,作为学科的"文学"研究本身是不太容易在文学史、文学批评及文学基础理论之间划分出严格的界限的。韦勒克和沃伦就曾强调过:"文学理论不包括文学批评或文学史,文学批评中没有文学理论和文学史,或者文学史里欠缺文学理论与文学批评,这些都是难以想象的。"②乔纳森·卡勒也曾指出:"19世纪末以前,文学研究还不是一项独立的社会活动:人们同时研究古代的诗人和哲学家、演说家——即各类作家……直到专门的文学研究建立后,文学区别于其他文字的特征

---

① 杜书瀛、钱竞主编,旷新年著:《中国20世纪文艺学学术史(第二部下卷)》,上海:上海文艺出版社,2001年,第67页。
② [美]韦勒克、[美]沃伦:《文学理论》,刘象愚等译,北京:生活·读书·新知三联书店,1984年,第32页。

问题才提出来了。"①"文学"范畴虽然作为一个具有高度统摄功能的"属概念"被初步确立了起来,但要真正给予纷繁复杂并且始终处于变动之中的文学现象以合理的解释,却并不是件简单的事情,更何况"文学"本身就是一种以不断创造为己任的事业。这也许就是在各个不同的时期总是会反复出现对于"文学"本质特性的不断辨析的潜在原因。学科体系的建立及其核心范畴的规定是显示学科独立特性的基本标志。文学的"时间维度""空间维度"及"科学维度"的确立,使传统的"词章学"摆脱了其纯然感性的基本质素而使之具有了理性辨析的理论学术色彩,"文学"实际上也因此成为一种区别于传统"词章学"的单纯"文体意识"并有其独特的统摄功能的专门"知识",正是这一变化为后世"文艺学(或美学)"学科的建立奠定了基础。

四、"文学"学科的知识增殖与知识变形:
在"致用"与"审美"之间

中国传统的通识学术以"宗经""传道"为其根本的目的,但实际的"词章学"研究却一直都是在"致用(对外)"与"怡情(对内)"这两个层面上同时展开,所以我们一方面会肯定地讲,传统意义的"文"基本是"载道"之作,一方面同时也会感觉到,那类大量存在的纯属个人抒发性情而作的诗词曲赋其实跟"载道"并无多大关系,而恰恰正是这部分文本的存在才更符合现代意义上的"非功利性审美"的基本标准。这也正是民初之际众多学者常常分文学为"杂文学"与"纯文学"的基本依据。换句话说,不是文学发展中到底是"载道"还是"审美"孰为"主流"的问题,而是自近代开始,当"文学"作为一个迥然区别于传统既有之"文学"意义的统摄性学术范畴时,必然需要从外延和内涵上重新加以界定的问题。在外延上,它必须把除"诗"以外的词、曲、赋及小说等这类传统学术之外的所谓"小道"也纳入"文学"观照的范围之中来,以使其首先获得一种合法的"学术"地位("名"正而"言"顺);而在内涵上,却又不得不受制于汉语语境中既有"文学"概念的本有含义(即"文""笔""辞""章"等)的束缚。晚清民初几乎所有的文学史或文学基础理论研究大都把"文学"的源头追溯到先秦的孔子时代就是一个明显的例证,因为缺少了由历史渊源所累积起来的"文学"的基本内涵,则所谓"文学"研究仍旧不具有任何"学术"上的意义。晚清民初的这种立足传统而又暗中置换其内涵和外延的做法,其实是一种巧妙的变通。它使单纯的"诗经-诗(话)"研究被拓展到了词、曲、赋及小说、戏剧等更广大的文体分类研究领域中去,并为所有"新兴的文学(如白话文学)"的合法存在及其研

---

① [美]乔纳森·卡勒:《文学性》,[加]马克·昂热诺等主编:《问题与观点:20世纪文学理论综论》,史忠义等译,天津:百花文艺出版社,2000年,第30页。

究预留了更为开阔的"学术"空间。

尽管胡适一直被推为"新文学"的首席发难者,但他早期所理解的"文学"却同样是以传统的"文"为根本依据的。他曾肯定地讲:"语言文字都是人类达意表情的工具;达意达得好,表情表得妙,便是文学。"所以,文学的三个基本条件就是,"第一要明白清楚,第二要有力能动人,第三要美"①。从实质上讲,他所认定的"文学"的标准其实与桐城古文所强调的"义理(立论清晰)""考据(言之有据)""词章(训雅精当)"并没有什么根本性的区别。胡适实际的本意并非是在寻求"新文学"的重新定位,而是首先需要为"白话文"争得一席"言说"之地。陈独秀对于他之所谓"言之有物"的反驳就是一个证明,陈氏认为:"若专求'言之有物',其流弊将毋同于'文以载道'之说? 以文学为手段为器械,必附他物以生存。窃以为文学之作品,与应用文字作用不同。其美感与伎俩,所谓文学美术自身独立存在之价值,是否可以轻轻抹杀,岂无研究之余地?"②

过渡时代的这种类似于偷梁换柱的做法虽然为最终确立"文学"的合法学术地位奠定了基础,但它本身也为后世文学的"致用"与"审美"两种功能的话题的持续展开埋下了伏笔。也就是说,在面对所有文学现象之时,批评者其实都必须在这两种功能上做出某种价值选择,所以,我们不能简单地认为是梁启超和王国维开启了现代中国文学"致用"与"审美"这样两种途径,传统"文章"这一意识本身其实就包含了这样两个层面的内涵,只不过在近代才由"文学"这一共同的范畴将其统一成为"一体",并一直延续到现在。

某种意义上说,五四时代的"文学革命"完全可以看作是清季"文界(诗界及小说界)革命"的一次"再革命",这两场空前的"革命"都可以看作是对文学之"精神"特性的重新解释。一方面,这两次"革命"把"文学"从"无用之学"转换成为"致用之学",从功能上扩大了"文学"的外延并在学术意义上延伸了清代学术的"经(世)济(用)"理念,另一方面,"革命"本身也为"文学"研究的诸种"主义"话语(如古典主义、浪漫主义、现实主义、启蒙主义、唯美主义等)的确立提供了极为开阔的诠释平台,而域外"文学"研究的基本范畴术语、体例结构及理论方式等的大量引入,在学术取向上也起到了潜在的引导作用。作为基本学术范畴的"文学"在近代以后就一直处于知识增殖与知识变形的过程之中,其独立的学术内涵也始终受到后世西方"文学"的"主义"话语及学科拓展的影响。由此,在一种不断被强化的"趋时尚新"的集体无意识心理的推动下,最终形成了以"主义"取代(或挤压、驾驭、左右)"文学"研究的趋向和潮流。

晚清民初以后的"文学"研究一直在"致用"和"审美"两种路向上分流交错,彼

---

① 胡适:《什么是文学——答钱玄同》,欧阳哲生主编:《胡适文集(第二卷)》,北京:北京大学出版社,1998年,第149页。

② 陈独秀:《答胡适之》,《新青年》第2卷第2号,1916年6月。

此消长。从"词章"到"美术"再到"文学"的学术演进形成了学院形态的以"审美"为中心的"文学"研究模式;而以"文学"的社会实践为最终目标的"文学"研究则形成了"文学+×学"的研究模式,前者突出的是"文学"的"美感经验",后者则强调"文学"在"×学"(哲学、政治学、历史学、社会学、伦理学、宗教学等)层面上的价值意义。概而言之,百年中国"文学"研究基本上就是在这样的两类模式基础上延展而来的,无论是在文学基础理论研究,还是文学思潮及文学批评研究方面,几乎一直都没有逃出这两种模式之外。在中国传统的学术领域,"词章学"始终没有形成一种连续、系统的知识生产类型,它的缺陷在于,所谓"文学"不得不始终停留在"文学感"的初级层面上而无法获得一种关于"文学"的整体性与普适性的解释。近代学术的发展从根本上改变了传统中国"通识学术"的完整体系,"文学"也因此以一个相对独立的专门化学科的身份被纳入现代学术的体制之中,有关"文学"的知识生产也就必然要沿着系统化和序列化的方向发展。但学科分类并不意味着"人"的知识完整性的分解,而恰恰意味着知识本身从分类到整体的逐步整合。

五、载籍·考据·立论——现代中国学术的方法论转换

中国学术之现代品质的确立应当追溯到晚清民初学术研究方法的深刻变革。正是在"整理国故"运动的大力推进下,作为传统学术一般方法的"载籍"与"考据"才初步具有了现代学术之方法论的意义。而随后发生的"问题与主义"之争则将学术研究逐步引向了以"立论"为先导的学术路向,并最终形成了后世相对定型化的学术研究模式。

从总体上讲,中国传统的学术研究主要有汉学和宋学两大流脉,汉学重疏证,宋学重达意,而载籍、考据之法则是传统学术最为基本的研究方法。当然,中国传统学术基本属于"通识"研究,所以在研究方法的选择上实际并没有不可逾越的界限。

一般说来,所谓"载籍"主要是指一切对于经典思想的解释都必须以既有典籍所记载的内容为根本依据,离开了这一前提,所有的解释都将可能是谬说。"载籍"方法的核心在于忠实于既有典籍,因此,"载籍"所提供的其实是解释活动本身的"文本依据"或"文本来源"。但因为自汉代开始,被尊为经典的"原始文本"出现了今文和古文两种不同的版本,经典释义遭遇到意外的挑战,"考据"之法才因此被引入学术,并逐步成为传统学术研究的重要方法之一。"考据"方法以辨音析字及核实校正文献史料等为主要内容,所以也多被视为学术研究所必不可少的"入门功夫"。在清代以前,"载籍"和"考据"对于一位学者来说应当是并行不悖的,只是出于学者自身的研究取向与兴趣所在而各有侧重。如章学诚所说:"整辑排比,谓之

史纂;参互搜讨,谓之史考。"①章学诚虽然认为两者都还不能称之为真正的"史学",但在一般方法上,实际并没有什么截然对立之处。即使专事"汉学"研究的焦循也以为若专门"设一考据名目"实属"无端"之举。②段玉裁晚年还深悔其对于考据的偏执:"训故考核,寻其枝叶,略其本根,老大无成,追悔已晚。"③事实上,如果说"载籍"所提供的是解释活动本身的合法性的话,那么,"考据"所提供的就是其解释合法性的有效依据。我们虽然普遍认为汉学重于"考据"而宋学偏于"载籍",但在这两种学术路向的发展历程中,其各自对于某种方法的倚重并不意味着就是对另一种方法的完全排斥。无论是汉学还是宋学,"载籍"与"考据"其实一直都是彼此倚重、相互补充的。

传统中国的学术研究在清代出现了重大的变化,最为明显的标识就是日益被激化的"汉宋"学术之争,而其结果就是"考据"之学在乾嘉时代成为统领几乎全部学术活动的"显学"。学者们专心埋首于"考据"固然有潜在的"政治避祸"的原因,但在另一方面,实际上也暗示出历时几千年的"载籍"释经的研究活动本身已出现了某种危机。正是出于调和学术自身内部矛盾的目的,以"桐城派"为代表的学者们才提出了"义理、考据、词章"虽为其分而实为其合的主张。尽管"桐城派"的调和并没有从根本上缓解汉宋学术之间的紧张关系,但其在学理上相对较为清晰的划分,已经与那种初步定型的"经、史、子、集"式的混容交汇的学术体例有了显著的区别。应当说,正是"桐城派"对于不同学术领域的相对划分,才为后世学术的"知识科层化"趋向奠定了最初的基础,同时也使"载籍"与"考据"各自具有了近代意义上的方法论色彩。

中国学术的面貌发生根本性的转变主要是由于西学的强势冲击,这一点已经是普遍的共识了,但任何变化都不是一蹴而就的,学术形态的更迭同样是如此。有清一代,西学进入中国曾历经过"西学中源""中体西用"和"废中立西"这样三个大的阶段。"西学中源"的学术取向以王仁俊等编撰的《格致古微》系列为代表,目的主要是为了在"中学"的系统框架内为"西学"寻找合法的依据,在方法上则明显采用了"考据"之法,即从中国传统典籍中寻找与西学一一对应的文献资料(如以女娲补天传说对应西式冶炼技术等),借以证明西学之道在中国"古已有之"。自张之洞倡导"中体西用"开始,体用之分使西学初步具有了相对独立的地位,虽然此时的"西学"因主要限于自然科学所以仍属"小道",且并不被真正的学者视为学术类型之一种,但渗透于其间的科学精神与"科层化"理念对治学者本身却有着潜移默化的影响。到严复、蔡元培等人开始全面"废中立西"之时,中国传统的学术格局才真

---

① 章学诚:《文史通义校注(上)》,叶瑛校注,北京:中华书局,1985年,第524页。
② 焦循:《与孙渊如观察论考据著作书》,《雕菰集》,北京:中华书局影印,1985年,第214页。
③ 段玉裁:《博陵尹师所赐朱子小学恭跋》,《段玉裁遗书(卷八)·经韵楼集》,台北:大化书局影印,1977年,第14页。

正被彻底打破,现代中国学术也才逐步展露出了某种雏形。

不可否认,自民初以降,中国学术的整体取向基本上是以西学为根本主导而衍生发展的,不用说西方各式学说思想的广泛引进和精研,即使是号称"新儒家"或"文化国粹主义"的学者们,其思想中也同样可以寻找到清晰的西学理路。以西学为核心的研究路向虽然极大地推进了中国学术的迅猛发展,但在不同时期也给中国学者带来了各种各样的困惑。因为如果承认中西学术确实有着内在的差异的话,那么,以西学为主干的学术研究,其无可回避的结果就是,常常在拿中国既有的思想资源,借助各种渠道去不断地证明西方学术思想的合法性,这其实是在为西学添壤加肥,而最终是不可能开出真正的中国学术之花的。

问题的症结恰恰就源于清季民初现代中国学术被初步确立之时的一次深刻的方法论变革,这场变革的特殊之处就是,在"载籍"与"考据"之外出现了"立论"的身影。

所谓"立论",简而言之,就是首先确定学术研究的思想理论根基,然后据此逐次展开各项研究。事实上,"立论"也并非是舶来的新方法,"立论"在中国传统学术中的具体表现就是"宗经""征圣",只不过传统学术格局中需要确立的思想根基(儒、释、道等)始终处于不证自明的"先在"地位,对于学者来说,其"经典性"是需要维护和解释而不是变更或摧毁的(凡有"立新论"者均将被视为离经叛道的异端),"立论"因此从来未获得过独立的方法论意义。但随着近代中国社会形态的巨变,传统中国的思想根基出现了根本性的动摇,以往在学者心目中从来未曾被怀疑过的"定论"遭遇到前所未有的质疑。在四顾茫然的情势逼迫之下,"立论"才作为一个亟待解决的首要问题被凸显了出来。

我们一般都把由胡适等人所倡导的"整理国故"运动看作是现代中国学术发生根本转型的标志,单就方法论的转换而言,胡适提出的"实证论"方法确实彻底地扭转了中国学术的既有格局。而在此之前,作为最高学术研究机构的北大国学门其实早已历经过了从"桐城"学术向章(太炎)门学术转换的过程,甚至一度形成了非"考证"不足以言学术的普遍风气,章门弟子在北大的广泛影响主要就得力于以"考据之学"取代"桐城文章"。钱基博曾描述说:"既而民国兴,章炳麟实为革命先觉;又能识别古书真伪,不如桐城派学者之以空文号天下。于是章氏之学兴,而林纾之说熸!纾、其昶、永概咸去大学;而章氏之徒代之。"[①]顾颉刚也认为:"西洋的科学传了进来,中国学者受到它的影响,对于治学的方法有了根本的觉悟,要把中国古今的学术整理清楚,认识它们的历史的价值。整理国故的呼声倡始于太炎先生,而上轨道的进行则发轫于适之先生的具体的计划。"[②]章门学术的余续为胡适、顾颉刚、

[①] 钱基博:《现代中国文学史》,刘梦溪编:《中国现代学术经典·钱基博卷》,石家庄:河北教育出版社,1996年,第222页。

[②] 顾颉刚编著:《古史辨(第一册)·自序》,上海:上海古籍出版社,1982年,第77-78页。

傅斯年等人对"实证"方法的引进奠定了相当的基础,而"实证"研究不仅拓展了传统"载籍"之法的范围(如诗文互证等),并且在经典文献的"考证"之外将"考古"也纳入了"考据"的范畴(如甲骨卜辞的研究等)。进一步说,当作为传统学术一般方法的"载籍"与"考据"最终被统领在"实证"这一全新的范畴之下时,其方法本身才真正获得了一种可以独立存在的地位。正是基于这一点,胡适才肯定地认为,勃兴于清代中叶的"乾嘉考据"之学有着科学的方法论意义。胡适的"大胆假设,小心求证"虽有明显的西学背景,但胡适对于现代中国学术的重建却是在积极吸纳了传统学术资源的基础上才得以完成的,因为有了与传统学术的接续而获得的合法性作为依靠,现代中国学术才能在一个较短的时间内迅速确立起了自身的地位,传统学术的"载籍"与"考据"方法也因此获得了再生。如程千帆所说:"考据之学乃反得于所谓科学方法一名词下,延续其生命。二十年来,仍承胜朝之余烈,风靡一世。"①

如果说"整理国故"运动为现代中国学术打开了全新的局面的话,那么,另一场在表面上似乎与纯粹的学术建设并无直接关系的论战,却为新生的中国学术开辟了另外一条迥然不同的路径,这就是民国初年发生在胡适与李大钊等人之间的所谓"问题与主义"之争。

之所以说"问题与主义"之争一直并不被人们看作是一场关于学术本身的论战,是因为这场论战所讨论的主要是国家的政治取向与社会发展方面的问题,而不是现代学术自身的规划与建设。以胡适为代表的一方强调着力解决具体的问题是促使整个社会逐步走上正轨的合理途径,"凡是有价值的思想,都是从这个那个具体的问题下手的","主义初起时,大都是一种救时的具体主张。后来这种主张传播出去,传播的人要图简便,便用一两个字来代表这种具体的主张,所以叫他做'某某主义'。主张成了主义,便由具体的计划,变成一个抽象的名词"。②李大钊等人则认为:"若在没有组织没有生机的社会,一切机能,都已闭止,任你有什么工具,都没有你使用他作工的机会。这个时候,恐怕必须有一个根本解决,才有把一个一个的具体问题都解决了的希望。"③所以,不从思想的根本上首先解决未来中国的发展方向的问题,一切局部的社会变革都将无济于事。

我们这里所关注的并不是孰是孰非的结论,而是渗透在各自思想中的逻辑方式,或者说是一位学者在论证某项问题时所采用的理论思路。以历史研究为例,李大钊就始终认为:"历史观乃解析史实的公分母。"④"史学家应有历史观,然后才有准绳去处置史料,不然便如迷离漂荡于洋海之中,茫无把握,很难寻出头绪来。"⑤而

---

① 程会昌:《论今日大学中文系教学之蔽》,《斯文》第3卷第3期,1943年2月。
② 胡适:《多研究些问题,少谈些"主义"》,《每周评论》第31号,1919年7月20日。
③ 李大钊:《再论问题与主义》,《每周评论》第35号,1919年8月17日。
④ 李大钊:《史学要论》,韩一德、姚维斗编:《李大钊史学论集》,石家庄:河北人民出版社,1984年,第235页。
⑤ 李大钊:《史学与哲学》,韩一德、姚维斗编:《李大钊史学论集》,石家庄:河北人民出版社,1984年,第183页。

倾向于胡适一派的傅斯年则认为:"史的观念之进步,在于由主观的哲学及伦理价值论变作客观的史料学。……史学的工作是整理史料,不是做艺术的建设,不是做疏通的事业,不是去扶持或推倒这个运动,或那个主义。"①因为历史观的最终形成是需要依赖于史料本身的扎实研究的。周予同对此曾总结说:"继疑古派与考古派而崛起的是释古派。胡适在《中国哲学史大纲》中虽然也曾提出治史的三个目的为'明变'、'求因'与'批判';但疑古派与考古派究竟多只做到'明变'的一部分工作,而没有达到'求因'与'批判'两个目的。……换句话说,疑古派与考古派只叙说历史现象之如此,而没有深究历史之所以如此;再换句话说,只是历史之现象论,而非历史之动力论。释古派便是对于这种学术上的缺点而企图加以补充。"究其根由,"释古派所以产生或者由于社会的原因。从民八'五四'以后,中国社会形态极变幻的能事,许多知识分子因不安于现状而探究鸦片战争以后中国现代社会的形态及其本质,因而再追溯产生这现代中国之以往各期的社会的形态及其本质,而且想用一种理论以解释这各期社会形态之所以形成及其转变"②。

不难看出,胡、李双方各自所代表的其实恰好是两种彼此反向的研究理路。胡适着眼于具体的问题有其"实证论"方法的背景,强调尊重事实无疑也透出了某种"载籍"与"考据"的影子;而李大钊等所注目的"主义"其实恰恰就是在突出"立论"的重要性,有"论"所"立",诸事即豁然开朗。延伸到学术研究的层面,一者是从对事实的研究中去发现问题以求解决,一者是从立论出发去考察具体的事实;前者类于"论从史出",后者近于"以论带史"。从某种程度上讲,正是因为有了现代中国学术确立之初的这两种路向的不同选择,才最终形成了后世中国学术的基本体制和一般研究模式。

自胡适倡导"整理国故"开始,被"实证论"改造之后的"载籍"与"考据"方法似乎一直都处于备受争议的状态。钱穆曾评价说:"近人言治学方法者,率盛推清代汉学,以为条理证据,有合于今世科学之精神,其说是矣;然汉学家方法,亦惟用之训诂考释则当耳。学问之事,不尽于训诂考释,则所谓汉学方法者,亦惟治学之一端,不足以竟学问之全体也。"③朱谦之则批评傅斯年说:"现代史学已经是从故事式的历史进到教训式的历史中,又从教训式的历史进到晚近的发展的历史;即在发展的历史中,现代史学又以所谓社会史经济史为中心,而一说到社会史经济史则各种社会史观唯物史观,不是很显看出这些各种史观的抬头吗?所以现在中国的史学界,只有最笨不过的傅斯年一派,才来反对历史哲学。"④郭沫若更是明确指出:"胡

---

① 傅斯年:《史学方法导论》,陈槃等校订:《傅斯年全集(第二册)》,台北:联经出版事业有限公司,1980年,第337页。
② 周予同:《五十年来中国之新史学》,朱维铮编:《周予同经学史论著选集》,上海:上海人民出版社,1983年,第554页。
③ 钱穆:《中国近三百年学术史(上册)》,北京:商务印书馆,1997年,第444页。
④ 朱谦之:《历史科学论》,《现代史学》第2卷第3期,1935年1月。

适的《中国哲学史大纲》……对于中国古代的实际情形,几曾摸着了一些儿边际?社会的来源既未认清,思想的发生自无从谈起,所以我们对于他所'整理'过的一些过程,全部都有从新'批判'的必要。我们的'批判'有异于他们的'整理'。'整理'的究极目标是在'实事求是',我们的'批判'精神是要在'实事之中求其所以是'。'整理'的方法所能做到的是'知其然',我们的'批判'精神是要'知其所以然'。"他由此感叹:"谈'国故'的夫子们哟!你们除饱读戴东原、王念孙、章学诚之外,也应该知道还有马克思、恩格斯的著作,没有辩证唯物论的观念,连'国故'都不好让你们轻谈。"①除了来自力倡"立论"一派的诸多批评以外,即使是偏重于传统学术的学者们对胡适等人的研究也多有质疑,柳诒徵曾告诫说:"考据的方法,是一种极好的治学方法。不过学者所应留心的,就是须慎防畸形的发达,不要专在一方面或一局部用功,而忽略了全部。所以一方面能留意历史的全体,一方面更能用考据方法来治历史,那便是最好的了。"②熊十力也认为:"考据之科,其操术本尚客观。今所谓科学方法者近之。然仅限于文献或故事等等之探讨,则不足以成科学。"③直到20世纪40年代,雷海宗还曾回顾说:"多年来中国学术界有意无意间受了实验主义的影响,把许多问题看得太机械、太简单。"因为"历史的了解是了解者整个人格与时代精神的一种表现,并非专由乱纸堆中所能找出的一种知识"。况且,"中国的乱纸堆,二千年来堆得太高,若必要把许多毫无价值的问题都考证清楚,然后再从事于综合了解的工作,恐怕是到人类消灭时也不能完成的一种企图"。④

从学术演进的具体情形来看,"立论"方法的研究取向后来逐步以压倒性的优势获得了学术研究的主导性地位,而"载籍"与"考据"之法则日渐退守于某些特定学科的研究领域(如文字学、史学或人类学等)。究其根由,固然与现代中国学术的某种潜在的意识形态特性有关,却也与学者个人的学术自信有着深刻的联系。一般说来,"载籍"与"考据"的研究路向需要耗费相当的时间和精力,有时候甚至很可能徒费工夫无功而返,但其中所蕴含的也正是学者个人的信心、兴致与乐趣,所以"载籍"与"考据"常常更多地显露出某种"个人化"的特点。相比之下,"立论"则需要有"论"可依,"论"本身的合法性与有效性往往决定着研究者对研究对象的选择及其结论的可靠与否,"论"在此是支撑学者信心的核心基石;"论"之不"立",则所有研究都将失去其应有的价值意义。具体到人文学科来说,凡有"立论"取向的研究者都必须首先确立自身的研究立场,治哲学者首立其"世界观",治史学者先定其

---

① 郭沫若:《中国古代社会研究·自序》,郭沫若著作编辑出版委员会编:《郭沫若全集(第一卷)·历史编》,北京:人民出版社,1982年,第7、9页。
② 柳诒徵:《历史之知识》,柳曾符、柳定生选编:《柳诒徵史学论文集》,上海:上海古籍出版社,1991年,第83页。
③ 熊十力:《读经示要》,高瑞泉编选:《返本开新——熊十力文选》,上海:远东出版社,1997年,第192页。
④ 雷海宗:《历史警觉性的时限》,温儒敏、丁晓萍编:《时代之波——战国策派文化论著辑要》,北京:中国广播电视出版社,1995年,第103、106页。

"历史观",同样的道理,作为文学研究,"文学观"的可靠与否也成为判定研究者成就的首选标准。其所导致的最为极端的结果就是,"哲学"成为足以统领其他学科的最高指针。常乃德就认为:"一个好的历史家决不是只会背年表就算完事,必须要加上点哲学的思考作用。一部好的历史著作里面必然是有点哲学意味的。一个好的历史家必然有他自己的哲学,否则就绝不会写成一部好的东西。"①翦伯赞同样认为:"无论何种研究,除去必须从实践的基础上,还必须要依从于正确的方法论,然后才能开始把握和理解其正确性。……没有正确的哲学做研究的工具,便无从下手。"②就连正统"考据"出身的章门弟子吴承仕也逐渐开始认定:"用一元论的历史哲学,从事于中国社会发展史中之某一部分工作,从实践来证明理论,这当然是我们责无旁贷的'历史任务'。"③当"世界观"与"方法论"开始分化为有着截然的等级关系的二元范畴时,"世界观"的正确与否就直接成为凌驾于一切研究领域之上的根本标的,而所有关于一般学术的论争也都有可能演变为关乎立场问题的"世界观"之争。发生于现代中国不同时期的学术论争多数都证明了这一点。

"立论"取向在后世的学术研究中也稍有其变化,这就是"主义"话语的持续盛行。从"古典主义""科学主义""新人文主义",到"存在主义""新康德主义""新历史主义""结构主义""解构主义",乃至"女权主义""新保守主义""生态主义",等等。所有被冠以"-ism"(主义)名号的研究,几乎无一例外地显示出以"立论"为先导去观照具体问题的逻辑模式;"-ism"的有效性与合法性在反复不断的论证中得到了巩固和强化,而作为学术研究对象的"问题"却仍旧还是"问题"本身。进一步说,其中隐含的另一层危机还在于,一旦"-ism"本身出现了偏差或疏漏,则全部的研究很可能都将随之瓦解。

作为一般的学术方法,"载籍""考据"与"立论"都各有其所长,相较而言,"载籍"与"考据"也许更接近于研究者所注目的对象本身。事实上,一个真正有着创造力的学者也多是从"载籍"与"考据"出发,以一生的努力而创制富有自身特色的研究模式的。他最终所凝聚起来的"定论"其实正是他的最后的"立论"(或称思想体系),只不过此一"立论"是历经了"载籍"与"考据"的艰难过程而确立起来的,唯其如此,才更显其有效与可靠。陆侃如就曾清醒地意识到:"文学史的工作应包括三个步骤:第一是朴学的工作——对于作者的生平,作品年月的考订,字句的校勘训诂等。这是初步的准备。第二是史学的工作——对于作者的环境,作品的背景,尤其是当时社会经济的情形,必须完全弄清楚。这是进一步的工作。第三是美学的工作——对于作品的内容和形式加以分析,并说明作者的写作技巧及其影响。这

---

① 常乃德:《历史与哲学》,《历史哲学论丛》,上海:商务印书馆,1947年,第2-3页。
② 翦伯赞:《历史哲学教程·序》,石家庄:河北教育出版社,2000年,第5页。
③ 吴承仕:《竹帛上的周代的封建制与井田制》,《吴承仕文录》,北京:北京师范大学出版社,1984年,第70页。

是最后一步。三者具备,方能写成一部完美的文学史。"①选择何种方法展开学术研究当然是学者的自由,但既有的研究模式常常会以某种"前见(Vorurteil)"的方式沉淀为一种集体性的无意识潜能,并且在暗中引导和推动着学术的发展,以"立论"为先导的研究日渐盛行就是最为充分的证明。

---

① 陆侃如:《中古文学系年(上册)·序例》,北京:人民文学出版社,1985年,第1页。

第二章　大学体制结构的转变与文学学科的初步确立

近代中国的社会政治面貌发生了巨大的变化,但其根因首先应当归结到思想与知识的层次上所发生的转移与跨越。这种转移与跨越一方面是基于对传统思想有限性的深刻反思,由此引发的是传统学术的一系列范畴性的内部转变;另一方面也是基于以西方知识体系为参照的对于知识本身的重新整合。正是因为有了这种范畴性的知识整合,才最终逐步形成了有着全新面貌的现代中国学术。此外,学术研究者的身份也由传统意义上的"政-学"合一的"士",转变成为相对单纯的以承继和传播"知识与思想"为主要目的的"知识分子"。这一变化的表层结果就是具有现代意味的"知识(者)集合体"——"国学院"的出现,而其深层的结果则是知识本身的服务对象的转移——知识资源已不再是当政者的专有品而成为全体国民所共同拥有的思想平台,也因此,"知识"本身才不再是传统"士人"的专利或进阶工具,而日渐成为现代知识分子真正展开其"思想"与"学术"研究的核心载体。本文以"国学院"的组织结构与知识系统为主要考察对象,具体分析现代中国学术在知识构成上的变化及其潜在的根本原因。

一、晚清学术的知识趋向

传统中国的学术研究有其特定的思想背景与学术谱系(scholarly genealogy)。如果从汉武帝设置五经博士(建元五年,即公元前 136 年)算起,到 1912 年中华民国临时政府宣布"废止读经"为止,历时两千余年的"经学"一直是作为中国传统学术的核心而独立存在的。它从根本上规定了中国学术的特定"知识"范型,并深刻影响着传统中国的政治思想、学术规范、知识形态以及民族的文化心理与思维模式。但无论是官学还是私学,在清代中叶以前,其学术本身"政-学"一体的结构模式基本上没有根本性的变化。有学者曾指出,如果说中国近代史上真有所谓"近三千年未有之大变局"的话,我们就必须承认这个"变局"其实早在 18 世纪末 19 世纪初就开始了,明显的表征之一就是,长期占据学界主流话语地位的汉学在道光之际的分化和衰落——今文经学的异军渐起和汉宋调和说的勃兴。但从实质上讲,这场"变局"的真正目的仍旧是为了挽救当时"知识与道德、知识与社会断裂的危机"。①

传统中国的学术研究基本上是围绕着对于既有思想的阐发("知识增殖")以及对于核心范畴(天、人、道、器、体、用、礼、仁等)的辨析("知识清理")而逐步建立起来的,相对于纯粹的"思想"而言,由那些核心范畴所构建起来的"知识体系"本身并不具有实际的独立地位;而当以知识为基础的"思想"被始终放置在"实践"层面上的时候,对于"知识"本身的探求——"学问"——也就被打上了浓厚的实用色彩。尤其是在内忧外患的近代中国,这一特点更为突出,如顾炎武所称:"君子之为学,以明道也以救世也。"②这种情形甚至一直持续到民国初年。"学以致用"的思维模式一方面划定了学术的限界与一般路向,另一方面却也为域外学术的引进及学术自身的"知识更新"提供了契机。

晚清学术思想的深刻变化无疑首先来自由"西学"引进所带来的巨大的"知识"冲击。撇开基督教或佛教在中土的传播,真正主动地对域外的"知识"加以引进的活动应当追溯到明代的徐光启和李之藻等人的译述。当然,那个时代的"知识"引进还未能被纳入"学术"研究的范畴,其在中国传统的学术框架内并不占有一席之地。至晚清时代,这种情形则发生了重大的变化,传统的"经史之学"一度遭到了强烈的拒弃,而"经世之学"与"西学致用"的观念得到了普遍的张扬。某种程度上说,这一变化应当与曾国藩在"义理、考据、词章"之外增设"经济(经世济用)"一门关系甚大,对于学术的"经济"功能的强调实际上把传统"士人"以"学术"的方式为权力体制寻找依据的责任,逐步扩大到了直接参与和巩固权力体制运作的实践范围,这种积极推行"学术实用"的思路无疑深刻地影响着学术研究者对于"知识"选择的偏向。比如,甲午之前传入中土的法政诸学,除"格致"以外影响甚微;但在甲午之后,法政诸学的地位陡然上升,"西政"学说备受关注,而"格致"反而退居次要地位。③这与清代中叶以后日渐加剧的生存危机有关,也与梁启超所阐述的从"器物"到"制度"再到"文化"的变化是相吻合的。但从总体上看,晚清时代对于"西学"的引进仍旧是沿着"学以致用"的基本理路逐步展开的。梁启超认为,有清一代对于西学的引进,不以学问为目的而以为手段。"盖如久处灾区之民,草根木皮,冻雀腐鼠,罔不甘之,朵颐大嚼,其能消化与否不问,能无召病与否更不问也,而亦实无卫生良品足以为代。"④以"致用"为前提的结果就是,"知识"本身被迅速导向了实践而始终无法聚结成为"思想"与"学术"的独立平台,更有甚者,则是把"知识"直接当作了为自

---

① 王汎森:《中国近代思想与学术的系谱》,石家庄:河北教育出版社,2001年,第24页。
② 顾炎武:《与人书二十五》,《顾亭林诗文集》,北京:中华书局,1959年,第103页。
③ 左玉河:《从四部之学到七科之学——学术分科与近代中国知识系统之创建》,上海:上海书店出版社,2004年,第239页。
④ 梁启超:《清代学术概论》,上海:上海古籍出版社,1998年,第98页。

身捞取功名和实利的快捷方式。

晚清对于西学的引进大致历经了"西学中源""中体西用"和"废中立西"这样三个大的阶段。所谓"西学中源"主要是为了在"中学"的"知识"结构框架内为"西学"寻找到某种得以立足的合理依据,事实上,"西学中源"的理念在清初已经初露端倪。甲午以后,此种理念逐步广为流行,以王仁俊编撰的《格致古微》及其"续论""余论"为代表的一系列书刊,是这一理念最为集中的总结与强化。"格致古微"系列可以看作是一次空前广泛的以"以中纳西"为目的的"知识整合"活动,它在相当长的一段时期内,使学术研究的基本思路限定在了传统学术的知识框架之内,"西学"的知识序列仅仅只是作为"中学"的旁支而存在的。至康有为的万木草堂时代,其"儒学四门"(义理、考据、经世和文字)的学术配置中,西学仍处于次要的地位。比如西方哲学只能隶属于"义理",西方的史学、地理学、数学与格致学则被纳入了"考据"的范畴等。而所谓"中体西用",按照张之洞的意见,即指中国传统的经史之学仍当被奉为根本之学(本体),而西方的政艺之学则只能致用。京师大学堂初立之时所确定的办学宗旨就是:"中国京师创立大学堂,自应以中学为主,西学为辅;中学为体,西学为用;中学有未备者,以西学补之,中学其失传者,以西学还之。以中学包罗西学,不能以西学凌驾中学,此是立学宗旨。日后分科设教,及推广各省,一切均应抱定此意,千变万化,语不离宗,至办理章程,有必应变通尽利者,亦不得拘泥迹象,局守成规,致失因时制宜之妙。"①强行将一种有着自身科学逻辑与结构配置的"西学"学科体系,分解、重组并纳入另一种非科学结构的知识系统之中,其结果是,知识的不断增殖与系统容量有限性之间的矛盾必然会造成既有结构系统的膨胀、蘖变和最终的瓦解,"中学"的知识配置标准因此也不得不被作为"新学"的"西学"知识分类系统与学科体系所取代。

对于"中体西用"的立学宗旨,严复的看法则迥然有异,他认为:"体用者,即一物而言之也。有牛之体,则有负重之用;有马之体,则有致远之用。未闻以牛为体,以马为用者也。中西学之为异也,如其种人之面目然,不可强谓似也。故中学有中学之体用,西学有西学之体用,分之则并立,合之则两亡。"②由此,严复断言:"西学既日兴,则中学固日废,吾观今日之世变,中学之废,殆无可逃。"③"废中立西"首先意味着学术研究的知识体系本身发生了深刻的裂变,而对于西学整体知识结构的重新认识也成为学术资源配置所必须解决的首要问题。梁启超曾根据"形而上"与"形而下"的分类标准,将西方学术归并为两大知识系统:"学问之种类极繁,要可分为二端:其一,形而上学,即政治学、生计学、群学等是也;其二,形而下学,即质学、

---

① 孙家鼐:《议覆开办京师大学堂折》,中国史学会主编:《戊戌变法(二)》,上海:上海人民出版社,1957年,第426页。
② 严复:《与〈外交报〉主人书》,王栻编:《严复集(第三册)》,北京:中华书局,1986年,第558-559页。
③ 严复:《〈英文汉诂〉卮言》,王栻编:《严复集(第一册)》,北京:中华书局,1986年,第154页。

化学、天文学、地质学、全体学、动物学、植物学等是也。吾因近人通行名义，举凡属于形而下学皆谓之格致。"①这里所谓的"形而上学"，具体是指社会科学诸学科门类；所谓"形而下学"，即近代自然科学诸学科门类。尽管这种分类仍然带有"以中纳西"的痕迹，但作为基本范畴的"形而上"或"形而下"，其内涵与外延已经明显发生了根本性的转移。

真正开始完全以西学的知识分类标准来划分学术门类的当属蔡元培。早在1901年，蔡元培就在甄辨中西学术知识系统异同的基础上，将新立学堂的学科配置划分为五门："经学"（含伦理、政事）、"史学"（含地政、国政）、"词学"（含论说、诗歌及英语）、"算学"（含初等代数与几何）和"物理学"（含生理学、地质学、动植物学、化学及相关实验）。②蔡元培的学科划分虽然仍旧沿用了"经""史""词""算"等中国传统学术的基本范畴，但其所涵盖的内容已经远远超出了传统学术的既定范围，已非中国旧学之内涵。同年10月，蔡元培在《学堂教科论》一文中，又以日本学者井上甫水的学科分类法为基本标准，将学术系统划分为三大门类，即有形理学、无形理学（亦称有象哲学）和道学（亦称无象哲学或实体哲学）。以无形理学一科为例，其系统结构可表述如下图。③

由上图不难看出，蔡元培的学科设置不仅完全摆脱了中国传统知识系统的既有结构框架，而且已经开始尝试以"西学"的知识体系来包容"中学"的一般知识范畴了。这种知识系统的全面转换首先得力于对西学知识构成的科学依据及其内在逻辑关系的认同。蔡元培解释说："是故《书》为历史学，《春秋》为政治学，《礼》为伦理学，《乐》为美术学，《诗》亦美术学。而兴观群怨，事父事君，以至多识鸟兽草木之名，则赅心理、伦理及理学，皆道学专科也。《易》如今之纯正哲学，则通科也。"④知识系统的全面转换无疑实现了中国学术史上的一次知识论意义上的空前革命。顾颉刚在民初回顾这段知识转型的历史时就曾说："旧时士夫之学，动称经史词章。此其所谓统系乃经籍之统系，非科学之统系也。惟其不明于科学之统系，故鄙视比较会合之事，以为浅人之见，各守其家学之壁垒而不肯察事物之会通。"⑤以科学为依据的知识体系的确立不仅彻底摧毁了传统学术赖以生存的根基，而且为全新的现代中国学术寻找到了相对稳定的知识生长点，而最能显示这一生长点的具体面貌的就是作为"知识（者）集合体"的大学"国学院"的出现。

---

① 梁启超：《格致学沿革考略》，《饮冰室文集（第一集）》，昆明：云南教育出版社，2002年，第502页。
② 蔡元培：《拟绍兴东湖二级学堂章程》，高平叔编：《蔡元培全集（第一卷）》，北京：中华书局，1984年，第130页。
③ 蔡元培：《学堂教科论》，高平叔编：《蔡元培全集（第一卷）》，北京：中华书局，1984年，第143-144页。
④ 蔡元培：《学堂教科论》，高平叔编：《蔡元培全集（第一卷）》，北京：中华书局，1984年，第145页。
⑤ 顾颉刚：《古史辨·第一册·自序》，上海：朴社，1930年，第31-32页。

第二章 大学体制结构的转变与文学学科的初步确立

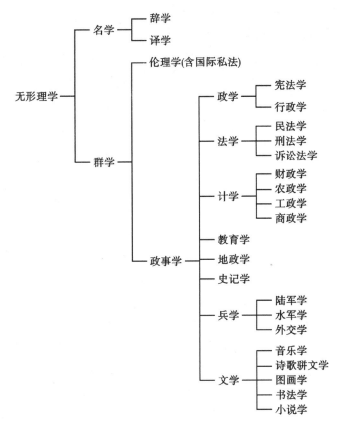

蔡元培《学堂教科论》(1901)的学科配置设计

二、"国学院"的出现与"知识"的全面整合

1912年10月,中华民国临时政府教育部颁布了由蔡元培直接参与制定的《大学令》,对大学的办学宗旨及学科设置做了具体的原则性规定,其首条即"大学以教授高深学术,养成硕学闳材,应国家需要为宗旨"。余下规定,大学取消经学科,分设文、理、法、商、医、农、工等七科,其中又详细分列了各科所涵盖的具体门类,并明确指出,"大学以文理二科为主"。"大学为研究学术之蕴奥,设大学院"①。在京师大学堂时代,学堂课程还只是被简单地分为一般科目与专门科目,其中,作为必修学科的一般科目中分设的仍旧是经学、理学、诸子学等。直到1909年成立分科大学并设立经科(含毛诗门、周礼门、左传门),传统经学的核心地位才逐步下降,成为与文、工、商、农、法政、格致诸科并列的科目。从这个角度来看,《大学令》对于"七科"的明确设定就具有了划时代的意义,它标志着以"四部"(经、史、子、集)分类为

---

① 朱有瓛主编:《中国近代学制史料·第三辑(下)》,上海:华东师范大学出版社,1987年,第1页。

基本知识结构的传统学术最终走向了解体和重组,由此才形成了具有现代学科性质的"七科"知识系统。① 但也应当看到,传统学术的知识系统虽然从表面上终于实现了向现代知识系统的转换,但这种转换本身却隐藏着巨大的裂痕与学术危机。一方面,"七科"的划分是对西方学科体制的强行移植,它并不是中国传统学术自身合逻辑的发展生成的产物,这就势必使传统学术研究的具体范畴只能被"嵌入"新的知识系统之中,并被重新赋予了属于异质的知识范畴的解释内涵,这必然使分属各自知识系统的范畴概念在被强行"对接"之时很容易发生错位和混乱(由此产生了不同时期不同学术领域对其基本概念术语反复不断地重新辨析);而另一方面,传统学术的知识系统本身仍将具有强大的惯性,这种潜在的惯性同样会暗中左右和引导"西学"未来的发展路向,它不是使"西学"朝着其自身严格的科学方向前行,而是力求借助于"西学"的既有成果来强化和巩固传统学术自身作为具有独特意义的"民族学术"的巨大影响力(由此形成了不同时期不同形态的"国学""儒学""读经"等反复不断的"复兴")。这两方面的潜在矛盾也正是后来"国学院"的学术研究始终显得困难重重的根本原因。

事实上,早在蔡元培着手全面革新大学的学科体制之时,他就已经察觉到了中西学术各自知识系统之间的深刻矛盾。蔡元培虽然明确表示:"吾国今日之大学,乃直取欧洲大学之制而模仿之,并不自古之太学演化而成也。"② 但对当时以征引外来"新词"观念为时髦及"海归派"人士极力鼓吹其相应国家文化的诸种现象,蔡元培却深恶痛绝,他甚至表示宁愿在中国传统中去寻找可与德国大学观念相互发明和印证的思想资源。③ 其间已经透露出了这样的一种信息:蔡元培既不希望中国大学的学术研究重新回到传统学术的老路,同时更不希望中国的大学成为单纯贩卖西学知识的西式大学的翻版或附庸。他之所谓"兼容并包"与"思想自由"恰恰是对大学内在的自由学术精神的刻意强调,换言之,在他看来,现代大学必须为一切学术与思想预留相当的生存空间,只有这样才会长久地保持学术与思想发展的活力。而这一"宽容"的办学取向被直接应用到了他对于"国学院"的改造及对于现代中国学术的积极推进之上。

北大研究所的国学门始建于1921年年底,这是中国现代大学中最早以欧美研究机构的模式为参照建立起来的专门性质的国学研究院所。蔡元培执掌北大之前,北大的学术研究大体可分为两个阶段:自开办至1911年,主要贯彻的是"中体西用"的学术原则,其"中学"研究带有明显的传统"国学"的性质;而1911年到1917年,随着学科体制的根本革新,"国学"研究也逐步淡出了学术的舞台。这种变化事

---

① 参左玉河:《从四部之学到七科之学——学术分科与近代中国知识系统之创建》,上海:上海书店出版社,2004年。
② 蔡元培:《大学教育》,高平叔编:《蔡元培教育论著选》,北京:人民教育出版社,1991年,第571页。
③ 陈洪捷:《德国古典大学观及其对中国大学的影响》,北京:北京大学出版社,2002年,第160页。

实上昭示着,有着两千多年历史的汉学研究很有可能从此彻底被西学所取代,而要使中国的大学不沦落为西方的附庸,唯一的途径仍然是从传统学术本身去做文章,用沈兼士的话讲就是以国学"于世界学术界中争一立脚地"。① 也正是在这样的特定历史背景中,力倡西学的新式人物胡适才出人意料地提出了"整理国故"的口号。单就当时中国学术所处的困境而言,胡适的这种以吸纳欧美学术方法为先导,重立规范以创出"国学"新路的学术取向无疑带来了全新的启发。此前中国大学学科门类的变化,不仅仅是体制转变或学科归并的简单问题,而是一种知识系统向另一种知识系统过渡和转换的问题。这种转换的核心就在于,如何才能寻找到两种异质的知识系统之间的对接点,或者说,如何才能合理地将传统的知识范畴重新整合进新的知识系统,以适应时代与学术自身的发展需要。由此,"整理国故"才成为北大国学门的基本学术定位。

1917年初,蔡元培即着手改革北大学制,同年制定《北京大学研究所简章》。1919年,北大废文、理、法科之名,并改门为系(设14个系)。次年,蔡元培又在一系列章程、提案中规定,应设国学、外国文学、自然科学和社会科学研究所。1922年12月,北大的学校评议会第三次会议公布了《国立北京大学研究所组织大纲》,正式确定了预科、本科、研究所三级的学制方式,其中研究所下设四门,而真正具体落实的则是国学门。研究所国学门委员会委员长由蔡元培兼任,委员计有顾孟余、沈兼士、胡适(哲学系主任)、马裕藻(国文系主任)、钱玄同、李大钊、朱希祖(史学系主任)、周作人等,沈兼士任国学门主任,李大钊任教务长和图书馆主任。受聘为国学门导师的有王国维、陈垣、钢和泰、伊凤阁、陈寅恪等。具体学科设置表述如下(见表1)。②

表1 北京大学研究所(1922)的学科设置

国立北京大学研究所						
自然科学门	社会科学门	国学门				外国文学门
……	……	文学	史学	哲学	语言学 考古学	……

从由马叙伦起草的"国学"研究计划来看,北大国学门的主要任务被划分为两个方面,即系统整理各类学术资料和研治传统学术,由此两方面入手全面清理传统的文化遗产。③ 国学门的专刊《国学季刊》的编辑略例则规定:"本刊虽以国学为范围,但与国学相关之各种科学,如东方古语言学、比较语言学、印度宗教及哲学,亦予以相当之地位。"④可见,国学门初立时对于"国学"的基本定位其实是相当宽泛

---

① 沈兼士:《筹画北京大学研究所国学门经费建议书》,《沈兼士学术论文集》,北京:中华书局,1986年,362页。
② 梁柱:《蔡元培与北京大学》,北京:北京大学出版社,1996年,第62页。
③ 马叙伦:《北京大学研究所整理国学计画》,《新教育》第3卷第4期,1921年。
④ 北京大学校史研究室编:《北京大学史料(第二卷)》,北京:北京大学出版社,1993年,第214页。

的,它不仅容纳了传统"中学"的既有学术内容,而且对"西学"的研究预留了很大的空间。此时的"国学"几乎可以看作是"学术"本身的代名词,胡适对此的解释是:"'国学'在我们的心眼里,只是'国故学'的缩写。中国的一切过去的文化历史,都是我们的'国故';研究这一切过去的历史文化的学问,就是'国故学',省称为'国学'。'国故'这个名词,最为妥当;因为他是一个中立的名词,不含褒贬的意义。'国故'包含'国粹';但他又包含'国渣'。我们若不了解'国渣',如何懂得'国粹'?"① 胡适的解释显然与章太炎等人的"国粹"或"国故"有着显著区别,不过,这一解释虽然在表面上有其合理的逻辑,但其在内涵与外延上的过于宽泛反而使"国学"本身的面目愈加模糊,而由此引来一系列关于"何谓国学"的广泛争论也就在所难免了。②

民初的国学研究一直处于混杂的状态,既有王国维那样的"真的国学家",也有顾颉刚式的"国故新手"。国学门初创,虽然已经基本完成了知识体系上的范型转换,但这只是属于知识设计上的观念转换,对于知识的具体承载者即知识分子个体来说,两种知识系统之间的裂缝却依旧存在。知识系统的全面整合必须依赖于知识分子本身的知识构成,而身处巨变时代的知识分子对于"知识"的选择也不可能有一个统一的标准,更何况他们所面对的是两个庞大到几乎超出其想象的知识体系(且西学知识系统本身如英、德、法、美等之间也会有各自不同的细微差异)。东南大学的《史地学报》在介绍北大《国学季刊》时就曾评价说:"国学之为名,本难确定其义。在世界地位言之,即中国学。分析为言,则中国原有学术,本可分隶各种学科,惟故籍浩博,多须为大规模之整理;而整理之业,尤以历史为重要;而研究之中,莫不须用历史的眼光。"③ 如此情形,要真正实现以"知识(者)集合体"的方式借助群体的力量从根本上彻底完成现代中国学术的"知识转型",确乎是件遥远而漫长的事情。有学者指出,将中国学术完全纳入近代学科体系及知识系统本身就是非常复杂的过程,接纳西方学科体制,仅仅是将中学纳入西式学术体系的开始。中国传统学术体系及其知识系统,要完全纳入近代西方分科式的学科体系和知识系统之中,必须用近代分科原则及知识分类系统,按照近代科学方法对中国学术体系进行肢解和重新整合,对中国四部名目下的古代典籍进行重新类分。这项工程,其实就是广义上的"整理国故"。④

20世纪20年代,如何"整理国故"的问题是国内各大学文科学者普遍关注的焦点,北大国学门初期的工作基本上处于资料的收集与整理的阶段,其实际的研究工

---

① 胡适:《〈国学季刊〉发刊宣言》,《胡适文存二集》,上海:上海科学技术文献出版社,2015年,第7页。
② 参罗志田:《国家与学术:清季民初关于"国学"的思想论争》,北京:生活·读书·新知三联书店,2003年,第307-358页。
③ 《北大出版之两种季刊与史学》,《史地学报》2卷4号,1923年,第139页。
④ 参左玉河:《中西学术配置与中国近代知识系统的创建》,中国社会科学院近代史研究所:《青年学术论坛(2003年卷)》,北京:社会科学文献出版社,2005年。

作并没有完全展开,个中原因恐怕与知识整合的无法完全实现关系甚大。胡适就曾对国学门初期的研究工作下过这样的断语:作为新式的现代大学,北大一直是"开风气则有余,创造学术则不足";①整体的研究工作占99%的依旧属于"稗贩",由此希望"北大早早脱离稗贩学术的时代而早早进入创造学术的时代"②。

继北大国学门以后,整个20世纪20年代,国内较为知名的大学几乎都先后开办了国学院。国学研究专门院所的大量涌现,一方面使得协调东西方知识系统的学术理念得到了真正的落实,另一方面,其实也意味着"知识"本身的分流。如果说要彻底解决传统学术与西学知识体系的矛盾绝非一时一地所能完成的话,那么,以学者自身既有的知识素养分科而治以各有其侧重和突破,却不失为一种相对可行的策略。事实上,20世纪20年代以后国内大学在学科设置上的日趋"精细化",其本身就是一种"知识"分流的具体表现。

三、"国学院"的勃兴与"知识"的分流

现有资料表明,20世纪20年代称得上是"国学院"勃兴的黄金时代。除北大国学门以外,在这一时期及稍后成立的国学院有清华国学研究院(1925—1929)、厦门大学国学院(1926—1927)、国立中山大学语言历史研究所(1928—1931)、燕京大学国学研究所(1928—1932)、齐鲁大学国学研究所(1930)、金陵大学中国文化研究所(1931)以及中央研究院下设在广州的历史语言研究所(1928)、地方性的如国立北平研究院(1929),等等。各地的国学研究院所虽然在建制和管理上对北大的国学门体制有所借鉴,但在具体的学科配置与学术取向上却各有差异。以清华为例,与北大国学门相比,清华国学研究院虽然参考的是北大国学门的学科体例,但它在此基础上另行制定了更为严格的制度:教授专设,分组不以学科为限而以教授个人为主,且注重各项专题的研究。授课也相当自由,除必修课程外,经史小学、治学方法、研究心得、宏论微查等尽随导师自行安排。③ 而其他各地国学院的"国学"研究虽多数也都依循西学系统划分出了语言文字、文、哲、史、考古、宗教及美术等具体的门类,但从总体上看,各地研究院所已基本不再以某种相对统一的学术理念(比如"载籍""考古"或"立论"等)来展开其国学研究,而是充分发扬学者自身的知识所长,在各自具体的研究领域深入拓展。这一点可以看作是后继的国学研究与北大时期的重要区别。

作为"知识(者)集合体"的"国学院",其功能首先就是对于"知识"本身的整合。

---

① 《回顾与反省》,《北京大学日刊》第1136号,1922年12月17日。
② 《教务长胡适之先生的演说》(陈政记录),《北京大学日刊》第1138号,1922年12月23日。
③ 参孙敦恒:《清华国学研究院史话》,北京:清华大学出版社,2002年。

在西学的强势压力之下所发生的知识与学术范型的转换始终必须接受传统知识系统的延续所带来的牵制,其间巨大的张力是制约近现代中国学术与知识转型的最为核心的因素。与此同时,近代西方的学科体系与知识构成同样也在随着社会分工的日益精细与知识分类的不断增殖而发生着不断的调整与重组,这就必然会进一步加剧现代中国学术与知识范型转换的复杂性。它从根本上也决定了"国学院"形式的全面知识整合模式最终必须过渡到知识的分科转化的新的模式上去。而在这一过程中,以"私立"性质出现的厦门大学国学院就不能不引起特别的关注。

厦门大学国学院存在的时间相对比较短暂,一般认为,这是当时国内国学院研究模式上一次失败的尝试,加之其内部文理新旧等各派的纷争,使得其几乎刚一出现就遭遇了夭折的命运。但事实上,这次短暂的尝试恰恰是现代中国学术最终形成"知识"分流格局的重要转折点。

厦门大学国学院的学术班底,基本上是北大国学门的延续。但厦大国学院的发端却并非由北大学人南迁开始。早在1925年底国内各式研究院尚属稀有之时,陈嘉庚就已委托时任校长的林文庆筹备组建国学研究院。据《厦门大学国学研究院组织大纲》可知,厦大国学院的主旨是为了"研究中国固有文化",其研究目标除了"从书本上搜求古今书籍或国外佚书秘籍及金石骨甲木简文字为考证之资料",也要求"从实际上采集中国历史或有史以前之器物或图绘影拓之本及属于自然科学之种种实物为整理之资料",且后者的地位要高于前者。在学科体制上,国学院分设了非常具体的14个小组,详列如下(见表2)。①

表2 厦门大学国学院(1926)的学科配置

厦门大学国学院													
历史古物	博物 ↓ 动物、植物、矿物	社会调查 ↓ 礼俗、方言、等	医药	天算	地学	美术 ↓ 建筑、雕刻、瓷陶、漆器、音乐、图绘、塑像、绣织、书法	哲学	文学	经济	法政	教育	神教	闽南文化研究

对照北大国学门的学科设置(见表1)来看,厦门大学国学院的学科包容度与清晰度明显要大得多。它不仅相对淡化了"国学"作为特定范畴的既有内涵,而且明确地将理科直接纳入并参与到了国学院的组织结构之中,大有凡国人所从事研究之学即为"国学"的意味。实际上,这种逐步趋于精细化的"知识设计"并不是为了以扩大"国学"外延的方式来回避"国学"在学科定位问题上的矛盾与尴尬,而恰恰

---

① 《厦门大学国学研究院组织大纲》,《厦门大学周刊》第134、135期,1926年1月2、9日。

第二章 大学体制结构的转变与文学学科的初步确立

是为了通过"知识"的分流从整体上彻底瓦解传统学术的知识系统,进而在新的知识体系结构中为传统的知识资源寻找到尽可能合理的学术定位与知识生长点。换言之,随着现代社会体制形态的变化,"知识"本身始终都处在不断增殖的动态系统之中,而中国传统的知识体系除了其内部的重心偶有转移以外,基本上属于一种静态的结构系统。学术方法上的更新(如实证)固然能够使传统的知识获得某种新的解释,但知识本身的静态特性实际并没有得到改变,或者说,无论何种新的解释其最终仍旧需要被还原到既有的知识系统之中去;新的解释只是既有知识的增殖,传统知识资源所存留的活力依旧未能被激发出来。"整理国故"运动一直受到新旧内外各派的夹攻,其核心原因可能就在于此。从这个意义上讲,厦门大学国学院的学科设置其实已经为"国学"研究的深入展开铺设了一个比北大国学门更为理想的学术平台。

然而,遗憾的是,由于种种非学术因素的参与,厦门大学国学院的这一知识设计最终流产。国学院成立之初,即由林语堂出面召集了一批当时颇具实力的学者加入,除了鲁迅以外,计有沈兼士、顾颉刚、罗常培、张颐、张星烺、陈万里、孙伏园、章廷谦、潘家洵、容肇祖等。① 这批学者各自的研究涉及经学、史学、语言学、哲学、中西交通史、考古学及编辑学等相当广泛的领域,以至于常常会使人误以为这是北大国学门的再现。学术研究的地域迁徙除了有助于基本学术理念与知识范型的广泛传播以外,其另一层意义则在于对既成学术体制系统的突破与重组。北大自京师学堂开始,其学术根基首先是传统的"中学"及其知识序列,即使学科名目已被更换,其治学理路却并无根本的变化。比如学科范畴上的基本对应:

  义理——哲学——新儒学
  考据——史学、考古——国故整理
  词章——语言学、文学——文字学与文学(史)研究
  经济——一般社会科学与自然科学研究

这意味着此一时期的国学研究其实并未完全脱却"中学"知识系统的窠臼,胡适在北大国学门成立之初草拟的《〈国学季刊〉发刊宣言》中对于清学的暧昧态度及对国学范畴解释上的含混也是一个极好的证明。整个20世纪20年代,北大国学门的学术方向实际也基本上是由太炎一门的弟子所主导的,②即使有蔡元培的大力改造,传统的知识结构与学术谱系的强大学术影响力仍然存在。它甚至容易引发学术之外的管理体制与人事结构上的重重矛盾,学术研讨与学者各自的知识及情感取向纠缠在一起。有着这样一种深层的原因,撇开个人的恩怨及学潮、经费等外在的因素不谈,北大学人的南迁虽然为厦门大学国学院带来了短暂的繁荣,却并没

---

① 《新聘教职员略历》,《厦门大学周刊》第156、157期,1926年9月25日、10月2日。
② 陈以爱:《中国现代学术研究机构的兴起——以北京大学研究所国学门为中心的探讨》,南昌:江西教育出版社,2002年,第226、82页。

有真正突破其既有学术体制系统的制约,因而也最终导致了国学院本身的必然瓦解。这其实也进一步说明,试图以"国学院"这种"集合体"形式来迅速完成现代学术的知识整合,确乎并非是学术本身的最佳选择。

  进入现代社会以后的中国学术研究,其面貌与晚清已经有了很大的不同,但如果具体分析起来则不难发现,真正学术上的进步,多数都是通过个人在自身知识领域的某种突破达成的,而非依靠"集合体"的力量去完成的。《古史辨》的出现算得是一种特例。个人的学术研究有其知识结构自身的调节功能,这种调节功能本身就是最好的激发知识活力的潜在动因,但将它用于"集合体"之中则未必能充分发挥其积极的效用,这其实也是学术本身从"通识"到"专才"的转换。清华国学研究院虽然存时同样比较短暂,其所取得的成就与坚实的学术根基却是令人瞩目的。究其原因,尚个体而轻群力也许才是真正的奥妙所在。某种程度上说,这其实才是真正的学术自由。厦门大学国学院解体以后,所属人等基本都分散到了国内各地的研究院所,这些人的学术研究不仅愈见成绩,由个人的学术理念所建构起来的研究模式同时也带动了各自相关学科的研究,并且同样成绩斐然。这也许是"国学院"解体的遗憾之外产生的"知识"分流所带来的现代中国学术的某种意外收获,但也正是这种意外的收获才值得我们对"国学院"体制本身做更为深刻的反思。

第三章 转型时期文学理论著述的总体特点及其内在规律

一、"过渡"形态的文学理论与批评著述

自京师大学堂开始,从宏观立场来考察文学的一般规律及其基本特征就成为大学文科教学的重点内容,它的直接结果就是促使大学"文学概论"课程得以确立。"文学概论"这一概念同样取自日本,其意谓以科学的方法建构有关文学的知识体系。然而,在民国初年,真正能理解全新的西式文学知识系统的人还寥寥无几,由此也就形成了这个时期文学观念与文学知识系统在中西思想取向方面的交互羼杂现象,也即所谓理论形态的"过渡"。早期由林传甲、朱希祖和吴梅所撰写的"文学史"著述就显示出了这种"过渡"。而作为最早的文学概论讲义(教材),姚永朴所撰写的《文学研究法》则是其中比较典型的例证。

姚永朴的《文学研究法》初为姚氏在京师大学堂讲授"文学概论"课程时编写的油印讲义,后由京华印书局出版(1914),1916 年 7 月商务印书馆发行新版。姚氏门人张玮评价认为,此著"论文大旨,本之薑坞、惜抱两先哲,然自周秦以迄近代通人之论,莫不考其全而撷其精。故虽谨守家法,而无门户之见存。……其发凡起例,仿之《文心雕龙》。自上古有书契以来,论文要旨,略备于是。后有作者,蔑以尚之矣。今或谓西文艺学可质言之,无取于文,一切品藻义法之谈,有相与厌弃而不屑道者,吾不知其于西文果有心得否耶?言之无文,行之不远。一日欲发摅其胸中之所得,而或不能达,将必复有取乎此"。门人赞语或不乏过誉之辞,但在新文学尚未兴起之前,此著已有尝试突破桐城文法窠臼,广采博取以"通览"文学全貌的趋势。它既是桐城派词章理论的延伸,也是中国古典文论的一次有效的重新整合。该著分上下两卷,凡 25 篇,"起原"篇以文学始于语言的交流立论,"能言而后思无不达,若要文章之工,未有不致力于小学者"。在突出"小学"(音韵训诂)之于文学研究的重要性的同时,也兼顾了语言文学之于民族国家的标识功能,"夫国之所藉以立,岂有过于文学者"。"根本"篇强调"文"的核心在于明道、贯道、传道。"范围"

篇定广义、狭义之"文学",不离"六经"谓之"广",沉于巧技谓之"狭"。"纲领"篇概述文章之字、句、篇、章法度。"门类"篇分辨文体之差别。"功效"篇述文章之论学、匡时、纪事、达情、观人及博物六种主要效用。"运会"篇探讨文章与时势境遇之特定关系。"派别"篇论述门户偏见对文章的深刻影响。"著述""告语""记载""诗歌"各篇分述"文"之种类各自的特质与界限。下卷"性情""状态""神理""气味""格律""声色""刚柔""奇正""雅俗""繁简""疵瑕""工夫"诸篇则分别讨论了文章欲臻于极致所需要遵从的诸种修养与历练。当然,姚氏在"结论"中也明确指出,此著绝非文章"秘诀";文学之道,首在"领悟"而非"拘泥",所谓"文学研究法"不过只是研习文章的一个"借径",唯深思精炼才是得"文学"之"真道"的正途。姚氏之所谓"文学"仍限于传统的"文章"范畴,可作"文之学"解。在西式"文学"的知识系统尚未进入中国之前,姚氏此著对中国传统的文论"要素"给予了相对较为全面的整理和概述,虽仍旧忠实于《文心雕龙》和桐城派的核心理念,但毕竟已经为后世以全新的"文学"视角来重新研究中国传统文论奠定了必要的基础。

刘哲庐曾编纂过一部《文学常识》,1918年9月由上海中华编译社出版,1929年6月大东书局再版。这是一部由当时名家的各式文论组合而成的集著,分"正编"和"附刊"两部分。"正编"收录林纾的《论文》《论画》、陈衍的《论诗》、易顺鼎的《论词》、蒋著超的《论书》、吴承烜的《论骈体》、刘锦江(哲庐)的《论书牍》、王晦的《论新闻》和李定夷的《论小说》诸篇;"附刊"收刘锦江的《文体原始》《战国时之文脉》、胡怀琛的《文则》、陈衍的《石遗杂说》。诸论基本未脱离传统文体论及桐城派文法的理路,唯《论新闻》篇历述新闻的来源、意义、特征以及记者之职业操守、新闻与国政之关系、世界新闻演进之趋势、报人之品性及报业应避免的种种弊端等,不乏中肯之论,可视为传统文体之外作为"时论"文的某种补充。《论小说》篇分述晚清以降言情、社会、侦探三类流行小说在结构、语言与技法等方面所存在的诸种问题及解决之途径,充分肯定了小说之于社会进化的积极意义,也显示出了传统文论家对于小说自身的形式特征的初步自觉。"附刊"之《文体原始》主要是在桐城派文体分类的基础上具体追溯制、令、诰、表、启、书、序、论、说、颂、传、志、文等48种文体的来源及其特点,基本涵盖了中国传统的既有文体样式;《文则》述知用、立品、储材、养气、摹神、取势、乘机、循法等作文要领,《石遗杂说》则为陈衍对于诗、词、文、赋诸方面的感悟札记。著为"文学常识",实属传统文体知识的一般性普及,初版于白话新文学发轫之初,且能多次再版,从一个侧面也可见出传统文论思想的延续与影响。

上海崇文书局于1919年4月也曾编辑出版过一部由当时名家分撰合集而成的著作《文艺全书》,包括孙学濂的"散体文"(溯源、辨体、达诂、修辞、谋篇、宗古、因时、砭俗、崇实、尚博、重洁、发微、明用、守戒)与"骈体文"(含源流及汉魏至明清的演化和体制、局度、思绪、字句、骚赋、集部、杂说诸论)、费有容的"诗学"(含诗体、诗格、诗韵、诗品、诗旨、诗流、诗法、诗范、诗窍、诗裁、诗评诸说),王蕴章的"词学"(溯源、辨体、审音、正韵、论派、作法),许德邻的"曲学"(叙论、声律要旨、乐曲溯源、音韵述略、曲之研究),胡韫玉的"子学"(源流、派别、学说、小传),杨了公和姚鹓雏的"佛学"(概论、历史、宗派、禅宗、净土、佛与中国古学、佛与泰西哲学),以及邹寿祺的"金石学"、陈祐的"小学"、许德邻的"文虎"、李春如的"诗钟"、陈恨石的"联语"等诸篇。所论多为传统诗、文、曲、赋及学术研究的一般性概述。值得关注的是,至少到新文学运动初期,即使是保守传统的中国学人,也已经基本走出了"经学"一统天下的既有学术格局;不仅"子学""佛学"等取得了与"经学"(小学)相平等的地位,"文艺"也已经获得了平等的学术对待。虽然其论述仍旧是在重复和维护传统文论的定说,但毕竟给作为资源的传统文论的后续研究清理出了一定的线索和理路。

1920年9月新文学研究社出版了由戴渭清与吕云彪合著的《新文学研究法》,当为最早从"理论"建设的层面对刚刚兴起不久的"新文学"给予总结概括的一部专门著作。著分上、下两册共五编,以整理和列举新文学运动中诸家讨论的基本观点为主,在比较辨析中力求厘清各自论述的要点、来源及其独特价值。第一编"新文学的基本观念"集中从界说、历史观、条件、价值、文化背景及其与旧文学乃至世界文学的关系等方面为新文学做出基本的定性与定位,在罗列阮元、章太炎及卜鲁克、雅白、高考尔、赫胥黎、商德尔、安麦生、巴斯康和韩德等人的"文学"定义的基础上,具体分析陈独秀和罗志希对于"新文学"的重新定义的现实意义与理论价值,同时也使得人生、思想、想象、感情、体裁、艺术性、普遍性和永久性等观念成为新文学初期为理论论述所始终注目的关键词,凸显了新文学与现代世界文明同步演进的协作关系。第二编"新文学的实质研究"从新文学与哲学、心理学、教育学、历史学、理化学、社会学、政治学、伦理学及其他科学的关联论述了新文学区别于旧文学的包罗万象的丰富内涵。第三编"新文学的形式研究"则从论理学、言语学、美学、文字学、修辞学及书写规范等角度阐述了新文学在情感逻辑、民族语言、审美样态、汉字特性、修辞体例以及标点符号等方面所具有的全新的形式特征。下卷第四编"新文学的种类"分新文学为文、诗、词、小说、剧五类,以实例解析的方式详细介绍各个门类的核心特质及其对旧式文体的包容、摈弃与突破。第五编"新文学的组织"则具体从白话(语音语法)的依据、现代语汇的类别与句法等的论述,逐步延伸到篇、章、体的结构等新的写作形式的剖析,强调了作为基本载体的"国语"的独特价值及其与新文学创作的密切联系。该著旨在梳理和总结初期新文学在理论建设方面已经取得的突出成果,其主要贡献在于使得早期理论论争中诸多杂芜混糅的意见,初步形成了某种以定义、范畴、类别及形式特征等为线索的相对清晰的理论轮廓。值得特别注意的是,著中虽以新文学为研究对象,但能够汲取诸多传统文章学研究的成果,以图将中国传统文论的合理资源纳入新文学的理论研究之中,这对于现代中国文论的体系建设无疑有着积极的启发。作为新文学草创阶段的理论雏形,该著也为后世保留了一份新文学运动初期"过渡"形态的理论阐述的立体景观。

一般认为,1921年10月由广东高等师范学校贸易部出版的伦达如(伦叙)的《文学概论》是中国"文学概论"课程的第一部正式的教科书。实际该著基本是日本学者太田善男所著《文学概论》的编译。伦氏在其"序言"中曾自述:"这书的底本,以日本人太田善男所编译的文学概论为根据,……该著上编,沿袭原本的十之七八;下编,沿袭原本的仅十之四五。非有心好异矜奇,实由于不得已的。删改原书,参酌己意,以求适合我国文学的界说。"太田善男生于1880年(明治十三年)10月,卒年不详,是明治时代日本很有名气的文学评论家,于1944年(昭和十九年)从庆应大学预科教授职位上退休。他所编写的《文学概论》由博文馆于1906年(明治三十九年)9月出版,后列为帝国百科全书第154编。该书分上下两编,计七章,上编"文学总论"三章分别为"何为艺术""艺术的构成""文学解说",下编"文学各论"四章依次为"什么叫诗""韵文""散文"和"杂文学"。伦达如的章节目次基本保留了原著的名称和顺序,与原作稍有不同的是,伦氏删除了其中他认为见解有误的中国文学范例及不太容易理解的外国文学的例证,其他则一仍其旧。从原著看来,20世纪初期(明治末期)日本文坛的文学观念其实同样处于"过渡"状态之中,太田善男著中对此即有说明,伦达如也照搬了其基本的观念,比如对于"文学"的定义,"文学,英语曰利脱落条尔,literature其语原出于拉丁文之利脱亚,litera其本来之字义,盖包涵文典、文字、学问种种。次第变更,今更称为文学"。太田氏和伦达如一样,既认可中国传统有关"文学"的观念,同时也认可西方近代以来关于"文学"的界定,"文学云者,学问而已。虽然文学之内容一方面为学问,而文学外形之一方面,则包括诗文词曲种种焉"。"圆美的文学,其辞句,其结构,其体制,皆能适合于修辞学之原则。故无不圆满美丽,盖须经洗刷修饰配置整齐,非惟达意而已,且能深深感动作者焉。"用伦达如的话说,确立这种观念的目的重在求"通","各国文学的形式,无论如何不同,那一般的原理和普通抽象的规则,彼此互相对勘,断不致于大相径庭"。此种译介思路,倒是为后世中西文学思想的"会通"奠定了必要的基础。该著是首部以"文学概论"为名目的理论专著,虽属编译,却毕竟显示了新文学初期尝试从宏观立场来建构全新文学理论系统的"自觉"意识。

二、民初域外文学理论的译介

1916年4月商务印书馆出版的朱元善著《艺术教育之原理》,是民国初年较早专门介绍和讨论"美育"问题的专著,著以文言写就,列商务印书馆"教育丛书"第一集第四编。全书分哲学、美学和心理学三个方面,依次论述艺术教育的一般原理。朱氏认为,以"艺术"为着眼点的美育当以哲学为出发点,"盖欲知世界之所以成,及其中一切事物之价值与意义者,厥惟此哲学能之"。"哲学者,一切行事之造端,犹之最高法庭也。"艺术的美感有别于科学的求真,"科学与艺术,即智识与美感,皆个人之情欲与良能,出以空想,无关系而独立者也"。"科学者所以为分解,艺术者所以为通辨;一则在求其原质,一则在求其意义;一则在探其法则,一则在得其价值也。""涵养美之能力,须脱离科学之智识真理,专求自足之完全真理,使物之实相直接呈现,有以开吾之心胸眼界。"就美学层面而言,"哲学为论艺术之总原理,美学则即其原理而分疏之,将美之诸种理法,悉行宣示"。而所谓"心理学",则是"记述心意活动之途辙,且讲明其所以然"的一门学问。"凡人对于简单绘画,以至杰作等一切美术,而知觉之、造作之、鉴赏之之时,其心意活动之状态如何? 研究此状态者,即一种心理学的考求也。"该著的论旨主要沿袭蔡元培所提倡的"以美育代宗教"的基本思想,"昔之理想的休息,惟求之于来世之宗教,今则可求之于现世矣。无他,美是也。除美以外,固无可以应此要求者。是故艺术教授之本领,亦与宗教无殊"。作为民国初期新文化运动兴起之前的文艺理论著作,作者特别重视对于域外美学与心理学之前沿理论的积极接纳。同时,在其理论构建的过程中,也始终在尝试从空间、视觉、知觉等角度来寻求东西方艺术观念的汇通,可视为"美育"思想在理论层面的深化与拓展,至今仍不乏其深远的启发与学术价值。

高山林次郎的《近世美学》出版于明治三十二年(1899年),刘仁航的中译本(蒋维乔和黄忏华校订)由商务印书馆于 1920 年 2 月出版。原作者在自序中称:"是书之著,于今日美学,非有新知识之贡献,其目的所在,不过示现今美学之状态而已。"著分上下两编,上编集中概述自古希腊以来美学的变迁,以此明确近世美学特别是德国美学之所以发达的历史渊源;下篇专论近世美学,依各家著作分述其各自观点要旨;因中世纪之普牢提尼(今译普罗提诺)及勃格通(今译鲍姆加登)、闵德松(今译门德尔松)、何葛兹(今译荷加斯)等人著述的缺乏,其论述也参考了夏司露等人的美学史。上编两章,"绪言"首先沿述勃格通对美学的定义,依英德惯例译"aesthetic"为"感觉性学",即"关于美感之学",并阐明其要点在于美的主观客观类别、美感自性及其心理学依据、美的标准与艺术的规律,以及美丑的界限与美的基本范畴等四则。"美学史之概貌"依次讨论古希腊人的美学观念、柏拉图的美的思想及其在哲学上的地位、亚里士多德的模仿说与"诗学"、罗马哲学的宗教趋向及普牢提尼的"分出论"(太一美与现象世界及恍惚)、中世纪美的思想的没落、勃格通对于"美学"之地位的确立、云起门(今译温克尔曼)氏与闵德松氏的美学思想、李新(今译莱辛)氏之尚古主义美学(艺术独立论与形式论)、康德美学的体系、席鲁(今译席勒)的假象论与游戏动机说、康德以后叔本华等对于德国美学的贡献与推进、富得(今译费希特)氏的主观观念论、隋林(今译谢林)氏的先天观念论,以及黑格尔的绝对观念论等问题,清晰地勾勒出了自古希腊至 18 世纪西方美学逐步演进的历史进程。下编四章则集中阐述了克尔门的美的形象论、哈尔土门(今译哈特曼)对克尔门的质疑修正及其对"假象/具象/形式/种类"等问题的论述、斯宾塞的进化论美学和葛兰得亚铃的生理美学,以及马霞尔的快乐论美学等近世美学家的核心美学观点。20世纪之初,中国的美学研究尚处于草创时期,此著虽然简略,却已经为国人提供了一种相对完整的美学理论系统及其演化历程的清晰框架与线索。尤其值得注意的是,早期译著中所初步引介的诸多美学概念术语,如现象、形式、快感、动机、先天、有机体、抽象、醇化、感兴、形象性、迷妄、具象、超绝、嗜好等,一方面奠定了汉语阐发美学基本理论的概念基础,另一方面实际也为后世保留了追溯观念之来源的原始文献材料。即此而言,该著的译介确有其独特的贡献与价值。

三、民初"文学"范畴的基本定位

民初时期的"文学"观念,虽仍保留有中国传统"文章学"的诸多成分,但其核心内涵已经发生了根本的变化。这一点从黄人所编纂的《普通百科新大辞典》中有关"文学"条目的解释中即可见出。黄摩西(1866—1913)原名振元,字慕韩,笔名黄人。江苏常熟人,南社早期社员,也是我国《独立报》(1900)和《小说林》(1907)的主要创办人。他所撰著的《小说小话》及《中国文学史》曾受到日本学者太田善男文学思想的深刻影响。1911年,黄人与王均卿在上海创办国学扶轮社,并主持编纂《普通百科新大辞典》,严复曾为之作序。在《普通百科新大辞典》中,文学作为一个专门的词条被给予了详尽的解释。黄人认为,"文学"是与西语 literature 相对应的一个概念。"我国文学之名,始于孔门设科,然意平列。盖以六艺为文,笃物为学。后世虽有文学之科目,然性质与今略殊。汉魏以下,始以工辞者为文学家。见于史则称文苑,始与今日世界所称文学者相合,叙艺文者,并容小说传奇(如《水浒》《琵琶》)。兹列欧美各国文学界说于后,以供参考。以广义言,则能以言语表出思想感情者,皆为文学。然注重在动读者之感情,必当使寻常皆可会解,是名纯文学,而欲动人感情,其文词不可不美。故文学虽与人之知意上皆有关系,而大端在美,所以美文学亦为美术之一。惟各国国民之性情思想,各因习惯,其语言之形式亦异于各国文学,各有特色。以外形分,则有散文韵文之别,而抒情诗、叙事诗、剧诗等(以上皆于我国风骚及传奇小说为近)。于希腊时代,亦随外形为区别,而今则全从性质上分类。要之我国文学,注重在体格辞藻,故所谓高文者,往往不易碎解,若稍通俗随时,则不甚许以文学之价值,故文学之影响于社会者甚少,此则与欧美诸国相异之点也。以源流研究文学者曰文学史。或以种族,或以国俗,或以时代,种类甚多,颇有益于文学。而我国则仅有文论、文评、及文苑传而已。"为了进一步加以说明,黄人还特意对"文章"做出了界定,"Essay,文章,今多混称一切文字。若正名义,则有辞藻者为文(文施于质者也);有声韵者为章(章音之卒也,十为终数,故章从音从十)。今日本及西人,则误解以不拘句之字数,及不押韵者为文章。对于诗歌而言,实染我近俗之弊。(日人以散文为文章)"①。郭绍虞在《中国文学批评史》中对"文学"一语的演化有过相关论述。他认为,"周、秦时期所谓'文学',兼有文章博学二义:文即是学,学不离文,这实是最广义的文学观念,也即是最初期的文学观念。至于两汉,始进一步把'文'与'学'分别而言了,把'文学'与'文章'分别而言了。——用单字则'文'与'学'不同,用连语则'文章'又与'文学'不同。故汉时所谓'文学'虽仍含有学术的意义,但所谓'文'或'文章',便专指词章而言,颇与近人所称'文学'之意义相近了。汉时有'文学''文章'之分,实是文学观念进程中承前启后的一个重要关键。追至魏、晋、南北朝,于是较两汉更进一步,别'文学'于其他学术之外,于是'文学'一名之含义,始与近人所用者相同。而且,即于同样美而动人的文章中间,更有'文''笔'之分:'笔'重在知,'文'重在情;'笔'重在应用,'文'重在美感。始与近人所云纯文学、杂文学之分,其意义亦相似"②。

概念的确定是建构完整知识系统的基础和前提,民初时期有关"何谓文学"问题的广泛探讨即显示出了新一代学人为建构全新的文学知识体系所做的最初的努力。民初的新文学作家们心目中的"文学"观念还大多取的是章太炎的界定,胡适就是其中比较突出的代表。章太炎在其《国故论衡》(1910)的中篇《文学论略》中曾定义"文学",认为:"何以谓之文学?以有文字,著于竹帛,故谓之文;论其法式,谓之文学。凡文理、文字、文词,皆谓之文;而言其采色之焕发,则谓之彣。"③胡适即评价指出:"《文学论略》推翻古来一切狭隘的'文'论,说'文者,包络一切著于竹帛者而为言'。他承认文是起于应用,是一种代言的工具;一切无句读的表谱簿录,和一切有句读的文辞,并无根本的区别。至于'有韵为文,无韵为笔'和'学说以启人思,文辞以增人感'的区别,更不能成立了。"④正因为如此,胡适才肯定地认为,"我不承认什么'纯文'与'杂文'。无论什么文(纯文与杂文、韵文与非韵文)都可分作'文学的'与'非文学的'两项"⑤。而他最早所拟定的"改良八条"多半都是针对传统"词章学"研究中的言语、修辞等问题而提出的建议。这说明,真正彻底地革新"文学"观念仍旧是个不太容易迅速实现的事情。朱希祖就曾指出:"吾国之论文学者,往往以文字为准,骈散有争,文辞有争,皆不离乎此域;而文学之所以与其他学科并立,具有独立之资格,极深之基础,与其巨大之作用,美妙之精神,则置而不论。故文学之观念,往往浑而不析,偏而不全。不学者遂得标榜其间,以相诳耀。其达者则又高自位置,不肯语人以浅露之途径;偶或出其高尚本真之作,则人每以闻所未闻,诧

---

① 转引自钟少华编:《词语的知惠——清末百科辞书条目选》,贵阳:贵州教育出版社,2000年,第50、51页。
② 郭绍虞:《中国文学批评史(上)》,天津:百花文艺出版社,1999年版,第5-6页。
③ 章太炎:《文学论略》,上海:群众图书公司,1925年,第1页。
④ 胡适:《文学论略·序论》,章太炎:《文学论略》,上海:群众图书公司,1925年,第1-2页。
⑤ 胡适:《什么是文学——答钱玄同》,《胡适全集(第1卷)》,合肥:安徽教育出版社,2003年,第209页。

为外道。无他,以不识文学之所以为文学也。"朱希祖虽为章门弟子,但他对章太炎所谓"文学"的定义其实并不完全认可。他认为:"文章为一切学术之公器,文学则与一切学术互相对待,绝非一物,不可误认。""若吾国以一切学术为文学,则主体在一切学术,而不在文学。""吾国士大夫有倡言文学革命者,鄙人独倡言文学独立。革命者,破坏之事;独立者,建设之事。互相为用,盖有不可偏废者焉。""是故文学要义有二:其一,文学既以感动为主,则不出用教训方法使之强迫灌注,而以娱乐以方法使之自由感动。盖他动之力暂而小,自动之力久而大也。是故文学作家,全以美情为主,无秽浊鄙陋之气杂于其间;……故文学以情为主,以美为归。其二,文学既以感动多数为主,则不以特别之知识为标准,而以普通之知识为标准。"朱希祖又以尼采和托尔斯泰为例证分析认为,"夫 Nietzsche,Tolstoj 之文学孰是孰非,或皆是皆非,孰胜孰败,或皆胜皆败,姑不具论;而二家之所以感动人心如是之深且大者,实皆具有美妙之精神,则彰彰不可掩者也。观此,则知文学精神之美,足以震撼大地,操纵人类。谓文学无用者,可以关其口;而作无用之文学者,亦可以变计矣"①。

随着"文学革命"的逐步推进,新文学作家们对于"文学"的理解也开始出现了细微的转变,罗家伦发表于1919年的《什么是文学?——文学界说》一文中,对"文学"这一概念的解释就已经发生了重大的变化。他认为:"文学的内含极大,外周极宽,其本质又极微妙。文学不但是表白思想的(Expression),并且是深入人心的(Impression),不但是兴到而成的(Aspiration),并且是神来方就的(Inspiration),不但是人间的知识(Knowledge),并且是世上的威权(Power)。"②这一理解比之胡适已经更接近于现代西方对于"文学"的一般理解了。

---

① 朱希祖:《文学论》,《北京大学月刊》第1卷第1号,1919年1月。
② 罗家伦:《什么是文学?——文学界说》,《新潮》第1卷第2号,1919年2月。

第二编
现代中国文学的理论储备——域外文学理论的译介与传统文学理论资源的留存（1921—1925）

第四章 源自欧美的文学理论译介状况及其知识取向

一、文艺及美学基础理论的译介

托尔斯泰的《艺术论》早在1921年3月就由耿济之译出,商务印书馆出版。该著为共学社所编"文学丛书"之一,是托尔斯泰思考"艺术"问题的代表性著作。郑振铎在其所作序言中认为,托尔斯泰的艺术观大致属于"人生的艺术",是一种糅合宗教的"人生的艺术"。虽然多数人认为在中国新文学初创时期,不宜将托氏略显偏激的艺术思想介绍到中国,但郑振铎却认为当时的中国尚不宜奢谈"唯美派",而正需要一种要求解放、征服暴力、创造爱的世界的艺术作为工具,真正的艺术是关乎人生的。著中首章,托尔斯泰就现代"艺术"所呈现的诸种纷杂现象提出了需要对"艺术"做出重新定位的问题。第二章作者首先提出艺术以"美"为唯一的评判尺度不仅不是有益的,反倒是有害的观点,然后对不同语言中"美"的含义给予了简要的分析。第三章列举了鲍姆加登、门德尔松、康德、席勒、谢林、黑格尔、叔本华、斯宾塞等人对艺术内涵的界定,托氏将众多美学家对艺术的定义概括为四类:神秘美学观、主观美学观、生理美学观、与美学完全无关的定义法。第四章指明至今也没有准确的关于艺术的定义,其原因在于,人们错误地将"美"的概念当成了艺术概念的基础。第五章提出,艺术是人们相互交际、传达情感的一种手段。只要作者体验的情感感染了观众和听众,这就是艺术。第六章尝试论证"宗教"决定了人们在经验世界里判定"善""恶"的尺度,并直接影响到人们对于生活之意义的理解,同时也就决定了人们对于艺术价值的判断。第七章认为"美"不是"善","善"的最高境界在很大程度上与"美"恰正相反。第八章提出绝不能剥夺普通民众享受艺术的权利,艺术的本性正在于教化民众以重归于"善"。第九至十四章逐次阐述了由于上层阶级的人们缺乏信仰,其艺术内容也变得贫乏,所以越来越矫饰、模糊,"艺术"已经被"艺术的相似物"(艺术赝品)取而代之。托氏特以理查德·瓦格纳的作品为例进一步证明了这一观点。作者断定:我们社会里几乎所有被称之为"优秀"的艺术,不但不优秀,甚至根本就不是艺术,而是艺术的赝品。第十五章以艺术的感染性为标尺区分了艺术的真伪。第十六章认为艺术情感的传达只能由宗教意识来决定。第十七、十八两章进一步指出,宗教意识绝非一般所认定的迷信,而恰恰是指引人类走向幸福的唯一可信的途径,艺术即承担着这种引领的功能。第十九章对未来的艺术提出设想,认为它们将回归艺术的本质。第二十章作为该著的结语,总结了该著的主要观点。托氏此著重在探讨现代艺术所陷入的歧途及其原因,以及什么是艺术的真正使命等问题。托氏对现代科学痛加攻击,认为它已远离了其产生之初的真正的路,所以只能唤起一种虚伪的情感。要拯救艺术,必得对现代科学进行有效干涉。艺术的任务极其伟大,真正的艺术应该消除暴力;艺术的使命正是为了把"人类的幸福在于相互团结"这一真理从理性的范畴转入情感的范畴,使之成为人类生活的最高目标。出于特定的历史原因,托氏此著在某种程度上曾为中国新文学张扬其现实层面上的功利目的性提供过强有力的理论支持,这也可以看作是中国早期新文学作家们对于此著的未可避免的某种误读。

较早被译介到中国的美学专著还有1922年出版的萧石君所译马霞尔的《美学原理》。该著曾有日本相良德三的日译本,但译者认为其译本有不尽明了和脱译之处,所以重新以汉语做了翻译。该著是马霞尔(今译马歇尔)应纽约哥伦比亚大学评议委员会的要求所做演讲的辑录。作者在自序中指出:"我只想把关于美学之研究中最感兴味和最有实际的价值的结论,撮录于此。"也即他所集中讨论的"快感""苦痛"与艺术密不可分,作者甚至认为"美学可以充分当作快乐论的分科进行考察"。据此,作者对创作、阅读中的美感状态做了精细的心理学分析。著分六章,首章主要界定美学研究的领域,阐明"美"与"非美"的差别。作者认为,美学研究的根本问题就是对"快感"的研究,一切快感都可成为美的印象,但判断美与非美的快感就在于这种快感是否可以持续。"真正的快感,纵其现实味已消灭,然仍可使由快感之名响应而起的心理状态,再生出来。"美是不受伦理关系限制的自明状态。第二章是该著最具特色也是作者期许最高的一章,作者从心理学角度切入对美的本质的考察,详细阐述了"美"与"快感"及与其相伴的"苦痛"之间相反相成的关系,作者认为,快感与苦痛不是感觉,而是人类心理的两种基本感情,它们蕴含于诸意识之各要素之中;不同的快感和苦痛有着不同的层次,美的观念及其特质即是随着人类感情的日益丰富而逐步发展起来的。第三章"艺术家之地位"主要考察艺术创作过程中创作冲动的特征及其功能,作者认为,确实存在一种隶属于"感情"的特殊的心理状态,这种心理状态能促使艺术家成为天才,但天才在艺术创作中并不占主导地位;艺术家一方面靠天才驱使,一方面受社会因素浸染,而"无意识之间,遂不得忘事于自然"。第四章"批评家之地位"主要从鉴赏者的角度讨论了美的标准问题。作者认为,美的标准由个人的瞬间感觉和他人的影响两部分组成,所以这种标准在稳定性中蕴含有变动因子,其中还涉及"高级教养的人之美的标准"和"理想的美之

第四章 源自欧美的文学理论译介状况及其知识取向

领域"的问题。作者特别指出,由于批评家的言论很容易影响到普通读者,所以需要特别慎重。第五、六章"快苦论的美学"主要概述作者的"快苦论"的美学观,使审美达到永久快感的途径、消极美学的一般原理、"快感的产出"和"达到快感之永久性所采用的方法"等问题。该著对中国现代美学思想建构初期有关感觉与审美的内在关系及艺术的一般功能等问题的讨论产生过一定的影响。

真正对后世的文学观念及基本文学要素产生了深远影响的应当是温彻斯特的《文学评论之原理》,该著由景昌极和钱堃新联合译出,梅光迪校,由商务印书馆于1923年11月出版。此著以文言译成,共八章,分别讨论文学及其评论的定义、文学所包含的诸元素及一般特征等问题。译者在基本保留原著内容的基础上,为便于中国读者的理解,将原作中的范例大多替换成了中国文学的例证。此外,由于译者认为原作中所论"诗歌"一章与中国诗歌的实际情形相去甚远,所以完全删去而改附吴宓的《诗学总论》作为补充。译者的用意主要在于"以其可为国人立论之则而拯其狂悖也"。因为同刘勰的《文心雕龙》相比,温氏之书"剖分犀利,立题精确,非若刘氏揉杂也"。"今之君子,党朋而伐异,嗜奇而惮正。稍得一二,便操斤斧。肆其狂荡之说,以腾于报章杂志者,往往而是。……是故正规未启,迷而不复。本根未立,虽善无功。""是书实可为之基。又拯纷乱于既往,未若正基础于方来。"温氏认为:"评论者,即识者对于美术之欣赏,因以为美术品格之定评者也。""评论之能事,在说明文学之所以为大者,实具某种要素,俾读者善能欣赏之而已。"因此,作者特别强调,文学评论的研究与历史研究及传记研究应有所区别,或者说,与那种突出时代影响及创作者经验的研究根本不同,"评论学"重在探问文学"其自身之价值与旨趣何在,其所以动人者何故,其能垂诸久远者又何恃",主旨在于"舍一切外缘而不问,而深求文学自身之要素","故此评论之性质,近于科学,远于美术。以其所求者为普遍原理,而非个别实施之规律也"。"发现普遍原理,以为品定之标准。"当然,作者同时也强调:"评论原理必自文学自身抽绎而出。"鉴于此,作者认为,文学之所以有别于科学,乃在于文学有其特定的基本要素,即"感情、想像、思想和形式",这就是对后世文论曾产生深远影响的所谓"四要素说"。该著所论也基本上是围绕着这四个要素逐次展开的,在作者看来,四者之中,"感情"是最为根本的核心元素(但须与个己的"自私之情"与过度的"苦痛之情"以及刻意的新奇、时髦和庸俗等取向区别开),其特征是:合理(或适宜)、生动(或有势)、持续(或恒久)、错综(或变化)、品格(或性质)。"其于人情物理息息相通","能以人生最深之事,动人之同情"者方可入"伟大文学之列"。"想像"则是唤起情感的必要的手段,"高深之想像,恒与情性同其发达"。"其想像高卓者,则感情必深而强烈,秩然有节。""思想"是指文学中所包含的"理智"因素,"真正伟大之书,亦未有无理智者"。"纯文学高下之分,大抵以其所含之真理而定。""人性必纯正,所为必合于人生真理。""形式"则是传达上述要素的工具,"形式非他,传达意义之导体耳"。"旨在传达思想,而以情为辅助之具,令人有完备愉快之领会者,则其书为散体文学。""若情感为初旨,思想缘之而入人心者,则其书为美文。""故文学之形式,实间接表现人格之具也。""形式之完备,当求确称其情思。"作者最后总结说:"苟文学评论,不本于感情、想像、思想、形式四原素,……无以评定其永久之价值。"不过,作者认为,"四要素"也并非是唯一的标准,要全面评价某作家创作的价值,尚须"于普遍兴趣与历史兴趣之间,有所明辨"。"基本原理之应用,在乎评论家之自为。苟最后之结论,与原理相合,斯亦足矣。""理性以为基,公论以为归。""故客观之评论,必超于个人一时之好恶,据于普遍之原理。"除"四要素"的论述之外,其中散体小说及所附录的"诗学总论"基本上可以看作是对其"四要素"理论的具体应用。温氏此书初步显示出了19世纪末期西方学界的文学研究由社会/历史及作者中心开始向作品/文本中心转移的痕迹,其对现代中国文论的建构影响至为深远,一方面,包含于其中的新人文主义思想直接启发了中国的"学衡派"的文论理路,其对于文学之永恒价值及人格蕴涵的重视与保守主义、激进主义及科学主义等诸种文学取向形成了某种必要的制衡;另一方面,"四要素说"不仅为后世现代中国文论奠定了较为明晰的理论基点,同时也提供了一种理论系统上的结构范型,由此也促使中国文论彻底摆脱了传统文论的束缚,并最终实现了向现代文论的根本转换。

　　1923年12月,商务印书馆还曾出版过由东方杂志社编译的《美与人生》,该著实际是八篇有关美学的著述及译作的专题论文集,列"东方文库"第六十七种。首篇《述美学》为徐大纯所著,旨在介绍作为新兴科学的"美学"一门的一般要义,"以斯学之概念,输入读者脑中,而引起其研究之志"。篇中简要概述了"美学"之称的来源、美学与哲学及伦理学的关系、美学理论发展的简要历史及代表人物、美感与快感的关系、美的一般类别(纯美、丑、威严、滑稽美和悲惨美)及其不同特征、美在不同艺术形式中的表现等,"于美学之字义,及其历史,其要素,其分野,其内容与形象之种类,一一言之矣"。《述美学》简明扼要,既在横向上勾勒出了美学核心范畴的一般体系构成,又从纵向梳理了美学史演进的大体历程,可作为普通美学研究的入门读物。吕澂叔作《美术之基础》,分艺术为时间艺术(含音乐、诗歌等)和空间艺术(含雕塑、绘画、建筑等)两大类,其以四节篇幅分别讨论美术的起源、美术的本质,以及美术作品中线、形、色彩等诸要素的一般特点,可看作是美学研究在艺术层面上的进一步拓展。《栗泊士美学大要》为吕澂叔综合栗泊士(今译立普斯)的相关著作,并集中从"美"和"艺术"两个方面对"感情移入说"所做的概括性译介。滕若渠的《柯洛斯美学上的新学说》则是有关柯洛斯(今译克罗齐)美学思想的综述性介绍,其借助对"直观""概念""表现"等核心美学范畴及其彼此关系的分析,扼要阐述了克罗齐美学思想的特质,以及"表现说"在美学史上所处的创造性地位。《希尔台勃兰的美学》是惟志对德国雕塑家希尔台勃兰(今译希尔德勃兰特)有关"形式"与"现象"及"艺术表现"之关系的"形式论"美学思想的概要译述。大塚保治的《美学所研究的问题及其研究法》(鸿译)介绍了美学研究中较为普遍的心理学研究法、社会学研究法,以及哲学层面的研究等三种方法其各自的优势和局限,重点强调了综合诸种研究方法的必要性与实际意义。唐隽的《艺术独立论和艺术人生论的批评》主要是针对出现于20世纪20年代中国学界的以"艺术为人生"与"艺术独立论"为主流的两种具有极端化对立倾向的艺术思潮所做的批评,同时指出这两种倾向在艺术本质上的相互联系与彼此沟通融合的可能。戴岳的《美术之真价值及革新中国美术之根本方法》则是从实践层面具体讨论了中国传统艺术中"耽于虚幻""有形无神""鄙弃西洋技法"等取向的弊端,并以此强调,传统艺术只有积极接纳西洋艺术的合理因素,借助审美功能自身所特有的"化戾""袪妒""除私"等效用,才能真正使传统艺术走出既有的藩篱,最终达于"冲和""随化""超脱"的真正的"美"的境界。该著虽为不同专题论文的合编,但其所呈现的美学史概要、美学范畴、美学要素的类别与关系、代表性美学家的主要思想、美学研究的方法,以及艺术主潮与传统艺术的延续和转换等的编辑体例,已经初步涵盖了"美学概论"所需要涉及的主要内容,从理论到实践都不乏作为基本"教科书"的一般特质。

另一部同样由东方杂志社编译的著述为《文学批评与批评家》,由商务印书馆于1923年12月出版。该著列"东方文库"第六十种,由"文学批评"总论及对布兰兑斯(今译勃兰兑斯)和安诺德(今译阿诺德)的批评理论的介绍三个部分组成,附录为阿诺德的著作书目及相关研究资料的目录。第一部分"文学批评——其意义及方法"由愈之根据莫尔顿的《文学的近代研究》、黑德生的《文学研究导言》和韩德(今译亨特)的《文学的原则和问题》及相关资料译述而成,主要讨论"文学批评"范畴的界定、传统批评与现代批评的区别以及批评方法的类别等问题。作者认为,"文学批评"在西方作为一门独立的学科尽管已经有了相对较长的一段历史,但在汉语语境中,它无疑还属于一个全新的概念,"中国人本来缺少批评的精神,所以那种批评文学在我国竟完全没有了"。"批评"一词源于亚里士多德,意指"公允的判断之标准",盖莱和施各德(今译格雷和司各特)将其分为指摘、赞扬、判断、比较分类和评赏五层意义。阿诺德定义"批评"为"把世间所知所思最好的东西去学习和传播的一种无偏私的企图"。作者认为此一定义比较可靠,因为它强调的主要是评赏而非指摘。"文学批评"与"文学的批评"又有所不同,前者讨论的是文学,而后者可能是借文学或作家去讨论非文学的问题。据此,作者取亨特的看法,将"文学批评"定义为"用以考验文学著作的性质和形式的学术"。"文学批评的目的,在于采集及建立批评的法则,所以可算是一种科学;又要用了这种法则,把批评文学的自身当作文学著作的标本,所以可算是一种艺术。"文学批评包含着批评者自身的个性,是对人生的间接批评,所以也是文学的一种。西洋文学批评在总体上可以分为"因袭的批评"和"近代的批评"两个时期,前者以亚里士多德的《诗学》为规范,后者则力求从世界文学中寻找普遍的文学规律。近代批评主要采用的是归纳、推理、判断和自由批评（主观印象）四种方法。其中,归纳和判断最为重要,归纳"使读者明白作品的真相","判断的批评目的在于判断作品的价值",所以归纳是判断的前提和基础。"布兰兑斯"部分为陈嘏所撰,主要介绍丹麦批评家勃兰兑斯的生平、思想、著作及其代表作品《十九世纪文学思想之主潮》和《易卜生论》的基本内容。作者认为:"布兰兑斯的文学研究,全用科学的方法,唯其偏于科学的太甚,有时转陷于非科学的,间取不大适当的材料事实,纳在自己范模里。"当然,作者对勃兰兑斯的批评仍然是充分肯定的,"布氏的评家态度,就是'诚实'两个字最可贵;'诚实'是批评的正则"。"安诺德"部分由吕天鹤、胡梦华和华林一合编,除简要介绍了英国作家和批评家阿诺德的生平及著作以外,重点突出的是他和他所处的维多利亚时代的密切关系,阿诺德特别重视独立的"批评"精神和富有个性的判断,"不以新而斥其思想偏激,不以旧而嫌其主张腐败。他只取调和的办法,以冷静的头脑,为平允的论调"。这一看法对于初萌的中国文坛是有着明显的针对性的。此外,在政治理想方面,"安氏是反对物质文明的。他说现代人的危险,是在崇信机械;……现代人只重'量',再不注重'质'"。其对中国作家也同样不乏深刻的启示。而阿诺德文学批评的核心就在于强调世界各民族文学的共通性与互补性,"我们应当把全世界文明的国家当作一个集合体看,知识方面,精神方面,都以全世界为一大团体,向一个普通的目的,并力合心地做去。这团体里的各分子,都有他们过去的文化,根据过去的文化,互相进行,这就是歌德的理想。他的理想,不久将成为今日社会普通的理想了"。唯其如此,裁判、印象及历史研究等诸多方法才会在阿诺德那里得到了充分的融会和应用,而没有偏于一执。"以个人批评的能力为中心,加以相当之学问,再拿别的大批评家的言论,来作参考,自由的批评文学价值的高下。""这就是他所谓'真正的方法'。""文学批评家的事业,是要研究贯通全世界最精美的思想与知识,广传到人人的脑筋里,以造成完全的人生,以造成完全的文化。这是安诺德文学批评的目的,也就是各批评家应持的目的。"从此著的讨论大体可以看出当时中国的文学批评的现状,以及由传统批评向现代批评转型的总体趋向。

二、专题理论与批评的译介

民国初年除概论性质的文学理论著述的译介外,还曾有多种专题性的著作被译介到了中国,亨利·柏格森的《笑之研究》就是其中比较重要的一部。该著由张闻天翻译,商务印书馆1923年12月出版,为"尚志学会丛书"之一,译者据Cloudesley Brereton 与 Fred Rothwell 合译的英译本翻译而来。原书名为《笑——论滑稽的意义》,著中辑录了柏格森1899年发表于《巴黎评论》的三篇论滑稽的文章,是作者的一部有着重要影响的美学专著。该著主要探讨了可笑事物的内在蕴涵及其所具有的特定功能。作者认为,滑稽虽然是疯狂、梦幻的,但却能给某种关乎整个社会的、集体的、大众的想象力的启示;笑对社会是有意义的,笑有时作为一种社会制裁手段,可以纠正某些人的"心不在焉",使他们不至于脱离社会,这正是喜剧产生的原因。著中首章泛论形式、姿态和动作中的滑稽。作者首先阐述了滑稽是一种属于人的、不动感情的、具有社会性的心理状态,并进一步证明滑稽一定是一种"机械的僵硬"、顺乎自然并且是无意识的社会状态;"常人能够模仿的一切畸形都可以成为滑稽的畸形","人体的体态、姿势和动作的可笑程度和这个身体使人们联想起一个简单机械装置的程度恰恰相当"。滑稽来自镶嵌在有生命的活的东西上面的机械的装置,这里所谓"活的东西"主要是指人或与人的某方面类似的部分,"机械的装置"则是指物。第二章主要探讨了情景的滑稽和语言的滑稽,作者主要将喜剧的原型——儿时游戏——当作最能提供这两种滑稽的对象进行分析,并且认为,当我们认定由行动和事件的安排所产生的幻想既是生活同时又是一种机械结构时,"滑稽"就产生了;言语中的滑稽性重复则是思想对于如弹簧般跳起的情感的压制所产生的类似于机械装置的效果。第三章主要探讨性格中的滑稽。作者认为喜剧是随着我们对社会生活的不适应而开始的,甚至有时候正直也会变得可笑。总之,一个人是好是坏,其实与滑稽关系不大;而如果他与社会格格不入,就会变得滑稽不堪。该著重在阐发作者的喜剧观,其中也包含了作者诸多重要的美学观点,曾为中国新文学早期的喜剧创作乃至后来有关直觉及幽默等美学范畴的确立提供了积极的理论支持。

另一部与之相关的著作是东方杂志社编译的《笑与梦》,1923 年 12 月由商务印书馆出版。此著列"东方文库"第五十二种,主要介绍当时西方关于"笑"和"梦"的研究的一般成果。首篇《笑》为钱智修译美国 H. Addington Bruce 所撰的文章,人之有"笑",并非全然是出于"快乐",霍布士认为,"可笑之事之要素,在其事能引起对于所笑之人之瞬间之优胜感情"。即所谓"瞬间骄傲说",培因也比较支持这一看法。达尔文则认为,"可笑之事,其性质必奇异非常,与吾人心理之惯习,或事物之正则,不合或相反"。但此说又受到了美黎诺的反驳。诸说之中,作者认为,法国柏格森新近有关"笑"的研究比较中肯,"柏氏之意见,则必为特种之奇异,而后足以引笑——即与吾人惯习相反之形式动作或思想,美妙而属于机械的无弹力性者是已。吾人于顷刻间认有此种机械性及固定性之存在,于是吾人遂对之而笑焉"。当然,作者认为,柏氏之论虽为新说,却也有诸如忽视"笑"的具体情境等的不足。次篇《笑之科学的研究》为章锡琛据有关资料译述,可视为对前文的补充和延伸,文中详述了晏杰儿、郝富定、文德、爱频蒿斯、金革、寿谟斯、黑格尔、霍布士、斯宾塞、达尔文及兰陔等诸家有关"笑"的心理和生理机能及其与快感、滑稽、悲哀、愤怒等感觉范畴关系的各种研究,主旨在为"笑"寻找多重科学的依据。《晰梦篇》为秋山译述,主要概述精神病理学从霞奈、薛笛的催眠疗法,到佛饶(今译弗洛伊德)发现"梦"与精神病的联系并以此建立起"宣泄"治疗法的过程,属于对早期精神分析之生理实验的一般介绍。末篇《梦之研究》为鲍厂译述,着重讨论"梦"与意识的关系、"梦"的构成要素、"梦"的生成所需要的生理与心理的条件,以及中外有关"梦境"与吉凶预测的关系等等,此外还简要介绍了雍克(今译荣格)有关"梦"与精神病治疗方面的研究境况。此著虽为心理学与生理学方面的科学理论的一般介绍,但却较早地涉及了弗洛伊德、荣格及柏格森等人的学说,对后来中国文坛逐步引介西方的非理性思想与理论主张有着重要的铺垫和引导作用。

对柏格森的介绍较为详尽的还有钱智修译述的《柏格逊与欧根》,由商务印书馆于1923年11月出版。此著列"东方文库"第三十九种,为钱智修据有关英文资料编译而成。全书分三部分,分别介绍了柏格逊(今译柏格森)和欧根(今译倭铿或奥伊肯)的主要哲学思想。第一部分"现代两大哲学家介绍"为总论,从宏观上概括了两位哲学家的思想要旨,是 Lyman Ablolt(钱译阿博德)刊登在 The Outlook 上的文章的译述。作者认为,柏格森和倭铿所代表的直观论和唯灵论是对一度风行欧美的历史派和实验派学说的反叛,其共同背景则是"感物质文明之流梏,而亟思救正"。柏格森着重强调自然万物始终处于永无停歇的创造进化过程之中,只有生命的冲动本身才是永久进化的原动力。"创造世界之光荣,不在已成之效果,而在未完之事实。"而据倭铿的看法,世界有可见与不可见之分,科学能解释可见的物质世界的种种现象,却并不能解释不可见的精神生活的本质,宗教所提供的不是人在现世生活中需要遵循的教律,而恰恰是人需要凭借其意志所希望达到的生活的理想,宗教教义实际正存在于人的生存经验之中。第二部分"柏格逊哲学说批评"系美国 John Burroughs(钱译菩洛斯)所撰评述柏格森思想的一篇文章的翻译,其核心在于重点阐发柏格森有关精神或意识对于物质的超越性的"创化论"思想的基本要义,"有机性之世界",只能依赖于"文学家及哲学家之创造的想像力以发现之"。"新世界非能开示于人人也,必其人先具胚胎,而后诗人若先知者能有以开示之。"生命之流,一波一浪,"然芸芸万汇之中,其能具自觉新与创作力者,惟人类独擅之"。"凡超越性之真理,皆由直观而来;即真理之超越夫吾人之理性及经验者是也。"第三部分"欧根人生哲学述要"是 Abel L. Jones 的 *Rudolf Eucken:A Philosophy of Life* 一书的改译,分"哲学与人生""自由与人格""个人与宇宙"等十个方面对倭铿的生平、著述、人生观、认识论及宗教观等进行了比较全面的介绍。倭铿思想的要点旨在说明,依自然而生活仅为初级生活,追求普遍精神的生活才是真正的高等生活,"以现在之能战胜过去,精神之能超越物质,使知永久真理,实存乎普遍之精神生活中"。宗教则是保存精神生活的特定形式。倭铿和柏格森曾分别于1908年和1927年获得过诺贝尔文学奖,作为20世纪之初的两位深具影响的思想家,钱著重在译介其思想要旨,以图引起当时国人对科学主义及唯物质主义思想趋向的警惕,尽管钱著尚未能完整展示两位哲学家的思想面貌,且部分论断也失于偏颇,但毕竟对日后中国学界对倭铿和柏格森的深入研究奠定了基础,其中所包含的非理性思想对现代中国文学的发展曾有过积极的启发。

泰东图书局在1923年4月曾出版过蒋启藩编译的《近代文学家》。该著是一部欧美近代文学作家的专论,其以作家为中心,基本依文学地位、生平简介、著作概要和创作成就的顺序,分别简要介绍了法、英、德、俄、比、意、美七国的五十一位代表性的作家,其材料多据英文及国内已有的相关资料编译而成。编者自陈:"本书目的在使读者于西洋近代自然主义及新浪漫主义文学作家底特色,得到一个简明的概念;同时于西洋最近文艺底趋势,得窥其大略。"由此,编中的介绍就主要偏重于对某作家的创作特色及其在世界文坛的影响的描述上,其对作家的选择虽然强调是出于自然主义和新浪漫主义(象征主义)两派,实际上兼有现实主义、唯美主义和浪漫主义等的作家,如巴尔扎克、迭更斯(今译狄更斯)、哈提(今译哈代)、王尔德、屠格涅夫、托尔斯泰、邓南遮和惠特曼等,以此也可看出中国新文学初期对于西方文学思潮在理解上的某种模糊和混乱。尽管如此,该著毕竟为人们提供了对于欧美近代文坛代表性作家的较为全面的了解,就新文学初期发展的实际境况而言,此种介绍应当是非常必要而且及时的。特别是对诸如波德莱尔、夏芝(今译叶芝)、霍普特曼、斯尼支勒(今译施尼兹勒)、梅特林克等的全面介绍,无疑有助于加深中国文坛对于西方现代主义文学潮流的整体性理解。

1923年12月商务印书馆出版的文棅、冠生合编的《莫泊三传》,是民初并不多见的域外作家的专门传记之一。该著列"东方文库"第六十六种,实际是梅尼亚尔所作的《莫泊桑传》的节译。由于原传记作者曾深入莫泊桑的众多朋友中间,收集了大量的第一手资料,所以该著多被认为是莫泊桑传记中最可采信的一种。莫泊桑生于商贾之家,其母曾与福楼拜一起受其哥哥的影响而产生了对文学的爱好,这对莫泊桑的童年有着深刻的影响。莫泊桑自小接受过良好的教育,天性自由,曾参加过普法战争,后来到巴黎就教于福楼拜的门下。莫泊桑从福楼拜那里既习得了敏锐而精细地观察事物的方法,同时也结识了屠格涅夫、都德、左拉等当时已经成名的多位作家。福楼拜对莫泊桑要求非常严格,除了常规的写作训练以外,他还一直禁止莫泊桑过早地发表作品,以避免滋生少年傲气而将前途毁于一时,直至十年后莫泊桑以小说《蜡球》(即《羊脂球》)一举成名。福楼拜曾教诲莫泊桑说:"文学家应该为文学牺牲,应该把自己的生命,当作文学的工具。"莫泊桑秉承乃师的教导,在创作上极为丰产,先后创作了《漂亮朋友》《一生》等经典小说,但他正值盛年却饱受疾病和忧郁等苦痛的折磨,甚至屡屡试图自杀,最终由于病痛于1893年辞世,享年仅43岁。左拉在莫泊桑的墓前发表演讲,称赞他说:"莫泊三的一生,他自己已经比喻过,如同天上的虹,虽然时间很短,却很明亮,很有光彩。现在他的人,虽然已经长眠,但他的著作,总是永永在世上醒着,我们和我们后来的人,都能够随时在他的著作里看见他的人。"此著虽为节译编写而成,但对莫泊桑一生经历的描述却十分简练清晰。作为自然主义文学的代表性人物,全面了解莫泊桑的生平,对于中国作家进一步阅读和理解其作品有明显的帮助,就新文学初萌的中国文坛而言,该传记对促进中国后来自然主义文学思潮的发展也起到了积极的推动作用。

(沈)雁冰、(胡)愈之和(沈)泽民曾合编《近代俄国文学家论》,1923年12月由商务印书馆出版。该著列"东方文库"第六十四种,分五部分依次评述了都介涅夫(今译屠格涅夫)、陀斯妥以夫斯基(今译陀思妥耶夫斯基)、安得列夫、阿采巴希甫(今译阿尔志跋绥夫)和柯洛涟科(今译柯罗连科)五位近代俄罗斯作家的创作。编著者的论述中其实还包括了果戈理、托尔斯泰和高尔基等人,正是这些作家的努力,作为民族文学的俄罗斯文学才真正走向了世界,成为世界文学的重要组成部分。从文学作为艺术的一方面来看,"要想吸收近代的西洋文学,确立我国的国民文学,艺术方面实在比思想方面,更应该研究"。著中之所以选取这五位作家,是因为托尔斯泰和高尔基等已多有专论,这里所评介的五位作家主要集中在评述他们各自在艺术上的突出特色。屠格涅夫的特点显示为:"对于自然和人生都能下精密的观察,把真面目揭露出来。"他的《猎人笔记》同美国斯托夫人的《黑奴吁天录》(即《汤姆叔叔的小屋》)一样,曾在广泛的废奴运动中发挥过极为重要的作用。其代表作尚有《路丹》(即《罗亭》)、《贵族之家》、《海伦》(即《前夜》)和《父与子》等。屠格涅夫对写实主义和浪漫主义进行了充分的调和,而其最大的特色则是用小说来记录时代思潮的历史性变迁,"用着哲学的眼光,艺术的手段,把同时代思潮变化的痕迹,社会演进的历程,活泼泼的写出来;而且是富于暗示和预言性的。要把他一生大著作汇合起来,便成一部俄国近代思想变迁史"。陀思妥耶夫斯基则是体现俄罗斯民族精神与斯拉夫人种之伟大性格的最为典型的作家,他一生历经苦难和折磨,却以其令人难以想象的意志创作出了《穷人》《罪与罚》《白痴》等不朽的经典,从而为人类灵魂的受难留下了可贵的见证。安得列夫最大的贡献则在于发现了人类"自由"的丧失,"人自以为能包罗万象了,实则他是思想律和生存律的奴隶,既不曾创造这种律令,也不曾能自由改动这种律令"。这类律令犹如"围墙"一样团团包围着人类:自然的墙、心理的墙、命运的墙、不可知的墙、近代文化的墙、制度的墙、衰老的墙以及作为一切墙的墙而存在的"死亡"等,安得列夫的一生及其创作都可以看作是与这些"墙"的不屈的抗争,而目的仅仅就是为了争得"人的尊严"。阿尔志跋绥夫是19世纪末期至20世纪初期俄罗斯思想从虚无主义向尼采式的绝对个人意志过渡时期的代表作家,其代表作是《沙宁》。1905年的革命失败以后,俄国知识分子开始"由极端的利他主义转入极端的自纵和个人主义","沙宁"的出现即意味着"发挥人类固有的本能,把自由的精神化为超人"的思想趋向开始在俄国社会蔓延,"沙宁式"的"绝端鄙弃革命和鄙弃争政治自由的精神"在青年人中激起了巨大的反响,从沙宁的身上也可看到尼采的"超人"哲学与卢梭的"自然人"思想的某种结合。柯罗连科的创作被称为是"吹过病院阴暗的空气的一阵新鲜的微风",他是"俄罗斯旷大的高原精神的表现者"和"人类痛苦与不平的叫喊者",像高尔基一样,柯罗连科的创作以其对旧世界的深刻暴露与批判重新唤起了俄罗斯民众的革命热情。该著选取了五位在当时尚未引起中国作家特别注意的俄罗斯作家给予较为全面的介绍,不仅是对文坛多译介欧美文学的取向的必要补充,而且,俄罗斯作家风格迥异的创作对中国作家也同样有着积极的启发。

作为域外文学的分体介绍,商务印书馆在1923年12月还同时出版了陈暇、孔常、沈雁冰合编的《近代戏剧家论》。该著列东方文库第六十三种,集中介绍了滋德曼、郝卜特曼(今译霍普特曼)、梅德林克(今译梅特林克)和邓南遮四位作家的戏剧创作。滋德曼为19世纪后期德国的戏剧作家,著中重点概述了他的《名誉》《梭妥姆之最后》《故乡》《隐幸》等戏剧作品及《忧愁夫人》《黄昏》《猫桥》等小说作品。作者认为,滋德曼的创作虽也被视为自然主义,但他"是不受一派或一种主义拘束的。他的作风,只是以诗人的直觉见解,描写世界,可以说他是个真面目的艺术家"。霍普特曼也是19世纪末期德国著名的戏剧家,著中以其代表作《东方未明》和《沉钟》为例简要评述了他从写实剧到表象剧创作的转变历程。梅特林克被称为"比利时的莎士比亚",同时也是近代"象征派"戏剧的开创者之一,梅氏的剧作中多采用"静默、停止、不动来表示他的意义","艺术家心里有个极大的希望,就是要找出比言语更能达意的器具"。唯其如此,梅氏的剧作中才蕴涵了"无穷的远和狭隘的囚居"的神秘意味,他的《青鸟》和《订婚》等即是这方面的典型代表。邓南遮既是一位文学家,也是一位学者和政治家。他是意大利唯美主义思潮最为突出的代表,"他的血管中虽流着西方的血,而他的神经内实含着东方的思想"。他的早期小说《娱乐》旨在表现其"娱乐修养人格说",即"经验过一切嗜好的人乃能断绝嗜好",中期开始趋于信仰"创造美而享受其乐便是人生唯一的目的",其剧作《乔恭达女》即是这个时期的代表作品,此后则倾向于伊壁鸠鲁派的快乐主义,即"不顾一切只求那主观的认定以为快乐者而求满足",集中体现这一思想的剧作就是《春朝的梦》,《死城》则在绝对的快乐主义之外增添了"灵肉争战"的意味,《荣辉》一剧又加入了"权力崇拜"的色彩,而其晚年的《海舶》等已经开始鼓吹民族主义了。意大利的"将来主义(futurism,即未来主义)"思潮兴起以后,邓南遮的唯美主义随之也逐渐被湮没了。该著重在评述个别作家的创作,所以基本遵循的是生平、创作概要和作家思想的评介思路,其行文构架方式对于后来"作家论"模式的形成有一定的影响。

除小说和戏剧方面的一般介绍外,诗歌部分的专门理论著作有傅东华、金兆梓译述的勃利司·潘莱(今译布利斯·佩里)的《诗之研究》,由商务印书馆于1923年11月出版。该著系统介绍了诗的基本常识,风格浅显易懂,被列为"文学研究会丛书"之一;书中在介绍各家不同的观点之外,还引入最新的生理学成果,成为该书的一大特色。原书分为两部分:第一部分是通论诗歌的,共有六章,第二部分是专论抒情诗的,共分四章。傅东华与金兆梓所译的只是原书的第一部分,并且在翻译过程中删减了一些原书的例证。第二部分后由穆女译出,以《抒情诗之研究》为名由文化学社于1932年12月出版。首章"诗之背景"概要讨论了"美"的几个基本原则,但作者认为,不必拘泥于"美"的定义,人类长久地在亲近着美的事物,对于诗的研究自然会激起对美的探索。艺术的冲动是一种传达某种意义、体现某种技巧并且拥有仍未被束缚的自由的"游戏";换言之,艺术既不是"必须做的",也不是"应该做的"。在这种"游戏"中,作者认为并不存在纯粹形式的美,任何美都具有意义,否则便是言之无物的。第二章"诗之范围"主要阐述了诗的材料和如何利用这些材料得到一定效果的问题。作者首先以希腊的阿尔弗斯及欧芮迪西的神话为例,说明诗歌应该安处于自身范围内,不越界涉足那些被归于别的艺术门类的材料;诗的范围"就是人类感情之用有声调的——而尤取有韵的——文字所表现的一部分"。对此,威廉·詹姆士的最新生理学研究成果可作佐证。第三、四章分别讨论诗人的两种最重要的能力,即"想象"和"文字"。"想象"方面,作者援引了 Ribot 有关"创作的想象"和 Hartley B. Alexander 有关"艺术的想象"的论述,得出了有生命贯注的想象才是诗的想象的结论,印象派的诗可作为例证。"文字"方面,作者认为,诗歌重在听而非看,所以更讲求押韵合辙。文字虽然是全社会都能理解的交流工具,但并不能精微透彻地表达我们的感情。作诗要选择情调一致且形象感强的字,诗歌能成为经典即与用字有密切的关系。第五章"声调及格律"详细讨论了诗中用字的声调特色及诗的格律美,包括声调、音义、音量及用字在冲突中取得谐和等问题。第六章"韵节及自由诗"借助格律诗和自由诗的比较具体论述了形式之于诗的重要性,尤其是声调的特别形式——韵,因为韵是使诗构成和谐的核心因素;当然,无论是韵诗还是自由诗,都应该按照感情的表达选择合宜的形式。艺术经过一次创新,便有一层进步,而诗歌的真正生命就显示在如源头活水般的创新上。

另外一部诗歌理论专著则是王希和的《西洋诗学浅说》,1924年5月由商务印书馆出版。该著列"百科小丛书"之第五十二种,分为五章,分别探讨了诗的定义与起源、分类、内质、外形、诗节与韵脚等问题。第一章有关诗的定义,作者认为,自古以来研究诗学的人着眼之处都不同,所以其定义往往各有所偏。"欲求浑括不漏,惟有采取各家的精意另下一个定义,……或许于初学者有很多益处。"作者由此将"诗"定义为:"诗是以情绪想像及音律表现具有普遍性之人生经验的艺术",并分别从"表现""人生经验""普通性""音律或节奏""情绪""想像"等六个方面进行了具体论述。谈到诗的起源,作者认为,诗的原形与音乐、舞蹈有密切的关系,"初民时代大概以诗为一群的或一种族的情绪的表白,不为个人的思想与情感的表白"。"到了现在,诗歌就变作寂寞诗人的安慰与表白,由全体趋于个人,是为个性发达的明证,也是诗的发展所必经的途径。且此后的诗必渐渐地由表现人类对于外界的经验,趋于表现人类的内在生活,就是属于精神上的经验。"第二章主要讨论诗歌的分类,将诗分为叙事诗、抒情诗、剧诗,此外还列举了写景诗、抒情的歌谣、戏剧的抒情诗、反省诗、训诫诗、讽刺诗、田园诗等各种诗体,其各自又有更具体的划分。第三章论述诗的内质。"内质的要素除想象外,尚有美与真,此三要素与诗的题材及风格皆有密切的关系。"作者详细分析了"想像""美为诗中的要素""诗中的真理""诗的题材""诗的风格"等,认为诗的特质"并非从来诗人所用为敷张粉饰的辞藻,乃诗中情绪的与想像的要素所直接生出的结果"。而"具体化""喻语"和"拟人"则是形成风格特质的关键。第四章着重讨论诗的外形。作者认为:"最普通的外形是节奏。""有规则的节奏又称为音律,音律分为两种,以长音之部与短音之部为标准,以重读(重音)与短读为标准。前者拉丁希腊之诗所常用,后者是英诗的音律。"第五章讨论诗节与韵脚。"诗中所谓节是集合若干有韵脚的诗句而成;节又可称为段,表示一首诗中的一部分","诗节有短至两行者,有长至十行及十四行者",作者对此分别用符号做了详细的标示。该著重在总结西洋诗歌的一般特征,其对于中国文坛全面了解西方诗歌的普通常识有着重要的帮助。

小说理论的译介中较为重要的首推华林一所译哈米顿(今译汉密尔顿)的《小说法程》,由商务印书馆于1924年11月出版。该著为汉密尔顿的一部小说理论专著,曾被用作哈佛大学的文科教材,吴宓在20世纪20年代任教东南大学时也曾采用该著为教材。全书分十二章,为文言译述。首章"稗史之目的"主要论证稗史的作用,作者认为"稗史为表现真理之工具",作者比较了稗史作为一种艺术与化学、事实、历史等范畴的区别,并对稗史中违反真理的轻微过失进行了说明,对稗史中道德与不道德、普通经验与特殊经验等特点给予了区分。第二章为"写实主义与浪漫主义",作者认为,写实与浪漫是"表现真理之二法",但写实与浪漫各有其长短,需加以协调。第三章讨论"叙事文之性质",作者认为,稗史的写作主要有"辩论法""解说法""描写法""叙事法"四种方法,叙事文依其性质又可分为"重动作之叙事文""重人物之叙事文"。第四章具体分析叙事文的结构,包括散漫、紧密、故事叙述之多寡等。第五章侧重分析小说中的人物塑造,作者认为:"人物须有使阅者识知之价值",读者因"个人程度性质之不同",对小说所塑造的人物自有其不同的认知,作者对小说创作过程中人物描述"过实"的弊病、小说中人物的变与不变以及表现小说人物的方法一一给予了说明。第六章主要分析了影响小说所营造环境的各种因素,其中涉及美术及哲学在小说创作过程中所起的作用,环境对于人物的影响以及写实环境与浪漫环境的区别等。第七章"叙事文之述法"重点分析"第一身称与第三身称"的区别及适用范围。第八章"叙事文之主重处"考察小说创作过程中对各部分轻重比例的分配,作者列举了"以篇末为主重处""以篇端为主重处"等十几种彰显行文重点的方法。第九章讨论小说的体裁,作者认为,无论是史诗体小说还是戏剧体小说,仅仅是表现材料之形式的不同,方法"固无稍异"。第十章主要就长篇小说、中篇小说与短篇小说的异同进行了分析比较,作者认为"短篇小说几近于浪漫的","较之于长篇小说为有美术"。第十一章专门讨论短篇小说的构造问题。

末章集中讨论创作中的文笔问题,作者认为,"文笔可觉不可知",虽然诸多批评家常有论及,但对于"文笔"的定义,却"无精当不易之定义"。作者明确指出,"文笔为绝对之物","文笔"只有"有无之分",而无好坏之别。"文章之有文笔",能够使读者"感觉无穷之暗示";而无文笔者,"虽能以字之内容使阅者听者得知真确之意义",但却不能"以和协适合之音以感动阅者听者之官觉"。该著探讨小说问题极为全面,其翻译虽为文言,但对中国学者建构其系统的小说理论,乃至借之分析和评价中国小说均有深刻的启发和影响。

汤澄波译培理(今译布利斯·佩里)的《小说的研究》也由商务印书馆于1925年1月出版。该著主要讨论小说艺术的一般特质,原著出版于1902年,共十三章。首章"小说之研究"为概述,主要讨论小说创作的"目的""内容及形式""研究小说与小说享乐之关系""研究小说的方法"等。第二章论述小说与诗的关系。司梯芬和笛福曾认为:"小说家站在诗与散文的交界上,而小说好像是浸透了诗的散文。"作者则进一步认为:"溯述小说之种种关系,我们必须要论及它与诗,及它与那种有特别形式的诗即戏剧的关系。"因为"小说与诗有共同之材料",即"艺术的语言"。所不同者只在"小说家较为自由"。第三章讨论小说与戏剧的关系。作者引用格鲁福特的话表示说,"我们很可以说在前几百年中的人类,已经找出了一个携带戏院在袋中的方法","小说就是或应该是袋里的戏台"。因为"小说与戏剧二者之对象动作的人物"具有相似性,而在结构上,"戏剧中各部分所作出的各种功用都是在小说结构中有和它相当的东西"。第四章论述小说与科学的关系。"实证事实及传达事实是科学之目的,由情感以鼓舞人生到一种较高的识界是艺术之功能。"作者认为,正如"试验小说"的诞生那样,"科学的理性之功效"一直在影响着小说的发展,小说因科学发展"而得之利益"。第五、六、七章具体论述小说的人物、布局及背景等核心构成要素及各自的功能,"小说都包含三种有隐蓄趣味的元素,就是人物布局及处景或背景"。说故事的人即小说创作者"要指出某种人物在某种情况中干某种事情",并"随着他那特殊的作品的目的或性质,而侧重几种用以鼓舞及餍足读者好奇心的元素"。第八章阐发小说作家在小说创作过程中的作用。"任何一种艺术的各种材料的用处都是视乎用之人而定",小说家的经历、思想、情绪、想象都影响着他对小说的创作。另外,由于小说家"人格、时间之种种限制",他在"著者的时代会受到种种力的影响"。第九、十章分别介绍了唯实主义与浪漫主义创作的一般特点。作者认为,唯实主义是"实际真确的事情之再现……依着实际的真实或现象,或依着内在的或然性,对于丑美无所选择,无所轻重,反对理想主义与浪漫主义",而浪漫主义小说则"倾向于一种用通俗的史诗,一种由历史或稗史而来的英雄的奇异的,或超自然的事情的杜撰的故事"。第十一章讨论小说的形式问题。作者认为,"小说形式种类是无限的","是极端柔软而有曲折性的"。第十二章专门探讨短篇小说的主要特点。作者认为,短篇小说"具有完全的艺术之种种条件,没有兴趣之细分;作者能够单刀直入不用序言,能以一定的步骤向着结局走动,而且能够……完了就停止"。作者在末章简要论述了现代美国小说的发展趋势,其认为,美国现代小说受到"国际的影响"非常明显,同时又具有"纯正的地方主义""独特的平民主义"等特征。

三、西方文学思潮的引进及其初步影响

与文学基础理论相同步的还有关于欧美文学思潮的全面引进,对于文学思潮的了解一方面拓展了中国文坛对于域外文学发展背景的认识,另一方面,也进一步强化了中国作家和批评家对于文学基础理论及其演进规律的理解和把握。

蒋方震(即蒋百里)所著《欧洲文艺复兴史》由商务印书馆于1921年4月出版。该著除导言外,分九章具体讨论欧洲文艺复兴的概况及演进历程。作者认为:"十三世纪之欧洲社会为单纯、统一的。政治上无国界,学说上无异宗,一一统率于教皇之下。社会之组织亦一律,政治上之机能为封建。道德之标准为基督。迄十五世纪则此局破,而各民族之特性渐渐为一种具体之表现,而形成南北二宗,南宗为伊大利(意大利),北宗为英德法,是时北则继承中古文明而更发达,南则复希腊罗马之古而成中古文明之反动。""所谓文艺复兴者,有复古之义;而事实上则分为二种:一为脱离宗教关系,一为发生新理想之生活。"作者从政治、宗教、风俗、文艺、市府等方面描述了作为发源地的意大利的文艺复兴的盛况,并对法国的文艺复兴与意大利进行了比较:"伊则继承希腊罗马而来,而法则继承伊大利而起,环境不同,故色彩自异。而自成为法国的文艺复兴。"意大利之发达也以商业为主要方面,重视贸易活动,有便利的交通,所以眼界很宽,性情也很容易改变;法国则重农业,比较保守而不容易有新的东西,所以对于外来的新的潮流有比较强的抵抗力。所以复兴的事情在意大利流行的势头很猛烈,但是时间比较短暂;在法国则发展缓慢,力度很深,接触南化以来,迟至半世纪才能吸收,而潮流的方向也慢慢地变化了。北欧的文艺复兴与南欧不同,"南欧之复古也,在文艺美术,所复者为希腊罗马之古,而对于中世纪之宗教,为反抗的北欧之复古也,在宗教,所复者为基督教原始之古,而对于中世纪之文艺美术为继承的。以广义言,则北欧之宗教改革,实占文艺复兴的大部分"。此外,作者还概要分析了欧洲宗教改革发生的原因及一般境况:宗教改革的原因与北人之气质及内在的原因有关,因此之所以发生得迅速而且传播的范围很广,就是因为与政治上、经济上的利益有关系,但是其中又以经济的利益为先。末章简述文艺复兴的结束与古典主义的兴起。作者认为:"人类曷为而有复古运动?曰对于现状求解放也。复古者,解放之一种手段也。……解放者,改造之先声也。"从此著可一窥新文学初期人们对于文艺复兴的一般理解。

杨袁昌英(即袁昌英)的《法兰西文学》于1923年1月由商务印书馆出版。此著列"百科小丛书"第十二种,分四章对法兰西文学发展的概况进行了具体论述。首章"概论"中作者概括法兰西文学的特点是,"文学者,所以代表一民族一时代之精神,意志及其生活之状态者也。质言之,文学者所以度量一国文化程度之高低者也。是故一国之文学于其文化之进程有莫大之关系。征之法兰西文学,斯言更信。盖法兰西文化,依据进化之原则,自有秩序之可征。然其潮流之起伏,莫可端倪。时或汹涌澎湃,震惊全宇,时或幽闲贞静,平易近人。此其为象,迥非臆测,实有具体之例,可以证明。当法兰西大革命之际,法人之丰功伟烈,震于全欧,此其文化发展之时也"。然后分别概述了中世纪、文艺复兴、过渡时期、黄金时代(路易十四时代)、18世纪、浪漫主义复兴时期、批评时代的法兰西文学。继而作者按体裁样式分述其文学的不同特征,作者认为:"今之研究文学者,恒曰,诗词之于文学也,发展必先于散文。此言征之法兰西文学史,亦极确切。盖十二世纪之初,法诗词如《罗兰之歌》,不落汪士之抒情诗,久已遍传欧洲,而散文则仅见于浅鄙陈腐之史传中而已。""戏曲之体裁,虽不出诗词及散文之范围之外,然于文学上独创一格,人所共知。法兰西正式戏曲之产生也,较迟。千六百三十六年康雷意之名著——Le Cid——出现以前,戏曲艺术之趋向有二。其一继承中世纪宗教戏,神秘戏的遗产,至十七世纪初叶产生哈抵(Hardy)之粗野强干而甚获民意之戏曲。其他创自文艺复兴时期,为一种合理而文之戏曲,酷似古西尼卡(Seneca)之体裁。""法兰西诗词与戏曲之有造于世界也,可谓丰富宏伟矣。然而法兰西文学之特色,犹在散文,明结严整,世显其偶。法兰西民族富于创造力,聪明智慧,足称人类之冠。近世人类文化之进步,精神物质方面咸有莫大之贡献,而于思想方面尤独甚焉。文字本为表示思想之工具,散文尤为利器。吾人研究法兰西散文,对于法人思想之发达,亦当略有间接之领悟,法兰西中世纪之散文,皆历史记载之属,无甚趣味,然因其在历史上之价值,非略述不可。"

商务印书馆于1923年12月还出版了愈之、泽民、鸣田合编的《近代文学概观》。此著列"东方文库"第五十九种,分上下两卷出版。上卷由胡愈之编写,介绍近代英、法、德三国的文学概况,下卷由沈泽民、鸣田合编,侧重讨论俄国文学中的国民性问题及日本明治维新以后的小说发展概况。上卷基本依文学特质、主要思潮和最近的文学动向等的结构体式展开评述,有国别文学简史的意味。英国文学部分着重分析了英国人调和、保守的民族气质与传统英国文学的关系,以及近代以浮治华斯(今译华兹华斯)和高列里巨(今译柯勒律治)等为代表的浪漫主义运动,和以狄根司(今译狄更斯)和萨凯赉(今译萨克雷)等为代表的写实派小说,对传统保守文学倾向的反叛,重点介绍了薛赉(今译雪莱)、摆伦(今译拜伦)和克次(今译济慈)等人的诗歌,及斯各德(今译司各特)、施替文生(今译史蒂文森)、哈提(今译哈代)等人的小说,及新近出现的康拉德的新浪漫派小说、威尔士的科学小说、维多利亚时代丁尼生和白朗宁诗歌的"求真"取向和施文朋等"赖斐尔前派（今译前拉斐尔派）"的浪漫复古倾向、嘉莱尔（今译卡莱尔）等人的文艺批评、王尔德的唯美主义以及爱尔兰诗人夏脱（今译叶芝）的诗歌和萧伯纳的戏剧创作，等等。与英国文学的那种高潮与低谷交错发展的态势有所不同，法国文学在近代似乎一直处于引领风气的地位上，从早期嚣俄（今译雨果）、乔治散（今译乔治·桑）、梅里末（今译梅里美）、缪率（今译缪塞）等人的浪漫主义，到鲍尔札克（今译巴尔扎克）的现实主义，再到鲍台莱尔（今译波德莱尔）的"恶魔派"诗歌创作，以及福罗贝尔（今译福楼拜）、曹拉（今译左拉）、莫泊三（今译莫泊桑）的自然主义和康考尔（今译龚古尔）兄弟的印象主义，包括泰奴（今译丹纳）的"科学的批评"和佛朗西（今译法郎士）的印象批评，等等，无不行进在世界文学的前列。"德国国民性雄壮刚强而且智慧"，所以从哥德（今译歌德）、席娄（今译席勒）到"少年德意志派"的尼采、郝卜特曼（今译霍普特曼），都能显示出较为一致的积极昂扬而又富有思想的精神特征。下卷第一部分讨论俄罗斯文学及其国民性特征，是编者据美国 W. L. Phelps 的文章及相关资料编写而成，作者认为，俄罗斯文学的繁荣首先是得力于俄语本身的敏锐表现力，俄语既不像英语那样规范，也不像法语那样散漫，更不像德语那么严谨，它是一种最贴近人的心灵的近乎依着人的本能脱口而出的语言，因此才会把俄国人所历经过的苦难表现得无比生动，"苦难是俄国人生活的础石，也是俄国小说的础石。这就是俄国所以常常显出光辉的性质和产出许多巍然大著的原因"。唯其如此，俄罗斯文学中才显示出了其所独有的"伟大的气概""四海同胞主义"精神以及丰富的"对于人类的怜悯和同情"。俄罗斯作家的创作总是给人以"深刻的浓厚的阴沉忧郁的印象"，而这也正是俄罗斯民族气质的核心所在。第二部分主要介绍明治维新以后日本文学的发展概况，近代日本文学新纪元的开辟当归功于坪内逍遥的《小说神髓》，"这本书的主旨，在打破从前劝善惩恶主义、实用主义、目的主义、方便主义一切宿弊，提倡真的模写主义，就是写实主义"。二叶亭的《浮云》即坪内思想影响下的产物，此后，德富苏峰等人组织的民友社开始倡导文学的全盘欧化，森鸥外对欧洲文学的大力译介激发了大批青年作家的创作兴趣，而尾崎红叶等人的砚友社则转向了对日本文学中写实传统的开掘，日本文学由此才出现了一个全新的局面。近代日本文学虽然深受欧洲文学和俄国文学的影响，但在短短的三十多年里不仅赶上了世界文学的主潮，而且已形成了富有自身特色的多种思潮，以及享誉世界文坛的众多作家，这对于刚刚起步不久的中国新文学来说是有着明显的启发作用的。

另一部由东方杂志社编纂的《近代文学与社会改造》也由商务印书馆于1923年12月出版，列"东方文库"第六十二种，为三篇有关文学与社会改造问题研究的论文的合编。第一篇《社会改造运动与文艺》为谢六逸译述，主要讨论文艺在社会改造运动所处位置的问题。作者综合玛肯其、希伦和贵约等人的观点认为，自有人类以来，文艺与社会的变革就密不可分，"进化越复杂，应那个时代的文艺的进化也跟着复杂"。"文艺常为新社会的创造者,旧社会的改造者。"作者举文艺复兴时代的艺术创作及卢梭和易卜生为例,说明文艺常常是社会变革的先声。而就当下和未来而言,作者认为,罗素和卡彭特(今译卡本特)等人所倡导的"生活艺术化"与"劳动快乐化"应当成为"现在社会改造的基调","要使个个都能体会得生命的艺术,是目下紧要的事"。罗曼·罗兰所主张的"民众剧场"即是典型的范例,"因为民众的'更新',就是艺术的中心目的。'更新'的意思,就是把'力''慰藉''清新感情'送给每日所营的劳动,使这种劳动生活,永久不疲;使民众的劳动生活,时时充满着活泼生命的喜悦"。第二篇《俄罗斯文学和社会改造运动》是馥泉所译日本评论家昇曙梦的文章,作者在详尽地梳理了近代俄罗斯自早期的黑格尔派、初步的民主主义到虚无主义、平民主义等诸多重大社会思潮及其思想根源的基础上认为,俄罗斯文学自身一直具有一种"以世界改造为使命"的自觉意识,俄罗斯社会复杂的历史境况培育了俄罗斯作家普遍的世界主义的眼光,也正因为如此,俄罗斯文学中所显示出来的"在自由、平等和同胞主义上缔结平和"的思想取向才不仅仅限于俄罗斯社会的改造,其对整个世界的改造同样具有深远的影响。第三篇《近代文学与儿童问题》是(夏)丏尊据日本学者岛村民藏所著有关两性问题研究的三部专著及相关材料改写而成,文章从近代作家的思想中概括出了五种比较典型的"儿童观"模式,并对其进行了全面深入的分析与批评。以托尔斯泰为代表的"儿童是服务宗教的便宜的手段说"虽然能够"矫正近世男女将儿童认作幸福的妨碍物的谬见",但其禁欲主义的思想不免透露出了"原始基督教的偏见";以阿采巴希甫(今译阿尔志跋绥夫)等为代表的"儿童是母的本能的偶然的产物说"所包含的"完全是一种绝望的厌世观",认为儿童只是男女"盲目的、本能的产物",只能算是一种"无理想要求,无理知分子的两性观";易卜生、斯特林堡和霍普特曼等人所强调的"儿童是自我永存的一种的手段说"虽承认了人类繁殖的合理性,但将子女限定在保存和延续父母的"自我"精神的范围之内,其结果必将招来子女的反抗;萧伯纳的"儿童是人类保存和进化的唯一的手段说"来源于叔本华,"显带着理想主义的光明的色彩","但为种族而牺牲个人的倾向,实大有令人不能满足承认的地方";认为"儿童是性的更新作用的产果说"则是尼采和卡本特等人的主张,"认性爱的目的,不但在保存种族,还要因了高尚的更新作用谋自己和种族的向上"。作者认为:"在谋永远的进化上,在尊重性的关系上,我们所赞同的,就是此说了。"该著三论,虽内容各异,但在突出文艺对社会的改造功能及推进社会的不断进化方面却是基本一致的。

商务印书馆于1923年12月出版的东方杂志社所编《写实主义与浪漫主义》是较早对这两种文学思潮所做的概括性介绍。该著列"东方文库"第六十一种,为四篇论文的合集,包括两篇短论《近代文学上的写实主义》《近代文学的反流——爱尔兰的新文学》和两篇译文《现代文学上的新浪漫主义》《战后文学的新倾向——浪漫主义的复活》,集中评述了欧美写实主义和浪漫主义文学的发展概况与一般特征。

愈之《近代文学上的写实主义》将欧洲文艺思潮的变迁分为古典主义、浪漫主义、写实主义（或自然主义）和新浪漫主义四个时期，其认为"近代文学上的写实主义是浪漫主义的反动"，写实主义兴起的原因在于实证主义的兴盛、现实生活的苦闷摧毁了浪漫主义存在的根基；写实主义文学的特色在于科学化、长于丑恶描写及注重人生问题；写实主义的缺陷则在于偏于客观而缺乏慰藉的效用，物质化的机械定命论人生观易使人陷于悲观；新浪漫主义则是在写实主义的洗练之后产生的，而就中国新文学自身的处境而言，写实主义却又是中国走向新文艺的必经之路。昔尘译厨川白村的《现代文学上的新浪漫主义》认为，新浪漫主义与旧浪漫主义不同，是"根于现实感的理想境"，并发于"灵的觉醒"；与自然主义的重"审考"不同，新浪漫主义回到了"文艺的本义"——"感想"上来；新浪漫主义文学虽然"写不自然和异常的地方居多"，但常常令读者"直觉到口不得言眼不得见的人生的什么"，并多采用"夸张"的艺术手法，"把看不见的隐微，映到读者的肉眼里去"。另外，新浪漫主义也克服了自然主义"几乎把世界全弄成丑化"的局限，善于"在向来只当作丑的现实生活里，寻出诗的美的新领域"。（沈）雁冰的《近代文学的反流——爱尔兰的新文学》关注到了爱尔兰新文学与世界文学主流的差异，作者将爱尔兰新文学分为三个支流：哲理讽刺剧本、民族历史剧本和现代农民生活剧本，并分别以夏脱、葛雷古夫人和山音基的作品为基础进行了具体的分析，认为爱尔兰文学多表现区别于现代社会的先民们的自然形态的生活，既直截了当又突出了自身民族的历史特色。作者同时也指出了爱尔兰新文学的缺点：剧情太简单、太注重谈话不注重动作、悲剧喜剧的形式不完全；爱尔兰新文学对"现代"新浪漫主义的独特文学贡献可视为一种合流。《战后文学的新倾向——浪漫主义的复活》这篇短文由冠生译自法国《两个世界》杂志上的文章。作者认为自然写实主义最大的问题在于过多地将心理学、哲学、社会学附着于文学上，"差不多是捉文学去做他主义的附庸，非但不是抬高文学，简直是侮蔑文学了"。而文学必需的方法应该是"想象"，最高的宗旨应该是"快乐"。浪漫主义的复活正意味着文学家们对这一点的重新认识。该著旨在介绍欧美文学的新动向，以此作为国内新文学建设的参考。

黄忏华编述的《近代文学思潮》由商务印书馆于1924年9月出版。该著分两篇，具体梳理和分析了近代文学思潮的异同与各自的艺术特色及创作概况。作者认为："文学是时代风尚底明镜，又是时代风尚底先驱者。时代和文学，无论如何，也有密切的关系。所以要知道现代，就不可不知道现代文学。但是文学思潮底变迁，是用有机的关系连续着底；所以要知道现代文学，又至少也不可不知道近世纪底文学思潮。"《从古典主义经过浪漫主义到自然主义》分别具体介绍了古典主义、浪漫主义、自然主义及写实主义各自的渊源与演进轨迹。作者认为："知巧的，形式的，现实的，这三种，他可以说是古典主义底特征。古典主义底艺术，虽然齐整，然而感情被冷酷的知巧所压抑，内容被呆板的形式所虐待；不过是用心不违背旧日底法则和标准,光拿模仿当事情,个性底表现极其薄弱,没有活力又没有情热底东西。""自然主义底内容,是拿所谓物质的,科学的,机械的态度做主体造成功底事情;无论从那一方面看也的确。"自然主义又可分为本来的自然主义和印象的自然主义。《新浪漫主义》则集中介绍新浪漫主义的突出特征及其与自然主义和印象主义等思潮的关系,作者把新浪漫主义文学看作是旧浪漫主义的复活,不过一方面显示了灵魂的重新觉醒,一方面也带上了颓废的印象主义艺术及象征主义的神秘色彩。以王尔德为代表人物的享乐主义对新浪漫主义也曾产生过重要影响。此外,作者还简要介绍了"新理想主义——人道主义",分析了新理想主义的意义及其要素,比较了个人主义和人道主义、新理想主义和自然主义等问题。附录《乡土文学梗概》概述了欧洲乡土文学的发展的总体境况。

黄忏华另外还著有《美学略史》一书,由商务印书馆于 1924 年 7 月出版。该著是一部美学入门著作,凡十四章。作者开篇即认为"美学是研究美的事实的学问",美学近来虽然哲学的倾向有所加强,但大体上还是一种以艺术为对象且以经验为主体的科学的倾向。作者将美学的研究途径分为心理学、社会学和哲学的三类,认为美的事实在于它从根本上是一种心理学的事实,所有的美的现象都是仪式上和精神上的,因此可以当作一种应用心理学来研究,即对于美意识的分析解释及美的"起源和发达"等。美又是社会的事实,所以可以用社会学研究法来进行研究,比如考察艺术和一般文化的关系等。美同人生的价值密切相关,因此是一种价值研究,又属于哲学范畴。接下来作者介绍了美学发展的历史概要。希腊美学虽然有优秀的艺术作材料供其参考,但大体上是贬低艺术的价值,并且有偏重形式美的倾向。柏拉图和亚里士多德对美的概念都有所发展,亚历山大以后,希腊政治状况直接影响到了哲学和美学研究的推进。中世纪在一般人看来是黑暗时代,但美学却有进一步的发展,中世纪二元论和超越的憧憬虽然对于现实美采取禁欲的态度,但却在世界观的自然倾向中接触到了美学的问题,美由此被看作是宇宙理性的象征。美学在文艺复兴以后,逐步出现了康德、黑格尔等集大成的思想家,康德等人之后又出现了哥德(今译歌德)、西略尔(今译席勒)的浪漫主义描写趋向。而从 19 世纪末到 20 世纪继续发展的新美学则多半带有经验的色彩,且由各自不同的历史观与审美生出了主观的心理学的美学和客观的社会学的美学等不同路径。晚近以来,解释美学问题的范围越来越广阔,方法也越来越多,但从根本上看仍主要以心理学、社会学和哲学等方法为主。该著的论述通俗简洁,思路也非常清晰,确为美学研究的一部较为理想的入门读物。

时中书社在 1925 年 12 月出版的张资平编写的《文艺史概要》,主要介绍了欧洲各国文艺在不同阶段的发展概况及其各自的特征,全书分四章。第一章介绍古典主义发展的背景,"'文艺复兴'高跃的潮浪停息了后,在十八世纪全期间振动的全是没有劲力的微波暗浪,这就是'古典主义'的时代"。"在这个时代,欧洲全部都受着法国的强有力的文化的支配。""十八世纪是重形式重智巧,想象力迟钝,只专事批评的所谓古典主义的时代。"这一时期的古典主义以法国为龙头,不过作者认为:"法国文学……但徒求形式上之美,专就'典雅'和'壮丽'两点做功夫……结果为缺少生气……和人工制的花一样了。"第二章介绍浪漫主义的发展,作者将这一时代定为"十八世纪末至十九世纪之初",作为一种"对合理主义的反抗",浪漫主义"得德国哲学之力"而成为"由全体青年之力而起的运动",因而,浪漫主义在文学上"是很尊重个性的"。同时,作者还对德国的浪漫主义、法国的浪漫主义发展进行了详细的说明,对各自产生的背景、各自的代表作家、代表作进行了分析说明。第三章介绍自然主义的兴起与发展,自然主义紧随浪漫主义之后而来,这种更替的原因,作者认为"远因是'文艺复兴'的精神……是'文艺复兴'重现实,尊自然……精神的产物","近因是浪漫主义……流于空想、流于颓唐的弊端"。"浪漫主义向人生的光明的方面着眼,作夸张的空想……自然主义的文艺则是专向人生的黑暗方面实写。""自然主义的文艺很明白的有两个特征……第一是和实写主义同精神同态度……把自然科学的精神及方法完全的适用到文学上来了;第二特征是文艺内容上的特征。"此外,作者还对"本来的自然主义与印象的自然主义""神秘主义和自然主义"进行了对比。第四章主要讨论了神秘主义及象征主义及二者之间的关系。作者认为:"神秘主义是灵的启蒙主义……是在思想及情感中欲把在无限内存在的有限及有限内存在的无限实现出来的一种企图。""象征主义可以说是诗歌上的新浪漫主义……象征主义者以为客观的事实不过是种记录,并非艺术。"另外,作者还对象征派诗人的一些技巧做了说明,"象征主义艺术是以'暗示'这种技巧为根本生命"的,因此,象征诗就"面临着难解晦涩的非难",作者以法国、德国、俄国的代表性作家为例,阐述了象征主义的特点及演进历程。

(孙)俍工编写的《新文艺评论》由民智书局于 1923 年 11 月出版。该著为发表在《学灯》《觉悟》《文学旬刊》《小说月报》《东方杂志》等各式报刊上的有关文艺问题的研究论文及译文的汇编,共收录了中外作家批评家的三十六篇文章,内容涉及基础理论、文学批评、各国文艺思潮与文学概况、作家作品专论等方面,意在使读者对西洋文学能形成一种通观印象。另附编者撰写的《文艺在中等教育中的位置与道尔顿制》和《新文艺建设发端》两篇文章。温齐斯特的《什么是文学》认为表现情绪、运用想象、表达思想和有一定的形体是文学的基本要素。加藤朝鸟的《文学上各种主义》对自然主义、写实主义、理想主义和象征主义等几个流派进行了简要说明。李之常的《自然主义的中国文学论》认为自然主义符合中国的时代环境,呼唤作家们以自然主义表现手法来进行革命文学的宣传。(汪)馥泉的《文艺上的新罗曼派》介绍了新浪漫主义流派的基本情况,认为它经过自然主义的影响,与旧浪漫主义有一定差异。沈雁冰的《未来派文学之现势》认为未来派的勃兴是对环境的反动,它对意大利、俄国等国产生了不同的影响。幼雄的《耄耄主义是什么》认为耄耄主义

（即达达主义）既是"彻底的现实主义"，又是"理想主义和表现主义的"，艺术上的特点是骚音乐、同时性和新材料的使用。胡适的《论短篇小说》认为短篇小说是"用最经济的文学手段描写事实中最精彩的一段戏，一方面而能使人充分满意的文章"，并介绍了中国短篇小说的略史，认为世界文学也是在趋向"最经济的体裁"。仲密的《论小诗》认为"一行至四行的新诗"事实上是古已有之的，并受到外国的影响。西谛的《论散文诗》认为诗的界定并不在有韵或无韵，而在于诗的情绪和情的想象，因此散文诗这一文体是可以立足的。宫森麻太郎的《近代剧和世界思潮》界定近代剧为"描述理性和意志的理性剧"，讲究内容的充实，认为它能够推进社会的进步。（胡）愈之的《近代法国文学概观》认为法国文学的特质是顺调的和国民的，富于世界性，并介绍了法国文学在浪漫主义、自然主义和新古典主义方面的成就。刘延陵的《法国诗之象征主义与自由诗》认为法国近代诗在精神方面是象征主义，在形式方面是自由诗，两者"名目虽异而精神则同"。海镜译《近代德国文学的主潮》认为德国的近代文学以自然主义为开端，经历了从彻底自然主义到表现主义等一系列思潮。（胡）愈之的《近代英国文学概观》认为英国文学的特质在于"有热烈的情绪却不失严正的态度，有沉痛的调子却又不脱滑稽的风味"，并介绍了英国的几位代表作家和诗人。昇曙梦的《俄罗斯文学和社会改造运动》概述了俄罗斯文学的发展历程，并认为其始终与反抗现行制度和致力于社会改造分不开。郑振铎的《俄国的诗歌》介绍了俄国的诗歌发展史，并简述了重要的诗人及其代表作。刘延陵的《美国的新诗运动》介绍了美国新诗运动的发展状况，认为新诗的特点在于形式方面的现代用语、日常用语、不死守韵律，以及内容方面的绝对自由。鸣田的《维新后之日本小说界述概》评述了日本小说自明治维新始到现在取得的成就。周作人的《日本的小诗》认为日本俳句的发展经历了四个时期，"差不多将隐邈思想与洒脱趣味合成的诗境推广到绝点"。李潢的《莫泊桑的小说》以莫泊桑的《人心》为中心，简要介绍了他的创作历程。郑伯奇的《赖弥德古尔孟》一文介绍了古尔蒙的生平和思想。希真的《霍普德曼的自然主义作品》评述了德国自然主义剧作家第一人霍普德曼的《日出》等几部作品中的自然主义特征。沈泽民的《王尔德传评》认为王尔德作为近代的唯美派文学家，倡导为艺术而艺术，但对于"人生和真理的全部，却反而蒙昧了"。罗迪先的《萧伯纳的作品观》认为萧伯纳剧作的形式是怒剧、骚剧、理论剧，内容则经历了一个从赞成社会改良，到生出新道德的理想，再到宣传他的哲学人生观的过程。滕固的《爱尔兰诗人夏芝》介绍了夏芝的生平和创作状况，认为他不仅具有艺术思想上的成就，更有爱国的热忱。沈雁冰的《陀斯妥以夫斯基的思想》认为陀氏的小说是要写下"人性之内在的真理"，因此他的小说就是他的哲学，内含爱与牺牲的宗教。西曼的《俄国诗豪朴思砼传》介绍了俄国诗人朴思砼（今译普希金）的生平。（谢）六逸的《平民诗人惠特曼》介绍了美国诗人惠特曼的生平和诗歌创作情况，认为他主张灵肉合一、"外部与内部溶合"的个性。胡适的《易卜生主义》认为易卜生一生的目的都在于揭露社会的罪恶污秽，但"只说病症却不肯下药"。张闻天的《太戈尔之"诗与哲学"观》认为在泰戈尔的观念中，"与其说诗与哲学是不相容的，不如说诗之所以为诗只因为他是哲学的"。孔常译菲尔柏斯的《梅德林克传评》评述了大剧作家梅德林克的生平与创作情况，认为他剧作的艺术价值是不朽的。耿济之的《屠格涅夫〈前夜〉序》认为《前夜》的效用在"用作者的理想来应用到人生的现实方面"，并说明了《前夜》这部小说的创作历程。郑振铎的《屠格涅甫〈父与子〉序言》认为《父与子》这部作品的艺术成就极高，并撇清了一些关于"虚无主义"的争议。郑振铎《〈灰色马〉的引言》评述了路卜洵的小说《灰色马》的内容和艺术成就。郭沫若的《〈少年维特之烦恼〉序引》认为《少年维特之烦恼》这部小说充分体现了诗和散文的区别，并表现了主情主义、泛神思想、对于自然的赞美、对于原始生活的景仰和对于小儿的尊崇。附录《文艺在中等教育中的位置与道尔顿制》认为应改变轻视文艺的传统观念，使文艺在中等教育中占据重要位置。《新文艺建设发端》反对国故派复活古文的观点，认为应该用白话文彻底取代古文，建设新文学。该著虽为多篇文章组成，却基本具备了初步的西洋近代文学史的雏形，又因为这些文章多出自名家之手，该著对刚刚进入建设时期的现代中国文坛全面而深入地了解西洋近代文学的整体境况无疑有着积极的引导作用。

第五章　日本文学理论著述的译介与影响

一、厨川白村文艺论著的翻译及其影响

现代中国文学基础理论的建立曾历经过一个漫长而复杂的过程,而中国现代文论接受域外文学理论的影响实际上有三个外来渠道,即欧美、俄国和日本。日本文论是现代中国文论的一个重要的外部来源,曾有学者指出:"现代中国对日本文论著作的翻译介绍,其数量之多,影响之大,要在日本的文学创作以上。"①而文学理论方面的译介中,影响最为广泛的应该是厨川白村的《苦闷的象征》与本间久雄的《文学概论》。

厨川白村的著述从进入中国文坛开始,就引起了中国作家和批评家们的广泛关注。1919年11月,朱希祖节译的厨川白村《文艺的进化》发表在《新青年》第6卷第6号上,朱希祖在所附"又案"中认为:"我们中国现代的文艺,大部分尚在拟古时代;厨川先生所谓'故意用人工的技巧来掩饰那丑,补了自然的缺点,宛然把极臭的物,做了一盖,放置其上。'试读近人的诗文,其中谀死颂生的作品,照例是掩蔽丑的;其他抒情述志之作,修辞矫说的又不知多少。"②早在鲁迅着手译介厨川白村之前,《苦闷的象征》一书已经有了丰子恺的一个译本,由商务印书馆于1925年3月出版。虽然鲁迅并不是最早在中国介绍厨川白村的人,但厨川之所以会在中国有这么大的影响,最终却必须归功于鲁迅的译介。丰译本曾被列为"文学研究会丛书"之一,鲁迅的译本于1926年由北新书局出版,丰译本与鲁译本在内容上并无区别,只是鲁迅讲究"直译",所以能更充分地保留著作的原貌,丰译重在传达原著的基本看法,所以趋于"意译"。后世多以鲁迅译本为准(此据丰译本摘编以示参照)。该著分四个部分,分别论述了创作、鉴赏、文艺的根本问题和文学的起源四个问题。第一部分创作论可视为全书的总纲,作者首先提出"人生底深的兴趣,要不外乎强

---

① 梁盛志:《中国文学与日本文学(下编)》,北平:国立华北编译馆,1943年,第111页。
② 厨川白村:《文艺的进化》,朱希祖译,《新青年》第6卷第6号,1919年11月。

大的两种力量相冲突而生的苦闷懊恼底所产。我要把文艺底基础置在这一点而解释"。"所谓的两种力底冲突是——创造生活的欲求与强制抑压的力。""自己生命底表现,可说是个性底表现;个性底表现,可说就是创造的生活。在人间底真的意义上,所谓'生',换言之,所谓'生底欢喜'便是行这个性底表现,这创造创作的生活时所看出的。""然人间底生活,这样的单一个调子是不行的。要使自由不羁的生命力充分地飞跃,又要使个性如意地发挥,我们底社会生活实在太复杂了,人间底本性里藏着的矛盾也太多了。""有内部涌起的个性表现的欲望,对方又有外面迫来的社会生活底束缚强制。这两种力之间的苦闷状态就是人间生活。""但人间底种种的生活活动中,还有一个唯一的,绝对无条件地营纯粹的创造生活的世界,就是文艺的创作。""文艺是纯粹的生命表现,文艺是完全脱离外界的压抑强制,得立于绝对自由的心境而表现个性的唯一的世界。""人间苦和文艺的关系该是如何?""这里引用最近思想界中最得力的一个心理说作为准备。"作者随后引用精神分析学对此做了解答。认为文艺是对抗压抑产生的生活欲求的纯粹表现。但是作者提出:"文艺绝不是俗众的玩物,因为它是严肃而沉痛的人间苦底象征。"作者举柏格森、克洛伊兼(今译克罗齐)的艺术论所说"艺术是苦闷的表现"及富洛伊特(今译弗洛伊德)对于梦的见解作为解释。"人生底大苦大患大苦恼在文艺作品中把自然人生底种种事象象征化了,表现出来恰与欲望在梦中变装了出现同样。"第二部分是鉴赏论。从鉴赏者,即从读者客观的方面论述潜意识心理中的苦闷的梦或象征说明文艺。"体验的世界,自然因人而异。所以文艺底鉴赏,以读者和作者底双方的体验相近似,又它底深浅,广狭,大小,高低上两方相类似的二事为唯一最大的要件而成立。换言之,二人底生活内容在质的和在量的者越是近似,作品就越是完全地被吟味。""文艺家用表现而创作,读者用唤起而创作。"作者引用了亚里士多德的《诗学》里的悲剧净化作用说明了艺术鉴赏的作用。接着,作者论述了艺术鉴赏的有限与无限的关系,"一切艺术的鉴赏,即共鸣与共感,以这普遍性共通性永久性为基础而成立"。文艺鉴赏可分为四阶段:"第一,理知的作用;第二,感觉的作用;第三,感觉的心像;第四,情绪,思想,精神,感情。""把创作家底心理过程与鉴赏者底心理过程比较,即诗人或作家底产出的表现的创作与读者方面的共鸣的创作(鉴赏),心理状态的经过是取正反相对的顺序的。"第三部分考察文艺的根本问题,具体涉及"天才""理想主义与现实主义"问题、创作的心理倾向、文艺创作与白日梦、文艺与道德以及文艺与无意识生命欲望等问题。第四部分讨论文学的起源。作者认为文学的起源首先来源于祈祷与劳动,主要为解决"从压抑所产生的苦闷,畅快地求自由的生命"的问题。同时,文学的起源还与原始人的梦有着密切的关系。该著虽无严谨的体例,但却为人们研究文学提供了全新的思路,但在鲁迅译本出现以前,丰译的影响似乎并不是很大。

除《苦闷的象征》外,厨川白村的其他一系列著述在20世纪20年代前期基本上都有了完整的译介。罗迪先所译《近代文学十讲》,分上下卷,由学术研究会总会先后于 1922 年 8、10 月出版。该著分列"学术研究会丛书"第二、四册,上卷六讲,下卷四讲。作者自述:"该著的目的,是要讲欧罗巴近代文艺思潮的大势。将近代文学的一般做个鸟瞰图。"由此,著中主要集中讨论 19 世纪中后期到 20 世纪初一段时期内欧洲文艺思潮的概况。作者认为,近代文学的突出特征是在现代科学(尤其是孔德的实证主义和达尔文的进化论)的影响下,欧洲各国乃至全世界的文学第一次有了共通的倾向。作者以日本的"自然主义"思潮为例,说明了现代文明对文学的影响犹如双刃剑,既有其伟大的创造,也含有"不健康的病的倾向",其具体显示为"道德""疲劳及神经病态""质和量刺激需求日益增加"等方面的"世纪末情调"。作者认为,在近代人与人之间空前激烈的竞争中,道德对人的约束力比之以前任何时候都松弛,在这种情形下,尼采的"自我狂"式的道德观和托尔斯泰式的"纯然基督教"式的基督教主义道德观各执一端。不过其中显然是利己主义占据上风。同时,激烈的竞争也引起了人的普遍的疲劳感和神经病态。对刺激的狂热需求引发了人们开始追寻人工的、不自然的、过度的刺激。作者以易卜生的创作为例阐述了近代思潮发生的背景,主要着眼于科学如何影响到欧洲人的世界观,以"世纪之痼疾""哲学与宗教""怀疑与个人主义""物质的机械的之人生观"等为题分别给予了论述。近代欧洲蔚为大观的怀疑厌世主义是当时的世纪痼疾,这与激烈的竞争、自由的精神、个人主义相辅相成,进而使近代人的世界观由之前的精神的变成物质的,主观的变成客观的。由此,作者进一步从欧洲人的内在生活考察近代思潮的发生。幻影消灭、怀疑所引起的绝望、个人主义、遁世主义等构成了近代的悲哀。自然主义的思想又引发人心不绝的动摇。作者分别考察了南欧、北欧与英国各自的思想特色。其中南欧活泼,北欧严肃,英国在维多利亚时代文学跟随经济大盛,但文学态度是取南欧、北欧二者之间的"中庸与保守"。在对整体文学思潮的梳理中,作者重点介绍和比较了浪漫主义思潮与自然主义思潮的流变过程。特别对卢梭所推崇的"复归自然"的自然主义及以科学方法研究人生自然现象的曹拉(今译左拉)主义展开了详尽的分析,其论证有较为明显的基于泰纳的人种、环境、时代三要素来展开阐释的痕迹。作者认为,以左拉为代表的自然主义的根本特色就是科学的态度,具体表现为依作者所见如实描写生活,尤其是深刻痛切地描写近代生活的暗黑面。自然派作家排除精神生活,只写物质生活;在物质生活中,又常侧重表现人的动物性本能活动。自然派爱取活的人生的一页断片进行记录。这"人生的断片"有两层含义,第一是如实地描写日常生活中平凡的事实的意味;第二是梗概结构不完全,无始无终,仅为片段,文末也往往保持疑问,作者不提供解决办法。科学手段的进步使作家的观察日趋精细,因而近代的作家都很重视环境描写。此外,作者对自然派对个性描写的重视及在个性描写方面的技巧、印象主义绘画在文学上的投射、印象主义与近代的社会环境及科技人心的密切关系、近代短篇小说及近代剧等问题给予了具体的讨论。作者将近代欧洲思潮的三次显著变迁分别比喻为人的青年期、中年期、老年期，并明确指出，晚近的思潮和哲学科学的迅速发展表明，物质主义达到顶峰后，精神主义开始成为大家注目的对象，思想界即向主观的、直觉的、思索的方向偏移。最能代表这种潮流的就是詹姆森和伯格森的哲学。欧洲科学界也开始重视对人的灵魂的研究，即所谓的"超心理学"。受其影响，新浪漫派、心理解剖、象征主义、耽美派等非物质主义的文艺开始兴起，近代文学流派在心理描写方面取得了长足的进步，补充了自然派的不足。不过心理解剖达到极点就染上了神秘主义的色彩。该著对中国早期新文学的影响极为深远，其文学进化思想及诸多核心观念几乎一直被新文学作家奉为圭臬。

1924年12月商务印书馆出版了樊从予译厨川白村的《文艺思潮论》。该著主要介绍了欧洲的基督教思潮（希伯来思想）与异教思潮（希腊思想）两大思潮的冲突、汇融和演化，以此追溯了近代文艺思潮形成的深层根源。作者认为，文艺研究是一种精致严密的研究，不可以采取枯淡学究的态度，研究与鉴赏可以合二为一。欧洲文明史中有着以人间的本性为基础的两种相异的潮流，灵与肉、圣明的神性与丑暗的兽性的不调和，是人类自会思考以来苦恼的根源。拜伦的《曼弗来特》、丹尼孙的《国王的牧歌》和陀思妥耶夫斯基的《罪与罚》都表现了这一主题。灵与肉斗争的问题在欧洲就是重灵的基督教思想与贵肉的异教思想之争——希伯来主义与希腊主义之争。希腊文明源远流长，影响直至现在。罗马帝国直接继承了希腊思想，但缺乏理想和节制的美德，只求肉的欢乐，最后导致罗马帝国末期的颓废。罗马帝国末期，伯利恒显现了灵的曙光，基督教向人们许以天国，倡导禁欲的爱，与希腊思想完全相反。般恩死了——密尔顿的《基督降诞歌》和白朗吟夫人的《已死的般恩》即是关于异教灭亡的诗。背教者求利安代表了肉与灵的抗争，易卜生的《皇帝与加利利人》、梅伦奇可夫斯基的《群神死灭》、金斯来的《哈伊波霞》、新柏拉图派的思想和普罗狄那斯的哲学都是这一过渡时代的产物。希勒尔的《世界的四期》述说了异教文明变为基督教时代的转机。西罗马帝国灭亡后的中世纪黑暗时代，极易产生悲观厌世的遁世主义，在宗教上禁欲，甚至发展到肉体的残虐，如圣法兰西斯上人。当然，中世纪的哲学还潜藏着异教的思潮，在《浮士德》中就有所表现。但即使是在僧院深处，还有求艺术与快乐的声音。在近代思想的黎明期，古学又得以复兴，异教思潮复活，产生了人间本位思想，新文学勃兴。各国的绘画雕刻肯定肉体之美，是灵肉合一的思想所生出的艺术。而到了十七八世纪的思想界，随着宗教改革和启蒙运动的发展，智能万能主义勃兴，以培根和笛卡尔的哲学为代表。在文艺上，产生了古典主义的文学，18世纪末之后，古典主义又转为浪漫主义，如康德重批判的哲学和卢梭自然派的思想。在近代史上，基督教思潮和异教思潮混合，此消彼长，最终基督教思想受到打击，个人中心的个人主义、自由和独立得以觉醒，实质上是希腊主义的复活。希腊主义的内涵具体而言，其物质论是灵肉合一观，如美国诗人惠特曼对于肉的赞美;希腊人如柏拉图所言"爱纯的知识,观察事物的本然",在近现代,像萧伯纳、安诺耳和法朗士,就是继承了这一传统,是沉静的智力之产物;希腊思潮追求现世生活的享乐,人间本位思想;希腊人有着对肉感美的崇拜,将美置于一切万象之首。现代文学的新潮即受到希腊思想的极大影响,追求生活的爱慕和享乐,搜寻强烈的不绝的刺激,和满足瞬间的本能的事物,将这样的生活以自然的方式加以表现,就是现代艺术。

厨川白村的《走向十字街头》由绿蕉、大杰等译,启智书店于1928年8月出版。该著是作者的文艺随笔集,以漫谈形式分别讨论"文艺上的Realism"、文艺与性爱、戏剧与观众、东西方诗歌的自然观及新近欧洲剧作家高尔斯华绥和丹塞尼的创作等问题。该著也是作者文艺思想的集中体现,贯注于其中的始终是作者既有的人道思想与现实精神。比如,作者认为,"文艺是抓住人间性真实的地方","在这里有永久的人间的苦味","真正的想来把握人间的像人那样的生活的时候",就是在"走往文艺的世界",因而,"文艺是广义的Realism"。"在为人类生活的批评的文艺,比食欲更多附带着感情的美的要素的男女的性关系。""在所有的艺术,构成他的种种要素,要完全保持调和而统一的事情,是最大要件之一。""歌剧是综合建筑音乐绘画诗歌等姊妹艺术的最完整的统一体。……在这个统一体里,除了包括演员与舞台以外,也包括着演剧的最要紧的因素之一的观客。"正是因为观客,"剧场全体方才成为一个组织的统一的艺术品"。作为一种"被强迫的文明",作者认为,日本文明"被外部强迫着,被世界的大势与外国文化的发达督催着。……置于不得不建设新文明的地步,虽经过半个世纪,依然被外部强迫着"。"欧洲文化的源泉是希腊思想,是所谓人间的本位。……把自然搁在从属的地位",而"东洋人……进了没我的忘我的心境,把自己没入自然……全然离开了自我的感情,自然与人间成为一体……从那里产生了文学"。"所有的艺术家……都是捉住自然人生的种种姿态,创造自己的魂的自画像的人。""在文艺方面,作家是以个性的表现为其唯一最大生命的人。"如此等等。这类随笔对于中国作家深入理解厨川白村的文艺论著及其思想内核均有其重要的帮助。

1931年8月北新书局出版了鲁迅翻译的厨川白村的《出了象牙之塔》。该著是厨川白村的一部文艺评论集,由日本东京福永书店于1924年(大正十三年)出版,鲁迅的译本删去了原书的《文学者和政治者》一文,曾于1925年12月由新潮社出版过,后改由北新书局重版并多次再版。译作附"题卷端"和"译者后记"。在"题卷端"中,厨川白村解释说:"将最近两三年间,偷了学业的余闲,为新闻杂志所作的几篇文章和几回讲话,就照书肆的需求,集为这一卷。"鲁迅在后记中谈到了他的翻译意图:"我译这书,也并非想揭邻人的缺失,来聊博国人的快意。……但当我旁观他鞭责自己时,仿佛痛楚到了我的身上了,后来却又霍然,宛如服了一帖凉药。生在陈腐的古国的人们,倘不是洪福齐天,将来要得内务部的褒扬的,大抵总觉到一种肿痛,有如生着未破的疮。未尝生过疮的,生而未尝割治的,大概都不会知道的;否则,就明白一割的创痛,比未割的肿痛要快活得多。这就是所谓'痛快'罢?我就是想借此先将那肿痛提醒,而后将这'痛快'分给同病的人们。"该书由十篇论文组成。"出了象牙之塔"主要表达作者对于生活、艺术和国家的思考。"观照享乐的生活"立足日本,兼与欧美比较,阐发了自己对于日本及其艺术的诸多看法。"从灵向肉和从肉向灵"旨在批评日本国民性的缺陷。"艺术的表现"讨论作者对于艺术的特质与生命的"真实"呈现等问题的思考。"游戏论"探讨艺术起源的"游戏论"和"劳动说"。"描写劳动问题的文学"认为文学走向社会批评的趋势即会产生"问题文艺",但文学之于"社会问题"只在呈现而不在实际的解决。"为艺术的漫画"从多方面详细介绍了漫画作为艺术的重要价值和应有的地位。"现代文学之主潮"反思了日本的文学现状,批评了浅薄的享乐主义的创作倾向。"从艺术到社会改造"则是对威廉·摩理思的专门研究。该著广泛涉及了日本的国情、社会、国民性及文艺现状等诸多问题,且作者对此种问题的态度始终以批判为立场,鲁迅翻译此著的主要目的实际也正在于为我们思考中国的社会情状以及国民性和文艺问题等提供借鉴。厨川白村的文艺思想不仅对鲁迅曾产生过重要影响,对整个中国文坛的影响也一直非常广泛而深远,郭沫若、郁达夫、石评梅、庐隐、胡风和路翎等,都在不同程度上对厨川白村的诸多思想观点表示过首肯。有资料表明,在20世纪20—30年代中国学人所撰写的多种文学基础理论著作中,几乎都直接或间接地借鉴了厨川白村《苦闷的象征》中对于诸多文艺问题的论述,譬如郁达夫的《文学概说》、田汉的《文学概论》、许钦文的《文学概论》、陈穆如的《文学理论》、隋育楠的《文学通论》、曹百川的《文学概论》,等等。据此即不难看出厨川白村文艺思想在中国所具有的重要地位。

二、本间久雄及其他日本批评家著作的译介

另一部对现代中国文学的理论建构产生过重要影响的著作是本间久雄的《文学概论》。该著是一部专门的文学理论教材,章锡琛曾于1919年以文言翻译过该著的前篇,分章陆续刊登在1920年的《新中国》杂志上(后因杂志停刊中止)。1924年章锡琛以白话译出后半部分,并连载于《文学》杂志,次年又以白话重新翻译了前篇,以《新文学概论》之名作为"文学研究会丛书"之一由开明书店出版。该著另有汪馥泉的译本,初刊于1925年《民国日报·觉悟》,同年由上海书店出版,名为《新文学概论》,其内容也基本一致。本间氏此著在中国影响甚为巨大,在整个20世纪20年代,此著曾再版达十数次之多,直至1976年,台湾仍有重译本出版。此著优势主要在于体系谨严,内容翔实,脉络清晰,堪称文学基础理论系统的最为理想的体

例范本。作者主旨是"为初学者解说文学构成及文学存立的基本条件和理由",其在总体上分为"文学通论"和"文学批评论"前后两编,同时又将有关文学的诸多理论问题分解为若干具体的小问题分别加以论述,比如"文学通论"即分为文学的定义、特质、起源、要素(内部因素)及文学与形式、语言、个性、国民性、时代及道德等(外部因素)的关系;后编"文学批评论"除阐明文学批评的意义、种类、目的及其主客观立场外,又分科学批评、伦理批评、鉴赏批评等不同类别依次展开论述,这样既能使读者对文学的基本构成形成整体的理论框架,同时又对各个具体的概念范畴有更为清晰而深入的理解,后世文学理论教材的那种相对较为一致的"总-分"式体例结构大多源于此。就其思想而言,本间氏在此著中并没有自行构建其独立的文学思想体系,而是在各个具体的理论问题的论述中大量罗列了 19 世纪中后期至 20 世纪初期西方诸多理论批评家,如王尔德、温彻斯特、阿诺德、亨德生、德昆西、鲍桑葵及托尔斯泰等对某一问题的代表性意见和不同看法,带有理论观点"汇编"的"辞典"色彩。这样既保持了理论观点介绍上的客观性,同时也使得读者不致受论者意见的左右而对于不同论点的接受有了相对的自主性与相当的自由度。本间氏此著的目的并不在于建立其自己的文学理论思想体系,而是旨在引导读者在对西方现代文论有初步了解的基础上对诸多文学理论的核心问题做进一步的探索和研究,唯其如此,该著才在读者中受到了广泛的欢迎,甫一出版即广为畅销。事实证明,现代中国文坛后来对西方诸多重要文艺理论的译介和引进,多数都是在此著的指引下逐次展开的;而有关文学理论教材也多有以该著为蓝本甚至直接照搬其体例内容撰写而成的。沈端先译本间久雄的《欧洲近代文艺思潮概论》也由开明书店于 1928 年 8 月出版。此著同样带有较为明显的教材性质,作者自陈:"理解并鉴赏外国文学,是对于我们今日的日本人重要而不可缺的文化教养之一。"因为欧洲近代文学家们所提出的诸多问题已经成为日本逐步走向现代化的历史进程中所正在历经的问题,"娜拉的女性解放的呼声,华兹华斯的自然爱,乃至世纪末颓废派的人们所表现近代的忧愁和生活苦。……欧洲的近代文学,所以成为现代的我们最真挚最有兴味的研究对象,就是为此"。基于此,该著系统而详尽地介绍了欧洲自文艺复兴至 20 世纪初期所出现的古典主义、浪漫主义、写实主义、自然主义、唯美主义和象征主义等各式文学思潮及其演变线索与代表性的作家作品,同时,"略述欧洲近代文学对于日本明治以后文学的影响,当作日本人本身的问题来观欧洲文学"。该著基本涵盖了欧洲文艺复兴以后文学思想演进变化的整个历程,可以看作是一部比较完备的"近代欧洲文学思想史"。本间氏在论述中始终保持着尽可能全面而客观地介绍诸多批评家之不同意见的风格,"多举权威学说,避免独断"。虽然此种论述容易给人一种缺乏自身独立见解的印象,但联系到 20 世纪初期日本和中国文坛的那种流派纷纭、观念混杂的实际情形,本间氏的论述反而为文坛提供了一个较为明晰而完备的坐标。同时,由客观冷静的描述所显示出来的"多元共存"的立场,也为 20 世纪前期喧嚣躁进的中国文坛提供了某种必要的启示。本间氏此著从出版开始,在民国年间曾连续再版达 6 次之多,人们不仅由此对欧洲文学的发展形成了一种整体而全面的印象,而且循其所述,读者对心仪的不同思潮及作家流派等也有了更为准确而深刻的把握。

除厨川白村和本间久雄外,这个时期被译介的日本学者的理论著作还包括黑田鹏信的《美学纲要》(俞寄凡译),由商务印书馆于 1922 年 6 月出版。该著是师范学校使用的教材,原名《美学及艺术学概论》,译者只译了原书的上卷。在前言中译者指出,因为文化教养不足,当时的中国一直弥漫着猜疑、欺骗、嫉妒、虚假的空气,而美学是"爱"与"平和"的根源,因而唯有美学能排除魔障,所以翻译了该书。为方便读者理解,原书中的日本例证多被改为中国事例。该书共分六章,第一章"总论"概要讨论"美的种类""美学的问题对象和研究方法"以及"美学的功能"。第二章主要研究美学所涉及的诸多核心问题,包括"美"是主客观的统一、审美的无目的的合目的性、美和实用的矛盾统一及真善美之间的关系等。第三章"做美材料的感觉"主要讨论感觉的种类、感觉在生理学和物理学上的特征和诸种感觉与美的远近关系的比较。第四章"美的形式"从"统调和渐层""反复""对称和平均""调和和对比"及"比例"等方面论述了美的形式基本内涵与主要原则,作者尤其推崇单纯的美,认为这种美是所有形式的美中最恒久有力的。第五章"美的内容"简略介绍构成美的"自然"和"人生"这两大亘古不变的要素。第六章"美的感情"具体区分普通快感与美的快感的差异,并从"材料感情""形式感情"及"内容感情"三个层面分别展开了论述。最后讨论了"感情移入"的问题。所谓"感情移入"就是将主观感情投射到客观事物上,这样自然和人生才能体现出美的内容的意义。

第六章 "西体中用"式的理论与批评

一、西式文学理论在中国文学批评方面的初步应用

现代中国的文学理论在其建构起初步的知识系统雏形的同时,中国的作家与批评家们也在尝试着将一般的理论应用于具体的文学批评之中。一方面,新文学作家们既在全新理论的指导下展开着创作,也在其创作过程中不断借助各种理论资源来返观自身的创作;另一方面,批评家们在引介理论之时,出于对理论本身理解上的需要,多数引介都采用了删除其原作中的西方例证,而改用中国文学的例证加以说明的办法,这无疑在相当程度上进一步强化了西式理论在中国语境中的合法性。

亚东图书馆于1920年5月出版的由田寿昌、宗白华和郭沫若合著的《三叶集》即是早期理论应用于批评实践的较为突出的代表。该著是宗白华、郭沫若和田汉三人1920年的通信集,作者之一田汉称此集子为"中国的《少年维特之烦恼》"。书名采"kleeblatt,拉丁文作Trifolium,系一种三叶蠹生的植物,普通用为三人友情的结合之象征"之义,用来象征三人的友情。集子共收录二十封三人彼此的通信,卷首有三位作者的序各一篇。其内容借用田汉序中的话来说是:"大体以歌德为中心,此外也有论诗歌的;也有论近代剧的,也有论婚姻问题的,恋爱问题的;也有论宇宙观和人生观的。"对诗歌的论述构成本集子的主要内容,其中尤以郭沫若对诗歌特征的解说较多且集中,依郭氏的定义,"诗=(直觉+情调+想象)+(适当的文字)",并由此推衍出了"文学"即"自我表现"的早期浪漫主义文学观。宗白华和田汉对郭沫若诗歌创作的充分肯定,一方面奠定了郭沫若在早期中国新诗发展中的核心地位;另一方面,也为汉语新诗提供了形式探索的积极经验。譬如,对于"直觉""情调""情绪""想象""昌律""色彩""文字"等范畴的引介,以及诗与自然、诗与感情、诗的形式和技巧等关系的辨析等。《三叶集》的讨论基本属于对西方早期浪漫主义诗歌理论的直接移植,但也正是因为有了这种移植,从使得草创时期的中国

新诗获得了其必要的理论支撑,汉语诗歌也因此彻底摆脱了传统诗歌形式格律等的束缚,真正走向了自由表达的通途。

另一位积极借助域外理论来重新观照中国文学的批评家是胡怀琛,胡氏的思想根基仍在中国传统的文章学理念,域外理论于他而言主要是一种可资借用的工具,由广益书局于1921年1月出版的《白话诗文谈》即为其代表。该著作者自陈,其主要目的是为了阐明:"一、文字与图画有密切的关系,有互助的性质;二、单是文字决不通用;三、将来文字的进化便是和图画搀杂起来,互相并用片刻不能相离。"为此,作者首先辨析了语言和文字的密切关系,认为:"文字就是语言,语言就是文字,他们本来没有分别,不过表达的方法不同罢了。"因而,新文学的建立必须从议定规则、确立文法、清理古书等这类基本的语言文字工作入手。新文学的精神主要就体现在:"一、要老老实实说话,不说一句空话,不说一句粉饰妆点的话;二、在明明白白,人人能懂得;三、有了意思,然后做文,不是先做文章然后四处搜罗意思。"具体到"诗"来说,作者认为,诗应分为"形"和"质"两面来看,"诗的定义本来是:用美的文字表写人的意境。这能表写的适当的文字就是诗的形,那所表写的意境就是诗的质。换句话说,诗形就是诗中的音节和词句的构造,诗的质就是诗人的感想情绪或者世界人生的事实。所以要想写出好诗真诗,就不得不在这两方面注意诗人人格要培养成优美的情绪,高尚的情操,还有精深的学识"。"诗"必须具备以下四部分,才能称之为诗:"一、情;二、理,即哲学的思想;三、景,即自然现象;四、事,即社会的关系。"著中所论力图将传统文章学的诸多观点用于对新文学的研究,虽然未必与新文学的具体实践完全吻合,但其对于"言文一致"及诗的"形质统一"等方面的意见于新文学初期的理论建设应当是有着积极的启发意义的。

胡怀琛在20世纪20年代前期曾有一系列此类的著作出版,《新文学浅说》由泰东图书局于1921年3月出版。该著是作者在江苏省立第二师范学校教国文时的讲义,在沿袭中国传统文论思想的基础上引入了诸多西式的理论观点,目的在于:"要学生知道文学是什么;且要他知道如何能将文章做得好。"全书分六章论述了文学的定义、文法、论理、修词,以及美的文学所应具备的条件等问题,篇末附《参考例言》附列引述文献。关于文学的定义,作者坚持的是章太炎的主张:"凡是写在纸上的都算文,讨论写得合法不合法算文学。"文学的形式从实质上可分为"智的文""情的文"和"意的文";从形式上又分为"无句读的文""有句读的文"和"能唱的文"。文法即"教人家作文的一种规定法子"。论理学也称逻辑,即"教人家用思想的方法"。修词学则是"教人如何将文字做得好",必须具备"信""达""美"三个条件。美的文学包括各种条件,如有时以整齐句法为美,有时以错杂句法为美;直线句法与曲线句法比较,后者更符合美的文学的要求;综合句法比单纯句法更能增加美感;无论诗文,都需要有音节;文学需要"趣味"和"生趣",前者指"用新颖的句法,或新颖的字,引起读者的兴味",后者指"摹写人物,摄取他的精神到纸上来";意境是"我们意思所能想到的,却不是视觉、听觉、触觉,所能接受的"一种境界;"凡是在美的文学里有价值的文字,都是创造的,没有因袭的";美的文学应该"自然",即"自然而然的好",而非勉强造成的;美的文学有时也打破文法、论理的规则;美的文学中也可能有不守"信"字或"达"字的条件;"美的文学多半属于情,而且又美,所以在人类心理上能普遍",因此比"智的文"和"意的文"更具有普遍的价值和永久的价值。作为一本指导文学写作的基础教材,该著文笔浅近直白,逻辑清晰明了,特别适合文学的初学者入门使用。作者以白话解说中国传统文章学的诸多要点,也显示了某种学术过渡时期的特定痕迹。

商务印书馆在1923年5月还出版了胡怀琛的《新诗概说》,该著主要围绕"人何以要作诗"以及"诗是什么"这两个问题展开相关的论述。作者认为,人们作诗,并非是先有了"诗"这种形式,然后从去研究如何作诗。人有喜怒哀乐之情,郁结于胸中,总是需要寻找一个传达释放的通道;所谓作诗,即是对喜怒哀乐之情感的自然释放。这里不难看出早期心理学传入之时"压抑/释放"理念的痕迹。"诗是表情的文字;反转来说,没有感情的文字不能算诗。"对于新诗与旧诗的区别,作者以诸多作品为例具体分析,认为:"在表面上,新诗有时与故事很相近,所不同的地方,完全在感情上。古诗的一大部分,没有真感情,不过只有一个空壳;但是这种作品,不但新文学家说他没有价值,真正的旧文学家也说他没有价值。但新诗的格式,是很自由的。"当然,新诗创作同样需要训练,"在内的修养,要时时保存着真挚的感情,平和的性情,高洁的心思,而且练习着灵敏的感觉"。同时,作者认为,作诗的前提是要多读诗,此外,涉猎别的学科来帮助作诗也是非常必要的工程,因为"专恃感情作出来的诗,一定是单调的,有了旁的学问,融化在感情里,然后发表出来的感情,才不单调"。据此,作者对中国诗学史的大略进行了总体的梳理。该著在一定程度上显示了作者力求沟通古今中西诗学观念的某种努力。

胡怀琛的《小诗研究》由商务印书馆于1924年6月出版。该著分十四章,对"小诗"及相关的问题进行了专门的探讨。对于"小诗",作者解释:"小诗两个字是近日诗坛上很流行的一个名词。便是两行或者三行的短诗,至多也不过五行,少的甚至只有一行。或又称为短诗,但不及小诗普遍。我以为就字义上说,小诗二字,也很妥当,所以决定称作小诗。"小诗的要素,"第一是温柔敦厚的感情,其次乃是神秘幽怪的故事,玄妙高超的思想,觉悟解脱的见识。再者:欧洲人因为受了科学的影响,对于自然物,有一种很深刻的观察,融化在诗里也可以做成好诗。中国人因为受到了这样的影响,也有拿这样深刻的观察去作诗的"。"小诗的形式,除了自然及含蓄以外,没有甚么条件,有天然的韵也好,没有天然的韵也好。大概可说一句:就是将一刹那间的感觉,用极其自然的文字写出来,而又不要一起说完,使得有言外余意,弦外余音,这便是小诗形式上的条件了。""温柔敦厚乃是中国诗的本色;而意丰词约,又是中国文字的特长。中国人用中国文字来写小诗,自然是容易成,而且容易好。"该著是最早对出现于中国文坛的"小诗"给予及时的理论总结与阐发的专著,在尝试吸取哲理诗和日本俳句的形式经验的基础上,对汉语自身的诗性特征的挖掘也在一定程度上推动了早期新诗的进一步发展。

华通书局于1930年6月出版了胡怀琛的《中国文学评价》。该著旨在以新的批评标准重新估定中国文学的价值,所以著中基本采取了新式批评与旧式文学评价相互参照比较的模式展开论述。全书共分六章,包括对于"批评自身"的讨论、批评首先当解决的问题、从人生文学及纯文学角度看中国文学、旧式文学作者与文学批评的缺陷等。作者认为,"文学批评"试图解决的就是对文学的价值予以裁定的问题,所谓批评即是裁判和评价。作者将中国既有的文学划分为"为人生的文学"和"纯文学"两种,并指出,"纯文学"以自身为目的,"人生文学论"则在自身目的之外另有目的。新的人生文学论注目于当下的现实生活,所以重在写实,揭示人类的劣迹和丑态,以求得到改造;传统的旧的人生文学论则主要着眼于虚拟的理想人格,试图以道德教化来实现理想,所以离现实的人生较远。"按照新的人生文学论来批评中国文学,有价值的作品很少。在汗牛充栋的中国文学作品中,只有百分之一二,可以说能表现人生。"从著中的实际论述看,作者以"为人生"和"为艺术"两种形态来概括和评价中国传统文学,显得确实过于刻板了一些,由此也使其论证多陷于武断和偏执,尽管如此,该著毕竟是以新文学的核心观念重新观照中国传统文学的一次尝试。

胡怀琛编著的《中国小说概论》由世界书局于1934年11月出版,该著侧重探讨汉语中"小说"范畴的历史演化,是较早全面梳理"小说"概念之来龙去脉的一部专著。著分八章,其在历述"小说"概念内涵变化的同时,对东西方"小说"各自不同的特性也进行了比较。作者认为,中国新文学发生之时所采用的"小说"概念应该是一种舶来品,而并不是中国原有的所谓"小说";它只是为了方便而借用了传统"小说"的术语,两者的差别其实很大。作者据此,重新清理了自周秦到现代的"小说"概念的所指及其变化。中国古代的所谓"小说"一词虽出于先秦的庄子,但其含义在后世已经发生了改变。班固在《汉书·艺文志》中对"小说"的界定与后世的"小说"有相近之处,但仍旧非常宽泛。"在这个时期,'小说'二字是漫无界限的。""凡是一切不重要,不庄重,供人娱乐,给人消遣的话称为小说。"因此,早期的"小说"多半以故事、"重言"或"寓言"的方式夹杂在"经""史""子"之中,此外,《山海经》和《穆天子传》可以看作是古小说的雏形。不过,"小说"至少在唐代以前并没有真正成为一种独立的体裁,"唐传奇"的出现使"小说"获得了初步的形式,宋代的"平话"才算得是"小说"的真正成型,所以在西洋"小说"输入之前,明清时代主要因袭的就是"平话",《红楼梦》虽然是文人的独立创作,但其章回体的样式仍旧是"平话"的模式。西洋小说输入中国大体经过了四个阶段:假扮、意译、直译和模仿创作,到这个时期,"我们除了认识西洋小说的真面目以外,还有人介绍了关于'小说原理'

的西洋书,使我们更能了解小说是什么。也有人做了许多的整理中国小说史的工作"。然而,就创作而言,"真好的作品还是不多"。新创制的"小说","在'形'的方面,是创造了一种新的体裁。……在'质'的方面说,是比较复杂些。就是各有各的不同的背景。最初是以'新思潮'为背景,后来变成以社会主义为背景,再后有以民族主义为背景的,有以'普罗'为背景的。这些已经不是单纯的文学问题,已经牵涉到社会、政治方面去了"。作者最终的结论是,"传奇"和"平话"虽已成过去,但毕竟有其历史价值;新的"小说"走的是西洋文学的新路,却还处于模仿而非独立的阶段,所以需要继续努力的方面还相当多。该著有别于一般"小说史"之处就在于,它是以"小说"范畴自身的演化为切入点来展开论述的,这就为汉语的"小说"勾勒出了一种相对完整的理论知识统系,虽然其旨在区分中西"小说"的差异,但对汉语新式小说应该如何走出模仿以获得真正的独立地位等问题,无疑是具有积极的启发意义的。

二、西式理论架构的初步确立

在广泛译介的基础上,中国学人同样开始了对于文学理论与批评的相对自主的总结与建构,由商务印书馆于1924年12月出版的王希和编的《诗学原理》即是早期的理论成果之一。该著列"新学制中学国语文科补充读本",为作者据相关材料编写而成,分十四章具体讨论有关诗歌的诸多问题。作者开篇即提出:"人类心灵的运用常有两个趋向:一、趋于实际的理智的;一、趋于梦幻的非理智的。"因此我们的思想也就生出实际的思想与梦幻的思想两个向度。作者在首章以华兹华斯、爱伦·坡、班扬、雪莱、乔治·桑等人的诸种浪漫"幻想"为例,阐发了"诗和梦"在"幻觉"层面的密切联系,认为"在文学作品中诗与梦很有相通之点","梦想家,宗教家,诗人都一齐向这同一的源头走去"。第二章具体讨论了"实际的思想和梦幻的思想"。作者认为:"文学尤其诗与第二形的思想有极密切的关系;诗文的产生都由此而来。""思想的两形在表面看来,似乎有很明显的界限,两不相涉;其实亦不尽然,两者之间,好像有一个枢纽。""而诗人的思想常居于两者之间。""诗人当留心观察自然界使内外要素有所沟通。"第三章讨论"原始的想像",分为个人的幼稚时期与种族的幼稚时期两个部分。"原人的思想大半是一贯的影像,所以他们生活在影像里,待到他们推理的力量渐强,想像也就渐渐地弱了。是故近代的人多消磨他的光阴在实际的思想里,据此我们即可知,何以诗歌的产生先于散文,何以散文在近代占重要的地位。"第四章考察"诗的题材",作者认为:"凡是所熟知的事物都是平凡的,不可知的事物又不能引起我们的注意,只有似知非知的事物,最使我们留意,也最足为诗的题材。""遇了困难的题材,即引起心灵的不足,故欲驾驭这题材,专用推理不为功。所以我们的心灵须另加调整过,换言之,须将实际的思想换了梦幻的思想。"第五章着重介绍"诗中无意识的心灵"。"诗的产生,由于心灵的运用。一半是无意识的,一半由心灵运用时,向无意识的源头采取诗料。""从来诗人最会利用这无意识的材料。这种材料是取之无尽,用之不竭的。所谓天才就是能在这范围更广的心灵中(即无意识之心灵)探取材料。""由这心灵更深的部分所产生出来的作品才是独创的。"第六章论述"诗的普通性"。"诗中有普通性因为第二形的思想是自由的,绝不受时间与空间的限制。""但我们的心灵所趋的范围较宽广,差不多与种族的心灵相接近且互有关系,……更深的心灵并非个人所独有的,是属于种族的——故诗中有普通性。"第七章具体讨论"诗中的欲望与情绪",也即"梦的能力有何种运用,因何而有梦,和其出产物之性质"。第八章阐述"想像内外两要素"。作者认为:"想像可分为两种,第一种是再现的,将我们所能记忆的真实影像照其原来的形态丝毫不变复呈现于心灵中;第二种是创生的,能变易真实影像,或将这些影像和早期的经验相混合,另创出一种新的理想的第一种仅是视觉的记忆。"第九章讨论"想像远的近的两种来源"。"想像有混合影像的功能:一、由外而来的影像,二、由已存于心灵中的影像和情感,或被情感所渲染的影像。"第十章涉及"想像的凝结与移置"。"移置的作用与凝结的作用很有密切的关系,也包括众多的意义。"第十一章探讨"想像的人物之构成"。"想像的应用极广,构成人物乃是想像最大的功能。"第十二章讨论"诗中的象征与比喻"。"喻语很像一袭幻衣,同样的思想穿上了这衣服,就变幻出万千的仪态了。"第十三章论述"诗的冲动与克制"。"欲望得不到实际的满足,可退入想像之中追求假定的满足。因于诗就产生了。"末章"诗的疯狂和诗的功用"重在分析诗歌的功能,作者认为:"未满足的欲望引起情绪的不宁,因而发生梦想,在想像中得到了满足,就减却诗的疯狂了。"这是诗的功用之一。但这种避免疯狂的功用是消极的,另有一种积极的功用是指,"诗人是预言者,他的诗能暗示一切"。该著实际是一部专门的文艺心理学著作,其"诗学"也是指"文学艺术"而言,虽然作为中学补充教材显得过于深奥了一些,但在为新文学的理论建构提供较为可靠的心理学依据方面却有着明显的实际意义。

由商务印书馆于1924年出版的吕澂所著《美学概论》初为作者在上海美术学校和专科师范学校讲授美学的讲义,作者立足于栗泊士(今译立普斯)的"移情说",并兼采众长而撰成此著。"绪说"概要介绍美学研究的对象与方法,作者认为,美学研究为判断美的价值而需确立一种规范,虽然科学方法流行,但由于"美的价值为人心所共然,非先验方法不能明"。作者所说的科学方法主要是心理学的方法。除绪说外,著中分五章具体讨论了相关问题。第一章"美的价值"围绕"快感"展开分析,美作为对象而引发的精神活动就是感情,由对象性质的不同和精神活动过程是否与人的本心相符而有快感和非快感之别;有价值必有快感,而生快感者未必都有价值。美的价值与物象的效用价值有别,而与生命活动有关,欲体验美的价值则必通过美的观照。第二章"美的形式原理"主要讨论"变化中之统一"。"美感之起必以适合心之本质为依据",人心的一般本质为统一,而统一中的单调者或是连续过长又不能使人获得快感,这是因为人心还有其他方面的本质。美的统一要素既总括各部分,被各部分所共有,通相是美的各部分之公约数,各部分从通相分出,即"通相分化"之原理。而全体之间又有一点为其要素之结晶,即建立在通相分化原理之上的"君主制的从属"的原理。第三章"美的感情移入"主要论述立普斯的"移情说",包括一般统觉的感情移入、情调移入、自然之感情移入、对于人体官能的现象之感情移入。美就是积极的感情移入,丑为消极的感情移入,是为美丑之判别。第四章"美之种类"涉及崇高与优美、悲壮与谐谑等。第五章"美的观照与艺术",作者认为,欲得物象真正之美,势必要改变平常的态度为美的观照。美的观照要做到"分离与凝结",遮断一切扰乱注意力的事物,凝注心的活动全体于对象之内,如其性质而观照之。艺术就是能作为美的观照的事物,形式上是生命的象征,将所欲表现的生命从现实中切离,而置于新的官能现象中,成就了美的观念性、分离性和客观性。该著是现代中国美学形成初期重要的美学专著,其对"移情说"的高度重视直接启发了后来文学理论中有关"感动"问题的相关论述。

吕澂的另一部著作《晚近美学说和美的原理》曾由商务印书馆于1925年7月出版。该著原为作者的一篇美学演讲稿,后附录两篇有关中小学美育问题的文章合为此著。演讲部分从七个方面概述近代西方美学诸家各自的观点,包括感情美学派的马歇尔、桑塔耶那、鲍桑葵和立普斯,主观的知的方面的哈曼和克罗齐,偏重于能动的主观倾向的柯亨和斐特罗,以及客观派的居友、希尔恩和格罗塞,等等,并由此概括了作者对于美学一般原理的基本看法。作者认为,关于美学研究的对象历来一直有着各种争论,"和美学有关系的零碎知识本来在二千多年以前的希腊哲学里就有,但为了种种原因到十八世纪后半叶的德国学者才构成一种独立的学问"。"德国的哲学界里知识派很占势力,像斯丕诺莎(今译斯宾诺莎)、莱伯拉兹(今译莱布尼茨)、霍尔夫(今译沃尔夫)一班人,都以为人们的知识只是有明暗两方面。"暗面完全和感觉有关,"邦格阿腾(今译鲍姆嘉登)根据这上面便建立了一种特别的学问",即"感觉的认识学",也就是现在所说的美学。"美学成立了一百几十年,研究的内容含着种种方面。""美学能够研究的方面多了,所以方法也很繁复。""只说美学的研究方法有经验的、先验的两大分别。""综合起来看,结论上显然有四重的对待:第一重是感情对理知,第二重是鉴赏对创作,第三重是意识对艺术,第四重是事实对价值。"这四重对待中,"感情和理知两种精神的现象……一般都认做相对的,并且可以单独存在的,所以推究美意识的原理常常会偏重一种,甚至不承认同时有相对的一种……实际上,二者是不相对待的,并还不能分离"。据此,作者认为,凡能够顺应人类的自然生活的"观照的""表现的""社会的""有普遍的要求的人生的"事实与价值,均当列为"美"的范畴。附录部分主要谈及作者对于推进儿童美育教学的必要性与一般步骤。该著比较集中地展示了作者的主要美学思想。

1925年10月,河南教育厅公报处曾出版过简贯三所著的《文学要略》,该著是一部编著性质的教材,分十七个部分讨论了有关文学的定义、文学的起源及进化、文学研究的方法、文学的体裁类别及其各自的特点,以及文学与文字、人生、哲学、科学乃至近代精神之间的关系等。作者在列举了西方诸多文学的定义后认为,"凡有深邃的思想,真挚的情感,丰富的想象,而用最优美的艺术表现之者,名曰文学"。"诗的起源就是文学的起源……人类文学的原质包括歌谣、音乐、舞蹈三类。"作者引用莫尔顿的看法将文学分为"口传的浮动时代""固定时代"和"新闻杂志的浮动时代"三个持续进化的时期。对于"研究文学的方法",作者认为,除了对作家及文学作品本身的人物、时代、环境等要加以观察外,还应当"运用主观的手段批评",以求得文学作品的"真实价值"。"文字是文学之母,先有文字而后有文学。"而"文学与人生,无从分离,想把内外的人生表现出来,亦非文艺不能"。"应将人生看作艺术,而注意'美'和'爱'。""一篇文学无论是长短,都有作者人生哲学在内。"同时,"文学为时代的反映,所以无论在何时代,必定有为文化中心根底的思潮,为时代种种活动的轴心——这种思潮,就名为时代精神",而近代的精神"就是自然科学"。关于"文学的分类",作者主要借鉴杜威的分类法将文学分为诗歌、戏曲、小说、论文、论说、尺牍、讽刺文与滑稽文、杂类八种,并着重对诗歌、小说、戏剧三种文体的定义、特点及代表性的作家给予了概要的介绍。该著的体例结构显示,中国学界对于"文学"范畴的定位与定性在20世纪20年代中期已经初步达成了基本一致的共识,"文学理论"的知识统系也开始逐渐趋于完善。

同类的教材还有北新书局于1925年11月出版的潘梓年的《文学概论》。该著原为潘梓年在保定育德中学文学研究会授课时的讲义,后经编辑修改成书,曾作为教材多次再版。除了代序外,共分五讲。在题为《什么叫文学》的序言中,作者认为,"文学"同其他学科一样其实只是为了某种方便而人为设定的一门学科,彼此间实际也没有绝对明确的界限。"如果我们把所有的学科分为三大类——自然学科、社会学科、人文学科,文学的位置自然就要到人文学科的一类里去找。人文学科中之与文学最为接近的有修辞学、史学、哲学等。"作者从内容、形式和使命等方面简要阐述了文学的一般特性,由此定义,"文学是用文字的形式,表现生命中的纯情感,使人生得着一种常常平衡的跳跃"。其内容要充实、真确、自然,其形式则需要精密、熨帖、自在。第一讲"鸟瞰中的文学",包括文学在各学科上的位置、文学的特点、起源等几个问题。"艺术与科学为求真的两条大路",科学求得客观方面的真,而艺术需要主观方面,即"近于是确的情感"的真。但是求真情和求真智又有所不同,前者是间接的,后者是直接的,文学就是间接的艺术,文学的起源在于心理活动和社会生活两方面。第二讲"内质与外形",文学的要素在内质方面包括智慧、情感、想象。情感的客观背景包括环境、种族、时代三个方面,主观背景则包括作者的个性等。凡是有价值的文学均有情感作为内容,但不是所有情感都有价值。情感还需借助想象才可以成为文学作品,想象有着挑选、整理和解释补充等功用。要有好的外形才能较好地表现内质,文学外形就是语言文字,包括文字、组织和声调。关于质与形的关系,可以分发生、感应、欣赏与研究和价值几方面来考察。第三讲"文学中理智的要素"。作者认为,文学与道德无关,文学作品的道德性是自发而生的,并不是有意为之。文学也不是主义的宣传品,但却与主义关系密切,"文学是具体的描写,主义是观念的注入"。文学的理智因素可以从两方面分析:一是艺术方面,包括观察和表现;二是效能方面,包括思想和情绪。第四讲"文学的变迁及派别"。西洋文学源于希腊文学及希伯来文学,文艺复兴之后则经历了"古典""浪漫""自然""新浪漫"四个阶段。中国文学的变迁可从两方面分析,一是正统文学,二是平民文学——即歌、诗、词、曲和小说。作者以唯物史观的观点认为,古今中外的文学变迁,都是环境变更,生活改变,于是思想情感亦有所变化,文学才发生变迁。第五讲"文学的分类和其比较"。作者将文学分为小说、诗歌和戏剧。戏剧和小说有六点区别:剧本受时间限制;编剧人自己不能进入作品说话;戏剧有表演性;剧本时间空间不易操纵;编剧需要多人合作;编剧需要研究看客的心理。小说与诗歌的区别有二:小说客观诗歌主观;小说描写而诗歌吟咏。总之,文学是表现人生、指导人生、批评人生的。书末四篇附录为作者有关文学艺术问题的杂感随笔。

第七章　传统"文学"观念的延续

一、广义的"文学"论

自近代以来,尽管"文学"观念已经发生了根本性的转变,但传统文学的基本理念,或者说广义的"文章学"意识实际并未完全消失。它们既在重新再版的多种著述如章学诚的《文学大纲》、章太炎的《文学论略》等中得以延续,同时也在马宗霍的《文学概论》、徐敬修的《文学常识》等著作中得到了某种程度的强化。

马宗霍的《文学概论》由商务印书馆于1925年10月出版。全书分四篇。第一篇绪论,就文学之界说、文学之起源、文学之特质、文学之功能分别给予了阐述。作者认为,"凡构思结想,累字积句者皆可称文"。对于文学的起源,他认为,"文机发于情感……七情之所感即文之机也","文体起于歌谣……文用起于需求……文学之作……皆起于人类自然之需求"。文学可以"慰人","观人""感人"此文学之特质。至于文学的功能,则不外乎"载道""明理""昭实""匡时""垂久"。第二篇为外论,主要就文学与语言、文字、思意、性情、志识、观念、人生及时代等的关系进行了讨论。作者认为,"语言文字为文学之根本","思意宜有所主"。"情为性之动,文为情之饰,一切文学无非发自性情。""文学家所自负者,较他人为尤重,更不可不首定其志也。"此外,"文学之资料,多不出平日之经历,此种经历日积月累,蓄于脑中即成人之观念"。"时代影响于文学,文学则常为时代之反应。"第三篇本论侧重论述文学之门类、体裁、流派、法度、外象、材料、精神等问题,作者在这一部分分别从中西两个角度对文学的诸多方面进行了比较,但着重点仍在中国传统的文学观念。作者认为,"文不可无法……又不可泥法,法固不可无,而尤不可拘也,拘则不能变,不能变则其法穷矣"。文学的内相表现为"神、趣、气、势";文学的外相则显示为"声、色、格、律"。文学之材料得自于"典籍"和"见闻",文学之精神则贵在能"创造"、宜"独立"和能"变化"。第四篇为附论,旨在阐明读书之门径,即"宗经、治史、读子、诵集"。该著是"选学派"文论的一个典型范本,但值得特别注意的是,著中已经能够积极吸纳近代西方文论的诸多观点,虽有明显的"中体西用"的思想倾向,但作者并未简单地将西方文学的观念嫁接在中国传统文论之上,而是采取了一种并行比照的方法,这无疑显示了某种较为积极的开放态度。该著可视为中国传统文论向现代过渡的一个突出案例。

1925年10月由群众图书公司出版的章太炎的《文学论略》,原系章太炎的《国故论衡》中的中篇部分,作为单行本出版时篇首附胡适所作长篇序言,又另附章太炎的一篇演讲《文学之派别》。章氏著作最大的贡献在于对"文学"的定义。他认为:"文者,包络一切著于竹帛者而为言。"而把这些东西作为对象的全部研究均属"文学"之列。"凡彩者必皆成文;而成文者,不必皆彩。是故,研论文学,当以文字为主,不当以彩彰为主。"章氏认为,前人论文大多"持论偏颇","以学说与文辞对立,其规模虽稍宽博,而其失也,在惟以彩彰为文,而不以文字为文,故学说之不彩者,则捍然摒之于文辞之外。惟《论衡》所说,略成条理"。"古者书籍得名,由其所用之竹木而起;此可见语言文学,功用各殊,是文学之所以称文学也。""文字初兴,本以代言为职,而其功用,有胜于言者。""既知文有无句读有句读之分,而后文学之归趣可得言矣。无句读者,纯得文,称文字不共性也;有句读者,文而兼得辞,称文字语言之共性也。论文学者,虽多就共性言,而必以不共性为其素质。""若不知世有无句读文,则必不知文之贵者在乎书志疏证,若不知书志疏证之法,可施于一切文辞,则必以因物骋辞,情灵无拥,为文辞之根极,宕而失原,惟知工拙,不知雅俗,此文词所以日弊也。"章氏对于"文学"的论述实际上是基于"天文、地文、人文"之"文/痕迹"所做的独特的思考,所以,他之所谓"文学"其实可以做整体的"人文学"来理解;这既是中国传统学术之无西式学术分科的"综合"研究路向的延续,也是晚清之际由"经学"(义理)向"史学"(章学诚)转换,再到向"文学"深化的又一次转向。章氏论"文学"自成一家之言,不仅对中国传统文论中的诸多问题进行了清晰的解释分析,而且在相当程度上为后世讨论广义的"(人)文学"范畴奠定了扎实的基础,对新文学的理论建构也曾产生过潜在的影响。

大东书局于1925年4月出版的徐敬修编写的《文学常识》,曾列"国学常识"丛书之七,徐敬修自述:"文学二字包罗甚富。本书所述则限于骈散各体之文,若诗若词以另编常识本,故从略。而于文学之起源,历代文学之变迁,以及文章家之宗派则详述无遗。至于研究方法,则于各大家之论文中择其要者录焉。"著分"总说""历代文学之变迁"和"研究文学之方法"三章。著者认为:"文学之意义,至今犹无明确之界说,盖非失之于宽泛,即失之于褊狭,此盖由文学之范围,所包至广,而解释之者,或因个人学术思想所见之不同,或因时代思潮所生之影响,于是各定其说,此古今中外所同然也。"由此,著者分列各家之说后总结认为:"总观各家之说,要不外广狭二义:在广义者言之,则以为凡可写录者为文字而能成章者,皆得谓之文,是以文为述作之总称也。在狭义者言之,则以为凡文当宗情感,以娱志为归,而行文尤其需要奇偶相生,音韵和协,是以文为述作之殊名也;殊不知文章无论骈散,要以能发抒新颖之思想,使人读之生愉快之感,而又足以使人群进化,且百世而常新,乃可以称为文学,乃可以有文学之价值,此则研究文学者所不可不知也。"据此,著者分别就文学的起源、范围、分类和沿革等阐述了各种不同的观点及自己的看法,然后概要描述了中国文学自上古至近代的种种变迁及不同时代的代表性作家作品,最后讨论研究文学的方法,著者总结为"选择书籍,认识文字,辨别时代,明白应用"四法,"而最要则归于读、看二字"。文后附"重要之文学书籍"的书目与简介。由于该著旨在将"文学"研究纳入"国学"的范畴,所以著中所论基本保持着中国传统"文章"学研究的面貌,以此也可见出这个时期有关"文学"观念的混杂。

徐敬修编写的另一部著作《说部常识》由大东书局列为"国学常识"丛书之一,于1925年4月出版,著为编者据多种材料编述而成,分列三章,概要论述小说之起源、意义、种类、研究方法及中国传统小说的整体演变历程。作者认为:"小说之为用,上之则可以供王者知政治得失之参考,而在下实为平民之喉舌,社会教育之利器;有转移世道人心之能力也,盖小说者,文章之有实用,所以褒贬人事,宣达抱负者也。是故凡国家、社会、家庭间可歌可泣之事,以及人遭际不遇,牢骚愤悁之谈,无一不可写之为小说,而发舒其怀抱。故小说者:社会心理,风俗习惯之写真;政治罪恶,战争杀人之照片。一方面有转移风化,改造社会的潜力;一方面有攻击政治,撒播革命种子之大手腕。且小说之传播,极其普遍和迅速,其印入人心,又极深刻极久远,是以在文学上占极高的地位,而为表演人类真正思想之利器也。""小说之生发,为平民而发生也,故小说为平民之文学;其文字多浅近而不用典故,其内容多为细小之事实,无关经国大事;然而知小说之为用,与人生有重大之关系;我试取小说而读之,则喜怒哀乐之情,不觉而自起伏于胸中,其或与作者唱同调,表同情,而忘自身之我,以小说中之人物自况,自勉,自慰,其感化人心之魔力,至为伟大也。""小说为艺术之一种,所以发表吾人之思潮与情感者也。夫吾人欲抒发情绪,揭晓主题,固可用任何之方式,何必有一定之法程?曰,以小说为发表人类意识之一种艺术,吾人虽不能任意规定一种方法,强人相从,然就前人所著之小说而研究之,则一若自有其一定不移之方法在于其中;是以近人研究小说,往往兼及其作法,以为入门之途径。"该著虽为编著,却是较早以西式理论来评述中国小说发展的专门著作之一。

二、传统文学形态的延续

民国初年的很长一段时间内,传统文学的基本形态如诗词曲赋、章回小说等仍然有其巨大的市场,由此也使得相关的传统文学理论形态得以延续。当然,这种延续也并非单纯的对于传统文学观念的固守,一方面,基于现代文学潮流的迅猛发展,这类传统文学观念中其实已经渗透了相当的现代文学的质素;而从另一方面来看,传统文学实际上也为现代中国文学的理论建构提供了某些必要的资源,这在一定程度上是值得给予肯定的。

1926年10月大东书局出版的由周瘦鹃和骆无涯编辑的《小说丛谭》,是民初一批通俗小说作家有关"小说"诸问题的评论合集。姚鹓雏的《小说学概论》简要考释"小说"一语的来源及"托体既卑,无以语高"致使流弊横生的潜在原因,作者认为:"作小说者,必毋自小,而后可以言占文学上重要部分之小说也。"有为"小说"之"小"正名之意。程瞻庐的《望云居小说话》为有关明人小说、《水浒传》《金瓶梅》及《红楼梦》的几则疑论的考证。范烟桥的《小说话》简评自维新变法至民初期间旧式小说的整体变化,以及社会小说、滑稽小说、教育小说、历史小说、言情小说等各自的代表人物及其成就,并特意指出短篇小说和独幕剧的兴起与时代及读者的需求有密切的关系。江红蕉的《论有价值小说》辨析了小说与笔记、史乘及演说等的区别,强调小说重在委婉而客观的描写,须尽可能少发议论以免形成某种成见而影响了读者的美感,作者认为:"做一篇小说,一定要写明白一个人或若干人、一件事或若干件事的个性,就各个性合成一篇的个性,像凑七巧板那般的心思拼起来,不要随意的乱置。说明了这个性是什么东西,让读者去研考,但是要暗示他研考的一条路径,引起他的美感的兴趣,既然如此,那么,这篇小说一定有价值了。"张舍我的《侦探小说谈》以柯南·道尔的福尔摩斯故事为例证明侦探小说在"益人智慧启人灵思"等方面的积极意义,旨在纠正社会上对于侦探小说的一般偏见。胡寄尘的《说海感旧录》简要记述清季民初苏曼殊、江山渊、朱鸳雏等几位旧派小说作家的创作成就及与作者交往的逸事。郑逸梅的《小说杂志丛话》概要回顾了清季多种小说杂志如《春声》《绣像小说》《小世界》《星期》《秋星》《滑稽》《新小说》《武侠世界》《家庭》《月月小说》《眉语》《红杂志》《侦探世界》《紫兰花片》等近百种杂刊小报的创办、发行及各自的特色,保存了诸多较为重要的史料。《说林嚼蔗录》和《儿童与小说》两篇为黄厚生所撰,前篇记毛柏桑(今译莫泊桑)、梭罗古勃、福禄倍尔(今译福楼拜)、莎士比亚、高尔基以及李涵秋等中外小说家的逸闻趣事,后篇专论小说在儿童教育方面所具有的"养成科学之兴趣""增加想像之能力""涵养高尚之道德""养成读书之习惯"及"增强发表之能力"等的特殊功用,其对倡导和推进中国儿童文学的发展有着明显的积极意义。周瘦鹃的《说觚》一文以相当的篇幅全面讨论了近代中西小说在抒情状物、布局谋篇、写实虚构、情节技巧、文笔语言、小说类别乃至标题命名等方面的异同,堪称早期比较文学研究的一篇杰作。《说海珠玑》为周瘦鹃所选钱释云辑录的林译哈葛德、巴克雷、托尔斯泰、杰拉德等人小说中的珠玑妙语,如"天下人生于世必争,惟争方有味,舍此何味者?""大凡男子,能强力支十里崎岖之路,万不能须臾忍听女子之哭声","生时罗勒于形骸而死后可以自由其魂魄",等等。李澄的《海天隽语》则辑录的是周瘦鹃所译山格莱、迭更司、史蒂文孙、哈葛德、科南道尔、伏尔泰等人小说中的片段隽言,如"须知天下游戏之事尽能使人不笑而颤","光阴原不是慈善家,但欢喜催人老催人死","情根既断,情丝自绝",等等。此类辑录虽只言片语却耐人咀嚼,以此也可见出当时国人阅读西方小说时的一般心理趋向与兴趣所在。末篇骆无涯所述《小说笔记提要》为大东书局出版的多种小说的内容简介,包括《亚森罗苹探案全集》《福尔摩斯新探案全集》《名家说集》《新儒林外史》《中国最新探案集》《欧美名家小说集》等。该著编选的均是民初旧派知名小说作家的评论,对后人理解这个时期传统小说观念向现代的转换提供了重要的参考。

范烟桥所著的《中国小说史》也是此类著述中较为典型的代表,由苏州秋叶社于1927年12月出版。此著旨在详述中国小说之源远流长,前附包天笑"弁言"认为,借此著亦可与"稗贩舶来之品,摹拟蟹行之文"相颉颃。胡寄尘序言也认为,中国文学"自走了一条路。和西洋的文学走的路不同。我们不能拿研究西洋文学的现成方法,来研究中国文学,尤其是中国文学史"。黄觉和赵眠云所作序则强调了中国小说自来的"移风俗""正民心""改造社会""左右世界"的传统。江红蕉又称赞说,此著能去坊间既有著作中"支离舛误""收罗不广""门户之见"及"移译他作"等诸多弊端。据作者自己的看法:"小说实包括戏曲弹词也,盖戏曲与弹词,同肇始于宋元之际,而所导源,俱在小说。观其结构即可知。"由此,著中所论除现今所认为之小说外,其他杂记、演义、戏曲、弹词及翻译小说均被纳入了作者的论述范围,其论述结构则设计为,"以时代为纲,以著作为目,而以作者经纬之"。该著凡六章,分起源、混合、独立、演进及全盛五个时期,详尽叙述了中国小说自上古神话至民初白话小说创作的整个历程,其主旨则在于确立小说在中国文学发展中的重要地位,以及小说与社会时代的密切关系。范著出现于王国维的《宋元戏曲史》和鲁迅的《中国小说史略》之后且对两著所论多有引述,其虽无王著的特异及鲁著的精到,但在辑佚、考证、比对、辨析、评价等诸多方面,却也不乏创见,如讨论小说、戏曲的通俗特质及其与大众接受的关系,中国小说从短篇传奇到长篇巨制的过渡,小说与戏曲在叙述手法上的内在联系,等等。作为一部由作家独立撰写的分体文学史论著,范著是有其特定的价值。尤其值得注意的是,范著特别讨论了晚清至民初域外翻译小说在近代中国的具体引介历程,以及翻译文学对晚清文言小说的转型与白话小说勃兴的深刻影响,并充分肯定了林纾的翻译在近代中国文学发展过程中的重要地位,"近十年来,一般学者以为林氏意译,失却原书精神,然林氏介绍域外小说之功,不可没也"。此外,作者自身虽为旧式通俗小说作家,且对传统小说之"教化"功能深信不疑,但著者对"五四"以后的新文学并无偏见,其论述中始终积极称赞新文学初期"文研会"及"创造社"在小说及新式戏剧方面所取得的突出成就。从学术研究的角度看,范著的影响似乎有限,但借此著,我们却可以一窥民初旧式文人的一般思想及其在学术转换方面的隐在轨迹。

第三编
现代中国文学理论体系的确立
（1926—1936）

第八章　域外文学理论译介方式的转变
——从最新理论到知识溯源

一、新式批评方法的译介

如果说早期对于域外文学理论的译介有着某种唯"新"是趋的盲目接纳的特点的话，那么，在经历了一段时期的积累之后，中国文坛也开始有了积极的"选择"意识。鉴于由五四新文化运动及文学革命所引发的社会与文学变革的需要，中国学者们把目光逐步集中到了与社会现实相关的理论批评的译介上。这种译介方式上的细微转移既使诸多理论与批评实践有了相互紧密配合的可能，同时也为类型化的文学理论与批评的构建奠定了必要的基础，有关文学的知识系统本身也因此有了展示其知识全貌的可能。

愈之、幼雄、闻天合编的《但底与哥德》由商务印书馆于1923年12月出版。此著列"东方文库"第六十五种，分两部分分别评述了但底（今译但丁）和哥德（今译歌德）的创作。第一部分"但底的研究"由愈之和幼雄合编，从三个方面介绍了但丁的生平创作、政治理想和《神曲》的基本内容。但丁九岁时遇见佛罗伦萨的一位贵族少女比德丽淑，由此激发起自己的创作灵感，十八岁时比德丽淑去世，但丁将多年创作的诗歌汇编成卷，题为《新生活》，是为但丁的第一部作品，比德丽淑也因此成为但丁心目中"爱"和"美"的绝对象征。但丁一生历经了潜心读书、战场御敌、娶妻生子、投身政治、获罪逃亡直至最终发愤著述等的曲折过程，其最大的贡献就是确立了意大利语的文学地位并以此创作了不朽的杰作《神曲》，前者彻底动摇了拉丁文的正统语言地位，而后者则成就了但丁作为伟大诗人的盛名。第二部分"哥德的浮士德"为闻天独立撰写，分五个方面介绍了歌德的创作、浮士德故事的来源、各部的梗概及其所蕴涵的核心思想。作者认为，同荷马、但丁、莎士比亚等人一样，歌德不只是德意志民族的荣耀，更是全人类的光荣。歌德是在卢梭等人所倡导的"返归自然"的思想号召下以反叛古典主义为宗旨的浪漫主义"狂飙运动"中涌现出来的代表人物，《浮士德》是"哥德一生的经验的反映和思想的结晶"，浮士德代表着人类对于知识的追求及对"美"的强烈渴望,他因此也成为人类探求真理的勇气和意志的象征。作者的用意似乎主要在以浮士德来启发"保守的苟安的中国人"能够"执着人生,充分地发展人生",这对于刚刚脱离封建桎梏的中国人来说应当是具有积极的意义的。《神曲》和《浮士德》的完整汉语译本出现得比较晚,从这个角度来说,此著的出现无疑起到了普及和引导的作用,其对促进中国作家对于西方名著的全面了解与深入研究同样有着相当的启示。

傅东华译蒲克女士的《社会的文学批评论》由商务印书馆于1926年1月出版。该著分为四部分。第一部分描述"批评学说之一团纠纷",主要介绍了对"文学批评"这一概念的多重界定。比如,比较的文学批评,主张"多读性质类似之作品以互相参考而明特件作品之地位,不主张拿定一种模型或一种原则以囊括一切"。科学的批评则以为,"文学的定律并非含有律令的意味,只不过铺叙文学作品的习惯性,并非说文学所当然,而是说文学之所以然"。印象批评又主张,"批评家对于一种作品的反应远比作者结构时的历程来得重要,这种反应只应是个人的而不是模范的、代表的",等等。第二部分,作者试图探讨一种比较宽泛的批评界说。作者认为,"科学的批评和印象的批评是互相补助的","关于文学批评的种种学说彼此冲突……然而这种嘈杂之中仍有一种谐和的些微的声调,我们得仔细听才能发现"。"批评事业中的分子虽多,合起来只不过一个团体,要想在这团体里各个分子里面,各人替他评定价值,这件事不但太刻薄,而且也办不到。"因此,作者提出"一种宏大的批评说",认为"批评是一件宏大而完整的事情,从前人因为派别与彼此不相容纳的结果,将这个整体打破了……如今惟有大家都能认识批评是一件须大家合作的宏业……然后能重新完好"。第三部分主要讨论批评的标准。由于"论文的著述日益丰富,故关于批评的学说也日益发达……然而,批评的实际对于批评的理论,仍有一种要求尚未满足"。这便是批评的标准问题。在文中,作者摒弃了演绎派所采用的传统批评标准,同时指出了机械的传统批评标准的不足,即"它把批评家当作一种自动的机器","切断了文学同它所在时代的联系"。作者倡导文学批评应当建立一种"社会的标准",取代以往的"个人的标准",应当将文学作品放在时代背景下进行考量。第四部分主要论述批评家在文学批评中的职责。作者认为,自"社会的批评学说"成立之后,"批评家的身份便非复是一种圣哲,而他所发表的议论也非复是一种不易的天经地义了"。作者指出,"批评家对于他所喜欢的书,不能硬叫读者也承认它的价值,反之,读者所认为有价值的书,批评家也无法一定说它不好"。"批评家的职务便是做一个好读者,更由此对他所读的书的价值求得一种结论。""批评家的职务并不是求虚荣,只是求真正的实利,而以帮助读者无穷的进步为目的。"

松村武雄的《文艺与性爱》由谢六逸译出,开明书店于1927年9月出版。该著是日本学者松村武雄的一篇介绍莫特尔的《文学里之性爱的动机》一书的长篇论文,旨在以弗洛伊德的精神分析学理论为基础来深入探讨文艺创作发生的心理动机。译者表示:"我们在未读莫特尔氏的著书以前,先阅松村氏的这篇文章,更容易提起我们研究的兴味。"作者认为,由于弗洛特(今译弗洛伊德)精神分析学有其与艺术、宗教、哲学等的符合之处,因此以精神分析学说进行文学艺术的研究成为一种可能。作家、艺术家在儿童时期具有的"耶的卜司错综"(oedipus complex,今译俄狄浦斯情结)常常以化装的形式表现于文艺作品中,包括"父女错综""母子错综"和"兄弟姊妹错综"。另外,幼时对于性的冲动往往由于各种原因受到压抑,形成三种模式:"性欲与知力全被压抑";"性欲被压抑,知力转而发达";"性欲受压抑后升华,化为知识欲"。除了以父母为性的对象外,儿童之间也多产生兄妹之间性的爱欲。兄以妹为性的对象,是对母亲爱欲的转移;妹以兄为性的对象,则是对父亲爱欲的转移。这种爱欲在伦理道德的压抑下,转为无意识欲望,也可能投影于文艺中。受压抑的恋爱在梦和文艺作品中往往以象征的形式表现出来,特别是飞的愿望、乘的愿望、对于自然界的愿望等。梦是无意识的直接显现,并有象征、压缩、转移、描缩、二次的推敲五种机能,这种意义和机能同样也可以运用到对文艺的分析之中。作为一篇专门介绍精神分析学说的文章,《文艺与性爱》的译介,对于中国学界拓宽文学理论建构的视野,无疑具有较为深远的意义。而著中大量以精神分析学的方法对文学作品展开批评的实例,对于国内学者们建立起一种全新的文学批评模式,也颇有启发性的影响。

　　1928年3月商务印书馆出版傅东华译的《近世文学批评》,该著是美国琉威松博士所编辑的关于近代文学批评的文集,全书分法、德、英、美四部。第一部分主要收入法郎士、勒美脱尔、古尔芒三人的十一篇文章,包括法郎士的《神游》《圣林》《保护的秘密》和《弄笛者之争讼》。法郎士认为,"所谓文学批评,依我的见解,应如哲学,如历史,乃是一种'小说',是为那种细致而好奇的心设的",而"好的批评家便是那记述自己的神魂在杰作中游涉时所经历的作家"。"批评家应该彻底底明白,无论哪一该著,都是看有多少该著便有多少不同的样子的,一首诗就譬如一片风景,是跟着看它的眼睛和领会它的灵魂随时变化样子的。"勒美脱尔的文章有《时人之批评》《批评中之人格》和《传统与嗜爱》。勒美脱尔认为:"作书原有种种必要的规法,若是破坏了它们便足以妨碍那该著达到他的最高的价值。"批评并非是单纯地指摘他人的毛病,批评家应当在更为广大的范围内去寻找作者所发掘的人类共同的人格与价值。古尔芒的四篇文章是《自我与世界》《文学的影响》《眼力与感情》和《形式与实质》,古尔芒提出,"文学只无非是理想之艺术的发展,无非是用想象的英雄来象征那理想","这些英雄人物……在实际的人生上,都只粗现一个梗概;迨至艺术给他们一种不朽的理想,以与他们的贫病的灵魂交换,然后始得完全表现"。"文学的风格有两种,恰与两种性情的人相当——一种是以眼力长的,一种是以感情长的","眼力的记忆和感情的记忆……将视其人的特殊的生理关系,种族关系,以及培育他的土地关系"而定。第二部分为德国部分,主要收录了赫伯尔、底尔琪、服尔凯脱、迈尔等人的文章。赫伯尔在他的《艺术格言》中指出,"一切艺术的事业在于表现人生","创造的艺术是一种精神,可以落于各种形式和各种存在状态,且能够把捉前者的法则和后者的基本性质而皆使之显现"。底尔琪的《创造的想象》认为,"创造的想象……不过是一部分人的比较有力的组织,基础仍不外心理上各种确定的初浅的作用,不过含有非常的能力而已"。服尔凯脱在其《悲剧之哲学的意味》中指出,"艺术中的悲剧,和那艺术家的人生观及世界观……始终有一种特别密切的关系",但"悲剧之凭借人生哲学及世界哲学,却有一个界限,不能越出这个界限"。第三部分为英国部分,收录了穆尔、萧伯纳、赛梦兹、高尔斯华绥等人的文章。穆尔在其《公馆与英国文学》中指责,"大户人家的公馆是有无上势力的,无论艺术、科学、政治、宗教无不要改变样子以求适应他的需要","公馆的势力侵入学府,公馆的势力侵入戏院",导致了"艺术是委靡地写实……却不是观念上的伟大的写实"。萧伯纳在《理想主义之根源》中对写实主义与理想主义做了区分,他认为:"写实主义者……只看见一种足使我们盲目的东西,一种足使我们麻木的东西……理想主义者因为憎恶自己,羞赧自己,于是以理想为躲避的地方,以为比没有它总好些……前者觉得人性是天生来腐败的,所以只用克己功夫以求适合理想而克制天性的过度。后者则以为'理想'不过是一套已经太小的捆身衣服,穿起来要妨碍他的动作,所以觉得很不耐烦。"赛梦兹在《诗之独立》中指出,"时代的趣味,是诗人凭他的天才造成的",所以"真正批评家或真正学者的事业,就是要从诗所存在的地方去辨识诗,要撇开时代上的偶然关系而从它的本质上去研究它,并从它的本身去确定它的本性"。高尔斯华绥的《戏剧庸言》认为,"戏剧的体制,必须使其中所含的意义聚成一种塔尖的形式","无论哪种人生,哪种人物,必都有它的一种先天的道德","戏剧家的事业就在把那种人生和那种人物……安排以使其中的道德如锋芒一般的显露"。第四部分为美国部分,主要收录了休涅刻、斯宾嘉恩、门肯、琉伊松等人的文章。休涅刻在其文章中就批评家的作用进行了说明,他认为:"批评家如勤劳之鸦,跳跃于(诗人等艺术家)这些'美'的播种者之后,偶尔从犁沟之间拾取天才所遗的一二颗粒便自满足。"斯宾嘉恩在他的《艺术是表现》一文中认为,"有多少艺术家便有多少种艺术",他将艺术总结为"七系"即七个大类,"诗人是为金钱而作的;诗人是受环境的影响的;诗人是按格律著作的;诗人是作悲剧和喜剧的;诗人是道德的或不道德的;诗人是平民的或贵族的;诗人是用辞藻的",同时作者对这七个类型分别进行了说明。门肯在其《批评家的职务》一文中,指出"批评所用以解释的词,不但须精密,并且须为俗人所能领会,否则原文的神秘必将暧昧如前",他认为,"一个真正的艺术批评家的职务,就在惹起艺术作品和观者中间的反应……由这种作用里面,便发生所谓了解,所谓赏鉴,所谓理智的欣享等等东西"。该著出版后又有李霁野的译本,以《近代文艺批评断片》为名由未名社于 1929 年 7 月出版,其中只选收了十三篇文章,除 John Galsworthy 的《六个小说家底侧影》和 A. Clutton-Brock 的《艺术家和他底听众》两篇为增补外,其他内容基本一致。《六个小说家底侧影》是作者的一篇演讲,分别对狄更斯、屠格涅夫、莫泊桑、托尔斯泰、康拉德和法朗士六位作家及其创作给予了评述。《艺术家和他底听众》主要探讨艺术家与接受者之间的关系问题,作者认为,"艺术家

第八章　域外文学理论译介方式的转变——从最新理论到知识溯源

中的精神向听众中的精神说话。两者中有一种共通的性质，用这个他说话，他们听；在我到这种性质的地方，艺术兴旺。"

林骙译平林初之辅的《文学之社会学的研究方法及其适用》由太平洋书店于1928年3月出版。该书由绪言、上编"方法论"、下编"适用记"和结论组成。在绪言中，作者开篇即提出科学的文学——文学之理论的成立，不应由文学艺术乃至美学等的形式的定义来说，而应从纯粹的经验的具体方面出发。这种办法也许会将文学理论上提及的美、深奥及神秘的色彩夺去，而易之以粗笨的相貌。尽管如此，为了建设科学的文学，这是不得不经历的过程。一切理论都不能不由经验出发，并且回到经验来。文学作品即是文学的经验事实，它虽然可以从各种不同的视点出发来加以研究，但从"社会问题"的角度来看，只能把研究的视点集中在社会的事实层面来加以处理，而需要把文学作品产生的心理过程、作品表现的技术问题等方面暂且搁置不论。论者从文学作品创作过程中必定受到某些因素的制约，指出了可以用近代的科学的方法来研究"科学的文学"的可能。文学作品创作的第一条件是作者，"作者的个性是决定文学作品的第一条件"。"在体裁(Style)上，手法上，表现上，思想上，用字上都完全可以看出个性之刻印。""然而，所以决定文学作品之条件，乃绝不只此。其第二条件，我们可以举出文学上之流派。""但是我们现在还有不可忘记的第三条件，这条件虽说比第二条件更为间接，然而却是更为广泛。这就是围绕着作者之一般公众。一般公众之思想观念和感情，换一句话说，就是这个(Ideologie)是决定文学流派本身，决定作者之思想倾向，更由此而决定作品本身之最后的条件。"只有通过上述过程，才能称作由社会学的角度考察文学作品，经过这些过程，文学作品才成为一个社会的事实呈现出来，才能成为科学，才能成为理论。"但是分析绝不是就这样完了。以上所述只是将文学作品作为社会的事实而使其与社会关联罢了，只是使文学能够成为社会学的研究之对象而将其整理之罢了。"还有一系列的分析概括。一般公众的ideologie不是独立存在，而是由其他更为根本的条件决定的。第一条件是自然条件，然而，自然条件的变化是极其缓慢而漫长的，文学的历史充其量不外数千年，还有更直接更短时间中起作用的条件。经济条件正是这种条件。使经济关系因时代而变化的根本力量是生产关系适应生产力的规律。经济关系的变化必然决定社会政治形态的变化。经济关系与政治形态的变化又会决定社会道德、习惯、思想、感情等的变化。同时，这些条件又是相互反作用的。作者引用普勒哈诺夫(今译普列汉诺夫)有关这个问题的例子——"窝拉谢克之说"进行证明。在社会生活单纯的时代里，经济关系作为基础性决定因素对文学作品产生影响的过程比较简单，随着社会生活的复杂化，这种关系也逐渐复杂起来。左拉认为自然主义小说与往前小说不同，是实验小说，可以采用自然科学的研究方法——即观察与实验的方法。这正借鉴了克罗特伯尔关于生理学的理论。作者从这些人的启发中确立了唯物史观的方法。在下编中，作者把近代文学大致分为古典主义、浪漫主义以及自然主义加以研究。用唯物史观的方法探讨这三种文学如何发生发展,有何特色。作者认为,古典文学如何发生发展,从《艺术哲学》关于法兰西古典悲剧的论述中可以得出答案。中世纪后期征战产生了国王贵族阶层,随着时代的发展,典雅高尚的贵族精神随之发展起来,这影响了当时的审美趣味,产生了高贵典丽的艺术。同时为了顺应贵族的趣味,悲剧又具节制和规整性。浪漫主义文学的发生发展则与第三阶级的兴起有关。它以破坏文学上烦琐的形式为特色。经济上的自由主义成为政治上的自由主义,使法兰西大革命爆发起来。"这个同一自由主义现到文学上乃成为浪漫主义","外形上无秩序更伴着内容上无秩序。那新兴阶级之解放的,得着解放的情热,盖没有受着何等制约而跳跃于其中"。"自然主义文学可说是成熟期之第三阶级文学。""第三阶级成熟,社会之物质的生产力增加起来,财富,资本成为社会的动力而占着最重要地位,自然科学之急速兴起。""第三阶级成熟,其社会的地位一行安固,则其年轻时代的热情之消失自属当然。"自然主义的特征是个人主义(正言之是自己评判)之文学。政治平民化导致了文学的平凡主义。自然科学的兴起,使自然主义文学崇尚冷静。作者在上编提出文学可以用科学的方法加以研究,并说明了要适用唯物史观的方法,在下编,作者则以这个方法对近代文学的三大潮流进行分析。在结论中,作者提出写作的目的:"我只要读者朦胧地能够相信文学研究不是应当终结于个人各个意见之发表而是可以成为科学之物,我就满意了。""我不是相信科学万能的……但是对于那些以为文学不能成为科学的研究之对象一层可不能发见一些论据。""其主张文学可以玩赏不可以科学的研究他的,就与说糖是可以尝的,而其化学成分的要素是什么则不应作为问题的一样同是愚说。我就是做梦也不能够梦着文学之研究与文学之赏玩会不两立。就与糖不管它是由着什么元素成立,而丝毫不失其调味价值一样。"

王璧如译内崎作三郎的《近代文艺的背景》由北新书局于1928年8月出版。该著主要追溯欧洲文艺发展在种族、文化、宗教及近代科学等诸多方面更为深层的原因,此类历史背景,"在欧西方面的读者,或易明了;至于东方的读者,恐难十分理解"。著中分十六章,前九章具体阐述了亚利安民族的文明起源、国民性要素、希腊理性文明的影响、希伯来宗教思潮的发展,以及文艺复兴、宗教改革、理性觉醒、科学勃兴、妇女解放及享乐主义等所带来的文明形态的变化等,全面描述了近代文艺发生的历史渊源。作者虽为客观的史实叙述,但讨论中却时有发人深省的独到见解,比如,作者认为:"国民性云者,乃一国民集合的历史的行动,所发生的圆熟的结果。至其所受的影响最大的,实为土地。""土地又可表明一国民和他国民的关系,即文化的、政治的、历史的、意义上的各种土地的关系。""地理为被束缚的历史,历史为被解放的地理。"此种看法对于矫正人们将"国民性"视为单纯的种族遗传的理解大有裨益。又如,作者认为:"近代思想,固属人智的胜利;而同时所损失的,亦不在少。因轻蔑宗教的结果,遂至演成对于人生的根本的疑惑。原来此种无光明无希望的生活,质言之,即以物质生活的满足,认为人生的究竟的生活,实为近代思想的一大缺陷。如此说来,近代文艺,所以感受近代思想的怀疑的方面的刺激,最多的原故,一面固为顽迷的宗教家的罪恶;一面却是过重理性的近代思想,所生的当然的结果。""人类原不是机械;有心,有泪,而又有血。但是今日的工业,竟至使有生的人类,如死的机械一般的劳动。""自然主义的发生,不独为思想上的要求,并且基因于社会的客观的刺激。而在既已失其理想和信念的多数民众,对于描写此种事实的文艺,加以拍手喝采,且从而鉴赏之,自不待言。……近代欧洲的文明,还是尚未得到真正调和的文明。内心和外界的不调和,理想和现实的不调和,信仰和生活的不调和。故其富虽增,物质的生活,虽已向上,但是内心方面,却极落寂而空虚;怀疑和不满的倾向,遂特别显著。由此看来,现代的没理想的自然主义的文艺,所以能振其羽翼,风靡一世的原因,自然可以推知了。"作者对于工业文明进程中"人"的"异化"现象的深刻反思为正处于走向现代文明途中的东方世界敲响了必要的警钟。该著后六章主要是具体论述近代法国、俄国、北欧、意大利、德国、英国等各国文艺的发展概况及代表性作家的突出成就。其在概括描述的同时,同样不乏新见,如:"法国文学的长处,在能发挥其艺术的良心。……这是他们对于美所加的思索和研究,而使之发现无限的光辉的一种努力。此类态度,虽在近代文艺的代表作家之中,亦不可轻易见到。近代法国的文学,所以持有一种很大的魔力的地方,决不是单为写实主义、自然主义、象征主义的原故;实因包含于此等主义之中的艺术其物,常能激动多数的读者,这是我们所不可忘却的事。"末章结论指出,近代文艺记录的是近代人的所思、所行、所恼,以及近代人对于世界和人生所持的态度,文艺即是对此类问题的最为切实的观察和描述。虽然近代文艺尚暴露出了诸多的缺憾和局限,但走出民族文艺的藩篱,并最终实现"世界文学"的理想却是所有文学家的共同期待。该著区别于一般欧洲文学史述的特异之处就在于,在概括描述文学史实的同时,已经将讨论的重点引向对于文艺思想渊源的考察,这就使人们对欧洲文艺发展的内质有了更为深层的理解。此外,作者虽然肯定了国别文学在其民族及地域色彩方面所显示出来的突出的个性,但是更希望各国各民族的文学能够通过彼此的交流最终发展出为人类所共同拥有的"世界文学"来,这一点对于那种刻意强调文学本土性的狭隘民族主义的思想取向无疑是一种及时而有利的提醒。

1929年6月由华严书店出版的赵荫棠翻译的《风格与表现》,是译者编选翻译的敦可瓦特、桑戴克、司宾葛恩、柏奈特、小泉八云和法朗士六位批评家所撰写的十篇文学评论的合集。译者认为:"文学批评的学理,上自亚里斯多德的诗学,下至印象派的论文,无不是文艺以外的东西:愈成统系,离文艺本身愈远;若随随便便读些短评,倒比那整卷整帙的文艺原理之著作有味的多。"虽然如此,著中所选却涉及文学的各个方面的基本理论,所以,反而有其内在的系统。敦可瓦特的《诗人与通晓》从亚柏克龙柏对艺术的论述"设若审美的经验是艺术活动的情境,他的活动的要质,就是通晓"出发,围绕"通晓"一词探讨艺术家的艺术活动,认为:"艺术家'在观览着一件东西上,风景或别的,他所觉的热切的需要,不仅是看看,还要尽力之所至,用一个完全的方法去了解他。那个正是人心的基本的渴慕,去了解自己的经验;而这个渴慕的满足,要用一个方法,而只有一个方法,就是采取经验的某些部分,隔之离之,使其脱离他们那无关切的环境,又赋予以具体的艺术之形式。'"可见,"通晓"其实是和"表现、移情"是相通的。桑戴克的《文艺与时变》则主要围绕艺术品的恒定性及其相对的变动性展开论述,其目的是"考察在前世纪的大部分的文学上的变移"。最终归结到文学批评,作者认为:"文学的批评时常停止于满足在称赞或贬斥所曾被写出的东西。"司宾葛恩的《新的批评》通过与过去文学批评的比较在九个方面界定了"新的批评"的特质,诸如"废除文学的一切道德的判断""废除在戏剧与戏院之间的混乱""废除与艺术相离的技术""不以诗人的作品的种族,时代,环境为批评上的要素",等等。柏奈特在他的《风格论》中认为"风格与文质是不能分离的""你不能有具坏风格的好文章",而"文质是确切述及的东西,他必须借风格才能感着"。小泉八云的《论现代的英国批评及现世英法文艺的关系》论述了现代的英国批评和当时的英法文艺之间的渊源关系,他的《浪漫的与古典的文艺及其在风格上的关系》认为"古典的"与"浪漫的"两种风格的具体内涵为:"古典文就是'照着古代的规则(即古代的修辞学),所作的散文与诗;浪漫的意念即是不照修辞学,不照老规则,所作的任何文章。"而在另外一篇《文艺与政论》中,小泉八云认为:"日本文艺的创造是一种政治的需要(国家的要求)。""对于别的国家与别的文明所形成的意见的实在势力,是文艺——小说与诗,在欧洲的人民所知道别国人民的,并非得之于统计的郑重的卷帙,或严肃的历史或族行的博闻书籍,乃多得之于那种人民的文艺——感情的生命的表现的文艺。"他的《文艺的起头》则提出,解决文艺创造过程中最困难的如何"起头"的问题的最好办法是——全不起头,意即不要刻意地去为创造"起头"而痛苦沉思,完全可以随心随性而作。法朗士的《在法兰西的德操》从雅典的纪念战胜女神的小寺和麦克沁·度空先生谈起,认为"德操是人生的宏大的力量,德操不是一种纯洁,……德操,在必需时,能与一种极不纯洁投入灾难之渊去安慰它,投入各种邪恶去规复它。"其《历史的谬见》则结合对诗人与历史家、哲学家的比较,最终认定:"老历史是一种艺术,那就是她在她的美上保留那超过纯粹观察的科学的物质与实验的'真'的精神的与理想的'真'的缘故:她绘画人与人的热情。"

周全平著《文艺批评浅说》由商务印书馆于1927年8月出版。该著列"百科小丛书"第一百三十六种,分九章具体讨论文艺批评的有关问题。第一章绪言主要强调文艺批评的重要作用,并指出"有了人类,便有了批评,有了批评,人类才有了进步"。"文艺与文艺批评也是如此从简陋的原始文艺进化到复杂的近代文艺,同时演成了所谓近代的文艺批评。"作者论述了欧洲文艺批评的源头与发展,同时指出了借鉴欧洲文艺批判之于中国新文学的实际意义与必要性。第二章概说文艺批评,包括批评的意义、定义、目的、依据和一般种类,以及批评与美学、哲学乃至作家创作的关系。第三章介绍研究批评史的两个观察点。"一个是以实际的批评为中心,一个以学理的批评为中心。"作者分述了这两种批评的基本概况。第四章着重介绍圣柏甫（今译圣伯夫）的自然主义批评法。圣柏甫"排除一切形式，注重自己的印象和感情"，并特别强调环境对文艺批评的影响。第五章主要介绍亚诺尔特（今译阿诺德）的欣赏批评。其引《现今批评底职能》的摘录并指出，文艺批评"虽是判断善恶，而不是决定善恶，这就是欣赏批评之所以为欣赏批评底一点"。第六章介绍滕（今译丹纳）的科学的批评。"他却更推广科学底范围，把艺术底批评也认为一种科学。"滕把艺术构成的要素分为"人种、环境、时代"三种，作者据此对三要素做了详尽的介绍，同时也借森次巴立（今译圣茨伯里）和布轮退耳（今译布伦退尔）对滕的非难指出，"滕底批评只限于哲理，而偏于人生"。第七章介绍纳斯钦的美术批评。第八章评述佩忒的快乐主义批评和王尔德的唯美批评。第九章讨论艺术论上的功利主义。作者指出："上面所讲，不过是各家底批评态度底研究，从这态度所生底内容，不得不作进一步的研究。"作者从为人生的艺术和为艺术的艺术两种立论出发，具体介绍诺尔陶的艺术观和托尔斯泰的艺术观，作者认为："把二人底艺术观相比较，便知道他俩提倡为人生主义底经过，一个是立足于社会学，一个是立足于宗教；但他俩主张底极点——诺尔陶'借艺术来互相结合以保持社会全体底幸福'底主张，和托尔斯泰所谓'四海同胞''一视同仁''艺术须是一般的'底主张，——都在自他的融合，是极相似的。""但是，功利主义的艺术观……平心而论，在理论上，在事实上，都是不能使我们满意的。""功利主义的艺术观只可作为一种独立的哲学。若是创作艺术和欣赏艺术底人认它是态度上极实际的问题，那是断不可取的。此外世间功利主义的艺术观尚多，尤其是新兴文艺中尤多立足于功利主义的，但一考艺术的真面目，第一便不得不避开了这功利主义的艺术观。"

乔治·勃兰兑斯的《易卜生评传及其情书》为林语堂所译，春潮书局于1929年1月出版。此著前部为丹麦评论家乔治·勃兰兑斯为挪威作家易卜生所作的评传，后部是易卜生写给奥地利维也纳的Emilie Bardach女士的十封信件。此著列"现代读者丛书"之一，虽名为"评传"，实际只是勃兰兑斯对易卜生的创作特别是戏剧创作与其生平经历之关系的考索式评述以及对两人交往过程中诸多事件的回顾性散记。作者认为，易卜生的可贵首先在于他能够突破封闭的斯堪的纳维亚语言的束缚，"不以他北方的本国为目标，而为世界的读者而写作"，由此才开启了北欧乃至整个欧洲戏剧的新纪元。易卜生的戏剧主要集中在对社会人生的激烈批判上，"社会的漠视，冷淡反帮助他得到他巍然的自信"。易卜生创作最主要的成就是其"盛名所寄托的晚年著作的十二篇现代戏剧"。"这十二篇之中，头六篇反对国家底社会，是辩论性质的，自成一类，即'社会柱石'，'玩偶家庭'，'群鬼'，'国民之敌'，'野鸭'，'Rosmersholm'。后六篇已非辩论性质，而属于精深的心理问题；他们所讨论的大半是男女间的至亲关系；在这些剧中，女人总是占据极重要地位，即使她并非剧中主要人物之时。这些剧是：'海的女人'，'Hedda Gabler'，'Solness'，'Eyolf'，'Borkmann'，'复活'。这些都是家庭悲剧及个人悲剧；把国家社会方面完全抛开。"

"如果'国民之敌'可算作 Ibsen 的自辩,则'Solness'可以说是 Ibsen 的自供。"勃兰兑斯对易卜生的评价在很大程度上是为了矫正一般人对于易卜生较为单一的理解,由此,勃兰兑斯才特别强调:"我们不可将 Ibsen 看做思想家,也不可看做政治家。……Ibsen 是理想家及奋斗者。"他同托尔斯泰一样,"是社会成见的推翻者破坏者,是超乎国家以外的新社会的预告者"。只不过"Tolstoj 尊重博爱,Ibsen 却宣传个人自尊"。"Ibsen 和 Nietzsche 一样,在他有意识的心灵生活之后,有一种天然不觉的要求。两人的伟大都在于他们的本性。""Ibsen 的人物并不是弃绝邻友的一种孤独的人品,像 Byron 一派的。他的个人主义,不是 Byron 的 manfred 的个人主义,跑到 Alps 山上求逃脱世俗,也不是 Nietzsche 的个人主义,恶忌大城,退隐于 Zarathustra 的洞中。不,他早想念'人生的炎夏世界'。"易卜生思想的核心实际在于:"Ibsen 所特别明白的是主义之虚浮空泛,不论名目上是立宪,民治,或者相等的名词。真实的改良,由人类的改变着手才有结果。这是一切健康的维新主义共同的基础。一位社会主义者也许比个人主义更加自私;保守派也许比激烈派还会使社会崩裂。所要者不在酒瓶上的招牌,而在于瓶中的酒;但是社会所信仰承认的并不是酒,而是瓶上的招牌。""Ibsen 伟大最好的证据,就是在哪威起初被称为保守派,后来被称为激烈派,在德国被认为自然主义者,个人主义者,及社会主义者,而在法国被视为象征主义者,及无政府主义者。""在各国都有人要看他性格的几方面,这便可证明他多少方面的彩亮,这便可证明他是何等包罗万象。"易卜生是个天性率直甚至有些粗糙的人,这从著中所附他写给恋人的信札中即可见出,信札部分大多充溢着无时不在的思念之情,间有关于新著的片段信息。易卜生与 Emilie Bardach 女士只见过一面,却几乎让易卜生终生不能忘却,阅读其私人信札,或可对深入理解易卜生的剧作及其对女性的一贯态度有所裨益。

1929 年 12 月沪滨书店出版的钱杏邨著《作品论》,分四个部分精选了日本、俄罗斯、中国及其他各国的文学作品三十余篇,分别从作者思想、时代背景、作品的主题与技巧等方面给予了论述。其所选择的作品以当时所谓"第四阶级文艺"即无产阶级文艺倾向为主,包括日本田村俊子的《压迫》、小岛勗的《平地风波》、小川未明的《暴风雪》和《无产阶级者》、叶山嘉树的《卖淫妇》、松田解子的《矿坑姑娘》、山田清三郎的《难堪的苦闷》、改编自易卜生名剧的日本电影《人形之家》等,俄罗斯文学中选择了苏俄的独幕剧《白茶》、叶贤林(今译叶赛宁)的新诗、谢廖也夫的《都霞》、高尔基的《拆尔卡士》、阿斯托洛斯基的话剧《贫非罪》、安得列夫的《红笑》及达尼烈夫斯基的话剧《流血的日曜日》。中国的新兴文艺部分则具体评价了洪灵菲的《流亡》、冯宪章的诗集《梦后》、孙梦雷的《英兰的一生》、顾仲起的《残骸》和藁雪的诗歌。其他还有对法国的罗曼·罗兰、英国的高尔斯华绥等人的作品的重新解读。由于批评者是从其唯物论思想出发去选择和分析这些作品的,所以其评价的重点基本放在对作品是否批判了资本主义社会、是否显示了无产者的立场及是否完成了文艺所应承担的社会使命等问题的剖析上,间有对艺术技巧的一般性评价。比如,作者认为:小岛勗的《平地风

第八章 域外文学理论译介方式的转变——从最新理论到知识溯源

波》"是改良主义者所有的东西","只是'冒牌的革命文学'而已"。"不是我们的所谓的革命文学——无产阶级革命的文学。"前田河广一郎的戏剧虽然"在他的技巧的成就,在日本的其他无产阶级作家之上",但其中"仍然的缺少着煽动的力量"。叶山嘉树的《卖淫妇》"不仅是写出了不幸的妓女的悲惨的生活,而且进一步的解剖了这种不幸生活的起源并暗示着将来的解决"。松田解子的《矿坑姑娘》暗示了无产者力量的联合,山田清三郎的《难堪的苦闷》"所表现的事实,正是我们自己切身的事实,他所表现的苦闷,正是我们自己切身的苦闷"。"实足以代表目前一部分革命者的苦闷与冲突。在日本如此,在中国也是如此。"改编自易卜生名剧的日本电影《人形之家》"虽然重心的意义没有改变,终以为用恋爱的关系来说明家庭的人形化,实不如用原作经济的说法,那是有重大的意义的"。苏俄的独幕剧《白茶》可以和保加利亚的卢耐夫斯基的小说《学生》相媲美,然而,"《白茶》给人的感觉只是'欢愉',但《学生》能给人的只有'悲愁',实在的,在资本主义社会下,作家是写不出快乐的东西来"。叶赛宁"是俄国自普希金以后仅有的天才的诗人","他的立场无疑的是说明了一个旧的诗人的觉醒"。"这种坦然的走上新的道路的精神,是怎样的去呵,⋯⋯在一个新的环境展开时落了伍的作家谁都得有这种精神。"谢廖也夫的《都霞》描写一个普通女孩的走向觉悟,"是万分值得从事无产阶级文学的作家注意研磨的"。高尔基的《拆尔卡士》"对于人类堕落的灵魂了解得特殊的深刻",不过,其中也显示出了"高尔基常有的病点,对于未来的出路的表现处所很多的地方是模糊的"。"高尔基看到了人类的潜在的生命的力量,安得列夫所看到的只有人类的丑恶,使他对人间绝望的丑恶。""终于转入神秘的一面,而 Deeadent 的精神完全曝露了出来。"安得列夫的《红笑》已经可以看出"他的初期的创作所潜伏在他的黑色哲学的轮廓了"。"十年来的中国作家,始终是在醉生梦死之中,真能看清时代,认清文艺的使命的,实在数不出有几个人。"当然,从世界范围的新兴文艺发展的境况来看,中国的新兴文艺虽然还属于起步阶段,却是已经取得了一些成绩的。洪灵菲的《流亡》"虽然写失败了,但立场是不错,是一种新的倾向,新的努力"。"仅止于'本事'的范围,忘却了一切事物的环象,当然是免不了许多的缺陷。"郭沫若的诗集《恢复》"虽然不是健全的无产者之歌,至少是适宜于现阶段破产的小有产者阅读的",如此等等。作者始终认为:"文艺是为着消遣,这正是资产阶级的艺术论。正和说文艺是苦闷的象征一样。⋯⋯艺术的效率仅止于此,艺术就有根本毁灭的必要。艺术不仅要表现人间苦,现代艺术的重大使命,是否定资本主义的社会,要开未来的光明世界的先路。"该著可以被看作是"革命文学"初期左翼文学批评的典范代表,尽管著中并没有显示出多少批评者对于文艺本身的真知灼见,但这类批评在阶级立场、思想倾向、作品主题、社会效用乃至创作方法等诸多方面,已经为后世的同类批评奠定了某种较为固定的批评模式。

高明译宫岛新三郎《文艺批评史》由开明书店于 1930 年 2 月出版。《文艺批评史》一书共四个部分,外加一个序言和一个结论。除第一章主要阐述文艺批评的意义之外，其他三章分别论述了古典时代、文艺复兴时期，以及近代、现代的文艺批评之状况。作者在序言中言明，此文艺批评史，主要针对欧洲进行阐述，因为"完整独立的形式和实质发达进化的现象，只能在欧洲之文艺界里见得"。在序言中作者首先要解决的一个问题是：什么是文艺批评？作者没有给出一个抽象的定义，而是做了一个生动的比喻：文艺批评要将它们的外衣剥去，而将文艺的有生命的机能显示出来。关于批评的本能，作者认为——批评是发于人的自然的性情。然后将批评从心理上分为三个阶段：解释、鉴赏和判断。序言最后提到文艺批评家是到近代才产生的，因为批评的需要和要求，同时批评技术的发达使这一行为成为可能。第二章论述古典时代的批评。作者首先对于各个时代文艺批评的特色做了概括。作者认为，古典时代文艺批评的特色可以由亚里士多德——《诗学》来代表，并且古典时代的文艺批评是保守主义的。但丁是新文艺批评的创始者，文艺复兴时代批评的一个总的原则是：创造的自由。而到近代及现代，自由创造完全取得了胜利，因而文学批评以浪漫主义的精神为基调。作者认为，完全离开了伦理观和政治观，确立了纯粹的文艺批评的人是亚里士多德。然后作者对亚氏的《诗学》和《修辞学》两部欧洲文学批评的奠基之作进行了述评。同时，还归纳了古希腊文艺批评的特色：第一，伦理批评和艺术批评的一致，即视善和美为一的观点；第二，修辞学发达；第三，科学推理的发端。古罗马文艺批评都是"毫无改变地尊奉了希腊人设立的原则"，古罗马的文学成为完全的古典主义，其文学批评也成为完全的正统批评。第三章阐述文艺复兴时期的批评。首先，作者对中世纪时代的文学批评进行了概述："文艺可以说是完全失去了信用。圣经乃是文艺，乃是宗教，乃是政治。""文学在实生活上于我们毫无用处，它不能驱逐我们使赴于实行，毋宁是使我们怠惰——这样的思想，在中世时代是很强。"从中世纪末到文艺复兴初，文学呈现出两种相反的倾向，"人文主义的尊敬之念的倾向"和"近于禁欲主义的清教主义的倾向"。然而"文艺复兴期的批评的职能，最要紧的便是重新建立起文学的审美的基础，其手段，便是重新确认希腊文化的教训，及在人间生活及艺术的世界中恢复美的要素所占得正当的位置"。然后作者重点对意大利、法国和英吉利的文艺批评做了述评。第四章为近代及现代的文艺批评，从始于17世纪的新古典主义批评论起。作者认为，新古典主义批评有重于文艺的形式胜于内容的倾向。它的特色是：其具有形式的、断裂的乃至评价的和客观的性质。近代文艺批评的自觉发生始于英国华兹华斯和柯勒律治所倡导的浪漫主义批评，然后作者分别论述了艺术至上主义、人生主义、创造的和社会的乃至社会主义的文艺批评。这些批评名目虽有种种区别，而大体上又可以归纳为两个标准：一种是使文艺依着文艺自身的目的；一种是欲使文艺依着人生的标准。近代的批评论争，可以说都是由这个矛盾而出发的。而在"创造的批评"中，又有将这两者合为一个标准的倾向——即认为作品是自由的表现和创造，"所以它的批评也是创造。创造的本能和批评的本能是同一。所以审美的判断和艺术的创造，也可以说是有同一活力的本能"。马克思主义"将文学的事实和经济的

第八章 域外文学理论译介方式的转变——从最新理论到知识溯源

进化关联而解释之体系导入了文艺批评"。"他的方法,是由政治的、社会的及教育的效果的见地,去决定文艺作品的价值。"虽然这种批评也有内部的分裂和外部的反对,"然而教示我们,从前的抽象的非科学的文学研究,及以它为基础的文艺评价是不满足,甚至于是错的,并且给了我们对于文学的新解释,文学的再评价的钥匙。"

刘大杰编译的《东西文学评论》由中华书局于1934年3月出版。该书是作者的评论与译作的合集,其序中自陈:"我在三十几篇杂文之中,选出了十二篇(中间有四篇是翻译的,译笔虽是不佳,原作的内容却是不坏的),成为一个系统。前面四篇,是概论各国的文艺思潮,后面八篇,是专论某一个作家或某一部作品的。"《中国思想文艺的生路》对中国文艺的发展提出了建议:"现在想要稳固青年的思想,想要充实现在的文艺,只有将东西各国名家的著作,整个地系统地有计划地介绍过来,才是一条生路。"《现代英国文艺思潮论》介绍了现代英国的几种文艺思潮,特别批判了精神分析学的倾向,作者认为:"属于这倾向的小说家,描写的都是一些对于人生的态度没有理想,没有信仰,没有怀疑的人们。这般人们都是糊涂地生活着,表面是很快活的,而在里面呢,开展着心里的争斗。"在《美国的新文艺运动与剧坛》一文中,作者分析了美国的新文艺运动与戏剧的发展,"美国从一千九百一〇年到参加欧洲大战的一九一七年的这几年间,是藏有许多研究美国新文艺运动的资料的。小剧场运动,民众剧运动在美国的兴起,也是这几年的事。"《俄国文艺潮流的转变》一文主要分析俄国文艺思潮的转变,认为"十九世纪后半期俄国文化发展的特质,是从纯田园生活到都会生活的推移。是从贵族的田园文明到中产的都会文明的转变。……于这个性质相互相通的此等实际生活的三个根本题目,意识的或无意识的摄取,一切观念形态的气分,对于'都会与田园的争端'、'个性的观念'、'未来的革命的要素'三个互通的基调,感着纯情而紧张的兴味。因此,这三个基调,成了这个时代的俄国文学的根本题目。"作者对具体的作家作品的分析也较为细腻,如在《英国花鸟作家哈德生》中对哈德生的评价,"他是一个有最细密的观察的眼光,而又兼有流丽精致的笔调的作者。他自己叫他做'Fieldnaturalist'。这字的意义,是说从人间至一虫一木,无论何物,只要入了眼就要观察的人(One who observes everything he sees from a man to an ant or a plant)他研究的范围很广,动物植物以及风景方面,他都用过苦心,对于鸟的生活,特殊感着兴味。"《奥·亨利的短篇小说》一文高度评价了奥·亨利(今译欧·亨利)的短篇小说创作,"在奥·亨利的作品里,如初期的 *The Duplicity of Hargraves*、*Roads of Desting* 也是一万字以上,然而他最好的东西,还是两三千字的短篇。这些最短的东西,虽说都是他为报纸的星期副刊写的,可是可以说这都是最上的形式最高的文学本能的杰作。在最短的篇幅里,比旁人数百页的长篇,他更能将人生,社会,爱情种种的丑态,虚伪,怪异的场面,滑稽而又严肃,嬉笑而又印象深刻的描写得淋漓尽致了。他那种紧张,他作品里所特有的那种最后的紧张,与读名家的长篇大作,同样能引起读者强烈的兴奋或是刺激。"

二、文学视野的拓展——从文艺思潮到世界文学

　　1930年4月,现代书局出版了宫岛新三郎的《欧洲最近文艺思潮》(瞿然译),作者自称该著是一部介绍欧洲文艺思潮的入门性质的读物。著分五章,从文艺复兴开始谈起,着重于欧洲大战前后思潮的介绍,即"浸透了全世界的以社会意识为基础的新兴文艺的思潮"。作者首先指出,"对于较善的生活的要求渴望和憧憬,便是'近代主义'的中心生命",这些文艺思潮,皆为近代精神的发露,是一种对于传统精神的反抗,这也是近代艺术的特色。而这艺术的源泉,可以追溯到文艺复兴,即它所倡导的人的复兴与再生,"根据人生的欲求而图统一发展灵与肉的运动"。作者重点对浪漫主义、现实主义和新浪漫主义等文学思潮进行了述评。浪漫主义是对于古典主义的智巧的、形式的、世俗的特点,对于其拟古的倾向的反动,是对于"古典主义形式格调的破坏,感情对于冷的理智的反抗,对世俗的凡庸事的神秘不可思议的欲求",具有"中世的,神秘的,革命的"特色。作者并不认为现实主义是对浪漫主义的反叛,相反,现实主义应当被看作是浪漫主义的延续和拓展。这种拓展的动力有如下几个:第一是科学的进步,产生了以事实和实验为基本的归纳的方法,这一思想表现在文艺上便成了现实主义、自然主义的文艺;第二是哲学中的科学实证主义兴起,尊重个体经验事实,这一思想使文学不安于空想,关注现实;第三是社会主义的精神,倡导人们在现实的社会中实现自我解放。作者认为,现实主义根本上源于人类具有的一种如实描写事物的本能。现实主义相对于浪漫主义"主观的,抒情的感激失去了威信,而客观的灵感代之而显了权威"。作者还将现实主义划分为积极的和消极的两种,积极的现实主义在俄国文学中的体现最淋漓尽致。新浪漫主义则是对于现实主义的一种反动,与一种世纪末的思想具有密切关系。其可以分为两类,一类是俄国的托斯卡(世界苦)的厌世的怀疑的思想;一类是以法国为中心的颓唐思想,又可分为神秘主义和唯美主义。这种变化,"不外是在哲学和科学方面物质主义碰壁,对客观主义感觉不满,希望在精神的方面主观的方面找出生之本能的欲望的表现"。在20世纪,文学上还活跃着一种强烈的社会意识,因为理想的天国毕竟很难真正地触摸得到。认为"艺术是社会上最必要的机能之一"。这一倾向在文学上的体现有"倾向小说"和"问题剧"等,与民众有着密切的关系。作者认为,20世纪初的文学思潮虽然极其纷乱,但是其内核是"对于个人的垂直的发现",是以个人的完成,自我的充实,个性的实现为目标的。此后的欧洲大战前后的思潮却是"个人的水平的发现充实",强调"集合的生活的全体",实质上是一种新的社会意识的觉醒。该著后又列"现代文学讲座"之一再版,并直接署名高明译。

　　张闻天和汪馥泉译伊达源一郎的《近代文学》由商务印书馆于1930年8月出版。

第八章 域外文学理论译介方式的转变——从最新理论到知识溯源

该著分十一章按国别概述了英、德、法、俄等欧美各国近代文学的概况,大致以思潮为线索、以具体的作家作品介绍为主。这里所谓的近代文学,是指19世纪至20世纪初欧洲各国的文学,其思想内容比较复杂,包括浪漫主义、自然主义、象征主义和唯美主义等思潮。作者首先论述了近代文学的渊源亦即其三要素:文艺复兴、宗教改革和启蒙思潮。作者认为,文艺复兴"对于在好几个世纪长时间里极端地被看轻,被虐待的人们的感情和意志,给予了一种新的泼辣的生命",其把"人的发现"和"世界的发现"贡献给了人类,使人们重新开始重视人的价值,追寻生活的真实意义。宗教改革可以算得上是"灵魂的解放",因为文艺复兴注重人的发现,却忘记了"灵魂的觉醒",而这正是宗教改革的基本精神。启蒙精神的根本便是探讨科学的自由精神和调整现世的一种强烈的要求。正是以上三种因素,促成了欧洲近代文学的发端。开近代文学端绪的是浪漫主义运动,作者引皮亚士的观点认为,浪漫主义包含五种意义:中古主义、归于自然、反动精神、神秘怪奇及感情的主观也即"人"的本位思想。浪漫主义的基调是与"文艺复兴的'世界的发现'和'人的发现'相对的'自我的发现'"。英国的浪漫主义文学家有早期的湖畔三诗人华兹华斯、柯勒律治和骚塞,第二代诗人有拜伦、雪莱和济慈。德国此时诞生了两位世界级文学巨匠:歌德和席勒。法兰西文学具有"顺调的"和"国民的"两大特征,所谓"顺调的",便是"它的发达不像英国文学和德国文学那么盛衰无常而且断续消长很甚,却是一世纪一世纪地很有秩序地生干,分枝,生叶而开花";所谓"国民的",是说法兰西文艺,"自始便极少受那别国文艺的影响;它的发展成为独自的超越的"。其间诞生了夏多布里昂、斯塔尔夫人、拉马丁、维尼、雨果、缪塞、大仲马等作家。19世纪中期以后,德意志文学的发展紧密地与其政治上的变革相呼应,由此出现了海涅、苏德尔曼和霍普特曼等优秀作家。法兰西文学则进入了自然主义的新阶段,作者认为:"灵魂颓废了便注重物质,理想主义颓废了便发生现实主义,因此想使文学和人生在可能的范围内相接近,这种倾向,不论在诗中或小说中,都刻解了最直接的确实的人生底实经验来描写,这是理所当然的。"法国的自然主义分为两派:以龚古尔兄弟为代表的印象主义和以左拉、福楼拜和莫泊桑为代表的本来自然主义。英国此时文坛的代表人物有狄更斯、勃朗特姐妹和哈代等。狄更斯"所描写的悲哀,是下根于社会的全阶级的,并不是时流的产物","他的特色是在又滑稽而又蕴藉的情味,又悲哀,又很愉快"。此时的英国诗坛也产生了两种倾向:一是漠然的真理的追求而且和科学文明的发达相共鸣;另一就是反对科学的否定的倾向,倡导精神的积极的运动。俄罗斯文学在沉睡多时之后登上了历史舞台,并且诞生了诸多世界级的大文豪,包括普希金、莱蒙托夫、果戈里及新近出现的屠格涅夫、陀思妥耶夫斯基和托尔斯泰。屠格涅夫的作品没有一部不和当时的时代有紧密的关系,"他是清切地观察时代推移的经过,捉住了那时代精神,而毫无余温地把它描写出来"。陀思妥耶夫斯基的作品中"爱他的,牺牲的,以至人道主义的要素,给与世人们以最多的感化的影响",作者引用了一位评论家的话评价认为,"他底全部著作,都是说明人们不论陷在怎地悲惨落魄的境遇之中,那灵魂底本来的清洁总是不会消失的",他是在赞美那被侮辱的人们的灵魂的高洁。与其说托尔斯泰的作品单是艺术,不如说它是人生,《战争与和平》和《安娜·卡列尼娜》可以说是广义的近代文学所产生的两大产物。"北欧文学"部分主要介绍了挪威的易卜生、瑞典的斯特林堡和丹麦的布兰德等作家的创作。此外,作者还略述了比利时、意大利和美国的文学概况。

郭虚中译丸山学的《文学研究法》由商务印书馆于1937年3月出版,列"百科小丛书"之一。著分六章,前附赵景深序、译者序及著者序。第一章序说中作者强调,成为一个好的读者是做文学研究者的最初资格,同时也是最后的目标。文学研究与文学批评稍有区别,文学研究包括历史的研究、传记的研究和批评的研究,文学批评当属于文学研究的一种。第二章主要讨论文学与语言的关系,认为二者密不可分,但文学与文字之间却并没有本质的联系。第三章至第五章分别从作品、作者、时代方面展开具体的阐述,第六章则从哲学、社会学、文化、民俗等方面来研究文学与其他学科的关系。该书讨论文学多以广义的文学观念为着眼点,所以兼有"文章"研究之义。此外,作者的讨论涉及书志、素材、出典、人物、传记、环境、时代、思潮以及哲学、社会学、心理学、自然科学与民俗学等方面,"是把语言学的、文法的研究,乃至从科学的宗教的立场的研究,一切都称为文学研究",所以又显示出了某种文学的"文化"研究的意味。其对于拓展当时中国文坛的理论视野是有着积极的启发的。

柳无忌著《西洋文学的研究》由大东书局于1946年9月出版。该著是作者1932年至1946年在国内任教期间陆续撰写的西方文学专题研究的十六篇论文的合集。内容既涉及西洋文学的总体发展,也有对具体作家作品的讨论。《西洋文学的研究》一文总结了近代中国从新文学运动开始之前到抗战时期,对于西洋文学的翻译、介绍与批评情况,并认为西洋文学研究的意义有三:从文学作品中介绍欧美的思想与文化、在方法与技巧方面取法西洋、促进中国新文学的创造。《西洋文学与东方头脑》认为不应该"以东方的头脑去学习西洋文学",并总结出西洋文学的三种原动力:希腊艺术、耶稣教《圣经》和促进工业文化的科学。《西洋戏剧发展的阶程》介绍了戏剧的意义、起源与演进,戏剧的形式、构造和写作目的,并依照题材、时间、文学派别等对戏剧进行了种类上的划分。《希腊悲剧中的人生观》认为,"使我们最能普遍与深透地理解着希腊的人生观的",当推希腊悲剧。作者分别从希腊悲剧中人与神的关系、宗教与道德的关系、个人与家庭的关系、社会与国家的关系、和平与战争的关系等各个层面,探讨其中反映出的人生观。《莎士比亚的该撒大将》从版本、故事情节、人物描写等方面详细介绍了莎士比亚的《该撒大将》这部作品,认为它是除了"四大悲剧"之外,莎氏悲剧中最高的成就。《柯立奇的诗》认为,柯立奇(今译柯勒律治)的诗歌创作是时代影响的产物,经历了模仿期、全盛期和衰微期三个阶段。柯勒律治是浪漫派运动的前驱者,他作诗的技巧在于"能在诗中溶合着印象和音乐",他的诗论认为"文学的第一件要素,是美,是快乐"。《吉卜龄的诗》评述了英国诗人吉卜龄(今译吉卜林)的创作,

第八章 域外文学理论译介方式的转变——从最新理论到知识溯源

认为他的诗歌是"创造及推进英人的帝国主义感念"的原动力,具有真诚的爱国热诚,但艺术价值不高。《欧战与英国诗人》一文试图论述第一次欧战对英国诗坛造成的影响,以"探寻出诗人对于战争的态度与见解",认为诗人作为先觉者,"已觉悟到战争的罪恶与破坏"。《现代英国文学背境》分析了物质环境、理智环境、审美环境的变化对于文学家的文学创作产生的影响,并分别评述了文学中的守旧主义、自由主义和激进主义。《现代英国小说的趋势》认为20世纪英国小说的主流"是一种新闻式的写实主义",并梳理了现代英国小说的发展脉络。《巴比塞的战争小说》简要介绍了法国作家亨利·巴比塞的生平和创作情况,认为他的小说"暴露战争的残酷和战后的罪恶","为和平及人道争斗,攻击专制与暴虐,不遗余力"。《三部战争小说》介绍了美国作家史坦贝克的《月亮下落》、美国作家埃奈德的《高于一切》和捷克作家海姆的《人质》三部作品的节译版本。《二十世纪的灵魂》评述了欧尼儿(今译尤金·奥尼尔)的剧作《无穷尽的日子》,认为它可称作一部"现代的奇迹剧"。《少年歌德与新中国》介绍了歌德的作品《少年维特之烦恼》以及它对于新中国青年的影响。《蒲伯与讽刺的艺术》对于蒲伯的诗歌进行了重新评价,并认为讽刺艺术"需要某种理智方面的豁达大度,能够认清敌人的长处,有如认清他的短处一般"。《亚诺特论文学与人生》阐述了英国批评家亚诺特对于文学和人生关系的观点,认为批评应该影响文化、文学家应该具备的品格与思想、区分作品优劣应该从思想与艺术两个方面着手。作者在介绍西方文学研究成果的同时,也试图对中国的新文学建设提出一些指导性的意见,其对新文学创作无疑有着积极的启发。

杨开渠译小泉八云的《文学入门》由现代书局于1930年11月出版。小泉八云是一位日籍爱尔兰裔文艺理论家,该著是据他的一部讲演集 Talks to writers 译出,除末章"临别赠言"外,分九章具体讨论作家的生活与性格与文学的关系、文学创作的一般原则、不同文学形态的价值、文艺与政治的关系等问题。作者指出,每一个想要进行文学创作的人都应该首先问自己三个问题来考察是否适合从事这一事业:第一,"我有创造力吗?"第二,"我能献身——或至少闲暇时间的大部分——于文学吗?"第三,"我必须与世俗为伍,参与日常生活,或我必须寻求静穆和孤独吗?"作者认为,诗歌是不需要和实际生活接触的文学,它是孤寂的艺术。一个真正的诗人,与社会生活接触越少,其技艺越精;诗人的生活是一种"献身艺术的生活"。小说可分为主观的与客观的两种,如果一位作家自身的想象力强过观察力,那么可创作浪漫型的作品;如果相反,可写作写实类作品——在此,文学与生活的关系,需依照其所取的方向而决定。但是,小说与戏曲的最高形态,是直觉及想象的著作。作者十分重视作家的天分和资质对于文学创作的重大作用,并且认为,作家的性格适合于哪一门类的创作,在其幼年时代就已经决定了。然而普通人的创作必须努力观察与不断实验,尽可能接触社会生活,才能有所建树。在创作论部分,作者批驳了关于文学创作的几种错误的观念,如认为文学创作是可由教育、读书和精通理论而学到的;认为一国的国语结构不能应用西欧的文艺法则;认为一部杰出的著作可以不费大的劳动而创作出来。同时,文学是情绪的艺术表现,文学艺术家必须设法把握情绪或者感情进而表现。作者以北欧散文为例,认为散文创作有两种方法,这两者都与作者的个性有很大关系:一种是通过熟练的观察和生动的感觉创作而成;另一种则是特别注重主观的,"多半是依人之美的内心感觉的"创作。作者还认为,凡有优美的文学出现的地方,都有超自然的因素存在。一切伟大的艺术中,都多少带一些神秘性。"一个著作家,如果有一种健全的想像力,依自己的感兴而不置信于书以论述任何超自然的题目的形式不问是恐怖的可怜的或是悲哀的庄严的事情,我相信一定能够写得恰到好处。""无我"是艺术的最高的真正试验,作者认为斯宾塞所谓道德的美远胜于才智的美可作为解答的最好向导:"如果道德的美,可作为美的最高可能形式,那末艺术的最高可能形式必是表现最高可能形式之道德美的。""最高可能的艺术,必须是一种处理伦理的意念而不是处理物质的理想的东西,且其结果必须是纯粹的道德之热情的。"作者还对托尔斯泰的艺术观点进行了辨析,认为其艺术论的核心在于:第一,有很多被人们看成是伟大的艺术品,却只有几个少数受过教育的读者才能了解;第二,伟大的艺术品不是诉诸人类的最高情感的,而是诉诸肉欲主义和情欲的。作者反对大多数文学团体的存在,而且相信这些团体有害于青年的才能,认为文学团体往往会损害文学的独创性,要牺牲个人的性格去适应团体,而这恰恰是最妨碍个人灵感终至影响其创作的因素。"不问何种事业,如果个人能够用至善的方法做成的,决不要社会来试办,除非这个社会能够大量的改进个人的工作。"一个国家的文学与民意有密切的关系,文学对于国家的发展、人民的心理等都有着影响。此外,作者还对如何阅读书籍提出了自己的意见,如认为一个学者不应该为了娱乐而读书,而且要慎重选择阅读书籍等。作者强调了文艺与政治之间的密切关系,认为既然文艺是情感的表现,那么,整体的国家的情感就恰恰需要文艺来创造;一国民众对他国的认识正是通过该国的文艺而得以了解的,因此,文艺与政治有着更为深层的密切关系。最后,作者指出了创造一个民族的国语文学的重要性。文学应该是创造的,而在其未完成状态之时,需借用模仿的手段。虽不是创造,但却是必须要经过的阶段。该著虽非一部体系严谨的理论著作,但其中的论述多包含着相当的真知灼见,其比之一般的理论知识更容易让人接受。该著另有石民译注的英汉对照选译本《文艺谭》由北新书局于1930年12月出版,且又有惟夫编译的《文学讲义》由联华书店于1931年4月出版,其中增加了有关英国文学的论述部分。杨开渠的译本后又以《文学十讲》为名于1931年12月由现代书局出版。不同版本的内容基本一致。

另一部小泉八云的讲演集《文学的畸人》(韩侍桁译述)也由商务印书馆于1934年3月出版。该著收录了小泉八云的十篇演讲,内容主要是对于十位有着独特个性的作家及其创作的评论,旨在探索那些被人们视为"畸人"的作家们其怪诞行为背后最为真实的心灵世界的实际蕴涵。分为"十八世纪文学的畸人"和"十九世纪文学的

第八章　域外文学理论译介方式的转变——从最新理论到知识溯源

畸人"两部分。作者认为,威廉·布雷克(今译威廉·布莱克)是一位看似疯狂、怪异的诗人,同时也是一位奇特的画家。他的诗文与英国文学中的任何作品都不相同,他存有一颗奇异并且敏锐的心灵,他能够看到他的同时代人所梦想不到的东西,"在一种神秘的路径中感到宇宙的哀愁与神秘",表现他对人生空洞的观念,"他生活在梦乡里,并且以那同一的轻蔑怜悯现实。"曼德微若在英国文学中有着相当显著的地位,他反抗 18 世纪的道德哲学,对于当时的道德运动表现出一种背离的态度。他认为真实的恶的道德是对社会有用的,并且必须把它们看成是公众的利益,因为"世界里美善的发展,是极大地有赖于恶德的发展,这两种东西像光影一般地不能分开",正是忍受恶德所导致的痛苦,人类才使自己的高尚和不自私的一面变得坚强起来。虽然他在当时是被排斥、被诋毁的,但却对后来的英国的道德家及思想家产生了重大影响。葛拉斯码斯·达尔文反对基督教与希伯来的那种"特别创造的定理",主张一切生物都是从简单的形体所生长发展而来,因而他的心灵的优秀远远超过了其自身的时代。威廉·贝克佛德"以壮丽与高贵阶级的奢侈的力量诉诸于最浪漫的幻想",他一生都在实现着自己的艺术的梦想。克利士陶佛·斯玛尔特的怪异在于他在最疯狂的时候能够写出最伟大最惊人的作品。乔治·包罗是"所有生活过的最奇异的英国人之一",他的主要工作是"给一种神秘的民族——基浦西斯族——的语言,习惯,风俗上有所阐发"。他给英国文学引进了一种新的元素——浪漫叙述的新特质。路易斯僧(今译路易士·芒克)之所以闻名不是因为他的文学的成功,而是因为他是一个奇人,他以一种奇异的方式影响了歌德、拜伦及其他一些作家。他的作品具有恐怖及神秘的倾向,他在生活中不做任何残忍的事情,但是却写出了 19 世纪文学中最残忍可厌的小说。卓马士·洛凡尔·贝多斯是 19 世纪一个最奇异的文艺家,他的诗作中充满奇异而新鲜的想象,充溢着一种"奇妙"的特质。富尔特·赛威支·兰德完全是"冲动的,凶恶的,造次的,乱动的——是一个在英国善良社会的最高的环境中的半开化的人",但是他的作品中却能让人感觉到一种真实的兴趣,具有一种奇异而特殊的风格。卓马士·勒夫·皮珂克"不是一个普通的作者","他向着文学里介绍来一种新观念与新情调;并且他给了我们时代的数百小才人们一些灵感"。他的小说是"极端精美一类的理智的奢侈品","是最雅致最和善的一类讽刺文"。作者所选择的多半是后来被称为现代主义的作家,而这些"畸人"作家的怪诞行为其实正意味着对于人们习以为常的生活秩序的冲击。

　　傅东华译卡尔佛登的《文学之社会学批评》1930 年 9 月由华通书局出版。该著主要辑录了卡尔佛登关于文学批评的十篇论文,集中探讨文学批评的一般方法,并强调艺术与人生的不可分离的关系。作者与美国文学批评的"道德派与审美派"两个主要派别均有所不同,作者注重的是批评的社会学因素,他认为,无论是审美还是道德,其批评尺度的转变实际上都和当时主要的物质状况所引发的社会组织的革命性变化密切相关。文学创作的风格和实质,评判优劣的标准,都随着不断发展变化的时代而转变。一切的理论和观念,"都是他们所由托生的那种社会制度的自然产物,而那种社会制度,则又是那个时代的物质状况的产物"。"不但文学的内容是由环境决定的,就是它的情节的选择和支配它的人物的描写和分析,也都是由环境决定的。""一切体裁的文学,无论它存在的时间或久或暂,也无论它出现的情形怎么样,它的起源和动机总在环境里。""每种社会环境都有它的各别的文艺观念,这些观念都必跟社会组织的阶段完全一致,且必都是那组织中这个集团或那个集团的心理的表现。没有哪个艺术家是能逃脱这些观念的势力的。事实上,每个艺术家都是由这种观念造成的。"所以文学批评就是要直接寻求一个作家的作品中体现着的那些艺术趋向和概念所由产生的社会环境的势力。作者分析了安德生的创作并以此为例,论证了上述观点。作者还批驳了认为艺术可以超越其时代与环境的观点,认为所谓绝对持久的价值只能依赖于其所处境遇的持续与否,美的判断里没有绝对的东西,"美的批评必须基础上是社会学的,否则它就要完全失败"。作者同时指出,在普罗列塔利亚的艺术上可以看到一种新的美学的发达,"阶级心理的冲突,已经在艺术价值和艺术标准上激起一种革命"。"普罗列塔利亚的艺术的全部倾向,就是向着一种较深入的写实主义,这种写实主义是洗尽一切装饰的点缀的,外观上毫无粉饰,描写上异常峻刻,几乎近于粗糙的。同时在情节上,又可识其含有社会的基点和意义。"作者还对当时美国的批评界的概况做了介绍,对"伟人"的观念做了分析,以及简要叙述了心理学方面的内容。在此,我们不难看出作者对于社会学研究的极度推崇,也由此,作者才坚信,只有从社会关系的结构出发来透视文学艺术,才能真正突破文学批评的"自恋"藩篱,真正走向批评的科学化。

孙俍工译田中湖月的《文艺赏鉴论》由中华书局于1930年11月出版。译者自陈:"这是日本田中湖月著的《文艺论》中的一部分。《文艺论》原书凡六章。其第五章为标准论,第六章为批评论。我以为从第一章到第四章详论鉴赏文艺的方法,可以独立成一段落,故特最先译出标题文艺鉴赏论。"并介绍该书的特点,"这书根据美学上的法则以论文艺底鉴赏,其中所言难免有过于艰深之处,但系统自然详明,方法亦甚切实,关于鉴赏底过程与应注意之点,说得非常精细周到,在文艺萌芽如雨后春笋的中国现代底文艺界,这一类书物底需要也许是当然的了。"该著绪论中,作者首先说明了鉴赏文艺的心理过程的三过程:第一,观照或说知的判断;第二,享乐;第三,批评或说价值判断。后续三章则是对这三个过程的详细解释。首先是观照:观照是享乐的先驱物,联想作用、迷之解释、因果律的认识、人生的意义目的理想等的认识等联系着观照和享乐。作者从感官、理性、意义、感情移入的角度来分析与观照的关系。作者认为诗歌没有感觉的材料,故无须用感官去知觉诗歌中的形象,但想象力和记忆在文学中确实至关重要。文艺有直接内容和间接内容,所以认识文艺的内容必须先用感官和空想去知觉,其次便是以智力去分解作品的复杂的部分,更为之结合统一,再进一步认识或感受直接内容与间接内容。感情与观照的结合有客观的和主观的感情移

第八章 域外文学理论译介方式的转变——从最新理论到知识溯源

入。前者以观照为主而活动、感情为属,后者以感情为主而观照为属。前者是把主观的感情投出于对象物,后者是把对象的感情投入于主观而感觉着的状态。关于美的享乐,作者首先分析了美感与实感的差异:在心理的差别上,美感比实感力弱,美感与对象有密切的关系,美感在对象物之内是广遍的渗透着的,然在实感却是对象与主观的感情个别分离。而实感、注意力的分散、玩赏才能的缺失、美的法则的影响、在享乐中所起的实际感情、所谓批评家的态度、制作家的态度、学究的态度都构成了妨害享乐之物。美的判断部分,作者首先介绍了两种判断:伦理判断和批评判断。并分析了判断的困难及其原因。外在原因有:美的标准不一定、判断的人不完全。内在原因则主要是感情的因素。最后得出结论,美的价值的判断正确则必要主观完全。而使主观成为理想的完全的要件有三:美的完全、智的完全、道德的完全。著后的附录则是江原小弥太著的《艺术与自然界》,分为鉴赏的范围、合一的境地、自己的世界三部分。认为鉴赏有眺望自然界的风景、观看人造艺术品和观看人事与情意而体验着的三种实际情形。译者将该文附于著后,主要是因为"该著所论偏重文学方面,关于艺术与自然界底鉴赏举例不详,故附翻江原小弥太底艺术与自然界一文于后以补此缺陷。"

王文川、钟子岩译摩台尔的《近代文学与性爱》由开明书店于 1931 年 4 月出版。作者在"绪论"中表示:"本书是将精神分析的研究法应用在文学上的东西。就是想严密地细玩作品的字里行间的意味;应用了精神分析的几个原理,用从来殆未经人承认的吟味法来解释文学的东西。至于仅就依了这方法而行的暗示说,那是即在今日以前,也早被承认决不违背科学和经验的鉴赏了的。"著中的所谓性爱是广义上的,包括了人类的一切本能欲望,作者大抵把文学作品的创作归结为作者无意识本能欲望的表现。该书包括十八章,探讨了文学创作与作家的无意识的关系、梦和文学的关系、母子错综与兄妹错综对文学的影响、文学家和神经病的关系等诸多问题。作者重在将精神分析学的方法用在具体作品的解读上,比如对歌德的分析,"歌德会详述做少年维特之悲哀的原因。他把这制作的起源,溯诸到他之对于做了友人之妻的妇人夏绿蒂的恋爱。他想使自己胸奥的要求自由活动。他记述着自己怎样耽于种种空想,和怎样与种种想象的人物常作心的对话。于是以后他便不能不把这些空想写成作品而表现了"。又如,作者探讨梦和文学的关系认为:"白日梦与实际的恋爱,对于实有性的憧憬,因为缺少实有性而作出好像自己处于幸运境中的空想的描述,将进涌出来的理想和情绪放入在书信和对话的形式里,这些都是使作家形成文学作品的要素。"而在文学创作的原因问题上,作者认为,"文学作品大抵都是作家苦恼着的压抑感情的结果。就是作家因压抑的结果,不得不把悲痛表现出来,并且不得不空想出没有这种悲痛的理想生活与境遇,在这里便创造出作品了。"无意识是文学创作的核心动力,天才能够有效地运用无意识进行创作,"文学的天才,非是对于情绪压抑的心理有着燃犀的洞察力,并且美妙地表现那个压抑,从那里抽出有价值的智的观念的人不可。

文学的天才,有着感动长年间思索着的人们的力"。"文学作品所处置的情绪,和精神病乃至神经的疾患有密切的类似,一切情热的葛藤,一切压抑的恋爱感情,是初期的神经病。"再如对爱伦·坡的解读,"坡对于梦想家的生活是忠实的。他因在现实上得不到自己所希求的东西,所以将希望有的东西由自己的空想创造出来。他是贫穷的,因此,他描写了备着华丽的家具什物的邸宅。他因了所爱的人们的死去和失恋,生活很是凄怆,因此,他写了几篇征服死的作品。《乌鸦》事实上就是他杞忧的梦。"当然,作者的某些论述也并非是完全准确无误的,如对但丁《神曲》的解释,作者即认为,"但丁的《炼狱篇》和《地狱篇》是他的淫虐狂倾向的实例一样,乃是他的受虐狂倾向的好实例。"尽管如此,该书仍不失为运用精神分析学阐释文学作品的比较成功的范例。

石楞、危鼎铭译华斯福尔忒的《文艺批评》由青春文艺社于1932年10月出版。该书是一本比较注重方法论的文艺批评著作。作者认为:"艺术,就是心灵底真实的表现。"文学从广义上看,是各种外物给予伟大的人们的印象,和这些伟大的人们对于种种外物所生的感想的记载,文学的底料包含着整个的人生和人类的活动。作者将文学分为创造的文学和非创造的文学,对古代批评术、近代批评术和当代批评术进行了梳理,并详细介绍了柏拉图、亚里士多德等文论家,归纳了测验作品好坏的三种方法:真理、谐和和理想,并在之后的章节进行了详细的阐释。作者还对诗歌和绘画进行了对比,认为诗歌在时间中采用连续的音声,绘画在空间中采用形态和色彩模仿物体。作者还对华兹华斯的文艺观进行了介绍,并谈到了职业批评的缺点,认为原有的范本以从事新生的作品的批评为无益的工作,法式的批评术的规律不能权衡快感所给予的性质。谈到梅素亚诺德对诗歌的解释,他认为诗歌根本是道德的。重点谈论了艺术与道德的关系。在第八章"文学底方法——古典的与浪漫的——文体"中,作者将诗歌划分为史诗、记事诗、抒情诗、挽诗和戏剧诗几种类型来论述。他分析了散文中的创造文学,认为小说根据情节或者交错的动作将历史的与哲学的事实加以贯穿,有论文的思考,也有一切诗歌文学的创造质素。同时,小说也缺乏音乐和韵文中的完整的结构,具有散文的明晰和不须合于这种完整结构的严格限制的完全自由。谈及历史与传记,作者认为这些作品必须做到公正。作者还对以外形的简短见称的短篇论文的特点和性质进行了介绍。作者认为,在一切创造文学与非创造文学的作品里,可以追究两种不同趋向的任何一种的旨趣,即古典的与浪漫的,并对这两种趋向进行了分析。关于文学的题材问题,作者在该著的最后也进行了大致的介绍。

高明译芥川龙之介等著的《文艺一般论》由光华书局于1933年4月出版。该著列"光华小文库"之一,为日本作家芥川龙之介的《文艺一般论》和武者小路实笃的《文艺与人生》两篇论文的合集。译者更换了著中的部分例证。芥川认为:"文艺是以言语或文字为表现手段的艺术。"即借着言语的意义和言语的音以及文字的外形这三个要素传示着它的生命的艺术。文艺的内容则是"言语的意义和言语的音合成的全体"。一部作品,一方面既应当有内容,同时也应当有给那内容以一定外形的某种构成上的原则。对于作品的思想,作者认为包藏在一部作品中的一个思想的哲学的价值,不一定是和那作品的文艺的价值相当;优秀的文艺作品并不在于要包含着怎样的思想,而在于如何表现思想。武者小路实笃的论文重在讨论文艺与人生的关系问题,作者认为,文艺有传递经验的作用,文艺必须要使人开心。文艺不可以是造假的东西,必须要加进作者的精神和心的感动,因此文艺是和人的心有关系的东西,而不是和肉体有关系的东西。通过文学作品,我们可以更加深刻地了解人和人心,文艺所以能领导人类,是因为它表现着人类的意志与人的生命的本来面目的缘故。文艺同时还必须是真实的,起码作者描写它的时候应当真实地动心,因此美是非常重要的,"美便是那确实地动撼我们的心的东西,保持着协调的东西,常作新鲜的感觉的东西,生动的东西,没有冗赘的东西,没有不纯的东西的东西"。总之美就是娱乐我们的心的东西,超越了个人的利害而禁不住令人爱好的东西。文艺是从人本心的要求产生出来的东西。展开人想展开而不能够在日常生活中展开的本心,这是文艺的任务。玩味文艺,也是因为要展开人自身的本心。文艺是从人想以本来的姿态生活的要求产生出来。文艺应当充满着生命,意识应当周到,而不致让人的心偏向哪一面。观察现实和懂得人的心的要求对作家而言都是必需的。

除了文艺思潮及文学批评方面的基础理论著作以外,这个时期还出现了新兴的比较文学研究的相关著述的译介,商务印书馆于1931年4月出版的傅东华译洛里哀的《比较文学史》是比较突出的一种。该著是较早译介到中国来的比较文学研究专著,在译序中,译者首先明确地说明了该书是"比较文学的历史",而不是"比较的文学史"。文学的比较研究尚处于草创时期,文学史的职责之一就是要寻找和追溯诸种思想潮流来源与影响,并在彼此比照的基础上,探索世界范围内人类所共同拥有的文学思想资源。著者从古巴比伦、古埃及、古代中国和古印度这四大文明古国的史前史出发,概述了古希腊罗马文学、中世纪文学、文艺复兴、古典主义、启蒙运动、浪漫主义和现实主义等"智识运动的潮流"及其影响,从宏观角度为我们展示了一幅世界各国文学演进的总体历史图景。全书凡二十章,除第一章简要介绍古代四大文明的基本背景,以及第二章对印欧文明分化的描述和第九章论证中古亚洲文学概貌及其对欧洲的早期影响外,其余十七章篇幅均属于对欧洲文学演化历程的叙述。作者概括世界各国文学发展的总体印象为:首先,作家与作品的命运参差不齐;其次,历来知识界的大运动均具有相似之处;再次,一切时代和一切民族均拥有高远之趣;第四,各国文学之间存在相互模仿和影响。译者认为:"我们读过全书之后,虽然不能便获得关于世界文学的充分知识,却可获得一种整个的印象,一幅明了的地图,至少对于世界上比较著名的作品总都能指出它在这地图上的经纬度数来,这又是其他同性质的著作难可比拟的。特别在他最后一篇结论里,我们觉得他的眼光非常广远,见地非常公允,态度非常大方,断不是那种效忠于某一特定流派或特定主义的文学史家或文学理论家勉强学得来的。又他用以说明文学现象的因素虽然大体上是泰音(今译泰纳)的,却是并不显出硬栽的形迹。"该著虽名为"比较"研究,但基本上仍旧局限于欧洲文学的范围,带有较为明显的"欧洲中心"的意味。但在另一方面,由于作为学科的"比较文学"还未能真正被确立起来,该著能够以宏观的视野来梳理世界文学的整体面貌,也不失为一种积极的尝试,其对中国新文学作家更为全面地理解域外文学也提供了诸多有益的启发。

另有戴望舒译提格亨的《比较文学论》,由商务印书馆于1937年2月出版。该著列"汉译世界名著"之一,除导言外,分三部分具体讨论"比较文学"的形成与发展、方法与成绩、一般文学的研究概况及文学比较研究的总体趋向等问题,是引入中国的第一部比较文学的理论专著。作者指出,文学比较虽然在古代就已经出现过萌芽,但作为独立学科的比较文学却兴盛于19世纪后半期,其特点是把尽可能多的来源不同的事实采纳在一起,以便充分地对每一个事实加以解释,以此扩大认识的基础,并寻找到尽可能多的产生不同结果的根本原因。18世纪各种新学的发展促使"比较"方法向文学研究渗透,浪漫主义的超国界论使"文学比较"得以萌芽,倍兹的目录索引在国际上引起了广泛的注意,并最终"使比较文学变成一种界于各国本国文学史之间的独立的学问",1900年在巴黎召开的"比较文学国际大会"则无声无息地起到了巨大的推波助澜的作用。尽管在各国仍有反对的声音,但比较文学的观点已被人们所接受。在教育界,比较文学也已经成为一门基础的教育学科,对教育具有促进进步和补充缺陷的作用,其最常用的方式便是目录索引和刊物研究。作者认为,对比较文学的研究应该尽量避免最新的似是而非的批评家的言论,而要将作品放回具体的时代,小心地从时代的定期刊物中求证。而通晓各种语言,熟悉各国文学的传统又是比较文学家必备的第一工具,"文体"和"作风"等艺术形式也同样会借助各种渠道对不同的作家产生各式各样的借鉴与影响,甚至因此可能演化出全新的思潮。文学的源流可分为"孤立的源流"和"集体的源流"两类,前者是指从一件文学作品中找到另一国文学作品的根源,这可能只是细小的;后者是指一个国家或是总括各国文学的源流,前者是后者的基础。在文学的比较与流传中,存在着"传达者""接受者"和"放送者",最有效能的文学传播的媒介便是既了解可资比较的各国文学,又不带有任何国界偏见的个人、社会团体、社会环境等。比较文学侧重于两国因子间的"二元"关系研究,而"一般"文学讨论的则是众多民族国家的文学所共同拥有的文学经验与命题。"一般"文学的现象多分为"放射的影响"和"文学时尚或国际潮流",通常采用陈述和探讨的方法对之进行研究。而一般文学史之所以不尽人意,其共同点是"将最大的地位分给了对文学起作用的历史、宗教和社会的事实",一部真正的国际文学史是赋予各国不同的伟大的作家价值,他们的作品具有普遍性和永久性,能够丰富人类心灵的认识。

商务印书馆于1936年4月出版的陈铨的《中德文学研究》是较早涉足比较文学领域的专著,同时也是中德文学比较研究的开山之作。该著主要从"狭义的中国文学"(小说、戏剧、抒情诗)角度出发,专门研究从1763年起的两百年间,中国的小说、

第八章　域外文学理论译介方式的转变——从最新理论到知识溯源

戏剧、抒情诗在德国的翻译、介绍,以及对德国文学的影响情况。作者认为,外来文学发生影响,通常要经过翻译、仿效和创造三个阶段,而德国对于中国文学的引入,始终没有越过翻译的时期。18 世纪时,欧洲对于中国著作的认识,仅仅停留在对孔子哲学的推崇上。歌德是德国第一个认识到中国小说价值的人,并能够"寻出原书作者在文化里边的意义",但他所看过的有限的几部中国小说,或是无法代表中国文学的真正水平,或是大多在翻译上存在着一定问题。德国对于中国历史小说、神怪小说的翻译情况也类似,或是译本不完整,或是在文化方面存在着一定程度的误读。"没有达到用中国精神来创造新文学的境界,他们只是利用中国材料来发挥他们自己对人生的见解。"中国的戏剧在德国的传播,因为世界观和艺术训练的不同,面临着改编和表演的双重困难。歌德受《赵氏孤儿》的影响,写出了《额尔彭罗》(今译《埃尔佩诺》)一剧,并做出了沟通东西文化的尝试。席勒成功地改编了葛泽(今译哥兹)的《图朗多》(今译《图兰朵》),并努力在其中加入更多的中国色彩。龚彭柏的《神笔》明显取材于中国《南史》中江淹的传说,但"同中国戏剧的精神形式都不相合"。克拉朋是"第一个最能够把中国人的感情生活,中国戏剧的特点,介绍给德国的人",他改编的《灰阑记》虽然明显"西洋化",但在抒情诗和外形方面还是取得了相当的成功。洪德生是德国第一个介绍中国最重要的两本戏剧——《西厢记》和《琵琶记》的人,但他的翻译更接近于改编。卫礼贤翻译了两本关于庄子的戏剧《蝴蝶梦》和《劈棺》,并糅合"花和尚大闹桃花山"和"乔太守乱点鸳鸯谱"作成《假新郎》一剧。另外,德国学者对于中国灯影戏的研究也颇有兴趣。总体来说,德国将中国戏剧搬上舞台的尝试是失败的。德国翻译中国文学的困难,在抒情诗中达到顶峰。歌德在翻译中国抒情诗时,并不太在"外形"上求精确,而注意"精神一贯的关系"。雷克特的翻译继承了歌德的精神,同时他是第一个把《诗经》全部翻译成德文的人。司乔士对中国民族精神深切的认识,使得他能够用完美无缺的德国文字尽量表达出原文的形式内容。近代德国对于中国道家哲学的兴趣和认识,终于使得许多学者将翻译中国抒情诗的范围扩大到了中国第一流的好诗上,使得"中国抒情诗对德国文学的影响,也比戏剧小说大"。该著是中国比较文学研究方面的重要著作,一直被视为后世比较文学研究的典范之一。

朱志泰编著的《诗的研究》由中华书局于 1948 年 6 月出版,是稍后的一部以"比较文学"的形式研究诗歌的专著,共分四章,以中英诗歌为例分别论述了诗的起源与意义、诗的内容、诗的形式以及诗歌演进的时代背景问题。第一章讨论诗的起源和意义,作者将诗歌产生的原因归结为情感发泄、祭神媚神、颂扬尚武、男女调情、劳动呼声五类,并认为"情感"是诗歌产生的第一要素,诗歌起源和音乐、歌唱、跳舞有密切的关系。"诗的发生是作者传达自己的情感,思想和经验,所以诗表现的绝对是主观的观念,不是客观的实在。要求情感之强烈必须有丰富的想象,所以想象也是诗的一个重要元素。"作者定义"诗"为:"用和谐的文字,通过想象,暗示地表现作者含有普遍性的情感,而引起读者共鸣的一种文学。"第二章"诗的内容"分三节讨论叙事诗与抒情诗、诗的情景（自然与人情）及诗的鉴赏，其中详细比较了中国的抒情诗与西洋的叙事诗在内容和形式上的具体差异。吟咏自然和书写人情能产生不同的艺术魅力，好的诗歌首先应该言之有物，其次须有情感，当然诗歌同时还会受到时代和环境的影响。第三章分析诗的形式，包括诗的体制、用韵和音节、方法和修饰等。作者特别强调中外诗歌在形式上的差异，如"希腊拉丁的诗在于音之长短，英诗在于音之轻重，中诗在于平仄"。末章论述诗歌演进的时代背景，分析了诗歌演进和时代变迁的密切关系。时代波动与社会风尚正是诗歌最可宝贵的材料，"伟大的作品自然就是这时代的写照，两者是互为因的"。作者选取了中国和西方不同朝代的诗歌进行比较研究，借以说明时代对诗歌的深刻影响。

汪馥泉译昇曙梦的《现代文学十二讲》由北新书局于1931年7月出版。该书是作者有关现代文学诸多问题的专题演讲汇编，分十二个专题，各讲均分列目录和小标题。第一讲"近代思想底种种相"按时间顺序回顾了西方从文艺复兴至社会主义的种种社会思潮的发展境况及其突出特征与代表性人物，包括罗曼主义、世纪末的厌世文学、科学精神、个人主义、妇女问题、机械的人生观、唯物史观等。第二讲"自然主义的精神底剖析"集中讨论自然主义思潮。作者首先从自然主义的得名，区分了哲学上的自然主义、伦理学上的自然主义和文艺上的自然主义。然后剖析了19世纪末的丹加旦倾向，即世纪末所发生的一种整体时代的颓废。进而描述了现代人的生活境遇，如疲劳、都会病、官能的交错、审美感的变迁等。第三讲"挽近思想界底趋势"，作者认为，在20世纪泛起了新思想的曙光，这曙光就是非物质的倾向，即"灵的觉醒"。它表现在个人主义和唯心论倾向让科学破产，还有哲学上的实验主义、经验论和主观论以及民主思想的勃兴。第四讲"文艺上的拟古主义、罗曼主义、自然主义"集中介绍这三种思潮从18世纪到20世纪的演变历程及其代表性作家的创作。第五讲"新罗曼主义文艺底勃兴"以新罗曼主义为中心探讨其与自然主义及印象主义的关系，包括丹加旦艺术与象征主义、享乐主义和人道主义的内在联系等。第六讲"法国近代文学"主要介绍法国的拟古主义文学、象征派、前期自然主义、自然主义的反动期等文学变迁，重点分析了梅特林和罗登巴哈的象征主义与神秘主义倾向。第七讲"南欧近代文学"分三个部分介绍拟古主义及罗曼主义文学（但丁、贝脱拉尔加与波喀喳）、最近的趋势（唐南遮、福伽柴洛）和西班牙文学概况（爱契伽拉伊）。第八讲"德国近代文学"分拟古主义及罗曼主义时代、写实主义时代、自然主义时代、印象主义及象征主义、乡土艺术等不同时期梳理德国文学的发展轨迹。第九讲"斯干狄那维亚近代文学"主要介绍挪威和瑞典近代文学的概况。第十讲"俄国近代文学"描述俄国经历了从模仿外国文学到建立国民文学的历程，并概括近代俄国文学的特质是：写实主义、心理倾向，最重要的是社会的倾向。此外还介绍了俄国文学中的自然主义、虚无主义、爱他主义及宗教倾向，以及最近文坛的发展趋向。第十一讲"英美近代文学"，作者认为，英国文学体现了南北欧文学的融合，其同样经历了从拟古主义时代到罗曼主义时代，再到写实主义和自然主义的时代变迁。而美国是与文学缘分很浅的国家,只有诉诸未来的发展。已有的作家如欧文、亚伦坡、爱马生、朗弗洛、霍桑、惠特曼和马克·吐温等,都还未能彻底摆脱欧洲文学的印记。第十二讲"世界文坛底现势",分"英美文坛底现状""爱尔兰文学底一瞥""社会剧底作家""美国文坛底概观""俄国文坛底现状""斯干狄那维亚文学底新声""德国底表现主义""大战后法国文学底二潮流""南欧底新星伊本涅兹""新理想主义底勃兴"等小专题从整体上概述了世界各国文学的最近发展境况。该著一直被视为中国文坛了解西方近代文学的最为可靠的范本,其中诸多材料及观点都曾为中国批评家所引述或移用。

张伯符著《欧洲近代文艺思潮》由商务印书馆于1931年4月出版。该著列"万有文库"之一,旨在清理欧洲近代文学发展的复杂境况,以使之能形成一个较为清晰的轮廓。著分六章,以思潮为线索对欧洲近代文学进行了概括性的描述。作者认为,近代主义的中心生命是"流动的心,和对于完美生活的景仰,渴望,和要求",而"近代文艺思潮的产物,差不多可以说完全是这种近代精神的发现"。占据19世纪主导文艺思潮的浪漫主义和写实主义在某方面是共通的,那就是"反对尊重法则,秩序的艺术","反对古典主义的艺术",在其"根本的精神"。欧洲近代文艺思潮是从文艺复兴时代发源而来,作者通过追溯到希腊思潮和希伯来思潮,探讨了文艺复兴的原因、特色及根本意义。浪漫主义是对古典主义的反动,但浪漫主义不能解决现实的问题,所以,随着人们绝望心态的蔓延,写实主义思潮便开始风靡了,与多数人的评价有所不同,作者把写实主义看成是"浪漫主义积极的展开"或"浪漫主义的连续"。由于达尔文等人科学研究的影响,一种重事实、重实验的思想表现在艺术上,便成了写实主义和自然主义的文艺。所谓写实主义,即是指"从人们生活里,将一切宗教道德长年累月间作出来的理想的面罩,一扫无遗。把一切人性的底蕴,即是丑恶的部分,肉感的部分,黑暗的部分,一齐赤裸裸地曝露出来"。而积极的写实主义在于鼓励人们去改造生活,改造社会,这在俄国文学中表现得很明显。由于对黑暗无止境地揭露,一种"世纪末的思想"引发开来,新浪漫主义文学应运而生。从特色上来考察,大概可以分成两类:一种是俄国厌世怀疑的思想,即所谓"托思加"的思想;还有一种是以法国为中心的"德加坦",即颓废的思想。德加坦思想里面,又可以分为神秘主义和唯美主义两种。随着社会意识的发现与觉醒,在"不是对个人的爱,而是对民众的爱,对社会的爱,对人类的爱"这种爱的流动之处,产生了新理想主义,又叫人道主义。作者通过对人道主义、法国文学、德国表现主义、英国文学的社会倾向以及受革命影响的新理想主义思潮等的论述,对最近的文艺思潮做了概要的描述。作者认为,从文艺复兴直到20世纪初的文艺思潮,乃是以自己意识为基本的思潮,都是以要如何才会使个人完满地生活起来为目标。而"到了最近——尤其是欧洲大战前后以来的文艺思潮",已变为"注重个人水平的发展充实的思潮了"。该著在论述观点上虽有其明显的缺憾,但其以思潮为主线展开论述的体例模式对中国文学思潮的研究是有一定的启发意义的。

吕天石著《欧洲近代文艺思潮》由商务印书馆于1931年4月出版。作者认为："文学是时代的反映，无论什么时代，必定有为文化的中心思想，为各种活动的根据。文学的变迁，多半是随思想而变的，所以一个时代的文学，和一个时代的思想，有密切之关系。从审美的观察点说起来，一种文学作品，固然有它的本身价值，不必研究它与时代思潮有若何的关系。但从历史的观察点说起来，一种文学作品，虽是尽善尽美，而与前代的作品，是一线相承的。这个作品之产生，必有它的原因，我们须知道作者的智能上的特质，而作者智能上的特质，多受当时的思想之影响，所以我们研究一种文学之发生，必须考察它的时代背景。"著中分六章分别论述了欧洲近代文学变迁的基本概况，包括近代思潮与文学、浪漫运动及其在各国的发展、自然主义运动及其代表人物、新浪漫主义的兴起与演变等。作者的论述有其独立的看法，比如认为，"浪漫运动到了末流，作者专事传奇，故以奇巧动人之笔，写惊心骇目之事，致其所表现之普通观念，空乏不实，毫无真理，且其所写之事，千篇一律，少有能表达人类之真精神者。于是写实派文人起来主张很忠实地精细正确描写现实生活，后来自然主义派更趋极端，尊重感觉经验表现人生。但自然主义就是写实主义的一面。写实派侧重实施，而不顾理性与想象，他观察了实境事实以后，只把他的印象表达出来，而不以理性解释他的印象或以想象补充他的印象。自然主义派更趋极端，他比写实派更不注重想象，而且比写实派更为注重事实。他尤其依赖感觉的经验表现人生。所以自然主义者通常偏于描写犯罪、罪恶、秽亵之事、下等阶级人的痛苦、及上等阶级人的不健全的情欲"。再如，认为浪漫主义与自然主义的区别在于，"一、浪漫主义是求美和高的理想，自然主义是注重现实；二、浪漫主义是以热情为主而自然主义是以理智为主；三、浪漫派的态度是主观的而自然派的态度是客观的；四、浪漫派与自然派对于题材的看法不同；五、浪漫派主张为艺术的艺术，自然派主张为人生的艺术；六、浪漫派常写精心夺目稀奇之事而自然派常写平凡无奇的日常生活现象；七、浪漫派以演绎方法表现人生真理而写实派以归纳方法表现人生真理"，如此等等。从中也可见出这个时期中国文坛对于西方文学思潮的一般理解。

孙寒冰、伍蠡甫合编的《西洋文学鉴赏》由黎明书局于1931年11月出版。该书是一部西洋文学名著选编，以文学史为总纲，选入欧美的论文、小说、诗歌、童话、书札等名篇三十余篇，所选基本为得到公认的文学名家的名作。该书在每篇篇首列中文小序介绍作者生平、思想、作风和重要著作，篇末附简要注解，帮助读者更好地鉴赏文学作品。关于编写此书的目的，编者在总论中是这样说明的："所谓文学鉴赏，或一切艺术鉴赏，常含玄学或美学的意味。有时更因学派繁多，立论细琐，读者费了许多思索，还是徘徊在文学底门外，看不见门里究竟是什么？本文很想不沾玄秘的色彩，诉诸常识以寻西洋文学鉴赏底新诠。"并希望通过鉴赏活动，培养人的识别能力，经历文学作品对于人心的触动。编者认为，文学史上的"大我"是主纲，"小我"是细目，二者

第八章 域外文学理论译介方式的转变——从最新理论到知识溯源

之间不断变化的关系,造成文学表现的不同,并由这一理论出发,梳理了西洋文学发展史的脉络,也对中国新文学未来的发展提出了建议和期许。作为国内较早的权威性西洋文学作品选之一,该著选文、注释、分评、总论、插图各部分齐全,"全书分而观之,不啻一部名家别集;合而观之,则西洋历代文学精华,尽收眼底,得一整个的系统的认识,是又若一部文学总集"。对于当时爱好文学鉴赏的人士而言,不可多得。

李则纲编述的《欧洲近代文艺》由华通书局于1932年6月出版。该著是作者在暨南学校任教时所编写的教材,意在避免单纯的作品分析或理论阐述。编者自述:"本书全部分六编,每编先述文艺思潮,后述文学作家,使阅者更易明了理论和实际关联的情势。本书的分编,拿思潮来区划,并非谓在某一个时代里,即无别种的思潮的存在,亦非谓其划分时代的思潮,即只起迄于某一个时代,不过因其系某一时代的主潮,拿来作划分的标志,以显示该时代文艺上主要的倾向。"第一编"萌芽时代",首先从时间、意义、原因、特色、与后代文艺的关系等方面对文艺复兴进行了介绍,接着介绍了马基雅维利、亚里奥斯笃、白拉赖、西万提司、马洛、莎士比亚等文艺复兴时期的作家。第二编"拟古时代",分别从古典主义活动的概况、起因、优点、缺陷、概观等方面对古典主义进行了介绍,并具体介绍了古典主义的代表作家柯尔尼由、拉芳登、莫里哀、鲍哇洛、拉辛、蒲伯、掘拉顿。第三编"解放时代"主要介绍浪漫主义,其从浪漫主义活动的时代、发生的原因、内容、题材的解说几个方面进行了分析。相比于古典主义所认为的美的绝对性而言,浪漫主义则认为美是相对的;古典主义遵从古人,浪漫主义追求的是创造。二者一静一动;一个禁欲一个纵欲;对文体格局和人生观的态度也不一样。浪漫主义文学的精神是"自由",古典主义文学精神是"模仿","浪漫主义就时间言,是欧洲十九世纪前半期的文学主潮,就意义而言,是古典主义的反抗,是个性的解放,是适合于新兴第三阶级的文学"。据此,作者对卢梭、斯陀尔夫人、拉马丁、雨果、戈底耶、大仲马、谬塞、巴尔扎克、莱辛、海尔特、歌德、席勒、希莱格尔兄弟、克莱希特、海涅、华兹华斯、司各特、柯里芮基、拜伦、雪莱、克兹及一些意大利作家等进行了比较全面的介绍。第四编"唯物思潮澎湃时代"重点讨论写实主义和自然主义,从题材、作者、作品三个要素对浪漫主义,写实主义和自然主义进行了比较。浪漫主义和自然主义的区别主要包括:美—真、想象—观察、热情—理智、主观—客观、精神—物质、创作—表现、为艺术—为人生、游戏—严肃、韵文—散文、异常—平凡、侮辱的态度—协调的态度。此外,作者比较详细地介绍了福罗贝尔、刚库尔兄弟、小仲马、都德、左拉、莫泊桑、易卜生、海勃尔、苏特曼、哈普特曼、狄更斯、哈代、萧伯纳、果戈里、屠格涅夫、陀思妥耶夫斯基、托尔斯泰、柴霍甫等作家。第五编"反唯物主义的时代"对世纪末的文学进行了概括,主要介绍了世纪末的思潮及其文艺派别,包括颓废派、神秘主义、象征主义、唯美主义等,对代表性的作家波德莱尔、威尔莱奴、威尔哈连、梅特林克、王尔德等人的创作也进行了简要的说明。末编"新世纪欧洲文学鸟瞰"首先介绍各国文学发展的近况,从大的方面分析了新世纪文坛转向的背景,介绍了未来主义、表现主义、立体主义、达达主义、新写实主义等思潮的兴起,以及罗曼罗兰、巴比塞、韦尔斯、宾斯奇、哈姆生等作家的创作特色,并附列专章对俄国文学及其主要作家的成就做了概要描述。

孙席珍著《近代文艺思潮》由人文书店于1932年10月出版。该著原为作者在大学任教时参考诸家材料和观点整理编写而成的讲义,著分八章。第一章概述"近代的精神",即科学的精神。第二章集中介绍"文艺复兴",作者归纳文艺复兴的特色为:第一,个人主义的倾向;第二,批评的倾向;第三,尚美的艺术倾向;第四,享乐的倾向。文艺复兴的根本意义为人的发现和世界的发现。发生的原因则包括科学的发明、自由都市的兴起、古学的研究及陆地的发现等。第三章讨论"古典主义",作者认为,古典主义指十七八世纪在欧洲发达的文艺的总称,是以法国为中心而具有希腊、罗马的古典文学的风格的一种文艺。古典主义讲求智巧、形式和现实。古典主义的形成,一方面是继承了文艺复兴的遗绪,另一方面则是经济政治的原因。同时本章对法国、英国和德国的古典主义进行了介绍。第四章概述"浪漫主义",作者认为,浪漫主义的要旨在自我的发现,所以其特征主要显示为自我主义的个性解放、力避平凡而追求神秘及其与现实社会相矛盾。第五章"自然主义"则强调其是反抗浪漫主义出现的一种文学,是阶级精神的变易、旧文学与实生活相矛盾、自然科学之充分发达、劳动运动之萌芽等因素促成下产生的文学。第六章介绍"新浪漫主义诸相",作者认为它是世纪末的人间苦的反映。一方面是自然主义的反动,另一方面又是其极端化。它是世纪末的文艺思潮的总称,包括了颓废派、象征主义、神秘主义及唯美主义四者。颓废派包括了所有想逃避冷酷虚空而机械的现实的一批文艺家,以波德莱尔为代表,梅特林克是象征主义和神秘主义的代表,唯美主义则以王尔德为代表。第七章评述"新理想主义及其他",作者认为,这个时期的文学包含三个基本的要素:生命、爱和人道。托尔斯泰、罗曼·罗兰是新理想主义的代表人物。未来主义将基础建于动的感觉上,立体主义的主张是造形意识,本章还对并存主义、实感主义、纯粹主义、大大主义、表现主义、触感主义、形式主义、写象主义、新印象主义、新象征主义、新古典主义、新希腊主义等都进行了大致的介绍。末章对新近出现的"新写实主义"做了简要的概述。

高滔著《近代欧洲文艺思潮史纲》由著者书店于1932年12月出版。作者自称,该著的特点有三:第一,该著的主要论点在于"思潮"的一方面,兼论每一思潮中的少数代表作家。第二,该著所采取的文艺思潮史上的阶段,只限于欧洲近代,所以包括从15世纪前后的商业资本社会的文艺思潮及形态论到19世纪末的新浪漫主义的文艺思潮及形态。第三,该著的立场,大体是反对观念论的艺术论的,并且也是反对泰纳的社会学的艺术论的;除此,也并不追随着普列汉诺夫。该著由四部分组成,第一部分主要讨论15世纪的思潮和文艺复兴、宗教改革和启蒙运动。作者首先描述15世纪前后的思想激变,对这一时期的思想特征及原因总结为"个人主义,现实主义,对于古典之追求,创作的写实与合理,迷信的打破与新信仰的建树,都是商业资本时代的应有而重要的特征"。作者重点讨论了文艺复兴,认为其意义在于因为看得见古典的真实面目,由此接触它那高远的真美善——这既然是新兴阶级的嗜好,所以得以开辟新生,以适应社会的新变动。其发生的原因有:第一,君士坦丁堡的陷落;第二,地学上的新发现;第三,纸及印刷术的发明;第四,十字军东征因而沟通东西文化。此外,对意大利、法国、德国、英国和西班牙等国的文艺复兴运动做了具体的介绍,对但丁、拉伯雷、马丁·路德、莎士比亚和塞万提斯等人的经历及创作进行了分析。对宗教改革的社会背景,路德的宗教改革,卡尔文的宿命论,英国的清教运动和思想家巴斯尔顿,以及后续的启明(启蒙)运动的兴起、意义和洛克等人的思想也进行了介绍。第二部分分三章讨论古典主义与浪漫主义。作者首先列举一些文论家对古典主义和浪漫主义的评论,对二者从出发点、态度、题材、情趣、方法和文体等方面进行了比较,分析了古典主义产生的背景,认为它是适应了保守的封建阶级的要求,并介绍了古典主义在法国、德国和英国的发现情况。还介绍了法国三大戏曲家考奈尔、拉辛和莫里哀;英国的蒲伯、约翰生和格雷。同时分析了浪漫主义产生的背景:第一,产业革命和政治革命;第二,卢梭的思想;第三,怀疑和厌世的倾向。介绍了英国、德国、法国、意大利等国的浪漫主义运动。对英国的湖畔诗派、以拜伦为代表的魔鬼派、济慈、歌德、席勒、雨果、巴尔扎克等作家及他们的作品进行了评述。第三部分介绍自然主义,首先是自然主义的社会背景:第一,科学世界,信仰破坏和怀疑主义的倾向;第二,个人主义的发达;第三,妇女的觉醒;第四,社会主义思想的发生。介绍了自然主义的重要代表人物左拉、圣鲍和和泰奴。同时借用了厨川白村和昇曙梦的观点对自然主义和浪漫主义进行了比较,认为从自然主义到浪漫主义所发生的变化主要显示在由空想到现实、由热情到理智、由主观到客观、由精神到物质、由技巧到无技巧、由为艺术的艺术到为人生的艺术、由韵文到散文、由非常到平凡等诸多方面。对写实主义和自然主义也进行了比较:第一,直白的如实描写和科学的描写;第二,利害关系的重轻问题。对法国自然主义的代表作家福楼拜、左拉、龚古尔兄弟、莫泊桑,挪威戏剧家易卜生,俄国自然主义三大作家屠格涅夫、陀思妥耶夫斯基、托尔斯泰及他们的作品进行了概要分析。第四部分"自然主义的反动期",作者首先描述了世纪末的欧洲社会与其文艺思想,认为世纪末思潮的来路是对时代生活暗面的解剖。接着讨论新浪漫主义的兴起,认为该思潮的兴起有以下原因:第一,科学的破产与唯心主义的倾向;第二,灵的复兴。对新浪漫主义和浪漫主义进行了比较,二者区别主要在于和现实的关系不同,而且浪漫主义的神秘出于梦幻,不切实际。新浪漫主义是从痛切的怀疑思想出发,而追求新理想。还分析了新浪漫主义与自然主义的不同,自然主义是物质主义的宠儿,新浪漫主义则搜求根本的意义;自然主义采取科学的态度,新浪漫主义以情为体,以知为用;自然主义是现实主义的。另外,对象征主义、享乐主义、新理想主义进行了介绍。对"世纪末"的作家之群如颓废派、象征派、唯美主义和唯美派以及各派的代表作家等进行了扼要评价。

谭丕谟(即谭丕模)的《文艺思潮之演进》由文化学社于1932年10月出版。该著分八章依次介绍了自文艺复兴以来从古典主义到新写实主义的演进过程。作者所关注的重心是文艺思潮与社会物质生活及经济变动的关系。文艺复兴是"从封建的生产方法转移到资本生产方法的过程中所反映出来的所有的社会现象",产生的动力是市民阶级的兴起、造纸和活字版的发明和东罗马帝国的灭亡。文艺复兴时代的文学是个人主义的、现实的、反宗教的、国语的。文艺复兴运动最早兴起于意大利,并在欧洲各国呈现出不同的状况。古典主义是伴随着封建阶级的复古思潮产生的,古典主义文学的特质是理智的、形式的、现实的、歌功颂德的。古典主义思潮发源于法国,并对英国和德国产生很大影响。浪漫主义文学是欧洲市民阶级政治革命的意识反映到文学上的表现,特质为个人主义的、形式解放的、怪异的、热情的、忧伤的。浪漫主义运动源于法国,波及全欧。写实主义的勃兴与资本主义产业的机械化有着密切的联系。写实主义即自然主义,特质在于具有科学的态度、现实的爱好、平凡的倾向、丑陋的描写、注重人生问题、悲观的思想。写实主义思潮最早发生于英国,也影响了法国、俄国的文学创作。新浪漫主义源于小资产阶级知识分子"反物质"和悲观幻灭的倾向,也与资产阶级麻醉青年和劳动大众的企图有关。新浪漫主义与浪漫主义相比更接近现实一些,主要特质在于以"灵的觉醒"作出发点,是神秘的、直觉的、象征的、享乐的、夸张的、美化的。新浪漫主义的主要派别有颓废派、象征派、表现派、享乐派、唯美派、人道派等。新浪漫主义运动起源于法国,影响波及英国、德国、比利时、俄国、挪威等国。未来主义认为物质的进步改变了生产形式的原则,提倡为着"新的生活的本质",拒绝过去,"创造一种新的,更积极的,更力学的形式"。未来主义的特质是否定过去、以艺术为生产的武器、建设生活的艺术、宣扬机械的美、混阶级性。未来主义起源于意大利,并一度在意大利和俄国盛行。资产阶级和无产阶级两大阶级对立的激化,使得一部分文艺家成为无产阶级的代言者,新写实主义就在这样的环境中产生。新写实主义相较于写实主义而言,更为积极地向资本主义社会进攻,主张阶级斗争,并从社会的观点看一切现象,不仅表现社会生活,还要求真情的流露。新写实主义的特质在于它是普罗意识的、大众化的、从集团观点出发的、从无产劳动方式发生的、注意社会的活力、富于热情的、真实的、有目的意识性的。新写实主义新增加了一样新的文学样式,即报告文学。该著是较早以马克思主义的历史唯物观立场来研究欧洲自文艺复兴以来的主要文艺思潮发展的著作。

吴云的《现代文学》由世界书局于1935年出版。该著是"西洋文学讲座"系列之一,曾于1928年7月以《近代文学ABC》为名由世界书局出版。全书以概括性介绍的方式,梳理了从浪漫主义运动到新理想主义运动的世界文学发展史。作者认为,要研究时代的文学,就必须结合研究时代的精神。浪漫主义作为文艺复兴后兴起的古典主义的反动,具有自由奔放的精神,但它只具有破坏性不具有重建性的特点,使欧洲社会产生了"世纪之痼疾",即怀疑和厌世的倾向。19世纪科学精神的勃兴,使得以

第八章 域外文学理论译介方式的转变——从最新理论到知识溯源

观察和实证为基础的自然主义代替浪漫主义成为主流,但科学精神对于宗教信仰的摧毁,也令怀疑厌世情绪愈演愈盛。最终,怀疑思想与科学精神的结合产生了个人主义,个人主义与宗教和道德都产生冲突,同时也引发了妇女问题的讨论,包括妇女的结婚问题、职业问题、教育问题和权利问题。社会主义学说也在19世纪勃兴,显示了与个人主义相反的社会本位意识,并以革命作为实现的手段,社会主义走到极端就是无政府主义。古典主义与浪漫主义对比,前者"囿于因袭,困于模型",后者则"贵乎自由,破除束缚"。浪漫主义作为古典主义通往自然主义的桥梁,与自然主义的共通点在于"反对形式主张内容""任其自然排斥人工""破除权威追求平等"等,相异点在于"空想对现实""热情对理智""主观的对客观的""精神的对物质的""技巧对无技巧""艺术为艺术对艺术为人生""游戏的境地对严肃的境地""韵文对散文""异常对平凡"。自然主义"主张以科学者的态度研究人间事象,探索现实的真相为主"。自然主义分为纯粹客观的"本来自然主义"和插入主观的"印象派自然主义"。现实主义的特点在于,它是科学的、精细与正确的、描写黑暗方面的、从异常变成平凡的、努力描写个性的、为人生而艺术的。"科学万能"的破产使得自然主义失去了立足点,取而代之的是新浪漫主义。新浪漫主义一方面与旧浪漫主义在注重主观、情绪、理想上共通,另一方面由于受到自然主义的影响,"所描写的新梦是以现实做根据的梦",并注重"显示那潜在事实深处的根本意义"。印象的自然主义是自然主义过渡到新浪漫主义的桥梁,印象主义则踏入新浪漫主义的领域了。颓废派的文艺是象征主义的文艺,它是注重情调的神经的艺术,注意人力,力避自然,并具有神秘主义的倾向。法国的象征主义表现为享乐主义的倾向,无道德感、容易动情绪、意志薄弱、安逸无为、对种种事情都抱着怀疑。新理想主义则与享乐主义不同,以人生主义和人道主义为目标,提倡"艺术为人生"。

徐懋庸著《文艺思潮小史》由上海生活书店于1936年10月出版。作者自陈,该著属于多种文学史和文艺思潮史的译述汇编,其中主要参考的是弗理契的《欧洲文学发达史》与柯根的《世界文学史纲》。全书分十个部分分别论述从上古到中世纪,再到文艺复兴、古典主义、浪漫主义、现实主义,直至所谓"世纪末"及新现实主义等文艺思潮的更迭历程,附带讨论了中国文艺思潮的演变的一般概况。作者首先分析了决定文艺思潮的力量,认为其不是传统理论认为的"基督教思潮和异教思潮斗争说",而"主要的是统治阶级和革命的阶级的力量"。古希腊时期的文艺思潮就是"存在于奴隶经济的基础上的贵族阶级的意识的表现"。中世纪时,西欧受自然经济支配,使得人们更多地"期待着天上的助力和救济",因此文学含有寓意的性质。中世纪文学反映的是农业贵族和教会的意识,最伟大的作品是但丁的《神曲》。文艺复兴思潮的兴起与14世纪资产阶级的出现有着密切关系,这一时期的作品多描写现实事件和现实人物。文艺复兴时期的作品既是对希腊罗马文学的"再生",也是意识形态的"新生"。17世纪发生的古典主义是文艺复兴的反动。当时经济上的"重商主义"、政治上的权力集中化,反映在文学上,就是"不得不服从特定的规则"。最能代表古典主义理论的是波阿罗的《诗学》。法国的古典主义在戏剧中表现最为明显,代表作为莫里哀的性格喜剧。18世纪到19世纪之间浪漫主义兴起,对古典主义进行否定,具有国民主义性,对中世纪感兴趣,以自然来与都市相对置,强调个性,发挥想象力,爱好神秘恐怖的境界,努力再现具体的特异的现实,注重极端的个性化,并破坏了古典主义设定的规则。浪漫主义文学产生的社会背景是工业资产阶级的成长。法国的浪漫主义文学比英、德更有理论和组织,因为存在着所谓"似是而非的古典主义"这一派。法国浪漫主义的代表作家为维克多·雨果,"欧那尼事件"成为浪漫主义战胜古典主义的开端。伴随着资本主义与工人运动的增长,浪漫主义让位于现实主义。现实主义文学的发生是"在资产阶级完全得了胜利之后"。现实主义以描写现代为任务,采用写实和精确性的笔法,感兴的源泉来自都市,以描写大小资产阶级的风俗习惯为主,与实证主义的关联特别明显,偏重观察和研究,与生活相融合,并以精密科学知识的发达为背景。现实主义的代表为巴尔扎克的《人间喜剧》。19世纪末"世纪末"文艺思潮兴起,正是资本主义日益暴露出其自身矛盾的时期。"世纪末"思潮表达出"对于资本主义下面的社会生活的各方面的消极否定",代表为"颓废主义""象征主义""唯美主义"的作家们。他们与现实主义的一切倾向相反,是企图超现实的,但仅仅是以幻想来掩饰矛盾,借以挽救资本主义的没落。20世纪复杂的历史情境造就了复杂的文学现象。未来主义对于机械、技术等的歌颂,"适应于工业的,技术的,即高度形态的资本主义社会"。帝国主义时代的特征,催生了殖民地小说、世界大战幻想小说、战争小说等,代表作家为意大利诗人邓南遮。劳动小说兴起,代表作家为社会主义作家巴比塞。除了社会主义作家、法西斯主义作家,还有"社会主义作家的同路人",代表作家为法国作家纪德。在20世纪的文艺中,社会主义的思想是唯一的主潮。十月革命后的苏联产生了新社会的文学——新现实主义。新现实主义"在新的世界观的水准上去运用,因此它能够最正确最明了地描写现实",这种新世界观即"劳动阶级的世界观""唯物辩证法的世界观"。新现实主义偏重于描写社会、政治和阶级,特别对"社会阶层的斗争的典型的情况"感兴趣,并具有党派性。苏联新现实主义的代表作家为高尔基。中国几千年受稳定的封建社会结构的影响,文艺思潮没有什么推进,完全是封建性质的。20世纪之初封建传统被打破,五四运动破除封建意识,发动"文学革命"。"五卅"之后,普洛阶级的革命文学开始得到倡导,并经过太阳社建立、左联成立、国防文学兴起等事件不断发展壮大。作者认为,中国的文艺在将来必将发展到"一致的进步的现实主义的革命文学"。该著是较早立足于马克思主义立场而从经济基础与上层建筑关系的角度来透视古今中外文艺思潮流变的著作,对后来中国作家对于文艺思潮的理解有着很大的影响。

徐伟的《西洋近代文艺思潮讲话》由世界书局于1943年11月出版。该著所讨论的近代文艺思潮,是指18世纪到20世纪这段时期支配了法英德俄诸国的文艺潮流。

第八章 域外文学理论译介方式的转变——从最新理论到知识溯源

主要依据本间久雄的《欧洲近代文艺思潮论》、弗理契的《欧洲文学发展史》、勃兰兑斯的《十九世纪文学之主潮》、宫岛新三郎的《欧洲最近文艺思潮》、厨川白村的《文艺思潮论》以及沈雁冰的《欧洲大战与文学》等资料编写而成。作者认为：“欧洲近代文艺思潮在世界文坛上占有着主脑的地位。要知道近代世界各国的文艺思潮，那首先就该理解欧洲各国的文艺思潮，因为欧洲各国的文艺思潮是发展得最充分，最完备的，因之它也足以代表了世界文坛上的一切文艺思潮的变动。”该书分为十讲，并有后记，作者自陈：“为了要使读者容易理解起见，该著的编制，是以文艺思潮中的主要流派（各种主义）作为叙述的中心，务使读者能有一个总的明晰的印象。”第一讲总的探讨了文艺思潮的源流，“要把欧洲的近代文艺思潮作有系统的解剖，则我们又不能不追溯到这些文艺思潮的源流……如文化史家所说，近代一切的文化运动，都萌芽于文艺复兴，宗教改革和启蒙期的三种思想运动。惟有先理解文艺思潮的源流，然后才能彻底理解文艺思潮的本身”。作者先是总的将文艺思潮的源流做了剖析，在下面九讲中对各流派进行分述，详细阐明它们的含义，内容，时代背景和利害关系。古典主义和浪漫主义这两个名词，是研究欧洲文学时不可分离的一个绝好的对照，第二讲和第三讲分别介绍了这两个流派并对之进行了一定程度的比较。“在十七和十八世纪，欧洲的文艺思潮是以法国为中心，使文艺以希腊罗马的风格为基础，而形成了一种特殊的典型。这种文艺因为以古典为法则而模仿其精神乃至样式，所以被称为古典主义。”浪漫主义则是18世纪末到19世纪初叶，风靡于英德法诸国间的伟大的文学运动。第三讲还详细介绍了浪漫主义在不同国家的发展状况，因为各国的浪漫主义有着部分的差别，书中论述得十分清楚。第五讲是关于积极现实主义，作者通过积极现实主义的概念表明了自己对艺术最高意义的看法，"艺术的最高意义，应该而且必须动摇个人的陈腐的保守信心，发动社会生活的变革的波纹。艺术的最高价值和它的积极意义，便是产生社会的作用"。第六讲至第九讲按作者的说法原都可归纳为"新浪漫主义"，但为了写得详尽，所以按性质分章进行论述。第十讲介绍了文艺思潮的最新转向。

陈衡哲著《欧洲文艺复兴小史》由商务印书馆于1930年4月出版，列"万有文库"丛书之一。该著是作者在编纂《西洋史》的过程中附带编写的，全书分三个部分。在总论中，作者首先介绍了文艺复兴的地位，认为它"是欧洲文化的一个大转枢，也是近代文化的一个总源泉"，是"欧洲中古与近代的分界"。文艺复兴产生的主要原因有：欧洲人民对于中古文化的反动、日耳曼民族的开化以及人的个性的复活等。作者也概述了文艺复兴之所以兴起于意大利，不仅有考古发现和政治背景上的原因，还有地理上和人种上的关系。作者选择了古学的复兴、方言文学的产生、艺术的兴起、科学的兴起、智识工具的进步这几件大事作为文艺复兴潮流的代表。古学的复兴指希腊和拉丁文化的复兴，提倡以人为中心的人文主义，以佩脱拉克（今译彼得拉克）为第一人，坡利齐阿诺等人为代表。古学复兴的效果有：创立研究真理的评判精神、考据学的发达、古书籍加添和书上讹误的校正、图书馆及学院的创建、女学者的兴起。方言学产生的主要代表为意大利的但丁、薄伽丘和马基雅维利,英国的莎士比亚,德国的路德,西班牙的塞凡提(今译塞万提斯),法兰西的刺伯雷(今译拉伯雷)等。艺术的兴起主要表现在绘画、雕刻和建筑方面,具有复古和接近天然的两个倾向,最杰出的代表为拉斐尔、米开兰基罗(今译米开朗琪罗)、基柏尔提、达·芬奇、乔托、波提拆利(今译波提切利)、提兴(今译提香)等。文艺复兴时代的科学不过处于萌芽阶段,但科学的兴起代表着理智的"重见天日",是对神权万能和教会以迷信引导人类的反动,主要代表为培根、哥白尼、伽利略等,"归纳法"是他们最重要的思想武器之一。在智识工具的进步中,以印刷术的推广最为重要,大大增加了书籍的数量,也大大提升了书籍的质量,使得文艺复兴的种子传播得更广。最后,作者总结了文艺复兴在欧洲各国走过的不同发展道路以及取得的成就,梳理了文艺复兴从萌芽期、全盛期到衰败期的历程。认为文艺复兴在人类精神上产生的影响有:人生观的改变、知识及情感的解放、文化工具的校正及添加。

郑次川的《欧美近代小说史》由商务印书馆于1927年8月出版。该著列"百科小丛书"第一百三十五种。作者从浪漫史的源头来描述欧美小说的发展历程:"浪漫史大概是指十二世纪至十三十四两世纪间的武侠冒险谈。其间也略有荒唐无稽的妖怪谈和结果不良的恋爱谈,包括在内。"小说的起源不能不说到浪漫史,"中世纪的浪漫史的性质与其说他是小说不如说他是诗"。作者从传说与历史等方面,介绍了欧洲各国文学的概况,之后分别列举了各国著名作家的生平经历、专业背景、代表性创作及其在文学史上的地位与对后世文学的影响。浪漫主义之后,欧洲文学迎来了写实主义的浪潮,"欧洲近代文艺的大流是,由浪漫主义流到写实主义,又由写实主义流到自然主义……写实主义和自然主义的本源同出于卢梭的'返于自然'一语。若再远溯,那么中世纪文艺复兴的时期中,也有他们的根源在里面,然后以个人解放的思想和十九世纪大进步的科学为内容而发达;但是思潮上和运动上的自然主义,较之写实的倾向出现于文艺界总要相差若干岁月"。"至于浪漫主义的衰微、写实主义所以兴起,乃由于所谓世纪病所现的精神上的不安,越加和实际的科学时代不一致。而浪漫主义的衰微鲜见于文艺形式,大概不属于诗,乃属于散文,尤以小说为甚,那是很分明的。"自然主义诞生于写实主义之后,"文学上的自然主义乃是写实主义所必引起的。其实自然主义也可以看作写实主义时代的。自年代看,第十九世纪后半期乃是自然主义的时代。""由于唯物的科学的自然主义所引起的当然的反动,是一种精神主义理想主义,还有不健全的颓唐派和象征派等起于各方面,这是欧洲最近的形式。但观德意志的战争成绩,足见单是精神主义不能十分为生活的保证。就是说我们到底不能否定科学之力。至由于唯物主义所引起的战争须由精神主义来挽救也是必然兴起的要求。""托尔斯泰的原始生活主义虽可为今日动乱的暗示或预言,可是还没有传过与此由进化法则所支配的人类全体,纵然传遍,他们或者还是要否认。但是堕入自造的陷

第八章　域外文学理论译介方式的转变——从最新理论到知识溯源

阱而开始觉醒的时代到了于是不得不预想真能兼得灵肉量能的现实主义。他们怎样才能保其精神和物质的调和,是当今最大的问题。"该著是较早的一部专门的小说史研究著作,对中国小说的研究有积极的参考意义。

美子女士编译的《世界文艺批评史》由国际学术书社于1928年12月出版。该著列"国际文艺丛书"之一。第一章讨论文艺批评的意义。作者认为,对"文艺批评"这一概念给予抽象定义,"是远离事实,没有根据的","文艺批评绝不是天上掉下来的……经了长久历史的发育与成长"。"批评的本能"是"人类与生俱来的好奇心促生的"。"文艺批评的性质不是心理的分析……而是一种哲学的解释。"第二章主要介绍古典时代的批评,作者将西洋文艺批评分为三个时期:"古典时代希腊罗马文艺批评史""文艺复兴期文艺批评史""近代及现代文艺批评史"。"古典时代希腊罗马文艺批评史以亚里士多德的《诗学》为代表。""文艺复兴时期是希腊精神与中古主义相结合的时期,在文艺批评的原则是古典与稗史……它所形成的形式主义……遂成十七世纪后半至十八世纪底新古典主义的结晶","近代及现代新文艺批评之源实发于此"。作者认为,"亚里士多德的《诗学》是文艺批评的开山祖师……在亚里士多德之后,他的弟子对于文学没有充分理解底态度,尔后的哲学家们在这方面没有提供什么兴味……仅有修辞学,文学的本质问题,仍是美的分析",而"罗马文学,文艺批评绝不是占卓越底位置,它底文艺批评悉受嗣于希腊……并没有独创之道"。第三章讨论文艺复兴时期的文艺批评,"中古之终,文艺复兴之初,以人文主义者底见地,更带实际的性质,讽喻的解释为文艺复兴时期底继续"。"这一时期,文学是从艺术家的成功底判断的;不是道德家底效力……文学是审美的解释。""希腊罗马的文学,主要是贵族上流社会多有文学的特性。""文艺复兴时期文艺批评底职能,是要先再建设文艺之审美的基础……恢复美的要素占正确底位置。"作者分别以意大利、法兰西、英吉利为代表对其文艺批评的新特点做了分析。第四章主要论述近代及现代文艺批评,"近代浪漫主义之声,早闻于德意志,十八世纪后半至十九世纪……近代文艺批评抬头",作为"艺术至上主义底批评","新批评绝不是这等底信条实现,例如标准不置客观,不求古典理法,一意依主观、印象……是主观、印象底内容问题","新批评以文学、艺术之实际的见地,就中超越政治、宗教、功利之实际的见地,倡导'为艺术而艺术',认为艺术价值标准在艺术内,不在艺术外"。另外,作者还提到社会的及社会主义的文艺批评,"十九世纪终至现世纪,埋于个人主义之下底社会主义底意识急来抬头……政治、经济底方面重要问题,影响及于文艺及其批评,最初广为一般社会,一般文化,或为一般民众底标语,得窥其特色是人道主义的文艺批评论"。

联合书店于1929年11月出版的叶秋原的《艺术之民族性与国际性》,属于作者讨论文学、艺术等问题的论文汇编,分艺术论、文学论和艺术史论三个部分。第一部分,作者首先对现代艺术的主潮进行了分析。作者认为,现代艺术的积极推进者是那些勇于进步敢于冲破成规的人。现代生活与现代心理融入了现代艺术之中,对于一切事业都需要重新估价,"现代主义就是对于艺术的重新估价",它的价值不完全是体现在美学上的所谓美的变化,而更是一种新的视觉与新的感觉,是一种新的精神的再生。可以说,现代主义是再造传统而非因袭传统。作者还指出,艺术运动与政治运动有着密切关系,而近代政治受两大原则支配——民族主义与国际主义。"政治上民族性的确立,直接影响于艺术上民族性的确立。"当然艺术也会对政治产生影响,而现代社会愈加国际化,艺术上国际间相互的影响也会愈加明显。但是,艺术的根本立足点仍旧是民族,民族自身的生活为艺术表现提供题材,所以艺术的本性首先就应当是民族的。中国艺术界的现状,"满呈着革命期的病态,对于过去的全部否定。我们目前最急迫的需要是思想健全的境界的回复;极度地发挥我们的历史的典型的民族性是我们现今最大的任务"。第二部分主要介绍西方自文艺复兴开始的不同阶段的文学运动。作者认为,文艺复兴运动不是对于中古艺术的反抗,而是对希腊罗马艺术的复活;浪漫主义的文学则是反抗宗教的文学,"文艺复兴是权威服从的运动,而浪漫主义是反抗权威的"。表现派艺术的精神实质是对于现实的责任与关系的否定,而代之以灵创造的世界。近代社会日益物质化,虚伪化,颓废派文学正是为了反抗这种处境,故以"灵化、简化、诚化"为其主旨,因而它是近代艺术的典型。第三部分对从史前艺术到文艺复兴,再到巴洛克、洛可可的欧洲艺术史进行了梳理。作者分"古石器时代"与"新石器时代"对于史前艺术做了简要介绍。中世纪由于宗教的重大作用,中古艺术可以称为宗教艺术。作者还对哥特式艺术与罗马式艺术做了对比介绍。对于希腊艺术,作者则分为几个时期进行了较为详细的阐述,其中认为远古希腊艺术受到两种影响:一为宗教信仰,信奉多神论,崇尚个性自由;二为对于运动的喜爱。罗马的雕刻艺术可以说是希腊雕刻艺术的一种进化。文艺复兴时期的艺术有几个特点:第一,人文主义,表现人类之真美;第二,个人主义,表现作者之个性。此一时代的雕刻,"是欲本科学的精神而想解决对于艺术上之专门的问题,如情感之解析,动作的解析等,他们是欲表现人类之真美,故不尚遮盖之风"。最后作者对于雕刻艺术上的巴洛克与洛可可风格进行了概述。

张资平所著《欧洲文艺史大纲》也由联合书店于 1929 年 11 月出版。该著以作者于 1929 年由武昌时中书社出版的《文艺史概略》修订而成,曾参考多种同类日文著作,主要简述欧洲从古典主义、浪漫主义、自然主义直至神秘主义及象征主义等文艺思想的变迁历程。全书共分四章,每一章都以一种思潮为主线,然后按照国别来概述其文艺批评及文学发展的总体情形及代表性作家的创作。第一章"古典主义",作者首先介绍了古典主义之前欧洲文学波澜中的几朵"美丽之花"——先是希伯来与希腊文化与文学,此后的拉丁文化则为第三波澜,但可看作是第二波澜的余波。十五六世纪的文艺复兴运动为第四波澜,但实则是一次大的海啸。其后则进入了"古典主义"时代。作者认为:"真的 Classic 是可以使人生的思想丰富,并且能促进人的进步的作品。它在自以为对一切事物能完全感知的人们心里能启示更新的道德上的真理或不朽的热情。至他的发表若具有了伟大,洗练,聪智,纯雅等条件以上,不拘泥于枝叶的形式可以自由表现的。"在古典时代,人们的一般生活是因循守旧的,道德上、政治上、宗教上都死守过去的法则而不敢加以改变,因而在艺术上亦"很忠实地守着古昔的型格"。"所谓古昔的型格就是希腊拉丁的型格。希腊拉丁的艺术是重统一型格。更简言之就是智巧的艺术——即在艺术制作上注重智巧的计划和工作。""智巧的,形式的及现实的"三者是古典主义的特征。法国此时的文学创作是专在"典雅"和"壮丽"上下功夫。英国此时则由莎士比亚开启了近代文学之帷幕,他是一个超越了时代的先驱者。第二章讨论18世纪末叶至19世纪之初盛行的浪漫主义思潮,"浪漫主义不单在理智的客观的生活上发现人类的真生活,它还更远进一层在内部的主观方面发现人类的真生活"。比较而言,古典主义是现实的、形式的和智巧的,而浪漫主义则是空想的、内容的和自然的与情绪的。浪漫主义可以归纳出六种特性,即情绪的、自然的、理想的、自我的、中古的、神秘的。德国浪漫主义的发展有著名的"狂飙突进"运动,其中坚人物有歌德、海涅等。英国则有湖畔三诗人和拜伦、济慈和雪莱。法国的代表人物有雨果、大仲马和夏多布里昂等。第三章描述自然主义思潮的演进,自然主义的兴起,"远因是文艺复兴的精神,近因是浪漫主义的堕落"。自然主义的特征,"第一是和写实主义同精神同态度,并且比写实主义更严格的更彻底的采用自然科学的精神及方法,换句话说,自然主义文学是把自然科学的精神及方法完全适用到文学上来了";"第二之特征是文艺内容上的特征。即自然主义对人类之生活为自然科学的及唯物论的解释,有只专从暗淡的悲观的方面观察之倾向"。根据对于人生的观察和描写的态度及制作方法的不同,还可将自然主义分为两种:"一为纯客观的,一为挟带有主观的分子的。前者称为'本来的自然主义',后者称为'印象派的自然主义'。"作者依国别对法、德、英、美、俄等国的自然主义创作进行了概述。末章简要概述神秘主义的创作倾向,作者认为,此种倾向"说不出是什么东西,但有一种不可测的魔力","艺术不外是把此种看不见听不见的精灵来象征化,即暗示的一种现象"。而象征主义可以说是"诗歌上的新浪漫主义",即"把客观的现象世界只作一个象征看的诗派"。

世界书局于1930年12月出版了于化龙所编写的《西洋文学提要》。该著旨在简要介绍西方各国文学的发展概况,分为上下两编。作为一本"提要",全书从不同体裁创作情况的角度,通过对代表作家作品的介绍,向读者展示了一部西洋文学的发展简史,作者认为,希腊神话起源于人类对自然的神化和人类生老病死的不测,并形成诸神的谱系。希腊诗歌可分为歌咏英雄事迹的史诗、平民诗和抒情诗;希腊戏剧可分为悲剧、喜剧和新喜剧;希腊散文可分为演说、历史、传记、哲学等。罗马文学受到希腊文学很大的影响。罗马戏剧也分为悲剧和喜剧,早期剧作家多兼作两种戏剧;罗马诗歌可分为史诗、讽刺诗、哲理诗、社会诗和抒情诗;罗马散文可分为演说、历史、哲学等。英国文学经历了初创和文艺复兴直至浪漫派与科学时代等一系列阶段,才发展到了现代。法国文学的发展可分为中世纪、文艺复兴、过渡时代、黄金时代、十八世纪、浪漫主义复兴时期、批评时代七个阶段，并在诗词、戏曲、散文、小说方面都有一定的成就。德国、俄国、意大利、西班牙、葡萄牙文学都经历了中古期、十六十七世纪、十八世纪、十九世纪、新世纪等阶段的发展，各有其特点和成就的领域。美国文学则经历了殖民时代、革命时代、黄金时代和新世纪的发展阶段。另外，丹麦、瑞典和挪威三个国家的文学也各有其发展的特色，尤其是瑞典，经历了前驱者时代、易卜生时代和新运动时代。该著是早期较为完整的西方文学史专著，有着结构严整、脉络清晰的特点。尤其值得一提的是，作者在每一章节的末尾都附上了一张图表，对于章节内容进行概括性、条目性的总结，简单明了，一目了然，令读者可以对每章节的内容都有一个很好的把握。其体例与论述规范对中国的文学史研究有着积极的启发。

张我军译千叶龟雄等的《现代世界文学大纲》由神州国光社于1930年12月出版。该著译自日本新潮社主编的"世界文学讲座"系列丛书之"现代世界文学篇"之"概观"部分。译者自述："第一，概观大纲即是总的论述，所以仅读大纲，虽有过于简单的毛病，但是还是可以窥见全盘。其次，上卷里面，除法、英、美外，意大利以下诸国，都只有大纲，没有分论，所以被我略掉的，只有三国而已，这三国的现代文学，已经被介绍很多，所以即略之亦无关大体。"作者认为："近代文学乃是都会文化。近代的大工业和大商业，当然把企业的中心放在都市上了。都市成了文化的中心。资本家利用其所储蓄的利润，为饱吸都市的享乐而消费了。近代产业组织，又是被置于自由竞争主义这个法条之下。"文学随着经济的发展也产生了翻天覆地的变化。自大战以来，产生了形形色色的文学，其中包括爱国的战争文学、战争背后的苦闷、哀求和理想的文学、体验的战争描写、反战的文学、人道爱之高唱以及知识阶级的绝望等诸种形态，作者据此概要描述了诸种文学形态在不同国度的发展境况。

胡仲持译约翰玛西的《世界文学史话》由开明书店于1931年9月出版。该著是较早被译介到中国的以完整面目展示世界文学发展历史的普及类著作，曾在《申报·艺术界》栏目连载，译者认为称"世界文学故事"或许更为恰当。该著的特点主要在于尽可能利用明白晓畅的描述从总体上介绍几千年来影响世界各民族的伟大作家及其独特的文学贡献，以便一般民众对世界文学能够有一种切实而清晰的了解。作者也曾自称："该著的目的是在说明那些于现今活着的人们有重大的价值的世界的书籍……倘说我们的概观不能装做完全省略了许多的国民许多的时代，以及所论及的诸国民诸时代中的重要的个人，那么可以说这是以一种有组织的统一和连续为目的的。"全书凡四十九章，分古代世界、中世纪、十九世纪以前的文学、十九世纪及现代四个部分，详尽地介绍古今各国在不同时期的著名作家的生平、著作及其创造性的价值，对于使人们建构一种完整的世界文学图景有着明显的实际意义。

钱君匋译木村庄八的《西洋艺术史话》由开明书店于1932年5月出版。该著将西洋艺术史划分为古代、中世、近古、近世和现代五个阶段并分章加以介绍。作者认为，对于生命和生活的解释，只有到艺术上去找答案。在古代，埃及的柱子、金字塔和

第八章　域外文学理论译介方式的转变——从最新理论到知识溯源

狮身人面像都是最早的建筑艺术之一；希伯来的《圣经》是世界文学的起源；希腊则留下了伟大的雕刻艺术、《伊索寓言》《荷马史诗》等，成为现代艺术的起源；罗马在建筑艺术和文艺方面也有很高的成就。基督教的传播使人类文明进入中世，这一时期可被视为异教艺术和基督教艺术的划分线，最高的艺术成就在于哥昔克（今译哥特）式建筑。文艺复兴运动在雕刻、绘画、建筑等方面都具有极高的成就，涌现出一大批的艺术家，代表人物有乔徒（今译乔托）、米凯朗契洛（今译米开朗琪罗）、来奥那尔特·达·文琪（今译莱奥纳多·达·芬奇）等。文艺复兴调和了希腊主义者的"没有善的美"和基督教狂热者的"没有美的善"。文艺复兴的成就以意大利为首，并对法兰西、西班牙、德意志和英吉利等国的艺术产生巨大影响。此外尼德兰的绘画也有着很高的成就。文艺复兴末期航海和天文上的发现奠定了近世文明的基础，马丁·路德的宗教改革开辟了一个新的时代，法国大革命揭开了近世的序幕。这段历史产生了嚣俄（今译雨果）、斯威夫脱（今译斯威夫特）、海涅、普希金、巴尔扎克、惠特曼等著名的文学家。法兰西的美术在这段时期也十分兴盛，著名的画家有米勒、谢文纳（今译夏凡纳）、莫奈、赛尚奴（今译塞尚）、果庚（今译高更）等，并兴起了印象画派，奠定了 20 世纪美术的基础。19 世纪科学的突进，对于人类的物质和精神都产生了极大影响，艺术也随之走向极端，产生了野兽派、立体派、未来派、抽象派、表现派、达达派等艺术流派。《西洋艺术史话》以时间为横轴，以国别为纵线，铺展了从古代到现代的西洋艺术发展史。作者脱开理论的烦琐论证，而注重对历史事实的描述及对艺术品的切实鉴赏，从而避免了叙述中的乏味。书中的论述时常显示着作者的真知灼见。

胡雪译成濑清的《现代世界文学小史》由光华书局于 1934 年 8 月出版。除绪言外，著分"现代文学之源流""表现主义与战前战时之文学"和"新即物主义和战后的文学"三个部分，尾附截至 1932 年的"诺贝尔文学奖金获得者一览表"。作者从自然主义开始谈起，认为实证哲学、功利主义社会哲学、进化论和环境说的兴起是自然主义发生的背景，自然主义的目的在于"暴露现实"和"描写现实"，特别注重描写日常生活和人性的黑暗面。印象主义与新浪漫主义作为自然主义的反动，事实上也包藏在自然主义的潮流之内，当时社会上消沉、悲观的氛围为"集团"向"个性"的回复、"机械"到"人间"的觉醒打下基础。文学上的印象主义有三个倾向：耽美的官能主义、神秘的象征主义、乡土艺术主义。在描述战前战时文学时，作者以德国的表现主义文学为主要分析对象。大战前夜，英、法、俄、意等各国的文学已表现出表现主义"时代的"与"超时代的"两个倾向，各国文学中的反战倾向更贯穿整个战争的始末。根多尔夫认为德国表现主义文学"不是战争的结果，而是与战争为其世界的征候同样的危机的精神的征候"。战后表现主义衰微，新即物主义兴起，提倡"直面着赤裸的人生而捉住其实相"，其中社会文学与文化史的文学多表现国民的民族意识、讨论各种社会问题，而战争小说多体现了报告文学的倾向，此外还有流行于各国的记录、纪行、探险、史话等。历史文学比起过去，采用写实主义或自然主义手法，并体现"永远是人类的东西",也"寓有对于现代的激励与讽刺的意义"。宗教文学在这一时期也兴起了,并进一步拓展到道德和伦理的范围。"劳动者文学"虽指"依劳动者作成"的文学,但又是"期待由广大的民众精神中产生出来的"。心理文学是精神的"机能"之"分析",立足于唯物史观,而精神分析学对于下意识领域的发现,也拓展了心理文学表现的范围。该著对中国文坛及时了解新近世界文学的发展趋向有一定的意义。

三、从国别文学研究到文学类型研究

从1928年开始,由世界书局主持,陆续出版过一系列的"ABC丛书",其中既有关于文学基础理论与批评方面的著述,也包括对于域外不同国家文学的专门介绍。这类丛书的出现不仅使前期域外文学形成了以"国别"为特征的分类,同时也使不同国家的文学形态及其差异与联系变得更加清晰。而在此基础上所形成的有关自身民族文学的自觉意识则更是此一阶段国别文学研究的重要收获。

李金发著《德国文学ABC》由世界书局于1928年9月出版。该著为一般了解德国文学发展概况的普及性读物。作者自述:"这书是用了时代来区分作家的。自中古时期起一直到现代止,德国历代的比较更重要的大作家底作品大约都有选及。……以戏剧,尤以悲剧代表了全部的文学。"据此,作者在概述德国文学由中古时期直至现代的发展历程的同时,还具体介绍了诸多代表性作家的生平经历、知识背景、创作成就及其影响等,比如莱辛的创作,作者认为:"他主张以日常生活的事物为主,至于剧中主人或英雄,都是平常人物。此层很以后来的自然主义的表现。""德国国民文学至克腊斯托克而创立,更一到莱辛便完成了。"德国文学史上,"尤以歌德之卓越天才,不独早成了德国文学的黄金时代,其给予后世世界文学上的影响尤其大"。席勒"主张自由与解放,反对因袭之束缚……席勒除了文学作品外,尚有关于历史及美学著作,俱极有名。美学史上有所谓游戏本能说,即席勒首创的"。"所谓施华朋派者是德国南部施华朋的诗人们,有了当代浪漫派爱祖国的,中世纪的情绪之倾向的。"后起的作家中,苏特曼的思想"具有近代观念,喜欢研究社会问题及妇女问题,可谓对社会制度的批评者。……苏氏作风虽然属于自然派。但反面仍带着浓厚理想主义的色彩,与极端自然主义的作家相比,当然是不同的。"

汪倜然的《俄国文学ABC》由世界书局于1929年1月出版。据作者自述:"本书在使一般读者能于最短之时间明悉俄国文学之历史。"凡十七章。作者在开篇即介绍了俄国的整体环境,通过分析俄国的自然地理环境,得出环境导致了俄国人形成了听天由命、悲观的性格特征,"能想而不能行的",同时作者也指出了俄国人的这种性格造成了俄国的文学作品当中注重描述人物性格、忽视情节、作品中人物多是谈话而动作少的特点。彼得大帝之前的俄国是处于黑暗时代的,闭关自守,不与外界往来,他们的文学被政府和教会所阻止,同时由于俄国人自身的教育水平极其低劣,导致了俄国文学不能产生。到了17世纪末,彼得大帝时期,在改革的情况下,俄国人的文学才真正地进步起来,涌现了一大批的作家。俄国人普遍具有同情心,这可以说是他们种族的特点,同时他们复杂的种族特征,以及兼具欧洲和亚洲文化历史特点的混合特征也导致了他们文学的独特性。作者分别从传说与历史等方面,介绍了俄国文学的概况,之后分别列举了不同时期俄国著名的作家,通过介绍他们的生平、思想基础、性格特征、家庭环境等,分析他们的文学作品。这些作家包括普希金、果戈里、托尔斯泰、屠格涅夫、陀思妥耶夫斯基、高尔基等。

由现代书局于1933年8月出版的昇曙梦的《俄国现代思潮及文学(上下卷)》(许亦非译)也是这个时期了解俄国文学的重要参考著作。该著所叙大体是1890年至1922年间俄国文学思潮的发展历程,其虽名为思潮,实则主要是讨论不同思潮对于具体作家的影响,所以著中基本以作家的专论为主。作者解释说,之所以这样安排,是考虑到当时的时代思潮或现实社会对作家的思想、作品乃至风格都产生了较大的影响,这一点在俄国较之其他国家更为明显。该书除第一章宏观地介绍俄国现代的文艺思潮外,其余章节都是对当时具有代表性的作家及其创作的具体介绍,包括"幻灭期的文豪契诃夫"、"马克思主义的作家戈理基(今译高尔基)"、"知识阶级的作家安特列夫"、"生的赞美者科布林"、"死的赞美者梭洛古勃"、"现代个人主义的作家阿尔志跋绥夫"、"肉欲的讴歌者卡门斯基"、"柴采夫的新罗曼主义"、"托尔斯泰的新写实主义"、"凡列沙依夫与契利可夫"、"抒情的写实主义作家"列米查夫等、"现代女流作家的典型"维尔皮斯加耶等,另外还包括美列兹可夫斯基、巴尔芒、布留沙夫、蒲宁、皮莱、伊凡诺夫、勃洛克、阿夫马托伐(今译阿赫玛托娃),等等。除具有世界性影响的众多作家外,这个时期稍有成就的俄罗斯作家几乎全部被囊括在内,称得上是一部俄国文学断代史专著。作者虽然是立足于唯物史观的立场来描述这段时期文学的发展及作家的创作的,但其对于具体作家的评价却比较中肯准确,且著中收集了众多的文学史料,对于中国作家进一步深入理解这个时期俄国文学发展的境况无疑有着极大的帮助。

曾虚白的《英国文学ABC(上)》由世界书局于1928年8月出版。作者自述:"在这本小册子里,每个作家大概都有一些我主观的批评,同时也引用了各大批评家的意见,想让读者对他们有一个概略的了解;同时也把一个作家的杰作提出一两种来叙述一下,想要引起读者去读他们的兴趣。"作者简要描述了英国民族形成的历史,并从小说、诗歌、戏曲、散文等文体角度分别介绍了英国文学发展的概况及不同时期代表性作家的创作,其评价也较为中肯。比如,作者对14世纪中叶出现的诗人乔叟大加称颂,认为他的创作可以分为三个时期:第一时期是明显有着法国的色彩;第二时期是受了很多意大利的作家的影响;第三时期才产生了他的"纯粹国性的伟大作品"。同时作者列举了他的诸多诗篇并进行了赏析。文艺复兴对英国文学产生过极大的冲击,"文艺复兴的潮流是打开智慧的禁门的大力,让英国的学者发生搜求自然界各种秘密的希望和与一切障碍奋斗的勇气。宗教革命的潮流是唤醒群众精神自由的角声,让他们知道个人责任的严重,认识尊重自己意志的重要,每个人对于广漠的人生应负何种责任"。在这股浪潮的影响之下,"这时代的趋向就一反前时代沉沉暮气刻板的生活而变为活泼善变,追求新试验的青年时代的青年精神。同时受着内在火焰的燃烧,作家的创造力不可思议的蓬蓬勃勃地发展起来了。他们把自由空气里所培养出来的鲜花般的思想发泄出来还觉得不足,热烈地希望要把这种思想形之于动作"。于是创造出了灿烂的文艺复兴时期的文学。"所谓浪漫派时代,就是解放时代,就是法国革命潮流汹涌澎湃的时代。这一股奋斗的热潮从大陆上冲到英国的时候,顿时在文学上燃烧起光明的火焰,处处庆幸着新生命的诞生。于是陈旧的古典派便成了坟墓里的枯骨,浪漫派的权威扩大了。"

曾虚白著《美国文学 ABC》由世界书局于 1929 年 3 月出版。该著后更名为《美国文学》收入"西洋文学讲座"系列(1935),是了解美国文学发展概况的普及性读物。作者并不认为有一种独立的"美国文学"存在,"美国文学,在世界文学史上是没有独立的资格的,它只是英国文学的一个支派"。"美国文学既是英国文学的一支派,那末,没有美国文学,好像英国文学还没有完全,……只希望读者把这本小册子做英国文学 ABC 的第三册看,这才可以贯彻首尾。""美国文学史是一个极短的历史","就现代为止的美国文学史而论,我们该承认,他们还没有发现过怎样伟大的作家,可以在世界文坛上,与文学先进各国的大师争永生的光芒。……然而我们该明白他们是得天独厚的骄子,他们的种族是各种民族糅合而成的"。"美国作家的小说自然也有不同的好处,然而要找一个完善的,简直很难;精巧了不免软弱;坚强了不免粗糙。"该著分十六章,除首章总论外,其余为十五位美国作家的专论,包括欧文、古柏(今译库柏)、爱摩生(今译爱默生)、霍桑、欧伦濮(今译爱伦·坡)、怀德孟(今译惠特曼)、麦克吐温(今译马克·吐温)及亨利·詹姆士(今译亨利·詹姆斯)等。其评价也较为简练,比如爱默生,作者在概述了他的生平及性格特征之后,认为:"爱摩生一个哲学气息浓厚的文学家。就文学方面说,他是个诗人也是个散文家。……是个宗教和道德的热心家,是个诗人,是他自己理智现状的批评家。""爱摩生的成名只靠他的思想的伟大。……他虽然充满了人生的诗意和美妙的诗辞,可是他终不能算一个成功的诗人。""所以,真实的爱摩生,只是一个散文家,在他的散文里,差不多每一页上都在表现他的思想的卓越,目的的伟大,灵魂的仁慈。"对于《红字》的作者霍桑,作者也认为:"可以承认他是一个散文的诗家,美国的文坛上,只有他是突出的,是一个讽咏者……他表现的,绝不是清教的精神,是美的精神,是毁灭灵魂的清教道德所仇视的美的精神。""麦克吐温的作品包罗着各色的人生……他的作品的读者可以明显地分成绝对不同的两派,一派是未成熟的人,又一派是已成熟的。在未成熟的读者看来,他的作品只像《鲁滨逊漂流记》和《金银岛》等一般有丰富的情感,发笑的谈资;可是在成熟的读者看来,

第八章 域外文学理论译介方式的转变——从最新理论到知识溯源

书虽是同样一本书,却感觉到他是一个伟大的人类性情的讽刺,一个一切人生真相的写真,一个赤裸地简单的叙述,却叫一切伪善都要对着他扮出一副鬼脸般的苦笑。"如此等等。从此著可以窥见新文学前期中国文坛对于美国文学的一般理解。

《法国文学 ABC》由徐仲年负责,由世界书局于 1933 年 3 月出版。该著分上下两册,上册概叙上古至 18 世纪的法国文学,下册分流派和文体依次介绍 19 世纪至 20 世纪初期法国文学的思潮变化及代表性作家的创作。该著基本依诸多材料汇编而成,作者的评述也多据常论,以齐备完整和持论公允为主,无明显思想偏见,可以作为一般国别文学史教材使用,对一般读者全面了解法国文学的演进有必要的帮助。

由中华书局于 1934 年 9 月出版的萧石君编写的《世纪末英国新文艺运动》是对英国文学概况的重要补充。该著受 George Moore 的 *Confessions of a Young Man*、Arthur Symons 的 *Symbolist Movement in Literature* 两书的启发,集中讨论英国最近文学发展的一般概况。书中首先简要回顾了英国文学的发展历史及各时期有代表性的作家与创作的突出特点。"英国文学起源于希伯来和希腊文化,是他们的变异。英国的文艺复兴运动道德的成分占优势,其优点在于心性健全,注重躬行实践,缺点在于不大能创造和容纳灵活的思想。"英国最初的诗人乔叟以描写人情风物为主,然而自我发现的色彩不浓;伊利查伯、斯宾塞、莎士比亚身上才见到文艺复兴的影响,热情追求美与欢乐。宗教改革后清教成为当时英国文学的特色,弥尔敦(今译弥尔顿)的著作成为代表,崇尚的是意志与信仰的文学。杜莱敦和颇浦(今译蒲柏)成为继起的拟古典主义代表,诗侧重技巧,缺乏深思和热情,是理智教育和讥讽的文学。华兹华斯与考老芮奇(今译柯勒律治)合著的《抒情歌谣集》成为拟古典主义与浪漫主义的界限。后起的浪漫主义文学有六个特点:"描写神异的事物成为超自然主义;对往昔的追怀发生中世纪风尚;爱慕异国的景物产生异国情调;皈依自然;要求解放;对美的渴望。"世纪末时期,英国国内价值体系发生变更,"怀疑烦闷的色彩逐渐浓厚,部分青年不满于乐天安命,科学所破坏的信仰使青年们对人类过去所做的努力产生疑问,"部分作家转而介绍外国的文学,有佩特、西蒙斯、魏尔伦等,异教色彩的佩特倡导精微的刹那主义,佩特的思想切合了当时人们的精神状况,与法国文学结合后对英国文学影响巨大。世纪末的英国文艺运动主张想象的驰骋、情绪的解放。与此同时亨利引导的文学一派带有浓厚正统色彩,影响也逐渐在世纪末扩大。同时作者还分析了英国世纪末文坛的派别,包括以黄皮书等为阵地的新文艺运动,爱尔兰文艺复兴运动,亨利、吉布林(今译吉卜林)揭起的新旗帜和正统派等。世纪末文艺运动中王尔德的唯美主义和西蒙斯的艺术至上主义最受当时青年的追捧,但由于他们的艺术与传统和民众隔离太远而在本世纪告终。叶慈(今译叶芝)在爱尔兰文艺复兴运动中扮演了一个最热诚而最有力的角色。

国立北平师范大学于 1936 年 10 月出版的李子温的《现代英国文学》,注明是国立北平师范大学之《师大月刊》第三十期的抽印本,实际是作者描述 20 世纪初期英国文学发展近况的长篇论文。作者认为,20世纪初的英国文学之所以"乱无头绪",间接的原因在于社会的动荡不安,直接的原因则在于科学、社会学和哲学对于文学的影响。科学的影响包括生物学上进化论的影响、社会学上社会研究的影响和心理学上心理分析的影响;哲学的影响包括柏格森、弗洛伊德、罗曼·罗兰、尼采、易卜生等几位哲学家的思想的影响;此外还有俄国文学对于英国文学的影响。英国的小说特别受到俄法小说的影响、精神分析学的影响以及世界大战的影响。作者介绍了康拉特(今译康拉德)、勃奈特(今译贝内特)、威尔斯、摩尔、吉百灵(今译吉卜林)、罗伦斯(今译劳伦斯)、佐以司(今译乔伊斯)、华而波尔(今译沃尔波尔)、马根齐(今译麦肯齐)、赫克胥黎(今译赫胥黎)、乌尔夫(今译伍尔夫)等二十二位英国小说的最新代表人物。诗歌方面,作者除简要介绍了哈代、布雷基等几位"前辈诗人"外,认为英国新诗的发展是由爱尔兰文艺复兴运动开始的,爱尔兰文艺复兴运动的领袖是夏芝(今译叶芝),参与的诗人有罗素、柯伦、麦克唐那、坎贝尔、奥苏利芬、斯蒂芬斯等。之后兴起了影像派运动,主张"要有明晰的表现,及形式的自由和题材的自由",代表人物有阿尔丁吞、弗令特、曼斯斐尔、窝特得拉迈尔、黛维斯、吉布生、霍格生等。欧洲大战对于英国诗人也有很大影响,并出现了一批从欧战得到题材的"战争诗人",代表人物有沙松、尼哥尔斯、革雷福斯、皮尼安、特仑契、爱理斯美奈尔、美奈尔夫人、霍斯曼等。该著有助于中国文坛及时了解英国文学发展的最新信息。

国别文学属于地域上的文学分类,"ABC丛书"中还有一个系列则是依据题材和文类加以划分的,比如世界书局于1928年8月出版的谢六逸的《农民文学ABC》等。谢六逸在《农民文学ABC》中自陈:"本书先叙述农民文学的意义及其运动,以期其发展之路径,继将俄国、爱尔兰、波兰、法国、日本等国的农民文学加以分章的叙述,以觇农民文学之实况。"作者认为,农民文学从广义上可分为五类,即"描写田园生活的、描写农民与农民生活的、教化农民的、农民自己或是有农民的体验的作家所创作的文学、以地方主义为主赞美一个地方并且发挥这个地方优点的文学"。而从狭义上,"农民文学就是指那些描写被近代资本主义所压榨的农民的文学"。作者把农民文学提到很高的地位,热情地歌颂了农民文学的优美,并概要描述了世界范围内农民文学发展壮大的盛况。在挪威、俄国、爱尔兰等农民众多的国家,他们的农民文学的运动比其他的国家要发达,且同时激发了他们反对强权社会的情感。农民文学的形式丰富多彩,有农民诗、农民剧、反映农民生活的小说等。作者认为,农民诗"是土地的灵魂的呐喊、是大地之力的表现、是土地的创造性的发现与现实化",是"对于病的、堕落的、疲废与焦躁所侵蚀的旧文明的挑战,或是去救济。它是站在经济组织上的农村与农民生活之现实的表现;是反抗精神的叫唤;是向来被压迫着的燃烧着的灵魂的表现,这是农民诗的特质,也是农民文学的特质"。作者分别评述了俄国、爱尔兰、波兰、法国、日本等国的农民运动,并列举了其中的著名作家及有代表性的农民文学作品。作者结合各个国家的不同制度、自然条件、民族特征等,简要地概括了不同国家农民

第八章 域外文学理论译介方式的转变——从最新理论到知识溯源

文学的独有特色。

由世界书局于1929年4月出版的玄珠(茅盾)的《骑士文学ABC》则是有关"骑士文学"的一般知识介绍的普及性读物。作者认为:"骑士文学,也可以称为'侠士'文学,实在是欧洲中世纪文学的综合;当然也是代表该时代背景的文学。骑士文学的时代亘长至三百多年,即自十二世纪至十六世纪中。……本篇的内容是两方面的,一为骑士文学之史的叙述。一为骑士文学之大概面目。""在欧洲文学史上,骑士文学是代表封建制度的文学。换句话说,即是与政治上的封建制度相应和,或是为封建诸侯的工具的,在文化方面,有骑士文学。""十二世纪和十三世纪是十字军的精神渐渐消沉的时代,然而'韵文罗曼史'却到了全盛时代。封建世界正经过着各方面的蜕化变迁,也都在那些'韵文罗曼史'中淡淡地映出来……虽然这些'罗曼史'写了些女人的事,却还是完完全全为男子的作品。"关于韵文以及散文的罗曼史,作者列举了诸多事例来说明其构架、叙事等方面的特点。"十六世纪的时候,崩颓的骑士制度的罗曼史,正在瓦解;这大堆的中古文学作品的旧材料,便又被利用以为两种不同型的建筑的基础了。在一方面,是被俚俗化了,成为闾巷的消遣读物;在别一方面,这又被异化为出奇的诗篇,有世界的声誉。"同时由于意大利国家的自由共和的制度,也使得商业发达,各个国家的人种都混杂在一起,因此也出现了很多异域小说。在英国,骑士小说也变成了市民的读物。这其中包括:牧场的罗曼史、恶棍罗曼史、英雄的罗曼史,等等。但是,"到十九世纪,罗曼史的时代总算完全告终,近代小说开了灿烂的花"。"在后期罗曼史中,我们只有纸上的骑士,却已没有实在的生活在人间的骑士。当骑士制度消灭了三百年后,骑士文学的势力还在欧洲文学的血管中流动;在这一点上,不能不说骑士文学的震撼文坛的力量比任何文学上的潮流都要厉害些。"

由世界书局于1928年8月出版的沈雁冰的《小说研究ABC》属于文类研究,作者自陈:"本编目的有二:一是研究近代小说发达的经过,二是研究一篇小说内所应包含的技术上的要素。前者属于历史的考察,后者属于理论的探讨。"作者还特意对"小说"一词做了严格的界定,"今言'小说'一词,有广义与狭义之别。广义指凡是散文的描写人生的作品,相当于英文之Fiction一语。狭义则指Novel,此所谓'近代小说'。至于'短篇小说Short Story'在今日已发展成为独立的艺术。本编所论,专限于近代小说,短篇小说亦不揽入"。该著为小说研究之入门读物,除了对古代埃及、希腊、中世纪到近代小说的发展历程给予了简要的描述之外,重点主要放在对小说自身的人物、结构和环境三个要素的具体讨论上。书后附录有详尽的英文参考书目,以资读者进一步研究。作者首先对汉语中"小说"一词的含义从庄子到晚清的变化做了粗略的考证,同时对"小说"在西方文学中的起源和界定给予了具体的分析。作者认为,西方的"小说"(Novel)概念是源于意大利语"Novella",最初指短篇故事,后来才"融合了Romans、History和Tale等"的内容。"能够举示'小说'的正当性质的解释,始见于菲尔丁的作品内。"菲尔丁所定义的"小说"可概括为:"小说是放大的喜剧,确合于日常生活和道德的教训,为图书馆而作,非为舞台而作。"而且小说必须包含故事、动作、波澜、人物、情绪、道德和修辞七个基本的要素。此后又有吕芙、丹洛普、土格门、秀斯兰等人为"小说"做出过各种定义,但直到华伦教授将"小说"定义为是一种虚拟的有结构的散文叙述时,小说的"结构"才引起人们的重视。后来又有了配莱所强调的"人物"和斯帝文生(今译斯蒂文森)所讨论的"动机"等,由于曹拉(今译左拉)和福罗贝尔(今译福楼拜)等人的努力,近代小说才日臻成熟起来。作者据多种意见,最终将"小说"界定为:"Novel(小说,或近代小说)是散文的文艺作品,主要是描写现实人生,必须有精密的结构,活泼有灵魂的人物,并且要有合于书中时代与人物身分的背景和环境。"从历史的角度看,古埃及的芦纸抄本、幻异故事和古希腊"恋爱记"等可以看作是小说的雏形,而"中世纪的微弱的幻光中酝育了近代小说的萌芽"。"近代小说的产生时期,延至十七八世纪已经成为不能再搁了。历史告诉我们,仍是那冷静的理性的忍耐的北方人来完成这最后的工作。"从英国阿富拉·约翰生女士的《奥陆诺柯》、倍扬(今译班扬)的《天路历程》到迭福(今译笛福)和李却特生的创作,近代小说在经历了漫长的过程之后终于走向了成熟,其标志就是完整的结构、精细的人物塑造和自觉的环境描写。"人物创造之如何,系乎作者天才之高下。"其中包括人物的来源(模特儿)、简笔和工笔描绘、人物的动静姿态、作家对人物的态度、人物的主次分配、比照、串合以及人物的典型性格、职业特征和阶级属性及民族(地方)属性等,能够兼顾到种种的方面,"那人物方是活的立体的,不是死的平面的"。有了人物,就必须考虑这些人物间的关系和发生的事件,在就是"结构",也即"书中离合悲欢的情节"。"从技术上说,'结构'便是一部小说的机能的作用",包括事实的来源、人物的遭遇、各式人物与事件的联系(复式结构)、情节的松散和顶点(高潮)及其与环境的调和等。"小说家创造了人物,布置好了结构,……还需把这故事装在适宜的地点和适宜的时期把这些人物安置在适宜的境界里。这时,地,以及自然的或社会的周遭境界,即所谓'环境'。"而其中最关键的却是"时代精神"和"地方色彩"。该著对小说的研究,无论是纵向的历史梳理,还是对小说基本要素的精细阐发,其对人物、结构和环境的刻意强调均显示出作者的写实主义文学观的特定色彩。某种意义上说,这也是对中国新文学前期小说创作的一种总结,同时也可以看作是中国现代小说之未来发展的必要参照。

蔡慕晖的《独幕剧ABC》(世界书局,1928年9月)中,作者认为:"独幕剧是最有精采的戏剧,本书把它的特质,分章演述,以供艺术家的研究。""研究独幕剧,对于剧情及性格等,不可不明白它的原理。""戏剧是表演人生急剧部分的一种艺术,所以该著对于表演一端,说述尤为详备。"作者强调:"独幕剧之所成为独幕剧,就是因为它是一篇独幕的剧。如果一幕而不能成为完整的艺术品,或不能有剧的表演可能时,就不能称为独幕剧的。"独幕剧的"主题也并非随便捉住一个就可用的,因为独幕剧要受舞台、演员、以及其它条件的严格限制,所以主题的选择变同样地须受限制。分为:一、大小适中的;二、有真实感的;三、有确定中心点的;四、完整的;五、与人生吻合的;

六、最适宜于舞台表现的;七、排演简便的"。独幕剧材料的选择标准主要有,"一、新颖的;二、急剧的;三、有直接动作的;四、能适合表演条件的;五、有耐久性的;六、有性格显示的"。剧情草案则包括剧场布景、登场人物和动作段次三个组成部分。作者还认为,独幕剧人物塑造中的性格描写包括这样一些要素,"一、精细观察;二、人物的对照;三、人格的统一;四、夸张;五、附属人物;六、描摹性格的方法"。作者也强调:"小说中也只负有小部分的使命。小说中性格描写的重要方法是心理分析,戏剧是没有方法将人的心剖示出来给人看的。戏剧原可以用部分的表情动作来暗示个性,不过最重要的是对话。"

张若谷的《歌剧 ABC》(世界书局,1928 年 9 月)侧重介绍有关歌剧的一般知识。作者自述:"直到现今,关于歌剧的书籍,在中国的出版界里寥寥无几。……在这本小册子内,除叙述歌剧发展史纲以外,兼重歌剧的组织,要素及在艺术上的一切价值的剖解与说明;最后附译各歌剧本事数十种,藉参考。这本小册子的目的,在使一般民众能理解歌剧的普通观念,并不是一部专门的著作。"作者在分析了八种关于歌剧的不同界说后,将歌剧概括为:"歌剧是以诗歌体裁编成而采用音乐的戏曲,没有说白的对话,综合管弦乐的伴奏与歌唱,有时间杂舞蹈。这是一种有歌唱,有动作,有音乐,有表情,有舞蹈,有布景,有扮装等大规模的戏剧。简单地说:歌剧是有全部悲剧份子或喜剧份子的戏曲,有管弦乐充分的伴奏,及动作与背景的调和。总之一句,歌剧的灵魂为音乐,其它一切舞台上的背景与动作都是歌剧的肢体。有了灵魂与肢体的结合,才能产生有生命情调的歌剧出来。"作者通过列举欧美等国家发达的歌剧,介绍了歌剧的分类方式、歌剧与宗教剧的异同以及歌剧的诸种要素。作者特别强调了音乐家在一部歌剧中的重要地位,"凡是一种乐曲由音乐家的灵魂,充分的乐式互相结合而成的,一定是有生命的音乐"。同时,作者也分析了中国戏剧与欧美歌剧的根本区别,"中国的戏剧,无论是旧剧、新剧、京剧昆曲,不但限于音乐的许多缺陷,不足以表现人生繁复的意境与情绪;而且简直都是没有戏剧作家的内在灵魂"。"歌剧制作的要素,是在乎能够用艺术巧妙的手腕,把音乐与诗融合调和起来。所以在歌词作家方面,应该深爱好音乐,而且最好能够充分地准备音乐的知识。"

陈大悲的《戏剧 ABC》由世界书局出版于 1931 年 6 月。书中所论也多为普通的戏剧知识,比如《甚么是戏剧》一文中,作者谈到了戏剧的定义及对其狭义和广义上的理解:"当此旧时代已去新时代到临的时候,一切旧的东西,无论他是中国所固有的或是由外国贩运过来的,都要经过一番重新估价的手续,才能够确定他的地位。戏剧当然不能居于例外。戏剧的重新估价必须要有一个标准。这标准是甚么呢?无疑的就是戏剧的定义了。……'戏剧是由演员在舞台上,藉客观的动作,用情感而非理智的力量,当着观众,表现一段人与人间意志的冲突'。这就明白了。没有演员,没有舞台,没有动作,没有情感的力量,没有观众,或是没有人与人间意志的冲突者,就不能算是'戏剧'。合乎以上这些条件的,无论他有歌舞也罢,无歌舞也罢,有布景也罢,无布景也罢,都可以称为'戏剧'。"同时,作者也强调:"一个爱美剧社有了一个胜任的导演,就能使一班平凡的演员,一个平凡的剧本演得很满人意。不然,纵有一班技巧高超的演员,一个艺术优胜的剧本,极不容易在一个不能胜任的导演前面演得一致与和谐的。"作者论述现代戏剧与以往戏曲的差异时说:"排演现代剧时,最宜注意的,就是要使演员知道美与不美的区别是什么,或者是艺术的与非艺术的区别是什么。这个固然是一言难尽的,但是最浅显的一个区别是变化与单调。机器轧轧声,所以不美就是因为它是单调的。音乐所以悦耳就是因为他有变化。"在《演员的心理建设》中,作者还讨论了演员良好的心理素质及高超的表演技能所应该具备的几点要素:"第一要镇定,要心平气和,才能演出好的戏剧。第二要有拿破仑那样的百折不回,非打胜仗不可的自信力。有了坚强的自信力,才能造成情绪的反应。最后是要剧中人化,把现实生活与戏剧生活完全分离,这样才能够完成高尚的戏剧艺术。"此外,著中还涉及剧本的记诵、化妆及其方法、舞台、布景、服装、灯光、后台及观众等方面问题的介绍。

　　章泯著《喜剧论》由商务印书馆于1936年9月出版。该书列"戏剧小丛书"之一,是作者的十篇以喜剧研究为中心的文章的合集。作者认为,喜剧起源于希腊的宗教仪式,在最初的时候是用于表现中下阶级的生活,经过伊丽莎白时代和莎士比亚的发展,至后来发展成可以表现任何人的生活。喜剧主要是对个人或社会现象以及政治的不合适地方进行讽刺或嘲笑,可以起到干预社会的作用。亚里士多凡斯(今译阿里斯托芬)是希腊喜剧的最高代表者。喜剧的形式与悲剧有共通之处,都是以社会或个人的不足之处为题材,以讽刺嘲弄的口吻进行取笑。罗马喜剧源于希腊的"新喜剧",但它是现实主义的风格,不注重个性的突出,是一般性格的程式化,以巧妙的结构表现出可笑的情势。中世纪时,宗教盛行,喜剧成为宗教宣传利用的工具,但喜剧自身在形式和内容上都有所发展,最终突破了宗教的束缚,除了有表现宗教的喜剧,也出现了表现百姓日常生活的喜剧。伊丽莎白时代的喜剧出现了现实主义和浪漫主义两种类型,后者更受欢迎,王公贵族和音乐都加入进来,滑稽粗俗的因素去除了很多,喜剧效果增强了,但讽刺的力量削弱了。作者将莫里哀的喜剧与莎士比亚的喜剧进行比较分析,认为莫里哀继承了现实主义的传统,抱着古典主义的精神进行创作,取材于社会生活,主要依靠谈话的幽默和机智来获取幽默的效果,其刻画的人物是社会的典型,表现了人类和社会的弱点。"复辟时代"的喜剧没有道德教化的目的,以娱乐为主,也正是因为这样,忽视了结构的安排和人物性格的刻画,喜剧出现了畸形的发展。18世纪的喜剧则与前一时期的喜剧截然相反,道德说教成分很重,不同的是它保有浓厚的情感,幽默性大打折扣,过多的悲剧成分渗透其中。在近代,舞台和社会的特殊条件促使喜剧有了新的发展,喜剧的各种形式在近代都有,它从过去喜剧的实践和理论中吸取经验,形成了完整而有效果的喜剧,是喜剧发展的最高阶段。作者总结喜剧的特性为两点,即诉诸情感和诉诸理智,但两者并不是互相独立和分离的。作者还认为,趣剧不是喜剧的重要形式,两者相联但有极大的不同:喜剧是作者在认真观察

第八章 域外文学理论译介方式的转变——从最新理论到知识溯源

生活社会的基础上,以诙谐幽默的口吻表达自己深刻的认识;趣剧并不深刻,只注重人物的外在行为动作而不关注其内在思想,建立在情势的发展之上,人物简单,手法过于夸张,是作者不负责任的产物。

傅东华的《文艺批评 ABC》(世界书局,1928 年 9 月)旨在介绍有关文艺批评的常识性知识,作者也表示:"本书的目的在叙述文艺批评史上几个重要的学说,藉以供给读者一些赏识和批评文艺作品的原则。"关于"文艺"的概念,作者认为:"'文艺'两字,分开来讲,就是文学和艺术;合起来讲,就是文学的艺术或涵有艺术性的文学。""艺术是实物之心的状态表现。""故文学,由它的最广义说,就是一切种类的外在的真实给予人的印象的记录,及人对于这些真实之思索的纪录……文学对于我们人的生活有极重要的影响。文学是我们间接经验的最大泉源。文学可以使以往的世界存留不灭,因而使我们的主观中的世界扩大。……不仅能保存以往的经验,并且能创造出新的经验。"对于批评,作者列举了古今中外诸多对于批评的不同分类及界定,同时认为,尽管"各派的批评互相排斥,各有短长",但是各派的批评都离不开"判断",同时也离不开既定的判断标准。对此,作者从西方古代的批评、西方近代的批评、西洋现代的批评以及中国传统的批评等方面对批评理论和相关论述进行了比较,作者认为:"把中国批评和西洋批评比较起来看,则见两者的第一个相似点就在他们最初的学说都是由创造的文学归纳出来的;第二个相似点,在于中西第一个发表关于文学理论的人,同时都是实用主义的道德家。"作者总结认为:"第一,我们当晓得文艺批评家只能给我们以文艺上的原则,不能给我们以文艺上的法律;第二,当晓得我们的常识文艺,完全是凭着自己的趣味的,……批评的最真确标准便是读者的趣味。……由另一方面看,则凡一个时代的文艺的转变,间接固由政治社会一切的因素促成,直接则由时代的趣味促成。"

傅东华的另外一部《诗歌原理 ABC》也由世界书局于 1928 年 9 月出版。作者表示:"本书试以极浅近的理论和实例说明诗歌最基本的原理。书中的举例,为便读者领悟起见,完全采用中国常见的诗歌。"著中共分四章,集中讨论"什么是诗歌""诗人的解剖""形态与声韵"和"诗的神秘"这四个问题。作者认为:"古今中外说诗的意见虽千差万别,而大要也不外从形体去观察和从本质去观察两派。""整齐和有韵并非是诗所独具的性质,也可见单单揭示出这两种形式上的元素决不能显出诗的特征,便是决不能回答'诗是什么'一个问题。"但是大家都承认的一点是:"诗是艺术的一种,其性质与建筑、雕刻、图画、音乐有一共同之点。""诗之所以为诗,必合两个必要的条件",即:"一、诗所表现的是主观的观念,不是客观的实在。……二、凡诗所表现的恒必是一种'假象',这是一切艺术都是如此的"。"诗人构成假象的工夫名为想象,想象就是离开实物而在意识上唤起一种影像之谓。"想象的作用有两种:"一、感觉离开实物,而将那实物的影响重新唤起,是之谓再现的想象;二、感觉并未接受影响,而凭空唤起一种影像,或将从前感觉所接受的影像的各部分建材修改,或重新排列,而成一种新的影像,是之谓创造的或建设的想象。""诗人的原料完全是想象,而尤以创造的想象更有妙用。因为诗人若以自己对于现实的经验为限,那末他的境界也很有限。故诗人的大本领,就在能开关新的境界。这种境界恒比基于作者的想象之上。""凡是真正的诗,必都是有感情的,而诗人欲传达他的感情于读者,又不得不靠着想象。因为我们要唤起感情,势必须凭着想象。"诗人表现他的想象的媒介就是文字:"一、诗的文字的生命并不在于字形,而在那字形所代表的影像。二、诗人的想象感情,不一定要靠有形的符号来传达。""诗人所用的文字,恒必是他自己性情的表白。"而诗的灵魂则是"韵":"从美学的原理说,韵的功用,就无异于音节的功用。"诗所以有"神秘"的特点,原因在于:"我们知觉的来源本有两个:由感觉接受来的是知觉,由感情接受来的也是知觉。而无论由感觉或由感情,知觉到相当的深处,便成为洞见。而洞见的结果,其一是发明,其一是灵感,便都是感情的泉源了。"

1928年9月世界书局还出版有夏丏尊的《文艺论ABC》,据作者称:"近年来革命文艺的呼声,尤其是无产阶级文艺的呼声,甚形热闹,但是所谓革命文艺,无产阶级文艺,究竟是什么一回事,实在有点模糊。"由此,该著的目的主要在于,"客观地从文艺创作与革命的关系,根本上加以一番考察,以阐明革命文艺无产阶级文艺的究竟。"著中分十八章对此给予了具体的讨论。作者认为:"文艺的本质是情,文艺中需把经验事实通过情的面纱来表示,从情的上面刺激读者。"但是,"文艺中的情,不是现实的情,是美的情。所谓美的情者,是与个人当前实际利害无关系的情,美的情能使人起一种快感,即其情为苦痛时也可起一种快感"。"我们对于事物,脱了利害是非等类的拘束,如实去观照玩味,这叫做艺术的态度。艺术生活和实际生活的分界,就在这态度的有无,艺术和现实的区别,也就在这上面。从现实得来的感觉是实感,从艺术得来的感觉是美感。""由经验而生的美的情感,是一切艺术的本质。美的情感由现实经验净化而来,故经验实为根本的要素。""想象可补经验的不足,与经验同为文艺中的重要成分……所谓的想象,不是凭空的漫想,仍要以经验为基础的。""经验与想象均可发生情感,而美的情感或为文艺之本质,所谓美的情感者,是脱离现实生活的利害是非等而净化过了的东西。""文艺的用,是无用之用。它关涉于全人生,所以不应局限了说何处有用。功利实利的所谓用,是足以亵渎文艺的大用的。""一个民族的古典文艺,是一个民族的精神文化的遗产,其底流贯着一民族的血液的。故即离开了研究文艺的见地,但就作为民族的一员的资格来说,古典文艺也大有尊重的必要。""文艺批评的任务,一方是阐发作品,指导读者,一方是批评作品,指导作家。"而创作家也需要具备两个重要的条件:"一、锐利的敏感;二、旺盛的热情。第二点是文艺创作家最重要的资格。"据此,作者围绕作品、创作家、批评家等的职责与方法展开了具体的论述。该著虽为普及读物,但重在阐明文艺自身的特性,其对当时刻意强调文艺的社会功用的普遍趋向有相当的启发意义。

胡怀琛的《诗歌学ABC》也由世界书局于1929年1月出版。该著试图将包括诗、

第八章　域外文学理论译介方式的转变——从最新理论到知识溯源

词、散曲、民歌、新诗及作为诗歌旁支的戏曲等在内的"韵文"全部归纳在一起，以构成一种专门的"诗歌学"研究系统，所以，其虽被列为普及读物，但其体制却是介于中国传统的"《诗经》学""词学""曲学"与现代诗歌研究之间的一种新的研究模式。当然，其主要研究对象仍旧只限于中国。著分三编，具体阐述"诗歌"（韵文）的本质及其在外形和内容上的特质与变化。其论述虽多为常见论调，却也因为其有所概括而显得清晰明了。比如，作者总结诗歌的产生的原因有以下七种："一、为男女爱情的媒介物；二、为悲伤时发抒郁结之用或快乐时助兴之用；三、为战争时期鼓动尚武精神之用；四、为工作时唱来安慰自己或同伴；五、祀神时唱来媚神；六、将语言编为整齐有韵的诗歌式使得便于记诵；七、将语言编为巧妙的诗歌形式以当游戏。"对于诗歌的产生，作者也明确指出："诗歌用口唱，不必用文字写，所以在文字出现之前，就有了诗歌。"中国诗歌在形式上曾经历过从口诀到诗歌、散曲、新诗和从纪事诗到戏曲的变化；诗歌内容方面的改变与民族关系及哲学关系方面的变化有密切的关系，如此等等。该著显示出试图整合中国传统诗学与现代诗学的某种趋向。

世界书局于1929年5月出版的张东荪的《精神分析学ABC》，则是专门介绍新兴的精神分析学一般知识的普及性读物，篇首有"谨献于梁任公之灵"之语，并附张君劢所作序言。作者在自序中直言："我作此小册子没有别的意思。就是旨在使中国想学心理学的人知道于正宗心理学以外，尚有这样的一种新心理学；于静的心理学以外，还有这样的动的心理学。同时使他们知道欧美学术界不是仅为唯物一派的思想所垄断。更同时使他们知道欧美学者虽发见人欲的原始性质，却并没有主张人应纵欲而横冲直撞。凡青年对于现在中国的放纵的文艺有厌恶的心的，请读吾书！"著中分五章依现代心理学发展的历史分别介绍了佛洛德（今译弗洛伊德）、琼格（今译荣格）、阿德勒、烈浮斯、康甫、濮灵斯等人的学说及精神分析理论的应用，包括西方学界对于精神分析的各种批评等，另附有精神分析学的相关书籍与题解。作者列举了诸多对于新兴的精神分析学的误解，然后指出："精神分析学是由精神分析法而来的：精神分析法是用聊想法唤起潜伏心理作用的一种纯心理治疗方法；而精神分析学是研究精神的层次与其相互间的关系以明日常性格如何成立与精神错乱如何发生。"作者以精神分析学理论各派的代表人物为例对此进行了详尽的说明，其中尤其强调了精神分析法对于儿童教育的特殊作用："幼年教育是儿童而未入学堂以前的教育。而负这种教育责任的人是父母或保姆。于是便起了父母或保姆的人格问题了。大凡父母有高尚的人格，同时对于子女又知道教育的方法，其子女必可得良好。所以为父母的人，必须懂得些精神分析的原理。"除介绍西方精神分析学说的主要观点外，作者也客观地列举了西方学界对精神分析理论的批评，同时，作者也认为，精神分析作为一种新兴的学说难免有牵强附会之嫌，但是，"这种新学问，对于旧来心理学却有贡献；他对于文化与修养，给我们以明了的概念。并且，这种学问还在未成熟的期内"。该著虽然为一部专门的心理学著作，却对中国文坛深入理解精神分析理论在文艺批评方面的应用产生了极为深远的影响。

徐蔚南的《艺术哲学ABC》(世界书局,1929年9月)实际为戴纳(今译丹纳)的《艺术哲学》之第一部分的缩译,旨在解决科学方法与艺术研究之间的对立,分上下两编分别阐述艺术的性质与艺术品的制作。作者认为,艺术品的创作不是偶得的,而是有着一定的条件和规则的:第一,"一件艺术品是属于那制作艺术品的人的全部作品里的";第二,"艺术家也不是孤立的,他总是附属于同一地方同一时代某一派别";第三,"艺术家们不是孤立的,他们不论在风俗方面、精神状态方面,公众是这样,艺术家们也是这样"。因而,研究艺术品的创作也同样有着既定的法则:"为了要了解一个艺术品,一个艺术家,一群艺术家,我们不可不正确地考虑那艺术品,艺术家群所属的时代的精神的全体。……一个时代有一个时代的精神风俗,接着便有和这个时代的精神风俗相应的艺术品。""艺术对于对象应该竭力模仿若干部分,而不模仿全部。""艺术的目的是在表现主要的特性,就是一个显著的特质,一个主要的观察点,一个对象的主要的存在的样式。所谓特性者也,就是其他许多性质的泉源,换言之,其他的性质,照着一定的关系,都从这特性而引申出来的。""艺术品的特征,是在把那特性,或者至少把那对象的重要性质,尽力地表现得鲜明得势。""艺术乃以表现某个本质或某个显著的性质为目的,换言之,就是以表现那比现实更完全更明白的某个重要观念为目的。"艺术品产生的基本法则:"其一,就是经验;其二,就是推理。"这其中,精神的内涵对于艺术非常重要。据此,作者以希腊罗马时期、中世纪、君主专制时期和民主政治时期这四个时代艺术发展的情形对其理论进行了论证和说明。该著虽未全面展示丹纳的艺术哲学思想,但对中国文坛深入探索科学的社会学文艺批评却有着积极的引导作用。

四、基础理论的著译

高明译木村毅的《小说研究十六讲》由北新书局于1930年2月出版。该著为日本评论家木村毅根据 Edmond Gosse 的"novel"(大英百科全书)、Clayton Hamilton 的 *A manual of the Art of Fiction* 以及 Bliss Perry 的 *A Study of Prose Fiction* 等有关资料编订而成的小说研究的讲义,译文有增删和改写。著分十六讲,第一讲"小说与现代生活"简要回顾小说从被鄙视和压制到不断走向勃兴的历程,具体阐明小说与现代人类生活的密切关系及其重要的社会意义,以及小说对其他文艺形式的广泛包容,突出其"现代乃小说的世纪"之意。第二、三讲则简述小说在西洋各国和东洋的日本和中国等渐次发达的历史过程及不同时期代表作家的创作。第四讲"小说之目的"旨在探讨小说的价值意义,可视为有关小说之本质的讨论。作者比较认同哈密尔顿的看法,认为"小说之目的,在以空想的事实的系列,来具现人生的某真实"。"小说

第八章 域外文学理论译介方式的转变——从最新理论到知识溯源

是蒸馏了的人生。"著中引坪内逍遥在《小说神髓》中的意见加以证明:"穿人情之奥,周密精到地写出所谓贤人君子以及老幼男女善恶正邪的心中内幕,使人情灼然显现——这便是我们小说家的职务。"作者历数西方众多作家和批评家的意见及相关争论对此进行了进一步的说明,并对小说与事实、历史、真理、科学、哲学、道德等的关系做了简单的概括。第五讲"现实主义与浪漫主义"主要讨论小说创作的两种常见方法的异同、优劣、论争及彼此的内在联系。第六讲"小说之基础"概括小说在构设上的三个基本元素,即结构、人物和背景及小说与修辞方法上的故事、描写、注解和论证等的关系,作家"讲述"意识的自觉与养成,以及行为(事件)小说、性格小说等类型的一般特征。第七至十五讲则主要是具体讨论小说的结构、人物的性格与心理、小说背景的演化及哲学意义、小说的视点与基调、小说的重心与着力点的安排、叙事诗和戏曲与小说的关系、小说的篇幅、短篇小说的基本构成要素,以及小说的文体、风格及语言形式,等等。末讲"以作家为中心底小说的考察"着重探讨作家的经验、思想、想象力及创作过程:"由不可能至不确,由不确至或确,最后至必然。"并具体分析了个性、时代、读者社会、作家的哲学倾向、知识积累、艺术修养、审美取向及道德水准等诸种因素对于作家创作的影响。这是一部讨论小说之本质论、作品论及创作论等问题的比较完备的著作,它详尽地澄清了诸多有关小说的常识性问题,不仅对20世纪30年代初期正处于混乱和迷茫时期的中国新文学作家有着积极的引导作用,即使在当下对小说研究也仍然有着一定的启发。

宋桂煌译英国韩德生的《文学研究法》由光华书局于1930年5月出版。该著由韩德生所著《文学研究导言》的第一二编翻译而成,略去了原著分文体论述的部分,分上、下两编,上编侧重文学作品本身的研究,下编偏重文学作品与外部关系的研究。文学研究首先必须弄清文学是什么,文学与非文学的界限等问题,但是这一问题至今都没有最后的答案,不过人们能够形成一个广狭适度的观念:"第一,因其题材与表述题材的方法的关系,都是合于一般的人类的兴趣的;第二,其中形式的原素与形式所给予的愉快,都应视为最关重要。"我们重视文学,就是因为文学有深长而永久的人生意义。"文学根本上是以文字为媒介的一种人生表现。"产生文学的冲动可分为四类:自我表现的欲望;对于一般人及其行动的兴趣;对于我们所处的现实世界与我们希冀实现的理想界的兴趣;对于纯粹形式的喜悦。以此为基础,文学的种类可分为自我表现的文学;探讨人类外部生活与活动方面的文学;描写的文学。各类文学中包含有几种组织的元素:理智、情绪、想象,这三种元素结合起来,成为文学的实体与生命。作者强调作家对于作品的决定作用,认为是作家直接赋予了作品以意义。文学是作家个性的表现,文学兴趣的最后奥秘当求之于作家的个性人格,"亲身以简单直接而合于人情的方法与作品交接,当为我们基本的,固定的目标"。"一切优良的,不朽的文学作品的基础,完全在乎作者能忠于自己,忠于自己的生活经验,并且忠于自己所见的事物实际。"在文学阅读和批评中,应当竭力窥探作家的个人生活,探讨作家根据其个性对于经验世界的解释。要充分认识作家的天才与个性特点,就需要考察作家各个作品之间的相互关系。最好的方法是将一个作家的各个作品依照产生的次序加以研究,同时要将此作家与其他作家比较、对照,也即作家研究的编年法与比较法。研究作家的传记对于解释作品的意义有重大作用,但是要切忌滥用。我们阅读作品,了解作家,需要一种同情心,这样才能"与他人的灵魂发生生活的接触"。在下编中,作者首先提出了文学史研究需要注意的两件事,即"文学的永续生命,或文学中的民族精神;与这种永续生命各方面的变化,或文学表现时代精神的变化的方法"。一个民族的文学史,就是该民族的天才与特性以最重要的表现法之一显示的记录。一个民族的文学作品同时具有民族性与时代性。研究文学,必须研究文学与该时代社会中文学以外的一切原动力的关系。作者肯定了丹纳的种族、时代和环境的"三要素说",但也指出其中忽略了文学中的个性因素及作家自身给予其所处时代的影响,所以研究文学史,应当以个人的变异与人的共通模型并重。同时,还应对各个民族文学间的相互影响进行对比研究。对于文学技术的研究,作者比较看重"系属与来历研究"和"风格的技术研究"两种方法。"文学的艺术如何可被艺术本身视为探讨的题材,与文学的本质与人生意义有直接关系。"

张我军译夏目漱石的《文学论》由神州国光社于 1931 年 11 月出版。该著原为作者在东京大学教授文学课程的讲义,也是日本近代文学史上重要的理论著作,对日本和中国作家均产生过极为深远的影响。周作人在为该译本所作序言中有言:"夏目说明他写此书的目的是要知道文学到底是什么东西,因为他觉得现代的所谓文学与东洋的即以中国古来思想为根据的所谓文学完全不是一样。他说,'余乃蛰居寓中,将一切文学书收诸箱底,余相信读文学书以求知文学为何物,是犹以血洗血的手段而已。余誓欲心理地考察文学以有何必要而生于此世,而发达,而颓废,余誓欲社会地究明文学以有何必要而存在,而兴隆,而衰灭也'。"以此可知,该著并非既有文学理论的综合或缀编,而是渗透了作者自身创作经验的原创性的理论总结。著分五编,第一编"文学内容的分类",作者将文学的内容简化为一个公式(F+f):"F 代表焦点的印象或观念,f 代表附随那印象或观念的情绪。"并从心理的角度展开分析,包括简单的感觉要素如触觉、温度、味觉、嗅觉、听觉、视觉、色、形、运动等,以及人类的内部心理作用如恐怖、怒、同感、自己之情、两性的本能等,以此又将文学的内容所包含的一切事物分为了感觉、人事、超自然、知识等几种。第二编讨论"文学内容的'数量的变化'",包括感觉、人事、超自然、知识这四项的 F 的变化,以及感情转置法、感情的扩大、感情的固执三个方面的 f 的变化,f 在此又分为三种:第一,读者对于作品发生的 f,主要是感情的记忆;第二,作者对其材料发生的 f,主要是依联想的作用化丑为美的表现法;第三,做着作者的材料的人及鸟兽等的 f。循此,作者又从人们对于痛苦的嗜好、人的冒险性、自杀党、奢侈家的悲哀等方面论述了其对"悲剧"的一般看法。第三编论述"文学内容的特质",主要涉及语言的能力和意识内容。作者将文学的 F 和科

第八章　域外文学理论译介方式的转变——从最新理论到知识溯源

学的F进行比较,科学的目的在于叙述而不在说明,而文学则没有在一切文面提出"how"这个问题的必要;科学者的态度是解剖的,文学者的态度却多出于感觉。第四编为"文学内容的互相关系",作者概括其有八种关系:一是射出语法,即移自己的情绪去理会他物;二是射入语法,即以物解释自己这类的联想;三为与自己隔离的联想,四是滑稽的联想(包括双关趣语和机智);五为调和法;六为对置法(包括缓势法、强势法、不对法);七是写实法;八为间隔论。第五编为"集合的F",主要论述F的差异,包括时间和空间的差异,其一是一代间的三种集合的F(即模拟的意识、能才的意识、天才的意识),其二为意识推移的原则,一时代的集合意识的传播,首先被暗示所支配,也经历许多竞争,此竞争是自然的,又是必要的,依照习惯或约束,反复意识之内容和次序而已,推移以逐渐不急剧为便,推移急剧时,以在前后两状态之间有对照为妙最。该著不以体系谨严见长,但因为深含着作者自身基于其创作经验的切实的思考,所以对中国新文学作家的诸多理论观念的形成都曾产生过积极的启发。

穆女译培利的《抒情诗之研究》由文化学社于1932年12月出版。该书是一部专门论述抒情诗的理论著作,译者在序中写到:"中国自古代以至近代,可以说没有叙事诗和剧诗。但以抒情诗的方面来说,不但是很丰富,且足与欧洲媲美,甚至凌驾而上之。……读者如研究中外的抒情诗,本书也许能够帮助一二吧。"全书分为四部分,作者开篇首先介绍了抒情诗的一个概约的分类,并对其进行定义:"抒情诗是一种情境或一种愿望的反映。"继而介绍了抒情诗的普遍特性:"抒情诗的'幻想',常常为一种新颖,真实和自我主义的显露。"抒情诗的表现对象是自然、人和神三者,它的表现法则是,音律结构上简短的法则,文法结构上单纯的法则,另外还有奥妙或无限制的法则。最后介绍了抒情诗的三种创作方法:"第一是情感的冲动,应注在歌曲所从出的对象,情境或思想之上;第二是情感应尽量的发展它最高的效能,直到它开始将理智的原素慢慢的弛缓下来的时候为止;第三是将情感归入一种思想,一种意志的决断,或一种品性里去。"作者简要介绍了抒情诗与其他文学形式,并分别梳理了抒情诗与戏剧中的抒情元素、独语的戏诗、叙事诗、歌谣、短歌和商籁诗的关系。又通过对抒情诗在中世纪的西欧兴起、伊丽莎白时期的激昂、莎士比亚之后的英国诗歌的复古,以及18世纪中叶浪漫主义的兴起等发展历程的叙述,探究抒情诗与各种族、各时代、各个人的关系,认为每一个特定的因素都会对抒情诗产生一定影响。作者认为抒情诗的功用是"表现整个人类的思想",抒情诗人的任务是"将诗的节奏,诗的形式,个人情感的蕴藉,以及个人对于自己的种族和时代的语言有艺术上的优点等,加以表现者"。此外作者还意识到,随着欧洲文明的统一,"另外一种新奇在西欧的圆圈外迅速的增长起来,那就是东方的故事和北方的神话",种族价值的新意识在诗中被体现出来。最后,作者简要介绍了现代抒情诗的状况,通过对柏拉图的道德反对论、斐各克和马可黎的"诗为无用"的唯理性主义、以亚里士多德为代表的美学反对论、诗的主观的灾祸以及技巧论等理论的反驳,作者为抒情诗进行辩护,"抒情诗是超过了一切纯粹的道德与实利派之上，有如他超过了一切历史的与技巧的观念之上一样。当人们动乱的时代涌出来或消灭去的时候，抒情诗会引领读者达到一种美和真所居住的静穆的环境里去的"，并且阐释了抒情诗的重要性，"研究诗者，是使我们回忆到原始民族的心里的生活，语言和社会的发源，以及潜在民情风俗下的精神，所以，虽然是一片断简的残留的抒情诗，仍可认为作为世界生活的统一和分开的力量的一部分"。

孙俍工译萩原朔太郎的《诗底原理》由中华书局于1933年2月出版。该著为日本批评家萩原朔太郎的诗学专著，历时近十年修撰而成，除孙俍工的中文译本外，知行书店还曾出版过程鼎声的迻述本（1933），两译本均将作者萩原朔太郎误为"荻原朔太郎"。程氏自陈，该著是"依据日本感情派诗人荻原朔所著的《诗的原理》"删除其日本文学专论部分之后的节译，并更换原作中日本文学例证补为中国文学范例，初为1929年程氏授课时所采用的教材，后单行出版。孙氏译本则比较忠实于原作。书分三编，除序论外，内容论和形式论凡二十八章，末章专论日本文学与世界文学的差异与关系。该著旨在寻求"诗"在内容与形式上的某种"普遍"特性，以力求避免个人主张的独断。书名虽为"诗"的原理，实际上探讨的并非狭义的"诗歌"，而是广义的所谓"诗学"的问题，"这书所讨论的范围，不单限于韵文学的诗，实可能包括在本质里的诗底一词的一切文艺"。"比于科学而说时，艺术自身可用'诗'这观念称呼"，因而小说、戏剧等也被纳入了讨论的范围之内。著中所论基本遵循的是"客观"与"主观"的二元构架，由此就形成了"内容"上的柏拉图与亚里士多德、现实主义与浪漫主义、抽象观念与具象观念、为生活的艺术与为艺术的艺术、观照与表现、知性的意味与感情的意味，以及"形式"上的韵文与散文、诗与非诗、描写与情象、形式主义与自由主义、诗的主观派与客观派等二元比照式的立论。作者在充分讨论了两种对立的诗学立场的根本差异与内在联系之后认为："诗的精神底本质，第一是'对于非所有底憧憬'揭示某种主观上的意欲的梦底探求……其次所解明的，就是一切适于诗的感动的，在本质上是有一种'感情底意味'的。"换言之，"含这种空想底自由，以唤起主观底梦的，至本质上皆可以看作'诗'。恰反对，没有空想底自由，梦也不曾感动的一切，在本质上实是散文，皆可以看作散文的。故作为诗底本质的，结果在'梦'底一名词包括尽了"。从作者的此类论述可以看出，其思想立场基本上是浪漫主义的，又因为须得与当时世界文坛的潮流相呼应，所以其立论在浪漫主义的核心精神之外又积极汲取了詹姆斯、柏格森、弗洛伊德及尼采等人的现代非理性思想的诸多元素，以此才将象征主义看作是浪漫主义的延续。"象征派底新运动在其本质上的精神上正是浪漫派底复活，正是把虐待的自由与感情在诗里回复了的革命"，而"最近诗派底本质，一言以遮之是'象征派底反动'"。也许正是因为作者自身并没有清晰地认识到以象征主义为首的现代主义诗学新变的真正特质，所以著中的论述仍旧主要停留在浪漫主义的一般精神特征上，而对于其他范畴多持排斥与含混的态度，因此，作者最终也只能认定："毕竟诗底历史是从'反动到反动'之流，是无限无际的轨道，故今日底正流即是明日底逆流，明

第八章 域外文学理论译介方式的转变——从最新理论到知识溯源

日底逆流即是今日底正流,关于这点底价值与正邪,毫不能以现在底批判为断定的。"萩原朔太郎的原作出版于昭和三年(1928),后曾多次再版,这个时期的日本同中国新文学前期的情形较为相似,都是文坛在力求顺应世界文学潮流而大力倡导"新浪漫主义"的时节,但多数作家对何谓"新浪漫主义"实际并没有真正清醒而明确的认识,以至于在理论阐述上造成了诸多的混乱,此著的出现即可视为文学思潮在过渡时期的一个比较典型的范例。

人文书店于1933年7月出版过陈介白和刘共之合译的叔本华的《文学的艺术》,该著原为陈介白任教河北女子师范学院时所采用的教材,系译者据桑德司所编英文版叔本华文学艺术论文集译出。前附录周作人的序言及桑德司英文版的序。周序称,叔本华"对于文学有他自己的意见,他不像普通德国人似的讲烦琐的理论,只就实在的问题切实的指点"。并且认为:"现今文学论出的不少了,有的抄集众说,有的宣扬教义,却很缺少思想家的诚实的表白,叔本华此集之译出正不是无意义的事。"桑德司在其英文版原序中也解释说,该著主要取材于叔本华的多种论文集中有关文学艺术的论述,桑德司在不改变著者原意的前提下,把叔本华著中的原有内容和部分章节做了一定的调整。著分九章,依次为著作家的职务论、风格论、拉丁文的研究论、学者论、自己思想论、文学的几种体裁论、批评论、名望论和天才论。叔本华认为,一个作家应凭着观察,用材料写出自己的想法;而材料则主要是指须充分挖掘优秀的文化遗产中的新思想,以使其具有一种普遍性和必然性。风格是意念的反映,是作家品性和思想的表现,作家应有自己真实天然的风格。好的风格须满足两点要求:一是有话要说,二是真诚而富于意念。在叙述方面,作者推崇文从字顺,真实简练而富有意义,极端反对含糊不清的言辞。作者认为拉丁文作为国家文学的语言,萌兴却被废除,是欧洲知识方面的一大不幸,因为拉丁文不但是寻求罗马古代知识的秘诀,也记录了欧洲各国中世纪和直至1750年的一切概况。以此延伸,作者认为,古代的语言文字在结构的美善上比近代要高妙得多,也更能灵巧地表现出思想。古代文字于我们有提高涵养、扩大心智和修养脑力的作用。教学机构与学者无必然联系,知识应被当作目的而非工具来对待。教授和独立的学者不同,教授易闻名于当世,而独立的学者却可以名传后代。作者强调读书一定要思考,要有自己的思想,读书与思想的推进是一种反复印证的关系。在诸多文体中,戏剧是人生最完美的映像,其表现法共有三层:一是通过角色的表演来表现意念;二是具有感情;三是意向悲哀,引发我们对人生的思考。文艺批评的才能是罕见的,杰作被认识的过程极其艰难漫长便是一个明证。作者认为文艺批评的要求有:批评不能屈服于权威,批评的刊物要正直真实,批评不可用匿名。作品受赏识的机会有赖于两种情形:一是作品的性质;二是作品所吸引的群众。后者由前者推演而出。天才与常人有别,天才有二元的理智,是客观的理智,常人仅有一元的理智,是主观的理智;二者的天资有量和品性的差异;天才较之常人对于事物的观察是出类拔萃的,具有清而又明的悟性以及关乎其自身的感觉;天才大多不好交际而且惹人厌恶,但谦逊又会有损天才的创造力,其作品之所长为其所独有,外人只可欣赏不可模仿。叔本华有关文学艺术的思想多夹杂在其哲学著述之中,该著的出现可以使其文艺思想能得到相对比较集中的展示。该著虽在时代上略显久远,但对当时的中国文坛不乏深刻的启示。

傅东华译韩德的《文学概论》由商务印书馆于1935年12月出版。此著列"汉译世界名著"之一,作者自称:"最有趣味也最有实意的文学研究就是文学本身。"该书从几个基本的问题入手:文学的基础和根源;文学的问题和原则;文学的范围和精神;文学的类型和倾向;文学的宗旨和地位。其重点探讨的是文学科学与文学教育的一般原理及其意义和功能。作者首先提出,文学解释须遵循这样几个原则:"文学研究有科学的宗旨和特质,需要确定观察点;明确首要的和次要的;文学起源的重要性;对照写实主义和浪漫主义;文学中存在未知量即不规则性和无定见;文学评论应客观;文学的解释应是建设的、积极的;表现与达到文学的内在精神。"据此,作者认为:"文学是思想经由想象、感情及趣味的书面表现,它的形式是非专门的,可为一般人所理解并感趣味。"文学研究的方法多种多样,包括文学的、暗示的和概括的、逻辑的、比较的、历史的、独立的和公平的等。作者同时强调,要注意文学与科学、哲学、政治、语言、文学批评,乃至人生、伦理及其他艺术的区别和联系。文学的使命是:"伟大的观念或原则之构成、体现和解释;时代精神的正确说明;人类性情对自己和世界的说明;高尚理想的表现与推行。"此外,作者还具体分析了文学中散文和诗的关系,史诗、剧诗与抒情诗的等级,戏剧和舞台的关系,戏剧与小说的联系,文学中的概括化与特殊化,文学标准,书面文学和口头文学的差异,文学与风格的关系,诗歌的技术,以及文学在学术中的地位等问题。该著在全译出版以前,有不少新文学批评家已经零星地借用其观点来分析新文学的诸多问题了,对中国文坛的文学理论建设产生过极为深远的影响。

丰子恺译黑田鹏信的《艺术概论》由开明书店于1928年5月出版。该著原为译者在立达学园西洋画科授课时所采用的教材,内中事例多有删改,共十二章。第一章主要讨论"艺术的本质",作者认为,艺术为感情的发现,但"艺术须带客观性","须是无关心的",它是"个性独创及时代精神与国民性的发现"。第二章"艺术的分类",作者主要从"自然的关系""实用的关系""美为标准""样式""感觉"等方面对艺术进行了不同的划分。同时作者说明了"空间艺术、时间艺术、综合艺术及其细别"。第三章讨论"艺术的材料",作者将艺术材料分为感觉的和物质的材料两大类,前者包括"视觉色与形""听觉音""视听以外的感觉";后者则包括"建筑""雕刻""绘画""工艺美术"等门类的不同材料。"材料是手段",不同的材料"各有其特殊的表现"。第四章阐述"艺术的内容"。作者认为,"艺术的内容是以美为底的……其题材是自然美、人生美及超自然美"。第五章论述"艺术的形式"。包括"反复渐层""对称均衡""调和对比""比例节奏"等艺术形式,这些形式"都是多样统一的一种情形","即形式原理的一种应用",

第八章　域外文学理论译介方式的转变——从最新理论到知识溯源

"形式原理是美学上重要的一点","艺术的价值一半因此而决定"。第六章探讨"艺术的起源"。作者认为,艺术的起源大体有"模仿说""游戏说""表现说""装饰说""艺术冲动""美欲"等。此外,作者认为:"国民性与时代精神与艺术的起源无直接关系……但一国的艺术,起初就是其国民性的发现。"第七章就"艺术的制作"进行了论述。作者认为,虽然"艺术的起源在于美欲与艺术冲动",但"艺术的制作,不必限于艺术家","美的感情起于艺术家心中……那些艺术品尚在艺术家的心中而未现于外部的时候,叫作'内术品'……现于外部而成为艺术品的时候,叫做'外术品'"。第八章讨论"艺术的手法与样式"。"所谓的手法(Treatment)也是材料的处理法","技巧与手法,都是物质的材料的处理法,故皆因材料而受一种限制"。第九章阐述"艺术的鉴赏","艺术的制作,是先由艺术家的心中生出内术品,这内术品再向了外部而成为外术品,取自内向外的路径",但"鉴赏之际,鉴赏的人先从艺术的外部鉴赏,与制作时相反,取自外向内的路径"。作者以绘画、雕刻、建筑、工艺美术等艺术的鉴赏为例做了进一步的说明。第十章论述"艺术的效果",其中包括:"知的效果",即"因艺术的绍介而得知识";"道德的效果",即"任何艺术中都含有道德的教训";"感情的效果",即"艺术由其内容惹起鉴赏者的兴奋"。末章余论,主要就"美学与艺术学""美快感与艺术"的关系及不同艺术门类的总体特点进行了阐释。该著重在为现代中国早期的美学理论提供必要的佐证。

陈望道译青野季吉的《艺术简论》由大江书铺于1928年12月出版。该著是从日本文艺评论家青野季吉的几部著作中,抽取与艺术有关的部分翻译而成的,共分九篇。作者认为,艺术的本质是一种"感情社会化的方法","要有艺术存在,必得把那些活鲜鲜的无数错综的感情,加以一定的组织,并以一定的技术的形态,将它客观地表现出来"。艺术发达的条件在于,"艺术要有几分的发达,必得有一定水准的劳动生产能力";"要许多的艺术形式发达,特别要音乐发达,社会内也得有一种特殊的'氛围气'";"音乐的'技术',更是依存于物质的生产的技能";"音乐中人员的组织,也是直接或者间接地,与社会发达的基础相关联";"'形式的要素'(节奏,谐和等),也与社会生活有关联";"样式也为社会生活行程所规定";"艺术的内容,自然也为社会的环境所规定";"音乐理论……也是'隶属于'社会的生产力的变动的"。最古老的艺术是舞蹈和音乐,前者起源于人类活动有节奏的规律性,后者起源于原始人共同的劳动中,二者都是为了给活动以统一的气氛和准备的情调。原始的绘画"是从用作说明的描写的行为出来",原始的雕刻"是直接从生产技能产生",这些艺术"是生活上认识重要事务的手段",也"给了观赏它的人们以情调上的统一"。封建时代的艺术反映的是封建社会的意识,它的特殊性在于"极度权威""是非个人的民众的创造物""是有量的雄大的"。资产阶级时代的艺术形态反映的也是这一时期社会的事实,特点在于"艺术的专门化,商品化""艺术的游离化"和"艺术内容的个人主义化"。近代资本主义之下艺术生产品的特点表现为:在数量方面惊人的多,在组织方面专门化,在内容方面反映出支配生活的社会阶级的要求,"艺术生产者的贵族化","艺术享受者的民众化"。资本主义之下艺术的阶级性显现在,"艺术家以特定阶级的眼光观察生活";"艺术家不拘意识与否,他总是隶属在所定阶级的利益下面"。艺术观上的主义主要有艺术无上主义和功利主义两种,前者主张"艺术制作的目的,在乎艺术本身,并非将它做别的什么目的的手段用",后者却认为"艺术是常为社会生活所决定,艺术也常不能不为人类社会的改造而尽力的",两者都各有偏颇。艺术样式上的区分主要在于烂漫主义和现实主义的对立,前者的本质是"对于强有力的,理想的东西的憧憬的精神",后者的本质则是"静观的,批判的,解剖的精神",二者总是"同时或继起地发生存续着"。该著主要立足于唯物史观的立场来观照艺术问题,比较清晰地梳理了不同社会形态中艺术发展的概况和特征。译者自陈:"我们不妨把这简短的论文,作那长篇大部诸著作一个得力的,综合的提要看。"该著对唯物史观的艺术论在现代中国的初萌与发展曾有重要的影响。

丰子恺译上田敏的《现代艺术十二讲》由开明书店于1929年5月出版。该著为译者1928年在上海江湾立达学园执教时的所采用的教材,全书以文学为主,旁及绘画、音乐、雕刻、宗教、哲学以及科学等众多内容,对当时欧美各国的文学现状和艺术问题进行了概要的论述。第一讲"现代的精神"用赫拉克利特的"万物流转"为契机来论述现代精神,又从现代人与过去人的不同之处以及罗丹的现代雕像来谈及现代精神。作者认为:"所谓近代精神、视其事而有程度的差别,但总是向着某方向而动的。我们的眼突出着在我们的身体的前方。我们的运命制定我们希望未来,制定我们不希望昨日而希望明日。""现代的,真的,有深思的人,必定相信现代而怀疑过去。这便是旧时代与新时代的人的分歧点。""现代是正在有产苦的时候,正是所谓混乱的时代。现代的特色,是其为批判,削除昔人所作的规范,法则的时代。"作者认为,科学是进步的标志,但同时也带来了一定的弊端。第二讲"现代生活的基调"认为,现代社会的诸方面均"是机械应用于产业方面的结果"。"现代不仅文学如此,一切的思想界,都以这活力——不是单凭理论来思考的道理,是与活的人生相并行的活力,换言之,即创造着的,实现着的、成长着的,发生着的——为人生的最后的肯定,最后的依归处。"第三讲"现代诸问题"具体阐述机械文明所带来的各种问题,包括由机械的发明而导致的失业、贫富分化、工业化以及"文明扩张"、道德、宗教等问题。第四讲"现代诸问题与艺术"论述现代社会的变化给文学、哲学及不同种类的艺术等所造成的总体影响,以及文学与其他艺术形态之间的关系,作者认为:"理极则动,是当然之事。运用其感情或意思于理之外而突进于活动(action)的涡旋中的人,才是人类中的真英雄。""唯艺术中所表现的,不是回顾后面,而是此后将发生出来的思想。这样的艺术,才是真的艺术。"第五讲"现代的艺术"从总体上论述了现代艺术的三个特色:"第一是动,即是动 dynamic(动态的)——不是的静的 static(静态的)。第二特长是'人间敬爱'与'自然崇拜'。第三种特色是综合艺术的出现。"第六讲"现代的文学"先由"综合

第八章 域外文学理论译介方式的转变——从最新理论到知识溯源

的看法"论及文艺的"情绪"和"语言"两要素,接着又论述了"是从前的叙事诗的变形"的历史和现代小说的一些特色,其以巴尔扎克的小说为例,认为"小说必须钻入艺术的内面"。"读者的心必须全部没入于文学中。这是真的艺术与似是而非的艺术的分水线。"第七讲"自然派小说"讨论自然派小说和它的反动——性格小说的一些特征,比较了英美小说与欧洲小说之间的差异,从社会、人们的喜好以及代表作家之间的比较等方面分析了产生差异的原因。第八讲"自然派以后的小说"具体比较"为人生的艺术"和"为艺术的艺术"两种观点,"文学者或一切思想家,真的思想家,必须是立在这'consquez Zola(打倒左拉)'与'Vive Zola(左拉万岁)'的两句呼声上面,且具有比这更进步的思想的"。第九讲"现代的绘画"结合法国的绘画历史及其现代变迁论述了现代绘画的一般思想和倾向。第十至十一讲主要讨论印象派绘画的发生、发展及其特长和效果。末讲"现代的音乐"则主要考察音乐艺术的特征及东西洋音乐的差异。该著对中国文坛形成整体的"现代"意识有着明显的启发意义。

范寿康所著《艺术之本质》由商务印书馆于1930年4月出版。该著列"万有文库"丛书之一,主要探讨和剖析关于艺术或审美的一般原理,除绪论外,分八章分别阐述有关艺术与审美的诸多核心范畴。作者首先指出,人们一般会误以为美的对象就是艺术作品,但事实上,艺术作品不过是构成美的对象的材料。美的对象"乃是由感觉的材料所构成的主观上的形象"。美的特质不能单由感觉自身来规定,也不能单由客观的对象来规定,只能依据主观与客观的关系来找出美的特质。审美的"非功利"态度不单是指目的与欲求的排除,或者美的享乐与创造之外一切目的的排除,"把一种感情移入对象之中,使对象成为美的对象的那种'纯粹观照的态度'就是美的态度。所以所谓美的态度实不外将自我的生命移入对象,而所谓生命在意识中可以说是不外乎感情;因之,我们可以说美的态度,实在不外感情移入的态度罢了"。美的价值也是感情移入的价值,美丑也绝不是程度的差别,美是价值的肯定,丑是价值的否定。而这种价值的肯定、否定只有在纯粹的艺术观照的领域内才能成立。在这种领域之内,审美对象才有人格的生命,假使我们失去这种主客观统一的境地,我们的美的经验也就会立即停止。知识和经验可以作为艺术观照的背景和根据,但是这种观照必须是彻底的和直接的。当然这种"直观的"观照也绝不是无意识的,否则就会流于盲目和机械。著中的重点主要在于对艺术和美学中的重要范畴的辨析,包括崇高、优美、感觉美与精神美、悲壮、滑稽和丑等。作者认为,在艺术观照中,感情有量的大小和程度的深浅之区别,而这"'深'的感情中的特深者与量的感情中的特大者"互相结合的感情就是崇高的感情。"崇高不外是与某种特别的'深'所结合之某种特别的人格的伟大之感情罢了"。美的崇高的本质就在于这种感情作用是平日的自我的扩大与提高。崇高可分为破坏类的崇高与快适类的崇高,其种类包括壮丽、严肃、壮静、庄严和激情等,而优美则是与崇高相对立的美,但优美也要求具有感情的深大。崇高以抗争的因素为其核心,而优美"极为自由,极为柔和,然而同时却极有强大的力量来渗透我们的内心"。"优美的内容——美的精灵——那是自然的与伦理的条件之平衡，感觉的方面与精神的方面之平衡。同样也是内容与形式的平衡。"优美可分为高尚的优美、可爱的优美与粗硬的优美、温雅的优美、峻严的优美、婉丽的优美。"对于某种所失事物的回想之快感是哀愁。而由这一种所失事物所引起的苦恼把其价值的印象来提高的却是悲壮。在这时候，所失事物的价值比本来所有的价值更被提高。""和解乃是于悲壮的价值及善良大被我们所记忆及重视的时候，方能出现。这一种对于本来的价值格外提高的感情叫做同情。悲壮实在就是成立于这同情上面的。"悲壮可分为两种："一是由单为外面的事变或善良的意志而起的苦恼所发生之悲壮。一是由为恶劣的意志而起的苦恼所发生之悲壮。""滑稽的本质在于伟大的假相下所出现的轻小。所以这一种滑稽的感情含有一种特异的性质。这就是，对于伟大的事物之把捉所紧张的心，为着突然实现的轻小之故，忽成弛缓时所发的一种感情——快。""这一种快是轻易，稀薄，空虚。"丑乃是移入对象中的"生"之否定，人格之否定，"丑是成立于消极的感情移入人上面的"。同时，丑还具有积极的美的意义，就是"丑能够做美的媒介者把美提高，同时对美并能与以一种特异的性质"。

向培良的《人类的艺术》由拔提书店于1930年5月出版。该著为作者有关艺术及戏剧等方面的七篇评论的合集，比较集中地体现了作者的艺术观和戏剧观。作者认为，艺术任何时候都是反映着时代精神的。关于艺术的起源问题，作者不满意于传统的"游戏说"的解释。弗洛伊德认为人类行为的基础根源于性，马克思主义认为经济关系是人类一切关系的基础，但这都不足以说明人类行为之基础——因为人类和其他生物的经济和性的关系没有基本的差异，但是其他生物却没有产生艺术。作者认为，这其中的原因在于人类在经济行为和性行为之外，还有一种基本的为人类所独有的行为——艺术行为。关于"美"的定义，作者认为"凡是能引起人类发生共同的联合的感觉的东西则被称为美，反是则被称为丑"。以美为基础而组织成的艺术，正是沟通人类心性的东西。所谓时代精神，正是人类在一定环境中所产生的意识，伟大的艺术品清楚地显现着人类的关系，更密切地把人和人结合在一起，所以也就成为领导时代、促进时代的东西了。具体到戏剧而言，作者认为，"剧本是把人类的生活，人类不绝地向上促进的力，在有限的空间和有限的时间里，直接表现出来"。"仅以任何人的关系，人间的活动，看得见摸得到的行为，显示出人类生活的活动，正如同人类的生命落到那环境里所行动的，没有说明，没有解释，没有外加的东西，而只以那行为的自身去表白一切，这是剧本之所以和别的文学形式不同的地方。"剧本还有一个重要的点，就是写出来的东西都要如实重现于观众面前，因此要注重事实所给予眼睛所发生的情绪。写剧本的几个重要条件是：自然；经济；明白；紧张；有兴趣。戏剧和别的艺术有两个重大的区别，第一，戏剧不能由一个人而表现；第二，戏剧的表演和它的观众处于迫近的地位，中间没有什么隔离。当然这里提到的戏剧指狭义的戏剧表演，因为作者认为将来的戏剧将会由于表演而发展，剧本则将取另外的形式而存在。著中对

第八章 域外文学理论译介方式的转变——从最新理论到知识溯源

当时的小说创作的状况也进行了品评,认为由于人的精神疲倦失掉了勇气和反抗的力量,于是创作中就显示出自伤自叹的普遍倾向,这与我们所需要的小说相去甚远。我们需要的是生活的能动的力、反抗的力和战斗的力。作者还对象征、人类、艺术之间的关系进行了阐述,象征是容易理解的而且是真实的;人类是一个象征,而且是真实中的真实;艺术则是人类的基本行为之一,艺术行为是人类的天性使然。文字是完全的象征,但它本身没有意义,意义全在于它所象征的精神,因而使用文字的文学艺术能够将人类的情绪、人类的姿态全部展现出来。

李石岑的《体验哲学浅说》由商务印书馆于1931年11月出版。该著是较早全面介绍基尔克哥德(今译克尔凯郭尔)体验哲学思想的专著,分七个部分具体阐述其思想渊源及其在认识论、心理学和伦理学等方面的主要观点,后附相关的著作与研究书目。作者认为:"情热是抉发真理的源泉。除了用情热去作一种体验的功夫,不会有第二条发现真理之道。我们的真生活之筑造,完全以情热做基础。""哲学上无所谓问题,情热即是问题,无所谓真理,人格即是真理。这便是体验哲学的要领。"体验哲学乃以体验为出发点之哲学。体验哲学不是求客观的真理,乃是求人格的真理。克尔凯郭尔的哲学完全是他的伟大的人格的反映。作者对克尔凯郭尔的一生经历做了简要介绍,以此突出:"克尔凯郭尔的精神永远是现在的。克尔凯郭尔的精神完全是新浪漫主义的精神。"19世纪中后期,丹麦哲学界开始出现了两种相对的潮流。一种是倾向黑格尔的,一种是反黑格尔的。反黑格尔派首要的代表就是克尔凯郭尔。克尔凯郭尔是现实之极端尊重者,他反对黑格尔,即以现实为主题。克尔凯郭尔的性格与哈曼、保尔、尼采诸人类似。尤其在力说感情、主观、个性、人生之价值等处,与哈曼、尼采诸人更遥相会通。一方面,他排斥理性论的哲学,另一方面,他也排斥旧式的信仰,以促进新的信仰,因此与黑格尔完全立于相反的地位。在克尔凯郭尔看来:"真理为绝对的东西而吾人住于相对界,欲达到真理,只有恃信仰之力。无限之神,表现于有限之人身,无限之真理表现于时空之相对界,此则只有有信仰者方能知之。"就其认识论而言,克尔凯郭尔是价值哲学的热烈主张者,其坚持以生之体验为中心,他以为一切哲学只限于价值哲学之领域之内,哲学是体验之学,注重现存在的思索,使"内生活"发生影响。若由抽象的思索,专在"被思考的真实"上用功夫,则对于吾人之"内生活",绝无意义;只有自己考察之伦理的认识,才是认识现实的唯一方法,伦理的认识之对象只是自身。知的活动造成客观性,情意的活动造成主观性。克尔凯郭尔所认定的真理,不是某种一定的东西,乃是一种态度,一种情热。内面性之情热达到最高度,成为无限之情热,无限之情热即真理。然无限之情热为主观性,故主观性即真理。作者认为,"神的观念"之于克尔凯郭尔和费尔巴哈,都只是一种发酵的作用,其主眼在自己,在自己之提高,神完全做了人间的工具。"神人之关系,非认识之关系,乃爱慕之关系。""他是极端排斥思辨而重视情热的。他所谓认识不是用思维去认识,乃是用全生活去认识,乃是用无限之情热去认识。"克尔凯郭尔提倡的是一种伦理的心理学,乃是如何生活的问题。克尔凯郭尔以为不根据自己的体验,是不能尝到人生的真味的,其所谓的"生活"包括三个阶段:美的生活、伦理的生活、宗教的生活。各个阶段即为一个生活态度,一种人生观,且不是同时在一个平面上,而是在时间上的继起,这个继起乃是理想的要求之结果,从其内的必然而产生。

李石岑的另一部著作《超人哲学浅说》也由商务印书馆于1931年5月出版。该著是较早全面介绍尼采哲学思想的一部专著,除绪论和结论外,分十个专题具体阐述尼采的生平经历和思想发展历程、尼采与斯迪讷及叔本华等人思想的关系,以及尼采对人生、宇宙、价值、进化、道德、艺术等方面的主要观点,后附尼采的主要著作与研究书目。作者认为:"尼采做超人哲学的意思,是为的全人类太委靡,太廉价,太尚空想,太贪安逸;我愿介绍超人哲学的意思,是为的全中国民族太委靡,太廉价,太尚空想,太贪安逸。要知道中国自变法一直到现在,无论什么事都无办法,花样仅管翻新,而国民气质之颓丧如故,个人之自私自利如故,结果总免不掉一种遗传的征号,便是'粘液质的民族'。"尼采受斯迪讷和叔本华等人的哲学思想的影响很深,"斯迪讷自我主义的思想,影响尼采的超人哲学极大。尼采自己虽没有明说,但这是毫无疑义的。斯迪讷的理想社会是以自己的利益为行为的目标之自我主义者之组合,却没有想到超人;尼采则极力推崇超人之社会,以讴歌超人之产生为唯一的职责。尼采的超人,在斯迪讷视之,也许乃是一个神,仍是一个'幽灵',但尼采决不任受这种说明。因为斯迪讷所讴歌的是'自我主义者之群',尼采所讴歌的却是'超人之群'。斯迪讷思想与尼采思想不必相同,但在反价值反性格一点则相一致。这是哲学史上两个最著名的个人主义者"。"叔本华的意志说,到了尼采的时候,便一变而为权利意志说;叔本华的静的艺术观,到了尼采的时候,便一变为动的艺术观。这是影响尼采思想最大的几点。"尼采的人生观主要体现为他的悲剧观,即对爵尼索斯精神的赞扬。尼采对所谓的实在界始终持批判态度,"尼采的永远轮回说即说明宇宙之真相者,谓宇宙之真相必是必然的、决定的、宿命的、盲目的。构成宇宙之力之总计,为一定不变之物。由一定量之力之种种微分子或冲突或结合之结果,遂发生宇宙之一切现象。既已一度发生,即在无限的时间里面为无限回数之重演,是为永远轮回。宇宙之真相只是这么一回事,既非所谓实在界,亦非所谓现象界。这便是尼采的宇宙观"。在价值取向上,尼采认为:"从本能出发的道德,便是超人的道德。'一切善是本能',这便是超人所信奉的箴言。超人的生活务为现实的。超人只努力于现实的价值之创造,不为过去的任何价值观念所束缚。""人类之进化,非起于生物学的种族,乃起于生活于真正的自由之人类所谓超人。"以此为出发点,尼采激烈地批判了弱者的道德,"超人的道德即是战的道德"。据此,尼采高度赞扬艺术,认为艺术比知识和道德更为重要。真正的艺术具有创造力,表现了强力意志。作者概括认为:"尼采的超人哲学,质言之,只是一种战的哲学。尼采谓战即是善,力即是善,善是一种威力之感,幸福是威力增进之感,抵抗胜利之感,可见他对战争之赞美。"作者在著中明显有借尼采哲学思想批判中国

第八章 域外文学理论译介方式的转变——从最新理论到知识溯源

现实之意。

徐朗西的《艺术与社会》由现代书局于1932年6月出版。该著是作者有关艺术诸问题的十二篇论文的合集,从不同门类和不同侧面具体论述了艺术与社会的关系。作者自述:"在炮轰枪击众生扰攘之际,为镇静心性,写了若干随感的断片,友人们以为都是救世之药石,也许可说是改造社会之微光。"作者认为,艺术是推动社会发展的原动力之一;艺术的发生也与社会有关,"纯个人"的艺术是不存在的;艺术可以"移风易俗",教化民众,是现代社会不可或缺的;可利用于社会教育的艺术种类包括绘画、雕塑、建筑、音乐、戏剧、影戏等。特别是在实际生活中,影戏"几独占民众娱乐之全部",因此对于民众的知识、道德和趣味都有很大的影响;比之绘画和戏剧,影戏能够使观者忘却现实世界,也具有更自由的表现力;但当时社会的影戏大多低级庸俗,所以应从"真善美一致之最高理想和艺术之根本思想"加以改造。作者反对片面强调科学精神,提倡新艺术和艺术教育;艺术不仅提供道德,也提供知识;艺术的感情效果可以使人兴奋、沉静,对团体而言更有亲和的效果;真善美作为人类的最高理想,需分别依托科学、道德和艺术实现。近代人类生活有文艺复兴、宗教改革和革命兴起三大解放,思想界有情感(浪漫主义思潮)和事实(写实主义思潮)的两大解放;人的解放从团体方面说是境遇的解放,从个人方面说则是性灵的解放,这二者的结合可称为"人道的爱"。作者以泰戈尔的思想为例,论证了所谓"解放的生活"即"根据自然之理法而灵肉健全",在这个基础上才会有真正的艺术作品产生。"国家国民之精神,常存于'人'体",这里的"人"即指艺人,重视个体发展的国家才是有希望的国家。无论是"创作艺术"还是"享乐艺术",艺术活动的意味都在于"自我之自由的发挥和个性的解放",这就是艺术活动之力;想要养成完备的人格,必须注重艺术活动之力。自然、艺术和人格是充实生命的三种基本力量,而"归乎生命之自然状态"即为生命韵律的表现。学术以真实为根据,艺术以极端的创造为基础;学术以分析为手段,艺术则依据直观和想象;艺术和学术的观察态度和想象的态度是一致的,都是非实际的;学术是抽象的形式的,艺术是直观的具体的,二者可以互补。广义的道德生活和艺术生活有别,"前者是现实的努力与实行,后者是假象的观念的非现实的努力"。二者的根本区别在于"实感"和"美感"的相异,但道德生活和艺术生活在内容方面是一致的,都属"人性之实现",因此二者有互相协助的可能;道德和艺术产生冲突的原因,正因为不明白真善美是人性的整体。

成文英译李卜克内希的《艺术的研究》由光华书局于1933年8月出版。该书立足于唯物论的立场,以九个专题分别讨论了艺术中的一些基本问题,包括艺术的本质与任务、"形式"与"形式化"、艺术的现实构成的特质、悲喜剧、戏曲与小说、倾向艺术、"民众"与艺术以及梦的意义等,后附(顾)凤城所作《李卜克内希略传》。著者认为,艺术有三个构成要素:艺术家、艺术品和艺术嗜好者;美的心理有两个主要组成部分:美的创作心理(生产的、能动的美学)和美的嗜好心理(消费的、受动的美学)。艺术实质是一种社会现象,其任务是使艺术爱好者的道德向善向上发展。艺术作品可以没有形式(材料和内容)但不能没有形式化(即美)。美的要求是对一切方面而言。艺术是诚、善、美的,具有独立性,它在纯粹的形式上以人为表现的主题。悲剧与喜剧在同一主题、同一客体及构造、最强的人类的特质及热情的前提下是相连接的,悲剧是超越了滑稽的表现。有着思想倾向的艺术可分为三种,即努力于对自然事件的作用,服务于不相干的趣味的一切部类的艺术;具有一定情感的一切艺术;反对的艺术。艺术的能动性主要显示为对社会发展的影响。睡梦是联想的观念及感觉上的冲动。梦绝不是现实的反映而是生活的补充。醒时的梦是精神、心理、生理的补足现象,是满足智、美、伦理、思辨及实践要求的东西。

陈易译格罗塞的《艺术之起源》由大东书局于1933年10月出版。该著据英文版译成,凡十一章,前附胡荻原的序言及众多插图。在诸多同类著述中,该著影响巨大,一方面,作者提出了建设艺术科学或艺术社会学的新的方法,另一方面,作者也为原始艺术的研究提供了更为丰富的材料与切实的论断。当然,译者认为,该著也存在一些问题,比如:作者的观点似乎仅限于目前尚存的狩猎民族,而且,其关于原始艺术发生程序的论述也稍显绝对和刻板,如此等等。作者认为,形成艺术本质的根源是经济生活或生存的手段,而对于原始艺术的研究"必须从原始民族之原始艺术开始",由简而繁,由浅而深。作者在著中详尽地论证了原始艺术的状态,以及装饰、图画、雕刻、舞蹈、诗歌、音乐等的起源,以此证明作为生存竞争手段的艺术与原人生活的关系,即"原人艺术是原人'行'的产物"。无论是过程还是结果,只要可以引起我们的美的感情,我们都可以称之为广义的艺术,但这种论断对于狩猎民族的艺术作品是不尽合适的,原始民族的许多艺术作品不是起于纯然美的动机,而是主要在于实际的功利目的,美的要求只是次要的。雕刻、绘画、诗歌等艺术大多是作为实际意义的象征和标志而出现的,与之略有区别的音乐则通常表现为单一的动机。原始装饰分为固定的和活动的两种,这些装饰的颜色和形状因为种族、性别、权力、部落等的不同而具有不同的象征意义。原始描写艺术在形式与内容上绝大多数都是写实的,虽然有些粗糙杂乱,但与近代艺术一样,都显现了生命的真实。原始舞蹈注重装饰,其动作并不是自动的,或由强烈的运动而生快感,而是"认识了运动之严正的规律调整",它们与音乐、心理的节奏和谐一致。抒情诗是诗歌的最初形态,它因劳动而生,给歌者带来情绪的解放和慰藉,因此,诗歌在产生之初,与音乐和舞蹈是融为一体的。艺术的努力在最低级的文化阶段与高级文化阶段中所表现的形式是相同的,最野蛮民族与最文明民族的艺术作品不仅形式方面一致,而且内容上也是一致的,因为艺术是对人性和生活的探讨与反映。尽管如此,但每个民族的艺术仍有自身的特色,这与地域、种族、生产力等因素相关。原始的艺术以种种不同的方法影响着原始的生活,例如装饰特别增进工艺的熟练,诗歌、舞蹈和音乐可以激励和鼓舞战士抵御外敌等。但艺术对于民族生活最有效也最有利的影响,却在于他们所属的社会关系的加强和扩张。作者

第八章 域外文学理论译介方式的转变——从最新理论到知识溯源

认为,狩猎民族间最有力的社会影响在于舞蹈,雕刻在最有效力的形式中具体化了希腊的社会思想,中世纪的建筑结合了肉体与精神,文艺复兴时期的绘画能显示出欧洲一切受教育的民族所了解的语言,诗歌流派之间的斗争则是时代与社会变迁的反映。艺术与科学是人类教育中的两种最有力的手段,"所以艺术不是无益的游戏,而是一种不可缺少的社会职能,生存竞争中之最有效力的武器之一"。

由商务印书馆于1927年3月出版的范寿康的《美学概论》是作者于上海学艺大学文学院教授"美学"课程时编写的教材,列商务印书馆"师范丛书"之一。作者自言受日本阿部次郎的美学理论影响甚多。著分六章,第一章"绪论"先讨论美学的定义,然后通过点评美学史上重要的美学家概要追溯美学发展的历史。美学是与论理学、伦理学相并列的在"真""善"之外研究"美"的科学,是"研究关于人类理想之一就是美的理想方面的法则之科学"。相对于另外两种科学,美学晚至鲍姆加登的著作《美学》问世才成为一门独立的学科。之后美学一直与哲学水乳交融,重要的美学著作皆成于哲学家之手。直到费希奈尔(今译费希纳)借鉴了应用科学的研究方法,才使哲学的美学转向了经验的美学。而哈特曼又将哲学美学与经验美学融合,成为集二者之大成者。第二章"美的经验"分"美的对象"与"美的态度"两部分。其中"美的对象"部分由"艺术作品""快不快与美丑"两项构成。作者认为美的对象是由感觉的材料所构成的主观上的形象;美的经验与别的经验一样,是成立于主客观的对立关系上的。"美的态度"部分,作者分别论述了"非功利的态度""分离与孤立""感情移入"和"艺术观照的态度"四部分内容,特别提出反对伦理、宗教、知识、技巧等美学态度,比较推崇移情说。第三章具体从"多样的统一""通相分化的原理""君主从属的原理"三部分论述了美的形式原则。第四章"美的感情移入"先论述了"移情"的概念及种类。作者认为,所谓感情移入,是指专注状态下将我们的感情移入物象,然后再把这一种感情看作物象本身所有的感情。对此可从"一般的统觉的感情移入""情调移入""对于自然的感情移入""对于官能现象的感情移入"四个方面加以观照。作者同时强调,感情移入时应专注,不应抱"概念"或"利害"的态度。此外,作者认为,美是我们官能的对象的价值——就是物象的固有的、表现生命的、美的观照闯入我们内心里面的价值,是积极的感情移入,而丑是消极的感情移入。第五章"美的各种分类"主要论述崇高、优美、悲壮、滑稽等范畴的基本特性,以及"感觉美"与"精神美"的差异。末章分"美的观照"与"艺术"两部分,简略分析美的观照中对象所发生的变化,并以此强调艺术的本质就是"表现",反对将艺术美与自然美对立起来。

陈望道的《美学概论》由民智书局于1927年8月出版。该著分七章简要概述美学的基本原理,尤其突出了"美的形式"的理论系统的阐发。作者认为,爱美是人的天性,有时甚至为之牺牲实用;美感在不同的时代和环境也有之不同。可以按照不同的标准将美分为人为美、自然美;时间美、空间美;静美、动美;视觉美、听觉美、味觉美;形式美和内容美;崇高、优美、悲壮等多种。美学研究对象应当包括美感与美意识、自然、人体和艺术三方面内容。美的意识可分为两方面,一是客观的或称知识的,具有具象性和直观性;二是直观的或称情意的,具有静观性和愉悦性。与美有关的感觉包括视觉、听觉,以及时间的感觉、空间的感觉等,而视听以外的味、嗅、触等感觉同样也与美有关。所谓形式就是"艺术底外形",不同的排列组合构成不同的形式。反复与齐一可以带来简纯的快感,却较少变化和刺激;对称和均衡可以表达镇定沉静等情感,在建筑上较为常见;相接近的并列一起则是调和,极不相同的并列一起成为对比;比例亦可带来美感,如黄金分割;总之,美的形式原理即"繁多的统一"。美的材料和形式只是表现内容的手段,美的内容大体可分为自然和人生两类。从心理的角度又可分为知的内容和情的内容,知的内容又可分为直接内容和间接内容,间接内容包括联想内容、类型内容和象征内容:联想内容是从直接内容联想到的另一个内容,它有补充和"晕化"艺术原有内容的作用,如"双关""比喻"等;类型内容是指可依据人的类型观念将其归类的内容;象征内容是指本非艺术本身实际显示,却可使人感到俨如艺术本身所固有的情绪、气氛、思想和意志等,好的象征必有两种特性——刺激性和暗示性。情的内容包括主观和客观的两种感情,感情移入就是投入感情于对象,亦称移感,其可分为自然的感情移入和象征的感情移入两种。美的情感包括美的材料感情、形式感情和内容感情。材料感情是因美的材料而起的感情,其性质因对象而异,在诸感情中最先浮现,效力和刺激最强。形式感情是对于形式而起的感情,即对于形式原理的"繁多而统一"等法则而起的感情,这种感情最后呈现,而且力度不及前者。内同感情是对于知、情等种种内容而起的感情,可分为反应感情和状态感情:前者是对艺术或实际中的人、物、事产生的同情或反感的感情;后者是指对于美的对象全体所产生的感情,是种"生命的反应"。美的情趣包括崇高、优美、悲壮、滑稽等多种。美的判断可分为理解判断和价值判断,以价值判断为主,其第一阶段是美的印象,进而是美的判断,将美从非美中区别出来,而做出这一判断的标准又与个人趣味和社会情形有关。

徐庆誉的《美的哲学》由世界学会于 1928 年 4 月出版。这是一本有着浓郁哲学意味的美学专著,作者的旨趣也主要在于,以哲学者的态度,说明宇宙的本体与人生的价值都离不开"真、善、美",而在"民德堕落,教泽陵夷"的中国尤其有提倡美学的必要。作者在导言部分表示:"我研究本问题的方法,系采诸家的优点,除分析、叙述外,尚加以综合、批评。……将美学、美术及美三大问题合为一炉而冶之,分析其同异,综合其大纲,叙述其历史,批评其得失,其目的在使读者对于美的问题,能得一系统的概念,以窥美的全部。"除导言外,著分十六章,以专题形式分别讨论相关的各个问题。作者认为,美的起源在于人的爱美的天性,有了热烈的爱美冲动,才逐渐产生了美术。美与道德从本体上看都不受到时空的限制,我们可以否认"现象美"的存在,不能否认"本体美"的存在。"我以为美的表现,即吾人精神活动的表现,即知、情、意三大心理作用的总称,美是心理生活全部的表现,若以知、情代表全部的精神活动,未有不陷于

第八章 域外文学理论译介方式的转变——从最新理论到知识溯源

错误者。谓美必基于快乐与道德,固非确论;谓美不容于科学的真理亦非定评。总之,美是精神的产物和生命的本体,非物质,亦非现象;超乎时、空之上,而不受制于时空;介乎物我之间,又统一起物我。真实的生活与圆满的生活只能在美术与宗教中寻找。表美的方式常因人文进化而变易。"象征主义、古典主义、浪漫主义三者都是表美的方式,并且随着人文的变化而相继产生。作者在第三至八章分别讨论了建筑、雕刻、绘画、音乐、诗歌、跳舞等的起源、风格、特征及派别等方面的诸多问题。在谈论音乐时,作者着重以孔子的礼乐思想为例,阐发了礼与乐的关系,道德与艺术的关系。在谈论诗歌的章节中,作者特别指出:"美的价值以想象的大小为转移……诗歌完全以想象为根本。"诗歌是美术中与宗教和哲学最接近的形态。"情感的涵养,理想的表现和宇宙的奥妙的起发,以诗歌的功效为最大。"第九章以后着重讨论"美术"问题,包括美术与两性、美术与家庭、美术与政治、美术与战争、20世纪的新美术、美术与宗教及基督教、佛教的美术等。

吕澂的《现代美学思潮》由商务印书馆于1931年4月出版。该著主要依据作者讲授美学课程的讲义,并参照德国摩伊曼的《现代的美学》编著而成。作者首先论述了美学的对象和性质。美学所研究的事实是以艺术为中心而构成的美的世界。美学的性质包括:美学是一种科学知识;美学是一种精神学;美学是一种价值学;美学是一种规范学。作者接下来概述了从希腊时代到近代的美学发展概观。美学成为独立的学科是由德国哲学家邦格阿腾开始,但远在古希腊的《荷马史诗》中便有其萌芽,柏拉图和亚里士多德对美学有着巨大贡献。罗马时期美学得到进一步发展,中世纪美学也进入了黑暗时代。文艺复兴之后,经过康德用批判方法组织美学,美学进化成为"科学的美学""哲学的美学"。第二章介绍晚近美学思想的开展。19世纪末,美学成为经验的科学,代表学者是德国的费希纳,他的《实验美学说》一书用科学方法研究美学,如黄金分割法则。斐赫那(今译费希纳)创立了美感的六种法则,是近代经验美学的先驱,对美学的研究有着重大影响。在晚近美学中有两种不同的研究方法,一是柯恩的规范美学,与其对立的是说明的美学,此外还有心理学的美学以及客观的美学之分。总体上看,晚近的美学无非是从"主观方面"或"客观方面"研究"美的态度",而这些美学上各自分歧的问题中也不免有一致之处。第三章介绍美的鉴赏心理的研究。鉴赏心理一般解释为美的判断或是美的感情。美感可简单解释为天生的,而依据晚近心理学来解释,美的鉴赏是直观的,现代美学称之为"移感说",即自然的精神化,其代表人物就是栗泊士(今译立普斯)。第四章讨论艺术的创作。晚近美学的发展倾向从"由外"而渐趋"由内",转向创作研究。创作研究途径可考察创作时的心理过程,亦可搜集观察材料,是为创作研究的客观方法,包括三种:由哲学者的态度就普遍抽象的方面研究;作者对自己作品所加说明;艺术品的比较研究而涉及创作活动。作者以这三种研究方法考察了斐特罗的艺术创作论,以及冯德、赫尔脱和卢梭的创作过程说。此外,就创作活动的性质而言,还有模仿说、游戏说、感情表现说和描出说等。最后作者对艺术进行了美学的考察。艺术研究的途径有多种,包括分析比较研究的社会的解释,或偏重心理学的个人的解释。作者对申佩尔的艺术比较研究、格劳叟的原始艺术研究、赫尔思艺术研究的方法和格优遥的美学说等进行了简要的介绍。

吕澂的《美学浅说》(商务印书馆,1931年12月)被列"万有文库"之一,分六个部分,主要讨论现代美学问题。作者首先对古典美学与现代美学进行了区分,他认为,美学自鲍姆加登创立以后,经康德、黑格尔到赫尔巴特,所形成的是一种形而上学的美学系统。而自斐赫那(今译费希纳)开始,人们逐步采用一种"由下(自下而上)"的方法来研究美学,因而现代美学是一种经验的、科学的美学,与那种"由上(自上而下)"的美学传统有着本质的区别。19世纪末叶,费希纳从一切经验的事实里替美学重新奠定了基础,重新建立了新的美学架构。费希纳的美学是一种实验美学,由"黄金截"(黄金分割法)问题引发而来。费希纳强调"联想的原理","这个原理完全说到我们的心理状态上来,是一大创见,将虚无缥缈的'美'归根到了实实在在的心理状态"。后人在他的影响下形成了"心理学的美学"一派。申佩尔(今译圣佩韦)的艺术研究则开辟了比较研究的蹊径,注重艺术品的来源、社会价值等方面,在他影响下构成了"非心理学的美学"一派。作者认为,这两派的根本差异在于美学的"主观主义"和"客观主义"。"心理学的美学"以其研究的问题和方法又可分为"纯粹心理学美学"和"实验美学";"非心理学的美学"也可分为"纯粹社会学的美学""比较人类学的美学""生物学的美学"或"进化论的美学"等。当然,这两派在原理和事实上也有其统一之处。著中还具体比较了美感与快感的异同。作者认为,事物本身不会有喜怒哀乐等感情,人们由于"感情的移入",使人们能理会别人的感情,乃至从事物上见出精神的意义。"静观"的境界能帮我们达到纯粹的"感情移入",进而分辨出美丑来。一切艺术品都不是死的,也不是无情的,"他永久存在人类社会上,永久有他的生命"。人类用"美的态度"去鉴赏艺术品,能得到一种美感。由"美的态度"创作艺术,开展艺术的社会,所实现的一种生活,就是"美的人生"。艺术和人生只有一种关系,便是实现"美的人生"。该著一直被视为现代中国美学的奠基著作之一。

朱光潜的《谈美》由开明书店于1932年11月出版。作者称该书是继《给青年的十二封信》一书之后的"第十三封信",也可以看作是《文艺心理学》的"缩写本"。该书为十五篇短文合成,另附作者的"开场话"和朱自清所作的"序"。作者在"开场话"中自陈:"我坚信中国社会闹得如此之糟,不完全是制度的问题,是大半由于人心太坏,我坚信情感要比理智重要,要洗刷人心,并非几句道德家言所可了事,一定要从'怡情养性'做起,一定要于饱食暖衣、高官厚禄等等之外,别有较高尚、较纯洁的企求。要求人心净化,先要求人心美化。""在创造或是欣赏艺术时,人都是从有利害关系的实用世界搬家到绝无利害关系的理想世界里去。艺术的活动是'无所为而为'的。""然后再以美感的态度推到人生世相方面去。"以此为出发点,著中从人之于现实的实用的、科学的、美感的三种基本态度入手,具体阐述了审美者在审美时所保持的非哲理、

第八章　域外文学理论译介方式的转变——从最新理论到知识溯源

非伦理的心理距离,以及对现实生活采取此种审美态度的必要性和审美过程中物我同一的移情作用,"注意力集中、意象的孤立绝缘,便是美感态度的最大特点"。其中涉及美感与快感的区别,联想与美感的关系,对待艺术品的考证、批评和欣赏三种不同态度的差异,欣赏过程中的二次创造,以及艺术真实与生活真实的区别和想象、情感和天才等与艺术创作的关系诸问题。该著同样是从心理学的角度对审美心理现象所展开的论述,而且其所采用的书信体形式更贴近一般读者的实际生活,同时也比纯粹的理论阐述更容易令人接受。

傅东华译克罗斯(今译克罗齐)的《美学原论》由商务印书馆于1934年2月出版。该著为克罗齐《美学》中的一部分,也是集中体现其直觉即表现的美学思想的主要部分。著分十八章,通过对美学一般理论的介绍,说明了言语学上的一切问题和美学上的问题是相同的,之所以二者被区分为不同的学科,是因为人们把言语学看作文法,或者看作一种哲学和文法的混合体,即一种杜撰的记忆术的纲领或教授法的杂纂,而未视之为一种关于语言的合理的科学或纯粹的哲学。该著研究了美的事实或艺术的事实那种直观的或表现的知识的性质,叙说了其他几种形式的知识,即智力的知识以及此等形式互相纠合的情形,并对于由混同各种形式而起,及不正常地将一种形式的特质移转到其他形式上去而起的一切错误的美学理论,都给予了批判。作者进而研究了美的活动和其他已经不复是理论的却是实践的精神活动之间的关系,指明了实践活动的真正特质及其对于理论的活动而言所处的地位。但据精神统一的法则,美的事实同时必也是实践的事实,如此,便要惹起快乐与苦痛。这就引导我们去研究一般的价值情感,以及特殊的审美价值情感或美的情感。因物的事实之存在尚不足以充分激起美的再生,且欲得美的再生,必须把原来作用时的状态重新唤起,所以,历史的博识任务就主要在于恢复想象与过去作品间的交通,并且供给美的判断作基础。该著重在强调艺术是一种直观(直觉)活动,直观同时是一种表现;换言之,在作者看来,美即直觉,直觉即表现,而表现也即是形式。

李安宅的《美学》由世界书局于1934年4月出版。该著列张东荪主编的"哲学丛书"之一,除绪论外,分上、中、下三编分别讨论美的价值、美的传达及美的基本范畴与表现等问题,其根基则是心理学。作者认为,艺术的功用在于解放社会,提升人之于人生的态度。"艺术对于社会的贡献,是发酵作用,是解放社会。社会对于艺术的贡献,顶好是不要管它,任着它自由发展。""艺术对于人生的贡献,在于可以影响人的人生态度。整个的人生态度提高以后,才会作出种种个别高尚的事物。""然而研究美和艺术本来就不是一件容易的事情。懂得艺术或者美的人常常是能够自己享受,不能指示同好来共同享受;能够用情感的语言来譬喻美的状态,不能用科学的语言来说明美是怎么一回事。反过来说,一般惯用科学语言的人,又多对于艺术没有深入的了解与直接的经验,所以隔靴搔痒抓不到问题本身。""我们每遇到一件艺术作品,常容易轻率地判断是好是坏,是美是丑。这样轻易的判断,常要忽略我们所判断的对象究竟有怎样的内容;制造该对象和艺术品的人究竟有怎样的心理过程,究竟有什么经验;而且更要忽略我们进行批评或鉴赏的时候自身所有的经验或心理过程;讨论好坏美丑,是价值方面的批评;详察作者与观者的心理过程是传达方面的了解。""价值的批评也要知识条件作为相当的传达工具才能得到范围最广,最平衡,最稳定,价值最重的造诣。"艺术所注意的内容,是表现出来的内容;美即是心理上的中和态度,美只有程度上的不同而无类别上的差异。

  金公亮所编《美学原论》由正中书局于 1936 年 7 月出版。该著列"哲学丛刊"之一,原为作者在国立杭州艺专任教时的讲稿,大体据 Rother 所著 *Beauty* 一书编译而成,例证有所改动,凡十三章,前附蔡元培的序言。作者开篇即指出,美是带给领略者以愉悦的东西,能给我们带来美的感觉,但它只能由智慧去领悟而不是感觉所能觉知的,因此,"美所给予的愉快不是感觉的愉快"。美虽然可分为自然美和知识美,但只有人才可借助知识而达于欣赏。美只关乎人的精神层面,美之所以为美,在于它能够产生智慧的愉悦。善是事物的圆满,爱是"意志在所向往的某种善的事物上所取得的某种愉快",在这个意义上,美同于善,"美亦在精神中唤起爱","亦能够激动爱"。美可以具体划分为"天生的"和"创造的"、"精神的"与"物质的"、"象征的"与"内在的"、"理想美"与"现实美",等等,但归根结底,美是以包含秩序为主,其本质在于"秩序的精华之中",而要充分地鉴识美和欣赏美,必须先让心清楚地知觉美,即,必须使美先呈现在我们心中,这便涉及感觉美的问题。作者认为,"感觉美"有两种:"在感觉对象的本身中有绝对感觉美,在感觉对象与感觉的关系中有相对感觉美。"前者在形式的规则性,色彩的对称的排列,以及声音的调和的结合中;后者在感觉对象对于感官的反应中。"精神美"是最宜于人类的美,它经由适宜的感觉征象而显露出来。感觉对象除其本身原有的美以外,还具有象征美,它是联想的特例。音乐、图画、雕刻、建筑、诗歌等艺术都极大地运用了象征的手法,是象征美的典型。当然,美并非仅仅是一种内部的感情,其同时也是客观的东西,因为"秩序是客观的",而美的东西又具有一种普遍性,我们不能把对美的感受性同美本身混为一谈。美作为客观的东西,"具有一种固定的趣调的标准,即是我们借以估量和评判事物标准,它并非是由各人任意专断的"。趣味中有知觉的和情绪的两种因素,虽然常人的感觉情绪是各不同的,但对事物的评判都是主客两方联合产生的,所以对同一事物的美所发生的判断的差别常常只是外表的。作者同时也对诸如美在功利、美在感官的愉悦、美在联想、美在风俗及美在神圣的观念等理论进行了不同程度的反驳和否定。

第九章　新文学作家的理论著述

一、中国文学的重新定位——文学史著述的涌现

从 20 世纪 20 年代后期到 20 世纪 30 年代前期，中国文坛出现了一种极为独特的现象，那就是大量以西式文学理论和新的视角为基础来重新清理中国文学的史著开始涌现出来。"中国文学史"著作的集中出现，一方面使古典形态的中国文学既在时间/历史维度上得到了某种新的定位，同时也在空间/地域维度上初步确立起了汉民族文学自身的"本土"特征；另一方面，还使现代的"新文学"具有了与传统文学衔接、并置，乃至对话和发展的合法性。历史著述的核心功能即是为现实（当代）的发展提供依据，正是在这个意义上，我们才肯定地认为，"一切历史都是当代史"。文学史著述的集中出现，本身所提供的就是一种有关文学知识演化转换的基本形态和一般线索。

事实上，中国文学史方面的著述最早可以追溯到黄人的《中国文学史》等，但早期的此类著述多数在一定程度上还未能完全摆脱传统文章学或文体论的模式，真正开始自觉地以历史的眼光重新观照文学发展历程的应该是谭正璧编写的《中国文学进化史》，该著由光明书局于 1929 年 9 月出版，是作者以其前作《中国文学史大纲》为基础整理、补充、修订而成的一部文学史教材，分十二章，另附作者的序。该著首章概要讨论"文学和文学史"的一般问题，多取通行观点，然后以十章篇幅分论《诗经》、《楚辞》、汉魏诗人、六朝的抒情诗歌、传奇文学、诗歌的黄金时代（唐代）、长短句（词）、北方和南方戏曲及明清通俗文学的勃兴与发展。从体例上看，该著除略去"散文"一类的讲述之外，还特别增列"新时代的文学"一章，既注重梳理新文学发展的整体脉络，同时也兼顾域外文学的翻译对新文学的深刻影响，这种将中国传统文学与新文学联系为一体的论述模式确有其新意。作者并不把新文学的发展看作是与传统文学的断裂，而是基于其既有的进化理念，视新文学为传统文学的合理发展与变异，其中正透露出了作者所特有的文学整体观。

张世禄所著《中国文艺变迁论》由商务印书馆于 1930 年 4 月出版。该著列"万有文库"之一,作者自陈,当下的文艺研究尽管成果丰硕,但要么是偏于体制形式,要么是罗列文献史料。该著编述之目的,旨在矫正以上二弊,以便为读者提供一种有关中国文艺变迁的系统概念。全书分三十五章,除总论和结论外,其余诸章,大都依据文艺变迁之时代顺序,分论诗骚至明清小说的具体演进历程。此著比较突出不同文学现象之间的联系及不同时代作家之间的影响,不乏诸多独到的见解,也可视为西方文学史方法在中国文学研究上的某种应用。

曹聚仁的《中国平民文学概论》曾于 1935 年 5 月由新文化书社再版。这是一部依据新的文学范畴来重新描述和解读中国传统文学的类别文学史著作。作者认为,以往的文学研究主要集中在研究专供某阶级鉴赏的贵族文学、以迎合少数人之嗜好的病态文学和取材于乡间陋巷的平民文学三类上,三类之外常为人所忽略的尚有两类,一类是介于病态文学与平民之间的"平民化文学"(主要为里巷故实及传说),一类是以"人的文学"面貌出现的现代文学。这当然是曹氏自行设定的某种标准,有较为明显的继承五四时代胡适、陈独秀及周作人等人的思想主张的色彩。为作者所认定的"平民文学"主要是指取材于"民间故实"并且在形式和韵律方面显示出"绝对自由"和"天然"的特点而为全体民众所欣赏的那类作品,其典范之作首推《诗经》中的"国风",特别是其中的那些爱情题材的作品。其次则是屈原的《九歌》及汉代的"乐府"。"逮及唐代,以南北文学之结合,以平民文学之精神参入贵族文学之中,乃产生所谓平民化的文学。"能代表唐代平民文学的主要是传奇小说,"赵宋代兴,平民化文学则由诗趋于词,南方平民文学则由传奇小说进而为平话小说及鼓子词,北方平民文学则有金元之院本杂剧。至元代戏曲已告完成,至明代而小说亦告完成,平民文学已达高潮矣。故唐代而下,平民文学之史的发现,可作二系统述之:甲、戏曲之史的发展;乙、小说之史的发展"。据此,作者分戏曲和小说两部分具体描述了其各自演进的历程及代表作品所体现出来的"平民文学"特征。该著除以"平民文学"为标准对中国古代文学进行了重新的划分和评定以外,对各个时代文学的解读并无特异独到之处。作者的用意主要在打破以往研究中视"诗歌"为文学正统的既定模式,并以其对传统"平民文学"资源的开掘试图实现"白话"的新文学与中国传统文学的对接。就此而言,该著是有其必要的时代意义的。

刘麟生等著《中国文学讲座》由世界书局于 1935 年 6 月再版。该著实为刘麟生、胡怀琛、金公亮等七人有关中国文学专题研究论著的合编,包括刘麟生著"中国文学泛论"、胡怀琛著"中国诗论"、金公亮著"诗经学新论"、胡云翼著"词学概论"、吴瞿安著"元剧研究"、顾荩丞著"文体论"和周候于编"中国历代文选"。著中多有涉及"文学"的理论阐述及分体叙述的(断代)文学史内容。从其相关论述来看,到 20 世纪 30 年代中期,人们基本上对于有关"文学"的广义和狭义的定义已经有了大体一致的看法,或者说,这个时期有关"文学"(包括文学史)的讨论大多已经是被限定在狭义的范围内展开的了,如刘麟生所强调的,狭义的文学,即"描写人生发表感情的作品,而带有美的色彩者"。金公亮认为:"诗是用文字所发表的喜怒哀乐之情,而具有一种规律的形式的东西。"胡云翼则认为:"词就是诗,就是诗的一体。""比诗更严格,但实质却是与诗一样的,以情感为它的灵魂。"周候于也表示:"文学之兴,是从感受表抒两种作用,把他的喜怒哀乐的情绪表现出来的。""人生现象是文学要素之一。……情感思想,是文学要素之二。……文字艺术,是文学要素之三。"如此等等,著中也时称其所论文类为"纯文学",意与"杂文学"相区别,这已经与中国传统的"文章"观念完全相异了。此外,以著中所论也可见出,一方面,依据诗歌、小说、戏曲等文体划分文学类别的观念已经为多数人所接受,这就与传统学术的所谓"辞章学"研究有了根本的区别;另一方面,著中各自的研究虽门类不同,但在总体上大都以突出各体文学的"审美"色彩为主要取向,这也与传统学术的"宗经""载道"的根本理念有了明显的差异。同时,在各个不同的研究中,还蕴涵了一种潜在的力求使传统中国文学"经典化"的普遍趋向,比如著中所倡导的"诗歌学""词学""戏曲学"等方面的专门研究,这也显示出这个时期的中国学人试图重建现代中国学术以展示民族学术特色的某种努力。

张希之的《中国文学流变史论》由文化学社于1935年8月出版。该著为作者不满于坊间流行的中国文学史的著作编著而成,作者认为,以往的中国文学史存在以下几个缺点:"(一)对于史料的真伪不加辨别。固守着一般传统的记述,只作一种系统的整理。所以讲到文学的源渊,远溯及邃古的唐虞;叙及五言诗的始创,误认为西汉的苏李。诸如此类,不一而足。(二)对于文学的流变,不能作正确的解释;只顺着朝代的次序开一个书目……(三)对于文学的范围,不能精确的划定;依因袭的见解,作兼容并包的搜罗……(四)对于文学的价值,不能作正确的估定;因执着迂腐的见解,把文学当作道德的附庸。"由此,作者才决定尝试编制一部有着新的面貌的文学史,其核心立意在:"第一:要划定文学的范围,把一切非文学的作品,全部割爱。第二:要辨别史料的真伪,打破传统的兼容并包的记述。第三:要根据社会的嬗递,阐明文学在内容上形式上的演变。第四:要冲出道德的氛围,估定文学的真正价值。"该书由七章组成,另附作者的"前言"。该著第一、二章主要讨论文学史的方法及范围,以指出一般中国文学史的缺点。第三章中论及中国经济发展的阶段及中国文学演变的历程。第四章以下,依统治者政权的转接及文学形态的变化做分别的论述,同时照应着经济发展的阶段做较详尽的阐明。著中所论似乎并未完全实现作者的初衷,但无疑是种可贵的探索。

刘经庵《中国纯文学史纲》是诸多文学史著作中比较有特色的一部,由著者书店于1935年1月出版。据著者的看法,所谓"纯文学"是相对于"杂文学"——即那种"将文学的范畴扩大,侵入了哲学、经学和史学等的领域"的文学——而言的,也即区别于"一切用文字发表的东西"的"广义的文学",而取"描写人生,发表情感,且带有美的色彩,使读者能与之共鸣共感的作品"的"狭义的文学"的含义,所以,著中所论仅限于诗、词、曲、小说及部分辞赋。作者引本间久雄《文学概论》的看法，认为文学的特质主要显示在其永久性、个性和普遍性上，这一看法也成为作者选择和评价历代作家作品的基本标准。此著虽为一部概要性的文学史著作，但其在辨析"纯文学"与"杂文学"的差异、东西方有关"文学"定义的异同、韵文与散文的关系、中国文学与中国文字的特性、中国文学的特色与局限，以及中国古典文论与文学创作之间的相互影响等方面，却有着不少的理论新见。其对于中国南北文学的差异及与特定地域文化的内在联系的讨论，也可见出接受域外文论思想的明显影响。陈介白在为该著所作序言中即肯定其"是一部很好的入门书"，并认为该著价值有三，一是实现了作者"务期使读者用较经济的时间能明了中国纯文学的内幕及其历史演进的线索"的意旨，二是"侧重于纯文学之分类的叙述"，"较少传统的载道思想，正足保持其文学的真面目"。"那些含有文学成分以外还有很多别的分子存在的杂文学……他就略而不论，这种判断的精神，的确是他编著上一种新颖的见解。"三是在编写方法上以文体分类为目，同时又以不同文体在历代的演变为纲，"不但使读者明了中国文学的各种体裁，并且可以知各种文体在历代演变之情形。……也显出他对于文学史上的一种新意见"。该著重在突出"纯文学"与"杂文学"的区别，由此也可看出，20世纪30年代中国的文学研究已经显示出了比较明显的强调文学之"审美"特质的趋向。

陆敏车编的《最新中国文学流变史》是一部普及性的中国文学史，由汉光印书馆于1937年2月出版。作者自述："该著供高中教学，及大学参考之用，叙述力求明了，故用通俗文体。"又云："各项文体之变迁，每每详加说明，各期文学之流转，亦每论其因果。此系作者平时教学所得，总以大胆假设，小心求证为归。"正因为该书用于教学，所以条理清晰，行文简洁，内容易懂。其所谓"最新"乃在于自觉地接受了有关历史分期的"新"的观念。该书按中国文学史分期编撰，总论之外，分上古、中古、近古、近世和现代五个时期，各个时期又按朝代分章叙述，第一编中作者对其新的文学史分期方法做了详尽的解释。后面各编中，前面几章是详细介绍某阶段文学史概况，并列举几位代表人物及作品做简要评述，末章则是对本阶段文学史的总结，层次十分清楚。但是该书的通俗性也影响了书的整体价值，描述过于统一简略，不能做到详略得当，使得这部文学史流于浅白，没有更深刻的论述。例如对庄子的介绍仅一句，且将其作为儒家入世学说的补充，对其深邃的思想与文学色彩并无关注。作为普及性的教材，该书逻辑性强，并且在行文过程中插入图表，对不同时期和地域的文学做横纵比较，能达到良好的教学效果。尽管略显单薄，却也对文学史做了明晰的概述，使人对中国文学的承继发展能形成一个初步的概念，属于入门性的基础读本。作者在总论中说："文学有变更思想，变更行为之能力，推而至于奇迹，并能够移风易俗，改造社会；所以现在有心人，有智识之人，有改造社会思想之人，都想建设新文学。文学史者，即讲明文学进步之历程，以及沿革变迁之前因后果，而供建设新文学者之参考，俾知今后文学之趋势而定建设方针者也，故欲谋文学建设者，不可不研究文学史。"该著可看作新的历史观念及方法在文学研究方面的初步应用。

朱维之的《中国文艺思潮史略》由开明书店于 1946 年 12 月出版。该著曾于 1939 年 6 月由合作出版社出版,且同年 8 月有过再版,后由开明书店重排出版。这是一部受胡适及日本学者山口刚等人的启发而试图"用新观点来整理中国文艺"的著作,作者主要依据的是丹纳的"三要素"理论,著中用了十章的篇幅对自西周至清代以来文艺思潮的演变进行了重新的划分和具体的论证,作者认为,西周至春秋时代,文艺的趋向主要显示为在北方蓬勃发达的现实思潮,而由春秋向战国时代过渡期间,南方的浪漫思潮逐渐崛起,并最终在秦汉魏晋时期实现了南北思潮的合流。佛教的传入直接引起了礼佛思潮在东汉至盛唐的勃兴,也因此才导致了盛唐至中唐的社会问题的出现和复古运动的兴起。中唐至北宋时期,起主导作用的是唯美主义高潮,到宋元时代,民族意识开始初步萌芽,但这个时期的主流应当属于古典主义,其影响一直延续到明代前期。从明代中晚期一直到清代,占据文艺主流的是浪漫主义思想,直到清末以后,浪漫主义才逐渐消退,中国文艺开始进入写实主义的时代。作者预言:"目下中国文坛底趋势,很明显的是以新写实主义为中心思潮,最近的将来也必继续这个主潮而发展,光明灿烂的时期,不久便要到来了。"称此著实为独特,主要是指其是较早将西式文学理论的一般范式用于中国文学史的具体研究的著作,这意味着文学史的研究既彻底抛弃了中国传统学术的那种"辞章"学研究的规范,同时也摆脱了"整理国故"时期的那种实证研究的模式,这种"以论带史"的研究对后世产生了极为广泛的影响。当然,此种方法也同时招来以"论从史出"为根基的学者们的颇多微词。

除中国学人撰写的文学史著作外,也有不少域外学者在"汉学"或"中国学"研究的名目下从事着中国文学的各种研究。日本学者竹田復所著的《中国文艺思想》即是其中较为特出的一种,该著由隋树森译出,文通书局于 1944 年 3 月出版。作者认为,中国文学思想,大概可以区分为两大潮流,其一是儒家的文学思想;其一是道家的文学思想。而这两大思想,是互相影响,汇合着流下来的。所以该书主要立足于儒家与道家之间的差异及相互作用来探讨中国的文艺思想。该著除结论外,主体论述分三个部分。第一部分"文艺之意义",作者从"文"的本意谈起,就中国文艺的总体特点做了概括,"'文辞'即'文学'的观念,渐渐的浸润滋长,于是在中国文学史上,那牢不可拔的偏重修辞的文学观,遂成为宿命物了。其结果,在中国文学的形式方面——即外形美,表象美,非常的被重视;而生命或灵魂的美,易被忽略;形成这种情形,可谓势所必然吧"。第二、三部分,作者分别就儒家与道家思想对中国文艺所产生的不同影响做了分析。对儒家思想的介绍中,作者从诗、小说及戏剧等几个方面入手,主要对诗的影响进行阐述。"在孔子以前的世界,像他所赞美的那样;诗,用一句话来说,那便是把'思无邪'的境地描写出来的东西……因而即如诗,也是把一般民众的悲喜哀乐,直截的表现出来;并且对于那时,因为当时的知识阶级,用某种花样,把它加以修正不足,所以便形成了内容形式皆是足夸耀世界的文学"。"但是一到汉代,就把这表现素朴的古代感情的诗之真意,无理的用道德论而将它曲解了。……在这时,诗之为文学的意义,全被蹂躏;只有文学末事的实利价值,反被强调起来,认为于世道人心有益,才成其为美。诗,完全失去本来的意义,竟成了一部道德教科书,这实在是值得惊异的。"而对于小说,按作者的话来说,"儒教的文学观,对小说不做真挚的评价。小说只限于低俗的大众文学,这也不为无因,就是知识阶级,除去特种的人们,对小说都持抹杀的态度;至于自己执笔创作,把大众娱乐物的小说高扬至为优美的艺术作品,这些事到底是梦想不到的"。而中国戏的内容,则是与小说一样贫窘。作者将老庄的文学思想概括为:大巧若拙、人生如朝露、复归自然和人间解放。并认为:"老庄思想的特点,是在陈说复归于绝对的无,所以道家的文学思想,是以到达无我之境为理想。像这样,把一切人为的事物,认为都是伪的而加以排斥,其结果和儒家那'文为文彩'的看法正相反,道家是弃修辞、技巧,而重素朴、稚拙的。""道家的艺术观,结局和儒家思想正相反对,故常以对儒家思想的反动的姿态而出现。特别是儒家思想如果是在显示国家统制整然的时代出现的,那么道家思想是以对于束缚的反动之解放的意味,在无强有力的压迫者的乱世里强烈的出现的。"

二、"新文学史"著述的诞生

现代中国的"新文学"自诞生之日起,就有其明显的独立的特征,尽管在很多学者的中国文学史著述中,"新文学"一般是作为整个"中国文学史"的"末节"出现的,但在进入20世纪30年代以后,独立撰写中国"新文学史"的意识也在诸多学者心中开始萌生了。除早期胡适的《最近五十年之中国文学》及周作人的《中国新文学的源流》等开拓性的著述外,由新民会于1930年6月(昭和五年六月)出版的杨肇嘉编写的《中国新文学概观》,算得较早的一部相对完整的新文学史著作了。该著被收入"新民会文存"第三辑,著中对中国以胡适、陈独秀为代表人物的新文学运动进行了评述,认为新文学运动在表面上取得了巨大的成功,开阔了广泛的领域,收获了很多的新作品,但是这些作品的质量却存在很大的不足,其认为革命前期的先辈所从事的事业都是没有意义——文学革命的意义——的行动,完全不能做新文学运动的基础工事。据此,作者对文学革命的演进、白话文学在中国的发生发展、胡适等人的主要活动等进行了概要的评述。"新文学作品"部分,作者分文体评价了新文学主要作家的代表性创作。首先是新诗,作者认为,白话新诗最大的问题在量多质次,没有摆脱旧诗词的束缚,处处都带有旧诗词的余嗅,或者是过于直白而缺少含蓄。胡适之、康白情、汪静之的诗都有这方面的缺陷。徐志摩和郭沫若的诗歌相比,前者优雅深刻,后者伟大有力。这个时期的小说,短篇小说稍有成绩,长篇小说则完全没有,这一点与社会及读者都有很大的关系。短篇小说的创作方面,作者具体介绍了鲁迅并详细地分析了他笔下的阿Q,并认为郁达夫笔下的"世纪末"气氛很能代表部分青年的生活,他的艺术技巧也很巧妙,文字又极优婉流丽,自成风格。新文学作品之中戏剧的成绩算是最劣的,原因在于作家缺少实际的经验,而且中国的新剧运动也比较幼稚,剧场演员都缺乏,民众的程度很低,也没有容纳新剧的能力,这些因素对作家的创作都会造成负面的影响。尽管中国的旧剧有很多缺陷,但终究是民族的传统,是不容易消灭的。小品散文的概念由周作人提出,这一类小品,用平淡的谈话,包藏着深刻的意味,有时貌似笨拙其实却是滑稽。新文学的小品散文是发达的,代表作家有周氏兄弟、徐志摩、陈西滢、钟敬文、朱自清等。此外,作者还介绍了几个主要的新文学派别,包括创造社、语丝派、文学研究会和新月派。创造社为奉马克思主义的无产阶级派,是现代中国文坛最革命的前卫分子,最擅长文学理论,其次是新诗体,小说的创作较少。语丝派的领袖为周氏兄弟,该派的作品有很浓厚的人道主义色彩,一面又有些虚无的倾向。郑振铎是文学研究会的领袖,这派在思想上倾向自由主义。新月派的思想倾向则可以概括为艺术至上主义加一点东方文化的矜持。作者在一定程度上肯定了新文学运动打破闭关自守及妄自尊大的牢笼而把文学的使命提高到人类文化的建设途上去的历史意义,并且认为,对于充满着障碍的新文学运动,要求它产生伟大的杰作也许是期望太奢,因为现代作家所处的环境太不利,负担也太重。

陈炳堃(即陈子展)所著的《最近三十年中国文学史》由太平洋书店于1930年11月出版。该著是较早全面而独立地评述中国近代文学及新文学发展概况的著作,由陈子展在上海南国艺术学院任教时的讲座和授课讲义整理而成。作者认为,1898年戊戌变法为近代文学的开端,1898年到1928年是中国文学剧变的时期:自给自足的农业经济被打破,"中国已成了国际帝国主义的殖民地——次殖民地",甲午战争为这种剧变的总转折点,当时的著名文学者黄遵宪、谭嗣同、梁启超和康有为都受到了甲午战争的重大影响。作者首先对清末的旧派诗、黄遵宪等的"诗界革命"等进行了评介,其认为,尽管王闿运俨然为一代诗人之冠冕,但其"杂凑摹仿","几乎没有自在,打扮是复制的六朝诗"。以曾国藩、陈三立、郑孝胥、易顺鼎、樊增祥等人为代表的"同光体""宋诗运动""江西诗派"等具有复古倾向的诗派,成就有限,在时代巨变的背景下,只是为旧诗做个结束而已。作者认为,初步感受到域外思想和时代潮流刺激的诗人,能够运用旧格律来熔铸新材料,或者利用旧格律来译介西洋诗的都应归于新派。当然,"诗界革命"有其进步意义,但是取材较为狭隘,一般人不易懂。黄遵宪"熔铸新理想以入旧风格",独辟诗界革命之蹊径。"流畅自然,明白如话,确是他的诗歌特色之一。"康有为尚未能脱去旧诗的桎梏,但见闻广而情志阔,境界较高;梁启超慷慨豪壮,陶写吾心;严复是新派诗人中最为悲观颓废者;马君武、苏曼殊和李思纯的译诗也较有成就。新派诗乃是由于生活的激变而产生的求新倾向,新派的发展前途还有待于继续观察。晚清的古文,作者认为,曾国藩延长了桐城派的文统,而吴汝纶提倡新学,提倡译书,对近代文学影响最大。林纾和严复以古文翻译西洋近世思想和文学著作,

"替古文争得最后的光荣"。章炳麟(即章太炎)对于林、严有诸多批评,其文章自成一家之言,但太过艰深晦涩。"新文体"是以梁启超、谭嗣同等为代表的鼓吹威信的宣传文章,这种文体适合于时代需要,是文学革命的开始。这一时期散文之变迁的特点有:求实用去空谈;问题的解放;文字逐渐通俗化;文法的讲求。近代以来小说词曲的价值逐渐被人认识,研究旧戏曲成就较大的有王国维和吴梅,这时期的著名词人有王鹏运、朱祖谋和况周颐等。小说在中国文坛地位的提升,是由于受了外来文学的影响。梁启超喊出了"小说界革命"的口号,借小说鼓吹政治思想。小说创作以讽刺小说、谴责小说和黑幕小说为代表。古佚小说的发现和翻印、旧小说的整理和研究、小说的定期刊物纷纷出版也是这期间的显著特色。从敦煌石窟中发现唐、五代的俗文学,也有助于民间文艺的研究:可供创作新诗时参考、影响文艺思潮、可为各国文学上比较的研究。作者认为,近代十年的文学革命绝不是偶然发生的,其产生和发展有其自身必然性,有其特定的历史和时代意义。该著对中国近代文学及新文学的评价均比较中肯,且保留了大量珍贵的史料,对后世研究这段时期的中国文学的发展有着积极的启发。

世界书局于1933年8月出版的钱基博所著《现代中国文学史》,主要描述了民初近二十年(1911—1930)间的文学史迹,作者自陈:"是编以网罗现代文学家,尝显闻民国纪元以后者,略仿《儒林》分经叙次之意,分为二派:曰古文学,曰新文学。"但出于旧式学者个人的偏好,著中对这段时期新文学的发展基本持否定和贬斥的态度,而对以王闿运、章太炎、刘师培、林纾、马其昶、姚永概、樊增祥、易顺鼎、陈三立、陈衍、朱祖谋、况周颐、王国维、吴梅等生活到民国时代的前清遗老为代表的"古文学"极为推崇,即使是在讨论"新文学"的部分,其叙述的也主要是康有为、廖平、梁启超、谭嗣同等人的"新民体"创作,以及严复的翻译和章士钊等人的"逻辑文",白话新文学的部分仅涉及了胡适、鲁迅、郁达夫、郭沫若和徐志摩等人的部分早期创作。此种编排体例不难见出作者的特定用意,作者题名"现代",实际是为了张扬"古文学"在"现代"的所谓"复兴",此种取向与20世纪30年代中国社会所出现的"复古"思潮有着密切的联系。作者坚持的仍然是中国传统学术中"辞章"学研究的一般理路,所以,著中所谓"文学"其实是取其广义,即概指"文章"。如作者所言:"狭义的文学,专指'美的文学'而言。所谓美的文学者,论内容,则情感丰富,而不必合义理;形式,则音韵铿锵,而或出于整比;可以被弦诵,可以动欣赏。""然吾人倘必持狭义以绳文学,则所谓文学者,殆韵文之专利品耳!倘求文学之平民化,则不得不舍狭义而取广义。"也许正是出于这样的原因,著者才断然认为,所谓"新文学",除了康、梁、王、章等人的著述尚合于传统"文学"之道外,白话文学不过是西洋文学的"唾余"而已。在作者看来:"新文化、新文学者,胡适之所以哗众取荣誉,得大名者也。""树人著小说,工为写实,每于琐细见精神,读之者哭笑不得。""志摩沉溺小己之享乐,漠视民之惨沮,唯心而唯物者也。""郭沫若代表青年抵抗一派,郁达夫代表青年颓废一派,而其所以可贵,则要在意趣之转向劳动阶级。而于是所谓新文艺之新而又新者,盖莫如第四阶级之文艺,谥之曰普罗文学,其精神则愤怒抗进,其文章则震动咆哮,以唯物主义树骨干,以阶级斗争奠基石,急言极论,即此可征新文艺之极左倾向。"即使是倡导"性灵"的周作人和林语堂,作者也认为是"无端妄谈,误尽苍生"。当然,该著所论尽管不无偏颇,但它毕竟保留了中国传统旧文学在新的时代所遗留下来的诸多史迹,而这一点也恰恰是后世多数中国古代文学史著所缺乏的。在另一面来看,旧式文学之所以能够在民初得到长期的延续,其本身也凸显出了现代中国文坛混融而复杂的演进图景,这对于我们更为深入地理解新文学的发展与中国传统文学的潜在联系应当是有着积极意义的。

伍启元的《中国新文化运动概观》由现代书局于1934年3月出版。全书分为上下两篇,分别介绍中国思想界的变革史,以及各种思潮在交替过程中产生的冲突和论战,并附潘广镕序和作者自序。上篇,作者认为,中国学术界从1842年起,开始从中国旧文化转向西洋近代文化,经历了中国旧文化的衰落期、新文化运动的启蒙期、新文化运动的全盛期三个阶段。现代中国学术思想变迁的过程又可概括为文学革命运动、实验主义的引进和辩证法唯物论的引进三个阶段。帝国主义的侵略,造成中国经济、社会结构的巨大变革,从而进一步影响到思想的转变,使得中国学术思想经历了直觉主义、实验主义、唯物辩证论到东方文化的一系列蜕变。"国语运动"促进文字改革,"文学革命"促成了白话文的兴起,"新文化运动""一方面根本承认中国旧有文化的缺陷,同时提倡接受西洋的文化"。实证主义的引入是中国学术思想的一大变革,它兴起的主要原因是符合中国的时代需求,与存疑主义一同成为科学的方法论。疑古思潮的目的在于辨别伪书、伪事和伪史,是由今文学派、文学革命和实验主义三大思潮结合产生的,疑古思潮中成就最大的为钱玄同和顾颉刚。"整理国故"运动以梁启超为代表,而以新的实验主义方法来整理国故成就最大的是胡适,国故派的主要缺陷在于缺少建设。辩证法的唯物论作为一种科学的方法,在中国最忠实的信仰者是陈独秀。辩证法的唯物论最大的成就在于社会史方面。下篇中,作者认为新文化运动的过程伴随着各种思潮的不断冲突和更替,十余年间产生了文体的论战、人生观的论战、文化问题的讨论、文艺的论战、政治问题的讨论、社会史的论战,以及哲学的论战。文体的论战是《新青年》派与林纾、章士钊等人就语体和文言的问题进行的辩驳;人生观的论战是唯心论者和唯物论者就科学能否解决人生的问题进行的论争;文化问题的讨论是胡适等西方文化论者与梁漱溟等人就中国究竟能否抛弃自身精神而迷信西方的民主、科学这一问题进行的论辩;文艺的论战主要是以个人为本位的文学家与以社会为本位的文学家之间的彼此攻击;政治问题的讨论是就"中国的出路是哪一条"这一问题进行的笔战;社会史的论战是唯物辩证论者的争论,争论点是今日中国社会是资本主义社会还是封建社会。作为一本介绍中国新文化运动的专著,该著重在客观描述，如作者在自序中所说："对于本书的尝试，笔者始终抱着十分客观的态度，只把事实的真相呈现于阅者之前，而不愿作何评语。"该著较为突出的特点即在清晰地梳理了中国新文学运动前期多重论争的基本线索，为后世重新理解这一时期的文艺思想提供了较为完整的历史图景。

吴文祺的《新文学概要》由亚细亚书局于1936年4月出版。此著与钱基博的《现代中国文学史》、陈炳堃的《最近三十年中国文学史》并为早期新文学研究的重要史著。作者认为："五四以来的新文学的产生，并不是突如其来的。文学的进化也和社会的进化一样，是由渐变而至突变的。从渐变的过程看，便是所谓进化；从突变的过程看，便是所谓革命。""因此，我们要研究五四以来的新文学，一方面要知道五四以前的文学的演变，一方面还要从政治经济的变迁中，去探究近代文学的所以变迁之故。"可以看出，作者讨论新文学的重心是放在新文学与传统文学的关系及其所受社会变化的影响上的。依作者的看法，中国在"鸦片战争"以前的全部文学，"只是体裁的变化，并非根本思想的不同"。康、梁的政治革新虽然失败，但其对文学的变革影响至为深远。梁启超的"新文体，影响了近三十年来的文坛"。其他如谭嗣同、夏曾佑、黄遵宪等所尝试的新诗体也为后来的新诗发展做好了铺垫。此外，林纾的小说翻译同样功不可没，"历来的古文家，为传统的义法所束缚，没有长篇的叙事抒情的作品。林氏以古文译长篇小说，这可说是一个创例。……（一）可以打破外国文学不如中国的谬见，（二）可以打破一般文人轻视小说的谬见"。"后来翻译小说的人，大都是受了他的影响的。还有因为读了他的翻译小说，引起了创作的兴趣，而后来成为作家的。"王国维对于域外文学理论的应用则促成了人们对于文学的全新的理解。新文学孕育于戊戌变法，而诞生于五四时期，胡适之、陈独秀等则是新文学的接产师。高度重视新文学与传统文学的联系应当是吴氏此著的一个特色，这一点在其后文论及具体的作家创作时均可以见出，同时也与钱基博、陈子展等人强调文学演变之内在渊源的研究思路较为切近。但也许受到20世纪30年代初期中国文坛较为普遍的左翼文学潮流的影响，吴氏的论述中夹杂着明显的阶级论分析的痕迹，比如认为白话文兴起的原因之一，是因为"白话明白清楚，可以作为思想斗争的有力工具"。郭沫若的诗歌，"虽然有时也诅咒'布尔乔亚'，但依然是'布尔乔亚'的文学"。这就使得吴氏的研究成为客观的学术描述与主观的思想倾向的奇特混合，前者不乏诸多灼见，且吴氏作为文学研究会的成员之一，也为后世留存了不少珍贵的史料；而后者却又使他的某些论断显得过于偏颇，直接影响了该著的价值。吴氏此著为未完之作，其论述仅止于新文学第一个阶段的新诗及代表作家，但据此已可见出这个时期新文学研究者在一般思想趋向上的某种变化。

李一鸣著《中国新文学史讲话》由世界书局于1943年11月出版。该著概要描述中国新文学自晚清的酝酿到抗战前为止的发展历史，作者自述："就篇幅而言，本书跟

《中国文学史》是姊妹篇;就性质而言,本书不过是《中国文学史》末尾的一章。不过在这二三十年中间,中国文学的进展跟中国社会一样,正是空前的剧烈,很有专篇叙述的必要,因此本书就被编撰下来了。"该书分为九章,并附小引。前三章对新文学的界定、发展轨迹、文学革命做了详细的介绍,可视为总论,第四章至第八章则是从诗、小说、戏剧、散文、翻译整理等几个方面分别探讨了新文学在这些领域所取得的成就,以及在每个领域所涌现出的不同流派的作家的创作。最后一章"结语"则是对新文学运动的发展、成绩及遗留的问题做了一个总结。作者首先介绍了新文学运动:"新文学运动,开端于一九一七年(民国六年)。这年一月,《新青年》杂志上,有一篇《文学改良刍议》的论文发表,作者是胡适。这一篇论文,可以说是'中国新文学运动第一次正式的宣言书'。"作者在对各流派的主要特征和发展状况做分析的同时,还略述了几个重要作家的生平,并引录其作品。作者将其对新文学的总体认识归纳为四点:第一,新文学作品派别之繁。欧洲18世纪以来的几乎所有文学流派都曾在新文学中有程度不同的体现。第二,新文学作品进步之速。"人家以二三百年的时间发展了许多流派,我们缩短为二十多年来反映它"。第三,新文学作品,尚有若干枝节问题未曾解决。作者以新文学作品的语言为例,提出究竟该以白话写还是以文言文写的问题。第四,新文学还需要更大的努力。

蓝海所著《中国抗战文艺史》由现代出版社于1947年9月出版,是我国第一部以抗战文学为专门研究对象的断代文学史。因为战争的原因,以往作为文艺中心的城市相继沦陷,文坛中心不得不四处转移而处于相对分散的状态,同时出于多种原因,这一阶段失散多地的文艺史料也需要尽快得到收集和保存。所以该书的目的就是"企图弥补一部分缺陷,保存一部分史料,使它不至全部失散"。该书分为九个部分,并附后记。某种意义上说,抗战文艺史既是文艺史也是一段政治史,该书从五四运动讲起,在介绍抗战文艺史的发展历程的同时也对当时的时代背景有着详尽的分析。作者强调:"我们的基本工作,是借深铭心版的形象,描写思想的大激动,即使是粗糙也好,完成新道德的原则;而记录出从不曾有过的世界的诞生。"他虽然说要"力避发抒自己的主张",但其中仍有鲜明的价值判断——"歌颂英勇的战绩和创造这些战绩的英雄们已是战时文艺的常道,何况我们今日的战争是神圣的民族解放战争,是为了拯救我们民族的危亡,也是为了拯救世界的人类"。又如"在全国作者和封建势力、帝国主义及其走狗们作最激烈的短兵战的时候,不幸竟有少数作家出来向创作要求自由,想把文艺提到现社会外面,作为超然的存在。他们的理论家说,'凡是不能超现实而独立存在的作品,其艺术值价至多不能高过通俗无聊的马占山演义。'他们一群,为了艺术价值要高过马占山演义,就超现实而独立存在。'自由人'喊出要求创作自由的口号,便落在现实的齿轮后面,沉为时代的渣滓了"。该书在一定程度上弥补了现代文学研究的一段空白,为后人研究这段历史提供了诸多可供参考的重要资料。

三、教科书形态的文学基础理论著述

从 20 世纪 20 年代后期到 20 世纪 30 年代前期，为了配合各种层次的学校教学的需要，除一般文学史著述外，教科书形态的"文学概论"或概论性质的基础理论与批评著作，在这个时期也开始集中出现了。

1927 年 7 月，商务印书馆曾出版了傅东华的《文学常识》，该著列"百科小丛书"第一百二十三种，作者自称："做这本小册子的目的，在于供给普通人以一点文学上的常识。"作者认为："中国号称文物之邦，而近代文学转不如西洋各国之盛。"除了其他的多种原因之外，"读者社会对于传统的文学观念一时不能摆脱"，应当是其中一个至为重要的原因，因此，"方今新文学渐入建设的时代，自当以改变社会的文学观念为要图"。著分六章各述有关文学的一般问题。作者认为："文学是人的心灵的最好的养料。但这所谓的心灵的养料并非是说消遣。文学不是仅仅供人消遣的。文学供给我们心灵的滋养，一面足以'广'之，一面足以'深'之。""我们有文学就可以借助别人比我们更加锐利的双眼来看世界，别人见识了的，我也能见识到。别人感觉到的，我也感觉得到。""文学是一种活动，不仅是一件东西。这种活动需要有作者和读者两家合作，单有读者当然不能成文学，单有作者也不能成文学。……文学只是一种继续的大活动，因读者而进行。也为读者所进行；惟至读者来参与这种活动，然后这种活动乃达到它的终极的一步。"作者认为文学批评可分为四类：解释的批评、思考的批评、裁判的批评、主观的批评。而批评家在此有着重要的地位："批评家是一种居间人，他的职务就是使作者和读者接触的机会增多，因而使文学的大活动继续不断。""鉴赏是一种略带神秘性质的心理作用。"其关键又在审美。"审美能力，一半是靠着天分，天分高的人，对于美的感觉力也格外敏锐。……但是大半还仍用靠着训练的。"审美须遵循三大原则：第一，"艺术的美是超然的"，不容许搀杂一点的功利在内。第二，艺术是大公无私的。第三，艺术的美是终极的。该著是有鉴于一般文学理论的专业著述于普通读者太过艰深，因而撰写的一本入门读物，以综述一般常识为主，而不以创制理论观点为长，从中可见中国新文学在理论观念上的全面转变。

汪静之所著《诗歌原理》由商务印书馆于 1927 年 8 月出版。该著列"百科小丛书"之一，旨在普及有关新诗理论的一般常识，共分艺术的由来、何谓诗歌、诗歌里的情感、诗歌里的想象和思想与形式五章。作者从艺术的由来谈起，认为："求乐与慰苦，乃是世界上所以有艺术的根本原因。"诗歌当然也不例外，但诗歌还有其独有的特质，情感、想象、思想和形式即是诗歌最为基本的元素。诗歌所表现的感情必须具体，只有想象才能发挥唤起感情的作用；伟大的人生观能够产生伟大的诗歌，所以思想之于诗歌至关重要。除此以外，诗歌还需要具有接近音乐的韵律，也即需要"形式"的约束,"做诗不是随便涂鸦,美的形式必经过惨淡经营的功夫"。"诗里的文字本来的意义有时简直用不着,但是由它引起的影像却比它本来的意义重要的多。所以诗里的文字应当是具体的字,感觉的字,经验的字。抽象的字,纯粹概念的字,诗里不宜用。又诗里的字宜普遍,不宜专门,宜平易浅显不宜古僻新奇。"该著为一般诗歌常识的理论总结,作者自身即有着诗歌创作的诸多经验,所以其论述也多半浅显易懂,从中也可看出人们对于新诗在理论上的一般共识。

郁达夫的《文学概说》由商务印书馆于1927年8月出版。该著列"百科小丛书"第一百三十七种,凡六章。第一章讨论艺术与生活的关系。作者从讨论"生"的本质入手,认为"生"的力量既然就表现在我们的存在之中,那么,生活本身,其实就是艺术活动的一种,或者可称为广义的艺术。当然,要切实地表现出自己的"生",还需要借助某种媒介物或材料方能实现,这种媒介物即是我们通常所说的"象征"。第二章论述文学在艺术上所占的位置。作者概要地介绍了柏拉图、黑智尔(今译黑格尔)、巴式、哈特曼等人的艺术分类方法,突出作为艺术之一种的"文学"需要凭借情感的激发才能唤起具象化的感觉进而发挥其特定的功能。第三章集中讨论文学的定义。作者简要考察了中国古代的《典论·论文》《文章流别论》《文赋》及《文心雕龙》等著作中的论述,并一一列举了亚里士多德、莎士比亚、阿诺德、托尔斯泰、弥尔顿及约翰逊等人的文学定义,然后认为,与其硬性地要为文学下个定义,不如放弃定义而去观照文学的一般特征。由此,作者在第四章重点考察了文学的内在倾向。所谓"文学的内在倾向",就是不受地域和时代思潮制约的作家自身的独特个性。作者将殉情主义与浪漫主义的倾向视为文学在"青年时代"的特征,而"壮年时代"的表现就是写实主义,同时又认为三种倾向实际是可以同时并存的,一切伟大的个性不会受环境的支配,忠实于自身内在的根本要求而不受环境的压迫,即是所谓天才的气质。第五章论述文学在表现上的倾向。作者将其大体分做古典主义、浪漫主义、自然主义和理想主义四种,同时作者强调:"不过我们要注意的,就是不可以主义来评文学的高低。"第六章介绍文学的表现体裁的分类。作者主要参考莫尔顿教授的意见,把纯文学视作创造文学以使之和记述文学相对立。"文学的表现离不了言语——言语的符号是文字……言语为发生的表现,所以有音调;第二,言语又为实用的手段,所以有意义。""在纯文学里,有于综合上述两种要素外,更加以动作的分子,而达其表现的目的者,是戏剧。"由于作者自身有着直接的丰富的创作经验,所以著中渗透了诸多作者的独立见解,既可作一部独特的文学概论教材,同时也可视为作者早期文学思想的阶段性总结。

田汉编著的《文学概论》由中华书局于1927年11月出版。该著列中华书局"常识丛书"第三十一种,分上下编分别介绍了文学理论的基本问题。上编主要探讨文学本质方面的问题,下编则侧重于论述文学与社会现象之间的关系。作者认为,"对于一切人的生活上",文学是必不可少的。文学应具备"使人感动""使一般人易于理解""使读者得到审美的满足"三个基本条件。文学的特性在于悠久性、个性和普遍性。

文学的要素在于"美的情绪""想象"和"思想"。文学与个性的关系在于，作家将自己的个性贯注在作品中，使读者的人格也随作家的人格表现而扩大。文学的形式，从哲学的解释上来说，探讨的是内容和形式的关系，可划分为韵文和散文；从狭义的常识的解释上来说，探讨的是文体与人格的关系、言语与文学的关系。关于文学起源的学说，作者列举并评述了"游戏冲动说""模仿冲动说""吸引本能说""自己表现本能说"等几种学说，认为文学应该起源于生活必要的冲动。文学与时代关系密切，从读者的角度来说，理解了时代，才能理解那一时代的文学；从作家的角度来说，作家对于时代思潮的把握程度，在一定程度上也决定了其文学作品的水平。文学与国民性的关系在于，"任何国家的文学，也不能逃出以民族魂为基本的国民性的影响"。由于美的价值与道德的价值的不同，因此评判艺术是否道德，并不在于它所表现的题材。该著是田汉在中国现代文学理论草创时期做出的一种观念整合与理论建构的尝试，其论述虽然多取自西方及日本的同类著述，特别是本间久雄的文学概论方面的著作，但在一定程度上毕竟奠定了文学概论著述的一般体例构架，从文论史的角度来说，自有其开拓性的价值。

何福同的《文学杂讲》由行健学社于1929年12月出版。该著列"行健学社小丛书"之六，原为作者在广西省立第三中学校授课时的讲稿，作者自谦"是一种杂乱无章的讲义，根本不算是什么著作"。实则此书通俗易懂，可做文学理论的入门读物。著分六个专题，除绪论外，依次讨论文学的界定、起源、文学与社会、语言与文字及文学批评等问题。作者所取偏于广义的文学定义，即"持之有故，言之成理的文章"。但作者同时认为："对于文学作品与非文学作品的分类，完全是一种人为的分类，文学作品中，未见得不谈及科学问题，而科学著述中，也有很多赋予文学的兴趣。再者，研究文学，不能离开科学方法，而文章之能否引人入胜，则必须借助于文学技巧。""文学的成立，在语言之后，而在语言完成之前，已有原始的文学"，原始文学，"是出于先民一种不可压抑的冲动"，而文学的起源，应远在语言完成之前。"文学是社会的产儿，随社会之变动而变动"，"文学的使命，一方面是把社会的黑暗写成是黑暗，光明的还他一个光明的面目，同时还要指示人们离开黑暗，扑灭黑暗势力，共登光明之路，社会是文学的母亲，同时，文学是社会新运动的马前卒"。据此，作者追溯了人类语言的起源、演进、分化、文字的产生及分类等，认为若干年后，必有一种实际通行之世界的语言文字。"文学批评是批评的一种，它的使命是给文学作品定下一个公允的价目，同时要更进一步告诉大家这种材料何以可贵，那种何以不值一顾。"因此，"批评是一种评价，一种创造"。"真正的文艺批评家一定要自己先具文艺上深厚的素养，不能离开时代和作家，接着给批评的方式进行分类，批评的目的是学习，是传布，而不全是订正。"该著因为有比较特定的阅读对象，因而其讨论尽可能平易浅显，但从中可以见出，有关文学的诸多观念在这个时期已基本开始趋向于定型了。

卢冀野所著《何谓文学》由大东书局于1930年3月出版。该著原为作者在中央大学教授文学概论课程时的讲义，分通论、分论两编，各五章，"前者陈述文学大义，后者说明各体源流及读作之方法"。通论首章讨论文学的起源及其性质。从文机、文体、文用三个方面讨论文学的起源，并概括文学的特性为：非实用性、主观性、具体性、分别性、不朽性和感情性。第二章讨论文学的诠释和界说，作者从"文"和"学"分别入手，在列举和分析诸多看法之后总结认为："动于中情，参以思想，邃其想象，此三种隶属文学内部。施以文辞，饰以辞藻，化以声乐，此三种隶属文学外部。是个性之表张，是人生之反映，此二种隶属文学的性德。"也即文学的本质包含思想、情绪、理想。文学的形式包括题材、音律、结构。第三章论述支配了文学的三大势力，即丹纳所强调的"民族、时期、环境"三要素。作者认为，民族特性有刚柔、迟钝或敏锐之别；文学随时代而迁流；作家之与时代或有妥协或为前驱；环境也直接影响文学的品质与风格。第四章讨论文学的三大原素，包括情绪、想象和思想。文学以情绪为最重要（包括作者、作品和读者的情绪）；玄妙的想象次之（含回想、创造想、联想、解释想）；思想有关文学至切，有思想后可以表白其人生观，其又有永久思想与当时思想之分。第五章描述文学的派别，作者将文学大体分为四派：古学派、浪漫派、自然派和新浪漫派，并对其各自的特征进行了具体的比较和介绍。分论部分除"序说"外，基本依散文、诗、小说和戏剧的分类阐述其各自的特点与核心要素。该著以半文言形式写就，立论也较为中肯平和，虽然对现代西式文论的诸多观点能够积极接纳，但其根柢却仍是传统文论，该著可看作是中西文论的某种糅合。

王森然编的《文学新论》由光华书局于1930年5月出版。该著是较早以社会历史批评的方法阐述文学理论问题的著作，著分上下两卷，上卷"文学通论"主要讨论文学与其所处时代、社会、经济以及中国文学与世界文学的关系问题。下卷"文学本论"具体阐述文学内部的一般规律。作者首先概括了文学与其所处的外部环境的密切关系，诗人和文学家均不能脱离其所处的具体生存环境。"文学是时代的反映，文学是时代的先驱；同时，文学又是时代思想的标帜，与未来社会的向导者。"文学与社会同样具有极其紧密的关系，文学在表现社会之外，还负有批评与指导社会的职责。关于文学自身的内在规律，作者认为："文学应该创造新的人生的典型，灌注新的人生的精神。这精神是特立的，是强毅，是勇敢，是革命的艺术之花。这种新的文学之力，含有下列五种：爆发力，热力，独创力，魔力，传导力。"古今中外对于"文学"一词的定义之所以纷繁复杂，充满矛盾，主要是因为各种意见只是为了达到认识文学这一目的的手段和方法。在作者看来，文学既然是生命的集中表现，则最为核心的基础就是个性和内心，只有意识专一的个性与饱满丰富的内心的结合，才能真正表现生灵美丽的生命。据此，作者详细论述了文学的几种要素，包括情绪、想象、思想、经验、形式、文体等，并概要分析了文学的起源及其途径。关于文学的起源，可从两方面说明，一是从心理学上说，所谓艺术冲动的研究，即用人类的游戏本能、模仿本能、吸引本能、自我表现本能来解释文学的起源；另一方面是从艺术发生学上的实际方面的研究，即认为艺术是从实际的而非审美的目的而产生的东西。作者还阐述了文学创作的途径,分诗歌、戏剧和小说三大类来阐述创造不同的文学形式所要求的作家的不同的气质个性、生活经历以及与社会环境的不同关系。文学里有两个重要的部分:"一是情绪的,这一种是专由诗歌表现出来;一是创造的,这一种专由戏剧,或戏剧的小说表现出来。"

民智书局于1930年5月曾出版了李幼泉与洪北平合编的一部文学理论教材《文学概论》。该著凡十一章,前三章探讨文学的一般原理。作者认为,文学是社会的产物,是"人类求生存,求进步的一种表白,或者说是一种工具。"文学的起源在于人类求生的本能,远古的文学作品创作"多发于一种不容自已的求生的冀望",所以他们的作品没有固定的格律,大多是自然流露;这种歌咏,不但伴着舞蹈,同时伴着音乐。"民生的不遂"即民众物质上和精神上的不能满足,会表现在文学作品之中。"表现在各个作家作品上的,尽管鲜明地活跃着作家的个性,而又无不可归结到民生的阻碍上去。"文学与人生密切相关,没有人生就没有文学,文学是离不开人生的;但文学无论如何首先是一种艺术,所以可以说文学既是为艺术的,也是为人生的。作家的创作一方面在表现自己,另一方面也在表现整个的人生,因为文学是社会的产物,作家不能绝对脱离社会而生存。第四至第七章分论述情感、想象、思想和形式作为文学内部基本要素的具体内涵及其在文学创作中的地位与作用等。作者指出,情感是文学的生命,"文艺的存在,就在把这些活鲜鲜无数错综的感情,加以一定的组织,用一定的艺术形态,适当的表现出来"。但是,"仅是情感的活动是不行的,必须有丰富的情感使想象具体化,使感情活跃,使所表现于外的更为生动"。情感是文学的生命,想象可以说是情感的生命。想象可分为三种:创造的、联想的和解释的。想象的世界比现实更为广大,更为自由。情感是流动性的,而支配情感并使其深刻起来,且与人生产生密切关联则有赖于思想。思想受时代的制约,但我们不能做时代的奴隶,而要做时代的主人与先驱者。该著最后几章分类探讨诗歌、小说、戏剧和文学批评各自的特点,"诗歌是有感于中而发于外的"。诗人同情心扩大,想象力极为丰富,因而容易感动他人,辞采和音律在其中也起着相当重要的作用。小说的发达是为了合于现代生活,"有这繁复的现代生活,便有最能表现这繁复生活的小说"。小说的目的,"一在使人有趣;二在尽教化之职;三在描写人生"。小说人物的来源,"第一,是由他(作家)自家亲眼观察得来的。第二,是听见人家说,或者在书报上看见的。第三,是由他的想象造成的"。戏剧与其他文学样式最重要的区别是重在表演,"排演一事,是戏剧所具的唯一特性"。文学鉴赏是文学批评的起点,文学鉴赏不应当仅仅注意作品中的事件、文字、音调和结构等,而应该在作品中发现人生的真实面,"有着生命的共鸣的快感,才是鉴赏的最高境界"。文学批评是鉴赏的发展。文学批评和其他文学品类一样,也是人类求生存的一种表白。作为教材,该著已经具备了较为成熟的体例结构。

章克标和方光焘合著的《文学入门》由开明书店于1930年6月出版。该著原为作者在暨南大学教授文学概论课程时的讲义,共分十八章,前八章为方光焘所撰,主要探讨文学的一般知识与原理,后十章为章克标补写,侧重于对近代文艺思潮的介绍。原理部分涉及文学的起源、文艺对于人生的目的、文艺与道德、文艺与国民性及时代的关系、文学的分类以及文学批评的一般特征等问题,作者介绍说,西方学者关于文学起源问题主要有两种见解:一种认为人类本性中就具有"艺术本能"和"游戏本能";另一种则认为艺术的产生首先是出于人类的实用功利目的。艺术和道德是属于两个不同范围里的人类的活动,但仍可以说:"在艺术里是有道德的要素的,在道德里也是有艺术的要素的。"在大的方面,文艺是作者所属民族的国民性的表现,但这种精神也会随着时代的变迁而改变形态。文学可划分为诗歌、小说、戏曲和批评文学几种。诗歌"是以人的感情情绪为主,托于律语而表现出来的东西"。小说可分为两种,对人生的如实描写称为 Novel;虽然描写人生却旨在改变人生而添加作者理想的,可称为 Romance。戏曲则常被人们看作是兼带抒情诗和叙事诗特点的文学。批评文学是"以理论做骨子而鉴赏",分为判断批评和归纳批评,也可分为主观批评和客观批评。文艺思潮部分,作者重点介绍了古典主义、浪漫主义、自然主义、印象主义和象征主义等思潮。古典主义具有"智巧的""形式的"和"现实的"三种特色。浪漫主义则主张情绪,反对智巧,主张热情,反对人工,提倡回复到纯美的自然。自然主义与写实主义的区别可以看作是"为人生的艺术"与"为艺术的艺术"之差别。象征主义的目的是在阐明内在世界和观察精神的现象的一种精神主义。如果从作家的创作态度上划分,近代文学可分为"为人生的艺术"和"为艺术的艺术"两类,前者始终固持现实生活,后者主张从现实生活游离,坚持艺术的境地。除总体思潮外,作者还着重介绍了近代戏剧与小说在西洋各国的发展概况及代表性作家的创作,包括自然主义剧作家易卜生、苏德尔曼、霍普特曼和斯特林堡,俄国近代三大作家屠格涅夫、陀思妥耶夫斯基和托尔斯泰,德国的托马斯·曼,法国的左拉、莫泊桑,英国的哈代,以及代表人物波德莱尔、魏尔伦、兰波和马拉美等。

舒舍予(即老舍)的《文学概论讲义》曾由齐鲁大学文学院印制过铅印本,是老舍1930年至1934年在齐鲁大学文学院任教时编写的一部讲义,直至20世纪80年代才被重新发现,经过校订和注释后出版。该书共由十五篇讲稿合成,另附胡絜青所作的代序。作者从中国古代文士对于"文学"的认识入手,简要评述了从先秦至"最近"的有关"文学"的诸种说法,认为文学应该"是以美好的文字为心灵的表现",而不应成为"道"或"理"的载体。感情、美和想象可以视为文学的三个最为基本的特质。在文学的创造方面,作者认为"自我表现是艺术的起点"。文学的起源虽然在于实用的目的,但"以它为说明文艺的根据是有危险的",因为随着时代的变迁,文学中感情与美的表现在进一步扩大。就文学的风格而言,作者认为,风格即个性的表现,但风格的有无也并非绝对;风格的形成不能依赖模仿,而是需要长期练习的工夫才有可能达成的。诗与散文有别,不过二者只有在表现之中创造的与构成的区别,在形式上和格律上是不会有确切的分界的；形式和内容也不能截然两分，"精神"总是需要寻找其最为恰当的"形式"才能成为艺术的表现。作者还以文艺倾向为思想背景，分析了文学在"主义"上的变迁，认为"文艺是有机的"，"必不能停止生长发展"，如果单单模仿某些派别，是"足以使文学死亡的"。文学批评有四种基本的样式：理论的、归纳的、判断的和主观的。天才、审美心、训练和知识等是成为批评家的必要条件。最后，作者分章节阐释了诗、戏剧和小说三种文学体裁各自的特点。该著不拘泥于对一般文学理论的介绍与论证，而是有针对性地结合中国的白话文运动、新诗运动、戏剧改良运动及普罗文学运动等历史现状，展开对理论问题的思考与批评，显示了作者独立的文学态度与批判立场。

黄天鹏的《新闻文学概论》由上海光华书局于1930年9月出版。该书由九个章节构成，作者分别探讨了新闻文学是什么，与普通文学的区别，以及新闻文学的格式、特质、种类、变迁趋势等问题。作者认为："新闻纸上的文字自然也是文学中的一种，但它不只为智的文学，也不是纯为情的文学。"这使它能成为一种独特的文学，并有着自己的形式与内容，而且它与人生息息相关，"是人类精神的食粮"，加之其发展速度迅猛，这都促使人们需要对新闻文学予以关注。新闻文学的成立，自以新闻纸为导源，而其规范，则由梁启超所创。自保皇报体一蹶不振后，新闻文体由政治时代转入新闻时代，新闻文学才蔚为大观；新闻文学强调时间性，它是通俗的，以"趣味为要旨"，"以记事为主，附以评论与小品"。而新闻事业进化，"最初为政论本位，后来始为新闻本位"，大致可分为三大潮流，第一个为政论时代，这一时代以梁启超一派的议论文章，保皇革命两派的笔战文章与章士钊一派的政论文章为代表；第二个为新闻时代，以黄远生一派的"写实通信"，徐彬彬一派的"浪漫通信"与王一之一派的"古典通信"为主；第三个为副刊文学，以自由谭式的余兴文学，快活林式的滑稽文学与晶报式的小报文学为代表。新闻文学的变迁，"自以文学革命运动为最烈"，此一阶段，提倡新文艺，五四运动后，白话文势力增大，新闻与评论亦多用白话文。对于新闻文学的分类，"以应用于新闻纸上者为限"，可分为"评论、记事、余兴三种文字"。因报纸内容丰富，价格低廉，各阶级均有购买力，又由于定期出版，则具有"潜移默化之功"；再者"一览即得其要点"，而且其内涵至广，无所不包，故其势力在一切文章之上，而以其势观之，"已日趋浅显，成为大众的文学，复进而逐渐改用国语，以扩张其势力"。此著从媒介的角度切入文学研究，其论述虽略有偏颇之处，却不乏某种新的启发。

周全平的《文艺批评浅说》由商务印书馆于1930年10月出版，列"万有文库"。该书共有九章。第一章绪言，概要讨论了文艺与文艺批评的关系，作者认为："假如文艺是一只船，文艺批评便是这只船底一个舵；假如文艺是一个孩子，文艺批评便是这个孩子底保姆。没有舵的船，是不易达到他底目的的。没有保姆抚育的孩子，也常有难于长成的危险。同样，文艺而没有文艺底批评时，这文艺便不能有意识地、迅捷地得着真正的进展。""本来，所谓批评这一件东西，可以说是人类本有底一种良能，也可以说是使人类进步底一种重要的原动力。我们可以说：有了人类，便有了批评，有了批评，人类才有了进步。因为一切事情底进步，不是可以从无意中得来。要有意识的努力，才能有真正的进步。而欲为意识的努力，便不能不有真确的批评做他底导引。"此外，作者还简要介绍了西欧及日本的主要文学批评流派。第二章主要论述批评的意义、学理的批评、批评与美学、文艺批评的分类、文艺批评的目的及其与创作的关系等问题。作者概括批评的含义包含"吹毛求疵""称誉""判断""比较"及"欣赏"等多重意思。第三章介绍研究批评史的两个观察点即实际的批评与学理的批评。第四章介绍了圣柏甫的生平、批评态度及道屯对圣柏甫的总体评价。第五章介绍亚诺尔特（今译阿诺德）的生平与批评理论。第六章介绍滕底的生平及其科学的批评，以及森次巴立对于滕底的非难、道屯对于滕底批评等。第七章介绍纳斯钦的生平及其美论与一般的批评态度。第八章介绍佩忒的生平、美学与批评思想以及王尔德和法郎士的批评主张。第九章以诺尔陶和托尔斯泰的艺术观为主，概要讨论为人生的艺术和为艺术的艺术的不同倾向。

神州国光社于1931年12月出版的思明的《文艺批评论》是一本专门针对文艺批评理论本身进行简要解说的著作，其立足点是科学的文艺论文。作者认为，批评本身含有"找错处""称赞""判断""比较""分类"或"赏鉴"的意思。文艺批评的性质可分为两方面：一是解释的性质，如文艺作品之社会学的研究、作者的研究、训诂和注释，二是判断作用的性质，即评判一部作品的好坏；从批评者的批评态度上，文艺批评可分为主观的批评和客观的批评；从批评者所用的方法上，文艺批评可分为"价值判断"和"寻找文艺原则"两种；文艺批评的目的在于分析文艺作品的社会意义、说明作者在作品中对于社会大众的指示、解说作品中技巧的应用以教养一般青年文艺者等。文艺批评起源于"初民对于原始文艺直觉的欣赏，发生出一种好恶的评判"，但"技术的发达的"批评是在近代社会之后才出现的。西方最早的系统化的文艺批评论著为亚里士多德的《诗学》和《修辞学》，中国的文艺批评最早见诸孔子，但始终没有形成专门的学问。关于批评和创作的关系，作者认为，批评家也是创作家；批评家也是"作品与阅读者的中间人"。从文艺批评史来看，批评分为"客观的批评"和"主观的批评"两种，古代和文艺复兴时代的批评多属前者，近代和现代的批评多属后者。"客观的批评"在西方的典型表现为依照亚里士多德的《诗学》原理评判文学作品；"主观的批评"则"是以主观本位、感情本位、印象本位三者而成立的"，主要有科学的批评、观照的批评、技巧的批评这几个重要流派。作者认为，文艺批评的发展趋向在于社会学的文艺批评。因为决定文学的是一般社会的思想感情，而决定社会思想感情的，是自然环境和经济关系，因此"文学是社会的产物"。而文艺批评也"正在一个新的转换时期"。该著是一本有关一般批评知识的很好的普及性读物。

傅东华所著《诗歌与批评》由新中国书局于1932年8月出版。该书包括十二篇文章，六篇是作者翻译的诗歌批评方面的评论，余下为作者原创，另附一篇前言。作者自述其写作意图是:"这小册子所收集的几篇,实是供给各派批评的标本,欲编泛有真正的科学的批评的标本。"在《诗歌与批评》一文中,Edith Sitwell 认为:"有些批评家和读者社会的大部分,所以觉得自己不能了解近代派诗人的趣旨,其主要理由之一,在于他们主要离开威至威士以来的传统,而回复诗的更早的传统之故,我想这是不能否认的。"在《诗的心》一文中,Frederick Prescott 指出梦境对诗歌创作的重要性:"我们应该相信,梦境并不是毫无意义的;因为它不但足以显出我们的较深性情,并可以供给我们以一种较深的真理。这种真理不是有意识的清醒的心能感得到的;这是一种精神生活的真理,征用梦的方式(就是诗的方式)总能显得出。所以欲明诗理,就是这个道理。"在《诗的效用》一文中,Percy Bysche Shelley 认为至高意味的快乐的创造和保效就是真正的效用。在《自然主义的开幕》一文中,George Brandes 简单介绍了自然主义诗歌的源起及流行。Voznesen sky 在《俄国现今研究文学的方法问题》中认为:"现今俄国的文学研究里面,有三种不同的理论支配着。第一种就是唯物史观……"第二种是"唯形的"或"形态学的";第三种是"以最广义的智识的理论中一般逻辑的原则为起点。这种方法至今还未曾取得什么特别的名称。"余下的六篇文章,作者主要介绍了自己对诗的创作、风格与人格、诗的唯物与唯心等问题的看法和观点,并补充介绍了相关的文艺批评的基础知识。

黎君亮的《新文艺批评谈话》由人文书店于 1933 年 11 月出版。该书分为两部分,第一部分主要阐述文学批评的理论知识,第二部分则介绍了一些欧美著名作家的代表作及文艺观点。在理论知识部分,作者认为,对文艺本身有了认识欣赏能力后,觉得缺乏一种概括的系统研究时,便可从事文艺研究。研究的第一步必须读文学史与各近代名家的论文,再涉及哲学、批评史及批评原理等。研究文艺必须有耐心,不能将其看成是一门浅易的学科。此外,时常写作和模仿也是不可或缺的。同时必须了解创作艺术,以自叙入手、取抒情形式、缩短篇幅。文学的道德与效用即"文学是一种增广知识的能力,训谏思想法则,使人增加智慧的东西"。作者介绍了现存社会制度的个人主义、思想上极端的个人主义和文学上广泛的个人主义,认为欣赏的标准应由直觉的情感与智慧的程度而定。通过比较想象与认识、联想、冥想、幻想、再现,得出想象的本质——自唯心论出发而高于唯物观之上。作者分析了中国文艺不发达的原因——文艺批评家受制于政治,一味敷衍,替一部分人做保障,其认为著作文法上的复杂或单纯、著作是诗或是散文、著作的专门与否、时代性和地方色彩决定着著作的直译或意译。该著分析了是否可用精神分析学去进行文艺批评与如何进行文艺创作,认为文艺复兴产生的原因是对古典主义的反抗,是灵与肉的斗争,是希腊主义的复延,是希伯来信仰的潜亡,还介绍了关于学问与忌讳的关系,认为忌讳太深,学术也等于破产。第二部分中,作者除介绍亚里士多德的三一律原则外,还介绍波加息的断片、歌德的两部代表性杰作《少年维特之烦恼》与《浮士德》、斯各得(今译司各特)的诗和小说及其影响、易卜生对人生观感的机敏和理想的不夸饰的独特气质及克罗采对易卜生的评论、居友的艺术观,以及郁达夫的三部小说《沉沦》《寒灰集》《过去》及其独有的价值,等等。

黎锦明编写的《文艺批评概说》由北新书局于1934年1月出版。该书列北新书局印行的"青年丛书"之一,原为作者1929年至1931年在河北大学任教"文学批评概说"课程所编写的教材,作者在"序言"中自陈,撰写过程中主要借鉴了森次巴立、莫尔顿、格雷与斯各德等人的文学评论著作。该著首先阐述了文艺批评的几个基本概念,然后用著名的文学评论家及他们的著作、主要观点以及作者简要精当的评价串起了整个文学批评史。作者首先对文艺批评的基本概念做了详细介绍,得出文学批评含有"欣赏""估价"两层含义,将批评的过程分为欣赏、估价、判断三个步骤,其中估价又分为比较、分类两部分,判断又分为求疵、称赞、判断三个部分。在第二章中,作者梳理了从亚里士多德开始的世界文学批评史,认为文学评论始于《诗学》对"悲剧""诗"的定义,并反驳了森次巴立对亚里士多德的评价。作者还列举了后期希腊时期、拉丁时期、文艺复兴时期、十六七世纪的法国英国时期主要文学批评家的论著、观点,他们中的许多位都受到亚里士多德极大的影响。这一章篇幅很大,是全书的重点。作者在第三章中主要阐述了浪漫主义及鉴赏的批评,列举浪漫主义的三个思想来源:爱狄逊的想象快感论、莱辛的《拉奥空》中的主要观点、海段的思想,并详细阐述了浪漫主义文学评论代表人物华兹华斯、赫兹律特、圣佩韦、卡莱尔等的观点。第四章、第五章分别介绍自然主义及科学的批评、印象主义的批评,详细阐述了泰勒、左拉、居友、法朗士、拉马度等人的观点。第六章是全书的精华部分,作者满怀热情地介绍了克罗采的审美批评,认为克罗采通过反驳"艺术是物理事实""艺术有道德性""艺术含功利作用""艺术形式与内容的分离"以及"艺术上有分类"等观点解决了"什么是艺术"的问题,并引用了克罗采对易卜生的评论。在最末一章中,作者以简短的篇幅介绍了创造的批评、精神分析学的批评、辩证法的批评等当代西方新兴思潮。

梁实秋编著的《文艺批评论》由中华书局于1934年3月出版。该著列"中华百科丛书"之一,为一般读者了解文艺批评常识的入门读物。除"绪论"和"结论"外,由六章组成,依时间为序分别介绍古典批评、中古与文艺复兴时期的批评、新古典主义、浪漫主义和近代的批评,依教材体例各章附主要问题,并另附参考书目和中文名词索引以及西文名词索引。如编者所言:"虽非文艺批评史,而读者亦可略窥西洋文艺批评思想进展之大势。"由于该著主要为普通读者而作,所以书中所论大都比较浅近,基本以形成西方文艺批评的总体印象为限。尽管如此,书中仍渗透着编者一贯的批评态度,即强调文艺批评自身的独立地位,而反对将文艺批评与社会政治等混为一谈。比如,编者认为:"最容易受人批评的文字,就是批评的文字。最容引起批评的问题就是批评本身的问题。因为文艺批评的内容是非常的复杂,里面的派别也是非常的多。"但必须首先明确的是,"批评不是攻击","批评不是研究",同时,"批评不是鉴赏"。文学批评是一种文学判断,其衡量的是作品的价值;文学批评同样是人类心灵的判断活动,其与文学创作相比只有方向与形式的不同而实无高下优劣之分。

钱歌川的《文艺概论》由中华书局于1930年12月出版。该书由艺术、文学、美术、音乐四章构成。首章为艺术总论,作者首先解释了自由对于艺术的意义,即认为没有自由的地方也没有艺术。艺术的特质包括以下几个方面:一是材料,即从自然中观察出来的东西;二是理想化,是艺术家依从自己美的理想而把自然变化的一种作用;三是创作;四是主题,以美为主题;五是目的,艺术的目的,主观方面是满足创造的欲望,客观方面是人生的美的表现;六是永续性。艺术作品的制作过程主要有:模仿、选择、分析、综合、理想化、着想、感兴、表现、推敲、技巧。艺术的分类并没有绝对统一的标准,因此分类是多样的。而起源也有心理冲动说和实际效用说等多种。第二章专论文学,作者认为文学由体验生活而产生。文学具有永久性兴味、个性、普遍性、快感等特质。文学主要分为记叙文学和创造文学两大类,一般意义上的文学都属于创造文学。诗歌可分为抒情诗和叙述诗,戏曲可分为悲剧、喜剧和悲喜剧,小说又有传奇小说、长篇小说、短篇小说之分。作者还另列一节专门介绍了20世纪的新兴文学即普罗勒塔利亚文学。第三章讨论美术,美术是一门表现美感的技术。智识的效果、道德的效果、感情的效果等都是美术的效果。美术可以从材料方面和内容方面进行分类。而绘画是通过描写物体的表面形态,而表现一种观念的东西。观念、材料和构造的三项结合就是绘画。绘画依主题可分为:人物画、历史画、风景画、生活画,依所用材料又可分为木炭画、粉墨、钢笔画、蜡笔画、墨笔画等几种分类。绘画上美的要素包括画家赖以表现美的手段和画家要在画上表现的自身观念的性质两种。雕刻也为美术之一种,主要用物质表现其形象,雕刻的性质就是造形。第四章专论音乐,音乐是由音的特殊的配合而发生的艺术。音乐具有抽象性、精密性、最能发挥我们的个性,并具有安慰效果。表情、技巧和乐曲的组成等都对音乐有重要的影响。音乐的内容可以分为绝对音乐和标题音乐两种,就其形式又可分为声乐和器乐两大类。该书重在介绍有关文学艺术的一般常识,其理论概括也多浅显易懂。

陈穆如所著《小说原理》由中华书局于1931年1月出版。该著列"新文化丛书"之一,原为大学所用小说研究课程的教材,借鉴了Perry、Hamilton和木村毅等人的有关著述编写而成。凡十四章,在整体上分为理论、历史和方法三个部分。理论部分主要讨论小说的定义、目的、类别、表现形式及小说与其他文学形态的关系等,作者认为:"小说是描写社会的一切背景和人及人的生活状态的反映",是一种用艺术手段反映的生活的断片。小说的目的有"道德、教训""描绘社会""攻击社会或宗教""攻击法律、或宣传妇女的权利""娱乐""描绘人生的真实"等,小说按篇幅分为长篇、中篇、短篇三类。小说的表现形式主要包括浪漫与写实两种。浪漫作风是主观的、自由的、感情的、超越现实的;写实作风则是冷静的、客观的。小说犹如人生的地理历史,在文学领域内与人生关系最为密切,因此小说在文艺的领域里优于别的艺术而占据了中心的位置。诗歌中的抒情诗、叙事诗与小说有其接近之处,戏剧与小说也有着某种共通的特点。近代小说受实证主义及进化论的影响很大。在小说创作的"经验""思想""情绪"及"想象"等要素中,作家的经验是最重要的。历史部分一方面侧重介绍意、法、英、俄、美等国的小说发展概况,另一方面也专门介绍了中国古代自秦汉至清代不同时期的代表性小说作品。方法方面的论述涉及"直接描写"与"间接描写",以及"注解法""抒写法""说话""动作"等具体方法,此外,还包括有关文体和鉴赏等方面的相关讨论。该著以小说的理论知识与一般常识的概括介绍为主,虽多为诸家观点的综合,却也是较早的文学分体论专著之一。

戴叔清编写的《文学原理简论》由上海文艺书局于 1931 年 6 月出版。该著列"青年作家 ABC 丛书"之二,旨在"简明扼要的介绍文学上的主要的原理,使青年的创作家,对于文学的认识,有比较明确的了解"。全书八章,分三个部分具体讨论文学的一般的原理、文学的类别与各自的特征以及文学批评的一般知识。作者从分析胡适、本间久雄、托尔斯泰、普列汉诺夫等人对于文学的理解入手,认为"艺术是感情化系统化而见之于'印象者',艺术的直接的作用,就是感情之社会化的一种手段,就是传播感情、普及感情的一种手段"。文学具有永久性、普遍性的特质。关于文学的起源有模仿说、游戏说、表现说和装饰说等不同观点,但作者认为,只有劳动起源说值得肯定。作者借温齐思脱(今译温彻斯特)的看法,认为文学包含四种核心要素:情绪、想象、思想和形式。作者同时强调:"文学上的形式,是绝对的不能和内容分开的。"具体而言,诗歌有内外两重要素:一是诗的内容上的丰富情绪和高妙思想,二是外形上的韵律原则。诗里的思想包括中心思想和附随思想,诗的内容是热烈丰富的感情,诗的实质重在感情。想象无论是创造的、联想的还是演绎的,其对于诗都具有重要的意义。小说在艺术上的价值,可以用真和美来决定,具有真美的作品其社会价值也是高的。小说的目的在于表现人生的真理。"小说的意义和目的,在于它的一代社会生活的反映,它为着某个阶级的前途而斗争,它是感情思想社会化的一种手段。"诗与小说有诸多联系,但诗非小说,而小说不可无诗的好处;小说与戏剧在结构和人物描写上都有相似处,但是小说相对于戏剧更自由。作家是小说的主体,文学作品是作者个人经验的所得,作者的思想、情感和想象对于小说的创作至关重要,因此小说家创作小说必须坚持"真"的原则。表现他人、表现理想的世界、表现人们对于美的感觉等都是小说家创作的动机。作者认为,戏剧不是起源于文学,戏剧在脱胎之时就具有独立性。戏剧的核心精神在于动作。一部文学史如果不包含戏剧,则绝对称不上完备之作,这便是戏剧在文学上的地位。文学批评的意义,在于将好的创作介绍给读者,并给他们介绍著作的特长,同时也对作品进行"指摘"。批评家的目的是实现对人生和文学的深入了解。批评方法主要包括印象的批评、科学的批评以及审美的批评三种,但文学批评绝不限于这三种方法,文学批评是一个不断发展的过程。该著为一般读者学习文学理论知识的入门读物。

赵景深编著的《文学概论》由世界书局于 1932 年 2 月出版。该著实为东西方文艺理论家围绕文学各方面问题所表达的不同观点的汇编，作者并不承认有"文学概论"存在的必要，由此，作者在初步将有关文学的核心问题归纳为九个方面的同时，主要依文学思想发展的线索对各个问题的已有的代表性看法进行了综合概括，其中包括文学的意义、文学的特质、文学的起源、文学与形式、文学与时代、文学与国民性、文学与道德以及文学批评等。该著将文艺思潮与文学概论统一于一体的趋向，尽管这种统一本身因各自体例构成的差异而最终无法实现，但毕竟也代表了这个时期中国文论家试图摆脱既有"概论"式理论模式的某种努力。

李何林编写的《小说概论》曾由文化学社于1932年5月出版。该著为编者在河北省立女子师范学院国文系教授"小说"课程时编写的教材，主要参考伊科维兹的《唯物史观的文学论》、木村毅的《小说研究十六讲》、玄珠的《小说研究ABC》及俞平伯的《谈中国小说》等。共分八章，第一章"小说的发生与近代生活的关系"首先肯定了小说占一切文艺的中心地位，并认为小说的价值主要在于："使我们蜕却平凡的低劣的生活，导我们至比我们自身的世界更大的世界，显示给我们从此比我自身的心更高的心所眺望的大世界是什么样子。"第二章"小说的意义和研究的对象"，主要介绍众多外国文论家对于小说的不同观点，结构、人物和背景都是小说研究的对象。第三章讨论"小说的结构"，除涉及小说结构的意义、目的及一般样式外，还具体讨论了积极事件和消极事件、恶汉式小说、网状式结构、大契点和小契点、副结构、散漫体和紧缩体以及故事的分量、起首及其与时间、人物的关系等。第四章专论"小说的人物"，主要介绍人物的几种类别和特征，包括寓话的人物、漫画的人物、静的人物和动的人物等，不同人物有不同的处理方式，比如直接描写和间接描写，直接描写包括注解法、描写法、心理解剖、别的人物的报告等；间接描写包括说话、行为、给别的人物的反应、环境，等等。第五章概述"小说的背景"，考察众多背景的使用方式及其结果等。第六、七两章分别从结构、人物、背景三方面概述西洋小说与中国小说的演进历程。末章专论"近代小说研究之唯物史观的应用"，作者肯定小说在本质上是社会生活的反映，以巴尔扎克、弗罗贝尔（今译福楼拜）和左拉等人的创作对此进行了证明。

胡行之的《文学概论》出版于1933年3月（乐华图书公司），该著共分绪论、合论、分论、余论四编。作者首先讨论什么是文学，从工具、要素、特质、功用、种类五个方面对文学进行了界说。谈到文学的起源，作者认为有四个方面的特征：第一，文学的起源实在于有文字之先；第二，韵文常发生于散文之先；第三，原始的文学大都是合作的而不是个人的；第四，原始文学的资料是绝对的属于人民大众的。文学具有永久性和普遍性。文学有情绪、想象、思想、形式等要素。为文学而文学和为人生而文学都可以视为文学的价值。文学有诉于人的情感之力的特质。能使用优美的语言，才能作成优美的文学作品。文学的文字须通俗化，理智在文学的内容和表现上都有重要的作用。文学不是宣传品，但是客观地起着宣传的作用。在文学与道德的关系问题上，作者认为艺术虽不是道德，但其中含有道德性，但作者对"文以载道"说表示了明确的反对。文学与时代的关系是相互的,同时也是作者个性的表现。分论部分作者分诗、小说和戏剧三类进行了具体的介绍与比较,其中还专章讨论了民间文学,作者认为,民间文学是口传文学,普通文学是写述的文学;民间文学是民族全体合作的,普通文学是个人独著的;民间文学是属于无产大众的,普通文学是属于智识的有闲阶级的;民间文学是从民间来而为最大多数人民所爱护所传诵的文学,普通文学是出于著作家之手而为少数人所鉴赏的文学;民间文学来自于民间口传,且历经万人修正,为大多数人民所传诵,是真正属于民族共有的文学。作者认为不论研究民情、历史或文艺,都不可不于这民间文学中掘其宝藏。作者还认为,文学的新旧只在体制与内容,而价值上并无新旧之分。此外,该著还对古典主义、浪漫主义、写实主义、象征主义、新写实主义等进行了介绍。

孙俍工著《文学概论》由广益书局于1933年3月出版。该著列"广益文化丛书"之一,原为作者在复旦大学任教时的讲义。作者自陈:"现代大部分爱好文学的青年还感受着苦痛,因为心里极欲明白适合文学的真谛,要想探求它,但周围传统陈迂的见解澎涨到极点,稍有新见解的认识而被视为离经叛道的反动,这种糟粕形式呆板教条永远地把现代的文学真面目埋葬了。"有鉴于此,作者希望能够对诸多有关文学的观点进行清晰的说明。著分七章,依次考察文学的起源、文学思潮的界定与功用、文学的派别与转变,以及文学与心理、人生、时代、社会等的种种关系。作者认为,文学是艺术最高最完全的形式,文学是用"文字做形式来示生命的活动的想象和情感"的,文学具有永远性、普遍性、个性、了解性、同化性五个方面的性质。作者详细地追溯了自两希(希腊、希伯来)至欧战前后的各式文学流派的特点,以及表现主义、社会主义、新理想主义等倾向的文学各自发展的历程。对于文学与心理的关系,作者认为,近世文学理论者多看重唯物观的文学论,进而对文学在经济层面的要素进行了社会学立场的说明,这样就容易忽略文学作为人类行为的一般事实。一种文学内容的形式,是心理层面上印象与观念两方面的统一,是认识要素与情绪要素的充分结合。作者借夏目漱石的观点将文学创作的心理形态分为触觉、味觉、嗅觉、听觉、视觉五类,并将文学的情绪分为作者、作品和读者三个方面。文学出自人的本心的需求,呈现在日常生活中无法展开的本心即是文学之于人生的关键任务。同一时代的文学能够形成某种相对共同的趋势和倾向,这是构成文学思潮的重要动力。文学既然呈现其所处的时代,就必然会随着时代的变迁而发生变化。同时,文学也总是行进在时代的前列,它能以预言式的呼喊来唤醒和引导读者走向未来,所以文学始终被视为时代的先声。该著依教材体例,在各章末均附录了相关的参考书目。

赵景深的《文学概论讲话》由北新书局于1933年3月出版。作者自陈,该著基本依照章锡琛所译本间久雄的《文学概论》(开明版)编著而成,其中舍弃了原有的"各论",并补充一讲"社会批评"。著分十六讲,分别讨论文学的定义、特质、要素、个性、语言、形式、起源、时代、国民性,以及裁判批评、科学批评、伦理批评、鉴赏批评、社批评等专题,其内容也基本与本间久雄的文学概论一致,属于多种观点的综合介绍,而并无作者独立的看法。所增加者主要是对以托罗兹基、玛伊斯基、瓦浪斯基、列列维支、卢那卡尔斯基以及布哈林等人为代表的"唯物论"的新俄文学批评的介绍。著者对诸多观点的介绍基本未作臧否,由此也保证了不同观点自身的客观性,有利于读者的自行判断与选择。

夏炎德的《文艺通论》由开明书店于1933年4月出版。该著为一般文艺爱好者的入门读物,系著者据有关资料编写而成,作者介绍说:"本书的系统是本西洋的文艺概论而排列,说明方面大都采用西洋的学说;但在可能范围也参入本国的论证,使对于中西的文艺理论,能融会而贯通。"著分八章,分别论述文艺的地位及与人生的关系,文艺的特质、意义和要素,诗歌、小说和戏曲的一般原理及法则,文艺批评的方法及代表性的学说,文艺思潮的流派与变迁概况,以及代表性作家的创作等。作者倾向于肯定艺术活动是人的本能:"所谓文艺是艺术的一种。是作者的生命用文字的表现,由于作者内在的冲动,将他的经验与想象用美的形式描写出来,非直接地唤起普遍的,永久的人间的趣味与共感,不期然而然地促人性于自觉向上。"文艺感人的过程必须诉之于感情。文艺为作家个性的表现,但个性须与普遍性形成和谐。文艺是人类求生的一种表白,同时也是人生的慰藉、融合、批评、指导和态度。文艺包含情感、想象、思想、形式四种要素。文艺的伟大与否是视其个人性的伟大与否而定的,所以做一个卓越的文艺家,须从本身的人的修养上着手,文艺是人间共感的创作,因为文艺是作家自己的代表,所以要看出他作品的真义,须从研究他的性格,才能和对于人生的见解着手。文艺还是国民性及时代的表现。具体到不同文体而言,诗歌是以情绪为主而音律为副的东西,分为歌的诗、附带音乐舞蹈的诗和独立的诗三类。诗歌的起源和原始的音乐舞蹈有密切的关系,同时也是情绪和生活的表现。情感、想象和思想作为诗歌的内质,需要形式即音律去完成。小说与诗歌有别,中西有关小说的观念也有所不同。小说一般有长篇和短篇,表现形式又有日记式、书简式、自叙式和他叙式等。小说的六要素为"情节、人物、会话、背境、风格和人生观"。结构可以分为松散的结构和有组织的结构、单式的结构与复式的结构。戏曲是兼具主客观的诗,戏曲曾历经了从希腊戏曲到罗马戏曲、中世纪戏曲,直至近代的古典戏曲、浪漫戏曲和现实戏曲的发展过程。戏曲按不同标准可分为歌剧与散文剧、历史剧与问题剧、悲剧与喜剧及悲喜剧。戏曲的要素和小说一致,表现上的四个要素则为:音乐、环境、表情术和脚本。文艺批评旨在"用文艺的见地,批评文艺作品或文艺作家"。西洋文艺批评主要有科学的、伦理的、鉴赏的、快乐的批评几种。文艺思潮则包括古典主义、浪漫主义、现实主义及现代文艺上的新浪漫主义等。

汪祖华的《文学论》由拔提书店于1934年6月出版。该著分七章,具体讨论文学的一般原理,后附"重要参考书目",详细罗列了中外有关文学理论方面的多种专题研究著作。第一章"文学的定义"主要介绍中外有关"文学"的界定,作者认为,文学有广、狭二义。广义的文学是一切学术的总称,应当被排除在文学范围之外;狭义的文学(即所谓纯文学)才是真正的文学,以文字的形式来呈现生命之流的纯粹感情与博大思想,以其精切的想象展示个性的特质来反映人生,此即为"文学"。第二章分别介绍文学与社会学、哲学、历史学、修辞学、艺术之间的关系。第三章叙述文学的特质,包括文学的真诚性、美感性、永久性、普通性等。第四章为"文学的原素",主要涉及心理学观的情感、思想、想象;社会学观的民族性、时代、环境。第五章讨论文学的形式,作者认为:"形式不是文学的目的,乃是文学的手段。"作者将叙述诗分为五种:滑稽叙事诗、歌谣、近代歌谣、有韵律浪漫故事和写景叙事诗。抒情诗则分为六种:颂诗、乐歌、反省抒情诗、感怀诗、哀歌和十四行诗。戏剧的分类可以按幕的多少为标准。散文则可以分为:故事的、记述的、讨论的、批评及哲学的。小说从内容上有讽刺的和虚构的两种,以内容则可分为:历史小说、理想小说、言情小说和社会小说四类;以篇幅分有短篇和长篇。第六章介绍文学的"慰人""观人"功能。第七章从心理学和社会学的角度论述文学的起源。

谭正璧编写的《文学概论讲话》由光明书局于1934年9月出版。该著自称为"专供高中或大学作教本及参考书之用",其名为"文学概论",实际除首讲"总论"主要讨论文学的一般理论外,其余七讲只限于论述中国文学,包括诗论、赋论、乐府论、词论、曲论、小说论和弹词论。作者自陈:"本书系采集参考书数十种,斟酌个人教授之经验编成;专从文学本体作客观的研究,不杂丝毫主观的成见。"该著以中国文学的传统体制分开来讲,以文体自身的演进为线,与一般文学史的纵向叙述不同,是对中国文学史的一种有益的补充和参考。在总论中,作者采用中西古今对比的方法简要地介绍了文学的起源、定义、分类、体制和要素,以提纲挈领。关于诗论,作者梳理了中国自古以来对于诗的种种观点后得出结论:诗的起源未定,诗的定义随时代的变化而变化,诗的体制在古今都有一些具体的规则,诗的格律与"四声八病"关系密切,诗的要素为情感、想象和思想,诗的演变由《诗经》开始经历了唐王朝的辉煌,而至现代,似乎已与此前划分到了不同的领域了。赋与诗不同,其源于《诗经》的"六义"之一,后为"因物造端,敷宏体理",各家都尝试着对其分类,各有所长;赋有四体,即古赋、俳赋、律赋和文赋;赋的完成得益《楚辞》,由辞赋变为骈文标志着赋走上了最后的路途。乐府离开诗而独立,乐府的体制除了可以合乐,与古诗几乎无异。词的起源有两说,一是诗余,一是新声;词在形体上音数一定,篇幅简短,音节上倚声或填赠,内容上抒情;词讲究格调,其中的四声,较之诗歌更严。曲源于汉魏古乐府,但与其体制不同,因在内容、体制、声律方面都可算是最为曲折,故得名"曲";曲本是散曲和剧曲的混称,散曲为叙述体,分为小令和套数,剧曲为代言体,分为杂剧和传奇;曲分为南北,故声律有极大的不同。神话传说是小说的滥觞,小说的界定有古今中外的不同;小说的分类也因考察的标准不同而有差异;小说的体制从未有过严格的规定,但大致可以分为随笔、短篇和长篇;小说的三大要素为人物、结构和背景。弹词盛行在明清之间,形式完成在唐代,起源于变文,它是一种用弦索弹唱的歌词,内容同于通俗小说,体裁合七言民间歌曲与通俗小说于一体;它也有南北之分,其分类与通俗小说极为相似,其体制可依有无"唱、表、白"而具体划分。

隋育楠编著的《文学通论》由元新书局于1934年11月出版。该著原为作者在一所中等学校讲授文学概论课程时的讲义,作者自述:"这本书当然说不到什么'著',这不过是把自己平日所看的讲论文学艺术的著作,用客观的态度,加了一番去取,把它排列一下而已。"全书分十三章,讨论文学之定义、起源、特性、要素和分类,文学与环境、时代、国民性的关系,以及文学批评意义、目的、种类等。著中虽无新见,却对诸多观点均有周到而详细的论证与说明;特别是在论述枯燥的理论观点的同时,作者比较注重运用中国传统文学中的丰富材料对不同观点给予具体的解释,由此可激发学习者的接受兴趣,同时也是对西式文学理论的合理补充。比如讨论文学是环境和时代的产物,作者分别从《国风》的风格和中国的南北文学的差异的论述中来论证这一观点,认为鉴赏文学作品宜了解其背景;从文学是时代及其精神的反映的方面来说,文学与时代的关系不仅是横向的,也是纵向的,作家不仅要立足时代,也应超越时代。自古以来都有一种传统的文学观点,即文如其人。相同的题材,会因作家的个性不同而风格相去甚远,作者也应努力推陈出新,务去陈言,表现自己的个性,如此等等。较之一般文学概论该著更容易为人所接受。

薛祥绥所编《文学概论》由启智书局于1934年12月出版。该著是作者有感于当时有关文学概论书籍的泛滥而普遍不严密准确的现实而作,在体例上实为以西式理论为框架而佐以中国文学为材料编辑而成。凡十六章,大致分为三部分:第一至五章,主要讲述文学的定义、类别、要素、特性和功效等因素,第六至十四章主要论述与文学相关的问题,最后两章则简要地概述了当时文学界的论争。在论述的过程中,作者将理论的讲解与作品的分析相结合,语言简洁,思路清晰。作者认为,文学是由形式与内容组成的,文字组织形式必须注意节奏韵律和结构的安排,内容不独为情感,更要注重思想的深度。形式与内容是有机统一体,相辅相成。文学的分类古已有之,作者认为不同的标准会导致不同的类别,作者择要举出五种分类法,即体裁、所述内容、品格、作法和功用。文学的要素包括形式和内容,内容的要素主要是指情绪、思想、想象、事实与趣味。它们在文学中的地位和作用是相等的,不可偏废其一。与语言的无形而易逝相比,文字传远而不朽,伟大的文学作品也因之具有了永久性。又因为文学描写反映的是人生社会,揭示的道理具有合情合理的必然性,会在读者心里产生共情作用,因而文学又具有一种普遍性。同时,文学是一种艺术,具有艺术共有的审美性。文学的永久性决定了文学具有一种历史的精神,它既可以保留人类的文明,将优秀的精神存于天地之间对后人形成鼓励,使民族文化继往开来,匡救时政,又可以抚慰娱乐生活。就文学与语言的关系来说,语言本身杂乱繁冗缺乏美感,文学则在语言的基础上加以修炼使之简洁巧妙而优美;语言与文学虽相差悬殊,但实质相同。

作者在列举了我国文字的十大优点之后认为,建立在此种文字基础上的中国文学有八大优点,如文从字顺、音韵谐美、以形写意、言简意赅、含蓄隽永等。作者认为,文学是作家个性的显现,这种看法与中国传统的"知人论世""文如其人"是一脉相承的。国土的优劣、风俗的厚薄、精神表现的工拙等众多因素形成了不同的国民性,中国文学蕴蓄深厚,兼有众美。文学是时代的产物,从文学中我们可以寻得以往时代的精神和景象。文学也随地理的变迁而变迁,中国文学即有南北的差异,北方文学粗犷质朴,南方文学则缠绵俊逸。文学是人格的写照,"文学之宗匠,而人伦之圭臬也。学者识之,而效法焉。尊德行而道文学,培根本而发文章"。文学流派在每一时代甚至同一时代都是极为复杂的,学者的研究应遍究各派以穷其变,然后笃守一派以求其精。环境由家世、师友和倡导(即社会风气)组成,环境也足以改变文学的基本形态。中国在不同时代所发生的文学争论,实际也正推动了文学自身的发展。

沈天葆编写的《文学概论》曾由新文化书社于 1935 年 5 月再版。该著实际于 1926 年曾由梁溪图书馆出版,作者认为,文学的研究有赖于一定的文学理论素养,是以撰有此著专述文学的基本理论问题,包括定义、起源、范围、工具、分类、要素和研究方法等。共分二十一章,并附录欧美各国文学发展概况的简介。作者列举了中外古今一系列名家有关文学的不同看法后,从狭义和广义两个方面给文学下定义,指出美的文学须有佳妙的思想、丰富的感情和普遍永久的价值。文学起源于诗歌,而且是产于民间的抒情诗,故文学是人生的表现与批评。文学的研究方法也不外乎历史法、传记法和评论法三种。语言与文字的一大不同就在于文字是文学的工具,中华民族文字优良,因而中国的文学绵延不绝。作品中的真理具有永久性而且作品本身也可以具有永久性,这得益于作者的人格和感情。文学的要素包括情感、思想、想象、经验和形式,它们不是截然对立的,而是融为一体相辅相成的。文学的分类极为复杂,依据音韵、体裁、内容等不同的标准可以划分为不同的类别。诗不仅为文学的起源,甚至可以说是一切艺术的起源,它与文相同的地方便是用来表现人类的思想和情感,其艺术之美分为内在的思想美和外在的音韵美。诗是用以表现人生的,研究诗必须注意形式与内容的双重美,必须考虑到时代与作者本人的双重因素。词是诗的变体,两者最大的不同在于:词可以合乐而歌。与诗不同,戏剧是更彻底的民间的文学,它是用以表现民众共有的生活,是民众共有的艺术。因而它在体式和音韵上也较诗更随意一些。中西戏剧在历史发展上有其差异。小说在近代文学中尤为发达,小说的目的是以想象来连贯事实,表现人生的真理,故真正的小说蕴含的道理具有普遍性和永久性,这得益于作者对全人类的经验及自身特殊经验的感悟与观察。从篇幅上划分,小说分为长篇、短篇和中篇,其中,短篇小说将思想的精华浓缩在最简练的形式里,因而最能体现出技艺的高超。文学是时代的产物,文学的派别大体包括古典主义、浪漫主义、自然主义、新浪漫主义、象征主义和新理想主义等。附录中,作者简要地介绍了现代欧美各国的文学,以拓展读者的文学视野。中外古今的文学都是人生的表现,是与作者的"人"密切相关的,但不同的国度和地域又会产生具有不同特色的文学作品。比如,英国文学可以达到理想与现实的调和;法国文学是持续的、国民性的和世界性的;德国文学将艺术与理智融为一体,音乐性丰富;俄国文学受外国影响较多,高昂但不注重音韵;美国文学具有维新精神和物质性;挪威的文学家虽少但出类拔萃;印度文学保守旧规,东方味道浓厚。

许钦文所著《文学概论》由北新书局于1936年4月出版。该著为三十篇短文合成,分总论、分论和余论三部分。总论从宏观上把握文学的一些基本性质和作用,认为文学是一种艺术,而且在文化中有着最高地位;分论则比较具体地分析比较了文学的各种体裁,其中强调小说的地位更为重要;余论主要讨论文学创作的方法以及作者、读者与文学的关系。其思想核心是厨川白村的"文艺是苦闷的象征"。作者认为,文学是艺术的一种,它独特而重要,有狭义与广义之分;从形式上来说,它包括文字、故事和技巧,从实质上来说,它又包括主义与情感。文学的意义在于表现人生、批评人生和指导人生,因此文学的新旧只是相对的,"活动的"。具体到中国,新文学根本上是大众的,以探讨人生为目的,而旧文学偏重个人方面,往往是奢侈品。文学在本质上是虚构的,发生文学的原因即在于"苦闷",是"苦闷的象征""苦闷的反表""喜欢的追慕"。"革命文学"同样是产生于由压抑带来的苦闷。具象性是使文学形象生动的必然条件,它通过文字使人们产生共鸣作用,这也是文学打动人心的直接原因。这一共鸣作用具有普遍性(使得文学可以超越时空被不同的人所接受)、真实性(通过虚构来反映真实)和净化作用(使我们郁结在心的苦闷排泄出去以最终实现心灵的净化)。古典主义、浪漫主义、写实主义、人道主义、自然主义等文学的派别都是时代的产物。小说是文学的重要部分,而短篇又比长篇更重要;其体裁可以划分为自传体、正传体、日记体、书信体、历史体、童话体和剧本体,但不管何种小说都一定要讲求结构的安排,以使其强烈、调和、统一。此外,作者也分别讨论了诗歌和散文诗、剧本、童话以及随笔等体裁的特点,并结合中外经典文学作品的分析,对幽默、讽刺、观察、描写、譬喻等创作手法进行了具体的说明。作者认为,文学源于生活,两者的关系重在精神上,文学是作家痛苦的产物,同时,也是作家快乐的安慰。该著主要是针对当时左右两翼对文学"浪漫、不科学、赤化"等指责而创作的,作者的主旨在于说明:"要真正地提倡科学,振兴实业,第一步就得从文学做起。"其意主要在尽力维护新文学所应有的独立地位。

陈乾吉的《文学基本问题》由寰球印刷局于1936年8月出版。该著原为作者教授文学概论课程时的讲义,作者自称,该著"采中外各家学说,融会贯通,成为此册。举凡文学原理、文学法则、文学形态,均择要以述之"。"其间并引轶闻、趣事、名作,以资参证。"著分九章,大致依内、外两部分加以讨论,前五章主要讨论文学自身的内部要素,后四章论述与文学相关的诸多问题。作者认为,以文字表达情感,使人得美的满足者即为文学,文学的特性在于永久性和普遍性。文学的内质是情感、想象和审美。情感是文学的灵魂,文学中的情感具有共通性、相关性和永久性;想象是文学的创作方式;审美是文学的特性。文学的起源在心理学方面包括游戏本能说、模仿本能说、表现本能说和吸引本能说,在人生主义方面则经历了原始时代、半同化时代、专制政治时代和民主政治时代。文学因个性而异,个性支配作者,文学需要个性,理解文学当"知人论世";欣赏是主观的,欣赏随个性而不同,欣赏亦能感化个性。艺术与道德既相异又密切相关,艺术应与道德相合。艺术对社会和个人都是极为有用的,它是道德的先锋,可以提高人格,改进社会,教化风俗,作家应创作出优秀的作品,担负起拯救社会道德的使命。文学与时代有着密切的关系,思想是时代的反映,人物是时代的产物,每个时代都有它独特的生活方式、思潮和文学特色。文学史阐明的即文学与时代的关系,透过文学的演变可以窥见时代的演变,每一时代都分为四个时期,即萌芽期、全盛期、蜕变期和衰落期。每一种文学形式亦是如此,伟大的作家都善于借助作品把握时代的命脉。同时,每一个民族都有自己的文化传统和文化心理,反映在文学上便形成了自己的国民性特色。

孔芥编著的《文学原论》由正中书局于1937年3月出版。该著原是作者在中山大学教授文学概论课程时的讲义,主要依据克洛谢(今译克罗齐)一派的美学思想编著而成的一部有哲学体系形态的文学论。著分五章,第一章"文学底本质",提纲挈领地提出了"文学是人生的经验之文字的表现"这一定义,作者解释认为,"人生""经验"和"表现"密不可分,正是这三者构成了浑然一体的美学的体系。据此,作者对三者的关系分别进行了具体的论证,旨在强调表现主要是传达作者的思想情感,表现本身就是目的。第二章"文学之内在的价值"集中探讨表现的功用。作者列举了"主乐说""主善说""主智说"等各种说法并加以批判,以此引出表现重在"直观"的基本观念。第三章"经验底要素"着重分析经验的构成,也即创作的心理过程及作品内容上的条件。"我们不说文学是现实底反映,而说文学是经验底表现,亦以从心理方面来观察,无论是什么文学反映出什么现实,必定是通过了作者底情感,构成了作者底经验,然后才能表现,才能反映。"第四章"文学底形式"论述经验的表现即为文学的形式,具体讨论形式与内容的关系及形式上的重要原则等。第五章专论诗,从诗的起源谈起,进而阐述诗与音乐、科学、谈话等的关系,认为诗是表现形式的一体,是文学中至为重要的一类,著中附带简要概述了有关小说、戏剧、悲剧等问题,不及展开,作者也深以为憾。

四、"会通派"文学理论的知识取向

尽管"新文学"已经占据了现代中国文坛的主流地位,但围绕着"文学"自身的核心观念、基本要素,乃至价值与审美取向等方面的争论却始终未曾停止。这其中,有一派学者一直在坚持寻求着中外古今文学之间的"会通",以期从纷纭复杂的文学现象中寻找到真正的"文学"的本质。也许恰恰是这一派学者的执着,才为后世解决"中西之辨"或"古今之争"的问题提供了某种可能的途径与思路。

刘永济所著《文学论》原为作者在明德中学任教时的讲义,后用为其在东北大学及武汉大学教授文学概论课程的教材,最早初版于1922年(长沙湘鄂印刷公司),由商务印书馆于1926年7月出版了其第四版。该著著分六章,分别探讨文学的性质、分类、工具及文学与艺术、人生等的关系,以及研究中国文学应注意的问题等。第一章分八个部分,主要论述了文学产生与发达的原因,文学的功能作用,文学与其他学术的异同,中国既有的"文学"观念,近世对文学的定义等。作者认为:"文学之先,包括于宗教之中。"人类"感乐""慰苦"的特性"最合于艺术之真义",而"文学亦艺术之一,故文学即由此而生"。"文学自感乐慰苦二特性发达",故有使读者"了悟与判断之力","理性培养之功夫"。文学以"人情物态为其材料","其最大之工作乃综合与表曝"。第二章中作者认为,对于文学之分类,"因其原质而异","即由文学之内部组织完全发达而成"。作者比较肯定莫尔顿的观点,认为"文学之初,只有舞歌,包括歌辞、音乐、舞蹈三事。歌辞主道其事,音乐主宣其情,舞蹈象其形,三者实后世文学的原质所在"。莫尔顿所谓文学的原质有三:"一曰描述,二曰表演,三曰反射。"作者同时也指出:"我国文学体制之分类之源有二,一为梁昭明太子之《文选》,后世总集文章者宗之。一为汉刘歆之《七略》,后世总集群书者祖之。前者主文章,其界狭;后者编集群籍,其界广。"第三章主要论述文学的工具,其认为,既然"自然之界限广大无边",故"表现自然之工具不一";文学之工具"与文学方法性质相异,表现之能力亦各不相同"。文字作为文学的工具,"为意与声之迹也"。文学工具之种类,即语言之类别,"近代语言学者分世界之语言为三大类",分别为"曲折语,印度欧美之语是也";"黏著语,又曰添加语,日本之语是也";"孤立语,即我国之语"。作者认为,汉字重形,但重形文字"不能摹写人声","单音单体之字,点画稍异,即不可识,亦我国文字之缺点也"。第四章讨论文学与艺术的关系。"文学为艺术之一,此中西学者所同认","艺术者,应人类精神上一种要求而成立者也。人类有求真之要求,于是有哲学,有求善之要求,于是有伦理,有求美之要求,于是有艺术"。"文学执美为中心","文学之美,初在能自感,继在能感人"。"虽侍儿小童,皆能生感,虽其所感之事,未必定与作者相同,然作者之情悲,而感者之情亦悲,是文之佳作者,能引人之同情,美之至矣"。第五章论述文学与人生的关系。作者认为,"文学之真用在增进人生";"文学者具能思真之才,所思者善,而供献其真善与人生"。"文学家不可无道德于智慧,而纯正文学非质言道德与智慧之事。"但是,"文学所表现者必为具体的","文学表现之时,固不必纯同实际,亦须顺其因果之关系,不可有所遗漏。虽抒写人情颠倒之状,亦当因其自然之势,明其隐微之处,自能使人阅之无端哀乐矣"。第六章侧重讨论研究中国文学应注意的问题。作者认为,民族自身所固有的文化与世界文化之间总是始有抵牾,进而各趋消长,终能相互影响并融合为一的。"我国哲学以善为本","我国文学亦以善为本"。"论我国之文学大体,固不得不归之于孔门,然自汉崇黄老,晋扇玄风,文学一事已非孔门得专主矣",除孔门文学之外还有"老庄派之文学""佛学派之文学"等。刘氏此著受"学衡派"思想影响较为明显,其既反对新文学式的全盘西化,同时也反对"国粹派"的复古,而是主张以白璧德等人的新人文主义思想为根基在中西古今之间给予一种适当的调和。也因此,该著在众多的文学概论中独树一帜,其思路与诸多观点对后世的文学不乏积极的启发意义。

新月书店于1929年12月出版的《白璧德与人文主义》是有关白璧德人文主义思想的几篇译文的合集,由吴宓、梁实秋编定,徐震堮、吴宓、胡先骕合译,译文均为文言,最初发表在《学衡》杂志上。1928年前后,梁实秋有感于国内文坛对白璧德的否定和批评过于偏激和草率,所以约请吴宓将这些译文重新编辑合并成册,以求学界对白璧德的思想能有一个较为全面而准确的了解。梁实秋在为该著所作的序中说:"据我所看见的攻击白璧德的人,都是没有读过他的书的人。我以为这是一件极不公平的事。""我只希望读者能虚心的把这本书读完,然后再对这本书下一个严正的批评。这本书并不能代表白璧德的思想的全部,但是主要的论据在这里是都完备了。……白璧德的学说我以为是稳健严正,在如今这个混乱浪漫的时代是格外的有他的价值,而在目前的中国似乎更有研究的必要。"吴宓也认为:"西洋近世,物质之学大昌,而人生之道理遂晦。科学实业日益兴盛,而宗教道德之势力衰微。人不知所以为人之道,于是众惟趋于功利一途,而又流于感情作用,中于诡辩之说,群情激扰,人各自是。社会之中,是非善恶之观念将绝,而各国各族,则常以互相残杀为事。科学发达,不能增益生人内心之真福,反成为桎梏刀剑。此其受病之根,由于群众昧于为人之道。""人文教育即教人以所以为人之道,与纯教物质之律者相对而言。白璧德先生之说,既不拘囿于一国一时,尤不凭借古人,归附宗教,而以理智为本,重事实,明经验,此其所以可贵。"该著收录了白璧德演讲和著作篇章的节译共四篇,另有一篇研究文章。胡先骕所译首篇《中西人文教育谈》为1920年9月白璧德在美国东部的中国留学生年会上的演讲,原载《中国留学生月报》第17卷第2期(1921),白氏认为:"今日在中国已开始之新旧之争,乃正循吾人在西方所习见之故辙。"但他强调:"然须知中国在力求进步时,万不宜效欧西之将盆中小儿随浴水而倾弃之。简言之,虽可力攻形式主义之非,同时必须审慎保存其取得之旧文明之精魂也。""吾亦未尝不赞成中国古人之自尊其文化,至于此极也,但其弊在不承认他国文化之成绩耳。""中国之人,为文艺复兴运动,决不可忽略道德,不可盲从今日欧西流行之说而提倡伪道德。""勿冒进步之虚名,而忘却固有之文化,再求进而研究西洋自希腊以来真正之文化。则见此二文化,均主人文不谋而合,可总称为邃古以来所积累之智慧也。""今日人文主义与功利及感情主义正将决最后之胜负,中国及欧西之教育界,固同一休戚也。"吴宓译《白璧德之人文主义》是法国人马西尔向法国人介绍白璧德思想而撰写的一篇专文,文章认为,欧战以后,世界文明的中心已经由欧洲转移到了新兴的美国,法国作为曾经的欧洲文明的"融汇之处",仍当"本其欧洲历史遗传之文明,而汲引美国,取其对于文明之贡献,以合于异日之新文明新潮流,此法国今日之责任也"。由此,代表了美国最新思想的白璧德的以批评"毫无管束、专务物质及感情之扩张之趋势"为主的人文主义也就自然地吸引了法国人的目光。白璧德攻击的主要目标是培根的极端科学主义及卢梭放任的浪漫的自然主义,白氏认为,正是因为有了他们的出现,"天国之福音不复闻,而人世之福音取代之",致使人类无可挽回地走向了思维僵化、物欲横流、恃强凌弱、道德沦丧的境地。文章以简介白璧德的《卢梭与浪漫主义》《文学与美国大学教育》《新南阿空》(今译《新拉奥孔》)及《近时法国批评大家》等著作的方式,分别概述了白氏的基本思想,并得出结论认为:"吾侪今世之人,须融汇从古相传之义理而受用之,并须以超乎理智之上而能创造之直觉工夫辅助其成。"以此方能重建有节制的理性的道德观。吴宓译《论民治与领袖》及《论欧亚两洲文化》两篇为白璧德《民治与领袖》一书的绪论部分和其中的一章,前篇旨在说明"民主政治之成败得失,当视其国领袖之资格以为断",而"政治之根本在于道德"。其论有重建"哲人王"之治(所谓"理想国")之意。后篇则在辨析东西方文化之异同的基础上,强调对于其各自古典思想中的精华成分必须积极吸取并加以融合,以使人文主义精神在东西方能够共同发扬光大。徐震堮译《释人文主义》则为白璧德所著《文学与美国大学教育》一书的第一章,主要通过对美国高等教育之重科技而轻精神的流弊的批判,阐发其人文主义思想之于大学教育的重要意义。该著虽只收译了白璧德著作的个别篇章,但对白氏思想的要旨已有较为清晰的展示,梁实秋重印此书,除了对来自国内各方的对于白璧德及其人文主义的攻击有所回应之外,对当时中国文坛各张"主义"、肆意放言的混乱局面也是一种必要的善意提醒。

吴宓在担任清华大学外文系主任期间(1930—1937)曾另外著有《文学与人生》的手稿,该手稿原为吴宓20世纪30年代在清华大学开设文学概论课程时的讲义提纲,以英文写就,兼有法文、拉丁文和中文,曾部分地在1928年《大公报·文学副刊》连载,后由王岷源译出,于1993年8月由清华大学出版社出版,列"清华文丛"系列之三。其主要内容,如作者在《〈文学与人生〉课程说明》中所言:"本学程研究人生与文学之精义,及二者间之关系。以诗与哲理二方面为主,然亦讨论政治、道德、艺术、宗教中之重要问题。"作者认为,文学是人生的表现,小说表达的是实际人生的真理和爱。从"自作自受""人生如戏""崇真去伪""好善恶恶"等五个方面可以阐明人生、道德和艺术三者之间的关系。文学的功用在于涵养心性、通晓人情、培植道德、谙悉世事、增长爱国心、表现国民性、转移风俗、确定政策、造成大同世界和促进真正文明。作者进一步阐发自己的世界观,如"人与宇宙,皆为二元""人为宇宙的中心""天人物三界并立"等,并推导出宇宙与人构成的一系列基本公式。在对人性进行的研究方面,作者得出"道德=人性""道德=爱+义务"的结论,并解释了自由意志和命运之间的关系,比较了理想的和现实的两种类型的人,认为"人心惟危,道心惟微",应做到"穷则独善其身,达则兼济天下"。作者还解释了"假冒为善之非是""中庸之道""宗教"等概念,阐述了"义"和"利"的关系,"智""仁""勇"的关系,介绍了他自己的哲学和人生信条。作者还为道德的重建提出了建设性的意见,说明了哲学重建的性质与方法,个人道德的进程,并从理想和实际的角度来分析婚姻与爱情等。最后,作者认为哲学的进步和方向就是"由情入道"。作为"学衡派"的代表人物之一,吴宓此著以白璧德的新人文主义为思想内核,既有文学理论层面的论述,也有文化、社会心理和哲学层面的剖析,并融入了作者自身的人生体悟,一直被视为"理想主义的绝唱"。

杨启高所著《中国文学体例谈》曾由南京书店于1930年10月出版。作者自视该著为一部中国古代文体研究的专著,实际是一部融中国古代文论与现代文学基本原理于一体的理论著作,谢无量称之为初学者的"知津之助"。该著虽然遵循的仍是中国传统词章研究中有关文章体式类别研究的基本模式,但在论述之中却已明显渗透了现代意义上的"文学"的内涵,所以在一定程度上可以看作是传统"文章"与现代"文学"研究的某种综合。作者认为,"文"与"学"应当分而有释,"文"有天文、地文、人文,"惟斯三者,皆不可言说写作其真实之美。落于言说写作,即非摄其全部涵谊"。但人生天地之间必有所感,"遂由种种幻想,根其性情所至,自然流露,发而为讴谣"。不过,"此时无文字,固无所谓学也"。"特以文由幻想而起,定文为篇籍之专称亦由假名。……殆具学之条件成为名辞后,乃为通称作品之名。""学"又分为概括、合理、系统三种,其与"文"合才并称为"文学"。作者对于"文学"的理解属于广义的"文学"范畴,近于章太炎等人的主张,但作者也同时清晰地说明,其看法"不同于昔贤之论",因为古代所谓文章、文笔等,"特与现代所谓文学,仍多未符合矣。盖非仅藻绩要律所能尽,必有内蕴之性质焉"。由此,作者概括"文学"的定义为:"文学者系作家本天然人生理想各映像,抒以内容之感情思想想像,写以外形之声律辞藻兴趣,而使读者发起同情之篇籍而已也。"不难看出,作者虽然是在广义上讨论文学,但其对"文学六要素"的界定已经完全是现代意义上的文学内涵了。以此为立足点,作者对中国文学的开端发源、民族特色、文字特性、体式分类及其差异与各自的突出特征等,进行了全面而详尽的分析,而其核心则始终围绕着"六要素"依次展开。该著对文学诸要素的解说主要是在中国传统文体论的基础上参合现代西式文学理论思想,经融会比照而逐步展开的,带有某种"中体西用"的意味。作者对新文学也并不排斥,他认为:"由今日之情势而谈,白语较文言之用为广。两者并行不背,非一二人之力可持极端而逆全国人之思潮也。""文人学士,无论在何种文体上,多鼓其真实热烈之情感,大有改造世界之先声气概。""中国文学之黄金时代,吾人当不以过去为极顶文学!""有文学革命家为爱护人,何愁不能渗透人类之丹心。"该著与纯粹的古典文论及现代西式文论有着根本的区别,并且由此最终形成了作者所独有的文学理论构架。尽管著中所论有其局限,但对现代中国文论自身的建构来说,此种尝试其实是有着相当的启发的。

张崇玖的《文学通论》由乐华图书公司于1930年11月出版。该著是一部有着自身特色的文学理论专著,作者自称,其论"和所谓新文学者一派的着眼点不同!和反对语体文者一流的见地,也大相径庭"。张氏希望重建一种区别于西方文学理论的文学知识系统,但其根柢却仍旧在试图复活中国的传统文论,潘文安为之作序也称此著"确可以救济今日文学界的病态"。著分六章,首先从文学的起源、界说、定义、要件、原素、功用、价值、分类和派别九个方面来讨论文学的本质,然后阐述文学的对象以及言语、文字、思想、文章、小说、国学、教育、人生、国家等和文学的关系,再以文学与诗,文学学说与哲学、科学、宗教的区别与关系,来探讨文学的独特性和普遍性。同时还兼有关于国语和标点的革新、新文学所造成的危害等的讨论。而其核心在于强调:"文学没有什么新旧,也不可以文言白话来分别。""我们如果在它底质象里直觉着,而找到了它个体的单一性,能引起我们高洁的情思,或者使我们享受甜蜜的陶醉,或者使我们拨起遐远的驰慕,我们就可知道它是真正的文学。"作者还总结认为:"文学是什么?我们知道它的起源,是韵文先于散文。它的界说,是人类生活状态的记载。它的原素是情感。它的功用,是有利人群。它的价值,是不志乎利、这是属于质的。属于象的:为语言,而语文本来一致。其他如人生,是它的反映。民族,是它的特点。"该著试图在中国传统文论与西式现代文论之间建立起一种独立的文学理论系统,但由于其始终无法摆脱"中体西用"的既有模式,致使著中诸多论述形成了某种程度的混杂与自相矛盾,从中也可见出现代中国文论在转型之时的艰难。

姜亮夫的《文学概论讲述》(两卷)由北新书局于1933年9月出齐。该著原为作者1929年前后任教沪上期间的讲义,后根据学生的笔记整理成书。作者有感于当时的文学概论教材不能很好地处理新文学与旧文学的关系,"处处内以外国材料以作例证",不能很好地为学生所接受,因而根据自己的经验,用"中国的普通材料为材料,用比较近于科学的方法分析说明"而成的。该著共分为四部分,第一部分通论文学各方面的情形,仅讨论至文学组织的成立;第二部分用"述而论"的态度,把中国各种重要文学现象,分别加以详细的叙说;第三部分是第一部分的延伸,主要讲述文学组织成立之后的衍变和交流;第四部分是鉴赏论。这四个部分合起来是连贯的,分开来又可以各自独立成章。作者认为,文学以文字来表现思想,以想象、感情和趣味激发人们的兴味。心理的活动和实际的社会生活是文学产生的原因,两者之间相互渗透。心理的活动包括自我表现、对他表现和"美态本能"所生的"美的情操",这些因素所蕴含的情绪应该是纯正的、活跃的、富于想象的;作者对于实际的社会生活这一因素主要是从实用的角度来论述的,主要表现为求生、生命的继续和维持社会的作用,而地理、历史、种族、时代等社会生活也影响着文学的生成。文学有其自身的特性,它用思想支配情感,将情感的瞬间性变为永久性和普遍性,但倘若文学只有这两种特性,那么人类汪洋的情感所造就的也只是千遍一律"古今同调"、中外同声的文学作品了,因而文学还有作者个性这一重要条件,不同的作者因经历、时代、性格的不同所形成情感的浓淡深浅亦不同,作品风格便具有了多样性。文学既要讲求真与美,就必须借助一定的材料,"它是一件要被作者把他的精神或生命表达出来的那个事物",它可以分为题材和表材,前者来源于生活,后者包括语言、文字和笔墨。文学的形式与内容是不可分割的,形式随着社会、时代的流变而相应地演变,以中国的诗、词、曲、小说的演变为例,可以知道,文学形式的变化都是为了使其内容得以更好的表达,形式的分类也因标准的不同而有不同的分类法,至今未能达成一致,作者在此书中主要列举了文体分类、学术分类、文学史分类和文学体性分类。在第四章里,作者从宏观上把握中国文学,指出中国文学与外国文学相异的主要原因在于我们的汉字构造和地理位置的特殊性,接着作者从种族种性、社会组织、伦理道德、学术思想四个方面来鸟瞰中国文化,认为文学在六朝时期才真正走向了自觉,并从此享有了举足轻重的地位,"文章是经国之大业"。中国文学的价值在于它是社会生活的反映,代表了中国人在整个人类中是自具"个性"的人。由于中国自古就有"文以载道"的传统,因而中国文学具有"理智化""道德化""政治化"的特点。在第五章和第六章里,作者以历史上具有代表性的作家及作品为例证,分别详细地解说了中国最具有代表性的文学,即诗和词。作者将诗分为古诗和今体加以探讨,古诗又分为四言、五言、七言和杂言,今体则分为律诗和绝句,其演变的过程表现为对韵律的重视和内容的扩充。作者在讲述了词由"诗余"到"词别是一家"再到被曲取代了中心地位的发展史后,指出词与诗最大的不同在于它可以唱,因而有"词律",即除了讲求音律和四声平仄,更讲究"韵","词韵大概是平声独押,上去通押"。该著的特色在于,以西式理论为依托(主要取本间久雄及温彻斯特的观点),而证之以中国文学的实例,其虽仍留有过渡形态的痕迹,但已与传统的文章流别及纯粹的西式文论有了明显的区别。

傅庚生著《中国文学欣赏举隅》由开明书店于1943年9月出版。该著列"开明青年丛书"之一,后曾多次再版。该著出版时间超过本编时间,但因"会通"中外古今文学,姑列于此,下一本书亦如此。陆侃如在为该著所作的序言中认为:"理想中的文学批评……就是用分析的工夫而达综合的目的。""未先做考订的工夫而遽作批评者,终难免'急于事功而伪造智识'之讥。"傅著正是在对于过去文评诗话材料勤力搜集和精细分类的基础上,"又运用西洋文学批评的理论,加以部勒和整理"而撰写出来的一部巨著。陆氏还引钱穆之言称此著"于极艰苦之准备下,呈露其平易之面相"。作者在《书旨与序目》中也认为:"研究文学者,往往始之以欣赏,继之以摹仿,而终之以创作也。创作与欣赏,尤相乘而相因,递革而递进。"而所谓"欣赏"则是指"借他人之杯酒,浇我胸中之垒块,意有所会,感有所通,辄亦抃手踊足,动魄惊心焉"。然而,"自有清一代迄于今,世尚朴学,探讨文学者亦几乎以考据为本,若就文以论文,辄必震骇群目,实在腾笑众口;本末之所在,久其蒙然,买椟而还珠者,宜不少矣"。有鉴于此,作者乃仿《文心雕龙》和《诗品》的体例,同时参照西方文学批评的所谓"感情、想像、理性、形式"之"四要素"的划分方法,对文学欣赏的诸多要素给予了全面而精细的解说。

其中"感情"一类涉及精研与达诂、真情与兴会、深情与至诚、悲喜与同情、痴情与彻悟、情景与主从;"想像"类包括联想与比拟、脉注与绮交、纵收与曲折、穿插与烘托、警策与夸饰、辞意与隐秀、仙品与鬼才;"理性"部分计有势度与韵味、渊雅与峻切、自然与藻饰、真色与丹青、雅郑与淳漓、善美与高格;"形式"部分主要讨论剪裁与含蓄、巧拙与刚柔、练字与度句、重言与音韵、对偶与用事、诗忌与谶语、摹拟与镕成,等等。作者本意在以文学名著为依托,借助欣赏之途,寻绎文学情思之所寄及美善之所存,且希望于文学欣赏之外,兼有解析文学创作之法。应当说,该著是达到了作者的目的的。著中所承继的虽然是桐城学术之"词章"研究的余脉,但能合理地将中国传统学术与西方文学批评相对接,无疑也显示出了学术过渡时代一代学人的良苦用心。

程会昌编著《文论要诠》由开明书店于1948年10月出版。该著为程千帆在武汉大学和金陵大学教授文学课程时所编用的教材,曾于1942年以《文学发凡》之名刊行,后遵叶圣陶的意见更名为《文论要诠》。编者自陈,因感于当时研治文学者,"其言之凌杂浮浅,往往出意度外。知近世短书,累害郅深,因取前哲雅言授之,俾典于学"。从文论教材的角度讲,这是一部编纂体例极为独特的著作,其既未依传统文论如《文心雕龙》那样历述文学之种种,也不像现代文论那样完全以西式"文学概论"的结构去讨论文学的本质、对象、形式、创作等问题,而是选取了十篇中国传统文论的代表性文章,"釐为二卷,附之笺疏,以诏承学"。计有上卷"概说"五篇,为章炳麟的《文学总略·论文学之界义》、章学诚的《诗教上·论文学与时代》、刘光汉的《南北文学不同论·论文学与地域》、章学诚的《文德·论文学与道德》和《质性·论文学与性情》,下卷"制作"五篇,为陆机的《文赋·论制作与体式》、章学诚的《诗教下·论内容与外形》、刘知几的《模拟·论模拟与创造》和《叙事·修辞示例》、章学诚的《古文十弊·文病示例》。编者之所以采用了这种特殊的方式编纂,主要是为了矫正当时有关文论较为突出的"稗贩西说"与"出辞鄙倍"的两种弊端:"通论文学之作,坊间所行,厥类郅夥,然或稗贩西说,罔知本柢;或出辞鄙倍,难为讽诵。加以议论偏宕,援据疏阔,识者病之。"由此编者才以传统文论,特别是近代的章学诚、章太炎、刘师培等人的文论为主,分十个小专题全面阐述了其对于文学诸问题的基本看法。其中涉及文学的本质规律、文学与时代的相互影响、文学与社会及地域的关系、作家自身的精神修养,以及文学创作在形式方面的技巧及应规避的一般弊病等,既避免了对西方文论的完全照搬,同时也突破了中国传统文论的那种"宗经""征圣"的"载道"局限,由此形成了极为独特的文学知识构架。事实上,中国传统文论发展到近代,已经在西学知识的逐步影响下出现了某种细微的变化,其在章学诚、章太炎、刘师培等人的文论中表现甚为明显,程氏之功首在将此种变化进一步与现代文学的知识系统实现了一定程度的对接,比如,推章太炎所谓"文字著于竹帛之法式"的"文学"界定为"侈于近世抒情美文乃为文学之说","或言学说文辞所由异者,学说以启人思,文辞以增人感",并注谢无量著《中国大文学史》所引戴昆西(今译德·昆西)之言:"文学之别有二:一属于知,一属于情。属于知者,其职在教;属于情者,其职在感。"程氏评之曰:"斯盖远西之说云尔,而近人又多本之也。"如此等等。程氏此著有明显的近代文论向现代文论过渡的痕迹,虽然后世几乎尽弃国学而完全趋于西学,程氏力求充分开掘传统文学理论资源的努力却不失为某种深刻的启发。该著后有黑龙江人民出版社的简体横排本出版,易名为《文论十笺》(1983),后收入《程千帆全集(第六卷)》(1998)。

第十章 唯物史观的文学理论及其批评

一、苏俄文艺理论的译介

苏俄文艺理论曾对中国现代文学基础理论的建构产生过极为深远的影响,这一点已是共识,苏俄文艺理论的译介实际主要集中在20世纪20年代后期,至20世纪30年代前期达于高潮。也正因为有了大量理论著述的引介,新文学作家们才在此基础上逐步形成左翼文艺理论日趋完善的知识系统。

任国桢编译的褚沙克和阿卫巴赫等著《苏俄的文艺论战》由北新书局于1925年8月出版。该著列"未名丛刊"之一,作者自述,1923年来,关于艺术的问题,苏俄的三派学者间发生了一个"空前未有"的大论战。这三派分别是:烈夫杂志派(今译列夫派)、纳巴斯徒杂志派(今译岗位派)和真理报派。该著是译者选择了各派关于艺术问题的主要论文编译而成。"烈夫"杂志社是将来主义派的阵地,迎敌的主将是褚沙克和铁捷克。他们对艺术下的定义如下:艺术不是认识生活的方法,是创造生活的方法。在这个基础上,他们反对写实,提倡宣传,否认客观、经验,标定主观、意志,宣称应用主张和目的置换内容和形式。他们的主张将共产主义融入艺术范围,反对一切非劳动阶级的文学。以罗陀夫、瓦进、烈烈威支等为代表的纳巴斯徒派的理论家将艺术定义为宣传政略的武器,彰显的是艺术的阶级性。《真理报》应战的是瓦浪斯基(今译渥伦斯基)。他认为如同科学一样,客观而写实的艺术既是认识生活的方法,同时也应以认识生活为目的。当然,艺术家仍需要依照美学的眼光来估定艺术作品的价值,艺术的内容必须力求做到与形式相称,就像内容恰与艺术的客观真理相称一样。他认为褚沙克犯了主观主义的错误,认识对象决定认识,但认识也有其反作用,因此艺术并不是被动的、无意志的,就像沙俄腐朽,但是旧艺术伟大一样。他认为褚沙克还犯有相对主义的错误,马克思主义的辩证法中,时间和空间的变化中也有事实的存在。要把唯物观应用到艺术上,必须认识生活,客观地、准确地描写生活。"纳巴斯徒"也同样陷入极端的相对论之中,虽然艺术有阶级之分,但是并不能说艺术没有客观的价值。科学家和艺术家的作品有意无意地带有阶级性,为该社会生产力决定,但是他们创作作品的主要目的之一还在于凭经验准确地认识生活,因此,要以阶级的眼光观察艺术,但真正的艺术都有共同的客观的价值。总之,"艺术家应当深刻地观察事实、表明生活,要将艺术的真理适合共产主义的理想"。作者一并翻译了瓦勒夫松的《蒲力汗诺夫与艺术问题》一文,旨在介绍蒲力汗诺夫(今译普列汉诺夫)的唯物论美学实现,强调艺术起源于劳动,对于艺术现象的解释可以从物质生活形态的变化及社会矛盾的演进发展中去获得,但经济的决定作用往往是间接的。该文还强调艺术的阶级性,同时认为艺术必须真实地描写和反映现实生活。人是现实美的集中体现,艺术的主要对象是人。

蒲列哈诺夫(今译普列汉诺夫)的《艺术论》曾由林柏重译,交南强书局于1929年4月出版。该著写于1899年至1900年,分《论艺术》和《论原始民族的艺术》两部分,最初曾以《没有地址的信》为总题刊载于1899年第11期和1900年第3期、第6期的《科学评论》上。普列汉诺夫逝世后,从他的遗稿中发现了与前几封信相关的大量初稿和异文,后把《论原始民族的艺术》与《再论原始民族的艺术》合为第二封信,把新发现的作品编为第三封和第四封信,收入《普列汉诺夫哲学著作选集》。此后该著作有了不同版本,林柏(即杜国庠)所译为该著最早在中国的译本,只收入了普列汉诺夫生前所发表的前两封信。1930年,鲁迅曾根据日本外村史郎的日译本转译,1962年曹葆华又从俄文版重译。该著后屡次以《艺术论》《论艺术》《没有地址的信》为名再版,在传播和建设马克思主义美学与文艺学体系方面起到了重要作用。第一封信《论艺术》开篇认为,要做精确研究就必须先为艺术下个定义,作者认为托尔斯泰所说"艺术表现人们的感情,而语言表现人们的思想"是有局限的,事实上,艺术表现人的感情与思想,绝非抽象的观念,而借用的是生动的形象。作者认为,考察和解释艺术需要立足于社会学的观点而非生物学的观点,因为艺术是人与人之间精神交往的手段之一,是一种社会现象。原始人的心理本性决定他一般地能够有审美的趣味和概念,而他们的生产力状况、他们的物质生活方式则使他们恰好有这些而非别的审美趣味和观念。在第二封信《论原始民族的艺术》和《再论原始民族的艺术》中,作者首先证明原始经济是共产主义的,驳斥了原始经济具有个人主义性质的观点。关于游戏与劳动的关系问题,普列汉诺夫批判了毕歇尔等人的"游戏先于劳动"及"艺术先于有用物品的生产"的论断,同时指出,作为艺术之萌芽游戏首先是劳动的产儿,实用物品的生产与一般性的经济活动均先于艺术生产,且在艺术之中印下了鲜明的标记;劳动是艺术产生的最根本的和最终的根源。

(冯)雪峰译卢那卡尔斯基的《艺术之社会的基础》由水沫书店于1929年5月出版。该著列"科学的艺术论丛书"之一,是马克思主义文艺理论的经典著作,著中包括三篇文章,《艺术之社会的基础》和《新倾向艺术论》为两篇演讲,另一篇名为《关于艺术的对话》。作者立足于其既有的唯物史观的立场认为,"艺术向着于形式创造的人类的劳动底生产物","人类先是创造对于生活所必要的形式,其次装饰着它,即附加了能够给予使我们中意的,使印象提高而且同时又立了秩序的分量的这样的外形"。某一特定时期的生产方式和生活方式对于艺术的内容和形式有着决定性的影响。艺术只有合目的性的时候,才被看作是美的,"我们都一样地把那对于我们引起一样的印象的,即因它的形式使我们中意的那东西称为美",并且,"不带阶级性质的,那起源和关联没有阶级厉害的那样的艺术作品,是完全不存在的"。一定阶级的社会生活是艺术的社会基础,言语的艺术则是一种具有意识形态性的特定艺术,"意识形态——是阶级斗争的武器。即是,意识也是阶级斗争的武器"。"一切的艺术都以在阶级精神中教育大众的一事为目的。"《关于艺术的对话》主要针对考茨基的美学观点,采用对话的形式阐述作者的艺术观。作者认为,艺术可分为两种:当作游戏看的艺术和当作工作看的艺术,"当作游戏看的艺术是非常愉快的有益的体操,而当作传道看的艺术是在最高紧张上的生活的表现",并且,"艺术的最高的种类是当作传道者看的艺术"。作者批判了"为艺术而艺术"的观点,主张以艺术的实际效果作为衡量艺术水平高低的标准,因为"艺术是常常表现着这个或别个的社会的集团的思想与感情的,表现着这个或别个的阶级的世界观的"。艺术必须是积极向上的、战斗着的,"一切有生命的,真正的美的艺术,在其本质上都是斗争的"。《新倾向艺术论》主要是基于唯物论立场对以颓废派、象征派、印象派、立体派、表现派、纯粹派等为代表的西方新兴的现代主义艺术倾向的批判性分析,作者认为:"现代的知识阶级,是在自己的阶级的创造的艺术之中,又在造型艺术上的特色之中,都完全缺乏着内容了。那理由是用不到揭举,就是因为知识阶级所依存的那基础阶级——即大资产阶级与小资产阶级,是失去了它的内容了。""这样的艺术家是没有想表现某等观念的那认真的希望的缘故;而且,他们是到了昨日为止,固执着无观念和无形体和无感情的艺术而来的。"该著对建构中国的马克思主义文论体系起到重要的奠基作用。

卢那卡尔斯基的另一部著作《艺术论》则由鲁迅译出,大江书铺于1929年6月出版。该著是日本昇曙梦译本的重译,共收五篇文章,是早期马克思主义文论的经典著作。作者视艺术的创造为意识形态活动的一种,对于美的问题的分析,主要侧重于从生理学、心理学及生物学的角度进行阐释。在《艺术与社会主义》一文中,作者依据艺术这一观念形态是生产关系之上的上层构造这一理论具体分析了社会主义艺术的一般特征。《艺术与产业》一文中,作者认为在科学的社会主义的范围内,有将艺术与产业结合的必要。在《艺术与阶级》中,作者指出,有一种所谓的阶级的美学存在。美学趣味的变更正是阶级影响文化进而使文化产生变化的反映。在《美及其种类》中,作者提出:人类的精力与消费之间所产生的"生命差",影响到艺术的起源和人类的审美。生命差是"从生命的普通的流里横溢出来的事,由直接环境的影响,以及或种内的过程所惹起的",它分为两种,"其一是过度消费的生命差,这只在排除分明的苦痛或不满时,才许积极地兴奋;又其一是过度蓄积的生命差,这和前者相反,并无先行的苦痛,并无分明地表现出来的苦恼的要求,而得积极的兴奋"。而"过度蓄积的生命差,是生活和创造的渴望",因此,美学,就是对于被消费的能力的单位给予非常多量的知觉的一切。"由视觉和听觉器官而知觉的美学评价,是关系于有机体所支使的精力之量及其消费的规则的程度之如何的。也就是,关系于知觉之际,眼睛和耳朵的反应,和那全构造可能完全一致与否的"。在《艺术与生活》中,作者指出,生命差的积极的解决,是通过游戏,即精力过剩的无目的的消费,对于诸器官,给予能够十分活动的可能性,不但借此有益于自己保存自己,并且使之强固。"在游戏上,诸器官却以完全的自由而显现的。就是,在这些诸器官所最为自然,和全机构的完全的一致上,将自由表现——在这里,有由游戏得来的特殊的快乐,有为游戏之特色的自由的感情。当游戏时,有机体是以最正规的生活而生活着的。就是,在必须的程度上,消费些能力,于是只依着自己,即只依着自己的组织,而享受着最大的满足。"然后,作者又列出两种关于美学的意见:一些美学家主张,"美是将我们的生活,镇静低下,使我们的希望和欲望入睡,而令我们享乐平和和安息的瞬间的东西"。另外一些美学家则认为,"美,就是幸福的约束,令人恰如对遥远的,怀念的,而且是美的故乡的怀念一样,将对于理想的憧憬觉醒转来的东西。这便是说,所谓美者,是幸福的渴望,捉住我们,而在达到美的快乐的最高程度的喜悦上,添一点哀愁"。这事实上就是艺术对于生活的两种不同的态度,依此作者将艺术划分为艺术理想主义和艺术现实主义。该著的诸多范畴后来都逐步演变成为中国左翼文论的核心范畴。

雪峰译蒲力汗诺夫的《艺术与社会生活》由水沫书店于 1929 年 8 月出版。该著是蒲力汗诺夫(今译普列汉诺夫)的代表著作之一,也是马克思主义文论的经典著作之一,原为作者 1912 年 10 月在巴黎等地所做的演讲,后发表于《近代人》杂志上,译者据藏原惟人的日译本重译。该书论述的中心是艺术与社会生活的关系问题,分两个部分。第一部分指出,关于艺术与社会生活的关系问题,常常是在两种完全对立的意义上被解决的。一种是功利主义的艺术观点,艺术家存在的目的就是为了促进人类意识的进步及改善社会构造。另一种是"为艺术而艺术"的观点,即认为艺术除了本身之外并无其他的目的。作者分析了这两种对立的艺术观及其形成的社会条件,进而指出这两种倾向都是由于忽略了艺术家与其周围社会环境之间的关系之性质而造成的偏颇。该书第二部分深入阐述了这两种观点对艺术发展的作用问题。作者认为,判断哪一种观点对于艺术发展最为有利,是不能脱离这种艺术观念所处的具体历史条件而言说的。作者以"为艺术而艺术"观点的积极倡导者与拥护者的法国浪漫主义和早期现实主义(自然主义)为例分析认为,由于艺术家们已经厌恶了资产阶级的腐化、庸俗及其趣味和习惯,所以开始拒绝让艺术去迎合资产阶级以为之服务,他们宁可隐遁于艺术的"象牙之塔"以寻求庇护。这种反抗资产阶级的腐朽庸俗之气和只为艺术而艺术的行为,显然在当时提升了作品的价值,维护了艺术自身的尊严。但是作者同时也指出:"浪漫派的人们,虽一边叛逆着资产阶级的庸俗,而一边,对于指示出了社会改造的必然的那社会主义的体系,却一样怀着非常的反感。浪漫派的人们,对于社会组织并不想有什么变革,然而想改变的是道德。"即随着无产阶级解放运动的发展,"为艺术而艺术"的观点就日益成为对新的进步艺术的一种阻碍甚至于反动,"他们对于以全社会的革新为目标的新潮流的那盲目的态度,却使他们的作品中的思想的质低落了"。功利主义的观点可能与革命情绪相互适应,但同样也可能与保守的情绪相互适应,因此,不能认为功利主义艺术观是革命的和先进的人所特有的,功利主义的进步与保守只能由他们所感兴趣的社会理想与社会制度的性质来决定。此外,作者还就卢那察尔斯基(即卢那卡尔斯基)反驳其关于美的标准问题的看法做了简要回应。作者认为,绝对的美的标准不存在,人们对于美的理解也是随着时代的变化而不断变化着的。

鲁迅译蒲力汗诺夫的《艺术论》也由光华书局于1930年7月出版。该著列"科学的艺术论丛书"之一,系鲁迅据外村史郎的日译本重译,曾参考林柏(即杜国庠)的译本,除了《论艺术》《论原始民族的艺术》和《再论原始民族的艺术》三篇之外,另附鲁迅的长篇序言及普列汉诺夫的《论文集〈二十年间〉第三版序》,后世多以此为定译本。普列汉诺夫认为,唯物史观对于美的问题的分析较之别的观点更为有力,因为各种观念终究是为其社会生产力的状态所决定,但达尔文主义与这种唯物史观并不矛盾。人类的本性使艺术的产生成为可能,但艺术的最终实现还受到社会环境的限制与制约。作者从艺术与经济、社会的关系上研究了原始民族的艺术。作者认为,原始民族实为共产主义的结合,原始艺术同样是社会生活的反映。"人们的性质的全形态,是自然地,而又不可避免地,为他们的生活的样式所规定的。"作者还批判了游戏本能说,分析了劳动与游戏产生的先后关系,因为这对于研究艺术的起源有重要的影响。作者用丰富的实证与严密的说理,证明为了寻求有用性的物质生产劳动先于艺术生产这一个唯物史观的根本命题。换言之,就是一切人类以为美的东西,首先是于其有用,为了生存而与自然和社会人生的斗争上有着意义。"美的愉悦的根底里,如果没有伏着功用,就不成其为美了。"《论文集〈二十年间〉第三版序》对上述观点进行了补充。

何畏译耶考芜莱夫的《文学方法论者普列哈诺夫》由春秋书店于1930年11月出版。该著系有关普列汉诺夫文艺思想研究的专著,重在突出其思想方法与以往文艺研究的根本区别。作者首先提出,普列汉诺夫运用马克思主义理论对当今艺术论的许多缺陷做了明确的解答,注重以唯物论的观念去研究,并且认为,"艺术不独以反映现实之现在的现存状态为其任务并且以反映现实之未来的应有状态之原原本本的现实为其任务"。普列汉诺夫的艺术学说深刻地研究阶级的观念体系及社会的经济原动力,因为"艺术上的趣味及美学的判断必然跟着阶级的利害及阶级的观念体系走的","他的态度第一是唯物论的,效用主义的"。普列汉诺夫在文学研究中运用辩证的方法,"不独限于发见那限定的文学作品内的社会的等价,还要根据唯物论的历史观去看出某个阶级所有的美学的存在,并且要为自己利用这个美学去决定作品之艺术的价值"。普列汉诺夫还区别了文艺批评与文学史叙述的不同任务,文艺批评家的任务是,"把艺术作品所指示的观念从艺术的言语翻译成社会的言语,把那作家所提出的文学对象之社会的等价发现出来";文学史家的任务是,"他不得不研究那经过历史的发达之诗的思索之形式,他不得不离开作品之实际的性质而独立追究文艺作品之心理学的和美学的特性"。关于诗人与社会关系的研究,普列汉诺夫认为必须到国民生活的复杂情状中去追寻作家创作种种方面的变化,"社会研究者又必须确定这些变化怎样反映在诗人的意识中,又这些变化在诗人的诗文中怎样屈拆着。盖诗人的人格之演绎,他的诗文之特征等都是由社会的组织及社会的发展来决定的"。作者还对普列汉诺夫关于文艺作品中主人公的看法做出了归纳:"所谓文学上的主人公们之新陈代谢,绝不是由道德性的进化可以说明的,而是有其社会的根据的。其次跟着这个新陈代谢而起来的文学上的主人公之轮换是由劳动阶级之出现由普罗列塔利亚之出现于历史的舞台而引起来的。"关于艺术作品的内容与形式,普列汉诺夫认为,艺术作品的内容常常是受到某种目的性的制约,如社会全体文化的发达程度和构成社会的各阶级的相互关系的制约。形式则是由内容所诱导出来的,"艺术作品的形式当适合于该作品的思想内容"。就方法论而言,丹纳的种族、环境、时代的社会批评方法与马克思主义的方法有诸多一致的地方,但是它们的出发点不同。丹纳从一种科学的先入观念中并且从空虚的命题和立论中产生方法,他常把他所根据的社会体当作人类精神的产物;而普列汉诺夫的马克思主义的批评方法则是首先研究这个国民的生活状态中所起的变革之历史,即研究社会组织中的这些变革究竟是由什么引起的。普列汉诺夫方法论上一个无上的命令就是"要把历史的美学建设在社会史之科学的解释上"。普列汉诺夫的方法与黑格尔也有着根本的差异,"他不在绝对观念的自己运动中而在经济的发展中把这个根源发现了出来"。与马克思、恩格斯一样,"他把世界的运动当作物质之不断的运动看。从辩证法的见地看,社会的发展是由生产手段的发展来决定的:生产手段之发展,形成历史的运动之主流。一切社会现象的结局是由这个物质的原因来说明的,而文学艺术等现象不过是社会现象之一部分,故也可以和上述的原因连接起来的"。

苏汶译波格达诺夫(今译波格丹诺夫)的《新艺术论》由水沫书店于1929年5月出版。该著是波格丹诺夫在莫斯科大学所做演讲的汇编,计有三篇,系由英文本译出,另附冯雪峰据日文所译的《"无产者文化"宣言》。第一篇讨论"无产阶级的诗歌",作者认为:"现代社会是分阶级的,这些阶级是被许多重要的差别所分开了的集团;因此它们分别地组织着,依照不同的路径而互相抗争"。"各个阶级底组织底工具(就是说它们的意识形态)当然是不同的,分开的,不但不能互相调和,并且还要互相冲突。""诗歌也是如此;在阶级社会里,诗歌也是不同阶级底代表:地主阶级,农民阶级,资产阶级,或无产阶级。"当然,这一切也并非绝对。第二篇讨论"无产阶级艺术底批评"。

作者认为:"在艺术家底作品里面……活的影像底新的合并是时时地在创造出来,同时他们还在受着自觉的,系统的选择底和'自己批评'底机制底整理,这种自己批评可以消灭了一切不和谐的,和这工程不相配的,可以保存了一切适宜的。"当作者"在自己批评不充足的时候,结果便是矛盾、不切合,许多影像底不艺术的堆积"。"批评底工作是要站在某一集团底立场上来做的,在阶级社会里,是要站在某一阶级底立场上来做的。"第三篇具体分析"宗教,艺术与马克思主义"的关系。作者指出:"在艺术底地域里,有两个大问题是要无产阶级来解决。第一个是独立创造底问题……第二个是获得它底遗产的问题。""每一种宗教对于劳动阶级直到今天都是被利用做奴化底工具的",但我们可以"把宗教当作一个劳动阶级底艺术的遗产"。第四篇为《"无产者文化"宣言》。作者强调,"劳动者底运动,是向我们底伟大的目的的——全世界社会主义,进着各种的路"。"这运动,当作纯经济的,职业的,更当作组合的东西","只有独立的精神文化底成就,才能始终如一地支配着集团底意志与思索的这种完全的教育给予阶级"。该著比较集中地展示了以作者为代表的"无产阶级文化派"的基本观点。

(冯)雪峰译梅林格(今译梅林)的《文学评论》也由水沫书店于 1929 年 9 月出版。该著列"科学的艺术论丛书"之一,是从日本学者川口浩所译的德国著名马克思主义理论家梅林的文学评论集《世界文学与无产阶级》中选译出来的五篇论文的合集,主要是具体的作家论和作品论。在《艺术与新兴阶级》一文中,作者认为,现代艺术有着资产阶级的起源,并且是悲观的,缺乏斗争因素,而新兴的无产阶级"以平然的冷淡和现代艺术对立着,这并非因为无产阶级不能了解现代艺术的崇高的秘密,乃是因为现代艺术太和无产阶级的解放斗争之历史的伟大相悬搁着的缘故"。《莱心、哥特、及库勒》(即《莱辛、歌德、及席勒》)一文分别对这三位作家进行了述评。作者首先驳斥了德意志资产阶级将莱辛作为其精神的先驱者之观点,而认为莱辛的性格是与德意志资产阶级的性格锐利地对立着。事实上,他的事业和生涯是属于无产阶级的,他是为"自由的人间性"而战的光辉的先驱者。同样,歌德也是"为了英雄崇拜者之故而被弄伪了的人"。歌德的伟大在于"他乃是为了德意志国民再取回在伟大的文化国民间的那相当的位置之先驱者的思想家及诗人。歌德的不朽的创作是成为数千数万的细流流进德意志的国民生活之中的"。类似地,德意志资产阶级也是为了他们自己的目的而捏造出一个席勒并且歌颂,与之相反,劳动者阶级却是在自由地,脱离出资产阶级的偏见而在现实生活的时代中看待席勒的。《社会主义的抒情诗人》对海涅等三位借艺术为无产阶级斗争事业而歌唱的诗人进行了品评,作者认为:"真正的艺术是并非和人类的东西相疏远的,真生的艺术是能置在政治的及社会领域内,和在别的任何的领域内同样地从充满充足里作出来的,真正伟大的艺术家是常常立在时代所摇动着的运动的正中的。"在《写实主义与自然主义》中,作者对狄更斯等七位作家及其作品进行了评论。关于狄更斯,作者认为:"不论何人,也不能像狄更斯那般深深地感到自然的继子的心——即盲人或哑子或聋者的心。而且不论何人,也不能像他那般深深地感到社会的继子的心。"关于左拉,作者认为"他是一个往较好的时代去的勇敢的开拓者。他是一个不能展开时代底深奥的秘密的思想家,以美学的尺度来测是一个非常不完全的诗人;但于其才能与勤勉上,于其公正与勇敢上,他是具有能够充分地和狄德罗或莱心,卢骚或福尔特尔的赫赫的一群人们比肩的权利的斗争者"。在对托尔斯泰的评论中,作者写道:"假令在许多东西给予了我们的力强的诗人和完全不给予我们什么东西的宗教的怪人之间,会怎样地有着锐利的对立。某种东西使他成为前者,某种东西使他成为后者,这二种东西全都是托尔斯泰在他的国民与他的时代的生活之中所具有的根。"在对惠普特曼的评论中,作者有这样的观点:现代艺术,倘若真正是非党派的,就不应当单描写了旧的没落下去的世界,也应当描写新的正在生长着的世界——这回是应该去寻找出在劳动着斗争着的无产阶级的。《自然主义与新浪漫主义》一文认为,新浪漫主义是在自然主义无力或者不想忍受资本主义的现实,只能向梦境的一种逃避,是艺术或文学的无力的休息。

沈端先(即夏衍)译柯根的《新兴文学论》由南强书局于1929年11月出版。该著据日译本译出,原名《普罗列塔利亚文学论》,由译者夏衍改为现在的书名,共五个部分。作者分阶段对普罗列塔利亚文学的发展过程及其特征进行了阐述,并且密切关注每一阶段的文学与其时代的社会运动之间的关系。普罗列塔利亚文学的产生,在文学史上是一个特殊的现象,它与无产阶级革命的任务有着密切的关系。"普罗列塔利亚诗的力量,生存在他的新的内容和对于大众的有力的艺术影响里面,生存在创设指导民众艺术运动的机关里面","将文学和'不是文学的客体而是文学的主体的'大众结合,而遂行了一种强力的刺激作用",这一种现象就是普罗列塔利亚诗歌。"十月革命"前的普罗列塔利亚文学在艺术上不够成熟,"世界观的暧昧,艺术的拙劣,农村关系的密切,知识阶级臭味的浓厚……凡此种种,都是'十月革命'前期一切诗人的特征",但是它们具有观察社会意识的特殊的表现形式,"错综着过去的影响和未来的预感"。"普罗列塔利亚诗歌,一方面指示出对于艺术的新的问题,一方面在艺术批评前面建立了新的目标,在不知不觉中将研究家的目光从文学的贵族主义转换到艺术的唯一的源泉的民众生活和社会斗争里去。"在"'铁工厂'时代"部分,作者写道,"文学也是斗争里面的动力,也是斗争里面的武器。纯粹艺术,是空想的产物","铁工厂是艺术上的打铁工厂,是和伟大的社会的普罗列塔利亚铁工厂密切地结合着的一个部分",就是要使无产阶级的艺术绝对排斥纯粹艺术的思想,而使之具有社会力量。这一时期的诗歌逐渐去除了夸张和抽象的成分,而关注日常现实的实际问题。而且此时的诗人们具有一种"宇宙主义","融合宇宙的热望,与实际地参与日常琐事的教义,互相结合",打破个人经验的狭小世界,高扬一种马克思主义的"集团主义",即诗歌使个人与其隶属的阶级联系起来,与全人类的目标联系起来。十月革命时期,是对"文化"进行订正的时期。"十月"团体提出了一些新的问题:第一,就是主题方面的问题,

"从灵感的抒情的表现转化到复杂的,现实的,叙事的描写";第二,是对于团体组织的倾向,使一切无产阶级作家结成一个统一牢固的阵线。这一时期,文学紧密地关注现实,如积极表现国内战争的广泛情景和新生活的建设时代,其中贯穿着旧世界必然将被彻底推翻和新的世界必将到来的共同思想。"少年亲卫军"时期文学转变了一种新的世界观念,用与前面的时代不同的态度描写现实生活,描写革命与斗争。这种文学在世界文学史上也是一种特殊的现象,它有两个显著特征:其一,大众的性质,就是这种文学与下层大众的直接结合;其二,虽然这些少壮诗人世界观存在多样性,但是在对于旧世界的鄙弃和隔离这一点上是共通的。最后,作者介绍了无产阶级文学理论的发展状况。对于普罗列塔利亚文学,各个派别持有不同的意见。作者认为,现在"只存在着一个与旧艺术有机的地,承继的地关联了的艺术——就是,只存在着一个勉强适合于普罗列塔利亚专政过渡时期的新的要求的艺术"。但是无产阶级一定能够创造新的文化,而反映出自己的历史的容貌。

樊仲云译伊科维兹的《唯物史观的文学论》由新生命书局于 1930 年 2 月出版。该著分科学的艺术和唯物史观在文学上的应用两个部分。第一部分在分别批驳了观念论、社会学及弗洛伊德等的艺术观的缺陷与不足之后,具体介绍了马克思主义的艺术观。作者认为,观念论艺术观的根本错误在于其形而上学的根基,以泰勒为代表的社会学的艺术观已经走到唯物论的路口,却止步于观念论。而弗洛伊德的艺术观是纯粹个人主义的,很难通过这种艺术观探知作品背后所蕴藏的社会本质。在艺术科学的路上,只以唯物史观为基础,并将社会学合理地应用于其中,才是科学、合宜的研究方法;艺术科学的坚韧不拔的基础,是马克思主义的唯物史观。第二部分从小说、戏剧、诗等不同形态的文学作品具体分析了唯物史观在文学上的应用。任何文学形态都是与其所处时代的社会政治和经济的因素息息相关的,一切具体的文学作品中都将体现出政治、经济等社会因素;文学史的发展及不同文学形态的演进都已充分证明,唯物史观完全能够应用于文学,可以引导人们进入新认识的领域,并以此为文艺批评开创新路。书末附有作者的论文《文学的天才与经济的诸条件》。该著出版后又有戴望舒的同名译本于 1930 年 8 月由水沫书店出版,列"马克思主义文艺论丛"之二,戴望舒认为樊译本错误颇多,所以重译出版。戴译本后又以"江思"之名于 1948 年 6 月由作家书屋再版。

刘呐鸥译弗理契的《艺术社会学》由水沫书店于 1930 年 10 月出版。该著列"马克思主义文艺论丛"之一,除刘译本外,另有 1930 年 11 月神州国光社的胡荻原译本和 1947 年 8 月作家书屋的天行译本,均注为据昇曙梦的日译本译出,但署名天行的译本除删去了刘呐鸥译本中的"译者后记"外,其他内容完全一致,疑为刘译本的换名重版。胡荻原译本则声明在日译本的基础上曾参照俄文原本,同时增加了白苇的序文及译者的一个长篇导读性序言,并增补了"艺术学者对于该著之赞词"一章,其他内容及插图除文句语词稍异外基本与刘译本相同。弗氏是苏俄时代继普列汉诺夫之后最具盛名的马克思主义理论家,此著在中国早期的左翼文学发展过程中曾一直被视为马克思主义文论的经典之作,同时也是文艺社会学研究的奠基之作。该著主要从马克思主义关于经济基础与上层建筑的关系的理论出发,以唯物史观为基础,借助对戴纳(今译丹纳)、格罗塞及蒲力汗诺夫(今译普列汉诺夫)等人思想的批判性继承,具体探讨作为一种意识形态的艺术的一般特征及其与经济、社会生活和其他诸种意识形态之间的依存关系,试图以此建立起比较完备而科学的"艺术社会学"研究体系。著中虽主要涉及的是建筑、雕刻和绘画等造型(空间)艺术方面的讨论,但其对艺术的本质、规律、生产形式及社会功能等问题的诸多结论,已大都成为后世马克思主义文艺学研究的既定观点与一般法则。

林林译高尔基的《文学论》由质文社于1936年6月出版。该著系高尔基文学论文的摘编,译者据奈乌加社的版本并参照三笠书店熊泽复六的译本译出。该著旨在讨论文学的最基本的问题及其与现实的本质关系。高尔基认为,历史上所有的文学运动无外于世界观与创作方法、技术与言语等二元力量的推动。所谓创作过程,就是知识的把握,对对象本质的渗透,对事实的理解及其选择和表现的辩证法的过程。艺术即在对生活进行概括和普遍化的同时,创作出典型。文学的创造力源于两个方面:肉体的力——劳动;知能的力——技术。作家是阶级的感觉器官,服务于他自己的时代和环境。现实有两种:支配者的现实和被征服者的现实。前者包含着历史中一切优秀的因素,后者含有恐怖和耻辱的因素。诗的主题包括三个方面:历史曾经遗忘的主题,现今时代的最新主题和永远的主题——自然、恋爱和死亡。以积极的浪漫主义即革命的浪漫主义为基础的社会主义现实主义是一种超越了低级的物质追求而向往更高层次的属于精神层面的追求,突破狭隘性而具有开放性,能够深入地把握现实。出于特定的历史原因,著中的诸多思想观点一直被尊为中国左翼文学发展的指导性原则。

王凡西译《伯林斯基文学批评集》由生活书店于1936年11月出版。该著收四篇论文,除首篇《伟大的俄国批评家》为《真理报》纪念伯林斯基(今译别林斯基)诞辰125周年所发表的社论(张忠实译)外,其余三篇为别林斯基有关文学的专题论文。《真理报》的社评对于别林斯基在俄国文学史上的地位给予了高度的评价,认为他是"真正的智力劳动的无产者",他把全部的力量都献给了反对民众之敌的斗争。他的文学批评理论奠定了俄国科学的文学批评的基础。《论文学》一文为别林斯基未能完成的《批评的俄国文学史》中的绪论部分,他认为:"言辞,写作与文学,实质上只是用语文表现的民族意识的三个主要时期。""文学是民族思想在语言文字上最后的与最高的表现。"每个民族的意识首先都表现在诗中,每个民族的诗都有其自己的特色。只有那些有坚强生命种子的诗才会在时间的洪流中沉淀下来,然而文学还具有普遍性和必然性,即能够表现全人类的共同情感与价值,正如那些经典的文学作品所展现的那样。文学源于生活,因此,我们可以透过文学认识不同的民族、社会、历史、时代的各方面。与英国、德国、法国这些当时的世界大国的政治地位和富有民族特色的文学相比,俄国文学的不同之处在于,"它不是从民族生活的土壤中独立地与直接地生发出来的,它是紧张的社会形势的结果,是人工移植的果实"。"近代民族的文学是一幅民族精神在历史上发展的图画。"《论自然派》一文认为,与古典诗学的规则相反,自然派信奉"被描写的人物和他们实在的原型的相似虽没有形成他的一切条件,却形成了他的第一条件,不依从这条件会把文章中的一切好处都损坏的"。自然是艺术的永远的模型,而自然中最伟大的最高贵的主体就是人,因此,自然派的观点是稍显狭隘的,我们在力求描写真实的自然时,尤其不可忽略了作品的思想和感情。《论果戈理的小说》一文具体分析果戈理的小说及同时代的诗和小说。作者认为,果戈理是一位"真实生活底诗人",他的小说的独特之处在于构思的质朴、突出的民族特性、人生终极的真理及其富有独创性的幽默风格。他既不抄袭真实,也不描写虚无,而是从琐碎平常的生活中抽绎出生活的真谛,在风趣幽默中又蕴含着深刻的忧虑和悲哀之感,使其震撼人心。

二、日本左翼文学理论的引介

苏俄的文艺理论与思想动态除直接引介自苏俄这一渠道外,日本是当时的另一个重要的通道。这当然与1930年前后左翼文艺思想在日本的勃兴有着极为密切的关系。

较早被译介到中国的是昇曙梦的《新俄文学的曙光期》,该著由画室(即冯雪峰)译,北新书局于1927年2月出版,该著列"新俄文艺论述"之一。该著集合了四篇关于十月革命后苏联文学的评论文章,另附《漫画解说新俄罗斯文坛的现势》和译者序。译者冯雪峰自陈:"本编对于这期间(即革命与新社会组织时期)的俄国文坛的变迁,各派的消长兴衰的痕迹,及新文学的发生和其新运动及新收获,叙述尚为明了。"《新俄罗斯文坛的右翼与左翼》一文认为十月革命后各文艺派的倾向都是被时代的大潮流所引导的。阿克梅意主义(即实感派)主张对抗象征主义,艺术上标榜"原形物"。此后出现的修辞派(也称形式派)继承了诗学派注重修辞分析的传统,主张研究言语的性质和组织。左翼派则激烈地主张打破古典主义的传统,建设新的革命内容的文学。构成主义与左翼派一样,"作为纯然的无产阶级艺术的形式"存在,但基本局限于美术乃至技术方面。《俄国诗坛的昨日今日和明日》一文梳理了从战前到十月革命后的俄罗斯诗歌发展史。战前的俄国诗坛只存在着象征主义和未来主义两种潮流,革命期之前则由象征主义和阿克梅意主义占据中心地位。战时诗坛涌现出大量"爱国的及军队式的诗",但"完全将真正的诗遮掩了"。十月革命后的政治化更使得诗坛陷入沉默。直到1922年,俄国诗坛才兴起各种各样的新流派。作者将象征派与实感派视为"昨日的艺术",未来派与想象派视为"今日的艺术",无产阶级诗人与农民诗人视为"明日的艺术"。《革命期的俄国小说坛》认为,十月革命提出的新要求,导致俄国小说界的旧小说流派——象征派、日纳尼耶派、未来派产生了团体上和文体上的崩坏,苏维埃文坛面临着"以过去的表现法不能表现现象"的境地。《最近俄国小说的印象》评价了俄罗斯文坛新出现的无产阶级小说家,认为他们的创作总体上还存在着种种缺陷。"舍拉披翁兄弟"中的作家大部分停留于"印象主义化的写实主义",辟力涅克艺术上的成就在"于自己的材料里求新形式,而且同时地在画和言语的建筑之下动作着"。同时,旧作家们也开始渐渐重新出现在文坛。耶林勃尔格作为"最现代的作家","将俄国小说坛的左翼凝固起来了"。总体上,俄国小说经历着一个从"分析"走向"综合"的过程。作为一本专门介绍俄罗斯十月革命后文学的论文集,它使中国文坛及时地了解了苏联文学早期发展的概况。

北新书局于1927年3月还出版了画室译昇曙梦的《新俄的无产阶级文学》。该著列"新俄文艺论述"之一,主要以十月革命后的俄国为例,讨论了无产阶级文学的特点。全书分七个部分,第一部分,作者就"无产阶级文学底诸问题"进行了详细的说明,作者认为,"艺术自来发达于一定的社会的环境里",是"当时权力阶级的生活的再现",只有在没有阶级对立的共产主义社会,艺术才"成为社会的东西","成为各劳动自治团底社会的精神的生活底要素"。作者认为,虽然作为艺术的文学是反映阶级生活的,但无产阶级文学是"一切的文化和艺术的征服",它必将被"新的社会主义艺术或共产主义艺术"所替代。第二部分,作者就"无产阶级文学底发达"进行了论述。作者认为,早期"描述劳动者的生活或战斗底社会主义诗人、作家所创造的文学"并不是严格意义上的"无产阶级文学",因为这些作家"于其出地及气分上是不属于支配阶级就属于有产阶级或小资产知识阶级","他们底思想感情就和这等中间阶级的人们没有大的差别……他们从所属阶级的见地,去描述劳动者底性格,观察劳动运动底目的……作品大多是与无产阶级精神没交涉的"。他认为,"纯然的无产阶级诗人在俄国的出现,是从一八九〇年代即劳动阶级初次在俄国上了历史的舞台的时候以后",根据发展,作者将俄国十月革命后到当时的无产阶级文学分为四个阶段,分别是"革命的罗曼蒂克时代""新经济政策时代""团体时代""统一时代"。第三部分主要讨论"无产阶级文学底特质",他认为,"无产阶级艺术的形式在现在尚为探求的题目……一般的特征上无产阶级艺术的内容是早已明了了的"。第四部分,作者就无产阶级诗人和农民诗人的关系进行了说明。作者认为,"无产阶级的诗在他的形式上是追着前人底足迹,还没有开出自己底道路来",但"无产阶级诗人的诗里……都能看出要从土地底支配,从田园底家长的宗教的支配离脱的自由解放的气分"。第五部分主要就"无产阶级文学底艺术的价值"这一问题进行了探讨,他认为,无产阶级"新艺术在全体上反映出革命底所有方面……在那里面能认出尚未绝根的中产阶级美学的奄奄的气息,也能发现那在俄国很普通的浮浪汉的呓语","无产阶级文学者的艺术运动,与诗方面可以说是对于象征主义和主观主义的反动……是向写实主义与客观主义的归复"。第六部分简要说明"无产阶级诗人及其作品"。作者以伊利亚·莎陀菲耶夫的《工场的歌》、阿·卡思捷夫的《我们将从铁生长起来》、亚历山大·波莫尔斯基的《我是元素》等无产阶级诗歌为代表，分析了各种形式的无产阶级文学的特点。第七部分，作者以《全苏维埃联邦无产阶级文学者协会大会议决案》为例，对无产阶级独裁与文化问题进行了说明。

张资平译藤森成吉的《文艺新论》由现代书局于1928年9月出版。该著是一部较为典型的以阶级论为基础的文艺社会学论著，带有明显的驳斥与论辩的色彩。著分"总论"和"本论"两部分，但后者只有一个简要的大纲。"总论"首篇《从前的文学论及美学》以学院里的"某教授"为"假想敌"，全面批判和否定了以往美学及文学理论的根本谬误，以此试图重新构建起新兴的无产阶级的科学的审美观与文艺理论系统。作者肯定地认为："美学从来就是很贫困的，内容异常贫弱的，不过研究美学的人把美学佯装得像有丰富的内容般的给人看了吧了。一句话，世间都给美学欺骗了。""从来的美学——它的历史也很浅——把它当成科学是很不充分，不完全的。莫说当它是科学，单视作一种意见都觉得它太多冗词了。所以当一个作家，……作算美学的议论一点没有听过，也可以写很完美的创作。反之，作算一个人变成了很有本领的美学者，但他也未见得立即能创制出惊人的艺术来。"其原因就在于，"他们只在所谓艺术的世界里面讨论艺术"。作者立论的要旨在于，文学的形态特质只能从社会学和经济学的立场去寻得。不过，作者这里所说的社会学和经济学的文学研究，既与居友或勃兰兑斯等人的观点有所不同（他们的思想过于陈旧），也与托洛茨基或卢那卡尔斯基有着区别（他们的思想只是些片段并且主要是政治的而非文学的），当然，作者实际也并不同意将文艺视为单纯的宣传工具。作者试图强调的其实是："一切艺术的问题或本质，都可由一切经济学的唯物史观来说明及详尽的理解。"作者认为，一个"活"的社会是由作为根基的经济基础及逐次递进的政治、宗教、艺术和科学等"上部构造"共同组成的，艺术与经济基础的关系虽然比较间接，但"艺术比政治是更高级的"，它"不单受经济变动的影响，并且也受下层阶段的政治宗教的影响"。经济的变化虽然不能直接影响文艺，但"在上部构造的各部门中没有像文艺那么神速地能够反映、觉察和预知经济构造的变化——社会组织的变动的"。无产阶级的精神立场的确立是无产阶级文学的核心，"无产阶级文学的重大任务是要检索社会的一切机构，要把现代的资本制度各方面的事实加以分析"。但无产阶级的文化艺术绝不是简单地指具有无产阶级独特性质的文化艺术，而是在其最高阶段上，"无产阶级既去其阶级的色彩进至自由之境。即不再为无产阶级而向社会的共存中进展；他们所创造的文化早不带阶级的性质了"。而在"资产阶级末期，新生命已经在向无产阶级移动中了。文学就是最新鲜的生命的现象"。据此，作者得出结论认为："无产阶级文学的名称决不是文艺的一流派，一主义；……它实在是现代的文学的大道。"作者在著中主要征引托洛茨基、卢那卡尔斯基和蒲格达诺夫(今译波格丹诺夫)等人的观点,虽然意在突破以政治视角解释文学现象的藩篱,但出于阶级论文艺观念自身的局限,其论证难免有混乱与固执之处。此种理论对中国的"后期创造社"作家们的思想有着重要的影响,唯其在理论上的似是而非,才进一步导致了中国的"革命文学"时期因诸多观念模糊甚至相互矛盾而出现的文艺混战和理论论争。

鲁迅译片上伸所著《现代新兴文学的诸问题》由大江书铺于1929年4月出版。鲁迅在小引中介绍,片上伸"在日本,是以研究北欧文学,负有盛名的人"。该著旨在向读者解释现今处于热潮的新兴文学所涉及的诸种问题的性质与方向及其与时代之间的关系等。作者开篇即提出:"无产阶级文学在日本文坛的成了问题。""但现在且不问无产阶级文学的问题,何时将再成文坛的中心兴味的事,而仅就这问题,加以若干的考察和研究,这事不独为明日的文学的准备而已,在为了对于今日当面的文学,加以一个根本底的解释和批评上,也有十分的必要。"无产阶级的文学是一种新兴的文学,其作品、评论的材料都很有限,"则在现在,是不得不首先举出苏维埃俄罗斯的文学来的"。"这问题,作为广泛艺术上的问题的意义,是蒲力汗诺夫的论文里也曾涉及了的,但转作为文学上的重要的实际问题,成为热烈的论争的题目,却应该算是1918年,新俄形成以后的事。""从1925年一月底起,到二月初,在莫斯科的国立俄罗斯艺术科学研究所,由那社会学部和文学部的联合而开的革命文学展览会,恐怕是可以看作那组织底工作的最初的尝试的罢。"由此产生了一系列的论争,"而关于这个问题所当先行考察者,是无产阶级文学的能否成立"。"无产阶级文学能否成立的问题,也就是无产阶级文化能否成立的问题。"托罗兹基(今译托洛茨基)的阶级文化否定论认为无产阶级只是过渡的阶级,过渡期一完,无产阶级也不复存在,其文化便成为超阶级的全人类的东西了。对此,玛易斯基率先加以反驳,他认为社会主义过渡时期非常长,尤其在全球不可能短时间实现,无产阶级在这个时期内"对前代相传的文化加以批判而活用作自己的东西"。那么,何谓无产阶级文学?作者认为:"无产阶级出身这一种特别券,未必一定能作无产阶级文学的通行券。"无产阶级的文学"就应该是显出这些一切的特色,使无产阶级的革命底意气,因而高涨的东西。文学是不仅令人观照人生的,因为它是作用于人生的强烈的力"。"现代的艺术,是阶级斗争之所产。要之,如果时代的先驱底思想的性质,由阶级斗争而被决定,那么,艺术上最有意义有价值的作品,便要算以时代的先驱底思想为基础的,即时代的先驱底阶级的艺术,即无产阶级的艺术了。""在俄国的最初的无产阶级底社会主义诗人,是拉兑因。""无产阶级文学以稍有组织底之形出现,是在千九百十一年(1911年)起,至欧洲大战前的千九百十四年(1914年)之间。"无产阶级文学在新经济政策时发生了危机。"千九百二十二年(1922年)十二月,比较底年青的无产阶级文学者的一团'十月',组织成就,此外也出现了几个年青的无产阶级文学者团体,宣言和论战,气势渐又兴盛起来。"作者认为,《无产阶级者团体"十月"的思想底艺术底纲领》具体阐发了无产阶级文学的意义、应取的题材和形式,以及形式和内容的关系及其与前一时代文学的关系与态度等。但是,"作为无产阶级文学的问题,还有考察其形式方面的必要"。"将无产阶级文学的成长,和形式的问题联结起来一起思索,便自然不得不触着文学的种目的的问题了。"作者最后总结说:"以上,不过是根据苏维埃俄国评论坛诸家关于无产阶级文学之所说,叙述了那问题的轮廓和作为特色者的二三。"仍有许多问题没有论述,但"如果含在以上的粗略的论述之中的评论和事实,能够于解释这些问题的性质和方向,以及时代的交涉等,有一点稗助,那么,这一篇之用也就很够了"。

吴之本译藏原惟人的《新写实主义论文集》由现代书局于1930年5月出版。该著辑录了作者的八篇论文,另附录小林多喜二的《关于普罗列塔利亚文学的大众化和普罗列塔利亚写实主义》一文。其内容基本是关于无产阶级的现实主义的论述,旨在以阶级论和反映论立场来解释无产阶级的艺术问题。作者首先论述了无产阶级艺术和生活的关系问题,认为"艺术在某种意味上是生活的组织",无产阶级的艺术把被压迫大众的"结合感情思想和意志,而提高它"作为其意识的目的。艺术是把感情和思想社会化的手段,同时又由它组织生活。"普罗列塔利亚(无产阶级)艺术把大众的生活组织向着真实的普罗列塔利亚感情思想和意志的方向的事,放在那意识的活动的根本上。"作者描述了无产阶级的两种艺术形态:第一,"是可被称为无产阶级的主观的自己表现的艺术";第二,是同时向一切被压迫民众宣扬无产阶级意识形态的艺术。作者对比资产阶级的写实主义,概括了无产阶级写实主义艺术对于生活的态度,即普罗列塔利亚作家必须用普罗列塔利亚的眼光来观察世界,并且用严正的写实者的态度将其观察如实地描写出来。作者更进一步指出,无产阶级的世界观是辨证主义的唯物论,依此从复杂的社会中看出本质的东西。作者还探讨了艺术的内容和形式,是由社会的生产力和阶级关系决定的,即"在艺术上的形式,是在由生产底劳动过程而被豫先作成的形式底可能,和作为其艺术的内容的社会底以及阶级底必要的辩证法底交互作用之中,被决定的"。作者还谈到,无产阶级的艺术必须被大众化,必须被各个不同的阶层接收。具体地说,第一,"作为艺术的,有着社会的价值的作品的大众化";第二,"没有艺术性,但在大众的教化和宣传的意味上有着大众的作品的制作"。此后作者谈到了无产阶级艺术运动的新阶段——"即艺术运动由少数的意识的分子作为对象的时代,达到了必须把意识落后的大众作为对象的时代了"。如何使艺术能够为大众所接受和喜爱呢?第一,必须描写大众的生存姿态;第二,运用马克思主义来批评资产阶级艺术;第三,重新夺回被资产阶级影响了的读者大众。无产阶级艺术批评的基准只能由无产阶级所获得的解放的程度来决定,"现代批评的最客观的基准,必须是普罗列塔利亚获得终局的胜利"。艺术作品在不同意义上对我们体现着其价值,如作为直接的煽动、作为历史的认识、作为艺术的形式等。

藏原惟人和外村史郎辑编的《文艺政策》也由鲁迅译出,由上海水沫书店于1930年6月出版,列"科学的艺术论丛书"之一。正文三篇曾于《奔流》月刊陆续刊载。该著即原《苏俄的文艺政策》,内容包括俄共(布)中央关于文艺政策评议会的速记稿《关于对文艺的党的政策》(1924年5月)、曾刊于《真理报》的《关于文艺领域上的党的政策》(1925年7月1日),以及1925年1月无产阶级全俄大会决议通过的《观念形态战线和文学》,卷首为藏原惟人的"序言",另附录冯雪峰译冈泽秀虎的《以理论为中心的俄国无产阶级文学发达史》。正如鲁迅在后记中谈到,该著可作为任国桢译《苏俄的文艺论战》的续编,该著介绍的仍是列夫派、纳巴斯徒派(今译岗位派)、真理报派等三派文艺之争基本情形。虽为三派,而实际也只是阶级文艺与纯文艺两派。瓦浪斯基和托罗兹基所代表的这一派别即偏重于文艺,被指责为是"超阶级"的,他们认为要以阶级的眼光观察艺术,但真正的艺术都有共同的客观的价值,旧时代也有过辉煌的艺术,现在是资本主义迈向共产主义的过渡时代,无产阶级在短时期内不可能创造出独立的文化来。纳巴斯徒派和布哈林、卢那卡尔斯基等人的立场则是,无产阶级专政将是一个相当长的历史时期,不能将劳动阶级政权的获得这一事实弃之不顾,要以阶级斗争的观点建设无产阶级的新文化新文学。后两派在具体政策上有些差别:前者主张在文艺领域内,要有党的直接领导和干涉,而布哈林认为,党对这一方面的直接干涉,对无产阶级文学有害。1925年1月无产阶级全俄大会决议肯定了文学和政治的关系,认为文学是阶级斗争的强有力的武器,瓦浪斯基和托罗兹基是无产阶级文化和文学最彻底的反对者。《关于文艺领域上的党的政策》基本上肯定了布哈林的观点,"无产阶级必须拥护自己的指导底位置,使之坚固,还要加以扩张,……在文艺的领域上的这位置的获得,也应该和这一样,早晚成为事实而出现"。"党虽然指导着全体的文学……但不得不宣告在这领域上的一切各样的团体和潮流的自由竞争。"附录的《以理论为中心的俄国无产阶级文学发达史》一文基本上是对苏联主流文艺史观的编译,即反对流亡国外的白俄作家和国内同路人作家,肯定列夫派和"拉普"的看法,认为"文学是阶级斗争的强有力武器",主张唯有苏维埃文学才是最有生命力的观点。

王集丛译青野季吉等著的《新兴艺术概论》由辛垦书店于1930年6月出版。该著辑录了青野季吉、藏原惟人、田口宪一、本庄可宗四位批评家的四篇关于无产阶级文艺的专题论文,旨在以马克思主义的阶级与意识形态理论来解释文学艺术活动。青野季吉的《普罗列塔利亚艺术概论》认为,无产阶级艺术的产生是无产阶级生长的结果,因为他们与资产阶级的文化斗争随着经济斗争和政治斗争而展开,同时在此过程中不断提高了自身。"虽然文学家自身与艺术家自身都竭力主观地阐明他们自己是超越阶级的制约而自由的,艺术绝不受任何的拘束,没有自由的场所是没有艺术的;但是这些话并不能否认文学家与艺术家是阶级的文学家与艺术家这客观的事实的。"并且,无产阶级艺术将最终取消其阶级性,而发展为全人类的文化艺术。无产阶级艺术包括未被组织的自发性的和具有明确目的意识的两种,前者属于自然生成,后者则是为无产阶级的解放任务而斗争的艺术,它渗透着无产阶级的意识形态。无产阶级艺术的评价必须坚持政治评价标准与艺术评价标准的统一,即"一定的作品以最完全的形象的辞句而说述最尖锐的普罗列塔利亚（无产阶级）意识形态的意思"。藏原惟人的《观念形态论》即意识形态理论。作者首先介绍了马克思主义运用经济基础与上层建筑的关系的这一意识形态理论来取代资产阶级的"物质文化"与"精神文化"的分类。所谓意识形态，就"是被体系化，拿到意识中来完成了的社会心理、法律、道德、宗教、科学、哲学、艺术等等都属于它"。作者认为，一切的社会心理，因阶级而不同。作为其凝结物的意识形态也必然地带有阶级的性质，它随着生产的现实发展而发展。"为经济的基础所规定而发生的意识形态，与其他的上层建筑，同为阶级斗争中的武器，对其社会的经济的基础施以反作用，并且由于这个而活泼地参加在社会的历史的发达中。"田口宪一的《艺术与科学》主要讨论二者的关系，古代科学与艺术还没有充分地分化，到了近代，这种分化的不同形态才明显地呈现出来。但是，"所谓科学，所谓艺术，到底不外是作为某阶级底社会生活底进步底一种手段而表现出来的产物。因而，即令各个底内容或实质不同，但是依据科学及艺术底特定的社会生活底要求的其形式常是同一的"。在艺术中能够充分地看到理智的和意志的因素，而与任何感情都没有关系的科学也是不存在的。能够实现这两者充分融合的艺术，是普罗列塔利亚（无产阶级）的艺术；与新的艺术"结合"的科学，是综合的、统一的、辩证法的普罗列塔利亚（无产阶级）科学。本庄可宗的《艺术与哲学•伦理》认为，无产阶级现实的解放，其观念必须发展到唯物的世界观。关于艺术与哲学的关系，作者认为艺术并不是在哲学的指导之下创造出来的，但是当在艺术上要求某种观念的整顿的时候，就不得不把问题追溯到关于艺术的哲学的思索。作者最后得出结论，认为无产阶级艺术必须采取表现的、构成的手段。在现实问题上，无产阶级是以新的社会意志为立场的阶级担当者，在艺术上"无产阶级应该担负而被加以约束的，非是作为罗曼主义乃至理想主义与写实主义的对立的扬弃所表现出来的表现主义不可"，所谓真实的东西必定表现了真实的意义。著后附四位作者的小传。

署名屠夫二郎的曾辑录过一本瓦浪斯基等人的论文，以《时代文学新论集》为题交新兴文艺社于1930年7月出版。该著从不同刊物发表的译文中辑录了瓦浪斯基、冈泽秀虎、青野季吉和片钢铁兵的四篇关于普罗列塔利亚文学艺术的论文，编者自述主要目的是为了回答"现在是什么时代，产生什么样的文学"的问题。瓦浪斯基的《新俄普罗列塔利亚文学的诸问题》是为探讨苏俄各派文学问题而作。作者认为，艺术如同科学一样以认识生活为目的，艺术和科学有着同样的题目：生活与真实。艺术的内容是真理，艺术作品具有最高尚的真实。同时，艺术作品的价值要依照美学的眼光来评判，这种评价就是判定作品是否做到"内容恰与形式相称，换言之，内容恰与客观的艺术真理相称"。"什么东西能把高尚的学说达到认识生活，什么东西可以驱逐我们生活的黑暗，卑陋，尘芥与腐朽，这就是我们今代艺术之定义。"冈泽秀虎的《新俄普罗列塔利亚文学发达史》分三个阶段阐述了普罗列塔利亚文学发展的历史。第一期从"普罗列塔利亚文化协会"往"锻冶厂"，即所谓战时共产主义时代，文学处于混沌状态,但同时文学也获得了一次再生,即普罗列塔利亚文学得以发展。第二期从《印刷与革命》《赤色新地》的创刊至"十月"的结成,这一时期实行了新经济政策,文坛上也产生了变化。文学是现实的、客观的写实主义文学,新经济政策也可以认为是写实主义之政治的、经济的表现。第三期从《立在文学的前哨》的创刊至最近,这一时期主要是发动大众,建设无产阶级自己的文学,同时努力着手实现无产阶级文学的独立。青野季吉的《普罗列塔利亚艺术概论》认为,无产阶级艺术的产生是无产阶级生长的结果,因为他们与资产阶级的文化斗争随着经济斗争和政治斗争而展开,同时在此过程中不断提高了自身。无产阶级艺术将最终取消其阶级性,而发展为全人类的文化艺术。片钢铁兵的《普罗列塔利亚小说作法》主要是关于无产阶级文学(小说)创作的阐述。作者首先提出必须"用普罗列塔利亚的眼光来观察",用马克思主义来武装自己,"锻炼阶级的人格",改变小说的内容。最后作者指出,无产阶级小说的"光明"在于新写实主义小说的创作,同时要接近劳动大众使无产阶级文学大众化。

毛含戈译大宅壮一的《文学的战术论》由联合书店于1930年10月出版。该著所译是作者原著《文学的战术论》中的"文学论"部分,计有十篇论文,另附平林初之辅的《政治底价值与艺术底价值》以资参照。主要内容是关于艺术及文学的唯物论的阐释。作者认为:"艺术是由于经验的习练而获得而成长的单纯的技术之平凡的事实。"艺术家的创作与木匠、泥工的劳动没有本质的差别。"艺术及文学,乃是和其他一切之组织的非偶发的人间行动,同样地由于环境获得由于习练上进的一个经验的技术。"同时,艺术及文学都有着向集团化发展的趋势,近代都会文学有其特定的合理性。封建的都会文学是消费文学,文学作为一种消费材料,多作为"娱乐"处理;而近代的都市是民族政治和文化的中心,从而反映这生活的都市文学可以说是都市的无产阶级文学,这是一种生产性的文学。作者就文艺与政治的关系问题对平林初之辅的观点给予了批判。平林氏把政治的价值与文学的价值对立起来看待,并在此基础上讨论文学。作者认为,马克思主义文学是受政治规定的文学,政治的价值与艺术价值在无产阶级文学中是统一的,而且,"文学技术的法则,绝不是独立的,而是由于技术通过生产的作品,被支配作品的法则,即被时代的及阶级的所规定着的"。作者谈到"最近文学"的疲惫,意味着技术偏重主义的崩溃,文学创作变为"不经过繁琐的'技术'的介绍,事实开始和谈者直接的交易了"。"非艺术"开始向艺术入侵。就文学批评而言,作者指出,"技术批评是提供价值判断的有力的事实的",但单靠技术是不能决定作品的价值的。"马克思主义文艺批评家,给予充满着马克思主义的意识形态的一切作品以满点,给予其外的一切作品以零点或负点样的思想,并不是过甚的谬误。即后者说,也未尝全然没有价值的。只是那价值的本质不同了,一方的价值是直接的,但他方是间接的。"文学活动的目的,"是由于尽可能的具体地来表现作者的内面生活,而最有效地活动于读者的。活动于读者,是诉于读者;所以文学通过技巧的形式而组织地行使着时,不消说,这就是完全的宣传"。无产阶级文学承认艺术的功利性,并由作品的社会效果而决定其价值。总之,马克思主义文艺批评的一项重要原则是,"要把所与的作品,在所与的时代,所与的 community 里演着怎样地任务来做着作品评价的基础条件的。是要把'时'与'所'承认为文学批评的坐标的"。作者还认为,文学青年是意识形态的处女地,是不可轻视的,具有重要的社会意义。关于文学与感情的关系,作者认为,作为文学对象的感情也是受着阶级和时代的制约的。作者也提到当今文坛的陷落,创作界和批评界的混沌的状况。只有无产阶级文学批评的标准是从社会的观点出发,与社会现实的情势有机地结合着的。

陈望道译冈泽秀虎的《苏俄文学理论》由开明书店于 1930 年 12 月出版。该著是一部比较概要的苏联文学理论发展史,原据片上伸收集的有关材料整理而成。作者把"革命后到今日的俄国文学"大体分为三期:第一期是从 1917 年革命到 1921 年新经济政策时期;第二期是从 1922 年到 1925 年苏俄文学的论争时期;第三期是 1925 年 7 月"党的文艺政策"的发表到今日渐渐注重创作的时期。作者据此对每个时期的文学理论的核心思想给予了介绍。革命后四五年间的苏俄文学,在理论上大体由三部分构成:第一是旧布尔乔亚文学的反抗;第二是未来派的革命的屈折;第三是新兴普罗列塔利亚文学运动。普罗列塔利亚文学是作为普罗文化运动的一部分遗产而保留下来的。"普罗文化"的创设者是波格达诺夫。普罗文化的普罗列塔利亚精神文化论也可以说是波格达诺夫的精神文化论。普罗文化的目的是精神文化的确立。"普罗列答利亚(即普罗列塔利亚)特所创造的新的精神文化,不是单纯的阶级的精神文化,乃是全人类的精神文化底第一步。但这文化,是为改造布尔乔亚个人主义的意识的形态起见,在普罗列答利亚集团主义底领导之下所创造的,因此当然不妨称为普罗列答利亚精神文化。"普罗文化艺术观的根本,就在将艺术看作组织生活,看作组织人类的武器。普罗文化的普罗列塔利亚文学论的特色在于一面说普罗列塔利亚文学"须努力于集团主义的意识形态的组织,同时又常意识着全人类精神的树立这目的,所以不可不以这精神底成长为目标"。从内容论来说,普罗文化主张普罗列塔利亚文学最紧要的是内容。这样普罗列塔利亚文艺批评首先不得不批评内容,检讨内容的价值。从形式论来说则指站在"内容规定形式"这个根本原理上。文学形式问题的讨论,导致了旧布尔乔亚文学的反动。俄罗斯的未来派发源于布尔乔亚文学之中,但却是所有旧的东西的极端的敌人,这一派的艺术论为:"真的艺术是有益的物品底创作。合目的的,有益的,为生活所必需的,那才真是美的东西。"未来派因为不能理解革命的现实而迅速没落了。第二期对文学理论的介绍是从"锻冶厂"的没落和"十月"的出现开始的。1921 年实施的新经济政策是苏俄社会生活的一大转机,对文学也产生了重大影响。这时期所要求的文学,也就是现实的客观的现实主义的文学。作者转引了"锻冶厂"的"宣言"和"十月"的纲领这两个文献,对两者进行了比较。《在哨岗》是十月派理论的机关杂志,初期"十月"团体的理论通常被称为在哨岗派的文学论。在一些原因影响下,在哨岗派走向了"极左",这一派的理论对文学论和文艺政策混合不分,太偏于政治的文化论,组织论又有错误,曾引起了关于普罗列塔利亚文化和文艺政策的大论争。作者引用许多史料,用大量的篇幅,对大论争的内容和经过做了详细的介绍,并提出了自己的看法。该著还分别介绍了产生了重大影响的托罗兹基、瓦浪斯基、列夫的文学论。1925年7月公布了"党的文艺政策"使第二期的论争得以解决,至少文艺政策的问题完全解决了。批评时代渐次转入创作时代。作为第三期代表的卢那卡尔斯基的文学论,是使普罗文化主张尽量地复活,而把在哨岗派和瓦浪斯基扬弃了。它最大的特色,就是大众文学论,文学开始探求"从纯艺术来影响大众的路"。作者最后表示,现在的日本太固执于想要产生纯艺术的大众所理解的文学的倾向,而忘了实用艺术的社会的要求,希望对苏俄文艺批评变迁经历的研究,"能够有一点刺激给日本文学运动"。

高明译吉江乔松《西洋文学概论》由现代书局于1933年5月出版。译者自述:"因为看见这本东西站在唯物史观的立场,以短短的五万字,从内容方面形式方面,叙述自古代至最近的世界文学,讲得头头是道,觉得很有意思,所以将它译了出来。"著分七章。作者认为:"在今日,最平凡而被以为有多寡意义底对于文艺底限定,便是'文艺乃是各时代底社会的集合生活者所包怀的意德沃洛基(Idéologie)'底明白而直接的,然具有一定组织构成底具体表现。""时代"、"意德沃洛基"(意识形态)和"表现"是文艺的核心要素。据此,作者提出了"文艺艺术底表现圈"的概念。他认为:"所有的文艺艺术的表现,可以分为三类。第一是成形的艺术,第二是思想的艺术,第三是律动的艺术。""这些文艺艺术的种类,一方面互相要求独立而拒绝相侵,一方面也要求互相扶助,相互融合。"戏剧是三种要素相互融合扶助的综合艺术形式,即"文艺艺术底表现圈的缩圈"。作者认为,时代和文艺种类有"必然的关系",特定时代的政治、经济、阶级状况决定了适合于当时的艺术形式。作者以古希腊文艺、中世纪基督教文艺、古典主义文艺、浪漫主义文艺以及现代文艺(包括现实主义、自然主义、象征主义、未来主义、表现主义、立体主义、达达主义、超现实主义、弗洛伊德的精神分析学说等)为论述对象,结合了当时具体的文学艺术作品和文艺理论,以及社会经济状况、阶级(特别是布尔乔亚)的发展情况,从唯物史观的角度对历史上重要的文艺思潮做了一番清晰的梳理。作者认为,根据各个特定时期中人类对于人与自然不同关系的理解,文艺表现着特定的内容:"在上代及中世,人类的运命是被掌握于超人力之手,而文艺即启示着人类和它斗争或对它绝对服从的生活相;到了古典主义时代,运命乃被收诸地上的绝对支配者之手;而随着个人分有观念日渐发达,个人的性格就被看做了运命;而最后作为第四阶段,随着社会上第四阶级开始要求解放,希望以集合的力量开拓和获得共通运命的机运,也就被表出做了文艺的内容。"相应地,特定的文艺形式也是因特定的时代特征而被创造出来并繁荣起来,例如宗教戏剧之于中世纪,古典主义戏剧之于文艺复兴,诗歌之于浪漫主义时期等,作者预言一种适合于当代的"新的诗剧"即将产生。

胡行之译加藤一夫等的《社会文艺概论》由乐华图书公司于1934年1月出版。该著是加藤一夫、本间久雄、藏原惟人和桥本英吉等人的六篇文艺论文的合集。加藤一夫的《社会文艺概论》一文几占该著的近一半篇幅。作者认为，社会文艺的作品过去也是有的，如古典主义、浪漫主义、现实主义等都可以是某种程度上的社会文艺，但社会文艺作为决定性的主潮在文坛表现出来，却是当代的社会现实的产物，是新兴阶级表现自己的思想感情意志的文艺。艺术是关于正直人生的美的思想和感情，艺术常受着时代的阶级和背景的影响，因为它既是人与人之间的观念情感的传达，又是社会情状的反映，因此艺术既为个人的也为社会的，是社会的产物。以此类推，社会文艺便是在资本主义的个人主义的社会制度烂熟期的主流文学，其特色便是反抗现代社会的支配观念，批判社会，具有农民的观念形态，有更强烈的意志。它以写实主义的风格直视现实，描写现实，批判现实。本间久雄在《莫里斯底民众艺术论》中认为，莫里斯作为艺术家的特色，在于他以社会主义的立场来解释艺术，完全了解艺术和民众生活的关系，因此，当时所提倡的"生活艺术化"的"生活"是专指民众生活的意味，"生活艺术化"是劳动的艺术化。与现今异化的商业劳动相反，莫里斯将古代和中世纪的工匠的作品称为艺术品，并认为，依劳动快乐化而成立真的艺术的看法，工匠们相伴着快乐的劳动生活，应称为一种艺术生活，这是因为他们是依民众而为民众的劳动。在《哥尔梯底艺术的社会性》中，本间久雄又指出，艺术源于社会，其性质是情绪的生发，所以"其作者的感受性与其属于艺术的社会，当反映附着特色的感情的诸阴影"。藏原惟人的《生活组织的艺术论》认为，艺术在任何的意味上，都是生活的组织。作者指出无产阶级艺术的两种典型，一是主观的"抒情诗"，一是客观的"叙事诗"，它们都是无产阶级的宣传艺术，但这种宣传艺术是有它自身的要求的，即真实而准确地有感情地描写现实。在《理论的三四个问题》中，藏原惟人又提出，在艺术的价值和艺术的艺术性之间存在艺术的大众化的问题，它是指有社会价值的作品的大众化。关于艺术的形式的问题，作者并不赞成"内容决定形式"或"内容从形式发生"，认为两者之间不具有决定关系，只是紧密相关，相辅相成。桥本英吉《普罗文学与形式》一文认为，普罗作家的作品没有主题和思想的场合居多，其主题的内容求之于劳动大众自身的要求，因此，我们所看到的只能是形式，内容只是观念的东西。作者批评了这种情况下出现的形式主义，认为普罗文学虽是为大众的文学，应讲求语言的通俗简练，但也要积极地探求文学的新形式。

谭吉华译甘粕石介的《艺术学新论》由辛垦书店于1935年12月出版。该著原名《艺术论》，是《唯物论全书》中的一册。作者甘粕石介是日本的黑格尔研究专家，该著中也体现出作者特别推崇黑格尔的倾向，作者自称是"站在物质论的立场来考察这艺术学"，因而对康德等人的唯心论、泰纳和格罗塞的实证论以及弗理契等人的机械唯物论等都进行了不同程度的指责与批判。该著绪论首先对作者所谓的"新艺术论体系"与"旧美学"之间的根本差异做了详细的区分，其余八章则分别以专题形式讨论相关的各个问题。第一章主要阐述德意志的观念论美学。作者先将18世纪以来的欧洲美学发展分为三个时期:黑格尔的美学、经验论美学和哲学美学。德意志的观念论始于康德,作者质疑了康德的"美的形式的规定",然后从艺术史、艺术的主题、艺术与社会等方面简略介绍了黑格尔的美学思想及之后的诸种形而上美学观念的形成与发展。第二章"实证的艺术理论"具体阐述泰纳的艺术社会学、格罗塞的"原始民族艺术"及其由资本主义发展所促成的"科学的"艺术理论与其他经验美学思想。第三章简述现代日本比较流行的三种美学流派:自然主义、人道主义及主观的观念论美学。第四章"艺术社会学"主要讨论艺术史与艺术评价的问题,对将艺术与特定的社会阶层简单直接地对应起来的评价方法给予了批判。第五章"艺术与科学"分"科学的方法""艺术的概括""科学的方法对艺术的方法之渗透"三部分顺次阐述了近代以来科学研究方法对艺术研究的深刻影响。第六章"艺术的世界观"分析讨论了艺术家的世界观的内涵及其在艺术创作中所处的地位。第七章"创作方法与世界观"首先详细阐释了创作方法与世界观的相互渗透。作者认为,创作方法与作家的世界观相辅相成,艺术家的世界观既是作品的内容,又是作品的创作方法,并且断定只要是写实主义的创作方法,都将反作用于世界观。第八章专论"天才"问题,首先讨论了作为自然素质的天才,然后从天才的自然科学基础和天才的社会法则两个方面对其进行了论述。

廖苾光译森山启的《文学论》由读者书房于1936年7月出版。该著是东京三笠书房刊行的"唯物论全书"的一部分,旨在以唯物论为基础讨论文学的问题,以便澄清在当时一直处于论战状态的社会主义的现实主义、普罗列塔利亚现实主义、革命的浪漫主义及反资本主义的现实主义等文学取向上的混乱。其虽然是针对日本文艺界而言,但对当时中国的文艺界同样有着一定程度的指导。如作者所言,该书"得为今后著者工作的基础",并且"不只限于文学上诸问题的解说,而是以文学为一种社会的斗争"。著分四篇,另附"译者小言""原序"及作者的一篇补充文章。第一篇"文学和社会生活"阐述文学之于社会的实质并批判有关文学之观念论的诸种见解,强调发展文学艺术之科学理论的必要性。第二篇"关于创作方法的问题"具体研究创作在实际上的根本态度,要求作家必须把创作方法和世界观及其自身的实际生活联系起来去处理文学的发展问题。第三篇"现代文学之现实主义和浪漫主义的问题"借助对自然主义、近代主义、自由主义等现代文学的潮流的批评,突出社会主义现实主义的文学发展方向。第四篇"关于诗底问题"通过对诗和小说各自形态发展的讨论,强调诗和小说不能加以绝对的区分。两者对于现实在根本上的要求是持同一观点的,所以题材的选择和处理方法,也决定于同一的方向。附录的"关于创作理论的二三问题"是对上述有关问题的个别补充。

三、左翼文学批评及其论争

由于受苏俄及日本左翼文学思潮的影响,中国文坛也一度掀起了"革命文学"的高潮,而有关革命文学及左翼文学理论建设的讨论在这个时期也成为焦点。由泰东图书局于1927年1月出版的署名丁丁编辑的《革命文学论》即为较早的一部论文汇编。该著主要是早期"革命文学"的积极倡导者们的有关文章的合集,除编者的"献诗"和"致读者"外,包括郭沫若、郁达夫、沈泽民、蒋光赤、瞿秋白、陈独秀、沈雁冰、成仿吾等十二位作家的十七篇评论。其主旨在于论证:"文学与革命,是融洽的。研究文学的人,正可从事革命,从事革命的人,尽可研究文学。我们可以藉了文学能染感的伟大的魔力,努力向民间宣传,收一种深切而伟大的潜化的功效。所以文学是能革命的,文学家也可说是革命家。革命的文学,是整个革命的一种锐利的工具,也是一种必要的工具。"郭沫若认为,文学之于社会的使命,即统一人类的感情和提高个人的精神,使生活美化,也就是所谓的"为艺术的艺术和为人生的艺术"。诚然,革命和文学并不对立,而革命文学的内容也随着时代精神的变化而变化。爱自由爱人类的艺术家和革命家,他们的目标就是一致的。郁达夫则从法国、德国、英国等具有代表性的文学,介绍了文学上的阶级斗争。沈泽民的《我所景慕的批评家》指出,皮沙雷夫的评论能深入民众心底,指出他们所不及见的地方,或是及见而不及感动的,深深地给他们刺激,鼓励他们觉醒,到人生伟大的事业——改革中去。蒋光赤的《死去了的情绪》,通过回顾俄罗斯文学,讲述了革命是文艺发展的生命,受革命环境影响或以革命为素材的文艺创作更有活力,否则就如同死去。在《革命与罗曼谛克——布洛克》一文中,他认为,由于太过于相信革命万能,导致最后的苦痛,同时也因为罗曼蒂克、布洛克缺乏忍耐力,而陷于悲剧中。陈独秀的《文学革命论》认为,欧洲灿烂的文化得益于革命,而革新政治,不得不革新盘踞于运用此政治者精神界的文学,而欧洲文化的丰富,也不少得益于文学。瞿秋白的《赤俄新文艺时代的第一燕》介绍了无产阶级文化运动的创始者、劳工诗人菲独·嘉里宁和柏塞勒夸。洪为法的《真的艺术家》认为,真的艺术家,应该有伟大的性格,是良心的战士;他的作品是他良心的呼声。沈雁冰的《拜伦百周纪念》回忆了拜伦一生的三次转变,并呼吁当时代的中国文坛正需要拜伦式的富有反抗精神的文学,以拯救垂死的人心。穆木天的《告青年》,以"散文的韵文"的形式,对当时代青年提出要求,倡议青年改变新的思想,回到祖国去改革。(邓)中夏的《贡献于新诗人之前》,对新诗人提出了三条建议,即多作能表现民族伟大精神的作品、多作描写社会实际生活的作品、新诗人应该从事革命的实际活动。成仿吾在《革命文学与他的永远性》一文中提到,文学要有革命性,作家的革命热情还需要与永恒真挚的人性相统一。永恒的人性需要热爱人生,需要处理自我意识与团体意识的关系。

另一部论文汇编是霁楼编的《革命文学论文集》，由生路社于 1928 年 5 月出版。该著是曾发表在《创造》《洪水》《文化批判》《太阳月刊》等杂志上的有关"革命文学"论争的十一位作家的十八篇文章的合集，前附编者序言。郭沫若的《革命与文学》和《英雄树》（署名麦克昂）认为："文学与革命是一致的，并不是两立的。""文学是革命的先驱，革命时期中自会有一个文学上的黄金时代。"文学的内容是随着革命的意义而不断转变的，"社会上有无产阶级便会有无产阶级的文艺"，而"无产阶级的文艺是倾向社会主义的文艺"。郁达夫的《文学上的阶级斗争》概要分析了从古典主义到浪漫主义的文学变迁及各国文坛最近的趋势，并认为，"艺术史也同社会运动史一样，就分出许多阶级来，互相斗争"。文学上的阶级斗争需要同社会实际的阶级斗争达成密切的配合。成仿吾的《革命文学与他的永远性》认为，"文学的内容必然是人性。人性是进化的"，而"革命是一种有意识的跃进"，"革命文学的作者必须彻底透入而追踪到永远的真挚的人性"。只有自我意识与团体意识的高度统一，才能保证革命文学的永远性。其《从文学革命到革命文学》又从文学革命的社会根源、历史的意义及整体历程、现阶段与今后的进展五个方面回顾了文学革命的发展。成仿吾认为，今后的文学运动应该"从文学革命到革命文学"。为了实现这一前进，革命的"智识阶级"应该团结起来。芳孤的《革命的人生观与文艺》认为，不断反抗的精神是产生具有革命性的文艺的前提，而"真正的文艺永远是对于现实一切旧的腐败的压迫势力施以反抗，永远代表着不平之鸣"。香谷的《关于革命文学的几句话》和《革命的文学家，到民间去》认为，"所谓的革命文学是时代的文学"，是"极热烈的感情之忠实的表现"。而革命文学的"反抗性"要"时代化"，要有"彻底的思想"，要有"正确的情感"。"文艺是要求于情感的，同时又注重事实"的。为了创造出"表现深刻的作品"，为了使"革命文学运动"直到完成的地位，作家必须深入民间，"将中国农工阶级的痛苦的声浪"表达出来。鲁迅在《文学与政治的歧途》中则认为，文学和政治的冲突无可消除，从文艺对政治的影响来看，"文艺思想的发达，一方面可以促进人类社会的进化，一方面却使国家分裂"。诈傥《文艺与社会》认为："文艺是离不了社会，离不了人生的。""文艺也是批评社会，批评人生的。"文艺与社会的关系是"有目的的有方法的有科学精神的新创造"。蒋光慈的《现代中国文学与社会生活》和《关于革命文学》认为，"文学是社会生活的表现"，但现时代的文学却过于落后，无法适应现代的社会生活。"我们对于文学家所要求的是文学的革命的文学。"从当前的社会背景出发，革命文学应是反叛个人主义的"以被压迫的群众作出发点的文学"，这种革命的文学要为改造社会指示出一条全新的路径。顾凤城的《文学与时代》认为文学受了时代的影响，"文学是革命的"，"革命的文学必然是时代的产品"。在现今的时代里，我们需要"代表第四阶级说话的作家"和"描写第四阶级真实生活的作品"，需要"都会中的劳工作家"，需要"亲身参加革命的实在的记录"和"种种心理的变化"。钱杏邨《死去了的阿 Q 时代》概略回顾了十年来中国文艺思潮的转变,并借助对鲁迅作品的分析提出鲁迅的作品有其积极的内容,但阿Q时代需要摒弃,现阶段的文学要有"现代的意识",要"代表时代的意识",要有革命激情。其《关于"现代中国文学"》主要回应蒋光慈的看法,认为文学要有实践的意义,应当积极展开革命文学的建设。李初梨的《怎样地建设革命文学》认为,无产阶级的文学应是"以无产阶级的阶级意识"而产生出来的"一种斗争的文学"。无产阶级文学者不仅在"观照地表现生活",而且"实践地在变革社会生活",是"为革命而文学"的。而无产阶级文学的形式就是"讽刺的""暴露的""鼓动的""教导的"。其《一封公开信的回答》对蒋光慈和钱杏邨的意见给予了反驳,认为蒋光慈"忽略了社会的阶级关系"和"文学的阶级背景","未注意到有产者与无产者的见解,完全是不同的"。"我们革命步骤的急速,正提供了无产文艺发达的基础"。对于实践的意义,他认为钱杏邨没有充分理解。关于革命文学的历史的问题,作者认为钱杏邨"未免蔑视了光慈在文学史上的地位"。赵冷的《革命文学的我见》认为:"革命文学的必然产生,是一致的要求。"革命文学是"使读者于认识生活中","唤起革命的意识,去决定或理解生活的创造"。革命文学的实质是"被压迫阶级反抗压迫阶级的一种文学作品,是描写被压迫阶级苦痛辗转的情形与夫全个阶级的生理机制以及两个阶级间的利害冲突的作品";是"理智重于感情,冷酷重于热烈"的文学,最忌怕的是"散漫"。革命文学的创造者必须是"同情于革命的作者",是"实际上在受着厉害的革命的训练的青年",是"劳动阶级"。该著所收论争文章都是有关早期"革命文学"问题的重要史料。

梁实秋所著《文学的纪律》由新月书店于1928年5月出版。该书共收录了作者的十三篇关于文学理论和文学批评的文章,内容涉及范围较广。正如作者在序言里所说:"几篇性质不同的文字,印为一卷,寻不出适当的题目,所以就把第一篇的题目写上充数了。"在《文学的纪律》中,作者认为文学或许可以无须寻求什么规律,但文学却不能讲求其标准。从事文学事业的人既然与标准会发生某种密切的关系,这就涉及"文学纪律"的问题了。文学的研究,或创作或批评或欣赏,都不在于满足我们的好奇的欲望,而在于表现出一个完美人性。好奇心的活动是任意的,不拘方向的,漫无别择的;文学的活动是有纪律的,有标准的,有节制的。伟大的文学的力量,藏在制裁情感的理性里面,而不在情感里面。文学创作需要想象,而想象也必须要由理性来节制。文学的态度之严重,情感想象的理性的制裁,全是文学最根本的纪律。文学的纪律是内在的节制,并不是外在的权威。在《何瑞思的"诗的艺术"》中,何瑞思主张,单一性文学作品应该恪守类型的范围,模仿则不失为一种稳当方法;诗有教训、愉快和兼具教训与愉快三个效用。在《王尔德的唯美主义》中,王尔德认为艺术总是与时代精神相反叛的,艺术只表现其自身而不能表现其时代精神;艺术需要完全独立而不该模仿人生和自然,更不该为道德所限,文学的精髓,是个性,不是普遍性,批评与创作具有一体性。在《文艺的无政府》中,作者认为,情感的泛滥必然造成文艺的无政府主义,它并不是思维的终止,且最终将会变成浪漫的噩梦。在《"艺术就是选择"说》中作者提出文学的对象是选择,作用的内容的选择。在《诗人勃雷克》中作者评述了英国诗人勃雷克的创作。在《论剧》中,作者以书信讨论的形式,表明了自己的观点:研究艺术必须承认里面的派别种类,文学创作也必须有自身的规律,并对戏剧的观念,诸如定义、与舞台的关系进行了讨论。同时梁实秋还认为中国近年来就不会有什么戏剧运动,更不会有什么国剧,所以没有戏剧的成功失败之说。在《书评两种》中,作者借书评提出他的思考:精神分析学是不是可以充分解述文学创作的步骤?文学究竟是不是苦闷的象征?作者认为精神分析的方法可以适用于变态的反常的文艺作品,而不能适用于伟大的常态的艺术作品。另外,作者也对霍斯曼的情诗、英国诗人汉烈的《回音集》进行了分析。

柯仲平的《革命与艺术》曾由狂飙出版部于1929年1月出版。该著是作者1927年在西安省立第一中学所做演讲的汇编,共有八讲。第一讲"人类的生活"探讨革命与艺术的关系。作者认为:"反抗,打倒消灭我们之一切压迫的是我们的革命生活。"而在这生活中,"表现自己,无论在谈话,跳舞,唱歌,雕刻……创造一切形式表现我们自己生活的"就是艺术,正是人类社会发展过程中的一系列革命突变,促使了艺术的诞生。第二讲"革命",主要阐述"一种对于革命的切实的解释"。"凡一切新生的力量要反抗,要崩溃,要消灭那一切压迫、一切阻碍的都叫做革命。""人类在竞存着,进化着","革命是进化中突变的一种现象"。"革命也以竞存为中心。但革命的终极目的却是要消灭——至少可以说要减轻因竞存而起的种种恶剧,也就是说,要消灭人与人的竞存而代以互相协作。"第三讲讨论"艺术",作者认为,在当时的中国,"艺术虽然是生命的表现,但只成为工作之余的努力了",艺术家不能脱离他所生活时代,"作家对于自己所生活的时代总比较密切,因此表现也就多以自己的时代为主。厌恨现在,而理想将来,怀恋原始,这种作品是在希望另一个时代的,但这种作品的生产仍还以作者所处的时代为园地"。作者对新近的"斯拉夫革命产生的新艺术"给了强烈的关注。他呼吁:"时代已经起着急变了,新的生活在开始,战士们在创造新时代,伟大的艺术必是抓住了时代的中心,时代的生命而创造出来的艺术。""艺术应当是生命的表现,是人生的战曲,尤其是被压迫者的战曲。"第四讲论述:"革命与艺术果有密切的关系否?"作者认为:"革命与艺术在相互地反映,相互地批评,相互地突进,相互地完成。"第五讲讨论"立在革命观点上批评艺术"的必要性及其"与立在革命以外的观点上批评艺术"的差异。"革命史时代的主潮,这中心就是说在表现着革命,以革命为内容,这当然就能够以革命来批评艺术了。"因为"艺术在表现这时代的生命力——革命"。但是,"并不是要把古今来的艺术都立在革命的观点上去批评他们";所谓"凡不是表现革命力的都非艺术"的观点也是非常错误的。"我们立在革命上批评艺术就是指出什么是革命艺术来好了。"那种"不表现反抗,不表现革命力,而作者也无革命力的……安闲的,把艺术当作面子装饰的"是"非革命的艺术",它们是"滑嘴的政客、一粒沙扑面也娇滴滴的闺阁小姐太太们"的艺术。第六讲讨论"艺术与革命宣传"的关系。"人生艺术派的作家已使艺术带宣传的使命了。""宣传的目的在使民众知与激动民众这两事……我们不愿也不能阻止谁用艺术去宣传革命,我们反而,促醒要怎样用艺术去宣传革命。""宣传品有能成为艺术的,但成为艺术并不是宣传的目的;不过,能成为艺术那又算一种收获了。""努力修养自己,努力革命工作,努力创造革命艺术,努力宣传——宣传可用艺术,宣传不一定成为艺术,但可能成为艺术",只要这种宣传是根植于"生活的有力而真挚"。第七讲分析"实现革命艺术"的具体途径,反抗压迫是在为民众谋解放与自由平等,这种反抗的生活即创造革命艺术的"坚实的基础"。一个人"本身生活也是革命的,只要具备真挚、深刻也能创造革命艺术",而要创造革命艺术,最重要的是"自己与被压迫的民众不要离开或太远"!另外,"革命者要表现艺术呢,尤其在中国必要特别忍苦耐劳而任怨"。第八讲,作者以一首短诗结束了本文,同时表达了人类对"至高生活"的追求。

梅子等编的《非革命文学》由光明书局于1929年1月出版。该著列"土拨鼠丛书"之一,为鲁迅、梁实秋、(韩)侍桁、柳絮等曾发表在各式刊物上的有关"革命文学"论争的十三篇文章的汇编。编者在题为《我为什么要编辑这部书》的文章中认为,并没有所谓的"革命文学",所谓的"革命文学","简单地说,就是马克司(即马克思)主义的宣传之一种……完全离开了文学的本质——以及一切艺术的——而是借文学为名以作一种政事的工具。换句话说:革命文学,就是变形式的马克司主义运动"。并且声称:"中国的革命文学……是远离了文学之本质的,彼等的诗歌,仅只是标语,彼等的小说,戏剧,仅只是一些宣言。"梁实秋的《文学与革命》讨论了"文学"与"革命"的关系。他认为,包括文学在内的"一切的文明,都是极少数天才的创造……都是少数的聪明才智过人的人所产生出来的"。"革命运动的真谛,是在用破坏的手段打倒假的领袖,用积极的精神拥戴真的领袖。""在革命的时期当中,文学是很容易的沾染一种特别的色彩。"因此,并不存在所谓"革命的文学",而只可能有"革命时期中的文学"。冰禅的《革命文学问题》认为,"革命文学"诗人在某种程度上激发了文学的活力,但它还"只是在刚刚开始而尚未结出怎样使我们满意的硕果来"。同时,他指责"我们的革命文学家……为了革命热情的激励,或者还有其他的原因,抹煞了一切的文学"。"革命的文学……不过是无聊的叹息与俗不可耐的喊斗罢了。""在艺术的世界里最必要的是自由,要有精神的不羁的自由,才能产生伟大的艺术。"莫孟明的《革命文学评价》认为,"革命文学的意义"是"不确定的"。他否定了革命文学者"抱了他的革命心,凭他的实感,去表现时代下的社会生活"的创作理念,"无产阶级文学(革命文学)的建设,实在是无聊,它在文学上的价值是很低微的,它不是一种文学",所以应当彻底"否定无产阶级之文学"。谦弟的《革命文学论的批判》也对陈独秀、郭沫若、成仿吾等人的革命文学观点给予了否定。尹若的《无产阶级文艺运动的谬误》认为,无产阶级文艺论兴起只是在以文艺作工具去达到获取政权的目的。(韩)侍桁的《评"从文学革命到革命文学"》主要对成仿吾、郭沫若等创造社成员的思想进行了批判,认为创造社等革命文学者"有意识地所要表现的时代性……是种无智识地浅薄地乱嚷底时代性"。谷荫的《艺术家当面的任务》是针对柳絮《检讨马克思主义的阶级艺术论》而作的一篇评论文章。谷荫在文中提出:"一切的艺术,脱不了将自己阶级底思想,感情及意欲具象地织入作品之中的一途,因此称它为宣传的艺术……无论是资产阶级的,或者是无产阶级的艺术,都可称之为宣传的艺术。"柳絮的《艺术家的理论斗争》是对谷荫《艺术家当面的任务》一文的反驳。柳絮认为:"阶级斗争是一件不可否认的事实……但是马克思却过于重视政治斗争,因此他所认识的阶级斗争,却是为着政治的目的——争权夺利。"为此,他呼吁,"打倒似是而非的无产阶级艺术论"。甘人的《拉杂一篇答李初梨君》中声称:"文艺须完全是真情的流露,一有使命,便是假的。"否认文学具有革命性。鲁迅的《醉眼中的朦胧》则对资产阶级文人的投机心理给予了辛辣的嘲讽和揭露。该著主要贡献是为新文学研究保留了诸多史料。

陈醉云的《文艺与恋爱》由世界文艺书社于1929年11月出版。《文艺与恋爱》共收录了作者八篇文艺理论与文艺评论文章。《文艺的罪过问题》认为文艺是超越于善恶评判标准之上的,文学作品虽然能够唤起人内心的情感波动,但读者若将自己囚禁于这样的情感中,只是因为自己意志力薄弱,文艺也不应该为这样的事件负责。《鉴赏与批评》认为虽然每个人的鉴赏眼光不同,但不可以带着"门户之见"去鉴赏与批评文艺作品,应打破文坛"一尊"与"正统"的谬见,只要是"态度忠实,情感真挚,艺术上有相当的佳处"的作品,就不失为好的文艺作品。《文艺的主观与客观及其争端》认为文艺作品中的主观和客观仅仅是一种相对而言的倾向,并不存在绝对主观或绝对客观的文艺作品。所谓文艺思潮,"就是要在小的不调和中,求出更大的调和而已",因此应该争取"文艺的创作自由"。《创作与人生》认为文艺作品是满足人精神生活的一种需要,不同的文艺作品,"不论它表现的题材怎样,方式怎样",都能从不同的方面发现人生的真理,使人们获得启示。《时代与超时代》认为文艺作品不一定非要追逐时代的潮流,因为时代潮流有时也不免有谬误,超越时代的文艺作品则可以"表现人类宇宙间的永久性与共通性,或是更远大的思想,及更永恒的真理,借作现在与未来的启示"。《从革命谈到文艺》是作者为孙福熙《北京乎》作的一篇序,认为革命的目的就在于让大多数人过上较好和更好的生活,文艺除了开启人的思想以外,还有"美的发掘与善的磨洗"的功能,并能帮助人们从小事中体悟生活。《诗的赘言》是作者为他的诗集《玫瑰》作的自序,介绍了他写作这本诗集的心路历程,以及作者在诗歌创作方面的一些个人观点。《个性本位的恋爱》一文是对柯伦泰《三代的恋爱》这部小说的评论,作者对盖尼亚关于性的见解和行为进行了批评,认为恋爱是个人的私事,恋爱上的自由也应当以不妨碍别人的自由为原则。作者将这一主张称为"个性本位的恋爱",以期解决自由恋爱情况下出现的一些新问题。

钱谦吾(即阿英、钱杏邨)编《怎样研究新兴文学》由南强书局于1930年3月出版。该著分十一个部分具体讨论研究新兴文学的基本方法。作者首先阐释了"艺是什么""文学是什么"及"新兴文学是什么"这样的问题,其引用了普列汉诺夫的论述认为:"所谓艺术只表现着人们的感情是不正确的。它表现着人们的感情,也表现着人们的思想,但它不是抽象的,而是借着活生生的形象而表现。"艺术是作为感情与思想的社会化的手段。文学具有组织生活与认识生活两种作用,新兴阶级的文学,要把组织生活的一件事作为"意识活动的"最基本的事。为了完成任务,它必然要采取两种形态:"第一,可以叫做新兴阶级的主观的自己表现的艺术,第二,是现代生活的客观的叙事诗的展开。"研究新兴文学的重点就是"意识形态"与"感觉情绪"两个问题。"新兴阶级的文学,是新兴阶级的战斗的武器,是它的政治运动的一翼,它要用思想与感情去宣传大众,组织大众。"新兴阶级艺术的发生是新兴阶级生长的结果,它从"自然生长"的新兴阶级的艺术向"目的意识"的艺术发展,是随着新兴阶级的政治、经济的斗争,随着阶级斗争的尖锐化而发展的。"一切的社会心理,因为阶级的不同,它的凝结成的意识形态,也必然的具有阶级的性质。"意识形态不是超阶级的东西。所以文学研究者,首先应当注意作品是代表哪个阶级的意识形态的。同时,艺术在意识形态之外,还具有情绪的、感觉的方面,"只有在这意识形态和心理两种东西的统一之中,才能看见那种当作社会现象看的,当作斗争武器看的艺术"。此外,作者还探讨了新兴文学的技术形式问题。文学的内容与形式不可分割。作为社会的精神现象之一,艺术的内容是"取着意识形态的,及心理的形式而呈现出来";艺术的形式是"为在终局规定着所与的时代,所与的社会的劳动的形式之生产力的发达所规定的"。"新兴文艺是大众的东西,绝不是少数人的东西,应该为着民众,为着几百万的劳动的人们。——就是为着劳动者农民而存在;它始终是集团的东西,而不是个人主义的产品。"同时,新兴阶级必须锻炼自己的人格,掌握科学的世界观和人生观。作者还运用上述方法对具体的新兴文学的部分代表作品进行了分析研究,这里不再做详细的介绍。为方便有关新兴文学的研究,作者附录了若干已有中文译本的新兴文学创作及文艺理论著作的详细参考书目。

冯乃超等辑著的《文艺讲座(第一册)》由神州国光社于1930年4月出版。《文艺讲座》为左联时期出版的以书代刊的批评专集,由冯乃超主编,原定出版六册,但仅刊出一册即被查禁。该著旨在引介马列主义的唯物论文学思想和苏联无产阶级文学的基本理论问题,同时也概要评述了中国新文学运动所取得的成就。内有郭沫若(署名麦克昂)、沈端先(即夏衍)、蒋光慈、冯乃超等人的共十九篇文章。冯乃超在《艺术概论》一文中指出,观念论的方法不能充分说明艺术的本质,文艺应该是时代精神的表现。作者运用马克思主义的"社会意识是社会存在的反映"这一观点来解释文艺,认为研究文艺就是要证明:"(1)某种社会的关系,阶级的统治,阶级斗争怎样反映到艺术和文学里面来;(2)种种流派及倾向之不同是由各阶级的欲望产生出来的。那么,某种艺术或文学的种种倾向之'革命性'的问题,就可以解决,在艺术及文学的发展过程中,它们的辩证法的意义也就因此决定。"朱镜我的《意识形态论》一文再次强调了

"社会意识是社会存在的反映"这一历史唯物论的基本命题,同时指出"一时代的支配的观念总不外是统治阶级的观念"。意识形态与社会心理之间的关系为"意识形态是社会心理的沉淀物,是社会心理之结晶品"。彭康在《新文化概论》中认为,"文化是社会的产物,是历史的产物,从来就没有过在历史和社会以外的文化"。考察一种社会文化的形态,一定要考察其社会生活,"人类在经历生活的同时就创造了文化,在创造文化的同时也就充实了生活",两者是同一的过程。麦克昂的《文学革命之回顾》一文对于中国文学革命的历程进行了梳理,作者认为,社会的经济制度是一切社会组织及观念体系的基础,这个基础的变化会引起上层建筑的动摇,文学革命即中国社会由封建制度向近代资本主义制度转换一种表征。著中作者们还运用各自的观点对俄国无产阶级的文学运动、中国的新文学运动及无产阶级文学运动等给予了概括和分析;此外,还有对于托尔斯泰、普列汉诺夫等人的艺术观点的评论,也大体主要在强调艺术与社会生活之间的紧密联系、文学艺术的阶级斗争和宣传教化的作用、无产阶级对于艺术的变革作用等观点。这类论述包括(冯)雪峰的《俄国无产阶级文学发达史》和《劳动阶级应当养成文化的工作者》、华汉的《中国新文艺运动》、钱杏邨的《中国新兴文学论》、洪灵菲的《普罗列塔利亚小说论》、许幸之的《艺术上的阶级斗争与阶级同化》、蒋光慈的《社会主义的建设与现代俄国文学》、冯乃超的《艺术家托尔斯泰》、冯宪章的《普列汉诺夫》、沈端先的《"艺术论"与"艺术与社会生活"》和《"恋爱之路""华茜丽沙"及其他》,等等。

  钱杏邨的《文艺批评集》由神州国光社于1930年5月出版。该著为作者评述域外作家及其创作的七篇文章的合集,分"从浪漫主义到写实主义"和"新兴创作与日俄文坛"两个部分。另附作者的序和附辑。著者在题记中称:"这里所收的将近三十篇的文字,主要的是包括了我对于六个国度十五个作家的批评与介绍。这些批评介绍的文字是否完全正确,我没有绝对的自信。但在对于这些作家的作品大胆的提供意见的一点上,我总算尽我个人所能做到的去做了。"第一部分中,作者介绍了嚣俄的《死刑废止论》的主要人物、内容、主要思想,并认为:"他坚决且公然的表白,'这些创作是一种呼唤,直接或间接的,在于死刑之废止。'"《左拉与巴黎公社》借助左拉作品的主要内容及其中表达的思想观点推测左拉对巴黎公社的态度。"我们可以看出,左拉对于巴黎公社,何以始终的保持一种贯彻了全篇的讽刺态度,而搬出一个革命的滑头的作家,和一个幻灭的工人来无限度的玩弄了。""爱伦却不然,他不像左拉那样仇视社会主义,他对于社会主义是完全表示着同感。"《霍甫德曼》介绍了霍甫德曼的主要戏剧作品及作品中所表现出的作者对于小资产者的同情。第二部分中,《平林タイ子》综合评述了日本作家平林タイ子的作品中所显示出来的新女性形象。"平林タイ子所描写的都是一些女性的新型。""这完全是光明的,斗争的女性的道白,这完全是新时代女性的新型;她们的意志是那样的坚决,她们的眼光是那样的敏锐,她们能忍受着一切的苦难而向前,她们能抛弃一切而不顾。"同时也指出了作品的缺点:"这些人物始终不免于是一些从旧的女性方面转换过来的人物。所以，残留的小有产者的病态，到底没有克服过来的农民意识，以及无意的为封建思想所支配的关于两性问题的见解，总还是时时的流露出来。"另有两篇关于金子洋文的《铳火》及罗曼诺夫作品中的两性描写的一般介绍。

顾凤城的《新兴文学概论》由光华书局于1930年8月出版。该著旨在全面介绍普罗列塔利亚文学的一般原则，内容涉及文学的阶级性、唯物史观、社会的基础与上层建筑、社会心理与意识形态、文艺大众化、无产阶级文学批评标准等。全书分上中下三篇，分别讨论什么是普罗文学、普罗文学的内容与形式和普罗文学批评的基准。后附录有中国普罗文学概观、世界普罗文学概况、世界普罗文学名著介绍和世界普罗文学家传略。作者认为，文学是艺术的一个部门，艺术最主要的机能只是"社会化了的感情的组织"。文学的起源是劳动，因此它也必然是社会的产物，且与社会生活有着深切的关系。文学有其阶级性，在文学的分野上，阶级对立十分尖锐。经济基础决定上层建筑，而意识形态是上层建筑的一部分，那么我们研究普罗文学，就一定要把握到正确的意识形态，才能了解作品的内容及创造真正的普罗文学。普罗文学是普罗列塔利亚在现实解放斗争中武器的一部分，伴随着中国普罗列塔利亚的发展而产生。从唯物辩证法的三个规律，即普遍联系规律、矛盾发展规律和质量互变规律来考察。普罗文学的内容与形式的三个必备条件是，人生观的确立、作为集团主义的文学和作为斗争的文学。普罗文学的内容与形式的彻底完成，须待普罗列塔利亚获得了完全的解放以后，现在则可以尽量利用旧的形式。作者在批评了过去的古典主义、浪漫主义和写实主义之后，认为普罗列塔利亚写实主义有三个要素，即从事实中出发、以社会的阶级的观点来看待事物和描写人的潜意识等复杂的形象，"把人们和那一切的复杂性一起全体地把握"。由于全球普罗列塔利亚阶级在政治上正在飞速发展，反映在文学上，"普罗列塔利亚写实主义的前途是一个黄金时代"。普罗文学应当是一种大众文学，因此要注重普罗文学的通俗化，提高群众的文化水准，同现实紧密结合。文学批评是以文学的作品及问题为对象的批评。文学作品不可能脱离时代，"为艺术而艺术"，布尔乔亚的文学批评只是为了巩固布尔乔亚的统治。普罗文学的批评则需要立足其所属的阶级与意识形态倾向来展开总体的考察。总之，要以唯物史观的眼光去评价某种文学作品的价值和意义，必定要研究作者自身的条件及其所属阶级，以及当时社会条件及社会的一般意识形态。

范祥善编《现代文艺评论集》由世界书局于1930年1月出版。该著列"现代新文库"之一，共收录了发表于各式报刊上的有关于文艺评论方面的二十多篇论文，内容较为广泛，涉及的文学方面的问题也较为复杂，且相互之间观点不尽一致。其中既有理论方面的探讨，如《文学与时代》（顾凤城）、《文学与革命》（梁实秋）、《文学上的个性》（孙俊甫）、《文学观念与其含义之变迁》（郭绍虞）、《短篇小说的结构》（赵景深）、《小说之艺术》（黄仲苏）等，也有对诸种文艺现象与思潮发展的分析，如《中国文学不能健全发展之原因》(雁冰)、《从文学中发现之哲学思潮》(胡怀琛)、《革命文学与自然主义》(孤芳)、《论第二次文艺复兴》(冯肇樑)、《近年来中国之文艺批评》(梁实秋)、《德国文艺界的龌龊主义》(硕农)、《写实小说的命运》(叶公超)等,此外还包括对作家作品的评论,如《文学的诵读与赏鉴》(采真)、《我所觉到过去的新文艺》(君亮)、《新文艺的建设》(仲云)、《革命的人生观与文艺》(孤芳)、《伊卜生的思想》(张嘉铸)、《文言文的优胜》(黄擘)、《五言诗发生时期的讨论》(徐中舒),等等。该著似有全方位多样化地展示这个时期文坛多重形态并列发展的意味,但也因此,使得该著在内容与体式上显得过于杂乱且容易使读者不明所以。

谭丕模编著的《新兴文学概论》由文化学社于1932年8月出版。该著原为作者在北平师范学校教授文学概论课程时的讲义,凡十四章,附论"电影艺术"。作者自陈:"本书重要的目的,是要想把文学,哲学,科学的联系性加以阐明,故立论是从唯物论出发的。"其所谓"新"也主要在强调其唯物论的文学立场。该书对厨川白村的"苦闷的象征"说持批判态度,认为其是在用唯心主义的哲学思想来解释文学,弗洛伊德的性欲升华说及康德和席勒游戏冲动说都不能真正揭示文学的本质。作者认为,文学最原始的形式就是诗,而小说戏剧乃是后来进化的文学形式。文学的目的不在求美,而在求适应社会进程中实际的需要。文学有传染感情、认识生活、指示阶级斗争的机能。文学与生活的关系则体现为文学是生活的表现,随生活而变动,现代中国文学与社会生活无关,体现了落后性。文学受经济支配,随经济转变。革命的文学才是时代的文学。作者否认文学具有永久性和普遍性,认为文学有时代性和阶级性。作者也否认了文学创作的天才论,肯定了教育的作用。作者甚至认为文学与个性没有多大的关系,而与环境有关,是时代精神的体现。人性受着物质境遇的支配,种族、国民性与文学都是没有关系的。据此,作者分别对诗歌、戏剧、小说等给予了具体的分析,认为原始时代的诗歌,是与生活密切相关的,快感或悲感是构成诗的本质的最重要的元素,其所歌咏的也正是无产者的生活。今后诗的倾向也必由抒情诗走向叙事诗,由描写个人的精神现象变为描写集团的社会事象,由静的变为动的。戏剧的起源为默剧,戏剧是反映全集团社会生活的镜子,显示人间彼此殊异的阶级心理,借以促进人类的阶级斗争。戏剧必须满足大众的需求。革命的戏剧,只要不离开革命意识主题,采取任何方法都可以。小说的起源为神话,其发达也是因为革命的原因,"小说有支配世界的力量,能捉住一切主题为写成历史,探究生理与心理,升之于最高的诗境,并且是研究最成问题的政治、社会、经济和风习的最完备的工具",因此,小说必须具有煽动性。附录讨论了电影艺术发达的原因,认为现代电影艺术有资本主义的电影和社会主义的电影,并对资本主义的电影进行了严厉的批判。该著明显受到了波格丹诺夫文艺思想的影响。

陈北鸥的《新文学概论》由立达书局于1932年9月出版。该著之所谓"新"乃在于有意以"唯物史观"的科学方法重新构建文学理论的一般系统,"以唯物论的见地确定文学的观念",试图以此与中国传统文论彻底区别开来。著分四编,分别阐述文学的本质、社会特性、类别及文学批评。作者基本立足于普列汉诺夫的观点,认为艺术是"感情社会化的一种手段",并从文学的起源和情绪、想象、思想诸要素,以及文学与经济、时代、国民性等方面给予了充分的论证,但同时,作者也同样肯定文学具有永久性、普遍性和个性。一方面,作者认为:"内心生活一定带有社会色彩,要表现一般大众的感情,才能得到更深切的同情。"而另一方面,作者也强调:"有时绝不是直接地由经济生活发生的,这就是艺术的独立性。"时代固然从根本上左右着文学,但文学也同样能左右它所处的时代,如此等等。作者虽然有突破传统文论以另辟蹊径的自觉意识,但出于对文学在认识上的局限,并没有真正理解唯物论思想的精髓,而多半是出于趋时尚新的潮流的驱使,因此才导致了著中立论上的相互矛盾与混杂。但从现代中国文论发展的总体历程来看,此种探索仍有积极的意义,至少预示了某种试图彻底摆脱传统文论与西方文论的束缚,以建立真正独立的现代中国文论系统的普遍趋向。此外,作者在著末详细地分列了外国文论、翻译文论及现代中国学者所撰写的文论等相关的文学概论著作书目,对有志于深入研究文学基础理论者也有着重要的引导和帮助。

胡秋原编写的《唯物史观艺术论》由神州国光社于 1932 年 12 月出版。该著副标题为"朴列汗诺夫及其艺术理论之研究"。全书本论部分计十章,另附编校后记、前记、代跋、略传和几篇短文。作者认为,普列汉诺夫是"以马克斯(即马克思)哲学社会学的方法深耕艺术领域的第一人"。普氏的批评和美学是建立于纯粹科学的基础上的,是艺术社会学研究中的重大贡献。普氏关于艺术的三大基本命题为,"诗是借形象的思索","艺术者,是人生之反映与再现","形式必须与内容适合",并由此引申出一系列美学原则。普氏认为,"意识形态的领域只能间接地由经济说明",同时文学对社会也有"逆影响"。在原始的共产主义社会初期,艺术发生于劳动过程中,"原始艺术之内容的要素以及形式的要素,都是密接于原人生活之经济环境"。在阶级社会中,经济通过社会心理间接地对艺术产生影响。天才同样也依属于社会环境,但天才是时代人的先驱。"为艺术而艺术的倾向,是发生于艺术家和他们的社会之间有不调和之处的";而为人生而艺术的倾向,则是艺术家之间"多少有互相同情之处发生的"。艺术批评的基准应该是唯物论的规范,并立足于现实主义和反个人主义基础之上;艺术批评的任务在于"将艺术作品之思想自艺术的文字翻译为社会的文字,寻出可以说是某文学现象的社会学的价值",并"解剖其艺术价值";"艺术作品之形式必须与其观念适合,同样观念亦必与其形式适合的";艺术作品与政治论文不同,不可用政论代替美的形象,但文学与政论的交流是可能的;必须将艺术价值与政治价值分开,不以政治价值代替艺术价值。该著是较早全面介绍普列汉诺夫艺术理论的专著,对中国早期唯物论文学思想的形成产生过重要的影响。

华蒂编述的《文艺创作概论》由天马书店于 1933 年 7 月出版。该著大体据日本川口浩所著的《新兴文学概论》编述而成,主要目的在于满足青年作家了解当时的文学创作方法的国际情况。该著用历史的眼光对这一问题做了比较系统简单的说明,尤其重点介绍了当时最为流行的"唯物辩证法的创作方法论"。作者认为,文学承担着历史使命,不同的历史时期会有不同的主流文学。文学必须与实践生活联系在一起,但绝不是抹杀文学固有的创造性。文学的创造性对文学遗产具有依赖性,需要从优秀的文学遗产中汲取积极的成分从而使自身发展起来。文学的组织是"非政党"的却绝不是"超政党"的,它必须是可以吸纳广大群众的。"文学是现实的反映"是文学的本质,文学艺术最重要的特质是用活的具体的形象来表现现实。文学具有艺术性、倾向性和党派性。关于文学的创作方法,作者认为,客观的现实是题材,反映在作家的脑子里,经作家的一定观点的选择、整理和统一而决定为描写的中心问题,就是主题;题材和主题借助方法表现出来,其方法主要有描写法和表现法两种,对应的也就有主观的浪漫主义和客观的自然主义两种基本方向,而"辩证的唯物论"的创作方法是对这两者的克服和超越。文艺批评的中心任务是估量并决定文艺作品的价值,文艺作品的价值是具有客观必然性和普遍性的社会价值。偏重意识形态的"政论式"批评和加上阶级称号的变形的"政论式"批评都将有损于文学价值的准确判断。

张泽厚的《艺术学大纲》由光华书局于1933年10月出版。该著分十二讲,分别讨论有关艺术的起源、发展、变革、目的、意义、类型、思潮等方面的理论问题。作者认为,艺术属于上层建筑的一种,其任务就是认识、组织和促进社会生活的合理发展。艺术来源于生活,为生活服务。虽然每个时代的艺术都有其自身的特性,但归根结底,"艺术是时时有意识地或无意识地在促进社会合理地进展,人类生活改善的迁移"。各种艺术,如诗歌、绘画、雕刻、舞蹈等都是劳动的产物,是"劳动的脱化的萌芽",其发展受制于社会生活和社会生产力,即"用种种的方法,直接地或间接地表现出来的艺术品它总是依据于经济的构造及社会的技术与劳动之水准程度而规定它的发展的"。以此为基础,作者否定了忽视社会生活的艺术至上主义和仅仅跟随社会政治的艺术功利主义,而主张两者的调和,把握"新的社会的底蕴"。社会是不断变化的,艺术在社会关系之中,因而也要不停地变化,以揭示社会发展的本质。艺术是一种意识形态,是彻底地表现人类的现实生活的,艺术的目的在于"以人类在社会的生存目的为目的"。其目的又可以分为官能享乐的和生活行动的两种,但两者并不能截然分开。一个艺术家要把他的感情用特殊的技巧与形态,以客观的方法表现出来,使艺术以外的人在接触到艺术品时产生共鸣,这便是艺术的意义。这种意义具有普遍性和必然性,不局限于一时一地一人,是"感情的社会化"。每一种艺术都有它产生的社会背景和实践任务,艺术思潮亦是如此。历史上所经历的古典主义、浪漫主义、自然主义、神秘主义与象征主义等,无不是后者在前者的基础上,在特定的历史背景下产生出来的。作者在纵向解释了艺术与时代的关系后,又横向地比较了艺术与他种科学的异同之处:艺术与宗教是"同以情感上求人类的解放的",但途径大不相同;艺术与哲学相关,哲学的思想靠近艺术才得以表现,艺术的内容具有哲理才能充实;艺术与科学都是对社会的认识,但研究的方法不同。伴随着现代社会的到来,造型艺术随之产生,而且流派纷呈,但作者认为它只是知识分子对科学和新的技术的运用,是"生产化了的艺术而不是大众化了的艺术"。无论是"纯艺术"还是"商品化的艺术",都是没落的社会制度在艺术上的反映。

杨可经的《文学别动论》由西北书局于1933年11月出版。作者自陈:"社会是人们谋生的劳力的集团,我们若说人们的实际生活和劳动,是人们从正面来推动社会发展的,那么人们的文化事业,我们就不能说不是从别面来推动社会进化的。本书名为《文学别动论》,即根据于此。"作者认为文学是社会的产物,而文学对社会亦有推动促进的作用,所以该著的理论处处着眼推动社会,使文学与社会紧密地结合在一起。著收十篇论文,前八篇为文学专题讨论,包括文学的起源、价值、技巧、作用等,后两篇为附录,主要讨论治学方法及社会科学与现代社会的关系。作者认为,现代文学要以社会科学的知识做基础,以实际的观察和行为做题材,以新艺术的方法来描写。但东西方学者对文学的界说都只限于文学本身而未能将文学放在社会的角度考察,由此作者认为:文学是人们的情感被客观的社会环境和时代所激发出来的,而以种种技巧用文字表现出来。文学是用来表现和批评人生的,是旧社会的改革者和新社会的预言者,代表大众的利益,反映整个社会的集团的生活。它受到社会的规定,随着社会的发展而向前发展。作者在驳斥了一系列关于文学起源的观点之后,认为文学起源于文字产生之前的先民的集体劳动中有节奏的呼声,尤以韵文为先,因为它便于抒发感情和记忆流传。文学有个人偏爱和社会需要两方面的价值,前者会随着人的年龄、心理和阅历的变化而有所变化,后者可演为不同时代的文艺思潮,但两者应该结合起来考察,不可偏废一方。文学因社会的需要而产生,但其核心是作者的情感和技巧,技巧就是"由社会所决定的作者的情感加以组织,藉客观的物质表现出来,将个人和社会的因素融合之后表现在大众面前"。考察技巧应从主眼、结构和情绪三方面着眼。文学对社会的作用显示为:共感作用是第一步,净化作用是第二步,组织作用是第三步,这些作用三位一体地依照一定的秩序统治人生,支配读者。文学批评重在使我们以辩证的方法认清客观对象,在批判的否定之后,向着更新更深的意义推进。为此,文艺批评家不仅在研究文学时要考虑到作家和作品两方面,而且必须具有社会科学、新艺术理论和社会体验等方面的修养。附录的《略谈今日的治学方法》一篇旨在批评为当时所推崇的胡适和梁启超的学术方法而张扬唯物辩证法的治学方法,即以动的形态的眼光去探求事物的矛盾关系及其产生的经济背景。另一篇《社会科学与现代》则在批评当时对待"社会科学"的"为学问而学问""为谋实利而学问"和"为时髦而学问"三种错误见解的基础上,具体阐明了社会科学兴起的历史原因及其对于中国社会所具有的现实意义。

苏汶编《文艺自由论辩集》由现代书局于1933年3月出版。该著是有关"自由人""第三种人"等问题的论争文章的汇编。该著由六组二十八篇论争文章组成。有关"文艺自由"的论争是中国现代文学史上一次影响极为深远的论争,这次论争,首先是由胡秋原的《阿狗文艺论》和《勿侵略文艺》两文引发的,作者主要希望在左翼文学与所谓民族主义文学之间寻求另外一种文艺的道路,也即试图将文艺与政治彻底分割开来,因此招致左翼文坛的激烈抨击。以钱杏邨等人为代表的左翼的一方坚持认为,在现阶段极为特殊的政治氛围中,企图将文艺与政治分离无异于痴人说梦。对此,胡秋原又发表了《钱杏邨理论之清算》一文,在对钱杏邨理论上的失误提出了诸多批评的同时,也使用了讽刺、控告与攻击的言辞,致使论战在一定程度上带有了人身攻击的色彩,所谓"自由人"的一派也由针对左翼和民族主义文学两方变成了单纯与左翼文学的对抗。该著依照这次论争文章发表顺序排列,以此也可见出这次论争的整个过程。此书所收集的文章具有比较重要的史料价值。

正中书局于1934年5月出版的王平陵的《文艺家的新生活》主要是为配合国民政府所发起的"新生活运动"而作,该著的目的是为"新生活运动"探索一种学理上的依据,突显"新生活"之于国人的重要性和必然性,进而使普通中国人的生活更加合理、科学;同时为了"在古今中外的名人中,搜求其历史事实,分析其时代背景,叙述其奋斗的过程。成功的途径,以及其对于社会所发生的功效作我们自立立人的模楷"。该书由十章组成。绪论主要描述对文艺家新生活的憧憬。"现在,第二个大时代,无疑的已经开始了。我们应该怎样地准备着丰富的礼物,欢迎这大时代的到来啊!我们要缩短中国直向进化的路程,要把过去之获得的思想革命的效果,推进到实际的生活的改革,文艺家决不应该站在旁观的立场上漠不相关的,在此刻,文艺将如何掇取这大时代的魂魄大众,这全在于文艺家对机关报生活运动的认识和努力了",以下则介绍文艺的意义和作用以及"新生活"对文艺运动的影响,同时也分析了礼拜六派文艺、礼拜五派文艺和普罗文艺对国民生活的毒害,并提出了"今后中国文艺往何处去了"以及"今后中国文艺家应该怎样"的问题。作者认为,中国文艺应朝着新生活的方向前进,中国文艺家应努力在新生活运动所指示的方向和步骤中,救起自己,救起文艺。最后,作者认为:"文艺是认识生活的特殊的方法,是社会一切机构潜伏着的动力,自然,文艺的任务,不同科学一样能具体的合理,显出明白的效果来,但成功的文艺作品,是由人生的经验经过科学化的特殊的组织。一切成功的文艺作品,都是于人类的生活绝对有益的东西。……从这个意义上,我们要把生活现代化,要使新生活运动,普遍地变成国民生活的中心,变成一个民族的实际的力量。"

(韩)侍桁的《文学评论集》由现代书局于1934年4月出版。该书是作者二十篇文学评论的合集,可视为作者多年参与新文学批评的历程的记录。作者在《试论中国文学》和《试论现代日本文学》两篇文章中,分别对中国文学和日本现代文学提出了自己的看法,他认为:"中国文学研究的读者,能够同意于我所提出的这两点:第一,把中国文学从新乱作出新的解释与批评;第二,把散在中国文学中的自己那些未成熟的材料给以艺术的创作;则不但中国的古文可以在我们的面前完全显示出它的真面目来,就是在将来中国新文学的发展上,它的影响也将是我们不能预想的了。"同时他认为:"明治十八年坪内逍遥所著的《小说神髓》与《当今书生气质》等书出版后,日本新文学才算萌芽,然后再经过一阵西洋文学介绍的努力,到了砚友社文艺团体的产生,日本现代文学是真正地开始了。"作者还评述了中国的写实主义文学,同时先后对张资平的写实小说、沈从文的小说、梁遇春的散文、西林的独幕剧、郁达夫的作品的时代意义进行了评议,见解独到,值得一阅;对鲁迅先生本人及其作品分别进行了论述和评论,表达了作者对鲁迅先生的敬仰之情;作者因参加了大众文艺与"第三种人"讨论,因而也写了相应的文章发表自己的看法,他认为:"'第三种人'并不是为着未来而工作的艺术至上主义者,但他要创作的第一意义是要具有艺术价值的作品……;第二,这'第三种人'完全是现时代的产物,是构成历史的一个重要的阶段的产物,没有他们,历史上将形成一个空白……;第三,这'第三种人'是因为目下的左翼文坛的跋扈而出现来,而意识明显化了;但他们在根本上并不是反左翼的。"

郑振铎与傅东华合编的《我与文学》由生活书店于1934年7月出版。该著标为《文学》杂志"一周纪念特辑",实际是《文学》杂志以"我与文学"为题向中国新文学作家所征集的文稿的汇编,著中各篇的题目均为编者所加,收录了当时中国文坛包括白薇、余冠英、叶紫、茅盾、巴金、孙俍工、赵家璧、陈子展、卞之琳、林庚、萧乾、胡风、沈从文、马宗融、张申府等在内的知名作家、评论家和学者的五十九篇文章。编者曾解释说:"这数十位作家在文学活动上各有各的不同经验,他们对于文学的态度和见解当然不能完全一致,但有两个值得重视的共同点:其一,各人所发表的意见都是自己对于文学亲切体验的结果;又其一,各人之与文学发生因缘或中途转变态度,无不由于某种外在的戟因所促成。我们由这重视体验和自觉戟因两个共同倾向上,就可看出我们的文坛已于冥冥之中差不多一致进入新文学发展的另一阶段了。在这意义上,我们这次征文,实于无意之中尽了一点文学史的使命,不止是凑凑热闹而已。还有不少篇数,简直是各作家文学生活的详细自传,料想到了百数十年之后,这些文章也许要成为文学史的珍贵资料,我们又怎能忽视呢?"事实证明,该著确实为后世中国新文学的研究保存了许多极为难得的珍贵史料。比如:穆木天在《我主张多学习》中所显示出来的思想变化及其与后期创造社的思想倾向的关系;茅盾在《我曾经穿怎样紧的鞋子》中回忆早年生活对其艺术素养及文学创作的潜在影响;欧阳山的《第一个批评家介绍我的是一本〈礼拜六〉》中对于自己历经曲折走上文学道路的过程的回顾;顾仲彝的《我与翻译》、张友松的《我的小说译作的经验与理解》及马宗融的《我对于翻译工作的希望》等文章中借助于自己的实践所提出的文学翻译与新文学创作的关系的诸多看法,如此等等。能以不偏不倚的思想立场和广泛包容的态度汇编起这类的第一手史料,确实显示了编者高度自觉的文学史意识与远见,从中也不难看出20世纪30年代中国作家对于新文学所取得的成就的自信,以及进一步建设和推进现代中国文学发展的信念和勇气。

华北文艺社编的《怎样研究文学》由人文书店于1935年3月出版。该书主要供中等以上学校文科以及爱好文学的青年自修之用,所选的十二篇文章,或讨论研究文学的方法,或讲述创作的方法,皆出于鲁迅、茅盾、郁达夫、郑振铎、谢六逸、熊佛西等名家之手,是他们的经验之谈。在《怎样研究文学》中,作者先谈了文学的定义和两个作用,提出研究文学的必要性,认为文学研究不应有一定的限制,然后比较具体地讲述了做文学研究的五个步骤。在《怎样研究中国文学》中,作者简略地区分了文学鉴赏与研究的不同,接着指出我国的文学遗产异常丰富但理论却极端缺乏,因此,研究中国文学是势在必行之事。作者提出了两种研究的方法:归纳的考察和进化的观念。依照这两种方法,就可以开辟出三种研究的途径:中国文学的外化考、新材料的发现和中国文学的整理。中国文学的新研究首先要分门别类,要站在现代的立场看旧文学,其必须遵循的四大原则是:欣赏的兴味、现代的眼光、科学的方法和社会的观念。在《怎样研究西洋文学》中,作者首先指出文学研究和阅读是两种不同的事,并将文学的定义为:以经验为原料,而又以变幻无穷的想象力来醇化或理想化。接着列举了四种非文学研究的情况,借以论证如何做文学研究。文学研究是闲时的研究,其目的不仅是认识人生,而是寻找认同感。在《怎样创作》中,作者根据自己的经验讲述了八点创作的方法,分析了五四以来"身边琐事"的描写盛行的原因,认为现在要选取具有普遍性、和一般人生具有重大关系的题材,寻求认同感。此外,创作也应注意结构的均衡,抽象描写与具体描写相结合。著中还探讨了"怎样写诗"的问题,比较诗歌的"作"与"写",指出"作诗"是有必要的,并提出了"作诗"的方法:语言的选择、文字的精炼、比喻、象征等,特别指出诗歌必须注意"节"的安排。在《怎样做小说》中,作者认为在体裁的选择和主题的表现上应该以自己的经验做基础,借"想象"之力去描写类似的材料,使之具有认识生活、道德、思想的价值。在《怎样编剧》中,作者列举古今中西的编剧法则,得出结论:对于规矩了解即可,不可生搬硬套。在《怎样作小品文》中,作者具体阐述了小品文的类别:描写体、叙事体、抒情体、冥想体、谈论体和讽刺体。特别指出,小品文是以抒写生活为基调的,必须注意思想的训诫与情感的涵养相结合,在分段与选题上也应力求使之达到圆融美丽的效果。在《怎样批评》中,作者肯定了文学批评的价值,将批评的方法分为独断的批评、印象的批评、科学的批评、审美的批评、欣赏的批评、创造的批评和社会主义的批评,认为它们都只是批评的一端,不可拘泥于一种。

林淙选编的《现阶段的文学论战》由文艺科学研究会于1936年10月出版。该著是20世纪30年代中期发表在各式报刊上的左翼文坛有关"国防文学"等口号问题的论争文章的汇编,共分四辑,收集了四十多位作者的五十多篇论争文章。第一辑主要展示论争发生的背景及最初的情形。这次论争是在特殊历史背景下发生在左翼文坛内部的一次事件,也是现代中国文学史上的一次极为重要的文学论争。中日战争爆发前夕,民族存亡的问题日益成为整个中国需要直接面对的首要问题,而文学应当如何应对这种极为特殊的局面,也被摆在每个文学工作者的面前。于是文坛有人提出了"救亡图存"的口号,以求联合起文学的整体力量投入民族的救亡运动之中。但另有人对这一口号持反对态度,由此拉开了口号论争的大幕。第二辑收集的主要是关于"国防文学"和建立文艺界统一战线问题的论争文章。郭沫若的《国防·污池·炼狱》为"国防文学"口号奠定了基石,他指出"国防文学"可以扩张为"国防文艺",把一切艺术都包括在里面,不甘心向帝国主义投降的文艺家在这个旗帜下组成统一战线;"国防文学"应该是多样的,可以定义为"非卖国的或反帝的文艺"。第三辑主要辑录以胡风等人关于"两个口号"("国防文学"和"民族革命战争的大众文学")论争的文章。第四辑主要收集了口号论争以外的诸多作家从其自身的创作经验出发,对于这次论争所发表的不同意见。该著在整体能够使人们对这次论争形成一个清晰的印象,同时也为新文学思潮的研究保留了珍贵的史料。

杨晋豪编写的《现阶段的中国文艺问题》由北新书局于1937年1月出版。该著列"新型文艺丛书"之一,是作者根据相关资料编写的对"两个口号"论争的回顾和总结性的评述。分现实背景、论争过程、核心问题和现阶段文艺运动的纲领四个部分,另附周扬、郭沫若、茅盾等参与论争者的代表性文章七篇,并附两篇文艺界宣言的转录。作者的目的是以全面抗日战争前夕为背景,尝试借助"两个口号"的论战来探索革命作家内部如何建立文艺界抗日民族统一战线的实际问题。作者认为,艺术的特质是具体地反映出现实的典型,当前世界的发展局势,各国因各自状况已日益形成两大对立战线,中国今日的危机已进入可能被帝国主义者侵吞和独占的新阶段,全国民众应联合起来反抗侵略。作者认为,新阶段文艺运动的特质是:运用各种角度和主题表现以抗战为中心的复杂事态;放弃文艺上的宗派主义,组成联合统一战线;作家深入现实主义的实践;文艺创作和理论深入广泛的大众层。"国防文学"的口号意在号召全体作家团结起来以形成广泛的民族统一战线;而"民族革命战争的大众文学"的口号则强调以民族大众的整体利益为前提,号召作家的创作必须首先突出现阶段文学的大众性。作者认为,文艺新运动的实质是以抗战联合阵线的实践为基本性质。现阶段文艺运动的中心口号在本质上要适应现实的动态;技术上明确而不模糊。"国防文学"这一口号笼统而含糊,易使人误为爱国主义,不能发挥充分的战斗性,没有把文艺的力量普及入大众中。第二个口号不能广大地号召文艺战线,为具体、明确而忽视简洁。作者自己又提出了"抗战文艺"的口号,以图引起广泛的讨论。此外,作者还讨论了有关集体创作、报告文学的创作、抗战主题的确立等具体问题。该著基本保留了当时论争的原貌,有一定的史料价值。

第四编
战时中国文学理论的多元形态
（1937—1949）

第十一章 唯物论经典文学理论的译介及其论争

一、经典文学理论的译介

左翼文学思潮在进入中国文坛以后,无论是在左翼阵营内部,还是在持不同政见的学者中间,都曾产生过各式不同的争论与相互批评。其中的原因,一方面是基于苏俄文坛自身的矛盾与变化,另一方面也跟唯物论经典文本译介的相对匮乏有着很大的关系。尽管从20世纪20年代后期开始,唯物史观的文学论经典著作已经陆续被引介到中国,但真正具有权威性的马克思、恩格斯原典著作仍然有待积极译介。自1937年开始,由于战争的日趋临近,诸多有关左翼文学思想的论战也逐步开始向冷静的思考转移。战争一方面迫使民族生存问题上升成为焦点,另一方面却也为左翼文学思想的深化提供了某种契机。

维诺格拉多夫所著的《新文学教程》原为苏联一般学校文学概论课程的专用教材,楼逸夫译出后由天马书店于1937年6月出版。译者是据日译本译出的。该著分"总论""主题与结构"和"艺术作品的风格与形态"三篇,各篇分列章节具体论述。作者曾自述:"当著者改订这本教科书的时候,不仅注意到书本上能作的指示,同时也尽量考虑到学校中可利用的经验。使这教科书在叙述上尽可能地较为具体而明白。"第一篇总论中,作者首先提出了文学是什么和文学用什么手段达到其目的的问题,并以高尔基的《母亲》为例从形象性与典型性的角度对文学的定义给予了概括,即作家如果能够从不同的个性中"抽取最本质的特征","创造出'典型'来。——这才叫做艺术"。而所谓典型,"便是现实的概括,便是将人间一切集团中的特殊的征象,统一于个人的形象之中的"。第二篇"主题与结构"主要从主题思想的阶层性、形象塑造的具体方法及文学叙事的一般特性等方面分别展开了论述。作者认为:"作家是为了从自己的见地艺术的情景,写某种生活现象而研究人生的。作家所选择,所描写的生活现象,叫做作品的主题。主题,并非单纯以其自身为描写的客体;主题是作家从人生中所选取,借了形象以提示于读者的。"第三篇分八章集中阐述艺术作品的风格与形态,作者强调,结构的特性是受作者所想表现的内容限制的。"这表现内容(主题、本事、人及自然的形象、言语)的艺术作品的一切方面,有相互的关系,形成着唯一的艺术体系。"而表现单一的内容的艺术体系之统一,就叫做艺术体系的风格。"风格的形成,与文学诸问题之理论的研究,有密切的关系。阶层不单对艺术及艺术的课题提出其解释,直接在艺术创作领域中引起斗争,同时也在批评的领域中引起斗争。"该著有明显的"反映论"文学思想的色彩,对后来中国文学理论中的"反映论"观念曾产生过一定的影响。

齐明和虞人合译的卢那卡尔斯基的《实证美学的基础》由世界书局于1939年7月出版。该著列"大时代文艺丛书"之一,著中《艺术论》部分曾有鲁迅译单行本出版。译者在序言中对卢那卡尔斯基与利普斯(今译立普斯)进行了比较:"把他们两个人的美学比较起来,卢那卡尔斯基的观点又比利普斯的更为广阔,理论也就更为精彩:利普斯好像还止确认美善不可分,而求其最后的根据于人格(他的所谓人格跟一般所谓人格略为不同,他认定要求强而多就是人格高尚的表征),所以他的美学和他的伦理学拆不开;而卢那卡尔斯基的美学却比他还要更近一步,他求其最后根据于生物之所以为生物的生活,认定美学不但可以包括了伦理学,还可以包括了认识论。""卢那卡尔斯基的美学的建筑颇为高大,而其基本认识却是极其平明的,他认为美、善、真都可以'融合在生活的一种最高限度的理想里面。'"该书共收卢氏论文五篇,包括《生活和理想》《美学是什么》《美是什么》《重要的美的种类》和《艺术》。卢氏的核心观点认为,凡是有助于生活的,就是真的、善的和美的;凡是毁坏、降低或限制生活的,就是伪的、恶的,同时也是丑的,属于应当被否定和被反拨的东西。"生活可以说就是自己保存的能力,或者说得更正确一点——就是有机体自己保存的经程。有机体自己保存的能力越大的,我们就可以把它看作越是完全的,越是能够生活的。""有机体中是完成着适应作用,想把那对于生活有益的经程加以维持伸长又尽力所能及把那有害的经程压抑下去的。""美学是关于评价的科学。人从三种观点,就是从真,从善,从美的观点以从事评价。只有这些评价完全一致的时候,方才说得到唯一而且完整的美学。然而它们却未必常相一致的,因此就从原则上是唯一的美学本身里面演出了认识论和伦理学。"该书集中体现了卢那卡尔斯基的美学观,从中也可见出现代中国文艺思想的某些源头。

欧阳凡海编译的《科学的文学论》由读书出版社于1939年11月出版。该著为马克思、恩格斯有关文艺的基本论断及希尔莱尔解读马、恩文艺思想的相关资料的汇编,旨在以马、恩的经典文献为证来反驳"唯物辩证法的创作论"思想,以便为现实主义文学在中国的发展确定真正正确的方向。译者据日本三笠书房出版的《苏联文学全集》中熊泽复六编译的第八册日译本译出,共收录了六篇文章,另附译者的长篇后记。所选文章基本围绕现实主义问题展开,包括《马克斯给拉萨尔的信》《恩格斯给拉萨尔的信》《恩格斯底巴尔札克论——给哈克廉士女士的信》《恩格斯底易卜生论——

给爱伦斯德的信》等经典文献,其中有关现实主义、典型、世界观与创作的关系等一系列文艺问题的论述最终成为左翼文学理论的核心基石。另外两篇《恩格斯底现实主义论》及《马克斯与世界文学》是希尔莱尔对恩格斯和哈克廉士(今译哈克奈斯)的通信及马克思关于"世界文学"的著名论断所展开的解读与分析,其核心在于强调以巴尔札克(今译巴尔扎克)的创作为代表的现实主义在世界文学潮流中的重要地位及现实意义,以及发展现实主义以最终促成"世界文学"时代到来的信念。译者在"后记"中也强调,现实主义文学在当时中国的建设还相当脆弱,这是由于客观条件的限制,而那种似是而非的"唯物辩证法的创作方法"更是将中国文学的发展引向了误区。尤其值得注意的是,在特定的抗战时代,中国新文艺需要一种特别的政治上的警觉性,也因此不能一刻放松对于文艺之战斗性与积极性的强调。而在中国的文艺理论面临新的全面建设的时候,就不能不重新反思以往发展中的种种误区,以此才能积极推进现实主义在中国的新的发展。就当时而言,这正是尝试重建新的马克思主义文艺理论体系的开始。

(楼)适夷译苏联康敏学院文艺研究所编的《科学的艺术论》由读书出版社于1940年10月出版。该著是马克思、恩格斯论述艺术问题的经典文献的汇编,分为"社会生活中艺术的地位""关于文学的遗产""观念形态的艺术"三个部分,后附外村史郎的"解题"。编者认为:"新阶段苏联文艺科学及批判的任务,必须是在新社会主义美学的建立,意识形态的特殊领域的文学中,适用辩证法唯物论的社会主义现实主义更深入的研究,具体的历史的研究。于是必须首先不仅把马克思主义艺术论者从来没有着手的、辩证唯物论的创世者们对于艺术及艺术论的意见集合大成,而且在科学社会主义的一切方面关联上、统一上指示出这个来。"著中的核心在于突出马克思和恩格斯对于真实的现实主义的强调,要求文艺创作必须"真实地再现典型环境中的典型人物",同时需要对一切人类的优秀遗产都能有批判地继承;既要以唯物论思想指导作家的创作,又要避免使形象变成为观念的传声筒。该著对重新建构完整的马克思主义文艺理论体系发挥了积极的指导作用。

周扬译车尔尼舍夫斯基(今译车尔尼雪夫斯基)的《生活与美学》由海洋书屋于1947年11月出版。该著是集中体现车尔尼雪夫斯基美学思想的重要著作,原名《艺术与现实之美学的关系》,为作者的学位论文,译者据柯甘的英文本译出。其核心思想是借助对黑格尔唯心论美学的批判及对费尔巴哈唯物论思想的继承,提出了"美在生活"的全新定义。全书分为二十一个部分,另附有著者序言、"马克思列宁对于车尔尼舍夫斯基的评语摘录"及长篇译后记"关于车尔尼舍夫斯基和他的美学"。著中以论辩的形式展开,作者认为:"尊重生活现实,不信先验的假说,不论那些假说是如何为想象所喜——这就是现在科学中支配的倾向……假如美学有谈论的价值的话,我们对于美学的信念就应当皈依到这个新的根基上来。"作者强调,艺术可以作为现实不在场的替代品。该著一直被视为唯物论美学的经典著作。

郭沫若译《艺术的真实》由群益出版社于1947年3月出版,署名马克思著。苏联马列学院文学研究员希来尔和里夫西兹曾于1933年在卢那卡尔斯基的亲自指导下编辑出版了《马克思恩格斯艺术论》。郭沫若根据其中收入的《神圣家族》中的两章,以德文原著对照日文译本翻译而成,为马克思经典文艺理论文献的选译。书分八篇,并附前言和附注。该书主要是马克思关于艺术真实和现实主义创作方面的理论的提取和集中,其核心在于强调现实主义的一般创作原则。该书是我国第一次从原文翻译马、恩著作。这部经典著作,对当时传播马克思主义文艺思想及矫正左翼文学发展的诸多观念上的混乱都起过重要的作用。

二、文艺政策与文学倾向

除了经典唯物论文学思想的积极引介外,有关最新的文艺政策及文学理论核心问题讨论的著述在这个时期也陆续得到了译介。段洛夫译米尔斯基的《现实主义》即其中的一部,该著由潮锋出版社于1937年2月出版,列"潮锋丛书"之二,收《现实主义之一般的特质》《现实主义的诸阶段》和《高尔基论苏联文学》三篇论文。前两篇出自苏联《文艺百科辞典》之"现实主义"词条,旨在从理论上描述从现实主义之一般特质到普罗列塔利亚的现实主义的一系列发展历程,其中"社会主义的现实主义"一节是译者据塞瓦埃里和托里甫诺夫合著的《现代苏联文学概论》中选译增补的,高尔基的文章则是其在全苏作家第一次大会上的报告,所有文章均据日文资料译出。著中认为,现实主义在社会发展的各个阶段表现出不同的特征:封建社会提出反映真实的现实,现实主义在文艺复兴时代作为一个被表现的元素,是以英雄的现实主义的形式自然发生的;此后"现实主义与布尔乔亚未来价值的新感觉同时发生,对布尔乔亚社会具体的人的同情,与当时的启蒙主义秘密结合着,人是完全彻底的写实者"。新的现实主义分为改革的和唯美的两个潮流,前者为意识形态的灌输,后者为浪漫主义的再生。俄国的布尔乔亚现实主义把社会的历史问题归结为个人的有用性与个人的行为问题。民主主义的现实主义结合着批判的现实主义,表现了广泛的民主主义的大众意识形态,向封建主义的残存物及资本主义的现存形态(实质上是小市民意识)的进攻。普罗列塔利亚的现实主义从"主观的理想和客观的历史的课题之间的矛盾中解放了,与有改造世界的能力的阶级结合了,这是积极的英雄的东西之写实的描写",保有批判的特性及对封建主义的批判力量。而在新的阶段,社会主义的现实主义开始成为肯定的现实主义了,社会主义的现实主义是人生正确而真实的描写,是运动和发展的,在活动性和改革的目的性上反映现实,与革命的空想不矛盾,然而人物描写的图示化和均一化是其障碍,为避免空洞尤其要注重心理描写。《高尔基论苏联文学》核心内容是:"劳动过程与艺术的发生,文化发达的意义在布尔乔亚没有理解为是人类大众成长的必然。大众的劳动才是文化的根本组织者。十九世纪欧洲及俄国文学的主题是与国家、社会、自然有对立关系的人。批判的现实主义的本质为基于自由主义的人道主义的小布尔乔亚的斗争。苏联作家同盟的任务是只有劳动是组织着指导着历史的新的力量的意志和理性。"该著后又以《新文学上的写实主义》为名由潮锋出版社于1948年10月再版。

质文社于1937年4月出版的辛苑译的《艺术史的问题》是日本学者高瀬、甘粕等人的论文合集。该著列质文社"文艺理论丛书"第一辑第九种,共收三篇论文。高瀬太郎的《文艺史之研究方法》以艺术分析和艺术评价的问题为核心,批判性地评述了普列哈诺夫(今译普列汉诺夫)的艺术理论。作者认为,科学的马克思主义应该建立在科学的历史学方法的基础上,因此"关于文学或艺术之科学的历史的研究,什么时候都说是从社会的基础溯而上之的研究是不可或缺的"。在历史的研究中进行分析与评价,就是要"究明什么是该社会最主要的进步的'契机'的担当者",要表现历史的可能性。甘粕石介的《弗理契主义批判》试图通过对弗理契主义的批判,促使艺术社会学研究更好地发展起来。作者认为,弗理契主义往往机械地给艺术家加上世界观的规定,从而对其进行全盘肯定或否定,是"引到艺术史研究上的公式主义"。弗理契主义的艺术社会学具有的三个主要缺陷是:艺术史与艺术批评的分离、误解艺术史的科学性、将艺术家单纯地对应到所属的社会和阶级上。作者认为,艺术家可能存在着世界观与现实主义的矛盾,然而弗理契却不能容忍这种"矛盾"的存在,并将艺术史视为"艺术典型之单纯的交替的历史"。《苏维埃亚细亚之诗的评价》为苏联民族诗人G.克尼兹所作,主要探讨苏联政治环境的巨大变化对于民族文学的形式和内容的影响。其以苏联的几个小民族为例,认为他们的民谣经历了从"郁闷的哀诉",到由埃尼第一个"喊出反抗的呼声",再到斯卡依里、卡尔伯威夫、萧·玛那伯尔等人"歌颂着他们的新的自由"的过程。该著的出版旨在批判当时中国文坛流行一时的弗理契主义与"公式主义"倾向。

孟克译罗森达尔的《世界观与创作方法》也由质文社于1937年4月出版。该书为苏联文艺理论家罗森达尔有关世界观与创作方法问题的长篇论文,译者据广岛定吉的日译本译出。译者自述,该著"只在说明世界观与创作方法之间的矛盾的可能性"。该书分三个部分,并附前记。作者在第一部分即提出了该著要探讨的几个问题:世界观之于现实描写方法有怎样的影响,艺术家的世界观与创作方法是否同一,创作方法是否要绝对受制于世界观,艺术形象是否要绝对依存于思想,等等。作者认为,世界观与创作方法并非是天然同一的,"艺术方法上的科学的对象,就并非世界观的一般底问题,而是一面把艺术创作的根本问题,导置于研究的中心,一面以世界观作为基础,去完成现实的描写和特殊的艺术底认识的原则"。同时他还指出,作家要首先改变他的世界观,然后才去创作。最后,他认为世界观与创作方法之间的矛盾问题并不是永久的,"这问题是完全只有一时的性质,结合着一定的历史底界限"。

沈起予、李兰译伊佐托夫《文学修养的基础》曾由生活书店于1937年5月出版。该书分为六部分，并附绥拉菲莫维奇为该著所作的序和译序。作为一本入门性的基础理论教材，该书主要是针对农村通信员——刚从事写作的作家如何培养文学修养来谈的。绥拉菲莫维奇在其序中点出了该书写作的原因："从事于劳动的农民与无产者不能进高等学校或大学。他们不能不在自己的生活中，在劳动之后，在耕作之后，从事于学习。这不管是如何地困难，但得记着：这样的修养，是能锻炼出较资产文学还处于优位的文学来的。因为这样的文学，将会由无数的丝来联结于从事劳动的勤劳阶层的真的生活。"全篇按照循序渐进的逻辑安排，最先谈到的是初从事写作的作家应如何修习。作者首先介绍了此书的读法，来指导读者在后面的阅读中掌握培养修养的方法。作者认为，一个初学者最开始要练习的就是速写，速写对于提高写作技巧起着重要的作用。"速写的结构，并没有小说，诗，或戏曲那样的复杂。但速写却能给出向创造发明的非常好的展望。"对于初从事写作的作家，"要发展自己的文学能力的话，则尽最多从事于写作小小的艺术性的速写的事，是很有益的。"作者接着介绍了怎样速写：第一，选主题（随便是诸君手册里已记下的事物也好，或新的事物也好）。第二，便由集团共同来研究"怎样的时间应依怎样的顺序安排，为要使得写作不致干燥无味，而活跃跃地传达出来计，应从什么地方把如何的自然的特征（如若是必要，而且是有趣的东西的话）和风习的特色取来"，等等。在对速写有所掌握后，作家才能更好地驾驭后面所提到的短篇小说、长篇小说、诗、戏曲。该书文辞通达晓畅，内容通俗易懂。正如译者所说："本书虽系出自外国人之手，引例亦系外国作品，而我们又是依据日文重译，但以其论述之扼要，文笔之浅近，我们相信中国的读者一定不致感觉隔膜。""在尚未获得写作的原则上的方法的人，文学修养的基础，大致是不会骗他的。"

林焕平译高冲阳造的《艺术学》由时代书店于1941年7月出版。该著列"广东国民大学丛书"之一，分为"艺术哲学"和"艺术学说史"两编，并附原序。第一编侧重探讨艺术的本质、艺术史的方法论、艺术政策论的尝试、文艺批评的形态与理论等问题，其中涉及艺术与生活的关系、艺术的阶级分化、创作方法与世界观、艺术与技术的区别与联系、艺术价值的判断、弗理契艺术论中的机械论思想的批判、文艺与政治的关系以及文艺政策的制定与实施等。第二篇则着重描述美学，从亚里士多德到拉辛，合理主义（古典主义）的出现与发展，布瓦洛、康德、黑格尔、尼采直至立普斯等美学思想发展的整体历程，以及以德国的浪漫主义和法国的实证主义为代表的文艺思想演进的历史。著者试图以此证明，唯物史观的艺术论乃是美学及文艺研究的最新的也是必然的发展趋势。如作者在原序中所言："一方面充分批判地摄取古典的布尔乔亚艺术的遗产，一方面明示艺术的根本特质，同时有暴露帝国主义期以来布尔乔亚艺术理论的动摇，危机及其颓废化，神秘代的意图……关于艺术学的体系化及其构成方法，本书不仅是显示了从未为任何人所尝试过的独创性，而且确信着为着解决现实的艺术诸问题，努力于开拓新的领域。""艺术现象底普遍的法则之固的科学的把握与那现象底历史的个别的性格描写(文学史)之辩证法的统一,是著者的研究理想同时又是抱负。"但从实际影响来看,该著在中国学界似乎并未引起多大的反响。

焦敏之译铎尼克的《文艺的基本问题》由文光书店于1947年2月出版。该著列曹靖华主编的"苏联文学丛书"之一,译者自述:"本书作者铎尼克是苏联很有名的文艺理论家,这本小册子,是根据他为苏联文艺百科全书上写的一篇论文《马克思主义审美学的根本问题》译出的。"该书由九个专题组成,第一篇主要探讨了美学的定义及研究对象,作者认为:"美学为关于艺术以及一般艺术知识(艺术的创作,艺术的观感以及艺术的享受)的哲学。美学的任务,是在对作为人类认识反映的艺术的本质与它发展的一般规律,自然与社会一切相互关联的宝库,各种各式的人类的活动,以及人类感情,思想等等在诸形象中(有形象可观的,可听声调的以及用语言所表现的等等)的创作的复写,做一个研究。"美学的基本问题,就是关于艺术与现实以及艺术认识与存在(自然与社会)的关系问题。第二篇"美学的社会性及历史性"中,作者提出:"审美学在反映论之中,不但对于艺术的阶级本质和民众性,以及现实主义的倾向(它在意义方面为现实的要害方面的一面皎洁如明的'镜子')等等问题的解决,获得了一个哲学的基础,同时最后,对于艺术创作之批判的态度,对于他在政治上和艺术意义上的正确的评价,也都获得了一个哲学的基础。作为马列主义审美学之哲学基础的反映论,可帮助我们解决作为社会认识形式之一的艺术的历史发展问题。"第三篇讨论艺术的特性与内容,作者认为,艺术与科学知识最为根本的区别,就是艺术创作的形象。第四篇简要概述"艺术上的美",艺术的特征,只可站在马列主义关于人们对客观现实反映之学说的基础上来确定。第五篇定义何谓"升华",作者认为,升华是"艺术的美在人类形象性的思想中的反映,是最伟大的自然现象,民众史上的惊人事件,人们伟大的勋功德业,他们为伟大思想所进行的斗争,从而在生活,在爱,在伟大的感情以及在英勇主义等等坚强表现方面在艺术中的描绘。这样看来,升华的泉源,涵蓄在现实本身,涵蓄在伟大的现象当中"。第六、七两篇分别讨论悲剧与喜剧问题。第八篇强调"文艺的人民性"。末篇论述"新现实主义"的创作倾向及具体方法。该著对中国的马克思主义美学理论建构产生过重要的影响。

刘执之译卢西诺夫的《文学》由生活书店于1947年9月出版。该著列"百科小译丛"之一,基本立足于阶级论立场来讨论文学问题。该书分为三个部分,第一部分"概念的内容和范围",作者对文学的概念做了界定并概括了该书的主要理论框架,确定了阶级观念在文学及其他学科中的决定作用。"社会思想,为阶级斗争的具体条件所决定,而且表现于从生产力和生产关系的一定状态成长起来的哲学运动、宗教教义及其他一切的该时代意识形态的上层建筑中。自然,文学也包含在它里面。文学本身,就是在一切其他意识形态的诸因素的活的相互作用之中。""随便那一种意识形态,都是在阶级社会的一定阶级基础之上成长起来,而为实现一定社会机能之社会意识的一个形式。在人的一切意识和行为都是由阶级生活和阶级斗争的各种条件所决定的阶级社会，所有人类的社会活动（一切认识活动也包含在内），都是为阶级斗争的各种任务服务。文学也和其他任何一种意识形态一样，都是为肯定自己的阶级而服务的阶级认识的一种形态。"第二部分"对于文学的各种见解之批评"中，作者对九种文学见解进行了批判。首先关于文学的个人根源问题中，作者认为不论有怎样的差异，支配他们个人差异的是他们的阶级的共通性，是他们的阶级的划分阶段之共通性。在"文学对社会环境的依存"中作者则对泰纳的观点进行了批判。泰纳认为人种、心和时代，"是促成最初的道德状态发生的三个不同的源泉"。这个状态"是数世纪间把国民引导至新的一定文学的、宗教的、社会的、经济的状态的东西"，所以文学是人种、环境和时代的产物。卢西诺夫将瓦伦斯基和培福尔什夫的思想都归结为庸俗的唯物论，"瓦朗斯基提出的'认识生活的文学'这个客观主义的公式，是一个假装着马克思主义言辞的庸俗唯物论的形式"。并且他还抨击左翼战线的褚莎克对于艺术的见解是一种武断，"因为根本有着方法论的错误，所以含有许多单纯的理论错误"。在第三部分"文学的各种问题"中，作者就文学的形式、内容、作用、影响等做了详细的论述。关于文学的形式问题，他认为，所谓文学就是"形象的思维"，而艺术的内容就是反映于艺术中的阶级现实、阶级的社会实践。而关于文学的影响，作者提出的观点是："文艺作品给其他阶级、民族、和时代的影响是直接依存于该国民的某一阶级的文学和其他国民或其他许多国民的其他阶级文学之亲近性或敌对性的。所谓影响是由于阶级的相互关联或反拨发生的。"该著的核心在于强调文学的阶级属性，以此突出文学是阶级意识的反映，是一定历史条件的产物。

　　由大众书店编译的《论苏联文艺与哲学的方向》由大众书店于1948年2月出版。该著主要收录了《联共（布）中央委员会关于〈星〉与〈列宁格勒〉两杂志的决议》《联共中央关于剧场上演节目及改进方法的决议（摘要）》以及日丹诺夫的报告等重要文献，此前曾以《苏联文艺方向的新问题》为名由东北书店于1947年9月出版过，后又有以《苏联文艺问题》为名由晋察冀新华书店于1947年12月出版的版本。其中，周扬认为："这些决议，特别是日丹诺夫的文章，非常尖锐地、深刻地说明了文艺应如何服从政治，如何为人民服务，严厉地指摘了苏联某些文艺工作者没有立场的对西欧资产阶级文学阿谀颂扬的态度，以及文艺工作者相互之间以友情态度代替原则态度，缺乏严肃的批评与自我批评等等不良倾向，这些对于我们有极其重大的教育意义。"以《论苏联文艺与哲学的方向》为名出版时补充了晋版中所缺的西蒙诺夫的《战后戏剧工作的任务》和法捷耶夫的《论苏联文艺杂志》两篇文献。该书中的文献代表了当时苏联文艺界思想的主要倾向，《关于〈星〉与〈列宁格勒〉杂志的决定》明确提出文艺应该反映政治，服务于政治，而左琴科和阿赫玛托娃作品中所表现的与当时社会现状不相干的腐朽思想是会严重毒害人民的，认为："左琴科一向专写琐碎空洞和庸俗的事物，专写腐败无聊、低级、与政治无关的东西，以便瓦解我们的青年，毒害他们的意识。""《星》还用了一切办法来宣扬女作家阿赫玛托娃的作品，她的文学、社会政治的面目早为苏联社会人士所熟悉。阿赫玛托娃是那样与我国人民无缘的空洞,无思想的诗的典型代表者。"日丹诺夫等人在其报告中称阿赫玛托娃"不知是修女还是荡妇,更确切地说,是集淫荡与祷告于一身的荡妇兼修女",认为"阿赫玛托娃底取材是彻头彻尾个人主义的"。《关于剧场上演节目及改进方法的决议》则表达了联共中央对剧场演出节目的强烈不满,其中还严厉批判了宿巴克与舍普琴科的《飞机迟误一昼夜》、徒尔兄弟的《非常法律》、拉赫曼诺夫与雷斯的《林中窗》等作品,这几篇文献都体现着强烈的政治和意识形态倾向。对于日丹诺夫近乎粗暴的批判,列宁格勒作家协会采取了肯定态度,认为决议中的批判是正确的:"这次会我要求每个列宁格勒作家,把他一切创作及贡献于产生最高目的与最高文艺价值的作品,反映我们胜利的伟大,苏联复兴与建设底令人感动的奋励,苏维埃人民的英雄事业。"这次思想斗争对于中国左翼文坛具有极为深远的影响,该书的编后记即认为:"他(左琴科)和类似他的几个作家们,在苏联作家从事社会主义的现实主义新文艺的创造中,他们做着'为艺术而艺术'的'遗老的事业'……他们与人民的精神与思想背道而驰,与苏联文艺精神与思想敌对。"并且认为这次斗争对于中国的工农兵新文艺运动的提高有着重要的作用。

刘辽逸辑译的《论文学批评的任务》由光华书店于 1948 年 10 月出版。该著是 1947 年法捷耶夫发表在苏联《布尔什维克》杂志(第十三号)上的十四篇文艺论文的翻译合集。前半部分围绕如何建设苏维埃社会主义的现实主义的问题,后半部分从各个角度论述了文学批评的任务。作者在附记中说明,该著的翻译参考了伊真先生在《苏联介绍》杂志上发表的简略译文。《论文学的党性》首先回顾了列宁关于文学党性问题的论断,批评了近几年来批评界几乎没有为文学的党性进行斗争。最后作者重申文学从来就不是非政治性的。《表现苏维埃人》引入了日丹诺夫的理论,认为社会主义新制度比旧制度和资本主义制度更能生发出时代最优秀的典型作品,这些新作品应该表现当时苏维埃人的高尚品质,不仅表现"现在"的苏维埃人民,而且要为"将来"的苏维埃人刻画光辉形象。《社会主义的现实主义中的革命浪漫主义原则》认为应将列宁在《做什么》一书中关于幻想问题的论说作为我们理解革命的浪漫主义的基础,所谓革命浪漫主义是对革命前途的一种积极猜测,推崇作家创作时适当放弃真实原则,既能描写艺术形象"原有性格",又能加入其"应该有的性格"描写。《旧现实主义中的革命浪漫主义原则》对于"社会主义的现实主义"中的"革命的浪漫主义"进行了历史层面的分析考察。《论媚外风气》批判了将俄国的现实主义视为西欧现实主义分支的媚外风气,并用马克思、列宁的文学理论批评了努西诺夫的《普希金与世界文学》一书中对西欧文学的推崇。《社会主义的现实主义比较旧现实主义的优点》指出,俄国旧现实主义极大的弱点在于不能充分地描写代表未来发展方向的"正派"的主人公,有党性的苏联文学应该大力描写新苏维埃人。《我们底思想敌人》非常详细地从各个方面尖锐批评了以左琴科和阿赫玛托娃为首的思想敌人,认为他们宣扬缺乏政治性和思想性的文学观念。《我们底思想敌人的诡计》接应前章,说明这些思想敌人的诡计是模糊我们的文学立场,并号召大家奋起反击。《文学形式的问题》批判了文学评论忽视文学形式的倾向,点明苏维埃文学应该创造出朴素、自然、明确、易于为人民所接受的形式。《文学批评的教育作用》指出文学批评应对作家起教育和鼓舞作用,使他们不致脱离实际,鼓励他们创作新的主题,指出他们创作的成功和失败的原因。《文学批评在民族问题上的缺点》认为苏联各民族的文学存在怀恋过去、将过去理想化的缺点。《在我们文学中积极进步的一面》指出文学批评的积极面在于可以保护文学的路线。《文学理论底几个问题》通过对几本书的评析,得出不能用经济分析代替文学分析,文学分析中也不能完全没有经济分析的结论。《争取富有思想性的文学批评》展望了文学批评的未来,期许富有思想性的文学批评的蓬勃发展。

梅林译叶戈林的《提高苏维埃文学底思想性》由新中国书局于1949年4月出版。该著列"苏联文艺批评论文辑"之三,实际为作者的一篇长篇论文。作者首先高度评价了苏联文学的地位:"苏联文学的全世界的历史意义是被下列几点所确定的:它的思想基础是共产主义的世界观,它被共产主义的党性精神所渗透,除了人民的利益以外,它没有也不可能有其他的利益。"对于我们的新中国的文学,作者谈到:"我们文学的全世界的历史意义反映着伟大十月社会主义革命及社会主义在我国胜利的全世界的历史意义。在社会主义革命各个阶层中,苏联文学始终是为了巩固十月革命的果实、共产主义建设的事业服务的。"所以,"社会主义的表现,新的社会关系,都出色地反映在苏联文艺地发展中。另一方面,俄罗斯的文化,尤其是俄罗斯的古典文学的伟大传统对苏联文学的发展产生了有益的影响。苏联文学是过去艺术优秀传统的合法的发展"。作者借助对俄罗斯文学优秀传统的回顾,简述了俄罗斯的历史以及在此基础上产生的极具民族特色的文学:"伟大的俄罗斯文学的最伟大的特点之一,便是它的热情的爱国主义。俄罗斯作家把自己令人惊奇的天赋才能献给祖国,贡献给为了祖国的自由与未来的斗争。他们感到自己跟人民血肉相连的关系,了解到强大的人民的液汁滋润着他们的创作。"作者列举了众多著名的作家和作品,并简要分析了它们的历史地位和意义。同时作者也谈到了其中存在的问题:"苏联现代文学有许多作品过于理性化、教条化,在这些作品中没有描写出人的精神生活,作者往往不能表达出自己主人公的内心情感;他们的行为就好像是没有动机似的。这样的作品是不能感动也不能说服读者的。"由此,作者认为:"我们的批评家们对于文学批评缺乏原则性、高度的政治性与科学的客观性。所惋惜的是,批评家们在自己的工作中,常有不是为了苏联文学发展的利益,而是以团体,私人友情的利益出发。""摆在苏联作家面前的任务是看清战时在我们人民中间产生的那些变化;表明怎么样培养着意志坚强的特性,平凡的人在克服战争困难与艰苦的时候,如何完成了丰功伟业,而成为英雄。""苏联文学继承着俄罗斯与全世界文学的优秀传统,它把它们发扬到更高度,并且也和苏联的全部文化一样,它是具有全世界历史意义的新的成就。"

郁文哉、魏辛和蒋路合译的普洛特金等人所著《苏联文艺科学》由天下图书公司于1949年5月出版。该著列"苏联研究丛书"之一,是普洛特金的《苏联文艺科学》、提摩菲耶夫的《苏联文学史纲》和察尔尼的《苏联文学特点》三篇论文的合集,著中的文学思想基本一致,即主张以科学的态度对待文艺,尤其是应该以马克思主义为指导,以工人阶级的生活为创作的内容。《苏联文艺科学》一文里,作者提出文艺的任务:"科学的文艺科学任务只有从应用以至研究科学的马克思主义方法的文献才能解决,马克思主义方法的基本原则指出了真正的方向去研究许多累积了的文学事实。马克思主义的文艺科学认为艺术是受社会限制的,它把文学以及若干其它的'上层建筑'形态都归于社会生活的意识形态。正确地说,文学是形象的意识形态,更明确地说是用语言来表达形象的意识形态。文学在生活中的地位既已如此规定,那么与之有平行关系的文艺科学在一般的科学体系中,终于获得了自己的特殊地位。"在这里,作者将文艺视为一种科学,强调文艺的现实性,尤其是和政治的关系,但是文艺和科学是相互区别的,科学要求精确性,文艺则重视审美价值,显然将文学科学化的结果是忽略了文艺的审美本质。沿着这条思路出发,作者高度宣扬了斯大林的观点:"斯大林屡次指出,先进俄罗斯文化的伟大传统,列宁主义就是这种文化的最高成就。在他关于苏联文化的性质和特殊性就是以社会主义为内容,民族为形式的文化的性质和特殊性这一问题的经典公式中,强调了民族传统在文化建设方面的意义。斯大林关于民族的学说是反对资产阶级民族主义和反对资产阶级世界主义及其无视进步民族传统两者的强大武器。"可以说,文艺是无法脱离政治、民族等外在因素的,但是将文艺完全作为政治思想、民族观念的传声筒则会使文艺流于单一化。作者夸大了苏联的艺术成就:"苏联文艺科学的成就是无可置疑的。按照实际研究的丰富说,按照方法论原则的深度和丰富说,苏联的历史——文艺科学已远胜于国外资产阶级的科学,到现在,后者还是用初级的陈腐的形式主义和神秘的直觉主义来支持其生命的,或仍停留在个人经验的观察范围内。西方进步学者努力把握马克思主义的文学研究方法是特殊的事。"在《苏联文学史纲》中,作者对苏联文学发展的历史进行了梳理,并且以文艺科学化为指导进行了论述,因为高尔基最符合文艺需歌颂工人阶级的生活的原则,所以作者热烈赞扬了高尔基,如"高尔基的发现首先是他把工人阶级放在时代社会关系的中心。对于十九世纪的古典作家,工人阶级是次等的现象。而在高尔基的作品里,工人阶级成了活的中心。高尔基第一个从艺术中看到了工人阶级的未来。高尔基不但洞悉现存的制度,不但同情人民的受难,就是说,不但会复制古典的传统,他更根据列宁和斯大林的学说在文学中提出了社会主义革命和彻底粉碎现制度的思想",高尔基确实是优秀的现实主义作家,但其创作不可避免地带有意识形态的局限。《苏联文学特点》的作者更是明确地为文艺创作的人物限定了类型,即"我们现代的基本主人公——就是人民本身,他的优秀代表和先锋部队,他的思想,意志和斗争的体现者。凡是刻画我们这个时代的作家,如果从无数形形色色的事件,原型与时机当中选取了次要的或三流的,当然也可能或多或少地引起读者的兴味,甚至于人有益,但他们决不能满足时代的基本要求,也不会创造出那些作为时代的伟大文献同时又是文学本身发展的里程碑的作品来"。借此著可以了解当时苏联文艺理论的主导倾向。

戈宝权译顾尔希坦的《文学的人民性》也由天下图书公司于1949年6月出版。该著是作者围绕"文学的人民性"问题而撰写的八篇文章的合集。作者认为:"我们现在也常常讲人民性,向我们的作家们提出人民性的要求,但是我们目前嵌进这个要求的,却是各种最不同的内容,我这篇文章的目的,主要地是想确定出人民性这个概念的内容,并且从这个观点,提出一些面迎在我们苏联文学前面的任务。"《里夫西兹们的混乱和错误的观念》一文主要批判里夫西兹们的观点:"讲到'阶级的混乱',里夫西兹同志就想为这个在思想上本身有着难以使人信服的混乱,找到一个理论上的辩护的解释;而这种混乱,被称为是种'新学说'的。里夫西兹同志把阶级的性质,归之于'主观色彩的看法'。一旦既然没有了阶级、自然,就用不着再来谈什么阶级分析了;这类即兴的打诨的插白,在本质上,是想在自由主义文学理论中的许多古老的美好的谐调的廉价的再版。"《"人民性"这个概念的历史性的问题》将人民性放在历史中考察,认为"在解剖'人民性'这个概念时,我们最先解剖一个原则,——这就是'人民性'这个概念的历史性的原则,'人民性'这个概念,一方面是随着历史的真正的现实的改变而改变的,另一方面则随着这个概念所透过的那个历史的分光镜而改变的。每一个文学的派别,每一种文学的理论,每一种文体的学说,都有它自己的人民性的理论,都有它自己的人民性的法典"。《什么是"人民性"?》分析了如何使作者体现人民性的问题,即"我们在什么地方可以观察到表现在直接形式中的人民性,和'正像它原有形式的'人民性呢?这首先表现在这样一些所谓人民创造的作品中,这些作品以特有的力量和真实,表现出某一定人民集团在它发展的某一定历史阶段上的思想、情绪、愿望、以及思想与感情的总汇"。在《人民性与阶级性》中,作者论述了阶级性和人民性的关系,如"不放弃阶级的分析,就能帮助我们确立出过去许多伟大巨匠的真正的人民性,而能正确地和深刻地把马列主义的分析,应用到各种艺术文学的现象上去。列宁就正是这样来看托尔斯泰的创作的"。《人民性的内容与尺度》对作家提出具体创作的要求。《论新的社会主义的人民性》则提出了社会主义的人民性问题。

第十二章 左翼文学理论及其知识构架的基本确立

一、左翼文学理论"典范"的初步建构

随着域外文学理论的引进，结合中国文坛的实际来建构富有自身特色的理论形态就成为中国左翼文坛在理论探讨方面的主要趋向，这一时期以蔡仪、以群、冯雪峰和周扬等人为代表的诸多著述，即为左翼文学理论之知识谱系的确立奠定了必要的基础。

李何林编著的《近二十年中国文艺思潮论》是较早以唯物史观的立场对新文学给予评价的著作，由生活书店于1939年9月出版。该著是作者研究中国新文学思想发展的一部力作，对后世有关新文学历史方面的著述曾有过重要的影响。作者将中国新文学前二十年按照社会背景、文化思想及文学的变化分为三个阶段，并以"五四""五卅""九一八"三个代表性的事件作为界标，将全书划分为三编，依次对不同阶段文学思想的论争及演化给予了详尽的评述，在体例上有仿造一般"欧洲文艺思潮史"的痕迹。由于该著是立足于正统的马克思主义立场上来看待新文学的历史发展的，所以对论述重点的选择及思想发展的基本脉络等方面都充满了浓郁的"斗争"色彩，其在"关于中国新文学思想的产生及其社会基础问题""瞿秋白对新文学理论的贡献""对于文学史上的许多人物"的评价等部分也始终贯彻着既有的明确的"阶级论"倾向。尽管如此，但该著毕竟是马克思主义文艺思想应用于中国文学的实际批评的一次尝试，并且著中比较注重第一手资料的引用，这也为后世的研究保留了诸多重要的史料。

蔡仪在这个时期有着比较突出的理论建树，他的《新艺术论》由商务印书馆于1943年7月出版。该著是作者唯物论艺术观的代表性著作，意在从马克思主义立场出发，以辩证唯物主义认识论——反映论为基础，建立新的艺术理论体系。著分八章，系统地阐述了艺术的特性、艺术对现实的认识与反映、艺术的表现、艺术的相关属性、艺术典型与描写、现实主义以及艺术的美与艺术评价等重要的艺术理论问题。在

艺术的本质问题上,作者对传统的唯心主义和旧唯物主义进行了猛烈的批判,以辩证唯物主义认识论的观点论述了形象思维的理论。作者认为,艺术的典型是真与美的统一,艺术不是单纯的技术,不同于科学的认识,艺术的认识是形象的思维。艺术是社会意识形态之一种,艺术所反映的现实主要是社会生活,而归根到底是社会基础。艺术的特质是智性制约着感性,个别显示着一般。艺术的表现就是对艺术认识的模仿,同时也是认识的传达。"美"即典型,艺术的真与艺术的美统一于典型。该著为作者后来的著作《新美学》及其独特的美学思想奠定了最初的基础。

蔡仪的《新美学》是作者唯物论美学思想的代表著作,由群益出版社于1946年5月出版。作者自称试图"以新的方法建立新的体系"。著分六章,第一章"美学方法论"主要探讨把握美的本质的一般途径。作者批判了以形而上学、心理学和客观论为基础的三派旧美学的根本错误,并指出客观现实是美的根源所在,现实之美既是美感的根源,也是艺术美的根源,只有从客观现实出发去把握美的本质,才是唯一正确的途径。客观存在的美是美学固有的领域,但美学领域还包括美的认识即美感,艺术直接根源于美的认识,间接根源于现实的美。三者的关系是由美的存在到美感再到美的创造即艺术。美学就是美的哲学,是哲学的分支,以哲学系统为基础,是"关于美的存在和美的认识的关系及其发展法则之学"。第二章"美论",作者首先批判了"美的主观论"的矛盾,不论是观念论、感情移入说,还是所谓美的二元论等看法,都颠倒了事实,美是客观的而非主观的。旧美学偏重于事物的形式美,是形式主义的美学。美的本质是事物的典型性,是客观事物显现其本质真理的典型。事物的个别从属于种类,而事物的美决定于其本然的种类范畴。第三章"美感论",作者认为,旧美学包括形象直觉说、心理距离说、感情移入说等,都是建立在观念论的错误的哲学基础上的,美感论需要有认识论的基础。概念的抽象性是理性认识的基础,具象性是美的认识的基础。美感正是在美的观念基础之上产生的,是渴求自我充足的欲求,外物的美与美的观念越一致则美感越强。第四章"美的种类论"。作者按事物构成将美分为单象美、个体美和综合美,并认为:单象美较为低级,是形式主义的美;个体美高于单象美,是实际事物本质的反映;综合美是事物相互关联而成,高于个体美的相加,是高级的美。另按事物的产生条件又可分为自然美、社会美和艺术美,自然美多是实体美,体现着自然的快感;社会美是必然和自由的协调,较之自然美是高级的;艺术美是根据现实美的根源而创作的美。第五章"美感的种类论"主要讨论壮美(雄伟的美感)和优美(秀婉的美感)、悲剧美与喜剧(笑剧)的美感等。第六章辨析"艺术的种类",依照美的种类的划分,单象美的艺术包括音乐、舞蹈、建筑、书法等,一般讲究均衡和对称与形体美;个体美的艺术包括绘画、雕刻等,其美感具有普遍性;综合美的艺术包括文学和戏剧等,而反映现实美的高低,是其艺术评价标准的主要条件。此著为现代中国美学史上唯物论美学一派的重要作品。

生活书店于1946年8月出版的蔡仪的《文学论初步》,曾列为"新知识初步丛刊"

之一,主要讨论了文学是什么、为什么和怎样发生发展三个问题,各部分依教材体例均附录"问题"一栏。同那种有着严谨的理论体系和周密论证的理论著作相比,该著倒更像是一部围绕着三个基础的文学问题而撰写的漫谈或随笔。作者在列举若干文学作品实例的前提下,又以层层推进的方式来具体回答每一个问题。比如,关于"文学是什么",作者先以茅盾的小说《腐蚀》为例,得出"文学是给予我们一些事物的印象,激起我们的感情,增长我们的认识"的初步结论,接着引出对形象、情感、典型等的讨论,"文学之所以能给予我们事物的印象,因为文学不是叙述抽象的理论,而是描写事物具体的形象的"。文学形象中常常包含了能激起我们感情的人物和事件,"典型的事物的富有种类的一般性,也就是它表现着这种类的一般性比较完全些,于是它能够给予我们对于这一种类的更完全的认识,也就是能给予我们一种欲望的满足"。并且同时,文学还能"给予我们具体的真理,增长我们丰富的知识"。文学以表现社会发展的规律为核心目标,语言是文学的特定工具,"作品里表现作者的思想感情,惟有是适合于事物的真实性的,是正当的,才是真正的文学"。对于"文学是为什么"的问题,作者同样采取了逐层深入的方法,从文学的社会意义,文学的教育、娱乐及组织和改造社会的功能等方面对文学的目的性给予了清晰的分析,并由此得出结论:"文学是改造社会的工具,文学,真正的文学,一定是革命的!"关于"文学的发生与发展",作者认为,这是由社会基础所决定的,"一切上层建筑的文化,决定于下层建筑的经济生活。文学自然也是如此的"。文学起源于劳动,"由于生活的进化,劳动的分工,思考和语言得以发达,文学也得以发生了"。依照社会史的发展,文学的发展也可分为奴隶时代、封建时代、资本主义时代和新世纪这样四个阶段,而现今所处的新世纪,即所谓"人民的世纪","就是以广大的人民群众,其中是以无产阶级为先锋,联合农民、进步的知识分子和其他小资产阶级分子,来改造社会的世纪"。由此也诞生了全新的"人民的文学","这人民世纪的文学,本质上是和过去的文学有绝不相同之点。第一是以人民为主人公的,第二是以人民的观点来把握客观事物的,第三是以人民的语言来表现的"。也只有这种全新的文学才真正代表着中国新文学未来的方向。该著所贯彻的是作者始终坚持的客观的唯物论的基本立场,直接影响了后来作者编写"文学概论"类教材的思路和观点。该著的出现可以看作是中国现代文论由西式文论向马克思主义文论过渡的一个范例。

生活书店于1946年3月出版的以群的《文学底基础知识》是早期"唯物史观"文学基础理论的又一部力作。该著列"青年自学丛书"之一,是早期以唯物论为根基而撰写的一部专门的文学基础理论著作,后经修订成为大学文学概论的主要教材之一。该著分十二个专题分别阐述了文学的本质、文学的艺术性与社会性、文学的思想内容(包括现实、题材、主题等)、文学的创作方法(包括浪漫主义、现实主义、新现实主义等)、文学与语言及形式的关系,以及文学遗产的继承与扬弃等问题,各章结尾依教材体例均附录有"问题"和"参考书目"。作者的核心观点是,"文学是生活现实的反映",

是生活的一面镜子,被反映在镜子里面的形象即文学作品。当然,这种反映是在渗透了作家的感情和思想之后的对于生活现实本质的反映。而文学的反映之所以区别于哲学或科学,乃在于其采取的是"形象的技术及手法"。文学的社会性(倾向性)对其艺术性始终起着决定性的作用,作家在处理与现实的关系,以及题材的选择和主题的确定等方面都必须接受其社会属性的检验。"由作家的世界观所决定的对于事物的观察法和感觉法,在文学上就叫做'创作方法'。"最基本的创作方法则是现实主义和浪漫主义,但这两种传统的方法都有着明显的缺陷,因此,作者认为:"新现实主义的创作方法,一方面要克服脱离现实的纯主观的浪漫主义,另一方面要克服拘于现实的纯客观的现实主义,而在向上的新进阶层底社会的实践中,寻求主观与客观底统一。因为只有为时代底中轴的新进阶层底主观的愿望是和社会现实底客观的行程相一致的,他们底主观的要求,也正是现实底客观的方向。"因此,只有新现实主义才能真正概括社会现实的普遍性与必然性。只有在对世界文学遗产的批判性的继承的基础上,"筛除渣滓,提取精华",我们的文艺才能开拓出更为广阔的前景。该著一直被视为马克思主义文艺理论的经典教材,其理论观点、知识构架及编写体例对后世产生了极为广泛的影响。

(冯)雪峰的《论民主革命的文艺运动》由作家书屋于1946年6月出版。该著实际为冯雪峰1945年发表在《中原》等杂志所出的"临时联合版"上的一篇长篇论文,最初为1945年秋重庆文艺界组织的以"过去和现在的检讨及今后的工作"为题的几次漫谈会的发言,分七个大的部分全面阐述了中国民主革命的文艺运动的经验、教训及战后文艺运动的主要任务、原则、存在的问题、创作与批评的实绩和今后需要努力的方向等一系列问题,有明显的严格遵循《新民主主义论》的基本思想来展开其论述的意图。作者概要地回顾了"五四""五卅""左联""文协"几个不同时期民主革命思想发展的历程、重大思想斗争、民族统一战线的确立与巩固及大众文艺不断兴盛的热潮等文艺运动的成果,而这些正是在民主革命进程中所逐步积累起来的宝贵经验,"并且就是我们文艺运动上的现在的基础"。在总结经验的同时,作者也具体分析了以往的某些错误和倾向,概括起来,主要包括左倾机械论影响下的教条主义、由于右翼思想的影响所导致的在文艺阶级性和党性原则立场上的不稳定,以及革命宿命论和客观主义思想所导致的公式主义、材料主义与经验主义倾向,等等。作者进一步指出,现实主义在战后所面临的最主要的问题一方面是关于人民力量的反映,另一方面则是大众化的文学创作实践与民族形式的独特创造。由此就更需要将作家和批评家的思想统一到革命的现实主义的立场上来,以便及时地用于指导创作实践、文艺批评及各个文艺团体的实际工作。该著是较早以马克思主义唯物史观及阶级论立场重新解读现代中国文学发展历史的重要文献,虽然没有全面而详尽地阐发新文学历史发展的具体境况,却为后来的中国新文学的相关史著定下了基调和相对较为完备的理论知识系统。某种程度上说,后世诸多以革命文学为主线来阐释中国新文学演进历程的文学史著作,多半都可以看作是该著进一步细化和扩展的结果。

瞿秋白的《论中国文学革命》由海洋书屋于1947年7月出版。该著是作者八篇文艺评论的合集,旨在展示其大众化的无产阶级文艺观。《鲁迅杂感选集序言》一文给予了鲁迅先生高度的评价,肯定了鲁迅作为文艺战士的历史地位,同时也初步奠定了鲁迅从进化论发展到阶级论,最终成为无产阶级战士的基本论断。"现在选集鲁迅的杂感,不但因为这里有中国思想斗争史上的宝贵的成绩,而且也为着现时的战斗:要知道形势虽然会大不相同,而那种吸血的苍蝇蚊子,却总是那么多!""鲁迅从进化论到阶级论,从绅士阶级的逆子贰臣进到无产阶级和劳动群众的真正的友人,以至于战士,他是经历了辛亥革命以前直到现在的四分之一世纪的战斗,从痛苦的经验和深刻的观察之中带着宝贵的革命传统到新的阵营里来的。"《学阀万岁》以反讽的语言,指出了文艺发展的正确方向,即所谓反动派的文学正是作者所肯定的无产阶级文艺。"反动派的文学,想要组织和领导群众的情绪,发挥激励他们的匪性,污秽咱们民族以及他的官吏学者,讥笑市侩的正当买卖和清客的美妙声容,鞭策高等无赖的动摇幻灭……总之,是帮助反动派的政治宣传,用文艺的手段,更深入群众的心理和情绪,企图改造他们的民族固有道德,摧残安分守己的人性,用阶级意识来对抗以至于消灭民族意识。"《鬼门关以外的战争》指出了现在文艺存在的问题,特别是"文腔革命","二十世纪的中国里面,要实行文艺革命,就不能够不实行所谓'文腔革命'——就是用现代人说话的腔调,来推翻古代鬼'说话'的腔调,不用文言做文章,专用白话做文章。但是,从五四到现在,这种文腔革命的成绩,还只能够说是'鬼门关以外的战争'。为什么?因为鬼话(文言),还占着统治的地位,白话文不过在所谓'新文学'里面通行罢了。咱们好好的'人的世界',还有大半被鬼话占据着,鬼话还没有被驱逐到鬼门关里面去"。认为白话文创作远没有真正深入,仍旧应该大力提倡。《大众文艺的问题》揭示了大众化文艺的不良倾向,"这些反动的大众文艺,不论是画面的口头的,都有几百年的根底,不知不觉的深入到群众里去,和群众的日常生活联系着。劳动民众对于生活的认识,对于社会现象的观察,总之,他们的宇宙观和生活观,差不多极大部分是从这种反动的大众文艺里得来的"。作者认为真正的大众文艺应该是革命的文艺,即"革命的大众文艺发展的前途,应当成为反动的大众文艺的巨大的强有力的敌人,应当成为'非大众的革命文艺'的真正的承继者"。《再论大众文艺答止敬》一文分析了作者和止敬之间的矛盾和分歧,同时指出白话文运动尚需进一步深入发展。《我们是谁?——和何大白讨论"大众化"的核心》一文明确提出文艺大众化的关键问题在于无产阶级领导。《欧化文艺和大众化》指出欧化文艺要依靠中国的民众,积极吸取世界无产阶级的经验与世界文化的既有成就,以真正运用国际的经验使欧化与大众化实现完美的结合。"中国的民众,尤其是中国工人的先锋队,同时也应当运用世界无产阶级的经验,运用世界文化的成绩:对于革命文艺,只有在这个意义上方才说得上所谓'欧化'。革命文艺的'大众化'不但不和'欧化'发生冲突而且只有大众化的过程之中方才能够有真正的'欧化'——真正运用国际的经验。"该著较为全面地展示了作者的基本文艺思想。

周笕（周扬）编写的《论文艺问题》由谷雨社于1948年6月出版。该著是周扬为配合和贯彻毛泽东的《在延安文艺座谈会上的讲话》而选取的马克思主义文艺经典理论文献的汇编，后由作家出版社于1984年9月以《马克思主义与文艺》为名重新出版，内中多数文献都做了重新翻译。该著重点强调的是文艺的意识形态性质以及意识形态在人的社会生活中的重要性，著中"艺术形态与文艺，文艺的特质，文艺与阶级，无产阶级文艺，作家、批评家"等方面编选了诸多马克思主义文艺理论家的论著和文章，其中包括马克思、恩格斯、普列汉诺夫、列宁、斯大林、高尔基、鲁迅等。编者曾谈到："本书就是企图根据讲话的精神来编纂的。这个讲话构成了本书的重要内容，也是它的指导的线索。从本书当中，我们可以看到这个讲话一方面很好地说明了马克思、恩格斯、列宁等人的文艺思想，另一方面，他们的文艺思想又恰好证实了毛泽东文艺理论的正确。""贯穿全书的一个中心思想是：文艺从群众中来，必须到群众中去。这同时也就是毛泽东同志讲话的中心思想，而他的更大贡献是在最正确最完全地解决了文艺如何到群众中去的问题。"该著的选文在很长一段时期内被视为马克思主义文艺理论的经典范本，同时也深刻影响了其他同类马克思主义文艺理论著作的编选和撰写。

二、左翼文学批评的一般形态

除对基础理论的深入探讨以外，这个时期左翼文学批评的视野也逐步得以扩大。黄峰的《世界革命文艺论》由文艺新潮社于1940年3月出版，该著列"文艺新潮社小丛书"第一辑之四，作者以十一个专题集中讨论了世界范围内的革命文艺（主要是文学、音乐和电影）在苏联、西班牙、英国、德国、美国和意大利几个国家兴起和发展的基本概况，带有明显的左翼文艺的色彩，其中关于苏联文艺发展及文艺政策的介绍占有近一半篇幅。由于此著创作出版之时正值第二次世界大战期间，所以作者刻意强调的主要是文学之于特定时代的战斗作用及阶级属性，而其核心则在于突出社会主义文艺的先进性及其与腐朽没落的布尔乔亚的永无休止的对抗。作者认为，苏联文学现阶段的任务就是在"洛卡夫"（赤卫海陆军文学同盟的简称）的领导下，拿起"国防文艺"的武器（包括文学、音乐和电影等）巩固和保卫既有的社会主义成果。西班牙的进步作家R·阿尔勃蒂、R·山德尔等人在"西班牙革命作家艺术家同盟"的引领下已经逐步掀起了新兴文学创作的高潮，"西班牙法西主义的没落，恰恰是证明了革命危机的成熟以及法西主义的快要不能存在了"。"西班牙文学的一个伟大的未来，正展开在她的前面。"相比之下，英国的新兴文学则显得有些落后，"不仅是高尔斯华绥或萧伯讷不能举为这一文学阵营的代表,就连大多数的青年作家的跃起也还只是最近三四年间才开始见到的事实"。当然,奥登、基希等人的创作已经显示出了英国革命文学的曙光。"美国人是长于梦想的,他们早已梦想着一种自由幸福的生活的到来。"美国也许是除苏联之外的革命文学最为发达的国家,从早期的华盛顿·欧文、库柏、惠特曼、布莱特·哈特,到马克·吐温、杰克·伦敦,美国文学中一直保持着"为了新的更完善的人类社会而战斗"的传统,而新近出现的辛克莱、德莱塞、安德逊、刘易士、海明威和帕索斯等,更是展示了美国文学的新的光辉。与进步的文艺创作正相反,德国的"法西斯作家虽然在竭力地描绘穷困,想藉此博取读者的信任,但是他却又好生当心地把穷困的真实原因隐藏起来",只是一种"充满着虚伪的宣传,恶意的鼓动,对现实的歪曲,粉饰和简单化"的"褐衫文学"而已,其实质不过是在以"披了伪装的主人公"来劝诱读者服从于法西斯主义。意大利的"独裁制度乃是真实文学的灭火机,惟其因为文学被扑灭了,人们才无从领受真实意义上的文学洗礼"。"黑衫文学"、"遵命文学"、宗教神秘主义文学、马里内蒂等人所倡导的"军国主义"的"未来派"文学等充斥于意大利的文学市场,正在严重毒害着人民的精神健康。该著在一定程度上实际是对 20 世纪 30 年代世界范围内左翼文学发展的一种概括性的介绍,其中有着明显地希望以此推进中国左翼文学发展的意图。

李辰冬的《文学与青年》由中国文化服务社于 1940 年 7 月出版。该著是作者专门与青年作家讨论文学基本问题的一部著作,前附"致青年的一封信"。著分九章,分别论述社会意识与文学、文学与社会的诸种关系、文学的组织功能、作家的个人意识及其普遍性、意象的组合与表现、文艺科学论、中国文学史的演变以及今后中国文学的趋势等问题。作者自称此著是"以经济的见底论文学",所以通篇贯穿着作者所既有的"文学是社会意识的拟人化"的观念。作者认为,"文艺的最大效用,在引起读者美感","所谓美感,实即社会意识之再现于想象中的同情"。作者强调以大众意识的立场来看待艺术,认为在艺术的起源时,大众认为的艺术才是真正的艺术。"文学与道德本无问题,问题起在用别种道德的眼光批评他种道德立场的文学。""文学往往由哲学作同情心的基础。"文学与诸种社会问题的关系归根到底都是"经济改变的必然结果"。文学之所以富于组织力是出于"作者能将社会意识单纯化,单纯化后而又夸张化的缘故",而个人意识的普遍性是艺术能为众人欣赏的基础。"每个作家都有他特殊的创作成因,但概括起来,可得下列的结论。他们大概都是感觉敏锐,理想丰富,志向远大,而无成才将理想与志向施于实际,不得已创造一种理想世界以自慰。""文学家均以意象表现意识,意象愈显明,给读者的印象也愈深刻与生动。"而意象的安排则是作家有组织地安排的,"艺术家与普通人不同的在他将普通人感着与瞥见加重加深,也就是我们讲拟人化时,说的将意识单纯化后又夸张的意思"。"由经济与社会意识的立场,可以包涵一切学说,可以解释一切偏见,因为经济是一切生活的渊源,社会意识是一切生活的形态。""作品表现之社会意识为暂时或永久,能决定作者地位之暂时或永久。""要作品的意识丰富,作者至少必具两种条件,一为自身的,即移情作用,一为时代的,非人力所能致。移情作用愈大,则观察事物愈透彻,创造人物的数量也愈多。""但只有移情作用,而无伟大的时代做背景,也不会产生伟大作品。伟大作品大都是伟大时代的结晶。""所谓美丑,非用不同的社会意识作标准而批评另一社会意识的作品,应当就某作家表现的本身观其是否成功,成功的表现就是好,就是美,不成功的表现,就是坏,就是丑。"最后作者用两章描述了中国文学史的演变,其用意是:"一在看看中国文学在人类生活的过程走到那一段落,以后应当努力为那一阶段;二在示例文学随社会意识而演变,三在证明内容与形式之不能分。"作者依据由经济演变而产生的时代意识与社会集团意识为分期的标准,将中国文学史分为封建时代、绝对主义时代、农业资产社会时代、绅士社会时代、资产社会时代、后期绅士社会时代六个时期,并认为:"文学史上一切作品,一切主义,一切论调以及现象,莫非经济与社会演变的结果,懂得了这种道理,要想把古代文学复活于现代,或以现代的意识而诽谤古代,均非真理。处于现代的人只有创造现代文学。"现代中国经济已逐步走向"工业社会",所以用现代意识创造现代文学也成为中国文学发展的最新趋势。

林焕平的《文艺的欣赏》由前进书局于1948年7月出版。该书为作者有关文艺欣赏问题的八篇评论的合集,另附"自序",其中包括《欣赏作品毋为其故事所迷》《典型人物给予欣赏者的印象》《作品底思想内容的作用》《不同的风格产生不同的印象》《文艺欣赏上的"孤立说"之研究》《文艺欣赏上的"距离说"之探讨》《美学上的"分享说"与"旁观说"之比较》《结论:镜子与灯塔》等。全书以马克思主义思想为指导,站在现实主义的立场上评价文艺作品,主旨如作者所言:"创作的目的在于给读者看,引导他们的灵魂向上,于理就不能单,着重研究作家应该怎样创造,也应该注重探讨读者应该怎样欣赏,才可使作品的艺术效果更显着起来。"作者反复强调思想观念对于文学作品的重要性,反对极端强调感情,认为一个作家想要获得广大读者的爱好和社会的拥护,必须要获得健康的思想,这种思想,必定建筑在科学的基础上,必定种根在广大人民的利益上。而一个读者想要获得知识上的助益,必须选读那些表现着健康思想、科学真理的作品。作者认为,文艺欣赏应该从了解典型人物入手,欣赏文艺作品则应该从社会生活入手。作者反对弗洛伊德将梦和文艺作品相互类比的观点,认为文艺作品应该是现实主义的,表现现实生活,为人民大众服务,梦是虚幻的,不符合现实主义标准,因此以梦的标准来规定文艺作品自然是荒谬的。最后作者又分析了"分享"和"旁观"两种不同的欣赏角度,认为应该将二者结合运用,由"旁观"而"分享","这总结起来,就是说:在欣赏文艺作品的时候,先经'旁观'始入'欣赏'。惟其'旁观',始能最客观,最缜密,最深刻地理解作品;惟其理解得深刻,其'分享'也越浓烈。反之,理解得浅,'分享'便淡了"。该著比较集中地体现了作者的文艺思想。

萨空了的《科学的艺术概论》由春风出版社于1948年7月出版。作者自述:"这本书最初写作的目的本是想介绍一些正确的艺术理论知识,很想'述而不作';所以要

'述',则是为了通俗化。另外还抱了一点野心,即希望它有裨于实际,也就为了这一点野心,便我终于守不住'述'的范围而'作'了起来。于是它一半像是一本通俗化的理论书,一半又像是我向中国艺术界同志提出的一个建议案了。"该著共七章,另附作者的序言和代跋,作者的整体思路是:"由中国艺术的混乱停滞现象说起,建议大家以思索来澄清这现象,使中国艺术走上有益中国和人类解放的道路。于是首先讨论了艺术的定义,和什么是决定人类'美的概念'的条件,跟着以中国的艺术界中'为艺术的艺术'、'为人生的艺术'的对立,迄今仍是主潮,于是以十九世纪法国艺术界的实例,对这两个倾向作了一次科学的探讨,以期大家能基本的了然这两个倾向产生的由来,并认识'为艺术的艺术'何以在今日中国中仍然存在,'为人生的艺术'如何把握,才能正确的为人类而服务。"在论述的过程中,作者既肯定了托尔斯泰艺术论与人生特别是与民众生活的联系,同时也否定了其在宗教道德方面的单一观念,并认为普列汉诺夫的思想是对托尔斯泰的积极修正,由此对新兴的苏联所取得的艺术成就也给予了充分的肯定,"如果不是苏联当局领导得宜,即不可能有今日的成就。苏联当局的领导得宜,是建基于他们的政策以科学的理论为根据。他们懂得艺术须在有较大自由环境中才能生长,就给予艺术界以这种自由"。作者对中国的传统艺术各部门——文学、绘画、雕刻、建筑、音乐、舞蹈、戏剧——的遗产做了鸟瞰和批判,认为传统文艺走了歧路,同时比较了"为艺术的艺术"和"为人生的艺术"两种倾向,认为:"在现代的社会条件下,'为艺术而艺术'的艺术,显然没有什么好的成就。资产阶级颓废期的个人主义,把艺术工作者的真实灵感的一切源泉都阻塞了,使他对于社会生活成为盲目的人,而把他们导向全无内容的个人经验,和病态的幻想的无尽的困扰里去。"因此,作者主张,目前的重点主要在于建立全新的文艺思想基础,即建立科学的艺术观:"艺术是不能离开人类的传统而发展的,所以今日给青年的一剂良药,是以科学的思想为基点而介绍的世界各部门艺术的传统研究。""'新的民主主义的内容,民族的形式'的艺术,是中国艺术界同志所应努力的目标。"

由文艺新辑社编的《论小资产阶级文艺》于1948年10月出版。该书包括十二篇文章,多数文章为文学评论,还有散文、寓言、小说各一篇,反映了建国前夕主流文艺批评的一般取向,即以阶级斗争为指导的大众化文艺观。《略论小资产阶级文艺》《论小资产阶级与文艺》两篇文章采取阶级分析的方法划分出了所谓的小资产阶级文艺,认为"小资产阶级的文艺,无论怎样,是不能不受到阶级性的限制的。小资产阶级文艺往往强烈的否定现实,然而又不能真正的肯定未来"。小资产阶级本身的落后性,决定了小资产阶级的文艺也是不可取的;同时肯定了大众化的文艺观,即"用人民的形式,大众化的形式,配合着反帝反封建的内容,特别是着重于土地的变革和挖掘封建的残余,以建设新的属于人民的民主的社会"。该书中的其他评论文章也基本依据这样的标准来衡量文艺创作,如《美国文学界的反动倾向》一文否定了美国的全部文艺创作,如作者所说,"看过上面泛滥美国文学界的反动潮流,不难明了,若干一度清醒过的关怀人类社会的作家,因为认识不彻底,脚跟不坚定,顺波逐流,守风而靡,是不足为奇的"。《论朱光潜》一文从阶级论的角度出发,将朱光潜作为批判对象,"很显然的,他原来是遗老遗少的同情者,然后又是西方帝国主义文化的接受者。这在纵的方面说,是朱光潜思想的两个阶段,而在横的方面说,又是他思想的两个要素。换句话说,以旧的士大夫的底子,而加上洋化的镀金,就成了朱光潜"。《论骆驼祥子》则以作者未触及到中国革命的前途命运为批判的立足点,指责作者未能看到中国革命的新生力量,因而对中国社会的前途给予了悲观的歪曲的描述。《论海派北移》从根本上否定了"京派"和"海派"的创作,"正因为那'京派'保守性的一板三眼,只留下些无内容的驱壳,无生命的骷髅,这就替'海派'空上了填补的天地","是要到'海派'的进取精神和'京派'的有所不为发现了协调的同意,便是新文化的开始"。

王西彦的《文学·科学·哲学》由中华书局于1949年5月出版。该著列"大众文化丛书"之一,分为"文学和科学""文学和哲学"上下两编。全本采用一问一答的对话体方式,就文学和科学、文学和哲学的区别与联系等诸多问题做了概要的解答。在"文学和科学"篇中,作者批判了"科学表达思想,文学表达情感"的观点,认为文学和科学并非截然对立。在发生之初,文学和科学常常融合在同一形式之内,"文学和科学的不可分性,乃是一种不自觉的混合"。到了近代的发展过程中,写实主义和自然主义的兴起,则显示文学和科学的结合"开始成为一种有意识的结合了"。文学和科学的相同之处在于都担负着"求真"的任务,二者的相异之处则表现在:文学在认识过程中形成"具体形象",科学则形成"抽象观念"。文学的认识过程比科学更为复杂,表现效果也更好。文学借用形象来反映现实的特点,使之比起科学的淘汰更新,更具有"永恒性"。文学和科学在应用方面也有着互相交涉的关系:科学方法可以应用于文学的创作和对文学的认识中;从文学作品可以探究社会现实和传播科学的成果。文学和科学,"一方面虽将越益增进它们本身所具备的特质,而在另一方面,它们彼此互相影响和互相应用的程度,也必越益密切"。在"文学和哲学"篇中,作者首先将哲学视为科学的一种,即"思想的科学"。哲学起源于原始社会人类对自然现象的"感惑"和"求真",宗教可视为最初的哲学。哲学研究的内容包括形而上学、认识论和价值论。"如果没有哲学的基础,其他任何科学,都将失去它们的依据。"文学和哲学在发展过程中有着密切联系,虽有各自的领域,但交界处十分宽阔,具体表现为文学作品中时代思潮的影响和民族精神的表现。文学和哲学的区别在于:就认识的对象而言,文学是特殊的,哲学是普遍的;就认识的过程而言,文学形成"具体形象",哲学形成"抽象观念";就功能而言,文学是一种"表现观念"的工作,哲学是一种"整顿观念"的工作。哲学方法在文学上的应用,"是文学生命以内的事"。任何作品都表现作家的哲学态度,"一个伟大的文学作家,必定同时是一个伟大的哲学家或思想家"。而哲学家也常常借重文学形式做哲学理论的诠释。文学和哲学各自从不同的方向,"通到真理的道路上去"。最后,作者也强调,文学如果容纳了太多哲学的成分,对文学自身将是一种损害。

儒牛出版社编辑的《现阶段的文艺问题》由儒牛出版社于1949年7月出版。该书是日丹诺夫、茅盾、郭沫若、以群、毛泽东等人的十三篇有关文艺问题的文章的合集，较为全面地反映了这个时期左翼文学的主流思想。其"编后记"中说明："一九四二年毛主席在延安文艺座谈会上讲话，指示了中国革命文艺以绝对正确的发展方向。几年来，正如人民革命运动中其它各个环节的情形一样，毛泽东的旗帜始终被证明是无可更易地明确与辉煌，引导着我们进步前进。"毛泽东的《在延安文艺座谈会上的讲话》奠定了社会主义文艺的理论基础；日丹诺夫的《无产阶级的文学观》（葆全译）一文对苏联的文学给予了高度评价，确立了苏联文学作为社会主义新文艺之典范的地位。茅盾的《关于目前文艺写作的几个问题》强调了工人阶级在文学创作中的重要地位："熟悉市民的文艺工作者不妨写市民乃至意识地写给市民看和听；但不可忘了这是为工农服务，更其不可忘了城市文艺工作者的重点也还不在市民而在工人阶级——写工人，写给工人看和听。"郭沫若的《人民至上主义的文艺》再次将人民放在创作的核心位置，认为脱离人民的作品注定是失败的。以群的《关于当前文艺运动的一点意见》对文艺运动的性质进行了归纳，即"无产阶级领导的，人民大众的，反对帝国主义、封建主义和官僚资本主义的文艺，就是今天我们所需要的文艺运动的方针和性质"，如此等等，该书所收录的文章基本代表了当时主流的文艺思想。

夜澄著《文艺探索与人生探索》由海燕书店于1949年8月出版。该著是作者的二十三篇文艺论文的合集，另附一篇后记。全书分为三部分，第一部分谈文艺的"几个最最基本的原则"，第二部分的内容比较复杂，涉及文艺倾向的对比、作家宇宙观与创作方法的矛盾和统一等问题。第三部分则是关于个别作家及其作品的研究。《列宁与文学》讨论了列宁提出的"文学的党性原则"问题，认为文学的党性是文学的人民性的集中体现，因此应该强调。《文艺·政治·人生》认为文艺、政治、人生三者间的关系是不可割裂的。《作家·道德》强调了作家不能不需要道德的问题。《洁癖·宗派及其他》认为在宗派、艺术的阶级性和真实性问题上，"洁癖"是需要坚持的。《统一战线与领导核心》认为在统一战线中要坚持党的领导核心，不能被他人同化。《作家的阶级性》认为作家必然具有阶级性，但也不能不经调查随意划分作家的阶级性。《艺术家的抉择》认为应该以是否有益于群众作为检验艺术家是非的标准。《批评的准绳》认为批评者应该在争取使被批评者能够接受批评意见的同时，使读者能够分清是非。《现实主义与自然主义》区分了现实主义和自然主义两种创作倾向，并认为现实主义优于自然主义。《古典现实主义与新现实主义》认为新现实主义比古典现实主义反应的现实"真实"，并指出了后者的历史局限性。《有关写作的几个问题》认为作家应该确立准确的宇宙观，并认为"伟大的现实主义小说家，总比自己的一些狭隘倾向和宇宙观更博大"。《典型性格与典型环境》以巴尔扎克的《萨伐龙》为例，探讨了恩格斯"典型环境中的典型性格"理论。《谈反映》认为文学创作是现实人生的反映，且反映应力求准确。《高尔基的精神与高尔基的创作方法》一文旨在"保卫高尔基精神的纯洁,使它不致受到污损",反驳了"浮浪汉精神""游戏人生"等评价高尔基的观点。《高尔基的思想》概述了高尔基的思想发展历程以及对他的创作的影响。《高尔基与浮浪汉》认为读者对于高尔基早期小说中浮浪汉形象的过分关注是违背高尔基原意的。《谈〈夜店〉》评述了高尔基的剧本《夜店》,认为它的主旨在于"号召读者的我们为脱出'生活之毒人泥沼'而斗争"。《释〈人〉》评述了高尔基的诗篇《人》,认为它表达了高尔基"迎接革命的勇气""对人的要求"以及"对人的前程无限的确信"。《重温鲁迅遗教》评述了鲁迅思想转变的历程、对于群众的爱、论革命的字句、对革命文学的意见、反逆流精神以及他的工作态度。《鲁迅的处世与鲁迅的小说》分析了鲁迅的小说中所表露出来的处世态度。《罗曼罗兰与克里斯朵夫》批判了对于罗曼罗兰《克里斯朵夫》的几种错误理解,认为罗曼罗兰具有"多重化的伟大"。《悲多芬逝世百廿周年》认为造就悲多芬(今译贝多芬)这位伟大音乐家的,是他伟大的道德品格。《谈谈萧邦》认为萧邦的成就离不开他的作品对国家、民族的关注。

司马文森主编的《文艺学习讲话》由智源书局于1949年12月出版。该著列"文艺生活选集"之五,是邵荃麟、冯乃超、林默涵、黄药眠等撰写的十六篇文艺评论的合集,对文艺理论的诸多方面进行了分析探讨,代表了建国初期文艺理论的整体倾向,即以阶级斗争为指导的大众化倾向。如(邵)荃麟在《文艺的真实性与阶级性》一文中强调了真实性与阶级性的密切关系。杜埃的《人民文学主题的思想性》以毛泽东思想为指导,提出了作家改造思想的问题。冯乃超的《文艺写作者的改造》继续讨论作家的思想改造问题,认为:"这里不过说明个人的斗争必需和社会斗争中进步的一面相结合,才有他发展的前途而已。过去许多优秀的作家,当他们忠于现实,相当正确反映社会生活的时候,就必然地发现社会生活中肯定的或否定一面,使他们歌颂光明与进步,揭发虚伪与黑暗,于是他们变成社会斗争的热烈的参加者。"(林)默涵在《生活美与艺术美》中强调了现实美的重要地位。作者认为:"歌颂现实中的美,揭露现实中的丑,正确地表现这两种现象的血肉相拼的斗争,这就是我们的艺术家的任务。歌颂美丽的东西,是为了提高人们的胜利信心,更勇敢的参加斗争。揭露丑恶的东西,是为了唤起人们的同仇敌忾,把它从这世界上连根拔尽。"黄药眠在《论风格的诸因素》一文中详细讨论了构成风格的要素,最后强调了阶级斗争对于风格的决定作用,即"我想作为构成风格的主要的标杆乃是特定时代的阶级生活和阶级的实践要求。没有这个要求,那么作家外在的世界就只有一片冷淡,没有排斥,也没有吸收,没有憎也没有爱,外在的一切都成为僵死的东西"。胡仲持在《论文学的灵感》中认为作家的灵感来源于大众生活,即"总之,我们现在可以明白,'灵感'只不过是在作者的不知不觉中间,附随着思索的努力偶然地到来的不可捉摸的东西。作者不倦地从事于对人民大众生活的体验和研究自然会有灵感发生的。当人民大众的势力日益高涨的这历史大变动的新时代,如果要寻求活生生的新鲜的'灵感',那么最好是投身到那些创造着新的生活形态的种种劳动所汇成的广泛的暴风雨般的洪流中间去"。该书收录的文章具有统一的倾向性,代表了建国初期文艺工作者们较为普遍的文艺理论观。

杨晦的《文艺与社会》由中兴出版社于1949年4月出版。该书包括二十篇文章,以随笔的方式论述了文艺和社会的关系,涉及对文艺现象的思考、作者的身世感怀、对具体作家作品的解读以及对文艺整体的思考等多个方面,作者始终围绕着文艺和社会的关系入手,分析文艺在现实层面的意义。在《木刻运动的意义及其前途——美术节在曲江木刻分会成立会讲词》里,作者认为随着社会的变革,艺术也会发生变化,并对木刻艺术的前途未来忧虑重重。在《流亡,流亡曲和我的故乡》这篇散文里,作者感怀身世,思念故乡,以朴实真挚的文字,抒发了东北儿女对故乡的怀念和热爱,表现了故乡沦陷后的深刻痛楚和漂泊心态。《莎士比亚的〈雅典人台满〉》一文从《雅典人台满》入手高度肯定了莎士比亚的地位。《曹禺论》是对曹禺整体创作的批评,作者肯定了曹禺先生的历史地位,又指出曹禺创作的滑坡问题,认为"他迷恋的是我们旧日封建社会的道德与情感,像愫方所代表的那样"。《路》是作者通过社会现象而感悟人生写出的小文,如"关于心路开辟的话,先不说吧。不过,就我最近走过的乡下小路来讲,我却发现了一个道理,就是路是人走出来的,路也是人给烂掉的"。在《论文艺运动与社会运动》中,作者以"公转律"和"自转律"的巧妙比喻阐明了文艺和社会的关系。

陆地的《怎样学文学》由生活·读书·新知上海联合发行所于1949年6月出版。该书包括十六篇文章,言简意赅地介绍了文学欣赏、文学创作上的一些常识性问题。《文学是什么》一文引用古今中外名家观点解释文学,肯定了现实主义的文艺观,认为"文学艺术是人生的镜子"。《阅读为什么要选择》认为"阅读文学作品,如果不批评不挑选,那末,其结果,也会把思想弄糊涂,成了睁眼瞎子,迷失了人生的道路"。《读些什么好》提出阅读文学作品的标准,"我的意见以为应该选那些已有定评的,真正反映了现实生活,有着社会意义的优秀作品。这些作品最好不要局限于狭小的一两个作家的著作,应该多读几个真正好的作家的东西",并尤其推崇鲁迅、茅盾等人的作品。《该怎样读》认为"凡是严肃的作品,必定有它的一定的思想,决不是无病呻吟。我们读它时候,一定得拨开他的外表的故事,钻进深层里去追究其主题"。《阅读的方法》逐条列出了阅读的基本方法。《写人》强调了作品中人物塑造的重要性,认为"正确的做法应该是:以人物为主,故事为副;必需先有人物然后发生出故事,不是先有故事才按上人物"。《写什么样的人》认为写人应该参照其所处的社会制度,"我们写作不管是写颂歌,还是哀词,写光明,还是暴露黑暗,应该看在什么样的社会制度和什么样的条件下面,分别主要和次要加以抉择"。《写工农兵》分析了不同时代所描写的对象,最后得出在作品中必须歌颂工农兵的结论。《到工农兵中去》认为作家要深入了解工农兵生活,"你要是想作个写作者,那就下决心抛弃原来的阶级,努力向工农兵学习,站在人民大众的立场来看世界、想问题。抛弃个人孤僻、清高的性情,参加集体活动,扩大生活范围"。《搜集材料的办法》强调了搜集方法的重要性,"在搜集材料(记录生活)当中,除了主要的记录人物语言、性格特点而外,也还须要留心研究人物环境,观察他与旁人的互相关联,周围的自然现象对他的影响。另外,那些正在发生着或者被传说着的感动人的故事,也须要记下来,作为将来编写故事的参考。甚至可以作根据"。《表现的形式》作者认为理想的形式即"当我们拿起笔来要写第一句话的时候,应该记住:我们是写给广大的工农兵看的,要写得通俗,尽量用活的语言来写,尽量运用那些使工农大众易懂、爱看的形式来表现"。《怎样剪裁》认为"不能照实际生活的原样模写,而必须有所选择、剪裁,有的需要夸大,有的需要剪除"。《关于语言的运用》认为"语言的源泉是在广大的群众里,是在生活的原野里。要使语言发放光辉,则须经过淘洗和锤炼的劳作"。《先从那里学写起》简单地分析了不同题材的文学作品的创作问题。《关于写作上的集体学习问题》强调了写作不能脱离群体,"各个人经常写些东西,拿出来大家看,完了请大家提意见,指出优点和缺陷,指出修补的办法。这样,能本着恒心与耐性,坚持下去。那,即算是'臭皮匠',也会成为'诸葛亮'的"。该书语言精练,虽然观点有一定的时代局限性,但仍不失为一本通俗易懂的文艺理论著作。

华嘉的《论方言文艺》由人间书屋于1949年7月刊行。该著是作者有关方言文艺的论文合集,分上下两篇,上篇收《论普及的方言文艺二三问题》《向前跨进了一步》等6篇文艺论文,附录《方言文艺问题论争总结》;下篇收《写乜嘢好呢?》(短论)、《诗人节讲诗》(杂文)、《农家苦》(歌词)等13篇作品。该书借助方言文艺创作对于文艺大众化的作用这一问题对方言文艺给予了整体的论述,并以广东方言为例,介绍了一些以方言创作的文艺作品。《论普及的方言文艺二三问题》谈及方言文艺创作语言、内容等方面的问题。《旧的终结·新的开始——再论普及的方言文艺二三问题》一文对方言文艺的创作提出了更加具体的要求。《向前跨进一步——一九四七年的香港文艺运动》对1947年的香港文艺运动进行了整体评价,认为在这一年香港文艺取得了很大的成就,并对未来的文艺发展充满了期待:"正确的文艺思想在这里起了积极的领导作用,使得香港文艺运动在这一年朝着这两个方面去努力:一方面是文艺工作者的思想改造,一方面是文艺运动走群众路线。这完全是对的,已经在走向人民的文艺的康庄大道上跨出了第一步,虽然,我们还有若干急待克服的弱点和偏向,但毕竟方向是走对了的,弱点是可以克服的,偏向也是可以纠正的。"在《关于广东方言文艺运动》一文中,作者认为广东的方言文艺创作应该采取个人充分运用集体的力量来积极创作的方法:"我诚恳的愿望:今后的创作组的活动再大大的加强,善于运用集体力量来解决一切困难,把个人的创作上的苦恼尽量倾诉出来;和在集体的领导下以共同的努力来求得解决。因此,有计划的研究工作应该同时建立起来,指导着创作活动,以求更进一步的发展。"该书的下篇介绍了一些用方言创作、很有地方特色的文艺作品,如《写乜嘢好呢?》(短论)、《诗人节讲诗》(杂文)、《农家苦》(歌词)、《斥"广东集团"个班人》(诗集)等。

第十三章　现代中国文学的重新定位

一、从"新启蒙运动"到中国的"文艺复兴"

某种程度上说,战争虽然中断了现代中国文学自身合于规律的发展的既有逻辑,但同时也为中国作家重新评价和思考现代中国文学的成果及未来发展的方向提供了一定的契机。战时中国曾在国统区掀起过的有关"新启蒙运动"及"文艺复兴"问题的讨论,即这个时期较有代表性的思想倾向。

较早对于"启蒙"问题展开全面讨论的是何干之所著的《近代中国启蒙运动史》,由生活书店于1937年12月出版。该著分七章全面阐述了启蒙运动在中国发生发展的整个历程及"新启蒙运动"的基本内涵,严格说来,该著应当是一部社会学方面的专著,但因为直接涉及现代中国文学思想的诸多核心要素,所以对文学理论的建构也有其特定的影响。作者认为:"启蒙二字,从它的字义来说,是开明的意思,也即是'打破欺蒙,扫除蒙蔽,廓清蒙昧'。更浅显一点说,就是解放人们头脑的束缚,教他们目聪耳明,教他们了解为什么,了解怎样做。"据此,作者以1927年为界将中国的启蒙运动划分成了两个阶段,作者认为,就前期而言,洋务运动、戊戌政变、辛亥革命以及五四运动只是"启发"和解放了部分的市民与中间阶层的知识分子,这些运动都与更广大的多数民众脱节;而在后期,中国虽然也有了自下而上的启蒙,但国民革命及其随之而兴起的社会科学运动的影响,仅限于南方地区。唯有抗战所激发起来的民族思想中统一的"救亡"意识才为启蒙运动的继续发展奠定了基础。"社会运动,必须有一个坚实的思想运动做它的前驱,那是不用说的。抗敌救亡既然打破以前一切社会运动的狭隘性,包括一切爱国分子,一举而解决民族的社会的两重任务,因此,与文化适应的思想运动,我们叫它做新启蒙运动,是过去的洋务运动、维新运动、五四文化运动、新社会科学运动的最高的综合。它继承着以前的启蒙传统,而展开一个全民族的(非民族的分子除外)思想解放的抗争。"作者据此分阶段依次具体论述了中国社会及思想演进的整体过程,包括"新政派的洋务运动"(东洋社会的停滞与新政派的变法及中体西用的思想)、"戊戌维新运动"(甲午战争与洋务、康有为的反古思想及其空想主义、谭嗣同的仁学思想及梁启超的民权思想)、"五四新文化运动"(社会基础、民主主义与政治改革、科学方法与新世界观的确立、反对礼教与思想解放、个人主义与个性解放以及文学革命与社会运动等)、"新社会科学运动"(启蒙运动的第一次否定及有关现代中国社会的构成与历史过程的认识等)。作者详尽地回顾现代中国社会及思想发展的历史,目的主要在于倡导"新启蒙运动",作者认为:"真正的资本主义性文化运动是由五四开始的。"1928以后,唯物史观念的传入促使人们开始"以新的观点来重新估量中国社会的性质……新哲学成为当时评判的尺度"。而战争所带来的"国难"又从根本上"提醒了中华民族的自觉"。所以,作者最终断定,从辩证的角度来看,"五四文化运动是肯定,新社会科学运动是否定,而新启蒙运动却是否定之否定。""新启蒙"之所谓"新"正是指启蒙运动已经发展到了一个全新的阶段,这个新阶段的核心任务就是,"为了唤醒最大多数国民,必须提出反独断的信条"。一面反对崇拜西洋的奴化,一面建设现代的全新的中国文化。该著与抗战前夕张申府和陈伯达等人试图重新评价五四新文化运动的基本观点彼此呼应,也是左翼文坛以唯物史观的立场重新全面定义现代中国社会的基本性质及思想发展历程的开始,在一定程度上显示了左翼阵营在"文化民族性"问题上的初步自觉。由于抗战的爆发,有关新启蒙运动的讨论已经不可能走向进一步的深入,所以在当时未能造成广泛的影响,但其中所贯穿的诸多观点已经为后世有关现代中国文学思想的基本定性做了相当的铺垫。该著后来又以《中国启蒙运动史》为名由生活书店于1947年5月出版过胜利后第一版。

民族革命出版社于1939年8月出版的陈唯实《新人生观与新启蒙运动》共分为五讲,前三讲由作者在民族革命大学对政治干部的讲话笔记整理而成,论述抗日战争时期应该建立起的新人生观,后两讲谈战时的新启蒙运动。在大时代的人生观方面,作者认为,要确定新的革命的人生观,必须对人生真理有基本的认识;中国的民族革命不仅为了自身的解放,也为了人类社会的新纪元;劳动者和革命者的人生是最有意义的;革命的人生要严肃紧张、刻苦耐劳、勇敢积极、力求进取、战斗牺牲、战胜恶劣的环境和有相当的结果;人生要有正确的革命的思想信仰,这是从理论、实际环境观察和实际工作中获取的,革命思想要指导实践;革命的行动要注重理智,不慕虚荣势利,把握现实埋头苦干,民族革命的思想与行动在于"唤起民众";要在民众中建立革命的新道德;民众要从"三座大山"的压迫下解放出来,革命青年应该承担起责任,使得民众觉悟起来、组织起来、武装起来,实现每个人各尽所能、自由平等;革命青年不应将太多精力投入恋爱和婚姻;妇女在抗战中能够得到解放的机会,也能担负起解放其他受压迫妇女的社会责任;解决了妇女问题,才能得到男女大众的自由平等幸福;人由猿猴进化而来,劳动是人和其他动物的区别,人生总是进步的;死是人类发展的象征,生死的新陈代谢是合乎辩证法的真理;人生要尽了责任而死,因此不要怕死,更要努力;人要死得有价值,为革命牺牲是无上的光荣;宗教的宣传是麻醉大众的鸦片,天堂地狱鬼神都是绝对没有的事；人生需要自己和后代在世上生活得合理，把握革命的新人生观。关于新启蒙运动，作者认为它是思想文化运动，同时也是民族革命运动，是群众性的，并注重实践；新启蒙运动在政治文化上的任务是促成民族解放、促成民族自由、促成民生幸福、促成民众教育、提倡科学文化、提倡生活文化；新启蒙运动的批判工作主要在于反复古、反独断、反礼教、反迷信、反盲婚、反保守、反个人主义；进行新启蒙运动，要将文化人和民众组织起来，供给大家所需要的理论，建立新文化，提倡集体主义与注意批评，深入民间发展农村文化，启发中国的文盲群众；另外，新启蒙运动也要造就青年文化人，在旧文化被摧毁之后创造新文化，解决出版问题，发挥戏剧、歌唱、木刻、漫画的宣传力量。《新人生观与新启蒙运动》以推进无产阶级民族革命为出发点，从社会、政治、文化、道德等各个层面论述了建立新人生观与推进新启蒙运动的理论。从中可见出"启蒙"思想在中国的变化轨迹。

张申府的《什么是新启蒙运动》是有关"启蒙"问题讨论的又一部重要著作，由生活书店于 1939 年 11 月出版。该著为抗战初期作者所撰写的三十多篇有关重新评价五四启蒙运动及战时的文化建设等方面问题的文章的合集，其核心在于具体阐述新启蒙运动的性质及基本内涵。张氏本身即为新启蒙运动的积极倡导者，早在战前的 1934 年就已经开始了重新评价五四新文化运动的工作，所以，著中所述与当时陈伯达及何干之等人的观点多有呼应。作者认为："凡是启蒙运动都必有三个特性：一是理性的主宰；二是思想的解放；三是新知识新思想的普及。"但是，"五四时代的启蒙运动，实在不够深入，不够广泛，不够批判"。而新启蒙运动的目标就是，在尽可能发扬理性的前提之下，力求实现"思想的自由与自发"和"民族的自觉与自信"。其在抗战时期的特殊使命应当包含七项最为基本的内容：即"新启蒙运动是文化上的救亡运动""新启蒙运动是民族主义的自由民主的思想文化运动""新启蒙运动要求思想的自由与自由的思想""新启蒙运动号召文化的民主或民主的文化""新启蒙运动要进一步地批判旧的与外来的思想文化的传统""新启蒙运动有种种反，特别是反迷信，反盲从，反独断，反'礼教'，反封建""新启蒙运动必要在抗战建国的过程中尽其应尽的责任"。而该著认为在当时最为中心的任务则是："新启蒙运动要达到'实'、'理性'以及'新科学'的积极理想。"基于此，作者分别从启蒙运动的历史与现状、新启蒙运动与青年的关系、新启蒙运动与教育的普及、战时的文化建设，以及中国传统文化与外来文化的批判继承等方面，全面阐述了新启蒙运动的理论诉求及实践原则。作者展开论证的思想基础主要来自罗素，而其基点则是作者一贯主张的"大客观主义"，即在重视客观的同时也容许主观，"在应该或不得不漠忽的地方便也容许漠忽"。实际也是作者所强调的逻辑实证论、逻辑唯物论及辩证唯物论的综合。该著虽然在理论观念上与何干之等人甚为一致，但张著在思想倾向方面似乎有着更为广泛的包容度，而且在对基本范畴的界定及理解上也比何干之的同类著作表述得要清晰得多。20 世纪 30 年代后期的新启蒙运动因为抗战的原因未能形成更为广泛的影响，但该著对后世全面而深入地理解中国的启蒙思想的渊源关系却有着重要的启发意义。

有关文艺复兴问题的论述,较早出现的是孙伟佛译 J. E. Spingarn(今译斯宾加恩等)的《文艺复兴期之文艺批评》,由正中书局于 1937 年 2 月出版。该著分为三大部分,分别评述了文艺复兴时期意大利、法兰西和英吉利三个国家的文艺批评发展历程,并附译者序言和作者原序。作者认为,文艺复兴时期文学的根本问题在于"想象文学之辩正",重新恢复"美"的地位。意大利在文艺复兴时期对于以下理论进行了讨论:诗是一种哲学,诗是对于人生的模仿;诗的功用在于娱乐和训诲。在戏剧理论方面,认为悲剧是对于"严重行为的模仿",悲剧的作用在于给予道德的教训和情绪的倾泄,悲剧的人物必须是"中间人物",既非完人,也非十足的恶徒,并略微偏向善人方面;悲剧必须符合"三一律";喜剧较之悲剧,无论从题材、人物还是模仿方式上都低微;史诗在整个文艺复兴时期都被尊视,不符合古典史诗规范的诗被归入"传奇"。意大利批评中古典精神得到发展的原因在于:对于经典的模仿、亚里士多德《诗学》的影响、理性的权威。浪漫主义倾向出现的原因则在于:上古柏拉图主义的影响、中古基督教对文艺题材文艺格式的影响、近代民族生活民族文学的发展、近代哲学对亚里士多德主义的反抗。法国在文艺复兴时期的批评,较之意大利更关注修辞音韵的问题,更注重实用性。在诗的原理方面讨论很少,更多的贡献在于对戏剧的批评上,试图反抗中古时期的戏剧,复兴古典时期"有格式、又具尊严"的戏剧。法国在文艺复兴时期虽对史诗极为敬视,但在研究方面推进不多。关于 16 世纪法国批评中的古典主义倾向,主要表现在对音韵修辞的研究上;浪漫主义倾向则表现在对于诗人自身修养的重视、对于自然美的推崇、对于柏拉图灵感说的接受和对基督教思想的表现等方面。英国在文艺复兴期间的批评经历了修辞研究、韵文研究、哲学和辩解批评、严格的古典主义规范、进一步发展的古典主义规范等阶段。英国的戏剧理论同样受到亚里士多德《诗学》和意大利戏剧理论的极大影响,史诗理论也多由意大利、法国传入。在英国的批评中,浪漫主义倾向不可忽略,而古典主义倾向主要表现在对于古典韵律的重视等。17 世纪,古典主义在经历了浪漫主义的反抗、对七星社的反动、意大利思想的第二次传入以及理性哲学的影响之后,最终形成。译者自陈:"按此书之内容,足可为中国现代文坛之借鉴。"

李长之译 Werner Mahrholz(今译玛尔霍兹)的《文艺史学与文艺》由商务印书馆于 1943 年 7 月出版。该著是德国学者玛尔霍兹有关"文艺史"的科学研究方面的一部专著,译者受其老师杨丙辰的影响与启发才翻译此书,其意在强调:"研究文学也是一种'学',也是一种专门之学,也是一种科学。"该书分七章论述德国文学史的研究方法问题,书末附舒尔慈的跋《对于玛尔霍兹之批评及补充》,以及年表、人名索引、术语索引。玛尔霍兹著此书之时:"正当人人口称精神科学的危机之时代尖端,这时人们特别以文艺史学视为精神科学之课题中心与讨论中心,这时一般多方追求的学徒正为何去何从的问题所焦灼,这时文艺科学的工作之许多饶有意义的现象正预示人或似乎预示人以一个新时代和新崖岸之到来。"译者以为,这与当时中国的情形也极为类似,因而,"这部书对中国文学史家也一定有所感发"。此外,译者还以中国李白研究的寂寞与德国对歌德、荷尔德林的高度重视为例,希望中国学者能以德国人做学问的踏实态度来从事一切中国的文学研究。该著对于中国学界的文学史研究确有独特的启发意义。

李长之所著《迎中国的文艺复兴》曾由商务印书馆于1944年8月出版,后于1946年9月在上海再版。该著为抗战期间作者于颠沛转移的旅途中撰写的多篇文章的合集,是抗战后期有关文艺复兴问题讨论的代表性著作。作者的主旨在于强调文艺复兴之于中国实际并没有到来,基于此,作者以《五四运动之文化的意义及其评价》和《中国文化运动的现阶段》等文章具体辨析了"文艺复兴"与"启蒙运动"的本质区别,主要针对的是五四时代的思想家如胡适等将五四新文化运动直接定义为"中国的文艺复兴"的理念。作者认为:"启蒙精神"的主要特征是"明白和清楚",而"文艺复兴"则应该是"一个古代文化的再生","启蒙运动的主要特征是理智的,实用的,破坏的,清浅的。我们试看五四时代的精神,象陈独秀对于传统的文化之开火,象胡适主张要问一个'为什么'的新生活,象顾颉刚对于古典的怀疑,象鲁迅在经书中所看到的吃人礼教,这些都是启蒙的色彩。"因此,五四精神还只是一种"清浅的理智主义",或者说只是对西式资本主义文化形态的完整的"移植"和西洋思想演进的一种匆遽的重演,而真正的"文艺复兴"应当是对初步的"启蒙精神"的超越。以此为引子,作者提出了重新审视中国古代文化成就的命题,作者认为,以孔子为代表的儒家思想应当被看作是中国文化的精神核心,以"玉"为隐喻的儒家的"强者"精神正是通过"审美"而具体体现出来的,"玉和孔子代表了美育发达的古代中国"。李长之这里的论述有与冯友兰的"新理学"相呼应之处,他曾直接引用冯友兰《新理学·绪论》中的话:"我们是接着宋明以来的理学讲的,而不是照着宋明以来的理学讲的。"并且评价说:"接着而不是照着,这话极有意义。接着者,就是的确产生自中国本土营养的根深蒂固的产物了,然而不是照着者,就并不是一时的开倒车和复古。只有接着中国的文化讲,才是真正民族文化的自然发展。只有这样,才能跳出移殖的截取的圈子。"作者概括说:这种完全区别于五四的新的文化运动"近于中体西用,而又超过中体西用的一种运动","其超过之点即在我们是真发现中国文化之体了,在作彻底全盘地吸收西洋文化之中,终不忘掉自己"。作者的整个论述有明确的中国本位文化的思想立场,这一立场既与保守主义的"国粹"意识有着明显的区别,同时更与五四时代的激烈反传统的取向有着本质的差异。这种思想显示在作者对于国防文化、文学翻译、战时文化建设及大学教育等问题的论述之中,可以看作是作者建构其独有的文学理论思想与文艺批评的核心基石。

中华书局于1948年6月出版了顾毓琇的《中国的文艺复兴》,该著列"新中华丛书学术研究汇刊"之一,分"中国的文艺复兴"和"世界教育的改造"上下两卷。作者认为中国的文艺复兴是应世界发展而进行的,"救中国便是救世界,救中国必须有中国的文艺复兴"。作者从横向和纵向两个方面论述了文艺复兴的基本原则,为中国的文艺复兴预设了广阔的前景,"简单说,中国的文艺复兴需要创造的文化活力和健全的时代精神。根据这两大原则,我将大胆的对于纵的文化根源方面和横的文化交流方面而加以检讨,并且对于旧文艺的认识和新文艺的创造贡献意见"。横向而言,文艺复兴需要进行文化交流,吸取先进的世界文化;纵向而言,"我们不要文艺复兴则已,我们如要文艺复兴,必须先要充实创造的活力。我们要从文化的根源里,找出健全而坚实的部分,加以培养滋长",作者主张从民族文化中吸取营养。作者高度肯定了中国的传统文化,比较了天文、水利、度量衡等,举了很多实例来分析中国文化的优越性,"中国古代音乐与度量衡关系,可以证明中国的先民,不但有艺术的才能,而且有科学的头脑",认为中国的传统文化有强大的生命力,是文艺复兴的生命之源。作者主张文艺复兴必须创造新的文艺,诗歌和小说等文艺作品应该在内容和形式方面体现出新的时代精神。

二、民族主义与现代中国文学

民族主义问题的凸显与战争有着直接的关系。正中书局于1934年8月出版的由吴原编辑的《民族文艺论文集》,即有关民族主义文学问题讨论的论文汇编,也是对所谓民族主义文学运动的总结。编者在引言中认为:"文艺的使命;创作的技巧;文艺作家应具的风格及修养,这集子里都会论列到而且各给一条应该走的途向。"该著分为五编,所收文章范围相当广泛,第一编为"民族主义文艺的理论及其方法论",共收十三篇论文,涉及民族与民族意识之一般原理与概念、民族意识与文学之关系、文学与政治之一般关系、对五四新文艺运动的检讨、民族主义文艺与国家主义文艺的区别等。民族主义文艺反对将文艺当作一种"宣传的利具"或"阶级的武器",反对将文艺运动当作一种国家的文化政策,来宣传国家主义的思想;反对当时的左翼文艺。民族主义文艺的方法论则包括民族学的、民俗学的、心理学的等。关于民族主义文学的概念,柳丝在《关于民族主义的文学》中主张一种广义的民族主义文学。潘公展的《从三民主义的立场观察民族主义的文艺运动》一文简明概括了民族主义文艺运动的主旨:民族主义是三民主义的核心和先决条件,而中国目前最需要解决的是民族独立,因此最需要的文艺也必然是民族主义的文艺。《民族主义文艺运动宣言》认为,当时中国文坛的危机在于文艺缺乏中心意识。今后要以唤起民族意识为核心,为促进民族的繁荣,创造民族新生命,肩负起建设民族主义文学与艺术的使命。第二编为"三民主义文艺的理论及其方法论",集中讨论三民主义与文学的关系,其核心是反对和批判普罗文学,并且强调:"三民主义文学在中国的文艺界中已形成伟大的怒涛,荡涤瑕秽,创立为文艺复兴期的探海灯。"第三编介绍"世界文艺运动概况及几个民族文艺作家的史实",概述了世界民族艺术的发展,外国文艺中民族主义意识之表现,介绍了几个具有强烈民族主义色彩的作家,如意大利邓南遮等人。第四编讨论"以民族主义作中心的各项艺术论",分别论及了中国绘画、建筑与民族主义的关系。第五编中收入了《五卅惨案在文艺上的影响及其批判》以及《黄钟》与《初阳旬刊》两种刊物的发刊辞。

郑学稼的《由文学革命到革文学的命》由胜利出版社于 1943 年 1 月出版。该著实际完成于 1941 年 11 月,作者的用意主要在反思新文学的发展与政治演进的关系,有明显针对左翼文学之政治倾向的意味。作者认为:"五四运动的历史使命,是建立现代化的民族国家,为完成这一使命,需要一个推动的工具,他就是'文学革命'。"而"文学革命"唯一的收获,"就是给封建的意识以重大的打击"。"在这个阶段,浪漫主义大本营——创造社,浪漫主义文学家——创造社三杰,演了重要的角色。""按照文学进展的路线,我国的浪漫主义文学,应该朝向写实主义文学。"然而,除了"茅盾三部曲的昙花一现"和以"普罗文学"面貌出现的《子夜》以外,"我们在这块园地找不到一枝的花朵"。由此,作者才断然地肯定,所谓"土语拉丁化运动"和有关"民族形式"的讨论,非但不是"文学革命"的延续,反而恰恰是"革文学的命"。基于此,该著以八个专题的方式对中国新文学第一期的概况及其向第二期的转换展开了全面的论述,《五四运动与文学革命》《由大众语到拉丁化》及附录的《论"民族形式"的内容》三篇重点讨论文学思潮的发展与转变,其他篇目则为作家作品的专论,包括创造社及其代表作家,即所谓"三杰"——郭沫若、张资平和郁达夫等人的创作与转向,被视为新文学写实主义代表的茅盾的三部曲及鲁迅的《阿 Q 正传》,以及"普罗文学"仅有的代表作品《子夜》等的分析。作者的核心立场是肯定五四文学特别是创造社的浪漫主义文学的实绩,但绝对否定文学向革命的彻底转变。作者认为,五四运动引发了中国在经济、政治和文化等诸多方面的变革:"所谓文学革命是五四运动的一个支流,他历史地注定要分负民族经济的发展与政治革命的责任。也为着这一历史的前提,我国的新文学发展,自五四运动起,和一般的政治运动是有着有机的联系。""文学研究会"的出现就是典型的例证。郭沫若一直被作者视为中国浪漫主义文学最为突出的代表,但郭沫若后期向"普罗文学"的转向是件非常令人遗憾的事,张资平和郁达夫在早期都曾取得过令人瞩目的成就,而后来却一人走向了堕落,一人趋于颓唐。在作者看来,中国的新文学如果不及时地从激进的革命的路途上退回来,并逐步完成从浪漫主义到写实主义的过渡,则新文学的发展就不会有什么真正的前途。郑氏有其明显的"右翼"思想倾向和官方色彩,尽管其论断在当时并未形成广泛的影响,但他的一系列观点在 20 世纪 50 年代以后的很长一段时间里,几乎左右了台湾文坛对五四新文学及多数作家作品的理解,也因此才造成了后世多数台湾地区评论家对于中国新文学发展历史的种种误读。

王集丛的《三民主义文学论》由时代思潮社于1943年2月出版。该著为呼应国民党政府所倡导的所谓"创造三民主义的文学"的口号而著,其目的在于宣传和阐释这一文艺政策。作者自称:"为了建设三民主义的新中国、新文化,我们正努力开展三民主义的文化运动。这运动的主要目标之一,是三民主义的学术化,即是建立三民主义的各种科学,艺术文学当然也在内。"而其针对的主要对象就是当时的"左翼作家"。该著分为七章,对三民主义文学做了细致的理论探讨。作者认为:"三民主义是一种思想体系,这体系的中心即是民生史观。它是'民生为历史的中心',认为社会的组织和变化,历史的本身和发展,文化的产生和进步,都是由民生决定的。"第一章主要就三民主义文学的理论根据和时代背景做了介绍,"因之我们今天要建立三民主义的哲学、政治学、经济学以及其他社会科学都有现成的理论指示可作依据,但要建立三民主义的文学却没有。"作者据三民主义的理论、文学自身的特质、中国社会的情形和目前的时代特征等,论证了中国文学需要三民主义。第二章则由中国新文学历史的发展,说明中国文学正在走向三民主义。第三、四章集中分析了三民主义文学的本质问题。"三民主义文学应该是表现三民主义思想的革命文学。由三民主义的基础与文学创作方面言之,则该是民生史观的写实文学。"三民主义文学与其他类型文学一样是以内容和形式两部分构成的。第五章是对这一问题的深入探讨,先介绍了何谓内容与形式,继而分析三民主义文学的内容与形式。第六、七章讨论三民主义文学的功用与任务,作者概括认为:"三民主义文学,是为三民主义服务的文学。因此,三民主义的功用,即规定了这文学的功用,三民主义的任务,即规定了这文学的任务。"该著是一时的文艺政策的产物,在实际上并没有产生多大的效果,但对20世纪50年代的台湾文坛却一度形成过巨大的影响。

梁乙真的《中国民族文学史》曾由三友书店于1943年5月出版。该著原名为《近世民族文学发展史》,只叙宋元明清四代民族文学的发展演变,由沈薇以"长序"方式补写了宋代以前的部分。该著的批评基点是泰纳的"科学的批评"所强调的"种族、环境、时代"三要素中的"民族性"理论。其中特别强调了"民族性"是文学之灵魂的思想。该著既作于抗战期间,则作者自有其试图从文学中开掘民族精神资源以激发民众抗战热情的用意。作者对此曾解释说:"我写这段文字,不是'夜郎自大',也不是'阿Q精神',乃是想将过去中国民族之光荣历史,和由这历史反映出来的光荣的民族文学,增加我们的自信心罢了。""就此深信我们民族,终有冲破一切樊笼获光荣胜利之日。""一部人类史,就是一部人类的战争史,这是历史上不能否认的事实。由氏族到部落,由部落到民族,由民族到现代国家:在每一个阶段里都免不了要经过许多侵略、冲突、吞并、抵抗、征服等惨酷的事实试验。""战争既是人类社会无法避免的现象,那末文学自然要表现它。"其具体表现就是:或讴歌保家卫国的精神,或诅咒侵略者的暴行,当然也有消极的对于战争及时代的逃避。以此为标准,作者详尽地描述了自宋代至近代的辛亥革命期间各个时代所展示出来的民族文学的具体形态及变化轨迹,包括宋、辽、夏、金、元民族战争中的民族文学,蒙古族压迫下宋代诗人黍离麦秀之歌,民族战争失败后的耻辱烙印,南宋遗民海外发展与中国文化的传播,明代边患倭祸反映中的民族文学,丰臣秀吉犯朝鲜给予明文学上的影响,明清剧烈的民族战争中民族文学运动的展开,护发运动及文字狱与民族文学的关系,鸦片战争中所反映的民族文学,维新运动及义和团事变中的爱国文学,以及辛亥革命时代民族文学运动的展开等内容。该著是特定时代的特殊产物,虽然在有关"民族"范畴的辨析及相关代表性作家作品的论述上有明显的偏执之处,但对于当时特定的时代环境而言,该著无疑是有其独特的价值意义的。

由商务印书馆于1943年8月出版的王平陵的《新狂飙时代》主要收录了作者的二十八篇文章,分为三辑,主要是有关战时文艺建设的诸种论述。在《新狂飙时代》一文中,作者提倡"热情主义的战斗文学"以促成"新狂飙时代"。《展望烽火中的文学园地》对于抗战期间的文学进行了整体评述,并提出了文坛进一步发展的建议。《救治革命文学的贫血症》认为革命文学在抗战期间已成为"聊胜于无的点缀",呼唤作家们重新奋起。《展开军中的文艺工作》强调了军中文艺工作的重要性,号召以文艺鼓舞士气。《战时中国文艺运动》提出了抗战时期中国文艺界发展中的一些缺陷,并提出了改进的建议。《日本文艺思潮的没落》认为日本的文艺在国内反动军阀的铁蹄下屈服,走向静止、没落和缺乏创造性。《两位拿破仑作者的战争观》评述了哈代的《皇朝》和托尔斯泰的《战争与和平》两部描写拿破仑战争的小说,对比了两位作者战争哲学的相同点和不同点。《汨罗血战悼诗魂》追悼了汨罗江畔战殁的烈士,并将他们与屈原并举,歌颂了爱国主义精神。《高尔基逝世纪念》概述了高尔基的生平和创作,认为他的文学创作具有不可磨灭的价值。《为什么没有伟大的作品?》分别从短篇小说和长篇小说两个角度,论述了国内文坛始终没有出现伟大作品的原因。《建立严正的文艺批评》认为文坛的团结并不意味着取消批评,作家也无需"敝帚自珍",并提出了批评者的任务。《文艺创作的新道路》认为抗战文艺存在着题材局限于工人农民生活的问题,应适当提倡一些"超然物外"的创作。《作者的偏见和自私》"泛泛地说明了中国学术界一般的偏见和自私",并认为这些阻碍了中国学术的前进。《艺术的夸张与真实》认为观察力正确的艺术家能够从现实的"真实"中表现出"夸张"。《战时作品的现实性》认为中国文坛缺少纯正的批评,作家要正确认识现实性,就必须明白自己的责任和使命。《兑现主义的文艺宣传》区分了积极的宣传和消极的宣传、正宣传和反宣传等概念,并认为作家要在文艺宣传中将"反映现实"的口号设法兑现。《主题人物的表现和创造》认为作家对于作品中主题人物的表现,应该建立在对作品主题认识清楚和正确选取题材的基础上。《参观联合国艺展》一文总结了联合国艺术展中的成就。《战时小说的创制》认为不应该以公式、律例等来束缚作家的创作,作家对于时代的呼应必定成为自觉。《通俗文学再商兑》提倡发展通俗文学,认为它在提高底层民众知识水平方面能起到重要作用。《战时的移动演剧》认为战时的移动演剧"不但是宣传的利器,而且是教育大众的最重要的工具",并提出了移动演剧发展中的一些缺陷和改进的建议。《提高演剧的水准》认为想要提高演剧的水准,必须提高剧作者的创作水平。《祝望陪都的戏剧运动》肯定了战后戏剧运动的主要成就。《〈蜕变〉的意识与技巧》评述了曹禺的剧作《蜕变》的意识和技巧,并提出了一些修改意见。《论报告文学》对于报告文学这一文体的特点进行了较为系统的论述。《从苏联电影谈到中国电影》在介绍苏联电影政策的同时,对中国的电影发展状况提出了建议和意见。《发展社教的最好的教科书》认为应该通过推广教育电影来推进农村的社会教育,并提出了一系列具体措施。《战时电影编剧论》提出了抗战期间的电影在编剧上的一些特殊要求。从该著也可一窥战时中国文坛的某些创作动向。

徐中玉的《民族文学论文初集》由国民图书出版社于 1944 年 2 月出版。该著主要讨论有关"民族文学"的相关问题。钟敬文为之作序认为:"'民族文学'在我们底文坛上已经不是什么新名词了。但是,对它做一种比较广泛而深入的考察的著作,好像还很少看到。"并且评价认为:"如果仅仅是设计范围底宽阔,在理论上没有什么特别的光彩,那么,这决不是怎样值得我们鼓掌的。徐先生在这广泛的论述中,却处处迸出美好的思想底花,使人读着像踏入一个红酣绿醉的园子中。"该书分为三个部分,第一部分是关于民族文学的基本信念的介绍;第二部分是论民族制度;第三部分则是论民族性的改造。在十多篇论文里,作者分别就文学的民族性、民族的传统、民族乡土、历史传承、爱国主义与国际主义,以及民族性的改造等问题展开了详尽的分析,其核心思想是,广义的民族文学是指一民族所产生的文学,而在狭义的层面上说,只有那种能够积极而自觉地与其民族的当前情势紧密结合起来的文学才称得上是真正的民族文学;"民族文学"的倡导不能只是一个新口号,而是要适应民族自身的实际需要。同时,在消除自满与仇视基础上的不同民族之间的协同合作才是推进各民族文学持续发展的前提。

张道藩等人辑著的《文艺论战》由正中书局于 1944 年 7 月出版。该著列中央文化运动委员会"文化运动丛书"第五种,收集了张道藩、梁实秋、夏贯中、王梦鸥、常任侠、王平陵、王集丛、太虚、陈铨、李辰冬等 16 人撰写的 18 篇有关"文艺政策"问题的讨论文章,主要是围绕张道藩 1942 年 9 月发表在《文化先锋》(创刊号)上的《我们所需要的文艺政策》一文(李辰冬亦参与撰写)中所倡导的"三民主义文学"所展开的争论的文章的合集。由于有着国民党官方关于推行"三民主义文艺政策"的特定政治背景,所以,著中虽名为"论战",实际除张道藩的文章和他的两篇"答辩"及个别无足轻重的所谓"异议"外,大多是附和其"三民主义文学"口号的应景之作。张道藩的文章及该著的出现基本上可以看作是特定政治意识形态的产物,目的是为了强调"三民主义"与"文艺"之间的必然联系,以此来确定"新的文艺政策",有着明显的对抗左翼创作倾向与文艺政策的意图。张氏认为:文艺与政治有着极为密切的关系,从表现上说,"文艺作品是用意象来表现,政治理论是用观念来显示",但两者都是从人生与事物而来的。从文艺理论的角度来看,张氏的观点暗含自相矛盾与激烈偏颇之处,因此才引来了其他人的辩驳,但反驳的一方除梁实秋外却大多仅限于指出其某个方面的不足与欠缺,而不是从根本上对其立论的彻底否定,所以诸多的"辩驳"反而成为张氏观点的某种有利而合理的补充。该著可以看作是"右翼"政治势力试图控制文艺创作及政治理念向文艺理论的知识范畴渗透的一个比较典型的案例,虽然在当时并没有产生多大的效用,但在20世纪50年代全球进入冷战时期以后的台湾地区却产生了极为广泛的影响,以此也可见出台湾地区政治文艺的某种理论渊源。

胡秋原著《民族文学论》由文风书局于1944年8月出版。该著作者试图建构一种新的文艺理论,以便"为新文学运动提出一个新的方向"。全书分六个部分,分别讨论美与艺术、文学与民族的关系、新国民文学的创造、中国语文的特征、伟大作家及伟大作品等问题,并附短文"论新文学答侍桁雪峰两先生"。作者认为,美感是一种想象的快感,艺术则是一种想象的创造。美的快感开始于感性的快感,形成于艺术的联想,扩张于社会的喜悦。美表示社会生活的兴趣,民族生活的愿望,而艺术则是表现美的意识和手段。文学以文字和语言作为表现的符号,是最高的艺术。文学与民族的产生是同时的,语言是文学的萌芽,"民族-语言-文学"在最初是三位一体的。伴随着民族的发展,出现了民族的英雄史诗和传说,民族意识产生,民族团结得以巩固,而文学的发展也随之经历了三个阶段:从用口到用笔再到艺术的文学时期。一个民族逐渐发展成为一个政治组织即民族国家,民族主义随之兴起,国民文化和文学也随之发达;知识分子用白话创作能反映民族精神和生活的作品之时,才有国民文学。在欧洲,印刷术、文艺复兴、宗教以及民族主义促成了民族国家和国民文学的形成。文学的发达和民族的发达并行,民族文学的确立,和一国精神的昌盛、在世界上的平等地位密不可分。中国民族与文学发展有三个特点,中国民族是同质的,语言文字成一特殊系统;中国民族文学发达甚早,而进化甚迟;在现代,中国没有统一的国家和文化,旧文学衰落中,新文学运动还在萌芽,尚未产生伟大作品。展望将来,我们的文学必须成为民族独立、民主政治和民族工业之武器。要建设新的国家,就要创造新的国民文学,这也是中国文学的历史任务。这样的文学要为全体民众所易于理解,还要为民众所喜闻乐见,而低级趣味、陈腐平凡的形式不会成为文学。国民文学要有民族形式,既是过去所有形式的提炼,又能充分表达民族现代的情思。语言是形式的决定因素,民族的语文要创造新的语言,是洗练、丰富而标准化的文体。体裁是形式的第二个方面,民族体裁不是旧的,也不是外国的,而是在民族生活中由天才创出。民族的生活和思想要通过作家赋予一定的形式,成为国民文学的题材和题旨。民族文学既要继承"文学遗产",又要成为世界的文学,同时保有传统性和世界性。作者主张在创作新国民文学时期应提倡所谓新古典主义,即伟大的历史题材,民族斗争的题旨,雄浑严整雅洁的形式和文体。新的文学需要新的语文,但作者认为拉丁化并不是出路,方言文学更是开倒车,要倡导统一标准的国语并在发展中补充完善。最后两章写给有志于文学的青年,作者认为伟大作家和作品既有自身的修养和努力,同时也是社会环境的产物。

三、新文学作家的文学批评

随着现代中国文学发展的日趋成熟,现代中国作家也已经逐步形成了有自身特色与个性风格的文学批评形态。从著述编纂的角度来看,这一类的著作也许是数量最大并且最为纷繁的,详述每位作家的每部批评论著近于不可能。所以这里只能略举比较有代表性的作家的著述,以从总体上展示现代中国批评的多样形态与批评范型。

以谢六逸为例,谢氏自身同其他作家一样曾身兼数职,其批评著述也基本是不同时期对不同作品的随笔式评论的合集。谢六逸的《水沫集》由上海世界书局于1929年4月出版。该著是作者对中外文学作品的阅读杂感的合集,共收入十五篇文章。除描述日本女子的茶道功夫和插花技能的《三味线》和回忆童年时光的《童心》等散文外,还涉及作者对《十日谈》、《源氏物语》、《玩偶之家》、意大利歌剧《加尔曼》、中国唐代传奇《游仙窟》、童话《灰姑娘》、霍普特曼的《沉钟》、托尔斯泰的《复活》等作品的阅读心得。他的另一部《茶话集》曾由新中国书局于1931年10月出版,该著共收录了作者二十一篇小品类文学评论文章。正如作者在题记中所言:"所谓小品与随笔,原是'随笔写成',不拘于形式与内容的。过去的笔记与随录之类的文字,往往是从空闲里产生出来的。不过我自己所写的小品与随笔,恰好和他们相反,几乎全是迫切时候的叹息。现在搜集起来付印,也是这个原因。我看到别人开会时,秩序单上常有茶话、余兴的节目。临到这两个节目时,已经是在'雄辩'、'叫喊'、'精疲力尽'之后了。所以我的书名便采用'茶话'两个字,也希望阅者用同样的心情去看待它。"在《大小书店》这篇随笔中,作者谈到了对于书店、出版事业经营状况的看法:"视为文化事业之一的书店经营并不是'托辣斯式''百货店式'的一家大书店可以包办得了的。不幸十余年来,国内大资本书店只有一家,于是从幼稚园的生徒以至未戴帽以前的少年的精神食粮一致都被他们把持着,所有著作翻译的人都不得不仰他们的鼻息……现在的情形又有不同,就是小资本的书店的增加。别的书籍,我不知道,单就文艺方面的说来说,大书店的销售往往不及小书店……小书店的前途怎样,实在难说,总之有信义有旨趣的老板都是好的,每逢走过小书店的门外,我总觉得愉快,虽然没有钱去买。"看了这个随笔,想必读者就会对当时社会的文化事业规模以及读者的状况有一个大概的了解。在《致文学青年》中,作者谈到了青年读者在读书方面的很多问题:"爱好文艺或有志于文艺的青年所急欲解决的问题就是'怎样读书''如何写作'……关于读书,我是主张'立读'或'行读'的。能够'躺在沙发上'读书,有'佳茗一壶'或'淡巴菰一盒'读书,那是很好的……关于实际的写作方法,我劝诸君用'卡片制'……把我们每天的见闻感想都写在卡片上……日积月累……应该不少。在星期六的晚上,把卡片慢慢地整理,真有一种乐趣。"其他对于文学文艺以及相关的行业的论述的随笔还有:《新闻教育的重要及其设施》《日本的学生新闻》《上海报纸改革论序》《唯物文学的二形态与其母胎》等,记录作者个人生活点滴的作品有:《做了父亲》《信仰》《读书的经验》《素描》等,读后随感有:《童话中的聂林》,人物传记类的随笔有:《美国新闻大王哈斯脱》等。

在诸多随笔式批评著作中,沈从文的《沫沫集》是比较有特色的一部,由大东书局于1934年4月出版。《沫沫集》是沈从文最重要且最有影响的文学评论集,包括三篇序言,一篇回忆性散文《我的二哥》和八篇文学评论,评论涉及的作家包括冯文炳(即废名)、郭沫若、鲁迅、落华生、施蛰存、朱湘、焦菊隐、刘半农、罗黑芷九人。在《论冯文炳》中,作者首先对周作人独特的文体风格给予了高度赞扬,认为他在五四时期"支配"了一个时代的文学趣味,进而指出:"在文章方面,冯文炳君作品所显示的趣味,是周先生的趣味。"结合《竹林故事》和《桃园》两本小说集,沈从文认为废名的作品所显示的"神奇"是"静中的动,与平凡的人性的美"。《鲁迅的战斗》从对鲁迅的评价定位——"战士"说起,认为从中可以看出鲁迅的"诚实率真",觉其有"大无畏"的精神。然而他同时又觉得鲁迅的战斗"是辱骂,是毫无危险的袭击,是很方便的法术"。《论郭沫若》先把郭沫若定位为"伟大的"人并倡导我们应敬仰他,接着认为郭沫若的确不适合做小说,而只适合做诗歌。《论朱湘的诗》,通过对其诗的分析深刻说明了朱湘诗歌的特征:"朱湘的诗歌,能以清明的无邪的眼,观察一切,无渣滓的新,领着一切——大千世界的光色,皆以悦目的调子,为诗人所接受,各样的音频,皆以悦目的调子,为诗人所接受,作者的诗,代表了中国十年来诗歌一个方向是自然诗人用农民感情从容歌咏而成的从容方向。爱,流血,皆无冲突,皆在那名词下看到和谐同美,因此作者的诗,是以同这一时代要求取分离样子,独自存在的。"《焦菊隐的夜哭》一文认为:"若我们想从一种诗行作品中,测念一个时代文学的兴味高点,《夜哭》是一本最相宜的书。"《论刘半农扬鞭集》中,作者认为刘半农和俞平伯、沈尹默是三个具有诗的天分的人。"在扬鞭集里,有农村素描的肖像。""周作人对刘半农意见,似在能驾驭口语能驱遣新意这两件事上。""这种朴素的诗,是写得不坏的。以一个散文的形式,浸在诗的气息里,平凡的看,平凡的叙述,表现一个平凡的境界,这手法是较之于他同时作者的一切作品为纯熟的。""他有长处,为中国十年来新文学作了一个最好的实验,是他用江阴方言,写那种方言山歌用并不普遍的文字,并不普遍的组织,唱那为一切成人所能领会的山歌,他的成就是空前的。"三篇序分别为《〈轮盘〉的序》《〈沉〉的序》《阿黑小史序》,简短而深邃。《我的二哥》一篇则是沈从文纪念其二哥的散文,简单叙述了其二哥的生平及文学天分。

孔另境的《秋窗集》由泰山出版社于1937年6月出版,是作者批评文坛诸多不良现象的评论文章的合集。作者的批评曾引起了来自郭沫若、张若英、林黛等多方面的论争,所以,作者特意解释说:"在这本集子里,我把这一段'公案'的文章全部编入,最后的结论还是让读这本书的人去作。有一句话我得说的,即从这些文件里,至少可看见中国的文坛是摸索在如何黑漆一团的暗弄中呀!……另外还有一部分是用'另境'名字发表的东西,都是在去年十月以后写下来的,发表在各刊物上的。体式似乎不类,不过为结自己的总账起见,就一股脑编进去了。"著中除作者及论争者的十五篇文章外,另收入了七篇散论的文章。在纪念鲁迅先生的《秋窗慢感》中,作者谈到了文坛上压制后起之秀的现象:"谁说文坛公开,文坛的大门确确实实是关闭着的。这种把文坛当作禁地,禁止一切新进的有志青年参加进来的闭关主义,不但这一种杂志,实是普遍的存在着的。但我们不见有谁来说过一句公道的话,有谁来代表数万千的投稿者呼喊一声。"在《闲话明星》中,作者谈到了文坛上的明星主义:"文坛上另一个恶劣倾向是文坛明星主义。这也是有目共睹的事实,近来却更发展的尖锐了。文坛之有重心,本是一桩极为自然的现象。……但是我们不可不留心的是,这种重心的存在,一定要伴着一种领导作用的,仅仅借一个名字是无用的,在自觉为中心的人也不断要自我批评,切实地负起了领导的责任来才成……文坛明星主义的形式,主要的动力实在倒不是编辑者而是读者群,因为读者购买的选择,往往只看作家名字而不看内容,这发展的结果使得编辑获得统计的说明,编辑者为了迎合读者起见,自然只得用捧的方法把名作家奉为明星,而其余的新进作家却从此遭殃了。"在《炉边偶论》中,作者谈到了更多文坛的不正常的现象:如靠自己的努力稿件无法被采纳的"介绍主义";批评随风倒、变来变去的作家的"盯梢";不凭现象的本身去论断,也不愿意去引证客观的事实做结论,只凭一点不可靠的传言,或者自己的神经错乱,轻轻把事实歪曲了的"猜测",如此等等。散论部分是作者的一些随笔式的杂感,如《再论文和人》中,作者探讨了批评的作用:"批评的作用,一半是给读者阅读的指导,一半是对作者的鼓励和指摘。以前者而言,则批评者的职责是在阐明和解释原书的意义和特点;以后者而言,则批评者的职责是要告诉作者改进的原则和方法:无论前者和后者,批评者都不应说超越书本以外的话,否则批评者的贬责即刻变为攻击,讽刺就会变成侮辱的。"关于"集体创作",作者认为:"在中国的文场里产生了一种新形式的作品,就是集体创作,有集体创作的剧本和小说,诗歌则未见……所谓的集体创作,实在是彻头彻尾都在集体工作着的,甚至用语和修辞都是集体决定了的,所谓执笔者实际只是记录者,不但创作内的意思是大家的,连文句的结构也是大家共同讨论来的,这创作压根儿就是在众目睽睽的会议中产生。"如此等等。

田仲济的《新型文艺教程》虽名为"教程",却并不是一部严格的理论著作,该著由华中图书公司于1940年9月出版。其借鉴伊林的《人和山》《书的故事》,以故事体的形式写成文艺理论,迎合了当时的文艺大众化浪潮。用作者的话说:"看见出版界还没有一本触及各种新型文艺创作法的书,是当时写它的动机。"该书分为十六篇,并附序和后记。书中主要围绕林世英、朱荆文、赵玉华三名学生与赵常三等几位老师之间的谈话、课堂讨论以及一些班级活动等故事串联起作者的理论思想,以情节贯穿各个关于文艺理论的话题。如作者在"三个练习生"中就通过赵常三之口表达了自己的文艺观:"要观点正确,第一得抛开自己的利益,抛开少数人的利益,时时站在大众的立场上,就是时时站在真理和正义的一方面。同时要有较高的理论的素养。你们不要以为这是很难的事情,什么都是由学习而得的。"另外在"感觉的符号"部分,赵常三说:"我们应当注意的,不是使用的是什么符号,而是无论什么符号都是为的传达那种思想和感情,若恰如其分地传达出就是成功,否则就是失败。"该书的意义和价值,正如李何林在序中所说:"用故事的体裁和软性的文笔,介绍文艺理论或论述文学的,勉强的可以说早有叶绍钧和夏丏尊二先生合著的《文心》,但那讲的是关于国文方面的读和写的知识,不是严格的'论述文艺'的著作。所以至今在我所见的范围以内,田仲济先生的这一本《新型文艺教程》,实在还是用上述的体裁和文笔写成的第一部文艺理论和知识的书,给学术思想的通俗化工作开辟了一个新的途径;而内容的简当和取材的精审,又是一般读者和文艺青年的很适合的读物。至于把这几种文艺的'新型'及其创作方法,总共起来作一系统的简明的介绍,成为一本书,在中国出版界这也还是第一次。"

署名郁达夫等著的《中国文学论集》由一流书店于1942年6月出版。该书是一部文艺批评理论的合集,共收录了十二位作家的三十一篇评论,包括《谈谈诗经》(胡适)、《文学上的殉情主义》(郁达夫)、《文艺上的冲动说》(张资平)、《红楼梦里性欲的描写》(刘大杰)、《文心雕龙札记》(黄侃),等等。编者集此书的目的在于:"为要使大众知道一些早年文坛的陈迹。这里执笔的一二十位,是当时'艺林社'的同人,但至今日,他们散的散了,隐没的隐没了,只是他们的文字,他们的精神于今还像聚集在一起无疑。"在《谈谈诗经》里,胡适以一种全新的眼光来探讨《诗经》的价值。"《诗经》在中国文坛上的位置,谁也知道他是最古的有价值的文学,但在前人的眼光,《诗经》地域的关系,似乎与湖北不发生什么问题。其实《诗经》里面最重要的一部分,大半是产生在湖北。我们应该推翻二千年来的谬见,要用社会,历史,文学的眼光去看它,另出一种新的见解;这样,几能把《诗经》的本来面目,不致于湮没在乌烟瘴气中呢。"该书辑录得最多的是郁达夫的作品,如在《文学上的殉情主义》中,郁达夫肯定了感伤情绪的美学价值,并分别探讨了"殉情主义"在中国与外国的情况。刘大杰的《红楼梦里性欲的描写》等几篇文章,对文坛上的一些旧的观点加以批判和纠正,蒋鉴璋则在《今日中国的文坛》和《文艺家的流产》中表达了对当时文坛状况的不满:"在寂寞而崎岖的漫漫长途之中,我们这些不长进的呆着面孔而不顾人非笑的爱好文艺而不敢说是研究文艺的人,常常有一种痴想:这样的痴想,总是觉得从五四到了现在,中间经过了六七年的长时间的文艺运动,那么文坛上的花,一定开得更为灿烂,更为美丽了。那料除掉了极少数中的极少数的比较成熟作家以外,我们反而觉得可怜!——就是这样可怜的作者我也赶不上——因而我们的痴想变成了一种失望了。"该书所收录的文章大抵是在当时文坛产生过一定影响的,对后世的文艺批评理论建构也有着很大的启发。

渔郎所编《新文学总论六编》由实业印书馆于1943年6月出版。该著出版于沦陷时期的东北,所以注有"昭和十八年六月一日发行"的字样。著分六编,依次讨论文学的定义、特征、种类以及文学批评等问题,基本以文却斯德(今译温彻斯特)的理论思想为根基展开。第一编"什么叫文学",作者在诸多权威的说法中,对颇斯耐脱与亨德的观点给予了肯定。亨德认为:"文学是思想文学的表现,通过了想象,感情及趣味,而在使一般人们对之容易理解并能提起兴味的一种非专门底形式中的。"作者又引温彻斯特的理论认为:"因为文学是经过感情,而复又是诉于感情的,而感情又是瞬间底的,所以文学史具有永久性的;又感情的质与量虽然依了各个的人,各个的情形而千差万别,然而那文学作品中的'感情'只要像'太平洋的波涛似的永久在澎湃着',而那作品也就具有了超然的永久性底的与普遍化的原素的。所以文学的特质在于描写底能传述感情的永久性与普遍性。文学中如能多发挥这种特质,即能多描写并传述感情的永久性及普遍性,而那作品便就够得上适当的水准。"第二编"文学底素质"主要讨论文学的语言、形式、个性及文学与时代、生活、社会、道德的关系。作者认为:"文学的形的结构而至于外形底本质构造的存在,这是属于有机体的形胎的建筑。"在内的质素为因,在外的质素则是果,由"因"至"果"来成全体。第三编"文学底起源"主要探讨了文学的演进及作品的变化,一般从两方面来剖析,一方面是心理学角度的"所谓艺术冲动",另一方面则是从目前还存在的"原始人间所见文学形式的"所谓艺术发生学上的"归纳底研究"。第四编"文学的种类"分论诗歌、散文、小说、戏剧的一般特征及彼此的区别与联系。第五编"文学底派别"详细列举自文艺复兴至拟古主义、浪漫主义、自然主义、新浪漫主义、颓废派与象征派、享乐主义及新理想主义等不同文学流派及各自的特征与演变。第六编"批评文学论"主要介绍客观批评与主观批评、科学的批评、伦理的批评及鉴赏的批评等不同类型的文学批评及方法。

冯文炳(即废名)的《谈新诗》由艺文社于1944年11月出版。此著列"艺文丛书"之五,前附周作人序,原为废名20世纪30年代在北大开设现代文艺课时的讲义。作者认为,新诗作为自由诗,与旧诗的本质区别在于内容,而不在于形式,新诗没有什么诗的格式,"只有分行罢了",分行之后,"该怎样做,就怎样做"。"旧诗的内容其实是散文的内容,而语言却是诗的语言,旧诗的诗意常常体现在语言的音乐性上,如果失却了音乐性,旧诗便同散文毫无区别。""旧诗是情生文,文生情的,好比关于天上的星儿,在一首旧诗里,只是一株树上的一枝一叶,它靠枝枝叶叶合成一种空气。""平心说来,新文学运动的价值,乃在于提倡白话文,这个意义实在很大,若就白话新诗说,反而是不知不觉的替旧诗虚张声势,没有什么新文学的意义了。"作者在著中对刘半农、鲁迅、周作人、康白情及"湖畔"四位少年诗人,以及沈尹默、冰心、郭沫若、卞之琳、冯至等人的诗作都给予了精细独到的评价。作者是最早对中国早期新诗给予全面评价的人,观点中肯而富有远见,其中诸多看法至今仍被视为定论。

许杰的《文艺,批评与人生》由战地图书出版社于1945年9月出版。该著是作者二十七篇文艺论文的合集,另附一篇自序。作者的写作立场和写作目的,正如他在自序中所说:"我用人生批评的态度,来阅读文学,批评文学。而在有时,批评了文学,也就在批评人生。"《文艺自由新论》一文认为,文艺自身的自由就是在抗战争取自由的潮流中,应该充分发挥文艺的政治作用和武器作用。《论文艺批评的积极性与建设性》提倡运用新写实主义的文艺批评方法,发挥文艺批评的积极性与建设性,以满足抗战建国的需要。《论文艺上的"真"》认为文艺应该要表现人生的真实,但这种"真"不一定是事实上的"真",而是一种"可能"。《创作与批评》探讨了文艺创作与文艺批评的关系,认为它们既有区别又有联系。《文艺,批评与人生》认为文艺表现人生,且表现的是"比现实更现实的人生";文艺批评人生,比哲学上的批评更现实、具体。《论鲁迅的历史小说》讨论了历史小说中"史实"与"虚构"的关系,并高度评价了鲁迅《故事新编》里的几部历史小说。《论文学运动上自由的要求》批判了沈从文的《文学运动的再造》,认为其是"文艺自由"的再提出。《文艺教育论》认为文艺应该担负起转移社会风气、改造社会的教育任务来。《民族形式与民族文学》借评述《民族文学运动》一文,重提了民族形式与民族文学的要求。《文艺上的民族形式问题》回顾了文艺运动二十年来的演进,展望了文艺上民族形式的前景。《中国文法革新泛论》从语文现象与社会的关系这一角度出发,重新评价了文法革新运动,并探讨了文法革新与民族形式的关系。《论语文现象与社会关系》在前文的基础上,进一步阐述语文现象与社会的关系这一命题。《论语言意识》介绍了语言意识的研究领域,认为语言是意识的反映,语言又决定了意识。《论文艺作品中的恋爱问题》认为人类的恋爱也是合乎各阶段各种文化现象的准则的,不应在抗战期间排挤恋爱题材的文学作品。《论文艺上的诸问题》对冯友兰《新事论》中的几点文艺观提出了商榷意见。《论沈从文的写作目的》批判了沈从文的写作态度和写作目的,认为他的写作是脱离社会和政治的。《谈浪漫主义》不同意施蛰存在《浪漫主义》一文里提出的"浪漫主义在中国被误读、误解"的观点,认为他的目的在于鼓吹浪漫主义。《论"再来一次白话文运动"与文艺运动》认为应该"再来一次白话文运动"以对抗文言文、玄学的重新抬头。《东南文坛与东南文艺运动》检阅了东南文坛的全貌,并提出了发展建议。《关于东南文艺》将东南文艺运动也视为整个中国文艺运动的一环。《关于东南文艺运动的初步计划》为东南文艺运动的进一步发展提出了具体的建议方案。《论现阶段的语文运动》认为过去的白话文运动并不彻底,必须加紧语文改革运动建设,以配合整个文艺运动。《半年来的东南文艺运动》总结了自东南文艺运动口号提出半年以来东南文坛的成绩。《评文体平议》不同意小髯先生在《文体平议》里对于文体的认识观点,认为白话文对于文言文的取代不可避免。《〈文学批评的新动向〉》严厉批判了陈铨的《文学批评的新动向》一书。《欧阳凡海的〈鲁迅的书〉》一文评述了《鲁迅的书》这部作品,认为其"虽不能算是成功之作,但却也是开路之作"。《周作人论》批评周作人的创作脱离了时代与社会背景,是"文学无用论"观点的主张者、中庸主义者和消极主义者。该书主要在于从社会学批评和意识形态批评的角度出发,探讨文艺、批评与人生三者之间的关系,以便进一步突出文艺与社会、政治的紧密联系。

何典(即王元化)的《文艺漫谈》由通惠印书馆于1947年6月出版。该书共收录了王元化的九篇文艺论文。书名题为"漫谈",原因在于所编入的文章并无一个统一的主旨,而是古今中外、兼收并蓄,内容方面既有文学理论的介绍、学界的学术论争,也有作品评论等。《现实主义论》一文从马克思主义美学的立场出发,介绍了现实主义的特质,考察了现实主义在各个历史时期的特殊形态,在艺术与现实的关系上持"反映论"观点,批判"广义现实主义"为"对新现实主义的取消",并提出了新现实主义的两个基本契机:典型性的创造,"升腾在现实之上"与艺术的具体感。《鲁迅与尼采》一文探讨了尼采对于鲁迅前期思想的影响问题,认为鲁迅与尼采无论从阶级意识、意识形态,还是世界观、发展过程上都是不同的,因此二人的思想不是平行的。《民族的健康与文学的病态》批判了文艺无用论、文艺只能歌颂不能揭露社会黑暗等观点,认为照这样的观点写出来的文学作品才是病态的。《论掩蔽、弯弯曲曲、直截地戳刺》是一篇与丁三先生商榷的文章,对比评论了"弯弯曲曲""直截地戳刺"两种杂文风格,以及"掩蔽"和"暴露"两种写作手法。《帮闲文学与帮忙文学》举出历史上帮闲文学与帮忙文学的例子,并对他们进行了辛辣的讽刺,旨在抨击近代剧作家多选用古代帮闲文人作为光明典型的事实。《关于金批水浒传的辨正》以一种较为客观公正的态度,重新评述了金圣叹对于《水浒传》的几处批注。《曹禺的〈家〉》是一篇介绍曹禺的《家》的文章,对曹禺的这部作品给予了相当高的评价。《关于阿Q》认为评论界对于《阿Q正传》里阿Q这个人物形象存在着种种误解,鲁迅在对阿Q冷嘲热讽的背后,应该也对这个人物有着深刻的同情。《克利斯多夫》介绍了罗曼·罗兰的《约翰·克利斯朵夫》这部作品,认为它给了作者的人生以巨大的激励和鼓舞。《文艺漫谈》一书的突出特点在于,虽是"漫谈",但作者犀利的目光和独到的见解,使得文章在介绍与阐释古今中外作品的同时,也能够紧密结合当时的文坛现状,提出一些针砭时弊的意见。

朱自清的《新诗杂话》由作家书屋于1947年12月出版。该书是作者集中讨论新诗问题的十五篇文章的合集,另附一篇麦克里希《诗与公众世界》的翻译,介绍英美青年诗人的新动向。作者首倡"解诗"一说,视意义的分析为欣赏的基础。"诗人的譬喻要新创,至少要变故为新,组织也要新,要变。"关于新诗的新动向,作者认为,"从新诗运动开始,就有社会主义倾向的诗。旧诗里原有叙述民间疾苦的诗,并有人像白居易,主张只有这种诗才是诗。可是新诗人的立场不同,不是从上层往下看,是与劳苦的人站在一层而代他们说话。"但作者主张将"诗的定义放宽些……放弃了正统意念,省了些无效果的争执"。在《诗与幽默》中,作者谈到:"诗只是人生的一种表现和批评;同时也是一种语言,不过是精神的语言。人生里短不了幽默,语言里短不了幽默,诗里也不该短幽默,才是自然之理。"对于翻译诗歌,作者谈到:"只要翻译得忠实,增减处不过多,可以不失为自由诗,还是可以增富那种诗的语言的……译诗对于原作是翻译;但对于译成的语言,它既然可以增富意境,就算得一种创作。况且不但意境,它还可以给我们新的语感,新的诗体,新的句式,新的隐喻。"朱自清有关新诗的讨论尽管较为松散琐碎,但能够在融通中西诗歌理论的基础上叙写自身对于诗歌的独特心得,于汉语诗歌理论的建设是不乏切实的启发的。

朱自清的另一部重要著作《论雅俗共赏》曾由观察社于1948年5月出版。该著是朱自清生前出版的最后一本书,收文十四篇,多曾在《观察》《文讯》等刊物上发表过。著中所论有着比较明确的"从现代的立场来了解传统"的目标,用作者的解释说,其所谓"俗人/常人"的立场,实际正是"人民"的立场。基于此,在《论雅俗共赏》《论百读不厌》《论逼真与如画》及《论书生的酸气》诸篇中,作者重点从历史演进及古今对比的角度阐发了"雅俗共赏"的具体涵义,作者认为,"雅俗共赏"最早从唐代就已经出现了,其主要是对高雅文学的旧的"雅化"标准与尺度做出一定的调整,禅宗"语录"的"求真与化俗"即很好的开端,"真正'雅俗共赏'的是唐、五代、北宋的词,元朝的散曲和杂剧,还有平话和章回小说以及皮黄戏等"。"'雅俗共赏'虽然是以雅化的标准为主的,'共赏'者却以俗人为主",所以既要"俗不伤雅",同时也需避免"俗不可耐"。由此对照着中国新文学以来"新雅人的欧化"和抗战以后的"通俗化""大众化"来看,"雅俗共赏"也许不失为一条切实可行的路。作品要使读者"百读不厌","诗文主要是靠了声调,小说主要是靠了情节"。不过,自新文学发生以后,"文艺作品的读者变了质了,作品本身也变了质了,意义和使命压下了趣味,认识和行动压下了快感。这也许就是所谓'硬'的解释"。"逼真和如画"代表了中国传统的"对于自然和艺术的态度,一般地还是以常识为体,雅俗共赏为用的"。著中有近三分之一篇目讨论的是"朗诵诗"问题,而其核心仍然在强调"雅俗共赏"。作者认为:"朗诵诗应该有独立的地位,不应该有独占的地位。"因为"朗诵诗大多数只活在听觉里,……这是一种听的诗,是新诗中的新诗"。同时,"朗诵诗是群众的诗,是集体的诗"。其"配合着工业化,生活的集体化恐怕是自然的趋势"。美国的达文·鲍特的朗诵诗《我的国家》就是最好的证明。"一种情感教人的脉跳得像打鼓,教人的眼花得像起雾,也许并不是妇人之仁——也许倒是世界上最有力、最有用的东西。"多罗色·巴克尔夫人的诗同样直白如话,却"于幽默的比喻中认真地触着了这时代的问题"。中国初期的白话诗确实做到了胡适所倡导的"作诗如说话",但后来的新诗却逐渐远离了口语的白话,甚至在英美近代诗的影响下完全趋于欧化。朗诵诗的兴起正是要重新强调"诗要明白如话",当然,所谓"明白如话"是需要从大众的"活的语言"中去获得资源的。著中余下诸篇有对郭绍虞所著《语文通论》及《学文示例》的书评,有讨论禅家语言中的"机锋"可以看作"活泼无碍地运用想象,活泼无碍地运用语言"的实例,也有结合时事回顾鲁迅的杂感及闻一多的文学研究的篇什等。该著中所讨论的问题可以见出朱自清的文学批评倾向在战后由唯美向社会和时代转向的痕迹，同时也能见出其一贯的独立不依的批评风格。

何家选所编《近代文艺批评论》由中华书局于1948年9月出版。该书旨在全面介绍西方近代文学批评的发展及主要代表人物的基本观点，为参考诸多资料编选集撰而成，除"序论"外共有四章。著中先从整体上对文艺批评进行了论述，又分别谈及英国、美国、法国、苏联的文学批评，并且具体分析了各国具有代表性的文学批评家。在"序论"中作者指出："真正的文艺也从人生取材料得感兴的，它有它独特的意义，亦不失为创作的文艺。"作者思考了优秀批评家所应具备的素质，认为"要做一个比较完全的批评家，其精神必须能灵活运用，富于弹力性，敏于接纳作品的整个印象，巧于把握作品的本质。又必须如亚里诺德所说的观察对象的真相，就是切勿由于他自己的特别性情与先入之见而歪曲批评的对象，一定要摆脱一切的偏见——个人趣味的偏见，教育的偏见，信仰、宗派、阶级、民族的偏见，抱超然的，无所为而为的态度"。在接下来的几章里，作者采取述论结合的方法，对当时世界上比较有影响的批评家进行了介绍和论述。如在《英国的文艺批评》一章中，作者对亚诺德的批评观进行了概述，认为"亚诺德的批评观是积极的建设的批评。他既要从一切对象之中发见最好的知识与思想造成清新真实的思想潮流，使作家获得滋养，又要将最好的知识思想传播给读者。所以他虽然承认批评一词中所含的'判断'之意，但因为他所最推赏的批评是以传播最好的知识思想为主，所以并不以'挑眼'、'扳错头'为批评家的正务"。另外，作者对几位英国批评家进行了比较，认为："沛德的批评以印象的相对性为出发点，以感觉对象之美为目的，虽不像王尔德那样的公然宣告艺术与道德的绝缘，比起亚诺德来已近唯美主义艺术至上主义的立场。"在关于美国、法国、苏联的文艺批评的阐述中，作者同样评述了各国代表性的文艺批评家的理论，例如作者这样评价美国批评家爱伦·坡的批评方法："他虽然大有浪漫主义的倾向，但至少在两个重要方面，他的批评是深有十八世纪的传统的，那就是裁判的批评。他对于批评作品的优劣，有他的一定的意见而且是毫不犹豫的尽情吐露。"作者也概括了法国批评家泰纳的观点："泰纳对于文艺批评的贡献，在于他的把文艺作品当作社会力的产品来研究。在他看来，文艺作家是他所生活的时代，他所降生的社会，使他成为某种人物的环境的生物。在英国文学史导言上，他提出了（一）种族，（二）环境，（三）时机，认为是构成文艺的三要素。"最后，作者又介绍了苏联的一些批评家，如察尔尼希夫斯基，认为他的主要艺术思想，"是艺术的目的不是艺术本身，艺术的目的应该是解释人生，给人生以注解，发表关于人生的意见"。

常风的《弃余集》由新民印书馆于1944年6月出版。该书列"艺文丛书"之三，共分三辑，主要是作者对中外作家及批评家的代表性作品所作的书评，其中以中国现代作家为主。如评价老舍的《离婚》，作者认为，老舍是极其卓越的最会说故事的当代中国小说家。作者还通过张天翼的《反攻》谈到了文坛上面派别之争的现象。针对萧乾的《书评研究》,作者谈到:"批评在一般人看来是吹毛求疵的工作。批评者则更受创作者轻蔑与敌视。"结合李健吾的《以身作则》,作者认为:"作剧的人不能如小说家那样方便,能用长的篇幅尽量阐明或剖析人物的品格或心理状态。他所恃为惟一工具仅是对话。他仅能用对话藉演员的动作与表情来作这件烦难的工作。喜剧和悲剧不同,它仿造一种可笑的动作或悖理的行为引起观众的嬉笑,这个完全仰赖一种巧妙的调令。所以一个喜剧作家首先追求的就是这样一种玲珑剔透,圆活灵动的语言,用它来提醒观众,让观众能从他的文字中领会到说话人的悖理和可笑。喜剧家除此还有一个人的目的,在可笑可鄙的品格中,要能够点染出深邃的人性。"此外,作者对现代欧美文学和新兴的文学批评理论等也给予了简要的介绍,同时也依据西方现代诗歌理论,对中国本土现代诗的发展状况进行了扼要的评述。正中书局于 1948 年 5 月还出版了常风的另一部批评文集《窥天集》,该书为作者的十一篇评论文章的合集,另附后记,内容多涉及文学批评方面。在《关于评价》中,作者认为:"文学批评中的各种思潮也与一般思潮一样,有许多的起伏,表面上看来一个思潮和它的前承者与后继者显得如何之牴牾不能相容,若经我们冷静的观察,则我们将发现它们实在是一个起伏的有机的连续,实际上不惟不矛盾,而且是似相反而实相成的。后起的思潮往往是前者的补存与改正。它是向着,更完美,流动着的。"对于亚里士多德的《诗学》,作者评价道:"首先要注意的一点是它并不是凭空立论,为诗人制定规律,它是根据若干篇史诗与现在大部分已遭散佚的千余篇戏剧之分析、比较、研究而成的一部书。亚里士多德极富分类的才能,他研究的范围与对象有希腊的史实、悲剧与戏剧。他的方法不偏不倚不具成见,冷静而合理地分析它们。"在《关于传记》中,作者认为:"西洋近代文学中传记的进展甚速,成绩最足惊人。而树立了近代传记的基石的正是包斯威尔。近代作家有一个信念,他们与包斯威尔一样,要在传记中诚实地、赤裸裸、无掩饰地表现整个真实的人格,揭开那些朝服华装,掘发他们生活中的奥秘。"在《小说家论小说》中,作者列举了包括伍尔夫在内的多位欧美文学家的小说理论。《你往何处去》中,作者分析了显克微支的作品。《关于苏曼殊》中,作者介绍了苏曼殊的生平以及作品。《面纱题记》中,作者谈到了自己创作的过程。《怀袁犀》则是一篇怀念友人的文章。《小说的故事》中,作者认为:"小说在现代文学中是唯一的重要的文学体裁,在现代生活中它占了一个极为重要的位置。"小说创作需求的产生与古代神话相关,同时"在一般的小说中,时间是唯一的主宰。伟大的小说表现的这一点最充分,最丰富,最完全。它让我们迫切而有深刻地感觉到时间的伟大与威力,让我们喟然叹着'逝者如斯'、'而与造化同游'"。

邵洵美编的《论幽默》由时代书局于 1949 年 2 月出版。该著是有关"幽默"问题讨论文章的合集,共收入邵洵美、林语堂、周谷城、汪倜然、郁达夫、李青崖等人撰写的文章二十二篇。林语堂认为,中国人的一本正经对"幽默"形成了排斥,但戏曲传奇小说小调中却保留着中国真正的幽默文学,林语堂从广义与狭义的角度对幽默与挑剔和揶揄做了区分。周谷城认为:"文艺是生活的反映,是生命的流露,当然不是死东西,因此,也一定有人认为不能拿科学来处理的。但是我有一种信念,无论活到什么程度的东西,无论流动到什么程度的东西,我总以为可以化成死板的,任我来分析,从而找出其中的规律。这种规律找到了,便可以说对于被分析的食物,得到了科学的认识。活的文艺作品,当然是可以用科学方法来宰割,来分析的。""会心的笑并不是幽默,但是一个人必然要可以引起会心的笑。一个人的言语文章举动丝毫不能引起别人会心的微笑,无论如何也不能成为幽默。"该著比较集中地展示了这个时期中国作家对于"幽默"这一特定美学范畴的一般理解。同样由时代书局于1949年2月出版的邵洵美所编《幽默解》与本书多有重复。《幽默解》集合了十八篇大家论幽默的文章,从不同角度阐述了对于幽默的认识。这两本书对于幽默的全面介绍,是与当时"论语派"提倡幽默闲适的小品文的主张分不开的。

第十四章 作为边缘理论形态的现代主义

一、现代主义的理论译介

出于中国文学现代性演进的实际境况的限制,"现代主义"在中国一直未曾得到应有的重视,由此也导致了现代主义文学在中国的不成熟。但尽管如此,有关现代主义诸种形态的译介和尝试性创作却始终未曾中断过。作为边缘形态的现代主义,在一定程度上应当被看作是现代中国新文学的合理而必要的补充形式。

最早自觉而集中地引介域外现代主义文学思潮的当为刘大杰所著的《表现主义文学》,该著由北新书局于1928年10月出版。该著主要据小池坚治的《表现主义文学的研究》,北村喜八的《表现主义的戏曲》和《德国文学十二讲》,以及相关的日文杂志资料编写而成,是中国最早全面介绍和评述表现主义文学思潮及其代表性作家与创作的专著,对中国表现主义文学创作的兴起曾有过积极的推动作用。著分七章,前附作者小序。第一章"表现文学的主潮"集中概述表现主义思潮产生的社会背景及整体历程,"德国表现主义的运动,从一千九百十一年在柏林的《行动》杂志出刊的那年起始的。要从欧罗巴文坛的全体说来,可以说起于史特林堡的 Nach Damaskus 的完成"。"在德国文学说起来,受首先标榜自然主义的哈普托曼(今译霍普特曼)的影响也很大。再毕西勒,可以说是表现派的祖先。"是德国当时的国情和思想文化催生了表现主义的发生。"新时代的年轻诗人们,受了自然主义现实暴露的悲哀的刺激,被世界战争惨祸的震惊,深深的味着内的体验。""艺术家要把'自我'扩大,要把这本质做成一体,这才是艺术家的体验的表现。""表现主义文学里面所表现的世界,与我们日常经验的世界,全然是两样。"表现主义的核心思想,"归结起来,有下二条,一,人间是有本质的东西。二,人类站在超自然的关系上面"。第二章"表现主义文学的国家社会思想"集中评述大战前的唯物观、表现派的国家观及非战论、政治革新、人道主义、平和主义等表现派的政治运动的勃兴。作者认为:"种种机械的人世观宿命论的学说,都以唯物论来做基础。"其最为突出的艺术表现就是自然主义文学乃至印象主义文艺的蓬勃兴起。"表现派中的政治诗人,其反对独裁主义的国家,反对德国的军国主义,反对实力金力主义的政治,反对微温的社会政策及机械的暴戾,反对资产阶级的专横,与自然主义者和同。"第四节点明"种种的运动,在当时德国的运命,起了达达的波纹"。表现派的非战论,"一面可从他们的道德精神主义里面看出他们的理由,一面可从他们的政治趣味对于国家社会的关系来说明"。"构成非战论的他一原因,就是人种的关系。""表现主义的运动,无论文艺,无论政治,都是抒情诗人打先锋,戏剧家响应,小说家比较迟缓一点。"第三章"表现主义剧的来源与特质"介绍说,"表现主义奉韦氏(韦特金)的戏剧,为表现派的戏剧的母胎"。"我们若看看更古的历史罢,十九世纪初期的布西与克乃拨,都可称为表现派的先觉。""有永远人间性的,有热烈情感的史特林保,成了表现派青年的渴慕者与崇拜者了。"作者以汉生克洛佛的《人类》等剧本为例,认为"表现主义的作家,多具有暴风雨时代的状态,不得不陷入尼采所谓 Dionysius(希腊神话中的酒神)式的奔放的 ecstasy(狂喜)中了"。"艺术既与时代密接,时代的急迫的重大的问题,当然是与艺术家发生很密的关系,因此自然是带了时代倾向的色彩。所谓'倾向的'是忘记艺术的高贵,顾及时代的思潮,民众的意旨。高呼自由生命的表现派戏曲家,主张理想的热情与生命融成一片,自然不能轻视时代急迫的重大的问题了。"作者特举汉生克洛佛的《儿子》、石尔基的《乞丐》、恩露的《一族》、格林的《海战》等剧作予以了说明。第四章"表现主义剧的分类"将表现主义戏剧分为:自己告白剧、叫唤剧和动作的戏曲,并分别举例做了解释。第五章"表现派的剧作家"具体介绍了凯石、托勒、汉生克洛佛、威甫尔等代表人物的生平及剧作。第六章讨论"表现派的小说与诗歌","表现主义的小说,充满了同情,但缺少细密的描写"。"表现主义的小说作家,以爱施米特最为有名。"同时还提及哈谟、亨利曼恩、郁斯特等人。"抒情诗广义的意义,不待说是最 Dionysius 的,最音乐的,也是最表现主义的。所以表现主义的诗歌,大半是抒情诗。强烈的抒情诗人的先驱者,我们可以举出乔治与李尔克(今译里尔克)。"末章评述"表现主义文学的弱点",作者认为,表现主义文学的特质主要在于:"重理想的日耳曼民族精神本质的复活"、对于 Gothic(哥特)艺术的新的热情、"看破科学机械观的偏见",以创新唤醒人类的灵魂、以破坏行为"达到打破因袭"并"展开新文艺自由活动"的目的、"将东洋文艺哲学的宗教的精神,吸入传统文化中而使其消化"、"打破肉眼观察的错误"以促进"精神之眼的展开"、"轻视视觉本位的艺术观"以"开拓塑像术的新意义"、爱好原始时代的艺术、立于"今日文艺最前线的未来派立体派""仍是表现的母胎"。作者据此认为,表现主义仍旧是今日文坛上新时代的代表。但表现主义也自有其无法避免的缺憾,譬如表现主义文艺的反自然倾向、外形模仿的流弊、因哲学的宗教的倾向而使作品抽象化类型化,等等。作者认为:"艺术上之任何主义,怎样说得好听,怎样有意义,是不能千年万年继续下去,因为艺术上的主义容易与时代思潮同起变化……等到新时代追求来的时候,表现主义的地位,不得不让给最新的思潮去。"

由商务印书馆于1935年10月出版的施蛰存译里德的《今日之艺术》,重在研究20世纪的新兴艺术,特别是绘画及雕刻的方面的"构成派""超现实主义"等新的艺术趋向。作者认为,近代艺术的价值一直未被合理接受,在德国就是如此。在独裁政治获得统治地位以前,近代艺术是受欢迎的。在许多重要城市都有绘画和雕刻代表作展览,大多数艺术家都受到种种优待。然而专制出现以后,造型艺术不被理解,近代艺术受到凌辱。专制主义者们以为近代艺术与政治上的共产主义是同一种东西,于是近代艺术被残酷打压。作者特别强调,有关新兴艺术的种种理论绝非"与政治上的鲍尔札维克运动是文化的合一"。"好的艺术家除了艺术之外不太关心别的事情。即使是艺术之近代运动的起源与进化也与艺术之外的思潮没有关系。"近代艺术的近代性表现于狭义的艺术的种种方法中,这些方法是艺术技巧及科学进化的结果。"艺术家有着我们一切人最准确的感觉,只有他能最忠实于自己的官能。"艺术家给予人勇气、热情和愉快。最能奠定近代艺术的大艺术家如康斯泰孛尔、透纳、塞尚纳、马蒂思、昆卡索等都缺少任何意识形态的认识,"他们生活于幻想及油彩中,听命于感觉的指引"才能成为真正的艺术。世界变得越是机械,在这个世界的表面上越找不到精神满足,幻想的内心世界就变得越有意义,这也是近代艺术的意义所在。

林语堂辑译的《新的文评》由北新书局于1930年1月出版。该著是林语堂辑选翻译的斯宾冈、克罗齐、王尔德、道登以及勃卢克斯(今译布鲁克斯)等名家的论文集,另附林语堂的一篇序言。斯宾冈《新的文评》认为,浪漫主义兴起后,出现了新兴的表现主义的批评观念,克罗齐更进一步提出"一切的表现都是艺术"的论断。在《七种艺术与七种谬见》中,斯宾冈批评了"诗人为钱而做诗""诗人受环境影响""诗人以诗律作诗""诗人写悲剧与喜剧""诗人有道德或不道德""诗人是平民的或贵族的""诗人使用譬况"这七种谬见,认为它们共同的错误在于将非艺术本质的东西视为本质的。《美学:表现的科学》节译自克罗齐的原书。作者认为,艺术家对于材料的选择是不自觉的;艺术的题材"不得从实际的或是伦理的观点有所褒贬";艺术是独立的,对于科学、物用和道德都是如此;艺术是精神的活动、理论的活动,又是直觉的活动;表现的分类是不可能的,"有多少表现现象就是多少个类别物";翻译是不可能的,因为无法把一种表现翻成他种表现;修辞学类别批评在学术上的价值是消极的,无法找到相当的美学上的界说;"抽象""写实"等词不应用来区分"表现"的成功与否;应该抛弃修辞学;相类似的表现不可用抽象的学说包括起来;好的翻译自有它独立的艺术价值;"美就是成功的表现";美学的程序与某种物质程序(如光学、声学的现象)没有关连;艺术的分类是不可能的,艺术关系说与艺术分限说也同样如此;艺术是"纯粹理论上的观感",不受制于道德伦理;"美学上的评判同于美学上的创作";"评判不能互相歧异";"天才(才)与鉴赏力(识)是相同的";绝对论者将美视为典型,相对论者误把印象当作表现,二者都各有偏颇;美术史和文学史上没有一贯的进步;所谓美学上的进步,具有三种意义:历史知识的逐渐丰富、文明人较之野蛮民族精神上的复杂、一代的创作较之他代有较多丰富的美感。王尔德的《批评家即艺术家》是以对话体的形式写成的。作者认为创作与批评不是相对立的,批评是创作中的必要元素;批评是独立的,最高的批评比创作还富于创作力;当今社会缺少的不是行动者,而是静思与空谈的人;"性情是批评家的第一要件",而非道德范围内的公道、讲理与诚实等;批评的功用在于发展心智、促进文化、超脱国家与种族的俗见。道登的《法国文评》列举了几位法国重要的文学评论家,并简要评述了他们的成就。作者认为,圣伯夫的批评方式不同于法国批评重系统的传统,而是采用归纳的、自然主义的方法;斯切尔同样不相信绝对标准的存在,而愿意有所贡献于思想潮流;德西雷·尼扎尔以三层标准来评衡文学作品:国别的标准、文词的标准和人类的标准,并认为法国的卓越文学应该是"拥护理性纲纪"的;布吕纳蒂耶则试图调和"自然主义"和"理想主义";丹纳的种族、环境、时机三重决定论,一方面使人们认识到文学与思想文化的关系,另一方面也会忽略艺术家个人的缺陷。布鲁克斯的《批评家与少年美国》剖析了美国"拉拉拜"文学,认为其近似消遣,而没有"达到由人生阅历得来的理想与态度之津梁";认为所谓"欢迎欧洲文学"的风气,只是出于本国民族精神的经验的缺乏;当时美国文学的一大弊病在于"把人生问题摈出于情感经验之外";美国式的系统的乐观主义,完全摒弃躲避情感的经验,造成心灵萎弱;实业的发达"减除人类之生气",美国却似乎无力逆转。该著是较早将英美"新批评"思想介绍到中国的著作,对拓展中国批评家的视野有着重要的启发。

曹葆华译瑞恰慈的《科学与诗》由商务印书馆于1937年4月出版。该著是"新批评"派的核心人物瑞恰慈的代表著作之一。作者在著中主要讨论了七个方面的问题:第一,一般的情势,即对他所生活的那个时代环境的简单概括;第二,诗的经验,作者将读者阅读诗歌的经验分成两股,一股是主要的,称为主动的或情感的,由我们的兴趣发动而成,一股是次要的,称为智力的,两股因素彼此影响、互相制约。"每种经验都是摆动到停息的某种兴趣或一团兴趣";第三,价值论,作者提出有两种方法足以避免或克服生命中的冲突,一是征服,一是调解,作者更倾向于调解,认为我们需要一种"国际联盟"来公正地整理我们的冲动,即一种依据着调解原则的新的秩序,决不是依据着奋力的压抑原则的,而诗歌正是这种成功了的新秩序的记载组合而成的;第四,生命的统制,作者认为诗人们主要的特点,是在他们对于文字的运用非常惊人,同时他也认为粗率地读诗,我们会失掉诗中的一切东西;第五,自然之中和,作者认为,科学的世界观将取代玄秘的世界观,而这种变化就是他所说的"自然之中和",他还解释了"玄秘的世界观"和"科学的世界观"的概念;第六,诗歌与信仰,作者认为,诗人的任务是使一团经验有着秩序、谐和,并且有着自由,诗的文字具有作为感觉的刺激和作为符号的两种功用;第七,几位现代诗人,作者用自己的批评原则评价了哈代、拉麦尔、夏芝、罗伦士和布伦得耳五位诗人的创作。该著曾有伊人的译本于1929年6月由华严书店出版过,内容基本一致,后多以曹译本为定本。

曹葆华辑译的另一部重要的现代主义专著是《现代诗论》,由商务印书馆于1937

年4月出版。该书列"文学研究会丛书"之一,主要收录了墨雷、瑞恰慈、爱略式和梵乐希四人的共十四篇讨论诗歌的论文。前六篇泛论一般诗歌;中间四篇是论诗的两种重要现象——"纯诗"与象征;最后四篇是讨论文学批评一般问题的文章。在这四个人中,曹葆华对瑞恰慈尤其给予了高度肯定。该书是较早集中介绍英美"新批评"文论的著作,其中所介绍的诗论对中国后来的诗歌理论建构起到重要的指导作用。

二、现代主义文学批评的尝试

虽然中国文坛一直缺乏现代主义所必需的生存土壤,但中国作家中仍不乏对现代主义情有独钟之人,正是他们持续不断的努力,才为中国的现代主义保存了某些可贵的幼芽,并以此为现代中国文学提供了诸多必要的"现代"质素。

梁宗岱是自觉从事现代主义文学译介和批评的代表性作家之一,他的《诗与真》曾由商务印书馆于1935年2月出版,《诗与真二集》(以下称《二集》)为1936年10月出版。这是梁宗岱的两部具有代表性的文学评论集,书名受歌德自传的启发而拟,但与歌德所说的"诗"的幻想与"真"的事实的对立不同,作者的主旨在于强调"真"是诗的基础,"诗"是真的最终呈现。《诗与真》收评论五篇,《二集》收评论、译文、序跋、题记等十八篇。梁氏介绍的重点是法国后期象征主义的代表诗人瓦雷里,兼有对波德莱尔、马拉美及魏尔仑等人创作与思想的评述。作者认为,象征实际上"和《诗经》里的'兴'颇近似"。"象征底微妙,'依微拟义'这几个字颇能道出。"不独波德莱尔、马拉美、瓦雷里等人是象征诗人,但丁、莫里哀、拜伦、歌德、莎士比亚,乃至中国的屈原、陶渊明等人的作品,其实都可以看作是象征作品。"形骸俱释的陶醉和一念常惺的澈悟"即可达到"纯诗"的境界。梁氏对象征主义的理解基本上是站在文艺的象征本质论的立场逐步展开的,所以在引进西方理论的同时,他特别重视对于中国传统诗学资源的充分开掘,由此,中西诗歌创作与理论的比较就成为他的论述中的一个突出的特色,这一点在《二集》中表现得更为明显。比如,他认为:"马拉美酷似我国的姜白石。他们底诗学,同是趋难避易。""屈原的《远游》也足以与悲多汶(今译贝多芬)的《第九交响乐》相媲美。""哥德对于抒情诗的基本观念,和我国旧诗是再接近不过的。""李白和哥德底宇宙意识同样是直接的,完整的。"如此等等。梁氏评论最大的贡献是将法国的象征主义诗歌理论忠实地译介到了中国,从而在相当程度上矫正了中国新文学前期文坛普遍存在的对于象征主义的误解,同时也为汉语新诗的理论建设提供了有力的理论支持。

钱歌川编著的《现代文学评论》由中华书局于1935年2月出版。该书是作者十一篇西方文学评论的合集。前三篇讨论一般文学问题,计有《纯粹的宣传与不纯的艺术》《近代文学的特征》《文学科学论》;中间四篇概述不同国家文学的近况,包括《美国戏剧的演进》《最近的爱尔兰文坛》《九一八与日本文学》《英国文坛四画像》;后四篇为作家论,为《刘易士在美国文坛的地位》《奥尼尔的生涯及其艺术》《辛克莱和他的作品》《俄国贵族阶级最后的作家布宁》。作者对西方文学非常熟稔,因而其论述常常能简明扼要而又一语中的。作者认为,艺术的宣传作用与艺术性是不相矛盾的,两者可以互相作用。与古代文学是"大事业的客观的不易接近"的特征相反,近代文学是"自意识的主观的易亲近的"文学,其注重个人意志的表现,表现的内容包括社会和人生的普遍性,于作者和读者而言,更加实在亲切。广义的文学科学包括心理学、社会学、精神学、形式美学等精神史的文学研究和客观主义、辩证法、主观主义、直观主义的文学研究。美国的戏剧演进经历了英殖民时代的反映美国的士人与侵略者的作品、独立革命时代主要反映独立自由精神的作品、南北战争时代讽刺批判社会的剧作及之后新剧怀胎、勃兴、隆盛的时代。著中还将当时报纸、剧场等媒介上比较轰动的剧作家及其作品罗列出来,供国内的读者参考。作者认为,当时日本文坛的状况不值得注目,其原因有二:一是为着政府对于赤化思想的重压;二是电影的发达成为新剧运动的劲敌。关于英国文坛,作者在文中分别讲述了四位大作家的生平和作品:吉卜林是一个实利主义者,作品所讴歌的只是帝国主义的英国;威尔斯不仅有精力和好奇心,眼光也独到,既是本质的实用主义者也是纯正的预言者,其作品都是对人生的关注和思考;萧伯纳理智而富有人道主义精神,他的文章系统有条理,尖锐有力的讽刺是其最大的特色;高尔斯华绥的盛名是建立在他对英国中上流阶级的感情的观察上,他本人感情敏锐,人格高洁,气质优雅,文如其人。关于1920年的美国文坛,作者认为其时正是百花齐放,小说更是繁荣异常。此时的文风大同小异地交混着满足主义和悲观主义,刘易士的创作就鲜明地表现了这一倾向;奥尼尔极为复杂的生平对其之后的创作产生了巨大影响,他所描写的大都是一些为命运所拨弄的苦人,无论怎样奋斗都只能永远沉沦在痛苦中;辛克莱由诗人改为写实主义的小说家,文风犀利,直言社会弊病,是美国伟大的作家和社会批评家。在最后一章,作者探讨了俄国贵族阶级最后的作家布宁(今译蒲宁)的创作,认为他向往的是文化的贵族,所描写的农民都是无智的粗暴的非文化的野蛮人,作品中渗透着浓厚的贵族阶级没落的忧愁,不能不说是他的阶级偏见的写照,他获得诺贝尔奖的一个原因在不管文学流派如何演变,他都不为自己的作品树立理论,不属于任何派别。

生活书店于1935年7月出版过傅东华编辑的《文学百题》,该著实为《文学》杂志"二周年纪念特辑",汇编了八十几位中国作家、学者和批评家包括蔡元培、鲁迅、郁达夫、茅盾、沈起予、穆木天、黎烈文、胡风、李健吾、陈抱一、吴朗西、黄源、周扬、阿英、谢六逸、朱光潜、洪深、周予同、郑振铎、曹聚仁等,在不同时期的有关文学的评论文章一百篇,以小专题的形式集中展示了现代中国文坛对于"文学"诸问题的一般看法与代表性观念。内容涉及文学与一般艺术及世界文学乃至文化的关系;欧洲文学与两希文化的渊源关系;什么是国民文学及民族主义文学;大战后欧美各国文学发展的近况;有关文学的内容、形式、主题、风格、趣味等基本范畴的界定;不同类型文学各自的特质;文学批评及其不同类型;中国传统文学基本概念的定义及其与现代新文学的关系;以及对古典主义、写实主义、浪漫主义、新浪漫主义、象征主义、未来主义、表现主义、立体派及同路人等文学思潮的一般界定与理解,如此等等。该著的编纂和出版可以看成是中国文坛对于新文学前期思想发展的一次较为集中的理论总结,其内容几乎涵盖了有关文学问题的全部。从中既能见出某些核心观念自引入中国到发生变化的演进轨迹,同时也能看出新文学作家们对于某种思想倾向的刻意推崇或贬斥。由于阵容庞杂,不同的人对于某一范畴多有不同的理解和偏向,甚至在其基本的界定上多有包含偏激立场的成分,致使该著的编纂在思想取向上并不统一。但也因此,该著才显示了特有的包容度及开放色彩,既为后世的中国新文学研究保存了史料,同时也全面展示了中国新文学发展至1930年代中期时在理论建设方面所取得的成就。

赵家璧所著《新传统》由上海良友图书印刷公司于1936年8月出版。该著列"良友文学丛书"之第三十种,实际为作者撰写于20世纪30年代前期的一系列美国作家评论的合集,多在各式刊物上陆续发表过。凡十篇文章,除《美国小说之成长》为概述外,其余为九位小说家的专论,分别为特莱塞(今译德莱塞)、安特生(今译舍伍德·安德森)、维拉·凯漱(今译薇拉·凯瑟)、斯坦因(今译格特鲁德·斯坦)、维尔特(今译桑顿·怀尔德)、海敏威(今译海明威)、福尔格奈(今译福克纳)、帕索斯(今译约翰·多斯·帕索斯)和辟尔·勃克(今译赛珍珠)。赵家璧坦言,美国文学因为一直被误认为是英国文学的附属而未能引起人们的足够重视,他之所以仍然选择美国文学作为研究的对象,正暗含了矫正当时人们的这一普遍错觉的意图。该著可以看作是一部有关20世纪前期美国小说的断代发展史,作者的评述其实是围绕着一个相对比较一致的核心而依次展开的,就是他所认定的"现实主义"。作者认为,马克·吐温及布莱特·哈特等早期作家的创作属于一种"边疆现实主义"或者可称为"初民的现实主义",豪威尔斯的创作与左拉和托尔斯泰比较相似,但他的作品"虽然所取的材料都是典型的美国的,但是他所着重的那些经验,和美国人的生活还不很适合"。最终就只能使他在朴实的平民世界与浮华的中产阶级之间摇摆,他对于现实的一切都隐藏起了应有的批判锋芒,所以只能称之为"缄默的写实主义"。19世纪末期美国文坛上掀起所谓的"暴露运动"使专注于个人经验的文学写作开始有了"社会的"内涵,"这一运动的中心思想是:他们觉得工业制度并不是一样不可取的东西,但是当工业制度的利益完全到了私人的手掌中而不能为社会谋利益时,就应当把社会重新改组过,使它的利益平均分配。……所以暴露运动也可以称为社会的改良主义者"。而由此所产生的"许多带有社会意识的政治小说和商业小说,把美国人的目光,第一次由'个人的'转变而为'社会的'了"。辛克莱和杰克·伦敦所带来的即社会主义的写实主义的雏形。由于经济的迅猛发展,社会上也产生了一个特殊的"拟贵族阶层","每天在度着优闲日子的生活中,便自然地发生了对于文艺上的雅兴",并开始"逐渐的对于有作用的小说感到厌恶",于是才产生了维拉·凯濑、华顿夫人、凯贝尔等一类远离现实、专事描绘象牙塔里的浪漫生活的作家。当然,在另一方面,也同样产生了德莱塞、安德森和刘易斯这样的"真实的现实主义"的作家,但德莱塞和安德森的"旁观者"的姿态显示出的是他们明显的个人主义倾向,刘易斯则更看重每个社会投射在每个个人身上的精神系统的真实,这一现实主义途径的最新的继承者与开拓者则是真正的社会主义现实主义作家帕索斯。"在他的小说里,我们不看到个人,只看到整个的活的社会在依着历史的铁律向前行进着。……这一种完全脱胎于活的社会的活的写作法,便把旧浪漫主义的最后渣滓全部沥清了。"正是因为有了继马克·吐温以后诸如杰克·伦敦、德莱塞、安德森、辛克莱及帕索斯等一系列优秀作家的出现,才真正使美国文学从根本上完全摆脱了英国传统的痕迹,从而确立起了全新的"美国格调",使美国成为"世界文坛上最活跃最前进的一国"。作者将此一专著命名为"新传统"的原因,乃在于试图从新近繁荣起来的美国文学中寻找到其之所以能够以自身独有的特色迅速崛起于世界文坛的内在动因,在他看来,这动因正是由于美国作家勇敢地摆脱了那种因因相袭的"旧传统",而真正确立起了立足于美国作家自身所处的切实生活的"现实主义"的"新传统"。这种"新传统"即使在 20 世纪 30 年代以后美国经济萧条时代所出现的"迷落的一代"的作家如海明威,或者专事文体创新的新型作家福克纳身上,也同样得到了忠实的继承与发扬。现代美国文学所取得的成就既是一代又一代美国作家所构筑起的"新传统"的必然结果,同时更代表了世界文学发展的"现实主义"主流,它无疑也为中国作家展示出了一条如何使富有自身民族特色的文学真正立足于世界文坛的全新的路径。如作者所言:"现在中国的新文学,有许多地方和现代的美国文学有些相似的。"该著不只是及时地为中国作家带来了美国文坛的最新的信息,而且为中国作家指示了一条可资实践的途径。

李健吾(笔名刘西渭)是另一位自觉从事现代主义文学批评的作家,其代表著作就是由文化生活出版社出版的《咀华集》(1936 年 12 月)和《咀华二集》(1942 年 1 月)。这两部著作是作者在 20 世纪 30—40 年代所撰写的作家作品论的合集,也是作者所倡导的"印象批评"之应用于具体批评实践的典范之作,曾在多种杂志上发表。《二集》后于 1947 年再版时补充有《清明前后》《三个中篇》和《陆蠡的散文》三篇。作者认为:文学批评也应当"是一种独立的艺术","一个批评家是学者和艺术家的化合"。作者在著作中对巴金、废名、沈从文、罗皑岚、林徽因、萧乾、蹇先艾、曹禺、卞之琳、徐志摩、李金发、李广田、何其芳、芦焚(即师陀)、萧军、叶紫、夏衍等近 30 多位诗人、作家的创作给予了精细的阅读和坦诚的批评,所涉及的作家、作品几乎囊括了新文学后期创作的全部,且对具体作家的批评常常能一语中的。作者所遵从的是法郎士所说的批评乃"灵魂在杰作间的冒险"的主张,所以其批评从不依据某种固定的理论标准,唯其是从阅读的直接感受出发而展开的与作者心灵的对话与交流,他才在现代中国文学批评史上建构起了一种独树一帜的"印象批评"范型。

第十四章 作为边缘理论形态的现代主义

时甫编译《欧美现代作家自述》由商务印书馆于1938年7月出版。该著是欧美作家有关个人生活与创作的十二篇自述文章的翻译汇编,编者曾解释说:"欧美各杂志最喜欢登一些著名作家的访问记,这里有几种好处:一、研究这个作家的可从访谈得到许多史实。二、新进作家或有意做作家的也可于此得到许多教训。""我们读这些访问记,最便宜的是能于几分钟内看到一个作家的中心思想。所有的谈话都是经各杂志记者随问随答的。被问者既没有经过一番事前的预备,所以所答的都很坦白直率。我们有时在里面看到他们工作的方法,有时看到他写某书的原委,有时看到他对于某书或者某作家的意见,有时甚至看到他的一举一动,他的嗜好、习惯,以及各种细节,好像他的一生都已经凝结在了这几页里面似的。"著中所选比较驳杂,既有《高尔基的写作生活》《梅德林及其作品》《叶芝论诗的将来》《格林论客观派的小说》《托马斯曼与尼采的关系》等作家的自述,也有《彻士脱顿和天主教》《穆杭论文学中的新世界主义》及《班斐洛夫眼中的苏俄文学》等专题的评论,但大体以新近在世界上有着重要影响的作家、批评家为主,对于中国文坛及时了解西方文坛的动向和深入理解这些作家的思想与创作是有积极的帮助的。

杨之华著《文艺论丛》由太平书局于1944年6月出版。该著是杨之华发表在《东方文化》《中华月报》《风雨谈》等杂志上的评论文章的合集,计十五篇,分为四辑。第一辑四篇文章集中讨论中国新文学思潮的起源、演变,以及小说、散文、新诗各自的发展概况,可以看作是新文学发展至20世纪40年代的一部断代的文学简史。由于作者曾有过搜集整理新文学史料的经验,所以其论述中保留了不少有关新文学作家的史实资料,如巴金与李长之的冲突、朱光潜对于《日出》之"眼泪文学"的嘲讽、各式文学社团与杂志主持人及主要撰稿人之间的渊源关系等。其论述虽为概说,却也不乏某些独到的见解,比如对新文学散文发展的具体境况,作者认为宜分为四个时期比较合适,即萌芽期(1915—1919)、成熟期(1919—1925)、全盛期(1927—1936)和衰退期(1936—1943),同时认为,现代中国散文最初的形式,"是以'通讯'这种姿态出现的,继之则又有'随感录'这另一姿态的突起。……而其最主要的作用,正如在《新青年》上长篇论文,小说,诗等一样的,是一种反封建反帝的战斗的工具"。而其最为突出的特点就是,"辩驳的,讽刺的和批评的"。作者对于具体作家的评价也常能一语中的,如:"朱自清的散文,常常有人拿来和俞平伯的相提并论,……但他两人的风趣,颇为不同,俞平伯的散文可说是旧调子新声,而朱自清则不然,倒是新调子新声。"再如:"戴(望舒)氏的诗较李(金发)氏的诗易懂,但其表现奥妙的手法,则仍不及李金发的高远。"第二辑两篇论文,一篇概述清代的朴学及其派别与流变,作者对清代学者的研究给予了充分的肯定,认为:"清代学者所用的方法及学术范围的扩大,对于后代留下很多很有价值的遗产,而其成就至今仍不可磨灭。"第二篇简述清末域外文学译介的概况及其对后来新文学的影响。第三辑六篇集中讨论日本文学,首篇《日本现代文学的流派及其变迁》,"取自明治维新后出现于日本文坛上的文学社团'砚友社'始,直至最近期的'新心理派'止,将其纵横经过三个皇朝的二十余个的文艺流派(每一流派代表一种思潮)作个总括的介绍;而最近六十年来的日本文艺思潮的演变,也可于此略略窥见"。其余几篇关于日本文艺家协会、文学报国会及有关文学社团和出版界的介绍性文章则属于节译,另又根据日本的《文艺年鉴》等资料编辑介绍了日本文坛的渡边奖、直木奖、芥川奖、新潮奖等文学奖项。第四辑中的《新感觉主义的文学观》及《穆时英论》两篇属于对"新感觉派"文学的专论,前者详述新感觉文学思潮在日本的兴起、演化与成熟的具体过程及特点,后者以中国新感觉派的代表人物穆时英为中心,讨论新感觉文学在中国的接受与实验,是较早对新感觉创作持充分肯定态度的两篇专题论文,也代表了20世纪40年代中国批评家对于此一创作倾向的一家之言。末篇为日本作家林房雄的创作专论,简要描述了其从普罗作家到逐步转向唯美主义的具体历程及其在创作上的突出成就。该论著中的文章虽产生于特定时期的特殊境遇之中,但其行文却并没有显示出某种明显的思想立场上的倾向,著中史料的详尽与持论的相对中肯对后世的新文学研究当有必要的启发。

吴景崧著《现代欧洲艺术思潮》由永祥印书馆于1945年5月出版。该著列"青年知识文库"第一辑第十一种,主要以十个专题分别介绍了后期印象派、野兽派、立体派、主观的理想主义、未来派、超现实主义等现代欧洲艺术的主要流派。作者认为,现代艺术上的变革不同于前代的任何一场变革,"与其说它是变革,毋庸说它是根本推翻,或整个地解体来得妥当些"。西洋艺术的传统在于"客观地描写自然",现代艺术的经验方法则力图摆脱艺术科学化的倾向。最早在作品中表现出这种变革的是后期印象派的三位大师:塞尚纳(今译塞尚)、梵谷赫(今译梵·高)、柯根(今译高更)。照相术的发明和东方艺术思想的输入是后期印象派转变方法的两个诱因,"重新表现,而不是重新产生自然"。之后的野兽派深受高更"艺术简单化"观念和原始艺术的影响,提出"以最小限度的手段达到最大限度的表现"。此外,野兽派的代表人物马蒂斯还提出了"恢复完整的视象"的艺术观点。现代德国画派则更多受到梵·高的影响,他的绘画特色在于用泼辣的线条构成画的轮廓,以及其画面和内在作风中的力量。此后的德国画派的领袖孟赫(今译爱德华·蒙克)则集合了桥梁派,开始表现主义运动。桥梁派的艺术包含着野蛮人的艺术光辉、大胆泼辣的作风、德国人的犷悍性,并有一种接近超越主义的倾向和一种与土著德国人接近、共有的传统的心理内容。立体主义最早表现在乔治·白拉格(今译乔治·布拉克)和辟加索(今译毕加索)的作品中,这一流派提出了抽象形式的原理,"拿离开物体为其出发点","抽出了内在的直线与曲线,平面与立体",成为"永远地,天然地与绝对地美的,能够给予真正的愉快的作品"。立体派可分为硬心派和软心派两个派别。"主观的理想主义"以毕加索为代表,提倡"用直觉来代替观察,综合来代替分析,象征主义来代替现实主义"。未来派画家认为,"在指定的瞬间的心灵的各种状态的同时存在是艺术的基础",在手法上采用新印象派的"色调分类论"和"暗影中常有光的补色论",并在绘画中引进了"动力论"。

另外,表现派后期的康定斯基和保罗·克利表现出与德国其他表现派相异的风格。康定斯基有"构图派"之称,主张"绘画应该是抽象的,而不与具象发生任何关系";保罗·克利的画则纯粹出自自由的幻想。超现实主义的前身是达达派,相信无意识心理世界的存在,试图理解它并从中获取灵感。最后,作者提出不应该忽视现代欧洲艺术思潮的积极影响。该著对当时中国艺术界及时了解欧洲艺术发展动向有着积极的帮助。

赵景深著《西洋文学近貌》由怀正文化社于1948年5月出版。该著是作者从不同角度介绍西洋文学状况的十五篇文章的合集。作者自陈:"像这样去芜存菁地介绍'西洋文学近貌',侧重各国文学变迁大势,希望能对于各大学外国文学系的同学以及西洋文学爱好者有一点帮助。"《近代西洋文艺思潮》认为,从黑暗时代、文艺复兴、古典主义、浪漫主义、自然主义到新浪漫主义、新写实主义,希腊思想和希伯来思想冲突而又继起,贯穿了整部西洋文学史。《七十五年来的世界文坛》介绍了从1871年起相继兴起的新浪漫主义思潮、新理想主义思潮和新现实主义思潮。《诺贝尔文学奖金》介绍了1934年至1946年的八位诺贝尔文学奖获得者,并简要评述了他们的作品。《俄国小说及其民族性》节译自费尔普斯的《俄国小说家论》,从哥郭里(今译果戈理)、屠格涅甫(今译屠格涅夫)、杜思退益夫斯基(今译陀思妥耶夫斯基)和托尔斯泰的小说中,归纳出俄国小说具有的语言完备、胸襟博大、博采众长、缺乏实力、爱发空论、法国影响、阴森沉郁七种民族性。《支魏格谈杜思退益夫斯基》是支魏格(今译茨威格)评论集中关于陀思妥耶夫斯基部分的节述,探讨了陀思妥耶夫斯基的生平与创作的关系。《自然主义的三相》区分了自然主义的三种基本形态:写实主义、本来自然主义和印象自然主义,综述各家意见,认为福罗贝尔(今译福楼拜)、莫泊桑和龚古尔兄弟的写作都不是百分之百的客观或主观,因此很难明确地将他们归类。《梅特林克的自述》译自美国"Liberty"杂志,介绍了梅特林克的生平,尤其是婚姻对他的影响。《英国六作家的新研究》简单评述了西方学术界对于兰姆、萨克莱(今译萨克雷)、彭思(今译彭斯)、哀利奥特(今译乔治·艾略特)、白朗特(今译勃朗特)、哈代等作家的研究新进展。《美国文学在苏联》介绍了杰克·伦敦、马克·吐温等美国作家的作品传入苏联的状况,以及对苏联的影响。《最近的德意志文学》节译自 Klaus Mann 的原作,认为由于二战时多数作家逃往外国或屈从于纳粹,战后的德国文坛已经陷入了空前的荒凉中。《奥国文学的低潮》介绍了奥地利文坛处于法西斯主义者的控制下,充斥着低级趣味文学的境况。《自然主义的大师约柯柏生》介绍了丹麦小说家约柯柏生(今译雅各布森)的生平及创作情况,认为他的创作是从达尔文的进化论出发,对人性进行了深层次的描绘。《今日的巴尔干小国文学》是匈牙利作家达博理叙述巴尔干各小国文学现况与趋势的文章,认为在战后,巴尔干作家们意识到"一定不能脱离民众",并积极参与政治,渴望国际精神的团结。《近代优哥斯拉维亚文学》译自 Louis Adamic 的文章,分析了优哥斯拉维亚国内严厉的查禁形势对文坛造成的影响。《近代希腊文学》译自1933年4月29日的《星期六文学评论》,介绍了普西夏里、帕洛利蒂斯、范尼西斯等近代希腊文学家的创作情况。

陈铨编写的《文学批评的新动向》由正中书局于1943年5月出版。该书列"中国人文科学社丛刊"之一,系陈铨据有关资料编写而成,旨在以尼采等人意志哲学思想为根基来解决文艺问题。全书分为四章。第一章"理论的建设——新的基础"中,作者强调了批评随文学而产生变化的论断。在第二章中,作者将世界最伟大的文学批评家分为四种:修辞式、内容式、天才式、文化式。修辞式注重在文章,内容式注重在主张,天才式注重作者,作者则最为推崇第四种,主张以文化式的标准为主,其他三种方式为辅,来衡量中国的文学对世界有什么贡献。作者认为,孔子所代表的合理主义、老子所代表的返本主义和释迦牟尼所代表的消极主义是固定中国民族对人生态度的三大思想家。第三章和第四章中,作者就德国思想界的状况做了全面的介绍,尤其对康德、尼采和叔本华的思想极为推崇,天才、意志和力量是所有一切问题的中心,"我们再不要任何'外在'的规律来束缚我们自己,我们要根据'内在'的活动,去打开宇宙人生的新局面"。该书比较集中地体现了以陈铨为代表的"战国策派"的一般批评取向和基本理论架构。

林同济等著的《时代之波》由大东书局于1946年11月出版。该著是一部以"战国策派"代表人物林同济、陈铨、贺麟等所发表的各式文章的合集,凡二十三篇,主要讨论的是战争时代民族精神的重建、文化形态史观的确立及由此而派生出来的对于民族文学的倡导等问题,也收有朱光潜批评文坛所流行的"陈腐""虚伪""油滑"三弊和沈从文讨论小说作者与读者关系的文章。"战国策派"诸人思想的理论基础是施宾格勒的历史哲学、尼采的意志哲学及卡莱尔的英雄史观,目的是为了从文化形态及中西文化比较的角度,重新审视中国文化的发展历程、抗战时期中国人的精神状况和未来可能的发展途径。林同济认为,从民族生命长久发扬的立场来看,抗战的最高意义只能是整个民族文化的全面革新。而革新的第一步就在于要"铸出一副新的人格型来",即一种与"阿Q类型"完全相反的"嫉恶如仇"的"战士式的人生观的建立"。要达到此一目标就必须充分发挥其所谓的"力"。一个民族从野蛮到文明需经过"自表"与"自觉"两个阶段,"在自表阶段,民族是充满了创造活力"。"一切的创造只是'力'的表现,活力的'自成'Self-realization";而当创造物逐渐集满在创造者的周身时,他的"脑后不免要发生一种'追问'Arriere-pensee;……这些'是什么'、'为什么'的追问,就是'自觉'运动的起始。"前者产生的是形形色色的文物制度,后者则产生是是非非的文章,即"所谓'学说'时代"。由"自觉"阶段推进到"他觉"阶段,从注重内在的"我(自)的价值"推进到体验外在的"物(他)的真相",才是当下中国所迫切需要的途径,也即柯伯尼卡斯(今译哥白尼)所说的"力的宇宙观"。陶云逵则更进一步将其推演为"力人",即尼采意义上的主人型的、有力的、光明的人格,以此来去除中国历来的奴隶型人格。陈铨又从"英雄崇拜"的角度对此做了进一步的论述,贺麟则从英雄的本质及英雄崇拜的意义等方面对陈铨的看法给予了修正和补充,他认为,"英雄崇拜"乃在造就能够代表或实现真善美的英雄的人格,而不是简单的"服从领袖"。沈从文则对英雄崇拜做了全面的否定,认为假使真的大力倡导起英雄崇拜来,其所造成的也多半是"永远在政客调排下领导文学运动"。林同济对于现代中国新文化有一个基本判断,他认为,五四时代的新文化运动,"把个人的尊严与活力,从那鳞甲千年的'吃人的礼教'里解放出来"。这是应当充分肯定的,"但,解放的成绩不算圆满",因为"旧的秩序已经否定,新的秩序无法诞生",所以,五四的作风需要从个人的个性解放转向对于民族的集体认识。陈铨则认为,战时中国所需要高扬的应当是一种浮士德精神,即"对于世界人生永远不满意",不断努力奋斗、不顾一切、感情激烈的"浪漫"精神,"浮士德的精神,就是狂飙时代的精神"。只有这种精神才是生存在剧烈竞争的时代所迫切需要的精神。他所倡导的所谓"民族文学"运动也是希望借那种积极进取的精神去开掘中华民族自有的精神特质,他认为,"文学是文化形态的一部分",中国自五四以来,文学随着思想的发展已历经了个人主义、社会主义和民族主义三个阶段,所以,"民族文学运动的发起,在今日刻不容缓"。该著为人们进一步考察"战国策派"的思想保留了重要的史料。

后　　记

依常例,是需要多几句赘语做个结束式的交代的。但说不清楚是为什么,每每有文字刊行,带来的多半并非是欣悦,反而在心底总会生出一种"让它们赶紧走掉"的念头。这样想来,所有的赘语似乎都含了告别辞的意味。

小书分列"编目""选编"和"史稿"三种,该"告别"的话也就一并记在这里。

无论是作为项目还是兴趣,当初确有邀一班人琢磨些新问题的热涨的兴致的,但在搜罗了浩繁的文献资料——近三千种报刊著述和六万多篇文章材料——以后,热情的退却即开始一步步蔓延。结末就是,自己被这些文献围裹着,一圈五年,虽凑出了近百万的文字,却不知道到底是该哭还是该笑。

"编目"和"选编"由我和何师锡章先生共同负责,原存有尽可能穷尽的设想,其实根本无法做到。由此,"编"和"选"都无可避免地带上了个人的偏好,何先生雅量,任由我做主,我也就妄为了一回,疏漏与误讹,责任自然都是在我了。"编目"已脱出现今所认定的狭义的"文学"范围,大抵取入文学、语言修辞、审美和文化研究四类为准则;"选编"实际也未敢真的完全肆意,尝试以择取诸"文学元素"的分别论述来拼构一种宏观的框架,虽或模糊,倒也不妨作非系统的"文学概论"观,以为在所谓定本确论之外,尚有别样的"文学意见"得以存续的必要;"史稿"是在多年前集撰的一部资料性工具书的基础上重新修订编写的,且赖有学生的协助,所以谓之"稿",一则并不完备,尚有暂时被搁置的诸多著述需要核查、研读和分析,二则以为单篇的相关述译文章也是应该纳入"史"的序列之中的,但限于时间和精力,目前恐怕已没有最终完成的可能,著中诸多误见,敬请读者诸君指正,好待以后能有修缮的机会。

另有二事也记在这里,权作日后借以唤起记忆的线索。一是告别厦门大学去往故里的中南民大就职,这些文字就当作最后的留念了。再就是驻笔之时,江城突现病毒肆虐,心境沉重而复杂。死亡的事情确实是常有的,集中于一时一隅自然就更加突兀;死几个人会引起警觉,死几十个人能激发反省和深思,但是当成百上千乃至更多的人死去,人们也就只剩下困惑、麻木、无望和唯求自保了。"人"自身其实是最可怀疑的动物,总以为"天堂"里不会有病毒和苦痛,等入了"天堂"才发现自己不过一直都徘徊在"地狱"的门口。兹录早年不雅习作以为凭吊:

太白仗剑天际行,彭泽归隐无处寻;

携得村醪三五斗,乱坟岗里唤刘伶。

鹭岛一晃十六年,最该感谢的是结识的一班真诚的朋友。谢泳兄时时慨赠各种珍贵稀见资料,无奈本人识拙见浅,未能尽得发挥,实在汗颜。感谢林兴宅、杨春时、俞兆平、杨健民等诸位师友先生经常的切磋砥砺,祈祷周宁兄能够平安康复。没有闽地一班朋友的酣畅酒聊,诸多想法也多半会烟消云散的。小书得以呈现,更赖华科出版社杨玲和吴柯静两位女士的细心操劳,诚致谢意。

草述凌乱,惶恐有加,不知所言,只能由它去了。

2020 年 3 月 9 日
于鹭岛海滨

图书在版编目(CIP)数据

中国现代文学基础理论与批评著译编纂史稿:1912—1949/贺昌盛著.—武汉:华中科技大学出版社,2021.3
(中国现代文学文献整理研究丛书)
ISBN 978-7-5680-7011-9

Ⅰ.①中… Ⅱ.①贺… Ⅲ.①中国文学-现代文学-文学理论 Ⅳ.①I206.6

中国版本图书馆CIP数据核字(2021)第066874号

中国现代文学基础理论与批评著译编纂史稿(1912—1949)

贺昌盛 著

Zhongguo Xiandai Wenxue Jichu Lilun yu Piping Zhuyi Bianzuan Shigao(1912—1949)

策划编辑：	周晓方　杨　玲
责任编辑：	吴柯静
封面设计：	原色设计
责任校对：	曾　婷
责任监印：	周治超
出版发行：	华中科技大学出版社(中国·武汉)　电话:(027)81321913
	武汉市东湖新技术开发区华工科技园　邮编:430223
录　　排：	华中科技大学惠友文印中心
印　　刷：	湖北恒泰印务有限公司
开　　本：	787mm×1092mm　1/16
印　　张：	20　插页:2
字　　数：	415千字
版　　次：	2021年3月第1版第1次印刷
定　　价：	198.00元

本书若有印装质量问题,请向出版社营销中心调换
全国免费服务热线:400-6679-118　竭诚为您服务
版权所有　侵权必究